杨海明

1942年生，苏州人。1960—1964年就读于江苏师范学院中文系，1978—1981年在南京师范学院中文系师从著名词学家唐圭璋先生攻读硕士学位。后执教于苏州大学，1993年被国务院学位办批准为博士生导师。曾任中国韵文学会常务理事、中国宋代文学学会副会长，现任中国词学研究会名誉会长。主要从事唐宋词研究。著有《唐宋词风格论》《唐宋词史》《唐宋词美学》《唐宋词与人生》等。一些著作在海内外产生过较大影响，《唐宋词史》曾获全国高等学校首届『人文社会科学研究优秀成果奖』二等奖和首届『夏承焘词学奖』一等奖；两部专著被翻译成韩文，四部专著在台湾地区再版。2016年获中国韵文学会、中国词学研究会颁发的『中华词学研究终身成就奖』。

杨海明词学文集

第一卷　唐宋词风格论
第二卷　唐宋词史
第三卷　唐宋词美学
第四卷　唐宋词与人生
第五卷　唐宋词论稿
第六卷　唐宋词论稿续编
第七卷　唐宋词纵横谈
第八卷　宋词趣谈
第九卷　张炎词研究
第十卷　宋词三百首新注

楊海明詞學文集

·第三卷·

唐宋词美学

杨海明 著

江苏大学出版社
JIANGSU UNIVERSITY PRESS
镇江

图书在版编目(CIP)数据

唐宋词美学 / 杨海明著. — 镇江：江苏大学出版社，2020.7
(杨海明词学文集 ；第三卷)
ISBN 978-7-5684-1310-7

Ⅰ. ①唐… Ⅱ. ①杨… Ⅲ. ①唐宋词 — 诗歌美学 — 研究 Ⅳ. ①I207.23

中国版本图书馆 CIP 数据核字(2020)第 097649 号

唐宋词美学（杨海明词学文集 · 第三卷）
Tang-Song Ci Meixue (Yang Haiming Cixue Wenji · Di-san Juan)

著　　者/杨海明
责任编辑/林　卉
出版发行/江苏大学出版社
地　　址/江苏省镇江市梦溪园巷 30 号(邮编：212003)
电　　话/0511-84446464(传真)
网　　址/http：//press. ujs. edu. cn
排　　版/镇江文苑制版印刷有限责任公司
印　　刷/江苏凤凰数码印务有限公司
开　　本/718 mm×1 000 mm　1/16
印　　张/23.75
字　　数/450 千字
版　　次/2020 年 7 月第 1 版　2020 年 7 月第 1 次印刷
书　　号/ISBN 978-7-5684-1310-7
定　　价/166.00 元

《杨海明词学文集》再版前言

本书初版于2010年。此次再版，尊重历史，一仍旧貌，只是遵照出版社的意见，将原先的8册（12卷）改为10卷，次序也做了一些变动，内容则并无改动；另外又请我的老学生们对全书文字重新审读过一遍，改正了一些错漏。由于自初版至今已抵10年，而我早就从学术界"撤退"出来，变成了一个出入于市井里巷、流连于园林名胜的闲散老人，因此现今无心无力对旧著做些修改，这点敬希读者谅鉴。

本书无论是初版还是再版，都得到了江苏大学出版社总编芮月英女士的大力支持和热心相助，在此郑重致谢！我的老学生们，对于它的初版和再版，也都付出了辛勤的劳动。他们是：曹志平、曹辛华、陈国安、闵定庆、钱锡生、孙虹、宋秋敏、王晓骊、薛玉坤、张幼良（排名不分先后，按音序编排），而总其成的则是钱锡生和陈国安。他们（以及其他一些老学生们）一贯以来对我无微不至的关心和帮助令我十分感动和深感温馨。趁此机会，也向他们表示深挚的谢意！

杨海明

2020年3月　书于苏州嘉园寓所

《杨海明词学文集》初版总序

自1978年秋师从唐圭璋先生攻治词学至今，忽忽已过30年矣。回首当年，自己本是一位普通的中学语文老师，不意在攻读唐师的硕士研究生、随后又转入高校（苏州大学）工作之后，竟涂鸦出了一大堆评说唐宋词的文字，并在词学研究领域产生了一定的影响，以至我的博士生们现今要为我策划出版这套词学文集，不禁感慨良多。我深知自己既缺乏像夏承焘、唐圭璋等老辈学人那样深厚宽博的学养，也跟不上新时期所涌现出的青年学者那种与时俱进、敢于创新的迅猛步伐，充其量只是一个衔接两代的过渡性人物，因此要出文集，不免有些汗颜。但转而一想，对我来说，这套文集所收的旧文好歹记录着自己在词学研究领域里跋涉过的一连串足迹，把它们整理出来总算做了一番"盘点清理"和"立此存照"的工作，未尝没有一点意义；而对不少读者，尤其是很多青年学子来说，像《唐宋词风格论》《唐宋词论稿》《唐宋词纵横谈》《唐宋词美学》等旧书，由于后来未曾再版过，故在书店难以寻获，因此这次"打包"再版，也可满足他们的迫切需求。基于以上两点考虑，我同意了门生们的建议，由他们分工协作对旧稿做了一定的校订，终于推出了这套词学文集。宋人陈与义曾有词云："二十余年如一梦，此身虽在堪惊。闲登小阁看新晴。古今多少事，渔唱起三更。"（《临江仙》）对我而言，若是改动其中一个字，变成"三十余年如一梦……"，便很能表达此时看到这套文集的内心感受：往事早如云烟，此身也已垂暮，这套文集所收的旧文其优劣、良莠就让读者和后人去评说吧，而我本人则要闲登小阁去享受那为时有限的余生了。

本文集共八册、十二卷。下面,分别对各册内容作具体说明。

第一册由卷一、卷二组成。

卷一《唐宋词风格论》:此卷原由上海社会科学院出版社 1986 年出版。后来发现,台湾木铎出版社 1987 年盗印过它,易名为《唐宋词的风格学》,且隐去了作者的姓名。韩国新雅社 1994 年将其译成韩文出版,翻译者为李钟振教授。

卷二《张炎词研究》:此卷原由齐鲁书社 1989 年出版。

第二册收录卷三《唐宋词史》。此卷原由江苏古籍出版社 1987 年出版,后由天津古籍出版社 1998 年再版。后者对前者略作修订,主要是改正了一些错字和删除了某些不必要加的引号,内容基本不变。此次再版,依照后一版本。台湾丽文文化事业公司 1996 年出版了它的繁体字版。韩国新雅社 1995 年将它译成韩文出版,翻译者为宋龙准、柳种睦先生。

第三册收录卷四《唐宋词论稿》。此卷原由浙江古籍出版社 1988 年出版,其中选录了我 1981 年至 1986 年发表的论文 32 篇。

第四册收录卷五《唐宋词论稿(续编)》。此卷为这次所新编的论文集,共收录论文 35 篇,其时间跨度较大(1984 年—2008 年),主要是从《唐宋词论稿》出版以后所陆续发表的论文中选辑而成。其内容大致分成六类:一是对唐宋词的魅力来源,尤其是其人生意蕴作出探寻;二是对唐宋词的心理内涵做些剖析,兼论“角色转换”对这些意蕴生成的重要作用;三是词论研究,以及我对于词学研究的若干思索;四是从传承和变异的角度来对唐宋词进行文化考察;五是读唐宋词的一些心得,它们所涉及的问题较多;六是其他方面的一些文章,其中既有两篇论宋人散文的文章,还有三篇论析夏承焘先生治学历程和回忆唐圭璋、段熙仲先生往事的文章,收录这后三篇主要想借此表达对先贤的缅怀之情。上述 35 篇文章,以前散见于各种报刊之上,此次结集出版,可省读者查检之劳,姑取名为《唐宋词论稿(续编)》。

第五册收录卷六《唐宋词美学》。此卷原由江苏教育出版社 1998 年出版。

第六册由卷七、卷八、卷九、卷一〇组成。

卷七《唐宋词纵横谈》:此卷原由苏州大学出版社 1994 年出版。台湾丽文文化事业公司 1995 年出版了它的繁体字版,易名为《唐宋词主题探索》。

卷八《宋词趣谈》:此卷原由台湾业强出版社 1997 年出版。它的学术性不强,但趣味性和可读性尚可,因大陆读者不易读到,故在此再版,可供非专业的读者阅读消遣。

卷九《李璟·李煜》:此卷原由春风文艺出版社1999年出版,为其"插图本中国文学小丛书"中的一种。

卷一〇《东吴绛帐屐痕——序跋选录》:此卷收录了我为学生们的学术著作写的序跋。

第七册收录卷一一《唐宋词与人生》。此卷原由河北人民出版社2002年出版。

第八册由卷一二、附录组成:

卷一二《宋词三百首新注》:此卷原由天津人民出版社1993年出版。合作者刘文华女士乃是我的妻子,不幸已于近时病逝。几十年来,她在生活和工作上助我良多。今日再版此卷,也作为对她的一种悼念。台湾丽文文化事业公司1995年据此重排,出版了它的繁体字版,易名为《宋词三百首鉴赏》。

《附录》四种:一是崔海正教授所写的《论唐宋词专家杨海明——当代词学家系列研究之一》。二是曹辛华博士所写的《杨海明与唐宋词研究的深化》。这两篇文章的撰写,其作者事前事后都未与我本人做过沟通,完全是他们个人意见的表述。照我看来,其中颇多溢美之词而缺少中肯的批评,实在愧不敢当。但它们却能从一定程度上揭示我的某些研究"特色",可供我自己反省并供读者参考。除此之外,很多师友(如曹济平先生、潘树广先生,以及刘扬忠、肖瑞峰、王兆鹏、刘尊明等先生)和学生(如邓红梅、赵梅、闵定庆、钱锡生、王晓骊等博士,以及浙江大学的张锦同学)也曾为我的一些论著写过书评,但因篇幅的关系,这里就不再收录,谨向他们表示衷心的感谢和诚挚的歉意!三是王晓骊博士所记录的《背靠遗产　面向当代——杨海明教授词学访谈录》,它概述了我从事词学研究的历程,以及研究唐宋词的若干心得体会,也可提供给读者阅读。四是张幼良博士所撰《瞬间三十年——杨海明先生学术年表》。

正如开头所说,我在这30年左右的时间内竟不意涂鸦出了一大堆评说唐宋词的文字,其间的甘苦辛甜,自然一言难尽;而文章的优劣良莠,也心知肚明。总的来说,由于我的写作往往率性而发,主要凭兴趣和"感悟",而不耐作缜密细致的思考,因此文章中的疏漏和缺陷(甚至错误)自然难免,还望读者多多指教!另外,由于我往往是先写成一篇篇单篇论文,以后又把这些论文中的观点和材料融汇在后来的专著中间;而在撰写单篇论文时,因每篇文章都要自成一个独立的

"单元",故而有一些观点和例证有可能会在全书中多次出现,或许会令人产生啰唆重复之感。这里谨表歉意。再者,由于这些文章写于不同时期,早期的文章并不像现今那样讲求"学术规范",故而现在读来肯定不够"规范",不够严谨。这点也请读者鉴谅!追昔抚今,如果说这套文集所收的一些旧文,在"文革"结束不久、新时期刚刚开始的阶段或许曾有某些"闪光点"使人眼目为之一亮的话,那么时至今日恐就早已平淡无奇,甚至黯然失色了。所以我十分清醒地将自己定位为新旧时期转型阶段的一位"过渡型"的研究者,而词学研究的崭新局面和崭新气象则期待着后来者们去努力开启和努力创造——这也是我作为一名曾经的词学研究者所殷切期望的。

最后,要对引导我走上研究道路并给我以提携指导的唐圭璋师、孙望师、段熙仲师、吴调公师表示深切的悼念与感谢;对大力促成本文集出版并付出辛勤劳动的我的博士生们(曹辛华、曹志平、孙虹、薛玉坤等)表示深深的谢意,拙著引文均由他们重新查核,并详为注出;特别应该提出的是,陈国安博士在本文集的出版过程中付出了艰辛的劳动,其热情与认真令我十分感动,特在此也表示郑重的感谢;对大力资助本文集出版的江苏海门市教育局副局长许新海博士表示衷心的感谢;对支持本文集出版并花费很多心血的江苏大学出版社总编辑芮月英女史和图书编辑部主任顾正彤女史表示深深的敬谢之心。

杨海明

2010 年 10 月

目　录

第一章 风情独异:唐宋词所提供的审美新感受

一、音乐加美女:词所活跃其中的文化场圈

王国维说:“凡一代有一代之文学。楚之骚,汉之赋,六代之骈语,唐之诗,宋之词,元之曲,皆所谓一代之文学,而后世莫能继焉者也。”①既然“一代有一代之文学”(亦即焦循《易余籥录》所谓的“一代有一代之所胜”②),那么,每一种“代有偏胜”的文学,就必定会向人们展示其独具的文学新景观,并又带给人们以别种文学所欠缺的某些审美新感受。故在本书前三章中,我们就想着重对唐宋词(主要是传统所谓的婉约词)所展示的文学新景观和它所提供的审美新感受进行考察与品味。而这又不妨先从唐宋词的“出场”谈起。

和其他文体的“出场”不同,词登上文学舞台和走入(唐宋人的)生活圈子,是伴随着特殊的“声光效应”的。具体来说,它是在音乐(燕乐)和美女(歌妓)的簇拥下登坛的。音乐给人以听觉(声)的快感,美女又给人以视觉(色相、光彩)的愉悦。因此,词所展示的文学景观与所提供的审美感受,就远比诗文所展示的文学景观和所提供的审美感受来得丰富和赏心悦目(耳)。辛弃疾在评说饮酒对他的引诱与“毒害”时曾说:“更凭歌舞为媒,算合作平居鸩毒猜。”(《沁园春·将止酒,戒酒杯使勿近》)意谓:酒与歌舞相谋,害人尤烈,直似鸩毒。借用此说,则唐宋词之所以能特别受人青睐和特别使人迷恋,与它的凭仗着“歌舞为媒”有关。相比之下,诗文作品仅靠其文辞之美本身来吸引读者,而唐宋词则除此之外还用其音乐之美与“秀色”之美来“招徕”听众和观众。因而,若要真正弄清唐宋词的艺术奥秘,就势必从其伴随着声色歌舞的“出场”,亦即活跃在“音乐加美女”的特殊文化场圈说起。

① 王国维:《宋元戏曲考自序》,《王国维遗书》第15册,上海书店,1983年。
② 焦循:《易余籥录》,《丛书集成续编》第91册,上海书店,1994年,第463页。

关于词之伴随着声色歌舞"出场",不妨先看其"经典著作"《花间集》中的有关描述。其序言(五代欧阳炯撰)中"开宗明义"云:"则有绮筵公子,绣幌佳人,递叶叶之花笺,文抽丽锦;举纤纤之玉指,拍按香檀。"①这就十分形象地描绘了美女演唱新词的生动情景。而在该集的许多作品中,我们也随处可见词与音乐和美女相伴相随、亲密无间的情况。例如:

> 绿云高髻,点翠匀红时世。月如眉,浅笑含双靥,低声唱小词。(牛峤《女冠子》)
>
> 花蔽膝,玉衔头。寻芳逐胜欢宴,丝竹不曾休。美人唱,揭调是《甘州》,醉红楼。(毛文锡《甘州遍》)
>
> 轻敛翠蛾呈皓齿,莺啭一枝花影里。声声清迥遏行云,寂寂画梁尘暗起。　　玉斝满斟情未已,促坐王孙公子醉。春风筵上贯珠匀,艳色韶颜娇旖旎。(魏承班《玉楼春》)
>
> 轻盈舞妓含芳艳,竞妆新脸。步摇珠翠修蛾敛,腻鬟云染。　　歌声慢发开檀点,绣衫斜掩。时将纤手匀红脸,笑拈金靥。(毛熙震《后庭花》)

从这些词中我们不难看出,晚唐五代的贵族文人在其"文艺沙龙"和"音乐茶(酒)座"中听词赏曲时,不仅大饱了耳福(如"声声清迥遏行云"、"丝竹不曾休"之类的描写),而且还大饱了眼福(如"轻敛翠蛾呈皓齿"、"时将纤手匀红脸,笑拈金靥"之类的描写),这就难怪他们之中有一位作者会情不自禁地这样写道:"芳年妙妓,淡拂铅华翠。轻笑自然生百媚,争那尊前人意。　　酒倾琥珀杯时,更堪能唱新词。赚得王孙狂处,断肠一搦腰肢。"(尹鹗《清平乐》,见《全唐诗·附词》)其中一句"赚得王孙狂处",就坦率地道出了词与音乐和美女联手结伴给这辈文人狎客们带来的几欲销魂、几近骚狂的无穷快感!

而在两宋词坛上,我们则不仅能看到与上述情况相似的歌妓唱词情景,而且还能进一步看到两种情况,即歌妓主动向词人索词和文人主动为歌妓写词。这就表明,比起晚唐五代,两宋社会中的歌妓对词的参与和她们在词的创作与传播过程中所发挥的作用更显积极。

对此,不妨先看歌妓向文人索词的例子。

柳永《玉蝴蝶》云:"珊瑚筵上,亲持犀管,旋叠香笺。要索新词,殢人含笑立

① 欧阳炯:《花间集序》,赵崇祚辑、李一氓校《花间集校》,人民文学出版社,1958年,第1页。

尊前。按新声、珠喉渐稳，想旧意、波脸增妍。”而这种描写，便是大有其生活基础的。罗烨《醉翁谈录》丙集卷二中曾说：“耆卿居京华，暇日遍游妓馆。所至，妓者爱其有词名，能移宫换羽，一经品题，声价十倍。妓者多以金物资给之。”①叶梦得《石林避暑录话》卷三也说：“永为举子时，多游狭邪，善为歌辞。教坊乐工，每得新腔，必求永为辞。”②为向柳永索讨新词，歌妓竟不惜以金银财宝作为“稿酬”，由此可知歌妓对于新词的迫切需求。而柳永在词中所道及的歌妓芳名就有：秀香、英英、瑶卿、虫虫、心娘、佳娘、虫娘、酥娘、师师、香香、安安等。这些，恐怕都是向他支付“稿酬”的“雇主”。

柳永如此，苏轼也未能免俗。他在《水调歌头》（呢呢儿女语）的词序中明确提到此词之作实应歌妓所乞的事实。“欧阳文忠公尝问余：‘琴诗何者最善？’答以退之《听颖师琴》诗。公曰：‘此诗固奇丽，然非听琴，乃听琵琶诗也。’余深然之。建安章质夫家善琵琶者，乞为歌词，余久不作，特取退之词，稍加檃括，使就声律以遗之云。”此中提到的这位“章质夫家善琵琶者”，分明就是一位善弹琵琶的歌妓。

至于南宋词人，应歌妓请求而作词的情况同样比比皆是。如刘过《西江月》（楼上佳人楚楚）词序中有“武昌妓徐楚楚号问月索题”。他的那首有名的《唐多令》（芦叶满汀洲）词序中也说：“安远楼小集，侑觞歌板之姬黄其姓者，乞词于龙洲道人，为赋此《唐多令》。”此外，高观国《生查子》（蓬莱一捻云）词序中有“史辅之席上，歌者赠云、头香乞词”，吴文英《声声慢》（春星当户）词序中有“饮时贵家，即席三姬求词”，凡此等等，都表明了歌妓对歌词创作活动的参与和介入。

再看文人主动为歌妓写词的例子。

苏轼词集中就颇多此类记载。其《南乡子》词序云：“用前韵赠田叔通家舞鬟。”其《减字木兰花》中有四首标明“赠君猷家姬”“赠徐君猷三侍人”（分别为妩卿、胜之、庆姬），还有一首则题为“赠小鬟琵琶”。豪放如苏轼，其写词尚且与歌妓结有如此深的缘分，更遑论宋代的其他词人了。黄庭坚《蓦山溪・赠衡阳妓陈湘》，袁去华《思佳客・王宰席上赠歌姬》，刘过《蝶恋花・赠张守宠姬》，刘镇《踏莎行・赠周节推宠姬》，张炎《惜红衣・赠妓双波》等词的序，都表明了宋词中的不少作品绝不像白居易的讽喻诗那样是“为君、为臣、为民、为物、为事而作”③，相反，这些词竟然全是为“她”（歌妓）而作。至于缺乏词序说明，但词情

① 罗烨：《醉翁谈录》丙集卷二，古典文学出版社，1957 年，第 32 页。

② 叶梦得：《石林避暑录话》卷三，商务印书馆，1921 年，第 1 页。

③ 白居易：《新乐府序》，《白居易集》，顾学颉校点，中华书局，1979 年，第 52 页。

中明显展示它们实是赠妓之作的词篇,则更是数不胜数!

所以,通过以上情况我们便可充分得知:唐宋词的产生和发展,基本置身于一个与其他文体、其他文学作品大不相同的特殊文化场圈之中;而音乐与美女成了促生词之独特文学风貌的两大直接因素。

当然,如从严格意义上讲,则中国古典诗歌之伴随着歌舞一起出现,实又并不仅见于词。例如上古时代的诗歌,就存在着诗、歌、舞三位一体的情况。对此,《礼记·乐记》就有过理论方面的阐述:"诗言其志也,歌咏其声也,舞动其容也。三者本于心,然后乐器从之。"①而鲁迅更做过富有想象力的描述:"我们的祖先的原始人,原是连话也不会说的……假如那时大家抬木头,都觉得吃力了,却想不到发表,其中有一个叫道'杭育杭育',那么,这就是创作。"②而此段议论,实又本之于《吕氏春秋·淫辞》所引翟翦语:"今举大木者,前呼'舆谔',后亦应之。"到了后来,《诗经》之配合"雅乐"歌唱和汉魏六朝民歌之配合"清(商)乐"歌唱,也是诗歌伴随歌舞(在歌唱的同时配合舞蹈也是可以想见的事实)一起出现的例子。但是,前代某些诗歌之配乐歌唱,却和唐宋词的配乐歌唱存在着明显的差异。

第一,它们所配合的"雅乐"和"清乐"都是比较简单朴素的音乐,而唐宋词所配合的音乐(燕乐)却是一种"繁声淫奏"③,是极富刺激性和十分美妙动听的"俗乐"。马端临《文献通考·乐二》记载北朝演奏燕乐的情景:"歌声全似吟哭,听之者无不凄怆","是以感其声者,莫不奢淫躁竞,举止轻飙,或踊或跃,乍动乍息,跻脚弹指,撼头弄目,情发于中,不能自止"。④ 这和上文所引的"赚得王孙狂处,断肠一搦腰肢"相比,从其因受燕乐的感染而引起的兴奋和激动程度来看,是颇为相近的。因此,正像白居易闻京都女子弹奏琵琶曲(属于燕乐范畴)后感叹"今夜闻君琵琶语,如听仙乐耳暂明"那样,前代诗歌与比较古朴的"雅乐"、"清乐"结合所带来的审美感受,就不能与唐宋词与燕乐结合所提供的"如听仙乐"的审美新感受同日而语。换句话说,唐宋词配合燕乐演唱,可以给予听众划时代的全新审美感受。

第二,前代诗歌之合乐,一般是先有词,后配乐;而唐宋词之合乐,除开极少的"自度曲"之外,一般采取"倚声填词"(亦即先有乐曲,后填歌词)的方法。这

① 杨天宇:《礼记译注》下,上海古籍出版社,1997年,第605页。
② 鲁迅:《且介亭杂文》,上海文艺出版社,1991年,第113页。
③ 王灼:《碧鸡漫志》卷一,唐圭璋编《词话丛编》,中华书局,1986年,第74页。
④ 马端临:《文献通考·乐二》,《文献通考》,中华书局,1986年,第1151页。

样一来，音乐在词的合乐歌唱过程中产生的作用和影响，就远较它在诗歌的合乐歌唱过程中产生的作用和影响更显巨大与深远。具体来说，一方面，为要配合繁声淫奏的燕乐曲调进行演唱，词就形成了“调有定句，句有定字，字有定声”和在分片、押韵等方面都有严格规定的特殊体式。即使在后来词与音乐逐渐脱离之后，词的体式中却仍保留音乐的深刻烙印——王国维说，读周邦彦词“于文字之外，须更味其音律。今其声虽亡，读其词者，犹觉拗怒之中，自饶和婉，曼声促节，繁会相宣，清浊抑扬，辘轳交往”(《清真先生遗事》)。这就品味出了词因受到音乐陶冶而保留的遗风余韵。另一方面，燕乐曲调本身所具有的抒情功能和审美效应，又大大强化了词的抒情功能和审美效应。对此，我们且看两位较早尝试填词的唐代大诗人——刘禹锡和白居易对词乐的一番感受。刘禹锡在初次接触巴蜀儿女联歌《竹枝曲》时，就深觉其声情“虽伧伫不可分，而含思宛转，有淇濮之艳”(《竹枝词引》)，这就道出了他据以填写《竹枝词》的乐曲之极富抒情性的特色；而当我们读他诸如“白帝城头春草生，白盐山下蜀江清。南人上来歌一曲，北人莫上动乡情”、“巫峡苍苍烟雨时，清猿啼在最高枝。个里愁人肠自断，由来不是此声悲”之类的《竹枝词》时，不也分明感到它们同样带有“含思宛转”的风味吗？白居易则对另一种用来填词的《杨柳枝》乐曲发表过如下议论：“《杨柳枝》，洛下新声也。洛之小妓有善歌之者，词章音韵，听可动人，故赋之。”①(《杨柳枝二十韵》自注)这又道出了词乐悦耳动听的特色，并由此可知据此演唱的歌词必能收到声情并茂的审美效应。因此，唐宋词与音乐之间的紧密关联，就远非前代诗歌与音乐的关系可比——在一定意义上讲，音乐甚至可以称为词体的“奶娘”。这是因为，从“血缘”来看，词的“嫡母”当然是前代以来的抒情诗歌，而从“哺育”之功来看，则词的发育就离不开音乐乳汁的滋养。

第三，前代诗歌的配乐歌唱，自然也不排斥歌妓的参与。如《玉台新咏》卷九载有张率的《白纻歌辞》：“歌儿流唱声欲清，舞女趁节体自轻，歌舞并妙会人情。依弦度曲婉盈盈，扬蛾为态目谁成。”②它就描绘了歌儿舞女“歌舞并妙”的场面，表明了六朝诗歌曾由歌妓配乐歌唱。但是，综观前代诗歌的总体情况，它们主要是用来吟诵而非演唱；即使是用来演唱的，其唱诗者也主要是由作者自己或并非歌妓的其他角色担任。如《诗经》的咏歌者，按照朱熹的说法——“凡

① 白居易：《白居易集》，顾学颉校点，中华书局，1979年，第724页。
② 徐陵编，吴兆宜注：《玉台新咏笺注》，穆克宏点校，中华书局，1985年，第423页。

《诗》之所谓‘风’者，多出于里巷歌谣之作，所谓男女相与咏歌、各言其情者也”①——就是里巷男女自身；而“若夫‘雅’、‘颂’之篇，则皆成周之世，朝廷郊庙乐歌之辞”②，则更非由歌妓们来担任。至若汉代乐府民歌，从其继承《诗经》“饥者歌其食，劳者歌其事”③的传统而言，其歌唱者也大抵是“饥者”“劳者”自己。然而，正如前文所引，唐宋词的演唱者，主要是那些“绣幌佳人”，亦即后来刘克庄所说的“雪儿、春莺辈”④歌妓。而另还有一个情况值得特别注意：古代的歌妓制度虽有很长的历史（如先秦即有“女乐”，汉代则有“倡乐”，魏晋南北朝更有“乐户”和家妓），但其“昌盛发达”却是在唐宋时期。如唐代在宫中设有“教坊”和“梨园”，其中就颇多歌妓；而除此之外，还有大量的官妓、家妓和私妓存在。到了宋代，歌妓的活动范围更为广泛，她们几乎介入到社会生活的各个层面之中（就连徽宗皇帝和理宗皇帝都有狎妓的传闻。前者与李师师的风流艳事可阅张义端的《贵耳集》、周密的《浩然斋雅谈》等书，后者之狎唐安伦可见田艺蘅的《西湖游览志余》），成为宋代城市风情中的一大“人文景观”。例如：孟元老《东京梦华录》卷二“酒楼”条记载，汴京的某些酒店“向晚灯烛荧煌，上下相照，浓妆妓女数百，聚于主廊槏面上，以待酒客呼唤，望之宛若神仙”；其“饮食果子”条记载：“又有下等妓女，不呼自来，筵前歌唱，临时以些小钱物赠之而去，谓之‘札客’，亦谓之‘打酒座’。”⑤再如周密的《武林旧事》卷六“歌馆”条记载：“（临安）平康诸坊，如上下抱剑营、漆器墙、沙皮巷、清河坊、融和坊、新街、太平坊、巾子巷、狮子巷、后市街、荐桥，皆群花所聚之地。此外诸处茶肆：清乐茶坊、八仙茶坊、珠子茶坊、潘家茶坊、连三茶坊、连二茶坊及金波桥等两河以至瓦市，各有等差，莫不靓妆迎门，争妍卖笑，朝歌暮弦，摇荡心目。”⑥以上种种具体描述，使我们绰有理由相信，《东京梦华录序》中所说的“举目则青楼画阁，绣户珠帘，雕车

① 朱熹：《诗集传序》，郭绍虞主编《中国历代文论选》第1册，上海古籍出版社，1979年，第72页。

② 同①，第72-73页。

③ 何休：《春秋公羊传·宣公十五年解诂》，郭绍虞主编《中国历代文论选》第1册，上海古籍出版社，1979年，第5页。

④ 刘克庄《题刘澜乐府》载：“词当叶律，使雪儿，春莺辈可歌。”张惠民《宋代词学资料汇编》，汕头大学出版社，1993年，第239页。

⑤ 孟元老：《东京梦华录》卷二，孟元老，等《东京梦华录（外四种）》，古典文学出版社，1957年，第15页。

⑥ 周密：《武林旧事》卷六，孟元老，等《东京梦华录（外四种）》，古典文学出版社，1957年，第443页。

竞驻于天街,宝马争驰于御路,金翠耀目,罗绮飘香,新声巧笑于柳陌花衢,按管调弦于茶坊酒肆”①之语,虽有几分夸张,却基本符合两宋社会的实际情况。

因而,词在小舞台(酒宴歌席)上的伴着歌妓“出场”,实即枕垫着一个更大范围的社会舞台,且又挟带着前所未见的歌围舞阵的浩大声势。我们试看南宋文人张镃在家中设宴以歌妓唱曲来招待客人的情景。据周密的《齐东野语》卷二〇“张功甫豪侈”条记载,有一位赴其牡丹会的侍郎王简卿曾这样口述:“众宾既集,坐‘一虚堂’,寂无所有。俄问左右云:‘香已发未?’答云:‘已发。’命卷帘,则异香自内出,郁然满座。群妓以酒肴丝竹,次第而至。别有名姬十辈皆衣白,凡首饰衣领皆牡丹,首带‘照殿红’一枝,执板奏歌侑觞,歌罢乐作乃退。复垂帘谈论自如,良久,香起,卷帘如前。别十姬,易服与花而出。大抵簪白花则衣紫,紫花则衣鹅黄,黄花则衣红,如是十杯,衣与花凡十易。所讴者皆前辈牡丹名词。酒竟,歌者、乐者,无虑数百十人,列行送客。烛光香雾,歌吹杂作,客皆恍然如仙游也。”②举办一次家庭宴会,竟至轮番十次总共出动上百名歌妓艳姬来唱词待客,这种吓人的排场使前代文人们自叹不如。而若我们再看看词中所反映的两宋妓乐之盛的情景,就越发可以想见词与美女、词与音乐是如何紧紧“捆绑”在一起的。北宋仲殊和尚曾这样描绘过成都和杭州的繁盛景象:

成都好,蚕市趁遨游。夜放笙歌喧紫陌,春邀灯火上红楼,车马溢瀛洲。(《望江南》)

涌金门外小瀛洲,寒食更风流。红船满湖歌吹,花外有高楼。晴日暖,淡嬉游。三千粉黛,十二阑干,一片云头。(《诉衷情》)

它们所给人的最为突出的印象,便是一派红楼耸立、歌吹喧天的旖旎风光。而南宋大词人辛弃疾也如此写道:

春到蓬壶特地晴,神仙队里相公行。翠玉相挨呼小字,须记:笑簪花底是飞琼。　　总是倾城来一处,谁妒?谁携歌舞到园亭?柳妒腰肢花妒艳,听看:流莺直是妒歌声。(《定风波》施枢密席上赋)

曲水流觞,赏心乐事良辰。今几千年,风流禊事如新。明眸皓齿,看江头、有女如云。折花归去,绮罗陌上芳尘。(《新荷叶》徐思上巳乃

① 孟元老:《东京梦华录》,孟元老,等《东京梦华录(外四种)》,古典文学出版社,1957年,第1页。

② 周密撰,朱菊如,等校注:《齐东野语校注》,华东师范大学出版社,1987年,第393-394页。

子似生日，因改定）

充斥其画面的竟也是一片美女如云、轻歌曼舞的情景。所以我们发现，如果说诗、文的创作活动主要还属于作者个人的精神劳动的话，那么，词的创作与演唱就较多地依赖于某种物质环境并又转化为士大夫的生活内容之一。具体来说：词的创作往往有一个“文艺沙龙”或士女冶游的特种生活环境作其“温床”；而当它一旦写成，则又被付之歌喉，变成士大夫文人酒色歌舞之物质享受生活的一个重要组成内容。在这中间，似乎存在着一个由“物质变精神”，再由“精神变物质”的转化过程：先由醇酒美女、画堂歌舞之类的物质享乐生活环境诱发出词人的创作激情，促使他们创作出与之相符相称的精神产品——小词；然后，又由红巾翠袖的歌妓们将它们配以金樽檀板来轻歌曼舞、浅斟低唱，从而重新转化为物质享受的方式。由此看来，唐宋词的创作虽仍属于词人的个人行为与精神劳动，但因紧贴在十分具体和实在的物质享受生活环境之上，它就必然会趋从于此种物质环境并培育出与之相适应的艺术个性和文体风貌。人皆深知，环境对于生物的种貌会产生巨大而深刻的影响。例如：同属熊科，因生长环境的不同，地球上就形成了白熊（北极熊）、黑熊（狗熊）、棕熊和马来熊等不同的品种。拿其中的白熊来说，由于它们生活在冰岛、格陵兰岛等靠近北极的高寒地带，于是就生成了色白毛稠、脂肪丰厚和不畏寒冷等与北极气候环境相适应的生理特性。同样，俗语所说的“一方水土养一方人”，也表明了地理环境对于人的体魄外貌乃至心理气质的深刻影响。拿这种观点来考察唐宋词与其活跃其中的特殊环境之间的关系，也同样适用。因此我们在对唐宋词之“出场”作了一番考察之后，所得的第一印象即是它是生长于歌舞场上和裙钗堆中，而继后可得的进一步结论又是：它的内质和外观也必会受到“音乐加美女”这一特殊文化场圈的深刻影响。

当然，对于上述印象与结论，我们还须补充说明：它们主要是依据唐宋词的特殊体性而得出的。我们知道，词在最初曾被人称为“曲子”或“曲子词”，又被称作“近体乐府”（与古乐府相对而言），这就可知，合乐可歌即已成了词不同于诗、文的特殊体性。虽然后所创作的不少宋词作品已不复用以应歌而变成了一种“案头文学”，但如果从尊重词的特殊体性出发，那么，上述印象与结论应该基本成立。现在摆在我们面前的研究课题是进而思考与探求“音乐加美女”的特殊文化场圈对于词的深刻影响。对此，我们即可从《花间集序》这一堪称“词的宣言”中去寻求答案。其全文如下：

镂玉雕琼，拟化工而迥巧；裁花剪叶，夺春艳以争鲜。是以唱云谣则金母词清,挹霞醴则穆王心醉。名高白雪,声声而自合鸾歌;响遏行云,字字而偏谐凤律。杨柳大堤之句,乐府相传;芙蓉曲渚之篇,豪家自制。莫不争高门下,三千玳瑁之簪;竞富尊前,数十珊瑚之树。则有绮筵公子,绣幌佳人,递叶叶之花笺,文抽丽锦;举纤纤之玉指,拍按香檀。不无清绝之词,用助娇娆之态。自南朝之宫体,扇北里之娼风。何止言之不文,所谓秀而不实。

有唐已降,率土之滨。家家之香径春风,宁寻越艳;处处之红楼夜月,自锁嫦娥。在明皇朝,则有李太白应制《清平乐》词四首。近代温飞卿复有《金荃集》。迩来作者,无愧前人。

今卫尉少卿字弘基,以拾翠洲边,自得羽毛之异;织绡泉底,独殊机杼之功。广会众宾,时延佳论。因集近来诗客曲子词五百首,分为十卷。以炯粗预知音,辱请命题,仍为叙引。昔郢人有歌阳春者,号为绝唱,乃命之为《花间集》。庶使西园英哲,用资羽盖之欢;南国婵娟,休唱莲舟之引。

时大蜀广政三年夏四月日叙①

欧阳炯所写的这篇序言,涉及好多方面的内容,但其中心议题则是"诗客曲子词"由美女来演唱的问题。而由此出发,我们即可得出如下有关词的本体的认识:

第一,词是一种"合乐文学",它特别适宜歌妓用美妙的女音来演唱。这可从《花间集序》的"声声而自合鸾歌""字字而偏谐凤律"以及"绣幌佳人……举纤纤之玉指,拍按香檀"等语中充分见出。

第二,词是一种"香艳文学",它特别适宜用来表现男女恋情。这从《花间集》的得名(例如:张泌《蝴蝶儿》词云"还似花间见,双双对对飞",温庭筠《南歌子》词云"花里暗相招,忆君肠欲断",李珣《河传》词云"想佳人花下,对明月春风,恨应同"等,就均以"花"作为男女产生相思恋情的特定环境来使用),以及《花间集序》中所云"家家之香径春风,宁寻越艳;处处之红楼夜月,自锁嫦娥"等语中可找到证明。

第三,词是一种"唯美主义"的文学,可以不管思想内容是否符合"善"的标准而尽力追求文辞之"美"和抒情之"真"。词并不顾及思想内容之"善"与否,

① 欧阳炯:《花间集序》,赵崇祚辑、李一氓校《花间集校》,人民文学出版社,1958 年,第 1 页。

见之于其自认“自南朝之宫体,扇北里之娼风”和“何止言之不文,所谓秀而不实”;其追求文辞之“美”则见之于《花间集序》开头所讲的“镂玉雕琼,拟化工而迥巧;裁花剪叶,夺春艳以争鲜”。至于词在抒情方面的重“真”倾向,虽无明显和直接的表白,但从其并不顾及“善”的倾向中自可反照而见,更可从该集大量作品的实际情况中归纳出来。

第四,词是一种“小道”“薄技”,它经常用以侑觞佐欢和声色之娱。这从《花间集序》中所说的“庶使西园英哲,用资羽盖之欢”和“不无清绝之词,用助娇娆之态”等语中就不难窥见词人视词为“享乐文体”的真实思想。

所以,一篇《花间集序》和一部《花间集》,就为我们提供了考察词在“音乐加美女”的特殊文化场圈中衍生,并由此养成其特殊文体风貌、展现其特殊文学景观的生动和形象的“标本”。而因“花间”词是整个唐宋词的幼年时代和定型阶段,因此,词在这一时期所养成的种种文体习性必将深刻地影响到其后来的历史进程——本书在后文所展开的关于唐宋词(婉约词)的词心、词境、词风之考察,正可证明此点。故在进入这个正题之前,我们首先用力论述词与音乐和美女的密切关系,这并非信笔漫谈,而是经过一番熟察与深思的。这是因为:唐宋词之所以会形成其独特的文学风貌,展示出新的文学景观,并给读者提供新的审美感受,追本溯源,与它跟音乐和美女结缘有关。如若戏改苏轼“杨花词”的名句“春色三分,二分尘土,一分流水”(《水龙吟》)来说,我们即可把唐宋词的迷人魅力(至少对当时的听众读者而言)归结为“魅力三分:一分歌词,一分音乐,一分美女”。故以优美的文辞,配以悦耳的音乐,再加上娇娆歌妓的演唱,这就共同构成了唐宋词那十分丰厚的艺术势能。而置身于这莺声呖呖、软语温存的特种环境之中,词人怎能不激发起满腔的婉情娈思?听众与读者又怎能不产生“动摇人心”的感情震颤和受到“沁入心脾”(谢章铤论词之美感“如幽香蜜味,沁入心脾”①)的审美愉悦?

二、享乐与宣泄:词所赖以促发的心理需求

“轻敛翠蛾呈皓齿,莺啭一枝花影里”(魏承班《玉楼春》),我们在上文既已充分见到了唐宋词人在香风画阁、花前月下的环境里写词赏曲的得意和痴迷情态,又明白了词与音乐和美女的密切关系,现在则要进一步拓宽视野来研谛唐宋

① 谢章铤:《眠琴小筑词序》,《赌棋山庄合集续集》,《文渊阁四库全书》第1545册,上海古籍出版社,1987年。

词所赖以促发的心理需求。

普列汉诺夫早就指出:“任何一个民族的艺术都是由它的心理所决定的,它的心理是由它的境况所造成的。”①唐宋词之所以会与音乐和美女结缘,一方面是因燕乐的兴盛和流行为词与音乐的结合提供了得天独厚的外在条件,另一方面则更与唐宋文人渴望享受人生和宣泄感情的心理需求有着甚为密切的内在联系。换句话说,物质生活方面的寻求享乐和感情生活方面的寻求宣泄,成为词所赖以促发的两大主要心理需求。

综观前代的诗、文作者,他们似乎生活得太累和太沉重。从第一部诗集《诗经》起始,直到唐宋词出现以前的大量诗、文作品,我们从中所见的,就大致是一部为生存、为温饱、为竞争、为忧国忧民或为个人穷通出处而奋斗、挣扎、奔走呼号和辗转呻吟的心灵史,其间固然也有过局部的享乐和欢快,但总体来看,却基本跳不出忧患于人生和受制于政治的思想圈套。拿《诗经》来说,前人就曾这样概括其主要思想内容:“男女有所怨恨,相从而歌。饥者歌其食,劳者歌其事。”其中有些诗篇直接反映了“饥者”和“劳者”为生存而辛勤劳作的场面(如:《七月》之写一年四季的农事,《载芟》之写农夫力田和禾谷成长情形),有些诗篇表达了劳动人民对于社会不公的愤怒和怨恨(如:《伐檀》之有愤于奴隶主“不稼不穑,胡取禾三百廛兮”,《正月》之揭露贫富不均“仳仳彼有屋,蔌蔌方有谷。民今之无禄,天夭是椓。哿矣富人,哀此茕独”),更有很多的诗篇则表现了战争和丧乱带给社会各阶层的震荡与痛苦(如:《东山》之写战后的萧条景象:“果臝之实,亦施于宇。伊威在室,蠨蛸在户。町畽鹿场,熠耀宵行”;《黍离》之写亡国后的哀痛:“彼黍离离,彼稷之苗。行迈靡靡,中心摇摇”)……总之,其间虽也有过某些欢乐的片断,但总的来说,却是一部“忧心忡忡”(借用《黍离》篇抒情主人公的话:“知我者谓我心忧”)的诗集。而中国古典诗歌的另一源头《楚辞》的基调则也离不开忧国忧民和忧患人生的悲音。如:屈原的“曾歔欷余郁邑兮,哀朕时之不当。揽茹蕙以掩涕兮,霑余襟之浪浪”“长太息以掩涕兮,哀民生之多艰”(《离骚》),宋玉的“岁忽忽而遒尽兮,恐余寿之弗将。悼余生之不时兮,逢此世之俇攘”“心怵惕而震荡兮,何所忧之多方”(《九辩》),就全都表明了它们是为“怨生”而作(《史记·屈原列传》:“屈平之作《离骚》,盖自怨生也”)。至于汉代诗歌,虽然曾经高高扯起“昼短苦夜长,何不秉烛游?为乐当及时,何能待来兹”的“及时行乐”的调门,但须知这四句的前提就是“生年不满百,常怀千岁忧”(《古诗十九首》),故而仍是貌似狂放而心实深忧的诗篇。嗣后,建安诗歌接着登坛,

① 普列汉诺夫:《没有地址的信》,曹葆华,等译,人民文学出版社,1962年,第53页。

其总体风貌正如刘勰所说:"观其时文,雅好慷慨,良由世积乱离,风衰俗怨,并志深而笔长,故梗概而多气也。"①也同样烙有时代丧乱的印记,表现着文人的忧患心理。两晋及南北朝诗中,虽曾出现过山水诗、宫体诗等距离政治较远、溺于私人生活圈子的诗篇,但它们在后代的诗人看来,似乎只能视为诗歌乐章中离开主旋律的插曲。到了唐代,由于国力的强盛和时代精神的振奋,反映政治理想和表现建功志趣的诗篇渐次增多;而对经历了安史之乱的"诗圣"杜甫来说,则又把他对政治的关心化为对于民生疾苦的关怀而尽行写入诗中。

故在唐宋词出现以前的大量诗、文中间,占其主流地位的便是那类忧患人生和关心政治的作品。此种现象拿今天的眼光来看并不奇怪。

以忧患人生来讲,古代社会由于生产力的低下和生活条件的恶劣(例如《诗经·七月》中描写当时人之所食:"六月食郁及薁,七月烹葵及菽"和"采荼薪樗,食我农夫。"即经常以瓜菜充饥)。故自中唐以来,上层社会的生活风气就日趋奢华、安闲和享乐。如李肇《国史补》卷下就曾有过这样的描述:"长安风俗,自贞元(唐德宗年号)侈于游宴,其后或侈于书法图画,或侈于博弈,或侈于卜祝,或侈于服食","京城贵游尚牡丹三十余年矣,春暮车马若狂,以不耽玩为耻"。(此节参见李泽厚《美的历程·韵外之致》)在这种情势的推动下,士人的人生观和价值取向就必然发生变异,追求享受也就成了他们的重大人生课题。在这方面,最典型的例子莫过于白居易:一方面,他是一位积极的"用世主义"者,深怀着"兼济天下""救济人病"的政治理想。在这种理想的支配下,他敢于冒犯权贵写下了诸如《秦中吟》《新乐府》之类的讽喻诗,将他的政治热情化为了"美刺比兴"的文学创作;另一方面,他又是一位懂得享受和善于享受的官僚文人,晚年耽于"似出复似处"的闲适生活之中,以觞咏弦歌、山水风月作为自己的享乐方式和娱乐对象(其《序洛诗》云:"本之于省分知足,济之以家给身闲,文之以觞咏弦歌,饰之以山水风月。此而不适,何往而适哉,兹又以重吾乐也。")。在这种生活态度的支配之下,他又写下了很多"知足保和、吟玩情性"的闲适诗篇。综观白居易的全部诗篇,我们看到了判然有别的两个白居易:一个是锐意改革弊政、关心民瘼的白居易;另一个则是蓄养歌妓、耽于诗酒声色中的白居易。这样的"人格分裂"现象,正就表明了如下的趋向:时至中唐,士人们的价值取向已产生了重大的变异,关心自身和享受人生已在他们的人生观中占据了重要的位置。

晚唐五代至两宋,上述"享受人生"的思想更加有所发展和弥漫。而造成这种状况的重要原因尤其在于城市经济的高度发展和物质生活条件的进一步改

① 周振甫:《文心雕龙今译》,中华书局,1986 年,第 399 页。

善。以北宋为例,孟元老《东京梦华录》对此就有甚为详细的描绘:当时的汴京旧城方圆已达 20 里许,外城方圆则更达 40 余里。城中住有皇室、贵族、臣僚、禁军、各色商人、手工业者,以及歌妓和奴仆,人口密集,商业发达。特别是在宋太祖诏令开封府不禁夜市之后,越发促使商业活动达到前所未有的活跃。如界身巷一带“屋宇雄壮,门面广阔,望之森然,每一交易,动即千万,骇人闻见”,而“相国寺每月五次开放万姓交易,大三门上皆是飞禽猫犬之类,珍禽奇兽,无所不有”;至若马行街的夜间集市,就更有通宵达旦之势:“夜市直至三更尽,才五更又复开张。如要闹去处,通晓不绝。”①于此即见北宋商业经济的昌盛发达。再拿南宋来讲,其商业经济的规模比北宋还要繁盛。灌叟耐得翁所撰《都城纪胜》记述临安的商业活动:“自大内和宁门外,新路南北,早间珠玉珍异及花果时新海鲜野味奇器天下所无者,悉集于此。以至朝天门、清河坊、中瓦前、灞头、官巷口、棚心、众安桥,食物店铺,人烟浩穰。其夜市除大内前外,诸处亦然。惟中瓦前最胜,扑卖奇巧器皿百色物件,与日间无异。其余坊巷市井,买卖关扑,酒楼歌馆,直至四鼓后方静;而五鼓朝马将动,其有趁卖早市者,复起开张,无论四时皆然。”②真有“民物康阜,视京师(指北宋汴京)其过十倍”(见其自序)之势。而在这种城市经济高度发达的基础之上,市民和贵族官僚的物质生活条件与物质生活质量也有了相应的改善和提高。“民以食为天”,我们且看南宋人的饮食情况,其品种之多和花色之繁,简直到了令今人都为之惊叹和自愧弗如的地步。如西湖老人所撰《西湖繁胜录》中所记当时杭城“食店”中的菜单就有海鲜头羹、三软头羹、江蟮柱、大片腰子、松花腰子、燥子决明、二色茧儿、江鱼玉叶、鲟鱼拖潼、羊头鼋鱼、锦鸡鼋鱼、夺真元鱼、大虾巨、鲜鲇丁、大鲟鱼、江蠘肉、沙鱼线、银鱼干、青虾、白蟹、香螺、蝤蛑鲟鱼、乌贼、蛆鱼、江鱼、鳂鱼、蚶子、蛤蜊、鲜蛤、白虾、车螯、比目鱼、望潮鱼、火珠鱼、蚵蚊鱼、河鱼、白鱼、鲥鱼、鲜鱼、鲫鱼、鲤鱼、银鱼、鲚鱼、青鱼、鲇鱼、螃蟹、鲟鳇鱼……共约 200 余种,这样的菜单恐怕现今号称五星级的大饭店都未必能够开得出!举此一例即可充分见出南宋人在吃的方面已达到何等奢侈和快活的地步。

再从玩的方面来说,南宋人四时八节出门游赏的活动暂且不去讲它,就拿张镃足不出户在家中亭台院落间所作的赏玩活动来讲,也足以令人惊叹不已。周

① 孟元老:《东京梦华录》卷三,孟元老,等《东京梦华录(外四种)》,古典文学出版社,1957 年,第 19、21 页。
② 耐得翁:《都城纪胜・市井》,孟元老,等《东京梦华录(外四种)》,古典文学出版社,1957 年,第 91 页。

密《齐东野语》卷二〇曾说:“其园池声妓服玩之丽,甲天下。”①而在《武林旧事》卷十中,正巧就保留了一份张镃自作的短文《赏心乐事》,其中所记载的游赏活动称得上花样百出。对此不妨每月选三条来看。正月:岁节家宴,玉照堂赏梅,诸馆赏灯;二月:现乐堂赏瑞香,玉照堂西赏缃梅,杏花庄赏杏花;三月:生朝家宴,斗春堂西赏绯碧桃,群仙绘幅楼下赏芍药;四月:初八日亦庵早斋,芳草亭斗草,餐霞轩赏樱桃;五月:清夏堂观鱼,听莺亭摘瓜,安闲堂解粽;六月:现乐堂尝花白酒,楼下避暑,芙蓉池赏荷花;七月:丛奎阁上乞巧家宴,玉照堂赏玉簪,立秋日秋叶宴;八月:中秋节摘星楼赏月家宴,现乐堂赏秋菊,社日糕会;九月:重九家宴,满霜亭尝巨螯香橙,杏花庄筜新酒;十月:立冬日家宴,满霜亭赏早霜,诗禅堂试香;十一月:冬至节家宴,味空亭赏腊梅,绘幅楼前赏雪;十二月:二十四夜饧果食,玉照堂赏梅,除夜守岁家宴②。且不说他家逢节必开宴席,竟连秋叶始落和早霜初起这种毫不起眼的节令也要在特设的亭台楼阁中摆宴观赏,这就可知南宋贵族文人拥有何等阔绰优裕的生活条件了。

既然中唐以来的社会环境为士人的享乐生活提供了十分优厚的物质条件,又加上中唐以来士人的人生观中增加了享受人生的思想比重,这就必然导致这一时期的上层社会弥漫着寻欢逐乐的享乐风气,而以美女唱词来侑酒助欢,就成了他们特别钟爱的一种享乐方式。我们试观五代小国(前蜀)之君王衍所作的《醉妆词》,从其中的“这边走,那边走,只是寻花柳。那边走,这边走,莫厌金杯酒”,即可充分见出其享乐兴趣主要集中在酒、色二字上面。而以美女来唱词侑酒,此种“三分卖唱、七分卖相”的娱乐方式,就使他们在大饱口福(饮美酒)的同时又能大饱耳福(听美曲)和大饱眼福(赏美女),从而获得了“全方位”的感官享受。因此我们综观晚唐五代和两宋社会,以歌妓唱词劝酒,就成了贵族文人乃至上层市民娱宾遣兴的“时兴节目”和重要方式。比如晚唐名妓周德华善歌《杨柳枝》词,他常在湖州崔刍言郎中的宴席上唱词娱宾(计有功《唐诗纪事》卷四九有:“湖州崔刍言郎中初为越副戎,宴席中有周德华者,刘采春女,善歌《杨柳枝》词,所唱增篇,皆名流之咏。”③);比如五代南唐的宰相冯延巳“或当燕集,多运藻思为乐府新词,俾歌者(歌妓)倚丝竹而歌之,所以娱宾而遣兴也”④;比如北

① 周密撰,朱菊如,等校注:《齐东野语校注》,华东师范大学出版社,1987年,第393页。

② 周密:《武林旧事》卷一〇,孟元老,等《东京梦华录(外四种)》,古典文学出版社,1957年,第513-516页。

③ 计有功:《唐诗纪事》卷四九,上海古籍出版社,1986年,第744页。

④ 陈世修:《阳春集序》,王鹏运辑《四印斋所刻词》,上海古籍出版社,1989年,第332页。

宋宰相晏殊，当其女婿杨隐甫来访，“坐堂上置酒，从容出姬侍奏管弦按歌舞以相娱乐”①；还比如罗烨《醉翁谈录》壬集卷二所载：“一日，王上舍勉仲，邀崔木游春出郊，特呼角妓张赛赛侑尊。酒已数行，崔木酣醉。王上舍谓赛赛曰：‘崔上舍，今之望人也，尔乃京城之角妓也。以望人而遇角妓，可谓一时之佳遇，适今之时，正值仲春，风暖日和，花红柳绿，景物如此，岂可无一词歌咏乎？尔可请崔上舍赋一词，于席前歌之，庶不负今日之景也。’”②以上种种情况都表明，当时社会中普遍流行着以歌妓唱词劝酒来待客娱宾的风尚。而且不仅上层社会如此，就连下层市井社会也沾染此风。《东京梦华录序》所云“新声巧笑于柳陌花衢，按管调弦于茶坊酒肆”，吴自牧《梦粱录》卷二〇“妓乐”条所载的下列诸种情况便是例证。

其一，宴会或社交时，多用妓院里的“散乐家”来伴奏，“其音韵清且美也”。

其二，“街市有乐人三五队，擎一二女童舞旋，唱小词，专沿街赶趁。”遇到元夕放灯、三春园馆赏玩及游湖看潮，或于酒楼及花衢柳巷觅欢时，常令此辈乐工歌妓侍候演唱，“其声音亦清细轻雅，殊可人听”。

其三，当酒库开张卖酒，用歌妓唱词来做“活广告”以招徕顾客：“（于）官妓及私名妓女数内，拣择上中甲者，委有娉婷秀媚，桃脸樱唇，玉指纤纤，秋波滴滴，歌喉宛转，道得字真韵正，令人侧耳听之不厌。”③

由此可知，唐宋词赖以促发、得以流行，以及伴随着音乐与美女一起“出场”，实际上就与士人（以及上层市民）对于声色歌舞的物质享乐生活之心理需求有着直接关联。

除了对于物质享受生活的心理需求之外，唐宋词赖以促发和得以流行还有另一方面的原因，即适应和满足士人宣泄感情的心理需求。

明人陈子龙在比较宋诗和宋词的差异时曾说：“宋人不知诗而强作诗。其为诗也，言理而不言情，故终宋之世无诗焉。然宋人亦不免于有情也，故凡其欢愉愁怨之致，动于中而不能抑者，类发于诗余。故其所造独工，非后世可及。”④

① 高晦叟：《席珍放谈》卷下，《文渊阁四库全书》第1037册，上海古籍出版社，1987年，第541页。

② 罗烨：《醉翁谈录》壬集卷二，古典文学出版社，1956年，第104页。

③ 吴自牧：《梦粱录》，孟元老，等《东京梦华录（外四种）》，古典文学出版社，1957年，第309－310页。

④ 陈子龙：《王介人诗余序》，上海文献丛书编委会编《陈子龙集》，华东师范大学出版社，1988年，第55页。

此言对宋诗的评论虽然有所偏颇,但对词的善于接纳和表现人们“欢愉愁怨”等各类感情的特色,却做了精辟的表述。换句话说,词在一定意义上便是一部记录词人感情生活的“心灵文献”;相对于一般的诗文作品来讲,词更大程度地满足了人们宣泄感情的心理需求。

确实,诚如陈子龙所说的“(唐)宋人亦不免于有情也”,唐宋词人本是一代极富感情而且感情特别丰富和细腻的文人。正像上文已经提到过的那样,随着社会经济和政治状况的有所演进,唐宋词人所身处的社会境况与前代相比已发生变化,故而中国封建社会由前期向后期转变所带来的种种社会景象就不能不引起他们或欢或悲、或愉或怨的感情波澜和心理变化;再加上唐宋时代是一个文化积累十分深厚、社会思潮十分活跃的时代,所以唐宋文人普遍带有多情而多思的文化气质和心理特点。这里只举欧阳修《秋声赋》中一段话为例。这位以文章学术著称于当时的“巨公名臣”因有感于凄悄的秋声,曾写下这样一段百感交集的文字:“嗟乎! 草木无情,有时飘零。人为动物,惟物之灵,百忧感其心,万事劳其形,有动于中,必摇其精。而况思其力之所不及,忧其智之所不能,宜其渥然丹者为槁木,黟然黑者为星星。奈何以非金石之质,欲与草木而争荣? 念谁为之戕贼,亦何恨乎秋声!”①唐、宋文人之多情和多思,就很可从这不满百字的短文中看得十分清晰。因此,怀有这样的文化气质和心理特点,唐宋文人特别懂得珍视生命和享受人生,尤其关注个人的命运和追求属于自身的幸福。而当国家有难和社会发生严重危机之时,他们中的一部分人则又继承和发扬了儒家积极入世的思想传统,表现出很强的社会责任感和历史使命意识。故而,面对自晚唐五代至两宋约 400 年的历史社会境况(或盛或衰,或令人欣喜,或令人痛心)和面对自身所遇到的种种问题(穷通出处,顺逆泰否),他们便有说不尽的欢乐与苦恼需要排遣和倾吐,更有异常丰富、复杂的情志需要得到宣泄和表现。于是,具有特种便利条件和文体优势(这在下文再作论析)的词体,就成了他们尽情宣泄感情和表现心灵的最佳文体。

那么,唐宋文人主要有哪些方面的感情内容亟待在词中得到宣泄和表现呢? 或者换个角度来说,唐宋词中主要反映了哪些普遍的社会心理呢? 对此,大致可以归为四类:

第一是及时行乐的享乐心理。这类心理可谓唐宋文人所迫不及待地需要宣泄和表现的社会心理之一。原因相当简单:首先,中唐以来城市经济的高度发展和上层社会日趋华靡奢侈的风尚颇有诱惑力地引发了士人“为乐当及时”的享

① 陈必祥:《欧阳修散文选集》,上海古籍出版社,1997 年,第 275 页。

乐心理;其次,随着时代境况的向前演进,作为由封建社会前期而向后期转变阶段的唐宋时代的士人,他们的人生观和价值取向也就势必发生相应的变化——若从消极方面来讲,他们身为地主阶级知识分子的那一部分寄生、腐朽的阶级属性就比前期上升阶段的士人表现或暴露得更加明显和充分;若从积极方面来说,则生而为人本应拥有享受生活和追求快乐的权利,因此唐宋士人滋生享乐心理也无可厚非,相反,甚至还在一定意义上反映了社会的进化和个人价值的提高。而不管是消极还是积极,唐宋文人比之前代文人越加珍视生命和追求享乐,则已成了一个显而易见的事实。这样一种有些势不可遏的享乐心理当然需要寻求宣泄,于是词就充当了最能表现及时行乐思想的"佐欢文体"。

当然,由于自晚唐五代至南宋灭亡的400年历史中社会境况存在着盛衰隆颓的各种不同面目,所以词人所欲宣泄和表现的享乐心理也就相应地呈现出阶段性的差异。具体来说:

晚唐五代词人由于身处衰世或乱世,他们的享乐心理就较多地表现出醉生梦死、穷奢极欲的形相。举其中的西蜀词为例(它们主要收录在《花间集》中),我们就读到了这样一些词句:"须愁春漏短,莫诉金杯满。遇酒且呵呵,人生能几何!"(韦庄《菩萨蛮》)"深夜归来长酩酊,扶入流苏犹未醒。醺醺酒气麝兰和,惊睡觉,笑呵呵,常道人生能几何!"(韦庄《天仙子》)"玉楼冰簟鸳鸯锦,粉融香汗流山枕……须作一生拚,尽君今日欢!"(牛峤《菩萨蛮》)"凤屏鸳枕宿金铺,兰麝细香闻喘息,绮罗纤缕见肌肤"(欧阳炯《浣溪沙》)……其中所表达的人生苦短、今朝有酒今朝醉的思想,以及对于女色的拼命享受,都明显折射出当时风雨飘摇、朝不保夕的政治形势涂抹在词人心理上的阴暗色调,因而这一时期词人所表现的享乐心理大都呈现出急不可耐的焦灼感和隐伏着的蜉蝣人生的危机感。

而到北宋时代(特别是号称"太平盛世"的仁宗时期和号称"宣、政之盛"的徽宗时期),则由于社会境况的相对安康,人们的享乐心理就更多地体现出从容不迫、细细品尝和享用人生的气度来。

这里且以存词仅四首的词人刘几为例,此人就是一位极善享乐的文人。叶梦得《石林燕语》卷十曾记有刘几的趣闻:"刘秘监几,字伯寿,磊落有气节,善饮酒,洞晓音律,知保州。方春,大集宾客,饮至夜分,忽告外有卒谋为变者,几不问,益令折花,劝座客尽戴,益酒行,密令人分捕。有顷,皆擒至。几遂极饮达旦,人皆服之,号'戴花刘使'。几本进士,元丰间换文资,以中大夫致仕,居洛中。平时,刘挟女奴五、七辈,载酒持被囊,往来嵩、少间。初不为定所,遇得意处,即解囊藉地,倾壶引满,旋度新声自为辞,使女奴共歌之,醉则就卧不去,虽暴露不顾也。尝召至京师议大乐，旦以朝服趋局，暮则易布裘，徒步市廛间，或娼优所集处，率以为常。”①而朱弁的《风月堂诗话》中也记有刘几晚年的生活行径：“刘伯寿，洛阳九老之一也，筑室嵩山玉华峰下，号‘玉华庵主’。有妾名芳草、萱草，皆秀丽，善音律。伯寿出入乘牛吹铁笛，二草以蕲笛和之，声满山谷。出门不言所之，牛行即行，牛止即止。其止也，必命壶觞，尽醉而归嵩，前人以为‘地仙’云。”②从他戴花、饮酒、狎妓、携妾、吹笛、唱曲等享乐情状来看，真可谓“地仙”（地上神仙）式的人物了。较之前代文人生活得那样沉重疲惫，乃不可同日而语。而再看刘几所写的词中，就有三首是写赏梅的《梅花曲》，另一首则是《花发状元红慢》，明显均乃游赏娱乐之作。这里不妨录其后一首词：

> 三春向暮，万卉成阴，有嘉艳方坼。娇姿嫩质冠群品，共赏倾城倾国。上苑晴昼暄，千素万红尤奇特。绮筵开，会咏歌才子，压倒元、白。
>
> 别有芳幽苞小，步帐华丝，绮轩油壁。与紫鸳鸯、素蛱蝶，自清旦、往往连夕。巧莺喧脆管，娇燕语雕梁留客。武陵人，念梦役意浓，堪遣情溺。

词中所描绘的自旦至暮的开宴赏花和唱歌听曲情景，就全无五代词中那种焦灼哀迫之感，而多了“升平”时代从容舒坦的气度。

至于南宋词人的享乐心理，则可谓兼有五代和北宋时代享乐心理的面貌：一方面因为他们生活在号称“销金锅儿”的西子湖畔，过着“暖风熏得游人醉”的奢侈生活，因而仍然表现出对生活的尽情享受和精细品尝（如前所举张镃开牡丹宴的情况即是其典型例子）；另一方面又因南宋毕竟是一个苟安江南、只有半壁江山的小朝廷，因此南宋文人的享乐心理自会重现五代词中那种带有危机感的面目。此中道理很易明白，对此不再多说。

而在综观以上三阶段的情况之后，我们就不难得出如下认识：由于物质生活条件的改善和上层社会风气的日趋华靡，再加上个人价值有所“升值”，唐宋文人确有十分浓厚的享乐心理亟待在紧伴美女和美酒的歌词中得到宣泄。

第二是春心荡漾的恋情心理。这类心理可谓唐宋文人在词中“投放”得最多的一种心理，它在词中得到的恣意宣泄和纵情泛滥竟导引出几乎使词成为

① 叶梦得：《石林燕语》，中华书局，1984 年，第 146、147 页。

② 朱弁：《风月堂诗话》，《冷斋夜话　风月堂诗话　环溪诗话》，陈新点校，中华书局，1988 年，第 109 页。

“艳科”的后果。

恋情心理本是人类与生俱来(当然要到一定年龄后才表现出来)的心理之一,无论在哪个时代的作品中,都有所宣泄和表现。不过,像唐宋词所表现出的那种大胆放肆的恋情心理,恐怕是前所少见的。而这又与词所产生和流行的大背景与小环境有着密切的关联。

从大背景来讲,中唐以来士人与女性(主要是歌妓)交往的机会大为增多。这种频繁的两性接触机会,就大大培育和诱发了文人的恋情心理。早在盛唐时期,由于城市经济的逐步发展和君主、贵族的生活趋于奢侈,就出现了男女一起郊宴、赏花的游赏活动。比如杜甫《丽人行》中所写的“三月三日天气新,长安水边多丽人”的情景;再比如王仁裕《开元天宝遗事》中所记下列情况:“都人士女,每至正月半后,各乘车跨马,供帐于园圃或郊野中,为探春之宴。长安士女,胜春野步,则设席藉草以红裙相插挂,以为宴幄。”①这些都表明唐代社会在“男女大防”问题上有所开放和松绑。而自中唐以后,士人与歌妓交往甚至“交友”就更成了不足为怪的事情。白居易的《琵琶行》就写他夜唤歌妓弹曲饮酒的故事,而杜牧的许多艳诗(如《赠别》:“娉娉袅袅十三余,豆蔻梢头二月初。春风十里扬州路,卷上珠帘总不如。”《遣怀》:“落魄江湖载酒行,楚腰纤细掌中轻。十年一觉扬州梦,赢得青楼薄倖名。”)多少还以狎妓自负。由此看来,文人和歌妓交往的冶游之风在当时已成为一种时尚。而这种冶游风气即为恋情心理的滋生提供了丰厚的生活土壤。更何况歌妓作为一种特殊的社会阶层,较之一般的“良家妇女”和正式妻室更具“施爱”和“受爱”的优越条件——一方面,她们美貌多艺,善解人意,更易赢得风流文人的欢心;另一方面,和她们的交往甚至狎游,又可较少受到礼教伦理的管束——故而,因她们所激发出的恋情心理就远比因合法的男女婚配所产生的恋情心理来得恣肆和浓厚。例如,欧阳修曾有一首咏蝴蝶的《望江南》词:

> 江南蝶,斜日一双双。身似何郎全傅粉,心如韩寿爱偷香,天赋与轻狂。　微雨后,薄翅腻烟光。才伴游蜂来小院,又随飞絮过东墙,长是为花忙。

不管这是否是词人有所寓托之作,但它所描写的这只“长是为花忙”和“天赋与轻狂”的蝴蝶形象,就很能说明词人被“花”所激起的那股似癫似狂的恋情

① 王仁裕:《开元天宝遗事》,丁如明辑校《开元天宝遗事十种》,上海古籍出版社,1985年,第103页。

心理。

从小环境来讲,词之产生与演唱多在美女加美酒的场合中进行,这种近似于今天"卡拉 OK"厅的环境也相当容易诱发恋情心理。我们试读宋人和明人的许多笔记小说,就很能找到一些词人与歌妓在宴席上眉目传情甚至得成"好事"的绯闻艳事。如杨湜《古今词话》载:"陈子雍奉使浙江,沈可勋正叔留饮,出家妓侑觞。有翠鬟者,与子雍目色相授,以玉篦密赠子雍。未几,辞沈而去,径往子雍之宅。"①这位沈家歌妓因在酒宴上初识陈子雍,一见钟情之后竟至私奔陈家;而陈子雍本人也在获此歌妓前后,分别写下《沁园春》和《清平乐》两首艳词,以抒发其恋情。再如皇都风月主人所编《绿窗夜话》中有关秦观的一则故事:"秦少游寓京师,有贵官延饮,出宠姬碧桃侑觞,劝酒倦倦。少游领其意,复举觞劝碧桃。贵官云:'碧桃素不善饮。'意不欲少游强之。碧桃云:'今日为学士拼了一醉。'引巨觞长饮。少游即席赠《虞美人》词曰:'碧桃天上栽和露,不是凡花数。乱山深处水萦回,借问一枝如玉为谁开?　轻寒细雨情何限,不道春难管。为君沉醉又何妨?只怕酒醒时候断人肠。'"②这位碧桃因慕秦观之才,不惜引杯痛饮,而秦观也因感碧桃之爱而为之作词,这亦反映出文人与歌妓常在宴席上凭借陪酒唱词活动而作"感情交流"的情况。此外,许多词篇本身所写的内容,也反映了文人与歌妓在宴会上的密切交往和相互爱慕。如柳永的《柳腰轻》:"英英妙舞腰肢软。章台柳,昭阳燕,锦衣冠盖,绮堂筵会,是处千金争选。顾香砌、丝管初调,倚轻风、佩环微颤。　乍入《霓裳》促遍,呈盈盈,渐催檀板。慢垂霞袖,急趋莲步,进退奇容千变。算何止、倾国倾城,暂回眸、万人肠断。"它主要描写词人在绮堂筵会上对歌妓的动情。而下面这首词则转写歌妓对词人的"勾引":"锦筵红,罗幕翠,侍宴美人姝丽。十五六,解怜才,劝人深酒杯。　黛眉长,檀口小,耳畔向人轻道:柳阴曲,是儿家,门前红杏花。"(张先《更漏子》)由此可证,在那美女唱词的"软红场"中,极会引发词人的春情荡漾。所以欧阳修竟至这样写道:"困殢榴花,香添蕙草,佳期须及朱颜好。莫言多病为多情,此身甘向情中老!"(《踏莎行》)观其宁愿为"情"而多病、而速老,即知其恋情心理之势不可遏了。

所以,唐宋词人身逢其时,生活在一个追求享乐和旖旎风情的时代环境里,加上他们作词多在软语温存、浅斟低唱的特殊场合中进行,所以他们宣泄和"投放"在词中的恋情心理就远较前代文人在诗中所表现的恋情心理来得深浓、厚

① 杨湜:《古今词话》,唐圭璋编《词话丛编》,中华书局,1986 年,第 41 页。
② 皇都风月主人:《绿窗新语》卷上,周夷校补,上海古籍出版社,1957 年,第 72 页。

实。盛、中唐人崔怀宝即有词云:“平生愿,愿作乐中筝。得近玉人纤手子,研罗裙上放娇声,便死也为荣。”(《忆江南》)这种“石榴裙下死,做鬼也风流”的生活理想,便充分地表明了他们怀有不可扼遏的恋情心理。

当然,“恋情心理”只是一种泛称。若加以分析,有些词人和有些词篇所宣泄与表现的恋情心理不免流于庸俗化和色情化,究其本质仍是一种视女性为玩物的享乐心理,对此这里就不去多说。而另一些词人和另一些词篇所宣泄与表现的恋情心理,则带有相当程度的真挚性——尽管词人(有很多词人还是达官贵人)和歌妓的身份悬殊,也尽管他们之间的恋情多属于“婚外恋”或“主仆恋”,但撇除这些外加的社会因素不论,作为一个活生生的男性和另一个活生生的女性,他们之间却也完全有可能存在原始纯真的情爱和恋情。恩格斯在《家庭、私有制及国家的起源》中就曾对古代的婚姻和恋爱做过论述。他说,对于统治阶级来说,“结婚是一种政治的行为”,“起决定作用的是家世的利益,而绝不是个人的意愿”(按:在中国封建时代,则主要取决于“父母之命,媒妁之言”);因而“现代意义上的爱情关系,在古代只是在官方社会以外才有”①。按照他的说法,则男女之间若有“美丽的体态、亲密的交往、融洽的旨趣等等”所构成的互相爱悦的条件,就有可能在官方婚姻以外产生真挚的恋情。因此,唐宋词人因歌妓而引发或“培育”出来的恋情心理,有一部分就有可能从官能感受的层次上升到心灵契合的层次,从而把世俗生活中的男女慕悦之心升华为人类共通和永恒传承的真挚爱情。张先词云:“人生无物比多情,江水不深山不重。”(《木兰花》)秦观词云:“两情若是久长时,又岂在朝朝暮暮。”(《鹊桥仙》)词中所表达的恋情心理,就似乎超越了具体时空条件的局限而变成了全体人类所共通和共有的普遍心理。因此,虽然唐宋词人和歌妓之间的种种风流韵事早已烟消云散,但唐宋词中所积淀的恋情心理,千百年来仍经久不衰,对读者散发着诱人的精神魅力。

第三是忧患人生的伤感心理。这类心理粗看起来似与上两类心理(尤其是享乐心理)有些儿扞格不合甚至背道而驰,但是细究起来,它们之间却又存在着内在的联系和“相反相成”的关系。换句话说,伤感心理和享乐心理虽然一悲一乐、一忧一喜,但它们却既源于同一个起点,又归于同一个终点——这个起点和终点即是对个体生命的无限珍惜和对个人生活的无限关注之情。

① 恩格斯:《家庭私有制及国家的起源》,《马克思恩格斯选集》第4卷,人民出版社,1995年,第74页。

在漫长的古代历史进程中，个体的生命和个人的生活（除开帝王将相、达官贵人以外），是极少受到社会的尊重和珍惜的。《老子》早就慨叹："天地不仁，以万物为刍狗；圣人不仁，以百姓为刍狗。"①在巨大的自然灾害面前和在暴虐的政治制度之下，个体的生命和个人的价值往往形同草木牲畜（刍狗：草和狗。一说结草为狗，供祭祀用，祭后即弃）。特别是唐宋以前的社会迭经战乱，每一次战争都会夺去不计其数的宝贵生命。以唐朝以前的汉魏六朝为例，汉代无名氏诗中的"战城南，死郭北，野死不葬乌可食"（《战城南》）和王粲诗中的"出门无所见，白骨蔽平原"（《七哀诗》），就都给人们留下了触目惊心的战后惨相。因此在《古诗十九首》中出现了下列诗句："去者日以疏，来者日以亲。出郭门直视，但见丘与坟。古墓犁为田，松柏摧为薪。白杨多悲风，萧萧愁煞人。""生年不满百，常怀千岁忧。昼短苦夜长，何不秉烛游？为乐当及时，何能待来兹？愚者爱惜费，但为后世嗤。仙人王子乔，难可与等期。"它们所表现的乱世悲慨和及时行乐思想，就是完全可以理解的。而到了唐宋两朝，由于社会的进步和个人主体意识的觉醒与张扬，人们对于人生价值的思考就渐次深化，因而对于个体生命的珍惜和对个人生活的关注之情也就越发浓重。从这一点出发，他们当然首先会产生及时行乐的享乐心理；而在稍后（有时则几乎是同时），却又会产生忧伤好景不长或嗟叹人生多悲的伤感心理。故上述两种心理，其实是同源而分流的两股心理，但其"结穴"却又仍归于原先的起点——这是因为，不管是及时行乐之情也罢，还是忧伤好景不长或嗟叹人生多悲之情也罢，都仍是珍惜个体生命和关注个人生活之情的不同表现而已。或者也可换个角度来看，则伤感心理又可视为享乐心理的反拨或反弹，二者之间存在着互为"背面"和"相反相成"的密切关系：一方面，由于个体生命的有限性和往往不能满足人的欲望的现实生活，人们常在享乐之同时产生好景不长和乐极生悲的伤感，或者又在企图享乐而不可得的时候产生世事多艰和人生多悲的悲凉（后一情况就正如今天所说的"希望越多则失望越大"那样）；另一方面，人们越是哀叹盛时不再或韶华难留之时，也越发从反面表现了他们对于美好事物的极度珍惜，以及对于有限人生的无限留恋。所以，唐宋文人既然对于人生怀有浓厚的享乐心理，那么，他们必然会同时反弹出深浓的伤感心理；既然他们在词里宣泄了那么多的享乐心理，那也必然会在词里宣泄与此分量相差无几（有时甚至更多一些）的伤感心理。对此只消举出柳永一人为例即可说明问题。

柳永的词情，常给人以两种截然有别的感觉：一是"春温"，二是"秋肃"。前

① 陈鼓应注释：《老子今注今译及评介》，中华书局，1984 年，第 78 页。

者主要指他用以抒写享乐心理和恋情心理的词篇，它们通常都以春天美丽和温煦的景色作为背景，如其《笛家弄》云："帝城当日，兰堂夜烛，百万呼卢，画阁春风，十千沽酒。未省宴处能忘管弦，醉里不寻花柳。"又如其《荔枝香》云："甚处寻芳赏翠，归去晚。缓步罗袜生尘，来绕琼筵看。金缕霞衣轻褪，似觉春游倦。遥认，众里盈盈好身段。"后者则主要指他用以抒写伤感心理的词篇，它们通常好用秋天肃杀和凄凉的景色作为背景，如其《满江红》云："暮雨初收，长川静、征帆夜落。临岛屿、蓼烟疏淡，苇风萧索。几许渔人飞短艇，尽载灯火归村落。遣行客，当此念回程，伤漂泊。"又如其《玉蝴蝶》云："望处雨收云断，凭栏悄悄，目送秋光。晚景萧疏，堪动宋玉悲凉。水风轻、蘋花渐老，月露冷，梧叶飘黄。遣情伤，故人何在？烟水茫茫。"但上面这两种不同的词情和词境却又同出于柳永一人之手，这就说明无论是"春温"还是"秋肃"，无论是享乐心理、恋情心理还是伤感心理，均源于他个人的心灵，是他个人的内心感受。而若再追踪下去，则又可明显发现：其伤感心理实因享乐不成和恋情阻隔所致，或曰因其享乐心理和恋情心理的反弹所生。这方面最有说服力的例子即可举其有名的《戚氏》。此词共分三片：上片极写他在异乡所生的悲秋伤感，正有些像词中所写的"蝉吟败叶，蛩响衰草"那样使人感到辛酸。中片开始显出真情。原来他在孤馆中夜深难眠即是因为"那堪屈指，暗想从前，未名未禄，绮陌红楼，往往经岁迁延"。下片则干脆明言"帝里（指汴京）风光好，当年少日，暮宴朝欢"，故而现今身在异域便只能"追往事，空惨愁颜"和"停灯向晓，抱影无眠"了。所以，说到底，柳永的伤感心理实即直接来源于享乐不成和恋情受阻的懊恼与苦闷。明白了这个道理，对于唐宋词人一会儿喜、一会儿悲，既有这么多快乐、又有那么多哀伤的貌似矛盾的心理现象，我们就会顿感释然了。

唐宋词中伤感心理的宣泄表现得相当普遍，大致可归类为四种。

一是伤春悲秋。照理来说，"春秋多佳日，登高赋新诗"（陶渊明），春秋两季本是一年中登高远游、尽情观赏自然的大好时光。然而，出现在唐宋词中的春天与秋天却明显有所"变异"和"走样"，它们简直变成了最易引人忧郁的季节。以春季来说，女士们的伤春（如李清照《浣溪沙》所说的"髻子伤春懒更梳"）且不必说，即使是身为士大夫的男性词人也不甘落后地写下了许多"男子而作闺音"①的伤春词，如冯延巳的"烦恼韶光能几许？肠断魂销，看却春还去"（《鹊踏枝》），秦观的"消瘦，消瘦，还是褪花时候"（《如梦令》），贺铸的"断魂分付与，春将去"（《感皇恩》）……唐宋词中的悲秋之作也可谓比比皆是。柳永《卜算子》

① 田同之：《西圃词说》，唐圭璋编《词话丛编》，中华书局，1986年，第1449页。

云:“江枫渐老,汀蕙半凋,满目败红衰翠。楚客登临,正是暮秋天气。引疏砧、断续残阳里。对晚景、伤怀念远,新愁旧恨相继。”苏轼《南乡子·重阳》云:“佳节若为酬?但把清尊断送秋。万事到头都是梦,休休,明日黄花蝶也愁!”张耒《风流子》云:“木叶亭皋下,重阳近,又是捣衣秋。奈愁入庾肠,老侵潘鬓,谩簪黄菊,花也应羞。”……这些就说明,本是最能使人赏心悦目的春秋两季,到了唐宋词人的眼中和笔下,竟也变得如此令人伤感和引人烦恼。而若究其思想底蕴,则分明就在于他们对于人生短促和生命流逝的忧惧。

二是伤别怀乡。这类伤感心理在唐宋词中也表现得淋漓尽致。在伤别方面,柳永的名句“多情自古伤离别”(《雨霖铃》),典型地描摹了词人有感于离别的心态。确实,“黯然销魂者,唯别而已”(江淹《别赋》),离别本是人间痛楚和难堪的悲剧性心理体验之一,而现在却又偏教一对对多情的人儿(或是恋人,或是朋友,或是亲人)来经受这连常人都难忍受的感情煎熬,这怎能不引发他们“剪不断,理还乱,别是一般滋味在心头”(李煜《乌夜啼》)的浓重伤感呢?特别是其中的男女伤别,因在离情之中又增加了恋情的成分,故显得格外的缠绵悱恻和悲凄欲绝。我们试读下列词语:“执手相看泪眼,竟无语凝咽。念去去,千里烟波,暮霭沉沉楚天阔。”(柳永《雨霖铃》)“此去何时见也,襟袖上,空惹啼痕。伤情处,高城望断,灯火已黄昏。”(秦观《满庭芳》)不难感受其中极为深浓、凄婉的伤感心理。而在怀乡方面,唐宋词人同样也表现得十分诚挚哀迫。俗语说:“在家千日好,出门一时难。”又说:“金窝银窝不如家里草窝。”这就道出了人们恋家和恋乡的普遍性人生体验。但词人们却因各种原因(如求学应举、宦游贬谪、避乱逃难等)不得不背井离乡,故在此时(特别当他们身居异地而又十分失意之时)一股无法抗拒、无法摆脱的思乡愁情就会油然而生,这类伤感心理同样也在词中凝铸出了许多警句和名篇,如范仲淹的“黯乡魂,追旅思。夜夜除非,好梦留人睡”(《苏幕遮》),柳永的“不忍登高临远,望故乡渺邈,归思难收。叹年来踪迹,何事苦淹留”(《八声甘州》)等,就都用凄婉的词笔道出对故乡的深情缅怀和栖居他乡的浓重伤感。而不管是伤别还是怀乡,其深处流泻着的仍是对于个人生命的一段不了之情。此话怎讲?人之所以临歧执手、依依惜别,归根到底是在恋惜他(她)与离人(或送行者)之间的一段无法忘怀的人生缘分;而人之所以身在他邦却仍心怀故丘,实际也是在追怀自己的出生之地和那已经逝去的美好年华。苏轼曾说:“人生到处知何似?应似飞鸿踏雪泥。泥上偶然留指爪,鸿飞那复计东西?”(《和子由渑池怀旧》)但飞鸿毕竟只是无情之物,它对自己的“雪泥鸿爪”自然可以轻易忘怀和弃之不顾,而人为万物之灵(特别是唐宋词人这样一群“情有独钟”的多情文人),他对自己的每一寸光阴和每一个足迹,又怎能不深深眷念和时时反顾呢？所以，说到底，词人在伤别和怀乡方面所表现出的伤感心理，仍可归结为对自身生命历程的珍惜和眷恋。

三是抚时伤乱。俗语云："乱世人不及太平狗。"既然身处太平年代的唐宋词人面对花开花落、春去秋来的时序转换都会生发伤春悲秋、韶华难驻的伤感，那么，当他们身处国家多难、社稷变置的乱世，当然更会感发出内涵越加深广的忧伤。故而抚时伤乱的伤感和忧患心理，就特别多见于南渡初期和宋亡前后民族危机之时（五代虽是改朝换代十分频仍之时，但因当时的士大夫较少"忠君"观念，所以，相对来说，此种抚时伤乱的心理还比较淡薄）。南渡初期的词坛几乎被一片浓重的失国忧伤笼罩着。且不必说本就多愁善感的女词人李清照，就连身为北宋享乐君主的徽宗和钦宗，在被北掳的行途中也吐露了如下哀哀心声："玉京曾忆昔繁华，万里帝王家。琼林玉殿，朝喧弦管，暮列笙琶。　花城人去今萧索，春梦绕胡沙。家山何处？忍听羌笛，吹彻《梅花》！"（赵佶《眼儿媚》）"宸传三百旧京华，仁孝自名家。一旦奸邪，倾天拆地，忍听琵琶？　如今在外多萧索，迤逦近胡沙。家邦万里，伶仃父子，向晓霜花。"（赵桓《眼儿媚》）至于大量从北方撤退或逃难到南方的士大夫，其词中所宣泄和表现的伤感心理，就更是处处皆是了。南宋末年和元朝初期，士人或面对即将彻底亡国的厄运，或亲身经历了变为遗民的亡国之痛，其词中当然会再度腾涌出无穷无尽、不绝如缕的伤感心理。而除开这头、尾两段时期，南宋小王朝始终处于外族入侵的威胁之下，即便在其相对安定（实为苟安）的中间一段时期，词坛上也时时显露着词人们对国事的伤感和忧患。辛弃疾词云："休去倚危栏，斜阳正在，烟柳断肠处。"（《摸鱼儿》）陈亮词云："恨芳菲世界，游人未赏，都付与，莺和燕。"（《水龙吟》）这些词用比兴寄托的曲笔写出了词人对南宋国势不振和复国希望渺茫的忧伤——因此，讲到这里，我们对于唐宋词人所表现的抚时伤乱心理还应做一补充说明：对于有些词人来说，因为缺乏远大的人生目标和政治抱负，而以"小我"作为人生观的圆心，所以他们的抚时伤乱之感基本局限在"伤感"的范围之中（如不少词人所感怀的，就只是他们已丢失的个人快乐和家庭幸福）；但对另一些词人来说，由于富有民族感情和爱国气节，他们的抚时伤乱之感并不仅仅停留在"伤感"之中，而是进一步发展成了对于国家前途和民族命运的深沉忧患（如辛派爱国词人即是如此）。故对后一类情况而言，仅用"伤感心理"就不足以表述他们更为深沉厚重的心理蕴涵。但我们同时却又看到，即使在后一类情况中，伤感的心理成分仍是无法剔除的。不过由于词人能把"小我"和"大我"（国家、民族）结合起来，故而把对于个人命运的伤感进一步扩展为对国家、民族前途的忧患。因此，唐宋词人抚时伤乱的伤感或忧患心理，仍是由他们对个体生命的珍惜和对个人命运的关注所引发出来的。

以上我们例举了词中伤感心理的几种突出表现，而除此之外，还有许多表现形态。如一种"富贵人发愁苦语"的现象就很值得我们注意。照理来讲，"诗穷而后工"似乎已成了诗歌创作的一条通例，但词中却另有以"太平宰相"而写"闲愁"著称的例外现象。南唐宰相冯延巳在那"金陵盛时，内外无事，朋僚亲旧，或当燕集"①的快乐时光中，却写下了这样哀怨伤感的词篇：

> 谁道闲情抛掷久？每到春来，惆怅还依旧。日日花前常病酒，不辞镜里朱颜瘦。　河畔青芜堤上柳。为问新愁，何事年年有？独立小桥风满袖，平林新月人归后。(《鹊踏枝》)

其中劈头而来的"闲情"明显是一种莫可名状的"闲愁"(观其下文"新愁"可知)。这种"闲情"或"闲愁"就很难用单一的恋情或政治感触来解释，因为词人明言它是随着年年的"春来"如期而至的，所以我们就只能把它理解为一种比较笼统而又十分深细的人生怅触——词人或许是从大自然的节序转换中感受到了个体生命的流逝，又从宇宙的永恒律动中对照出了个体生命的短暂。因而这篇富贵人所写的愁词，就绝无"为文造情"和无病呻吟的矫揉造作之态，多的却是"忧从中来，不可断绝"的真实伤感。和冯延巳相似的例子还可举出北宋宰相晏殊来。他在"酒筵歌席莫辞频"的快活生涯中，却又感发出"满目山河空念远，落花风雨更伤春，不如怜取眼前人"(《浣溪沙》)的人生忧伤来。究其感情涟漪的所由激发，实际仍源于词人之有感于个体生命的有限性与物质世界的无限性之间的矛盾冲突。因此，总体来说，唐宋词人所怀有的种种伤感心理，归根到底实是一种忧患人生的心理：人生既是美好的，人们可以从中寻觅到很多的人生乐趣和人间幸福；但人生同时又是深有缺憾的，其中最为根本的憾恨在于个体生命之不能永久，而其次的憾恨则在于社会人事的诸多纷扰和不遂人意，给人们带来了无穷无尽的烦恼和忧患。当然还应补充指出：上述忧患人生的伤感心理，在唐宋之前的诗、文作品中也屡有反映，但像唐宋词那样普遍和集中地表现伤感心理并且几欲成为一种"伤感文学"的情况，则还是比较少见的。

四是"看穿"人生的归隐心理。比起前三种心理来，"看穿"人生的归隐心理在唐宋词中所占的比重要小得多。虽然早在刘禹锡和白居易创制《忆江南》等

① 陈世修：《阳春集序》，冯延巳《阳春集》，王鹏运辑《四印斋所刻词》，上海古籍出版社，1989年，第332页。

小词以前，张志和就以一曲《渔歌子》（西塞山下白鹭飞）开启了山水隐逸词的先河。但在其后的很长一段时间内，山水隐逸词却嗣响寥落，后继乏众。原因比较简单：晚唐五代和北宋婉约派词人们此时正在软红阵和风月场中拼命打滚，他们似还腾不出身子来体验世俗生活以外的山林之趣，也无暇对喧闹而又倏忽的人生作袖手旁观式的冷静思考。但这种情况终于又有了局部性的变化：先是大政治家范仲淹借着“读史有感”的方式，向人们表述了他对“用尽机关，徒劳心力”的人生纷争的“看穿”（见其《剔银灯·与欧阳公席上分题》）；接着，另一位大政治家王安石又将佛教禅理引入词中，并多少表现了他“尘自扰，性长闲，更无还”（《诉衷情》）的归隐心愿。而到了苏轼的词中，则“看穿”人生和思欲归隐的思想就明显浓重。其表现“看穿”思想的词句如“身外傥来都是梦，醉里无何即是乡”（《十拍子》），“休言万事转头空，未转头时皆梦”（《西江月》），“人生如逆旅，我亦是行人”（《临江仙》）等等，真是随处可见。其中最“彻底”的感悟则是下列几句：“古今如梦，何曾梦觉？但有旧欢新怨。”（《永遇乐·燕子楼梦盼盼》）这就不仅把个人的一生归结为一场大梦，进而还把人类的全部历史进程都归结为像肥皂泡那样旋生旋灭、前后相继的连续梦境，这真是“穿”而又“穿”的虚空人生观。其表现归隐思想的词句则如：“长恨此生非我有，何时忘却营营？夜阑风静縠纹平。小舟从此逝，江海寄余生。”（《临江仙》）“念寓形宇内复几时，不自觉皇皇欲何之？委吾心、去留谁计。神仙知在何处？富贵非吾志。但知临水登山啸咏，自引壶觞自醉。此生天命更何疑，且乘流、遇坎还止。”（《哨遍》）其中前一首词里的“小舟从此逝……”两句，竟还弄假成真地引得当地的郡守以为苏轼真已乘舟归隐，逃离黄州贬所，并急忙赶去探视。当然，关于归隐和“看穿”人生的话题苏轼虽说了不少，但他其实却并没有真正做到归隐山林（晚年刚想“卖田阳羡”却不久病故）和真正摆脱人世的纷扰。不过，苏词所表达的这类归隐心理却对后代的词坛产生了深远的影响。由贬官后归隐故乡的晁补之开始，中经避难到江南水乡的朱敦儒和被迫离开政治舞台、退隐江西农村的辛弃疾等人，一直到宋亡之后以山水栖身的张炎，就构成了宋代词人中好写归隐之趣和好咏“看穿”人生之理的一脉。

唐宋词人（主要是南宋词人）之所以会萌生“看穿”人生的归隐心理，实与其时代境况有着密切的关联。如前所说，整日忙于享乐和在男女恋情中讨生活的人们，是很少想到身外之事的。只有在现实社会生活中不断遭到挫折和思想深感苦闷之时，人们才会把哲学作为冲出人生“围城”的思想武器，也才会感到滚滚红尘以外另还存在着山林田园的“世外桃源”，可以休憩和抚慰自己疲惫不堪的灵魂。故而北宋连续几十年的新旧党争和南宋政坛上持续不休的战和之争，实际是把词人推上归隐之路的直接社会驱动力；而江南秀美的山水、淳朴的乡村，则又成了“招隐”的物质诱惑。所以，词人的归隐心理，一方面属于一种逃避和反抗的心理，另一方面却又可以视为另一种形式的享乐心理。从前一点看，归隐心理首先是一种逃避心理，如苏轼所云“小舟从此逝，江海寄余生”，辛弃疾所云“钟鼎山林都是梦，人间宠辱休惊。只消闲处过平生：酒杯秋吸露，诗句夜裁冰”（《临江仙》），陆游所云“一竿风月，一蓑烟雨，家在钓台西住。卖鱼生怕近城门，况肯到红尘深处”（《鹊桥仙》），就都明显表示了他们对政治的厌倦和对人生的激流勇退之意。其次，归隐心理又隐含着对不合理现实的曲折反抗情绪，如辛弃疾的下列词语就最能表现他在隐居生活中的愤懑心态：“谁识稼轩心事？似风乎、舞雩之下。回头落日，苍茫万里，尘埃野马。更想隆中，卧龙千尺，高吟才罢。倩何人与问：雷鸣瓦釜，甚黄钟哑？”（《水龙吟》）一方面，他羡慕先贤“浴乎沂，风乎舞雩，咏而归”（《论语 · 子路曾皙冉有公西华侍坐章》）的生活理想，敬仰隆中山下结庐高卧的诸葛先生；但另一方面，他又按捺不住地喊出：为什么世道不公竟至“黄钟毁弃，瓦釜雷鸣”（《楚辞 · 卜居》）的地步？所以这位被迫隐居乡村的英雄，并不真正甘心当隐士，他的这番“稼轩心事”实际包含着一种愤世嫉俗的反抗心理。

而再从后一点来看，则归隐心理又可视为另一种形式的享乐心理。这就是说，词人既已厌倦了现实生活的喧嚣纷争，或者被迫离开了“与人奋斗”的政治舞台，他们就采用另一种方式去寻取和追求对于人生的享受。在这方面，朱敦儒可算典型的例子。据《澄怀录》引陆游之言：“朱希真居嘉禾（今浙江嘉兴），与朋侪诣之，闻笛声自烟波起，顷之，棹小舟而至，则与俱归。室中悬琴、筑、阮咸之类，檐间有珍禽，皆目所未睹。室中篮缶贮果实、脯醢，客至，挑取以奉客。”①由此看来，朱敦儒的隐居生活简直就是一种神仙般的生活！其《西江月》云：“日日深杯酒满，朝朝小圃花开。自歌自舞自开怀，且喜无拘无碍。　青史几番春梦，黄泉多少奇才。不须计较与安排，领取而今现在。”其《感皇恩》云：“一个小园儿，两三亩地，花竹随宜旋装缀。槿篱茅舍，便有山家风味。等闲池上饮，林间醉。　都为自家，胸中无事。风景争来趁游戏，称心如意。剩活人间几岁，洞天谁道在，尘寰外？”词中所描写的隐居生活，岂非一种今人所谓“享清福”的享乐生活？所以，尽管朱敦儒自称“洗尽凡心，相忘尘世”（《念奴娇》），自称“堪笑一场颠倒梦，原来恰似浮云”（《临江仙》），但他其实何尝真正放弃了对人生（主要是劫后余生）的充分享受与真正达到了“看穿”和“相忘尘世”的思想境界？联

① 厉鹗：《宋诗纪事》卷四四，上海古籍出版社，1983 年，第 1131 页。

系到白居易所说的大隐、中隐、小隐之说(他在《中隐》诗中说:“大隐住朝市,小隐入丘樊……不如作中隐,隐在留司官。”其说法又源于晋代王康琚的诗《反招隐》:“小隐隐陵薮,大隐隐朝市。”意谓:隐居山林只能算“小隐”,隐于闲官可算“中隐”,而隐于朝市则才是“大隐”),则在某种意义上讲,中唐以来很多文人之归隐心理仍是一种变换了对象和方式的享乐心理。

以上,我们对唐宋词人宣泄于词中的感情内容和社会心理做了大致的分类与论述,归纳起来就可看出:唐宋词人的各式心理和他们的七情六欲,无不紧紧环绕着如何对待人生这一中心问题而促发与展开。随着社会的进步和人们思想观念的转变,人的价值——具体来讲即是个体生命和个人生活的价值——实际上就被提升到了前所未有的高度。因此,如何对待人生(特别是如何享受人生)就成了唐宋词的根本主题;而唐宋词人确也用他们的生花妙笔为我们留下了一部有关于此的鸿篇巨制。当然这部巨著主要不靠诸如塑造人物形象、描绘生活细节或阐发人生哲理等小说、戏剧、记叙文和议论文所常用的手段与方法来写就,而主要是靠描摹人物心态、抒写主观情志的方式来完成。但不管怎样,我们在这部篇幅浩瀚的“心灵文献”中,却能十分贴近地看清唐宋词人对待人生的各种心理状态和心灵颤动:他们或是快活地享受人生,或是伤感地咏叹人生,或是貌似洒脱地“看穿”人生,或是尽情地吮吸着生活中“爱”(恋情)的甜味,或是无奈地感受了生活中“恨”(失意)的苦味,或是悲喜交集地尝遍了世俗生活中的人生百味……总而言之,他们面对自己特定的生存环境和生存状态,涌现出了异常丰富而复杂的感情并亟待宣泄。因而“宣泄感情”的需要,就成为唐宋词所赖以促发的另一方面的心理需求。

既然词所活跃其中的文化场圈主要由音乐和美女所构成,既然词中所宣泄的感情内容与社会心理主要是享乐心理、恋情心理和伤感心理(另一种归隐心理则基本不由婉约词来表现),那么,我们就有理由相信:唐宋词的文体特性以及由其所展示的文学新景观和所提供的审美新感受,必会受到以上两者的深刻影响。对此,可以打个比方来说:唐宋词好比是一支支美丽的文学花朵,“音乐加美女”的文化场圈是它们的土壤环境,而享乐心理、恋情心理和伤感心理等又可算是栽培者们施予它们的各种营养液。扎根于这样的土壤,吮吸着如此的营养液,唐宋词当然就会生养成与之相适应和相协调的色、香、味来。所以,词的独特体性,词所展示的文学新景观和所提供的审美新感受,基本都由前两种情况所培育和养成。但由于词的独特体性及其所展示的文学新景观牵涉的内容相当丰富(将在下文专辟两章来做比较详尽的论述),故在本章的下面四节中,我们就先对唐宋词所提供的审美新感受做一个提纲挈领式的简述。

三、以富为美：唐宋词中的富贵气

人们在阅读诗词作品时，往往会产生一种总体的感受，那就是：诗显得比较“朴实”和“本分”，而词则相对显得喜欢“摆阔”和“夸富”。这就说明：词是一种充溢着富贵气的文体，它常给人带来“以富为美”的审美新感受。

这里不妨先举两个细小的例子。一是杜甫诗云：“夜阑更秉烛，相对如梦寐。”（《羌村》）而在晏几道的词中，这两句却衍变成了“今宵剩把银釭照，犹恐相逢在梦中”（《鹧鸪天》）。后者虽然承袭前者的语意而来，但因一个“烛”字已被改换成为“银釭”，故而小晏词和老杜诗的风貌与气象顿就显出了华贵和朴素之感觉差别，所以刘体仁《七颂堂词绎》就以此两句作为“诗词分疆”的例证。当然人们或许会说，杜甫家贫，自然只有资格秉烛相视，而小晏身出豪门，当然有条件以银灯相照，故此例尚不足以说明词体有意“摆阔”。因此我们还可举出第二对例子来做进一步说明，即将柳永词中的舟船与杜甫诗中的舟船做一比较。杜甫晚年漂泊他乡，故其诗中屡屡写及舟船，如“危樯独夜舟”（《旅夜书怀》），“孤舟一系故园心”（《秋兴》），“老病有孤舟”（《登岳阳楼》），“南渡桂水阙舟楫”（《暮归》），等等。但是，其中所写的舟船都显得相当朴实无华。而柳永虽也一度落迫无计到只能到南方漂泊，但他词中所写及的舟船却仍然硬要被人为地涂上一层“夸富”的色彩，如“留恋处，兰舟催发”（《雨霖铃》），“乘兴兰棹东游”（《双声子》），“泛画鹢，翩翩过南浦”（《夜半乐》），“仙娥画舸，露渍红芳交乱”（《河传》），等等。其实，读者心中（以及作者自身）很清楚：柳永此时所乘坐的，只不过是一叶十分普通甚或相当简陋的小船（他在《夜半乐》中就说了实话：“扁舟一叶，乘兴离江渚。”在《六幺令》中也说：“昨夜扁舟泊处，枕底当滩碛。”）可他在大多数场合，却偏又要将舟船美化成兰舟、画舸之类的华美游船，这岂非有点儿打肿脸充胖子的味道？从这中间我们分明看到了词人“以富为美”的审美心理。缘于此种心理，词人即便是在写一件极为平常的物品，也执意要以华美的修饰语将它包装才肯罢休。我们再看柳词所写的其他事物，如瓦片写成“鸳瓦”，帘子写成“珠帘”，被褥写成“香衾”，毛笔写成“象管”，衣服写成“金缕衣”，蜡烛写成“龙凤烛”……这些都有力地证明了前面所提出的论点：诗比较“朴实”“本分”，而词则要力求有富贵气。

谈到这里，我们不禁又联想到一则词坛趣闻。宋孝宗时有位太学生叫俞国宝，他曾游西湖，在酒肆墙上醉题一词：“一春长费买花钱，日日醉湖边。玉骢惯识湖边路，骄嘶过、沽酒楼前。红杏香中歌舞，绿杨阴里秋千。 暖风十里丽人天，花压鬓云偏。画船载取春归去，余情付、湖水湖烟。明日再携残酒，来寻陌上花钿。"(《风入松》)此词描绘西湖歌舞喧天、游女如云的游乐景象，着实充满着"承平"的气象与富贵的气度。因此，太上皇赵构阅后不禁赞道："此词甚好。"然他接而又言："但末句未免儒酸"，并亲笔将俞词中的"明日再携残酒"改为"明日重扶残醉"①。对这几个字的小小改动，周密就赞之为"(前后)迥不同矣"。而究其"不同"之所在，即在于它们在"气度"上有了寒酸与富贵的明显差异。试想，俞国宝本是一介穷书生，他手头难免拮据，所以头一天所买之酒吃剩后还准备次日"再携残酒"来续饮，而太上皇当然要嫌此"儒酸"了，因就大笔一挥改成了"重扶残醉"(意谓天天在此豪饮酣醉)——至于买酒钱嘛，尔自不必多虑，赏你个一官半职，岂不立刻就解决问题了？(据《武林旧事》记载，俞氏当日即被解褐授官)这个故事，就很能说明下述问题：唐宋词坛上，确实存在着"以富为美"的风尚，故无论作词者还是读词者，一般都很讲究和嗜尚词的富贵之气。而对此种风尚，我们在唐宋人的词论中也能找到很多佐证。《花间集序》所谓"镂玉雕琼""裁花剪叶""争高门下""竞富尊前"就不去说了，且读宋人论词的下列议论：晁补之赞扬晏殊(实应为晏几道)"舞低杨柳楼心月，歌尽桃花扇底风"两语为"风调闲雅""知此人不住三家村也"②；李清照《词论》批评秦观词"专主情致而少故实，譬如贫家美女，虽极妍丽丰逸而终乏富贵态"③；陈振孙表扬柳词能写太平气象，能具富贵气息："柳词格固不高，而音律谐婉，语意妥帖，承平气象，形容曲尽。"④凡此种种，都足以见出唐宋人对词中富贵气的嗜好和唐宋词之与"富贵"二字结缘非浅。

当然，上述诗较"朴实""本分"而词则喜欢"摆阔""夸富"的看法，又只是一种整体上的感观而已，因此不能将它们绝对化。例如齐梁宫体诗和晚唐艳体诗，又何尝不充满着绮丽的色泽和富贵的气息？而即使是一般的诗作，欲增加其"美文"的意味，也常会使用某些具有富贵气味的"代字"(如用玉筋代指眼泪，用银蟾代指月亮等)。但是，相比之下，词(婉约词)具有富贵气，却几乎成了一种带有全局性的现象；而即使当词人身处穷困潦倒的窘境时，他们仍会有意无意地

① 周密：《武林旧事》卷三，孟元老，等《东京梦华录(外四种)》，古典文学出版社，1957年，第376页。

② 吴曾：《能改斋漫录》卷一六，中华书局，1960年，第469页。

③ 胡仔：《苕溪渔隐丛话·后集》卷三三，人民文学出版社，1962年，第254页。

④ 陈振孙：《直斋书录解题》卷二一，上海古籍出版社，1987年，第616页。

攀附富贵。后一方面的最有说服力的例子，即可举出宋亡以后的张炎。张炎本是南宋的贵家子弟，但入元以后却落拓不堪，最穷时甚至以卖卜为生。然而他作于国破家亡后的词篇当时人读后却仍觉有“周清真雅丽之思”和“未脱承平公子故态”①的残存的富贵气度。由此看来，词之充溢或带有富贵气，简直成了其终生“性格”之一。

那么，词又何以会形成“以富为美”的风尚呢？这就与上文所说的文化场圈和心理需求有关。具体来说，一是与词的“音乐加美女”的创作环境有关，二是与词人身处的享乐环境和所诱发的享乐心理有关。

先说第一个原因。人所共知，词是一种配乐歌唱的新诗体，因此它的创作和传播就须有赖如下几项条件才得进行：作词者、作曲者（或者现成的乐曲）、演唱者、听众和观众；除此之外则最好还要布置一个合适和舒服的唱歌、听曲环境。而词在民间初起之时，上述条件就显得相当寒酸和简陋。如《太平广记》卷二五七引《王氏闻见录》所载民间演唱《麦秀两歧》词的情状：“施芰麦之具，引数十辈贫儿褴褛衣裳，携男抱女，挈筐笼而拾麦，仍合声唱，其词凄楚，及其贫苦之意。”从中可见当时演唱环境十分寒碜。因此民间词中就并不专言富贵和并不全都充溢着富贵之气。如敦煌词中就有咏写“贫不归”和“死不归”的两首《长相思》及其他一些反映民间疾苦的作品。但自词转入音乐、美酒加美女的贵族文人的“文艺沙龙”之后（或者打个比方，是词这个平民家庭出身的文学婴儿被富贵人家“领养”以后），它的创作条件和创作环境就发生了显著的变化：一是作词者基本改由文人墨客们来担任，他们的文化水准和审美趣味相应而有很大的提高和改变；二是演唱者又由原先民间的“草台班”艺人改由贵族家的姬妾和青楼歌妓来担任；三是听客观众已非平民百姓，而一变为公子王孙和士大夫文人；四是演唱场所也由原先的市井里巷转到了达官贵人的歌筵舞席（以上情况，至少在“花间词”是如此）。这样一来，词的“模样”自然会变得珠光宝气，而其“性格”也会变得“嫌穷爱富”起来——我们试看，晚唐五代诗中犹出现过“时挑野菜和根煮，旋斫生柴带叶烧。任是深山更深处，也应无计避征徭”（杜荀鹤《山中寡妇》）之类描写人民贫苦生活的作品，而同是诞生于这一大环境中的词，却尽见“金盏不辞须满酌，海棠花下思朦胧，醉香风”（毛文锡《酒泉子》）的富贵生活图景，这就可知词的“趋富”习性在其幼年时代（晚唐五代）的特殊文化场圈中即已初步形成。

① 舒岳祥：《赠玉田序》，张炎《山中白云》卷首，朱祖谋辑标《彊村丛书》，民国十一年（1922）归安朱氏刊本。

再看第二个原因。仍以晚唐五代词为例，它诞生于一种酒色歌舞、狂欢烂醉的畸形享乐环境之中，而这种环境自然会使小词浸淫着享乐意识，从而强化了词"以富为美"的艺术个性。比如，建都于成都的前蜀和后蜀，就出了两位以享乐著称的君主王衍和孟昶。前者"年少荒淫，委其政于宦者"①，"以佞臣韩昭等为狎客，杂以妇人，以恣荒宴，或自旦至暮，继之以烛"②，简直弄得昏天黑地、不知旦暮。而尤为出奇的是，他还发明了一种"醉妆"，令宫女皆穿道家衣冠，将胭脂涂满面额，以此寻欢作乐（前已引过他的《醉妆词》，即为此而作）。后者的奢侈，则也并不亚于前者。史载孟昶"君臣务为奢侈以自娱，至于溺器，皆以七宝饰之"③，国亡之后曾遭宋太宗斥责："汝以七宝饰此，当以何器贮食？所为如此，不亡何待？"④因此，产生在这两位享乐君主所带头掀起的享乐狂潮之中，《花间集》的大部分作品浸淫享乐心理和带有富贵气色，就有点"在劫难逃"了。而在五代词的另一"产地"——南唐王国，同样也出了一批纵情享乐的君臣。如后主李煜虽在治国方面昏庸无能，但在享乐方面却堪称一流。在其宫中，竟以宝珠悬空来代替燃烛点灯照明，即知其豪奢程度已达惊人的地步。故而出现在他词中的下列景象："红日已高三丈透，金炉次第添香兽，红锦地衣随步皱。　　佳人舞点金钗溜，酒恶时拈花蕊嗅，别殿遥闻箫鼓奏。"（《浣溪沙》）当然就会散发出皇家所特有的豪贵气派。及至宋代词篇，由于它们仍然离不开享乐的生活环境和仍被不少词人用来宣泄享乐心理，也就十分自然地继承了晚唐五代词那"以富为美"的传统风尚，对此就不再赘言。

下面，就让我们转而论析"以富为美"风尚所带来的审美新感受。这种感受，大致可从词的"形"与"神"两方面感知。具体来说，一是大多数词篇都通过金玉锦绣的字面和珠光宝气的形貌来展示富贵外观；二是另有一些词篇则主要通过雍容华贵的闲雅气度来显示"真富贵"的内质。前者的"以富为美"表现得比较直露，后者则表现得比较含蓄；但不论是前者还是后者，其终极的审美效果是都使人感受到词是一种充溢着富贵气的文体。

先说其前一种情况。一般来讲，婉约词人多喜选用大量金玉锦绣的字面来修饰词语。如号称"花间鼻祖"的温庭筠就特别爱用丽字密藻来描绘女性的容貌、服饰和居室陈设，从而使其词中充满了富贵的气息与色泽。以其 15 首《菩

① 欧阳修：《新五代史》卷六三《前蜀世家第三》，中华书局，1974 年，第 791 页。
② 薛居正：《旧五代史》卷一三六《僭伪列传》，中华书局，1976 年，第 1819 页。
③ 欧阳修：《新五代史》卷六四《后蜀世家》，中华书局，1974 年，第 806 页。
④ 脱脱，等：《宋史》卷三《太祖本纪》，中华书局，1977 年，第 49 页。

萨蛮》为例，所使用的富贵字面就有：绣罗襦、金鹧鸪、水精帘、玻璃枕、鸳鸯锦、金翡翠、金凤凰、金鸂鶒、盘金缕、玉钗、玉钩、金缕、绣衫、玉楼、金雁、金堂、绣帘、锦衾、鸾镜等，真是不胜枚举。难怪王国维要说："'画屏金鹧鸪'，飞卿语也，其词品似之。"①而此种依仗镂金错彩的物语来造就词中富贵气的做法，也就成为后代词人所常用之法。如柳词写汴京、杭州的繁华景象时，也大量使用了彩舫龙舟、凤辇翠华、层城阆苑、鳌山绛树、珠玑罗绮、千骑高牙之类词藻，以表现皇家气象或豪奢风光；即使在描写风尘歌妓的居室、容貌时，也爱将它们"摆阔"地美化为金屋画堂、凤楼朱户、黛蛾琼脸、暖酥腻云之类充满金玉气息和脂粉香气的事物。

但是，词中如果光靠堆砌丽字密藻来营造富贵的气氛，那充其量只能达到"形似"的效果；有时则更会适得其反地导致雕缋质实的弊病和穷形极相的小家子气。例如，针对温词在这方面的缺点，李冰若不客气地批评道："飞卿惯用金鹧鸪、金鸂鶒、金凤凰、金翡翠诸字以表富丽，其实无非绣金耳……本欲假以形容艳丽，乃徒彰其俗劣。正如小家碧玉初入绮罗丛中，只能识此数事，便矜羡不已也。"②话虽尖刻了一些，但温词那因雕饰过甚而反显小家子气的毛病却已被一语说中。而为克服这种光图省力和形似的写法之弊，另一些审美情趣和文学修养更高的词人，就改从气派和气度方面着力，以求得深层次上的富贵气质。在这方面，可举李煜和晏殊的词为例。李煜虽和王衍、孟昶一样，也是一位纵情声色的享乐君主，但相比之下他又具有高雅得多的审美情趣和深厚得多的文学修养。因此他的享乐词中虽也离不开金玉锦绣的词藻，但却不像王衍那样单靠"金杯酒""寻花柳"等粗鄙的语言来表现富贵生活。例如下面四句所达到的境界，就远非王衍等人所能望其项背："临风谁更飘香屑？醉拍栏干情未切。归时休放烛花红，待踏马蹄清夜月。"（《玉楼春》）且看他在酒阑舞散回宫休息之际，竟不许侍从点燃红烛在前照路，却要骑马踏月，独作清夜之游，这种风流倜傥、优雅俊逸的神气与情趣，才真正显现了他"南朝天子爱风流"的帝王派头和富贵气度。而较李煜这种形神兼备（因他还用了不少富贵字面）的写法似更"高级"的则还有晏殊"遗貌存神"的写法。晏殊曾说："余每咏富贵，不言金玉锦绣而惟说其气象。若'楼台侧畔杨花过，帘幕中间燕子飞'、'梨花院落溶溶月，柳絮池塘淡淡风'之类是也……穷儿家有这景致也无？"又说：像李庆孙《富贵曲》中"轴装曲谱金书字，树记花名玉篆牌"两句，虽以金、玉作修饰，但却只是一种"未尝谙富贵"

① 王国维著，滕咸惠校注：《人间词话新注》，齐鲁书社，1981 年，第 56 页。
② 赵崇祚辑，李冰若评注：《花间集评注》，人民文学出版社，1993 年，第 19 页。

的“乞儿相”而已①。这表明他之“言富贵”并不愿在形貌上刻意修饰装扮，而专在“气象”方面着力。如其有名的《浣溪沙》：“一曲新词酒一杯，去年天气旧亭台，夕阳西下几时回？　无可奈何花落去，似曾相识燕归来，小园香径独徘徊。”就很少使用富贵字面，却又深深地流露了词人作为太平宰相的闲雅风度。所以晏殊的高明处即在于他极善于对富贵生活进行“过滤”和“提炼”，故能剔除官能感受方面的粗鄙气息而精细、优雅地表现出精神享受方面的富贵气象。这样，他词中的富贵气若和柳永等人词中的富贵气相比，就呈现出粗细、雅俗之分。我们试读他的下列词语：“小阁重帘有燕过，晚花红片落庭莎，曲栏干影入凉波。”（《浣溪沙》）“翠叶藏莺，朱帘隔燕，炉香静逐游丝转。”（《踏莎行》）“帘幕风轻双语燕。午醉醒来，柳絮飞缭乱。心事一春犹未见，余花落尽青苔院。”（《蝶恋花》）它们都在“神似”的层次上给人以富贵的审美感受。因此总起来说，则唐宋词所带给读者的“以富为美”的审美感受，一类是“金迷纸醉之娱，管语丝哇之奏”（吴谷人《红豆词序》），它们给人以直感的富贵印象和富贵外观；另一类则是从骨子里渗出来的闲雅气度，它们又给人以内质和神韵方面的“真富贵”的感受。但是，最后又得把话收拢起来，不管是前者还是后者，它们共同形成了这样一种独特的审美趋向和文学景观：词是一种带有富贵气和呈现富贵态的文体；特别是将它和诗的“穷而后工”相比，它就更“宜于宴嬉逸乐，以歌咏太平”（朱彝尊《紫云词序》）。以上便是我们所要论述的唐宋词所带给读者的第一种审美新感受。

四、以艳为美：唐宋词中的香艳味

综观古往今来的文学名著，几乎大多数作品都离不开对男女爱情的描写；而若探求千百万读者（特别是青年读者）被某些文学作品所深深吸引的原因，其中一个公开或隐蔽的原因，恐怕也就在于他们痴迷于其中的爱情描写。例如，对于《红楼梦》这样一部脍炙人口的名著，崇拜者中就有很大一部分人曾沉湎于书中所写的宝、黛爱情；而书中的女主角林黛玉本人，却又深深地喜爱上了《西厢记》《牡丹亭》中的艳曲香词（小说中写她读《西厢记》后，“但觉词句警人，余香满口。一面看了，只管出神，心内还默默记诵”）。这就表明，无论是作者还是读者，内心深处其实都存在着“以艳为美”的审美心理；而不少名著之所以能俘获读者之心，也就在于它们能够满足人们“以艳为美”的心理瘾念。对此，编写《长

① 吴处厚：《青箱杂记》，中华书局，1985 年，第 46 页。

生殿》(剧本)的洪昇一语破的地道出了个中奥秘,他说:"从来传奇家非言情(按:指男女爱情)之文,不能擅场。"①而其实,又岂止戏曲的情况如此,小说、诗歌的情况也同样跳不出这个不写爱情就不能使人"过把瘾"的心理习套。至于造成此种"以艳为美"心理的原因其实也不复杂,那不过是把现实生活中对于男女情爱的欲求移植到文学创作和文学欣赏活动中而已。古人早就说"食、色,性也",又说"饮食男女,乃人之大欲"。因此出于对人生基本问题的关注和兴趣(特别是"食"可以放到桌面上谈,而"色"则只能私下里谈,因此又带有很大程度的神秘性),人们滋生"以艳为美"的心理,本属合乎自然之道的事。

不过,我们现在所讨论的,却是中国古典文学(诗词)中的"以艳为美"。而这种审美心理却因特殊的民族性格和历史条件而长期遭受压抑。就民族性格而言,国人的性格比之某些西方民族就相对显得内敛和含蓄。例如:西方人的居室讲求通风采光、宽敞明亮,而中国古代的居室则考究重院密室、幽暗温馨;又如:西方人见面即握手言欢,甚至拥抱、接吻,而中国古人只点头颔首,至多也不过拍肩而已(且限于同性)。同样,在恋爱活动或缔结婚姻的过程中,西方男子敢于抱着提琴到女郎窗下弹唱情歌,而中国古代男子却只能由父母和媒妁去提亲议婚。这都说明了东、西方人在性格和习俗上大有差异。再从历史条件来讲,由于中国古代社会长期存在着森严的封建礼教,"男女大防"就成了阻隔自由恋爱的界河;再加上女色祸国殃身的传统偏见,因而在公开的场合和"正经"的诗文创作中,士大夫文人一般都忌言男女性爱和男女恋情。这样一来,"以艳为美"的心理虽然实际存在于他们的内心深处,然而他们就决不敢像谈论"食"那样(如孔子就公开说过"食不厌精,脍不厌细"的话)公然谈论"色"的问题。当然,这种禁律也曾被打破过,如徐陵所编《玉台新咏》就收录了不少宫体艳情之作。但是若从中唐以前的文学总貌来看,则"以艳为美"的作品和审美心理,终究还只处于有所节制和有所收敛的状态之中。而在反顾了上述情况之后,再来考察唐宋词坛的局面,我们就不能不因"以艳为美"的心理被"大张旗鼓"地张扬而深感惊叹!我们确确实实地感到:词是一个充满着"艳美"的文学天地,在词所提供给读者的审美新感受中,"以艳为美"就是其中最摄人心魂和沁人心脾的一种。

所谓"以艳为美",大致包含两层意思:一是在作品的题材和内容方面非但不忌讳"艳事""艳情",而且反以此为津津乐道和乐此不疲的咏写对象;二是在作品的风容色泽方面,又努力追求一种与其题材内容相协调的香艳味。上述两方面的情况,探本溯源就均出于词人(主要指男性词人)对于男女情爱与异性

① 洪昇:《长生殿》,人民文学出版社,1983年,第1页。

(主要指女性)之美的莫大兴趣和无比艳羡。所以如再讲得彻底一点,所谓的“以艳为美”实际上就是以描写女性生活和两性关系为乐事美差的审美心理,它是人们在生活中所萌发的恋情心理延伸到文学领域和审美领域中的产物。

在考察“以艳为美”的审美心理时,我们所明显感觉到的便是其非政教性和非伦理性特色,因此相对于其他夹杂有较多政教性和伦理性成分的审美心理来讲,它就是一种比较纯粹的审美心理。此种审美心理,以人的本性和本体之美作为审美对象,因而在一定意义上又可以视为是对正统的审美心理之超越和反叛。

此话如何理解?我们不妨先来考察一下所谓“正统”的审美心理。我们知道,中国古代的读书人自幼就学习儒家经典,故自踏入社会始,即被政教和伦理这两大思想圈套所“套牢”。他们之中得以做官者,自然注定要扮演一位“上为君王,下为黎民”的政治官吏;而即使做不了官的,却也必须遵循着“四勿”(非礼勿视,非礼勿听,非礼勿言,非礼勿动)之类的儒家伦理规范。因而他们在社会生活中,基本就以“政教中人”的面目出现和活动着。这种情况反映在他们的审美心理中,就必然会形成强调政教性和伦理性(亦即将“善”的要求提升为“真、善、美”三者之首位)的思想倾向。举例来讲,孔子论诗,就以感情内容的“无邪”作为旨归(《论语·为政》有:“《诗三百》,一言以蔽之,曰:思无邪。”),而又要求诗的一种重要功用即在于“事父”和“事君”(《论语·阳货》有:“小子何莫学夫诗?诗可以兴,可以观,可以群,可以怨。迩之事父,远之事君,多识于鸟兽草木之名。”)。这就表现出鲜明的伦理性和政教性倾向。而自此以后的漫长岁月中,士大夫文人的文学观念和审美心理,就基本被禁锢在这两大思想圈套的牢笼之中。但是在我们现在所看到的唐宋词人“以艳为美”的审美心理中,上述政教性和伦理性的思想成分却有了很大程度的减退和淡化,取代它的则是对人的本性和木体之美的关注与发掘。

在群体社会中生活着的每一位个人,都有着不同的出身、经历、地位和各种社会关系,因此他们必须在社会所指定的位置上扮演一个特定的角色。缘此,士大夫文人就基本变成了一个个被政教和伦理所套牢的官吏或读书人。但是,且不管他们的官位、权势、俸禄、财富,以及政治态度和道德操守等方面存在着多大的差异,这些政治、经济、伦理方面的状况终究只是一种身外的附加之物;而作为一个活生生的人,他们之间却又有着共通的本性以及相似的本体,这才形成人之所以为“人”的灵与肉的基础。从“灵”的方面来说,人为万物之灵,他们之所以异于动物就在于有思想、有感情和有心灵;从“肉”的方面来说,则人与动物也有着明显不同的体魄、外貌(以及人所特有的衣着打扮),这就具有天地之间所独有的人体美。而“以艳为美”的审美心理,就专注于发掘人的本性之一的恋情之美和人的体貌中的异性(女性)之美。故从一定意义上讲,这种审美心理就基本摆脱了外来因素(政治的、经济的、伦理的)的干扰,而以一种近乎“纯美”的视角来观照和欣赏人本身具有的美,这就超越甚至是反叛了正统的审美心理。不过,由于中国古代社会毕竟是以男子为中心的社会,在文学创作和文学鉴赏活动中也由男性占据主体地位(无论作者还是读者都以男性为主),因此,上述“以艳为美”的审美心理又必然表现为以男子作为审美主体的并不十分公平的状态。具体来说,则唐宋词中的“以艳为美”心理在其审美对象方面就主要表现为对以下两个方面的莫大兴趣:一是女性(主要是歌妓)的人体美和外观美;二是男女之间的恋情美和内心美。

先说第一方面的情况。世间万物中存在着各种各样的美,但是其中最美而又常被前代诗文所忽视的,应当是人体本身的美(对于男性作者来讲,则便是女性的人体美)。所以尽管封建卫道者们一方面在竭力宣扬女色误国殃身的论调,另一方面他们之中的许多人却又妻妾成群以供其恣情女色。而事实上女性姣好的姿容和窈窕的身段,作为大自然的一件杰作和客观的审美对象,其本身就具有审美价值。但在前代诗文中,虽有“静女其姝”“静女其娈”(《诗经·静女》)、“齿如瓠犀,螓首蛾眉,巧笑倩兮,美目盼兮”(《诗经·硕人》)和“(卓)文君姣好,眉色如望远山”(刘歆《西京杂记》卷二)之类关于女性容貌和举止之美的描绘,但应该说它们还是远不充分、远不普遍的;相反,如果过多地做这方面的描写和刻画,那就往往会招惹别人的鄙薄(例如“淫言媟语”或“污人耳目”之类的批评立刻会飞来)。但在唐宋词中,情况却发生了根本的变化,词人非但不忌讳去写女性的美貌,而且是费尽心机,似乎把自己笔下的女性写得越美越好。因此,我们在唐五代词中就读到了下列词篇:

窈窕逶迤,体貌超群,倾国应难比。浑身挂绮罗装束,未省从天得至。脸如花自然多娇媚。翠柳画蛾眉,横波如同秋水。裙上石榴,血染罗衫子。观艳质语软言轻,玉钗坠素绾乌云髻。年二八久锁香闺,爱引猧儿鹦鹉戏。十指如玉如葱,凝酥体雪透罗裳里。堪娉与公子王孙,五陵年少风流婿。(敦煌曲子词《倾杯乐》。观其词风,似为文人所作)

披袍窣地红宫锦,莺语时啭轻音。碧罗冠子稳犀簪,凤凰双飐步摇金。肌骨细匀红玉软,脸波微送春心。娇羞不肯入鸳衾,兰膏光里两情深。(和凝《临江仙》)

恩重娇多情易伤,漏更长,解鸳鸯。朱唇未动,先觉口脂香。缓揭绣衾抽皓腕,移凤枕,枕潘郎。(韦庄《江城子》)

这些词中对于歌妓容貌、体态的描绘,可谓形容尽致。既写到了她们身体的各个部分(蛾眉、媚眼、朱唇、雪胸、葱指、酥体、脂口、皓腕、肌骨等),又写到了她们的衣着打扮(碧罗冠子、浑身绮罗、金步摇、石榴裙、犀角簪等);既写了她们给人的视觉形象之美(脸如花、貌若仙),又写了她们给人的听觉形象之美(莺语轻音、软言轻语),甚至还写了她们给人的嗅觉形象之美(口脂之香)……而所有这些描写,都有着一个终极目的:引发人们对于艳情的企慕和联想。

而在宋代词中,上述描写女色之美的词句也随处可见。如柳永的词中就比比皆是:

倾城巧笑如花面,恣雅态,明眸回美盼。(《洞仙歌》)

满搦宫腰纤细,年纪方当笄岁。刚被风流沾惹,与合垂杨双髻。初学严妆,如描似削身材,怯雨羞云情意,举措多娇媚。(《斗百花》)

层波细剪明眸,腻玉圆搓素颈,爱把歌喉当筵逞。(《昼夜乐》)

身材儿,早是娇娆,算风措,实难描。一个肌肤浑似玉,更都来,占了千娇。妍歌艳舞,莺惭巧舌,柳妒纤腰。(《合欢带》)

由此可知,女性的容貌体态之美(娇娆和艳丽)在唐宋词中可谓得到了前所未有的张扬和发掘,这自然大大增添了词中的香艳味,给读者提供了一种充满着女性肌肤气息的审美新感受。

再说第二方面的情况。如前所说,中国人的性格若和某些西方人比,本就显得比较内敛和含蓄,他们事事都要讲个"内外有别",再加上传统礼教的管束和熏陶,所以,国人一向在人前讳言男女之情和闺房之事,更何况他们在正式婚配外拈花惹草的艳事绯闻。但这种禁律在唐宋词人面前,却被打破。他们非但不以婚外的恋情为耻,反而却以此为荣和以此为美,因此其笔下就把男女恋情(大率是与歌妓的卿卿我我之情)当作美差乐事来描写和歌颂。我们翻开词人张先的《子野词》,就可发现大量的恋情词。如他在"玉仙观道中逢谢媚卿(当时的名妓)"后所写的《谢池春慢》:"……尘香拂马,逢谢女,城南道。秀艳过施粉,多媚生轻笑。斗色鲜衣薄,碾玉双蝉小。欢难偶,春过了!琵琶流怨,都入相思调。"又如他与某女尼幽会时所写的《一丛花令》:"双鸳池沼水溶溶,南陌小棹通。梯横画阁黄昏后,又还是斜月帘栊。"凡此等等,不胜枚举。所以难怪时人要给他取上一个"张三中"的雅号,意指其词之好写"心中事,眼中泪,意中人"①,亦即专以艳情艳事为其词之主要兴趣之所在。

① 杨湜:《古今词话》,唐圭璋编《词话丛编》,中华书局,1986 年,第 24、25 页。

即使欧阳修、司马光这样的当朝名公,竟也乐于在小词中向人公开自己的恋情隐私。比如司马光的这首《西江月》:"宝髻松松挽就,铅华淡淡妆成。青烟紫雾罩轻盈,飞絮游丝无定。　　相见怎如不见,有情何似无情。笙歌散后酒初醒,深院月斜人静。"此词描写词人对一位歌妓的怦然心动和别后怅恋,很诚实地写出了自己内心的一段衷曲,实是受到"以艳为美"心理的驱使而情不自禁地下笔的产物。可笑后人不懂他们这番心理,却硬是出来为之"辩诬"(如《词林纪事》卷四引姜明叔之言,说此词"决非温公作,宣和间耻温公独为君子,作此词诬之耳"①),这就显出辩者的不"善解人意"了。

更有甚者,另有一些词人本似没有什么艳遇、艳事,却也要跑出来凑热闹,试写一些"宛转妩媚"之词,这就越发可见"以艳为美"心理对于词人的浸淫了。如王炎就在其《双溪诗余自叙》中说过这样一段颇为坦白的话:"(余)三十有二始得一第,未及升斗之粟而慈亲下世,以故家贫清苦,终身家无丝竹,室无姬侍。"②由此可见,他的婚外艳遇机会不会太多。但就是这样一位"老实巴交"的词人,却又力主词"惟宛转妩媚为善",而其词中也曾杜撰出某些艳情故事来。如其《鹧鸪天》中云:"老来尚可花边饮,惆怅相携失玉人。"又如其《浪淘沙令》中云:"流水绕孤村,杨柳当门。昔年此地往来频。认得绿杨携手处,笑语如存。往事不堪论,强对清尊。梅花香里月黄昏。白首重来谁是伴?独自销魂。"若不是我们预先读到他的上述自白,就不免会将词中所虚构的"玉人"和那位杨柳门中的女郎认作确实与他携手过的恋人。而从这一例子又可推想开去:谚曰"假作真时真亦假",唐宋词中的大量艳情之作,若从其有无真实的"本事"之角度来看,就是真假混杂的。某些词人之所以本无真正的恋情遭遇却要大写其艳事、艳情,即受当日词坛所泛滥的"以艳为美"心理之驱使。这样,我们就更能明了:词人之所以要以男女恋情作为其审美对象,实在源自他们对于人类本性之一的恋情所特具的魅力和美感怀有着非常浓厚的艺术兴趣。

而在将男女恋情作为主要审美对象的同时,"以艳为美"的审美心理又进一步对处在恋情之中的男女主角的内心之美做了深入的发掘。我们知道,人在各种场合下自会呈现不同的举止和心态。例如:在政治斗争中,就能显现忠与奸、正义与邪恶、光明磊落与卑鄙龌龊等不同的品德和操守;而在现实生活的种种物质利益面前,人们往往也会萌生各式各样的私心杂念。但相对来说,处于热恋状

① 张宗楠编:《词林纪事》卷四,《词林纪事　词林纪事补正》,上海古籍出版社,1998 年,第 251 页。

② 王炎:《双溪诗余自叙》,王鹏运辑《四印斋所刻词》,上海古籍出版社,1989 年,第 793 页。

态中的男女向对方所展示的心灵，往往会表现得相当纯净和美丽。这是因为，此时双方几已摒除了其他外来功利因素的干扰，而进入一种“忘我”（当然就忘掉了平日蝇营狗苟的尘虑俗念）的境界。或许有的恋人为要争得婚嫁的丰厚物质条件，事前或事后不惜去杀人越货、偷盗抢劫，但至少他（或她）在对待恋人的那一刻，其内心却充满着真挚热烈的情爱，因此，孤立地抽出这一刻的心境来看，它就具有真诚、执著、坚贞、柔绵、温存、同情、爱怜等美的品质。举例来讲，历史上的唐明皇因其荒嬉而导致安史之乱，理应受到史家的批评和谴责，即使是在歌颂李、杨爱情的《长恨歌》中，白居易也曾讽刺过他“从此君王不早朝”。但当明皇与杨妃沉浸于山盟海誓的那一刻，在诗人所写的“七月七日长生殿，夜半无人私语时。在天愿作比翼鸟，在地愿为连理枝。天长地久有时尽，此恨绵绵无绝期”中，却唯见生死不渝的爱情在流泻，而处在此际的这对恋人的心灵也就显现得无比纯净和美丽。因此同于此理，尽管词中所写的恋情很多是悖于伦理纲常的（以正统的伦理道德标准来衡量）婚外恋或主仆恋，有些甚至还是逢场作戏的“露水夫妻”式的恋情，但词人却从中提炼或发掘出了恋爱者们的内心之美。这种内心之美比之一般的描绘女性的容貌体态之美，显得更加深刻、高洁和动人。例如柳永的《凤栖梧》：“伫倚危楼风细细，望极春愁，黯黯生天际。草色烟光残照里，无言谁会凭栏意？　　拟把疏狂图一醉，对酒当歌，强乐还无味。衣带渐宽终不悔，为伊消得人憔悴。”又如李之仪的《卜算子》：“我住长江头，君住长江尾。日日思君不见君，共饮长江水。　　此水几时休？此恨何时已？只愿君心似我心，定不负相思意。”再如秦观的《鹊桥仙》：“纤云弄巧，飞星传恨，银汉迢迢暗渡。金风玉露一相逢，便胜却人间无数。　　柔情似水，佳期如梦，忍顾鹊桥归路？两情若是久长时，又岂在朝朝暮暮？”这些词都以优美的词笔，抒写了人们对于恋情的无比执著和珍爱，显现出进入两心契合境界中的恋爱者们心中的真挚和最美丽的一段情意，从而为读者提供了一种较高层次（心灵美）的“以艳为美”新感受。

当然，以上所言主要是指词中一些优秀的恋情之作。而事实上，唐宋词中另也存在着某些仅只描写男女肉欲的色情之作，然因它们涉及艳情、艳事，所以仍应归入“以艳为美”的行列。如《花间集》中就有这样的词篇：“玉楼冰簟鸳鸯锦，粉融香汗流山枕。帘外辘轳声，敛眉含笑惊。　　柳阴烟漠漠，低鬟蝉钗落。须作一生拚，尽君今日欢。”（牛峤《菩萨蛮》）而柳永词中也有如下描绘：“欲掩香帏论缱绻，先敛双蛾愁夜短。催促少年郎，先去睡、鸳衾图暖。须臾放了残针线，脱罗裳、恣情无限。留取帐前灯，时时待、看伊娇面。”（《菊花新》）这类艳词所描绘的就只是男女的床笫之事，全无心灵之美可言，因此只可视为“以艳为美”心理和色情心理混合而成的低劣产品。此外,则还有某些词篇在描写男女恋情的同时,还夹杂着词人的政治感慨和身世慨叹。如张炎作于宋亡后的《国香》,其词序云:"沈梅娇,杭妓也。忽于京都见之,把酒相劳苦,犹能歌周清真《意难忘》《台城路》二曲,因嘱余记其事,词成以罗帕书之。"这首写在新朝(元朝)京都(今北京)的艳情词中,就充满了"相看两流落,掩面凝羞,怕说当时"的亡国之痛。再如刘过因在落第之后遇一旧日相好的歌妓而所作的《贺新郎》:"老去相如倦。向文君、说似而今,怎生消遣?衣袂京尘曾染处,空有香红尚软。料彼此、魂销肠断。一枕新凉眠客舍,听梧桐疏雨秋风颤。灯晕冷,记初见。楼低不放珠帘卷。晚妆残,翠蛾狼藉,泪痕流脸。人道愁来须滞酒,无奈愁深酒浅。但托意焦琴纨扇。莫鼓琵琶江上曲,怕荻花枫叶俱凄怨。云万叠,寸心远。"其中就充满了"同是天涯沦落人"的身世悲感。

以上两类词中带有了艳情以外的其他感情因素。但不管怎样说,因其咏写的主要对象仍离不开词人与歌妓之间的一段旧日艳情,故而依旧表现出相当程度的"以艳为美"倾向。讲到这里,我们即可清楚地看到:唐宋词中的"以艳为美"心理,驱使词人将其审美兴趣的重心,从那些属于男性世界的政事、仕宦、交游、读书等生活内容转移到了有关女性世界和两性关系的生活内容中来,这对向来强调政教性和伦理性的"正统"的审美心理来讲,就在一定程度上具有"思想解放"和"观念更新"的意义。

上面,我们着重讲了"以艳为美"心理给词的题材和内容带来的深刻影响与重大变化,下面简述由此所促生的词的特殊的风容色泽和提供给读者的审美新感受——这种全新的审美感受,一言以蔽之,就是:词中洋溢着一股浓郁的香艳味。

对于唐宋词(婉约词)中香艳味的感受,几乎是所有读者的一种共识。这里稍引几段词论为证。如王世贞就特别看重词的"艳"和"香",他说:"温飞卿所作词曰《金荃集》,唐人词有集曰《兰畹》,盖皆取其香而弱也。"①又如彭孙遹甚至认为"艳丽"二字乃是词体所必须具有的本色风貌:"词以艳丽为本色,要是体制使然。"②再如沈义父认为不"艳"就不似"词家体例":"作词与诗不同……不着些艳语,又不似词家体例。"③而上述这些说法,实际又是从唐宋词的具体情况中概括出来的,因此,其既代表了词之读者的共同感受,也反映了词之确实具有

① 王世贞:《弇州四部稿》,《四库全书》卷一五二,上海古籍出版社,1993年,第445页。
② 彭孙遹:《金粟词话》,唐圭璋编《词话丛编》,中华书局,1986年,第723页。
③ 张炎著、夏承焘校注,沈义父著、蔡嵩云笺释:《词源注 乐府指迷笺释》,人民文学出版社,1963年,第71页。

“熏香掬艳”①的美感特色。所以对于词有无香艳味的问题就不需再做太多的讨论,而应着重研究这种香艳味的“本源”。照我们看来,则这种香艳味实际就是由“以艳为美”的审美心理所精心营造出的温馨芳菲的女性美感所必然带给读者的独特的审美感受。

“香艳”二字,本是对于女性的形容词。“香”字原指芳香,后因女性通常涂抹脂粉,所以古人常将它用在女性的身上,如香鬟、香奁、香闺、香窟、香泽等词就都用来指称有关女性的事物。“艳”字原指美丽。《左传·桓公元年》有:“宋华父督见孔父之妻于路,目逆而送之,曰:‘美而艳。’”②后代就将其引申为美女的代称。说到唐宋词中的香艳味,归根到底,就是由于词好写女性生活和女性之美而带来的一种特殊的审美新感受。为对这种因女性而产生的香艳味有一番感性的体验,我们不妨先品赏一下《红楼梦》中关于贾宝玉初探秦可卿闺房的一段描写:

> 说着大家来至秦氏卧房。刚至房中,便有一股细细的甜香,宝玉此时便觉眼饧骨软,连说:“好香!”入房向壁上看时,有唐伯虎画的《海棠春睡图》,两边有宋学士秦太虚写的一副对联云:“嫩寒锁梦因春冷,芳气袭人是酒香。”案上设着武则天当日镜室中设的宝镜。一边摆着赵飞燕立着舞的金盘,盘内盛着安禄山掷过伤了太真乳的木瓜。上面设着寿昌公主于含章殿下卧的宝榻,悬的是同昌公主制的连珠帐。宝玉含笑道:“这里好! 这里好!”秦氏笑道:“我这屋子大约神仙也可以住得了。”说着,亲自展开了西施浣过的纱衾,移了红娘抱过的鸳枕,于是众奶母服侍宝玉卧好了,款款散去……③

这一段描写,便把一位少男初次窥探和闯入女性世界时的微妙感受描写得活灵活现、出神入化。特别是它的开头几句:“刚至房中,便有一股细细的甜香,宝玉此时便觉眼饧骨软,连说‘好香!’”就端的把女性世界所特有的温馨芳菲的香艳味道刻画得入木三分。而我们对于唐宋词中香艳味的感受,也正可由此说起。

首先,很多艳情词中也像《红楼梦》之描写秦可卿闺房那样,大量铺陈精美

① 况周颐:《历代词人考略》卷五,李谊校注《韦庄集校注》,四川省社会科学院出版社,1986 年,第 665 页。

② 杨伯峻:《春秋左传注》,中华书局,1981 年,第 83 页。

③ 曹雪芹:《红楼梦》,人民文学出版社,1982 年,第 71 - 72 页。

而又富有暗示性和挑逗性的女性用品，用以激发读者对于艳情的联想和满足他们对于女性世界的好奇和窥探欲望。例如温庭筠的词中就充斥了对于女性"床上用品"和闺房陈设的描写："水精帘里玻璃枕，暖香惹梦鸳鸯锦""锦衾知晓寒""山枕隐浓妆"（以上见《菩萨蛮》）；"山枕腻，锦衾寒""夜长衾枕寒"（以上见《更漏子》）；"锦帐绣帏斜掩"（《归国遥》）；"欹枕覆鸳衾""鸳枕映屏山""罗帐罢熏炉"（以上见《南歌子》）；等等。这类枕、衾、被、帐（而且还加上"鸳鸯""惹梦"之类的形容）的女性寝具，就同秦氏房中的宝榻、连珠帐一样，给人以艳情的联想。再如："照花前后镜"，"宿妆隐笑纱窗隔"，"玉钩褰翠幕"，"鸾镜与花枝"（以上见《菩萨蛮》）；"红烛背，绣帘垂"，"玉炉香，红蜡泪"（以上见《更漏子》）……这些镜、花、帘、烛之类的闺房陈设，以及由它们所构筑的幽暗而又氤氲的氛围，也同秦氏房中的宝镜、金盘、木瓜（请注意：曹雪芹还特加了"安禄山掷过伤了太真乳"的说明）那样，给人以女性世界的温馨感受和有关恋情的微妙暗示。

其次，正像《红楼梦》在上一段描写之后又大写贾宝玉"神游太虚境"时所见到的美女之形貌气息那样（其中有这样的描绘："蛾眉欲颦兮，将言而未语；莲步乍移兮，欲止而仍行。羡美人之良质兮，冰清玉润；慕美人之华服兮，闪烁文章……"），唐宋词中的艳情之作也不厌其烦地大写歌妓侍妾的容貌体态，而且比之《红楼梦》中的那些描写，词中所写的女性形象更具娇娆、妖冶、妩媚等挑逗性风情。如："艳冶青楼女，风流字楚真。骊珠美玉未为珍，窈窕一枝芳柳入腰身。　　舞袖频回雪，歌声几动尘。慢凝秋水顾情人，只缘倾国著处觉生春。"（孙光宪《南歌子》）又如："意中有个人，芳颜二八。天然俏、自来狡黠。最奇绝，是笑时，媚靥深深，百态千娇，再三偎着，再三香滑。"（柳永《小镇西》）这类着重于娇貌艳容的描写，正同前面所谈的闺房寝具的描写一样，都给人带来拂拂不止的香艳气味。

当然，以上所讲，主要属于词中所描绘的女性世界本身所具有的香艳味。而在事实上，女性却又会向男性世界（指男性与女性交往的那部分生活）不断散发出阵阵香风艳气，从而使得那些描写男女恋情的词中同样也浸淫了香艳气。从这个意义上说，唐宋婉约词中所普遍带有的香艳味，其"辐射源"仍在于女性形象。比如和凝词云："初夜含娇入洞房，理残妆，柳眉长。翡翠屏中，亲爇玉炉香。整顿金钿呼小玉，排红烛，待潘郎。""迎得郎来入绣闱，语相思，连理枝。鬓乱钗垂，梳堕印山眉。娅姹含情娇不语，纤玉手，抚郎衣。"（《江城子》）词中描写一对恋人携手入洞房的情景，自是十分的香艳和旖旎，但这种氛围得以形成，就主要来源于词中那位忙不迭爇香熏被、以手抚郎的女主角形象。因此，说到底，词中只要一写到女性(不管是正面写,还是侧面写;不管是实写,还是虚写),就不由分说地会辐射出温馨芳菲的香风艳气来——婉约词的情况已如前述,不劳再说;即使是在豪放词中,也往往能见到这类因出现女性形象而带来几分香艳气的奇妙现象。比如苏轼那首极负盛名的“赤壁怀古”词,全词显得何等的飞动沉雄、不可一世!然因其中忽又插入一个“小乔初嫁”的片段,就顿然增添了“英雄美女,天作其合”的艳味来。再如辛弃疾在登建康(今南京)赏心亭时,百感交集,沉恨塞胸,但他在《水龙吟》的结尾却又写下了“倩何人唤取,红巾翠袖,揾英雄泪”几句,同样也使词情达到了“豪气浓情,一时并集,如闻《垓下之歌》”①的刚中有柔、以艳衬悲的艺术境地。

总体来说,“以艳为美”的审美心理既驱使词人把审美的兴趣转移到对女性生活和两性关系的关注上来,又在词中努力营造那种以女性之美为内核的香艳氛围,这就给读者(古代社会自然以男性读者为主体)以及男性词人自身创造和提供了来自“别一世界”(女性世界)的全新审美感受。对于已对“同性相斥”的政治斗争(它们属于男性士大夫的“专业”)产生若干厌倦情绪的唐宋士大夫们(他们既是词的作者,又是词的读者)来说,词中特有的这种香艳味就使他们充分享受到了来自异性的温情和美感;而对后代广大的男女读者来说,则因“谁个男儿不钟情?谁个女儿不怀春”(歌德《少年维特之烦恼》中译本,郭沫若序)的缘故,也就不由自主会沉醉于唐宋词那浓郁的香艳味中。所以我们在前文中即说:“以艳为美”乃是唐宋词提供给读者的一种最摄人心魂和最沁人心脾的审美新感受。此言并非为虚。若再从宏观的角度着眼,则唐宋词既上承前代文学(特别是中唐兴起的爱情传奇)中的“以艳为美”的涓涓细流,又对后代文学(特别是明清戏曲和小说)中的“以艳为美”起着一个扬波掀澜、沾溉后世的重要中介作用——甚至直到当代,琼瑶等言情小说家仍从唐宋艳情词中汲取源源不绝的精神养料。由此看来,在中国美学史和中国文学史的发展进程中,唐宋词的“以艳为美”,实际具有继往开来的建设性贡献。

五、以柔为美:唐宋词中的婉媚态

除开“以富为美”和“以艳为美”之外,唐宋词提供给读者的另一种突出的审美新感受,就是其“以柔为美”。前人论词,曾将其风格大致分为婉约与豪放两类,而又以婉约风格作为“正宗”的词风。这个“婉约”的评语,正道出了唐宋词

① 唐圭璋选释:《唐宋词简释》,上海古籍出版社,1981 年,第 174 页。

的主体美感属于今之所谓“柔性美”的美感特色。

确实,当人们翻阅唐宋词中婉约词的篇章时,就无不明显地感受到其中所带有的那副婉媚之态。如北宋人蒲传正曾说,读晏殊的“绿杨芳草长亭路,年少抛人容易去”,就仿佛在读“妇人语”①。而明人毛晋在将辛弃疾的豪放词与他人的婉约词作比较时也说:“稼轩率多抚时感事之作,磊砢英多,绝不作妮子态。”②这个“妇人语”和“妮子态”的比喻,就十分形象地描画出了婉约词的柔媚风格和柔性美感,同时又表明了词中大量存在着“以柔为美”的作品和相当普遍地弥漫着“以柔为美”的风气之事实。

应该看到,婉约词这种专致于表现柔性美感的现象,是带有一定程度的偏颇的。这是因为,若从宏观的角度来看,世间万象本是兼具阳刚与阴柔这两类美感的。如以天象来说,那中天赫日放射出的耀眼光亮就给人以阳刚之美的感受,而那黄昏新月散发的朦胧幽光又给人以阴柔之美的感受。如以地貌来说,则高山耸峙、大河咆哮给人以刚性的美感,而浅塘涟漪、小桥流水又给人以柔性的美感。延伸到人类生活和人类感情中来,同样也存在着这种刚柔并存的现象。以性格为例,每个人的个性有偏刚或偏柔的差异,其内心深处却又何尝不兼具着刚、柔二性?《易经》所说的“一阴一阳谓之道”,乃是一条颠扑不破、涵盖万物的真理。而对以反映社会生活和表现人类感情为艺术目的的文学作品来说,当然也该兼容刚性美感和柔性美感,这才能够比较全面和圆满地完成自己的文学使命。但是,我们在唐宋婉约词中,却分明见到了另一种有所偏颇的景象:人类生活和人类感情中的阳刚之美已经基本告退,呈现在读者面前的几乎尽是“柔情似水”的感情境界和“宛转妩媚”的柔性美感。这就不能不引起人们的深思和探究。为此,且让我们从事实出发,对此问题展开论析。

我们可对词中“以柔为美”的具体表现做一番考察。我们发现,无论从词的题材内容、构思立意、意象语汇,还是其表述口吻等诸方面来看,它们都共同体现出“以柔为美”的倾向。而所有这些,却又都与词与女性结缘存在着相当密切的关联。

从题材内容来看,婉约词基本以柔性的生活内容和柔性的思想感情为主。具体来说,则男欢女怨、伤春悲秋、流连光景、拨弄风月之类,就成了词人最乐于咏写的题材,而对另外诸如贫富悬殊、阶级矛盾、政治斗争、社会危机等重大问题

① 胡仔:《苕溪渔隐词话·前集》卷三六,人民文学出版社,1962 年,第 178 页。

② 毛晋:《稼轩词跋》,吴则虞选注《辛弃疾词选集》,上海古籍出版社,1993 年,第 285 页。

却简直无意顾及。举例来讲,明明是诞生于“方斯时,天下岌岌,生民救死不暇”的乱世之中,可《花间集》中的绝大部分作品却主要只把自己的审美兴趣投注在醇酒美人的题材上,难怪陆游要感叹:“士大夫乃流宕如此,可叹也哉!或者,出于无聊故耶?”①拆穿来讲,此种怪异的现象一方面与士大夫文人颇有些变态的享乐心理有关,另一方面又与他们“以艳为美”和“以柔为美”的审美心理有关。对于后一方面原因,《花间集序》本身就说得相当明白:“不无清绝之词,用助娇娆之态。”其所谓的“娇娆”,一指艳美,二指柔美。故从这两句,就可充分见出“花间”词人所怀有的“以艳为美”和“以柔为美”的审美心理。而若我们再仔细观察该集所描写的女性形象,如:“玉柔花醉只思眠”、“有情无力泥人时”(欧阳炯《浣溪沙》),“欲上秋千四体慵”、“绣衾香冷懒重熏”(韦庄《浣溪沙》《天仙子》),“好是向人柔弱处,玉纤时急绣裙腰”、“半醉凝情卧绣茵,睡容无力卸罗裙”(毛熙震《浣溪沙》)……在她们身上就确实体现了序言所揭示的“娇娆”的审美理想。由此我们又联想到前人所讲的一段话:“齐梁小赋,唐末小诗,五代小词,虽小却好,虽好却小,盖所谓‘儿女情多,风云气少’也。”②由此就更加可知,“花间词”这种纤美型的柔性美感,分明与其所写“儿女情多”,亦即多写女性感情和女性生活有着直接的联系。

从构思立意来看,婉约词也往往主要着眼于发掘词题中的柔性生活内容和努力营造与女性紧密相伴的柔性美感。对此先举一个典例的例子,亦即诗、词作品对于唐明皇不惜差遣飞马快驿为杨贵妃传送鲜荔枝一事的不同描写。先是杜牧有《过华清宫》绝句三首讽刺其事:“长安回望绣城堆,山顶千门次第开。一骑红尘妃子笑,无人知是荔枝来!”“新丰绿树起黄埃,数骑渔阳探使回。《霓裳》一曲千峰上,舞破中原始下来!”“万国笙歌醉太平,倚天楼台月分明。云中乱拍禄山舞,风过重峦下笑声。”杜诗把贵妃笑尝荔枝、骊山歌舞与安史之乱紧紧联系在一起,“以微见著”地表达了诗人骄奢亡国的政治见解。后来,苏轼更有《荔枝叹》诗咏写其事:“十里一置飞尘灰,五里一堠兵火催。颠坑仆谷相枕藉,知是荔枝龙眼来。飞车跨山鹘横海,风枝露叶如新采。宫中美人一破颜,惊尘溅血流千载。永元荔枝来交州,天宝岁贡取之涪。至今犹食林甫肉,无人举觞酹伯游。我愿天公怜赤子,莫生尤物为疮痏……”他更把荔枝和杨妃这两件“尤物”当作残害百姓的“疮痏”(灾害)看待,并通过对史事的咏叹揭露了统治者骚扰人民、导

① 陆游:《花间集跋》,《渭南文集》卷三〇,《四部丛刊》本。
② 刘熙载:《艺概》卷四,上海古籍出版社,1978 年,第 123 页。

致战乱的罪行，全诗写得“波澜壮阔，不嫌露其骨”①。同样是写这个历史题材，欧阳修的《浪淘沙》却改从柔处下笔：“五岭麦秋残，荔子初丹。绛纱囊里水晶丸。可惜天教生处远，不近长安。往事忆开元，妃子偏怜。一从魂散马嵬关，只有红尘无驿使，满眼骊山。”词中虽也含有一定的讽喻，但其构思立意却全从一个“惜”字出发：怜惜那活像水晶的荔枝生处“不近长安”，更怜惜杨妃的香销玉殒、葬身马嵬。因此读罢全词，人们或许竟会对那位美丽而又不幸的人间尤物之死生出几分怜惜之心和怅惘之情来。由此可见，在咏写这一历史题材时，诗人构思立意主要从“刺”（讽刺）和“愤”（愤慨）出发；而词人却早已改换角度，专从其中发掘那类怜香惜玉的哀婉美感。

此外，我们再可举出咏物之作来做比较。比如荷（莲）花这一物象，周敦颐的散文《爱莲说》就着重揭示其“花中君子”的高标远致：“予独爱莲之出淤泥而不染，濯清涟而不妖，中通外直，不蔓不枝，香远益清，亭亭净植，可远观而不可亵玩焉。”这就赋予荷花某种雅士的气质和神貌。而苏轼的观荷诗则借重于用荷塘的风清月白来衬托自己的出世归隐意念：“昨夜雨鸣渠，晓来风袭月。萧然欲秋意，溪水清可啜。环城三十里，处处皆佳绝。浦莲浩如海，时见舟一叶。此间真避世，青蒻低白发。相逢欲相问，已逐惊鸥没。”（《与王郎昆仲及儿子迈绕城观荷花》）诗的构思立意即在于着力描绘荷塘莲浦的清幽澄净气氛，用以衬托自己一颗闲静避世之心，故全诗中全无对莲花那种亭亭玉立的女性美感的描写。而到了词中，则凡写荷写莲者就几乎全都离不开将它与女性形象联结的构思立意。比如张镃的《昭君怨》：“月在碧虚中住，人向乱荷中去。花气杂风凉，满船香。　云被歌声摇动，酒被诗情掇送。醉里卧花心，拥红衾。”其本意是要表现一位男性士大夫文人的高情逸兴，但结尾两句“醉里卧花心，拥红衾”（意指梦中酣卧莲花之心、紧拥莲花红瓣）却又情不自禁地流露出对于莲花所具有的女性之美的艳羡之情，这就使得词情最终仍然落入到“软红场”中去。再如晏几道和贺铸的《清平乐》与《踏莎行》，前者曰：“莲欲开遍，一夜秋声转。残绿断红香片片，长是西风堪怨。莫愁家住溪边，采莲心事年年。谁管水流花谢，月明昨夜兰船。”后者曰：“杨柳回塘，鸳鸯别浦，绿萍涨断莲舟路。断无蜂蝶慕幽香，红衣脱尽芳心苦。　返照迎潮，行云带雨，依依似与骚人语：当年不肯嫁春风，无端却被秋风误！”前一首词从莲花的凋残写到采莲女的心事，亦即以众芳之芜秽来衬托美人的迟暮；后一首词则干脆将荷花比做一位幽洁贞静、身世可怜的女子，借此寓托词人的失意之感。由此看来，词中的咏物之作也喜欢将所咏之物攀附

① 纪昀：《苏文忠公诗集择粹》卷一五，嘉庆丁丑刻本。

到女性形象上去。而此种着眼于发掘词题中的柔性内容和努力营造与女性形象密切相关的柔性美感的写法，同样也明显地表露了词人“以柔为美”的审美倾向。

从意象语汇来看，婉约词分明带有“以小语致巧”和“以丽字取妍”的特色（王世贞《艺苑卮言》云：“《花间》以小语致巧”，“《草堂》以丽字取妍”①。《草堂》指南宋人所编词集《草堂诗余》）。而这种以“小”和以“丽”致巧取妍的柔美的语言特色，实际仍与词和女性结缘有关。先拿“丽”字来说，则词中颇多色彩缤纷和富丽优雅的意象和字面：言草木花卉有红苞、翠叶、绿芜、粉箨、淡花、暗柳之类；言虫鱼鸟兽有粉蝶、黄蜂、青鸟、玉骢、白鸥、金猊之类；言居室有雕梁、画栋、玉楼、朱户、香闺、绮阁之类；言器物有银釭、凤屏、玉卮、金炉、珠帘、鸾镜之类；言衣饰有彩袖、罗衫、瑶簪、翠钿、绣裙、玉钗之类……总而言之，由于女性对于颜色天生就有比男性更加丰富和敏锐的感觉，所以这些艳丽的词藻分明就是以一种女性化的心理与眼光去感受和“捕捉”来的。再拿“小语”来说，则词中所选用的意象一般又以轻灵细巧者为多，而不大愿意选用“重”“拙”“大”的意象。喜写细雨、微雨、蒙蒙雨，而不大写暴雨、骤雨；喜写疏云、淡云、断云，而不大写乌云、浓云、墨云；喜写芳草垂柳，而不喜写劲松怪柏；喜写微波涟漪，而不喜写巨涛骇浪；凡此等等，不胜枚举。这种趋“小”趋“巧”的选词倾向背后实也隐藏着以柔小细巧为美的心理。另外还可特别提出的则是，词中又尤其喜欢选择与“水”有关的意象群来组合词境，因此词中就增添了如云似水的柔软质地和婉丽美感（对于此点，后文还要详论）。

最后，还可从婉约词的表述口吻来看，则其喜为女性“代言”的抒情方式更直接助长了词的“妮子态”。当然，男性作者为女性“代言”的写法，前代诗歌中早就出现过，比较著名的可举李白的《长干行》：“妾发初覆额，折花门前剧。郎骑竹马来，绕床弄青梅……”但像婉约词中那样大量采用“男子而作闺音”的方式来为女性“代言”的现象，却是词中的一大奇观。这种“男子而作闺音”的写法大致可分两类。

一类是通篇采用女性自述的口吻，如晏几道的《虞美人》：“曲栏干外天如水，昨夜还曾倚。初将明月比佳期，长向月圆时候，望人归。　罗衣着破前香在，旧意谁教改？一春离恨懒调弦，犹有两行闲泪，宝筝前。”又如冯延巳的《长命女》：“春日宴，绿酒一杯歌一遍。再拜陈三愿：一愿郎君千岁，二愿妾身长健，三愿如同梁上燕，岁岁长相见。”这活脱脱就是一副女性的声腔口吻。

① 王世贞：《艺苑卮言》，唐圭璋编《词话丛编》，中华书局，1986年，第385页。

另一类则是部分为女性"代言",如柳永的《迷仙引》:"才过笄年,初绾云鬟,便学歌舞。席上尊前,王孙随分相许。算等闲、酬一笑,便千金慵觑。常只恐、容易蕣华换,光阴虚度。已受君恩顾,好与花为主。万里丹霄,何妨携手同归去。永弃却、烟花伴侣。免教人见妾,朝云暮雨。"词的上片站在词人的立场,写出了柳永眼中所见的歌妓形象;而下片则转而让这位歌妓自己出场,向其意中人直吐衷肠。这样的写法可谓二分之一的"代言"体。再如韦庄的《清平乐》:"莺啼晓月,绣阁香灯灭。门外马嘶郎欲别,正是落花时节。妆成不画蛾眉,含愁独倚金扉。去路香尘莫扫,扫即郎去归迟。"词的上片写闺妇与郎临别时的情景;下片则转写别后她对"郎"的思念,结尾两句"去路香尘莫扫,扫即郎去归迟"就直接改用女性自言自语的口吻来写。这又是一种比重更小的"代言"体写法。

不管是通篇还是部分采用"男子而作闺音"的写法,这种模拟女性口吻的表述方式都有效地助长了词中的婉媚之态。

我们综观婉约词的上述种种特色,就足见其"以柔为美"的审美倾向,而这种倾向,又无不与词之和女性结缘存在着极为密切的关联。

下面,我们进而论析"以柔为美"心理何以会在词中膨胀并导致审美趋向发生"刚消柔长"的变化,以及婉约词在诗歌史和美学史上的重大贡献。

平心而论,"以柔为美"的审美心理并不是唐宋词人所独有的。尽管中国古代文人因为男尊女卑的思想作怪,所以在文学创作和文学鉴赏活动中总体上表现出崇刚而黜柔的审美倾向,但在其心灵深处,却又何尝不偷偷爱慕着柔性的美感?例如,高唱"大雅久不作,吾衰竟谁陈"的大诗人李白,虽然口头上鄙视六朝诗歌"绮丽"的风格(《古风》:"自从建安来,绮丽不足珍。"),但他却又赞扬谢朓诗的"清发"(《宣州谢朓楼饯别校书叔云》诗中说:"蓬莱文章建安骨,中间小谢又清发。")。而杜甫也曾明确指出李白诗歌之得益于六朝诗人庾信和鲍照(《春日忆李白》诗云:"清新庾开府,俊逸鲍参军。")的清绮诗风。由此可见,大凡优秀的作家在艺术嗜好方面对刚、柔两种风格和美感实际都抱持兼收并蓄的态度,而并不专走扬刚斥柔的偏路。不过,到了唐宋的婉约词中,却产生了明显的蜕变,"以柔为美"的婉约词风一时就被奉为词的"本色"词风,而另一类富有刚美气质的词风则被贬为"非本色当行"的词风,这就表明词人的审美趋向已向柔美的方向倾斜。所以,我们就很有必要来探求造成词中"以柔为美"心理大为膨胀并导致审美趋向发生"刚消柔长"变化的原因。对此,大致可从时代境况、地理环境、人际交往三个方面来论析。

从时代境况来讲,唐宋词人生逢一个渴求柔性美感胜过渴求刚性美感的时代。鲁迅先生曾说:"遥想汉人多少闳放","唐人也不算弱","汉唐虽也有边患,但魄力究竟雄大，绝不介怀。”①其中所论之“唐”应主要是指盛唐。因此汉、唐（盛唐）人的文学作品中，就较多地体现出“闳放”和“雄大”的气概，表现了他们对于刚性美感的仰慕和追求。但唐自进入中、晚期后，国势大显衰弱，最终竟出现了五代十国的乱世。而进入宋代以来，由于最高统治者推行重文削武和对外妥协的政策，因就越发造成了总体国力不如汉、唐的局面和士人心态趋于懦弱而非雄强的状态。尹洙曾说：“状元及第，虽将兵数十万，恢复幽蓟，逐强蕃于穷漠，凯歌劳还，献捷太庙，其荣不可及也。”②这就意味着，一位收复燕幽十六州的武将的价值，在宋人心目中，却远不抵一位状元及第的读书士人。这一例证，就很能说明宋代社会的重视“文才”已大大超过了重视“武功”，也很能反映这个朝代不崇“雄刚”的总体心理倾向。而与此同时，由于宋代优待文吏、鼓励享乐的社会风尚，士大夫文人就更对“柔美”产生了浓厚的兴趣。人所共知，常人对于美感类型的选择和偏好，往往是跟着环境走的。拿听歌来说，战士们在出征杀敌之前，自然渴望听到《义勇军进行曲》之类气壮山河的旋律，而当恋人们在歌舞厅点歌时却又会钟情于花好月圆之类的缠绵情歌。所以，由于中唐以来社会环境和时代境况的变化，“以柔为美”的心理就在常于醇酒美人中讨生活的词人中间普遍萌发。

从地理环境来讲，则“以柔为美”心理的勃发又与南方的地域环境和南方文学传统的影响有关。关于这方面的情况，我们将在后文详述，因此在此仅作简单的交代：中唐以来，全国的经济重心已向南方的城市转移，而文坛的重心同样也有了南移的趋向。就词来说，词虽最早起源于各地民间，但后来却很快就形成了向南方城市集中的趋势。如晚唐五代词坛的中心，就在南方的大都市成都和金陵（今南京）。北宋词虽以汴京为主舞台，但扬州、苏州、杭州、成都等南方城市却也不乏著名词人在讴歌吟唱。到了南宋，则宋词的舞台又迁回到南方。这些情况表明：唐宋词的发展，基本离不开南方水土的滋养。再从词人队伍来说，也主要以南方士人为骨干。如初期尝试写词的文人刘禹锡和白居易虽然出生于北方，但就其写词的经历来看，却主要是在南国地域上进行的。温庭筠也是北方人士，但他在江南生活很久，俨然将江南作为自己的第二故乡。除这几位之外，“花间”词人和南唐词人几乎全属“南产”。宋代大词人中，除朱敦儒、李清照、辛弃疾三位外，竟差不多都为南人；而就是这三位，其后半生（或大半生）也都是在江南度过的。所以，从词人的籍贯和经历来看，词也与南方地域结有很深的

① 鲁迅：《坟·看镜有感》，《坟》，人民文学出版社，1956年，第148、149页。
② 田况：《儒林公议》卷上，中华书局，1985年，第3页。

缘分。

基于以上两种情况,词人的审美心理就必然会受到南方地域的影响并传承着前代南方文学的审美传统。从前一点来看,南方多水和景色柔美的地貌特色,很自然地培育了人们对于柔性美感的兴趣和嗜好;而南方人性格的相对柔弱,也肯定会影响其审美心理的柔化。谢章铤曾说:“予谓南宋词家于水软山温之地,为云痴月倦之辞。”①其言虽是针对南宋词人,但也完全可以扩大到其他一些生活在南方地域上的词人身上——正是这种温软的山水地貌,在某种程度上限制了词人们审美心理的全面发展,因此其词中往往“有花柳而无松柏,有山水而无边塞,有笙笛而无钟鼓,斤斤株守,是亦只得其一偏矣”②。再如颜之推《颜氏家训》中曾说:“别易会难,古人所重。江南饯送,下泣言离;北间风俗不屑此事,歧路言离,欢笑分手。”③同是面对离别,南人泣涕涟涟,而北人却欢笑告别。这又说明南人性格趋于柔弱,而北人性格趋于豪爽(当然这又是从总体而言的)。因此,这种个性气质方面的差异也会一定程度地影响到南方词人审美心理的趋柔。另外,由于长期以来中国古代文学实已形成为两种大致的地域类别——北方文学和南方文学,因此,对于活跃在南国地域上的词人来讲,他们又会耳濡目染地接受前代南方文学的影响,自觉或不自觉地承传其审美心理的传统。由于关于古代文学中的南北差异问题已有刘师培《南北文学不同论》一文详加论述,所以这里就不多说。但若加以概括,则我们就大致可以这样认为:南方文学的主体风貌偏于柔美,而北方文学的主体风貌偏于刚美。而这种南北文学风格的偏柔与偏刚的差异,也正反映了南人和北人在审美心理方面嗜柔与嗜刚的差异。故而词人之承传前代南方文学中偏嗜柔美的审美心理,就属顺理成章之事。因此他们“以柔为美”心理之膨胀,又显然受到了南方地理环境和南方文学传统的影响。

从人际交往来讲,则唐宋词人大都是气质偏柔、柔情满胸的文人,更兼他们写词之时又往往面对着一群娇柔婉媚的美女,两相结合,怎能不诱发他们满腔的“以柔为美”心理?对此,我们试读明代沈际飞所编《草堂诗余续集》中收录的秦观的《满江红·姝丽》:

越艳风流,占天上、人间第一。须信道,绝尘标致,倾城颜色。翠绾

① 谢章铤:《赌棋山庄词话》续编五,唐圭璋编《词话丛编》,中华书局,1986年,第3561页。

② 同①。

③ 颜之推:《颜氏家训·风操》,《颜氏家训》,上海书店,1986年,第8页。

垂螺双髻小，柳柔花媚娇无力。笑从来、到处只闻名，今相识。脸儿美，鞋儿窄，玉纤嫩，酥胸白。自觉愁肠搅乱，座中狂客。金缕和杯曾有分，宝钗落枕知何日。谩从今、一点在心头，空成忆。

这首词生动地描绘了柳柔花媚的歌妓搅乱词人柔心、引发词人柔情的心理过程。置身于此类莺围燕簇的女性环境之中，词人的审美心理又怎能不产生柔化的倾向？此外再如柳永词所写："自古及今，佳人才子，少得当年双美。且恁相偎倚。未消得、怜我多才多艺，愿奶奶、兰心蕙性，枕前言下，表余深意。"（《玉女摇仙佩》）词人本是多才多艺、满怀柔情蜜意的风流才子，更兼得遇到了"兰心蕙性"的多情佳人，这就势必因两心相悦和异性相吸而引发词人怜香惜玉的柔性心理（包括"以柔为美"的审美心理）。针对上述情况，南宋词人王炎《双溪诗余自叙》曾说："今之为长短句者，字字言闺阃事，故语懦而意卑。"①撇开其"意卑"的批评不论，则其"懦语"（亦即懦弱柔婉之语）的由来，分明就源于词人与歌妓的"闺阃事"（闺房情事）。所以唐宋词人之勃发"以柔为美"的心理，又明显与才子佳人式的特殊人际关系和恋情交往有关。

由于以上种种原因，婉约词在美学风貌方面就明显呈现出"阴盛阳衰""刚消柔长"的特色。而这种不免显得有些偏颇的风格和美感，却又为中国诗歌史和美学史开启了全新的一页，并为唐宋时代和后世的读者开拓了一个可以尽情观赏柔性美感的审美新天地。我们知道，人生多难，人世维艰，人类历史本是一部由全体人类集体谱写成的大型"忧生忧世录"。故而身处这种情况之下，人类就既有欣赏刚性美的心理需求，又更加怀有欣赏柔性美的心理渴求。刚性的美感如刘琨闻鸡起舞和祖逖击楫中流那样催人振奋、激人斗志，使人增添克服艰难的决心和信心；而柔性的美感则如湖塘月色和小桥流水那样使人休憩、使人放松，从而给活得太累太苦的人带来精神上的抚慰和调剂——而若平心而论，则人们在其事业之余，就尤其渴望享受后一种柔性的美感。例如，古人曾把酣睡称作"黑甜"，把饮酒称作"软饱"，把美色称作"温柔乡"，把闲居称作"安乐窝"（还有今人之把家庭称作"避风港"）。这类"甜""软""温柔"之类的形容词分明反映了他们思欲在柔性生活环境中寻觅安宁和幸福的心理趋求以及对于"硬性"人世竞争的厌倦和逃避。缘此，在文学欣赏和审美活动中，实际上人们对于柔性美感的嗜求或许胜过了对刚性美感的嗜求。对于柔性美感的需求（甚或偏爱），就

① 王炎：《双溪诗余·自叙》，王鹏运辑《四印斋所刻词》，上海古籍出版社，1989年，第793页。

不能不成为人类精神消费和审美活动中不可或缺的重要内容。故而,在一定意义上说,唐宋词人之所以会勃发"以柔为美"的心理,不但无可厚非,甚至值得庆贺。这是因为,由它所造就的一大批柔美的文学精品——唐宋婉约词,就为人们开辟了一个美丽温馨的文学新园地,极大地满足了人们对于柔性美感的渴求。当然,事情又总是一分为二的。词以婉约为"正宗"的局面自然也会带来审美感受趋于狭隘和片面的缺憾与弊病,但值得庆幸的是,词中却又另有一番阳刚的风格和美感存在,这就弥补了其上述的缺陷与不足,从而使得唐宋词最终出现了刚柔兼具、众美并陈的审美景观。这且留待后文再述。

六、以悲为美:唐宋词中的愁苦心

和上述"以富为美""以艳为美"和"以柔为美"的审美风尚有所不同,本节所论的"以悲为美"的审美风尚,相对来讲属于中国古典诗歌的一种传统风尚,因此词的"以悲为美"带给读者的审美感受,可能比不上前三类那样新鲜和强烈。但我们却仍把它列为唐宋词所提供的审美新感受之一,这又并非全无道理。这是因为:一方面唐宋词确实继承了前代诗歌"以悲为美"的传统,从这个角度看,它的"以悲为美"仍可视为前代悲苦诗风的一脉相承;另一方面,唐宋词中的"以悲为美"却又具有自身的特色,从这个角度看,它就为人们提供了一种与前有所不同的,以绮怨、哀婉为主要风格特征的悲哀型美感。

从继承传统的角度来看,中国古典诗歌向来就"以悲为美"。孔子论诗歌的功用,其中十分重要的一条就是"诗可以怨"(《论语·阳货》)。此所谓"怨"者,就指诗常被用来表现怨刺、怨悱、怨恨之类的感情内容。《汉书·礼乐志》云:"周道始缺,怨刺之诗起。"①《史记·屈原列传》云:"《小雅》怨悱而不乱。"其又云:"屈平之作《离骚》,盖自怨(怨恨)生也。"②它们所言就均指诗之感情内容偏多于批判政治和忧伤人生方面的情志。而这类情志的获得与激发,又大多与诗人穷困失意的境况有关。所以,紧伴着"诗可以怨"的,便是"诗穷而后工"的一条通例。如韩愈曾说:"夫和平之音淡薄,而愁思之声要眇;欢愉之辞难工,而穷苦之言易好也。是故文章之作,恒发于羁旅草野。"③欧阳修也说:"予闻世谓诗人少达而多穷。夫岂然哉?盖世所传诗者,多出于古穷人之辞也。凡士之蕴其

① 班固:《汉书》卷二二《礼乐志》,中华书局,1962 年,第 1042 页。
② 司马迁:《史记》卷八四《屈原贾生列传》,中华书局,1959 年,第 2482 页。
③ 韩愈著,冯其庸校注:《韩昌黎文集校注》,上海古籍出版社,1987 年,第 262、263 页。

所有，而不得施于世者，多喜自放于山巅水涯，外见虫鱼草木风云鸟兽之状类，往往探其奇怪；内有忧思感愤之郁积，其兴于怨刺，以道羁臣寡妇之所叹，而写人情之难言；盖愈穷则愈工。然则非诗之能穷人，殆穷者而后工也。”①这些言论深刻揭示了诗歌创作得以成功的两个奥妙：在内容方面，以穷苦愁忧之音“易好”；在诗人遭遇方面，又以穷困潦倒者“易工”。而基于以上“诗可以怨”和“诗穷而后工”的情况，诗中出现“以悲为美”的审美风尚，就是表里相符、顺理成章的事。所以，从《诗经》中的“变风”“变雅”起始，历经“盖自怨生”的《离骚》和“慷慨有余哀”的汉魏六朝诗歌，直到忧思宛转的晚唐诗，“以悲为美”就一直成为中国古诗一脉相承的审美传统。而唐宋词作为抒情诗歌的一种特殊形态的“支流”，当然就承继了前代诗歌的这种传统，同样会呈现出“以悲为美”的审美风尚。缘此我们如果翻开唐宋词的史册，就随处都可感知其十分哀婉的词境和十分愁苦的“词心”。清代大词人纳兰性德曾作《填词》诗云：“诗亡词乃盛，比兴此焉托。往往欢娱工，不如忧患作。”其着眼点虽主要在于论述词的“比兴寄托”，实是继承古诗传统而来，但同时却又指出了词中的忧患之作“工”于欢娱之作的现象，同样也与古诗相似，且也继承了古诗的传统。故而我们很可明晓：词中的“以悲为美”，就是诗之“以悲为美”的一种顺流扬波。

但从词本身的情况来看，则它的“以悲为美”却又具有自身的特色。这种特色主要表现为：词人似乎对于愁苦之情和悲哀型的美感怀有一种天生的偏嗜和癖好，并进而又将玩味痛苦和宣泄痛苦当作其文学创作和审美鉴赏活动中的重要内容和“苦中作乐”的举动来对待，这就使得词中的“以悲为美”显得越发“自觉”和越发向着人的心灵深处开掘。

我们知道，人生本是苦乐并存、悲欢交集的，因此唐宋词人也就相应拥有了喜怒哀乐等各式各样的复杂感情。基于此理，当他们沉浸在享乐生活之中时，就大写其富贵之词和快活之词，而当他们碰到了伤心失意之事时，又大写其愁苦之词和伤感之词，这就绝不会引起人们的诧异。但是，我们却又在词中发现了另一些现象：第一，他们特别喜欢在欢乐的时光中提前感知那种乐极生悲或欢悲相续的痛苦，又经常喜欢在物质生活得到惬意满足之时向人们展示他们精神生活的空虚和苦恼；第二，他们特别喜欢在美好的事物中“透视”其无法避免的缺憾，又经常喜欢将美好事物之受到破坏作为其饶有兴趣的审美对象来玩味。他们既“自讨苦吃”地从日常生活中“榨取”其苦味来尝，又“代人受苦”地设想别人的

① 欧阳修：《梅圣俞诗集序》，朱东润编年校注《梅尧臣集编年校注》，上海古籍出版社，1980 年，第 1162 页。

痛苦并为之代言内心的愁闷。一句话:他们似乎自觉地充当了痛苦的受累者或受难者,而将“痛苦的审美化”当作文学创作的主要课题。从这些情况来看,词中的“以悲为美”比诗中的“以悲为美”显得愈加“自觉”。

前已谈过的“富贵人发愁苦语”和词中的伤春悲秋现象就很能说明上述问题。例如,冯延巳有两首《采桑子》云:

> 笙歌放散人归去,独宿江楼。月上云收,一半珠帘挂玉钩。　起来点检经由地,处处新愁。凭仗东流,将取离心过橘洲。
>
> 樱桃谢了梨花发,红白相催。燕子归来,几度香风绿户开。　人间乐事知多少,且酹金杯。管咽弦哀,慢引萧娘舞袖回。

词中所抒写的,就都是词人兴尽悲来、欢悲相续的人生愁情。王羲之《兰亭集序》曾说:“当其(指人)欣于所遇,暂得于己,快然自足,曾不知老之将至。及其所之既倦,情随事迁,感慨系之矣。向之所欣,俯仰之间,已为陈迹,犹不能不以之兴怀……”而这两首词所写的,就确是这种俯仰之间欢情已成陈迹,因而不能不从心底升腾起的悲感。试想,刚才还是笙歌沸天,可是转眼之后却已筵散人去,只留下词人一人独自咀嚼心头莫名的孤独与怅惘;或者又是筵尚未散,“人间乐事”(指酒色歌舞)正进行到非常得劲的当口,可是词人却已从管咽弦哀的声乐中,深刻地感知了筵总要散、人总要老(犹如花开花落那样无法抗拒)和乐事最终也要消逝的恐惧感。再如另一位富贵词人晏殊,他在词中一方面多写享乐的生活场面和富贵的生活气象,但另一方面却又不免流露出好景不长、欢尽悲至的哀感。如其《木兰花》云:

> 池塘水绿风微暖,记得玉真初见面。重头歌韵响铮琮,入破舞腰红乱旋。　玉钩阑下香阶畔,醉后不知斜日晚。当时共我赏花人,点检如今无一半!

上片描写与歌姬(“玉真”即玉人)初次见面时歌舞作乐的情景,显示出好一派豪华富贵的气象;下片却转写日斜人散、举目悲凉的惆怅和失落。张宗橚读此有感道:“东坡诗‘尊前点检几人非’,与此词结句同意。往事关心,人生如梦,每读一过,不禁惘然。”①他所读出的人生如梦之感,就全由晏词深层所蕴藏的人生悲感所引发。因此,我们可得出这样一种认识:相对而言,词中的“以富为美”仅属一

① 张宗橚编:《词林纪事》卷三,《词林纪事　词林纪事补正》,上海古籍出版社,1988 年,第 173 页。

种比较浮面和浅表的审美感受,而词中的“以悲为美”才是一种更显深刻和敏锐的审美感受。正因这种层次上的差异,我们把其“以富为美”的外观称作“富贵气”,而把其“以悲为美”的内核称作为“愁苦心”。

再拿词中的伤春悲秋之作来说,照理春秋两季本是一年中最为美好的时光。春之阳光明媚、百花吐妍,秋之天高气爽、水澈山清,都足以引起人的赏心悦目之快感。但唐宋词人之写春和写秋,却尽往其“坏处”写——或写其红稀翠减,或写其西风败叶,或写其困人、恼人,或写其牵惹愁肠——总之,词人总想挖掘出美好事物易凋零和无法久长的悲剧性美感来,甚至有时就将这些美好事物遭受的摧残和破坏当众展现在读者眼前。如张先的《千秋岁》上片:“数声鶗鴂,又报芳菲歇。惜春更把残红折。雨轻风色暴,梅子青时节。永丰柳,无人尽日花飞雪。”此词就把风雨摧虐春天的景象写得淋漓尽致,而在此基础上,又紧翻出了后文的“莫把幺弦拨,怨极弦能说”的心底怨情。又如辛弃疾的《摸鱼儿》上片:“更能消、几番风雨,匆匆春又归去。惜春长恨花开早,何况落红无数。春且住!见说道、天涯芳草无归路。怨春不语。算只有殷勤,画檐蛛网,尽日惹飞絮。”这又把春之凋落景象和词人无计留春的心情描写得曲折尽致。在此基础上,后文又紧翻出了词人政治方面的无穷怨怼。再如柳永写秋的名句:“晚秋天,一霎微雨洒庭轩。槛菊萧疏,井梧零乱,惹残烟。凄然,望江关,飞云黯淡夕阳间。当时宋玉悲感,向此临水与登山。远道迢递,行人凄楚,倦听陇水潺湲。正蝉吟败叶,蛩响衰草,相应喧喧。”(《戚氏》)它们所着力描绘的,也绝非天朗气清、引发游兴的秋光图,而尽是满目凋零、令人感生悲秋之情的凄凉景色。所以,我们从词人不太愿意写游春赏秋而特别喜欢写伤春悲秋的选材嗜好中,同样也可看出他们“以悲为美”的审美意向。发展到极致,甚至出现了这样的情况:词必须与“愁”结伴;不“愁”则词就不“工”。

对此,清人赵庆熹曾就“花帘主人”之词因善于写“愁”而“工”说过这样一段体会很深的话:

> 无岁而无落花也,无处而无芳草也,无日而无夕阳、明月也。然而古今之能言落花、芳草者几人?古今之能言夕阳、明月者几人?则甚矣,写物之难、写愁之难也。花帘主人工愁者也,词则善写愁者。不处愁境,不能言愁;必处愁境,何暇言愁。栩栩然,荒荒然,幽然,悄然,无端而愁,即无端其词。落花也,芳草也,夕阳、明月也,皆不必愁者也。不必愁而愁,斯视天下,无非可愁之物。斯主人之所以能愁,主人之词

所以能工。①

其意是说:落花芳草、夕阳明月之类自然景色本无愁味可言,但花帘主人之词之所以能“工”,就在于他能从上述无愁之物中看出了“愁”(或是赋予了“愁”)。而对这种看法,引述此文的江顺诒又做了进一步引申:“此专言‘愁’,固作词者之妙境,而即读词者之佳话也。”②这便更可说明:词就简直成了作者和读者专门用以寄寓和寻觅悲剧性美感的“言‘愁’文体”。

除开上述词人似乎是“自讨苦吃”“自寻烦恼”地自言其愁苦之情外,词中的“以悲为美”还突出地表现在男性词人好为女性“代受其苦”和“代言其苦”的方面。我们知道,女性在古代社会中的地位本就低下,而其中的歌妓阶层则更是一群特殊的社会“贱民”。虽然歌妓中曾经出现过一些备受宠爱的名妓,但她们归根到底仍是达官贵人手中的高级玩偶,一旦年长色衰,仍难逃被抛弃不顾的悲惨命运。至于那些歌妓、舞女,则其地位就更低贱。在这种情况下,某些多情的文人虽也有可能与她们建立真挚的恋情,但这种恋情是否真能长久不衰,却颇值得怀疑;而另一些薄情或薄行的文人,对于歌妓的爱恋,就更加偏于色相和带有逢场作戏的意味。但这只是问题的一个方面,问题的另一方面却表现为:大量的婉约词人几乎都写过为女性(歌妓为主)代言其闺怨、相思、伤别之情和自嗟其身世的哀怨词篇。对照前一方面的情况,我们就可认为:与其说词人主要是对她们的命运抱有深切的同情和怜悯(当然并不排斥这类感情),毋宁说是词人“以悲为美”的审美心理(再加上怜香惜玉的恋情心理)驱使着他们把自己的审美兴趣投放到了这些可怜的弱女子身上。不然的话,我们就不大容易理解温庭筠为何在其所写的 14 首《菩萨蛮》中全都抒写女性的闺怨和失恋之情,也不大容易理解那位好唱《菩萨蛮》的宣宗皇帝何以会喜欢这些哀怨绮丽的词篇(据孙光宪《北梦琐言》卷四记载:温氏写这些《菩萨蛮》词,就是为了秘密进献宣宗,供其欣赏)——它们表明,无论是当时的作者还是读者,大都具有“以悲为美”的共同审美嗜好。由此,我们在婉约词中所见的女性形象,除开其美貌的外表之外,就差不多全都呈现出哀怨、愁闷、空虚、惆怅的悲哀心态。而且不仅如此,很多词人还在此基础之上,进而刻画了她们“美人迟暮”的深锐愁苦。如李璟词云:“菡萏香销翠叶残,西风愁起绿波间。还与韶光共憔悴,不堪看。”(《浣溪沙》)王国维对这几句的评语即是:“大有众芳芜秽、美人迟暮之感。”③又如苏轼所写的花蕊夫

① 江顺诒:《词学集成》卷七,唐圭璋编《词话丛编》,中华书局,1986 年,第 3289 页。
② 同①。
③ 王国维著,滕咸惠校注:《人间词话新注》,齐鲁书社,1981 年,第 9 页。

人在摩诃池纳凉夜卜的情景："起来携素手，庭户无声，时见疏星渡河汉。试问夜如何？夜已三更，金波淡、玉绳低转。但屈指西风几时来？又不道流年暗中偷换！"（《洞仙歌》）这位正与君王携手并肩、极受君王宠幸的美慧女子，内心悄然升起的，却已是一股提前产生的时序惊心、流年偷换的迟暮之感！而这类"美人迟暮"的悲剧，比之春色的衰歇和秋色的凋败来讲，就格外具有震颤心灵的审美效果，因为它更加注目于人类自身的命运和表现了人类共有的生命意识。

因此，综合以上所论我们即可看出：词中的"以悲为美"不仅是由于词人普遍怀有伤感心理和经常遭逢伤心之事所引起的，也不仅是承继前代诗、文传统之结果，而且还是一种"有意为之"（亦即辛弃疾《丑奴儿》中所说的"为赋新词强说愁"）的审美嗜好和审美趋向。而因这种比之前代诗、文更显"自觉"的"以悲为美"心理渗透在词中，就进而造就了婉约词那突出的以绮怨和哀婉为主要风格特征的悲哀型美感。

所谓的"绮怨"，乃指一种既绮靡艳丽又哀怨悱恻的复合型风格。其"绮"的一面，来源于"以艳为美"和"以富为美"；而其"怨"的一面，则来源于"以悲为美"。两相交织和碰撞，即合成为"绮怨"的特殊风格。刘熙载论温庭筠词就很精辟地指出："温飞卿词，精妙绝人，然类不出乎'绮怨'。"①而这个评语却也完全可以移用来形容其他婉约词人的大量恋情之作。一方面，它们颇多艳情绮语，表现了恋情的无比甜蜜和温馨；另一方面，它们又颇多愁情怨语，表现了爱情无法得到圆满的痛苦和憾恨。两相混和而又共处一体，这些词篇自然就会闪耀出特殊的感情色彩和提供给人以奇妙的审美感受。如：

> 玉炉香，红蜡泪，偏照画堂秋思。眉翠薄，鬓云残，夜长衾枕寒。梧桐树，三更雨，不道离情正苦。一叶叶，一声声，空阶滴到明。（温庭筠《更漏子》）

宋人胡仔就激赏其"绮靡"的风格（《苕溪渔隐丛话》后集卷一七："庭筠工于造语，极为绮靡，《花间集》可见矣。《更漏子》一词尤佳，其词云……。"②）而近人李冰若又更加欣赏它的哀怨风格（其《栩庄漫记》云："飞卿此词，自是集中之冠。寻常情事，写来凄婉动人。"③）；参考这两位的评语，再对此词细加品味，我们就

① 刘熙载：《艺概》卷四，上海古籍出版社，1978 年，第 107 页。
② 胡仔：《苕溪渔隐丛话·后集》卷一七，人民文学出版社，1962 年，第 125 页。
③ 李冰若：《栩庄漫话》，黄进德选注《唐五代词选集》，上海古籍出版社，1993 年，第 142 页。

更会深切感受其复合型的“绮怨”风味。再如：

> 楚女不归，楼枕小河春水。月孤明，风又起，杏花稀。　玉钗斜簪云鬟重，裙上金缕凤。八行书，千里梦，雁南飞。（温庭筠《酒泉子》）

汤显祖赏其“纤词丽语”（汤评《花间集》卷一），而陈廷焯则赏其“词情凄楚”（《白雨斋词评》），这也同样说明了温词集“绮”和“怨”于一身的风格特色。及至后来，此种“绮怨”风格则几乎成了优秀的婉约词篇所共同具有的艺术风貌。请读：

> 湿红笺纸回纹字，多少柔肠事。去年双燕欲归时，还是碧云千里，锦书迟。　南楼风月长依旧，别恨无端有。倩谁横笛倚危栏？今夜落梅声里、怨关山。（晏几道《虞美人》）
>
> 天涯旧恨，独自凄凉人不问。欲见回肠，断尽金炉小篆香。　黛蛾长敛，任是春风吹不展。困倚危楼，过尽飞鸿字字愁。（秦观《减字木兰花》）

这些词无不将词人原先曾经有过的甜蜜恋情放在离别的“苦汁”中深深浸泡，从而使它散发出苦中犹残留几分甜的复杂况味。故而词中常见的“绮怨”风格，正是“以艳为美”（以及“以富为美”）和“以悲为美”的审美心理通过“嫁接”而生成的风格“新品”。

至于哀婉的风格，则主要又由“以柔为美”和“以悲为美”的审美心理“合作”产生。前已谈过，婉约词给人的一种突出印象即是它的“以柔为美”；而它的柔美质地再经“以悲为美”心理的浸染，就必然形成哀婉的风格特色。所以在婉约词中，词风的柔软固然是其明显的特征，而在此同时读者又往往能从其柔婉的词境中进一步感受其深裹的悲哀“词心”。例如，秦观曾被张綖奉为婉约词的代表作家，但却又被冯煦称为“古之伤心人也”①，这就表明他的词风同时兼有婉约和伤心这两种特质，而这又势必会形成其合柔美与悲美于一身的哀婉风格。试读其《如梦令》两首：

> 门外鸦啼杨柳，春色着人如酒。睡起熨沉香，玉腕不胜金斗。消瘦！消瘦！还是褪花时候。
>
> 幽梦匆匆破后，妆粉乱红沾袖。遥想酒醒来，无奈玉销花瘦。回

① 冯煦：《宋六十一家词选例言》，孔凡礼、齐治平编《陆游资料汇编》，中华书局，1962年，第357页。

首，回首，绕岸夕阳疏柳。

读这样的词，简直会有柔软无骨和搀扶不起的感受，但同时却又会感生出深浓的悲哀和怅惘。故而婉约词中的哀婉风格，就正是由“哀”和“柔”这两种美感相互依托、相互寄生在对方身上所“叠合”而成的。

说到这里，我们还可顺便谈及另一种情况，那就是“以悲为美”的审美心理并不像“以富为美”“以艳为美”和“以柔为美”的审美心理那样，主要只贯穿于婉约词中；相对而言，“以悲为美”的审美心理则是一种更为广泛的“跨地区”心理——它不仅贯穿在前人所谓的婉约词中，而且也贯穿在前人所谓的豪放词中，这就使后者形成了悲哀型美感和刚性美感交会而成的以“悲愤”为主的风格特色。试举豪放词中风格最为慷慨、刚硬的南宋抗战词为例，我们即可发现这样的现象：虽是抒写抗敌复国的英雄豪杰之情，然而南宋大量的抗战词中，就其主体风格来看，则真正踔厉骏发、雄刚激昂的词篇却并不多见，而常见的就是那些悲愤交加、“慨”多于“慷”的愤慨词篇。这种情况，固然主要是由当时敌强我弱的总体军事劣势和南宋内部投降派对抗战派的严重阻挠所造成，但另一方面却也与词人的“以悲为美”之审美心理不无关系。中国古代有句老话：“哀兵必胜。”（《老子》：“故抗兵相加，哀者胜矣。”）在现实生活中，一般说来总是强者统治弱者，强者战胜弱者；而在文学创作和文学欣赏活动中，由于逆反的心理，作者和读者的同情、怜悯、支持却往往偏向于弱者、不幸者和失败者一方。何况抗战词的作者们又是一批正义的“弱者”，因此他们越是大写特写其英雄无路之悲和报国无门之哀，就越是能激起读者的同情和对非正义的强暴者（外族侵略者和朝廷当权者）的愤慨。故而“以悲为美”的审美心理跨越到豪放词中，就形成了与哀婉不太相同的悲愤型风格。不过，由于我们在这里谈论的主要是婉约词的情况，所以现在仍让我们回到本题上来：婉约词中确实存在着以“绮怨”和哀婉为主体风貌的事实，而“以悲为美”的审美心理则在造就这两种风格的过程中起着重要的“投资”和参与作用。故而，除开少量唯写“宴嬉逸乐”和“歌咏太平”的词篇之外，唐宋词中的大量作品仍以其“自觉”的“以悲为美”和突出的绮怨哀婉风貌为广大读者提供一种新的审美感受。

第二章 以情动人:唐宋词所营建的言情文学“特区”

从本章开始,我们将重点来考察词的独特体性及其展现的文学新景观。而在这方面,唐宋词所给人的“第一印象”便是它的擅长言情。因此本章首先就来讨论它的“言情”问题。从一定意义上讲,唐宋词(主要指婉约词)堪称中国古代诗歌王国中的一个大胆言情和特擅言情的文学“特区”。对此,且先让我们从中国古诗的“言情”进程谈起。

一、身受挤压:前代言情诗歌的蜿蜒进展

在整个中国古代诗歌史中,唐宋词的显著特色之一便是人情味特别浓郁和富足。随便翻开它的史册,最触人眼帘和动人心旌的字眼之一,恐怕就是一个“情”字。试举人们较熟知的一些词句为例,如:“南人上来歌一曲,北人休上动乡情。”(刘禹锡《杨柳枝》)“梧桐树,三更雨,不道离情正苦。”(温庭筠《菩萨蛮》)“珍重主人心,酒深情亦深。”(韦庄《菩萨蛮》)“愁极梦难成,红妆流宿泪,不胜情。”(薛昭蕴《小重山》)“伤高怀远几时穷?无物似情浓。”(张先《一丛花令》)“便纵有千种风情,更与何人说。”(柳永《雨霖铃》)“谁教杨柳千丝,就中牵系人情。”(晏殊《相思儿令》)“泪弹不尽临窗滴,就砚旋研墨。渐写到别来,此情深处,红笺为五色。”(晏几道《思远人》)“此情无计可消除,才下眉头,却上心头。”(李清照《一剪梅》)……这真是情何其多,情又何其浓!整个唐宋词苑,简直就成了一个情网密布、情丝交织的“情天情地”!如若细析这些“情”字的内蕴,则无论是离情、愁情,抑或其他的伤春悲秋、伤高怀远之情,却又十之八九都离不开男女之间的恋情。缘此,我们就大可把唐宋词(婉约词)称为言情文学的一个“大文库”,或者径直把词体视为好写男女恋情的“专业文体”,谅也不至过分。

当然,如依现代人的眼光来看,则上述情况自然并无太多出奇之处。这是因为:诗歌原该以抒情作为其主要特征和基本任务,而爱情本又是文学的“永恒主

题”,因此唐宋词之被广泛用以言情和它的大胆描写艳情,就属于一种虽有些过分,但又并不出格的文学现象。然而,如把上述现象放在封建社会的特定历史条件下去考察,结论就不一样了。例如,宋代的汪莘就认为:“唐宋以来,词人多矣,其词主乎淫。”①他就把唐宋词之言情(特别是写艳情)一语贬之为“淫”。又如金国的元好问,也曾持有相似看法,他说:“唐歌词多宫体,又皆极力为之。”②更一下子把唐五代的小词的品位贬到了与梁、陈宫体诗差不多,这就可见古人对于唐宋词之言情的不予肯定和表示异议。所以,我们如若采用历史的眼光去看问题而将词之言情纳入古代诗歌“言志”与“言情”的两大分野中作宏观的考察,便会发觉,唐宋词之广泛和大胆地言情,实是来之不易的,它标志着言情诗歌在经历了蜿蜒曲折的演进过程之后,终于有了空前长足的发展势头。

对于这个问题,真是说来话长,且让我们从头说起。

中国古典诗歌虽其篇目浩如烟海、数不胜数,但如按其主体思想倾向来看,则大致可以划分为“言志”与“言情”两大类型。所谓的“言志”,指其所表现的思想感情主要是那类有关乎政教伦理的情志,以及士大夫们的怀抱志向;而所谓的“言情”,则指其所表现的感情内容主要是那类产生于私生活环境中的情感,特别偏指“花前月下”的男女恋情。这样的划分当然并不十分科学,因为人类的感情世界本是一种多侧面和多层次的复合体,故而大可不必将其人为地强分为“志”与“情”两大类。我们试观,从最早的《诗经》(特别是其中的《国风》)和“惜诵以致愍兮,发愤以抒情”(《九章・惜诵》)的《楚辞》开始,一直到后来的汉魏六朝诗、唐诗,以至于再后的宋、元、明、清诗,只要是真正够得上称为“诗”的作品,有哪一首不贯穿着抒情的特色和表现着人类多方面的情志?但这仅是问题的一个方面。

问题的另一方面在于:由于封建礼教一贯挤压正常、健全的人性,特别是严重地挤压男女恋情,再加上中国古代社会中占据统治地位的儒家思想,其文学理论基本是一种注重政治功利、强调经世致用的理论,所以在文学创作和文学批评活动中,就很自然地产生了人为地加以“划线”并有所抑扬的倾向——人们按照一定的道德伦理标准,将诗歌划分成符合封建伦理规范的“言志”和超越此种规范的“言情”这两大类型,并褒扬前者而排斥后者。这种情况,即可从对“情”字的不同理解及其含义的分化中看出。在中国古代诗论中,“情”字具有广、狭两种不同的含义,并分别代表着两种不同的概念。有时,它意非特指,相当于今人

① 汪莘:《方壶诗余自序》,《彊村丛书》本。
② 元好问:《新轩乐府引》,《遗山乐府》,《彊村丛书》本。

所谓的“感情”。在这个意义上使用它时,就主要标志着诗歌的抒情特征。如被奉为儒家文论经典文献之一的《毛诗序》就这样说过:“诗者,志之所之也,在心为志,发言为诗。情动于中而形于言,言之不足故嗟叹之;嗟叹之不足故咏歌之;咏歌之不足,不知手之舞之、足之蹈之也。”①就此看来,诗的本质应是“言志”(申述作者的意志、怀抱)的,但这种“言志”却又是通过或结合着“情动于中而形于言”的抒情才得以完成的。所以这里的“情”与“志”并不对立,而是“合二而一”的(直到唐代,孔颖达在为《左传》作《正义》时还这样说过:“在己为情,情动为志,情、志一也。”②)。这是一种情况(亦即“情”字的广义使用)。但在另一种情况下,“情”字就特指那种“溺于情好”的私人生活方面的感情,而与符合儒家伦理规范的“志”形成颇有些对立意味的狭义概念,因此在这种情况下,“言情”也就成为正统文人对之持保留或批评态度的文学举动(如宋代理学家邵雍就批评“近世诗人,穷感则职于怨憝,荣达则专于淫泆……故其诗大率溺于情好也。噫!情之溺人也甚于水”③。而特别是那类描写男女情爱的言情之作(这分明是言情诗歌中的主体部分),则更难逃脱或遭指摘、或遭曲解的命运。如《诗经》中那类明明是描写青年男女相互爱慕的民间恋歌,却活生生地被汉儒们曲解成颂扬“先王之化”“后妃之德”的作品;而陶渊明偶尔写了一篇表现恋情的《闲情赋》,竟也被人批评为“白璧微瑕”④。这就可知言情文学(诗歌)在中国古代社会中素受挤压的状况。

造成这种状况的原因当然是多方面的。究其大端主要有三:

第一,封建社会本身就是一个压制正常人性、排斥正常“人情”的社会。森严的封建秩序和强大的封建礼教,严格要求将人的言行举止和思想感情纳入一定的规范,而不允许有逾越规矩的自由发展。宋儒所谓的“存天理,灭人欲”,就是这方面的名言。因此,即使是人们的私生活以及产生在私生活环境中的感情活动,也往往会受到干预。例如,汉代张敞喜欢为妇画眉,照他看来这本是纯属个人生活圈内的私事,何况“闺房之内,夫妇之私,有过于画眉者”⑤。殊不料在其同僚看来这却未免有玷风化,于是报奏皇上,竟至差点儿使张敞丢官。所以,

① 《毛诗序》,郭绍虞《中国历代文论选》第1册,上海古籍出版社,1979年,第30页。

② 孔颖达:《春秋正义》,阮元校《十三经注疏》,中华书局,1980年,第406页。

③ 邵雍:《伊川击壤集序》,郭绍虞《中国历代文论选》第2册,上海古籍出版社,1979年,第275页。

④ 萧统:《陶渊明集序》,《陶渊明集》,逯钦立校,中华书局,1979年,第10页。

⑤ 班固:《汉书》卷七六《张敞传》,中华书局,1962年,第3222页。

明明封建帝王及官僚贵族们的私生活可以十分糜烂，但他们所公开倡言的却又是“三纲五常”和“仁义道德”之类的封建伦理，而将人的正常情欲视为异端的感情并加以排斥。

第二，与中国古代文学早期的“怪胎”现象有关。人所共知，在先秦两汉乃至后来的很长时间里，文学与学术、纯文学与杂文学往往是混杂不分，并无明显分界的。例如直到号称文学的自觉时代的六朝，刘勰在他那部以探究“文心”为宗旨的巨著《文心雕龙》中，还把史传、诸子、诏策、章表、奏启、书记等明显不属文学范畴的政史著述和学术文章，与诗、骚、赋、乐府等文学作品一并当作“文”来研究。而后代的文人在为自己或他人编辑诗文集时也往往将诸如奏章、谢启等政论文、应用文一股脑儿地全都塞进其中。这些情况足以表明，诗歌虽是较为典型的纯文学性质文体，却又长期与杂文学的学术政论文章相依共存并同处一体之中。由于学术政论文章的主要使命在于“明道”或“载道”（柳宗元《答韦中立论师道书》有“乃知文者以明道”①，周敦颐《通书·文辞》有“文所以载道也”②），所以诗歌也就“近朱者赤，近墨者黑”地蒙受其伦理化、政教化的影响而具有“言志”的倾向。试看：古人曾把文章当成“经国之大业”③来看待，又把诗歌的作用提升到“先王以是经夫妇，成孝敬，厚人伦，美教化，移风俗”④的高度，其原因明显就与诗歌跟学术政论文章的共处于同一文化母胎有关。而此种强烈的“言志”倾向，自然就把诗歌言情的功能乃至诗歌自身独立的文学价值统统挤压到了角落里去。

第三，以诗言情的倾向之所以受到压抑，还与儒家诗论的排斥有关。早在《诗经》时代，孔子就对诗的思想内容提出了“无邪”二字的准则规范（《论语·为政》：“《诗三百》，一言以蔽之，曰：思无邪。”），又将“诗”和“礼”紧紧地捆绑在一起（《论语·泰伯》：“兴于诗，立于礼，成于乐。”），因此，后来的《毛诗序》虽然肯定了诗歌的抒情特征（“情动于中而形于言”），却又马上对之做出了伦理道德方面的补充和限定：“发乎情，止乎礼义”⑤。这样，诗歌在儒家的眼中，简直就

① 柳宗元：《答韦中立论师道书》，郭绍虞主编《中国历代文论选》第2册，上海古籍出版社，1979年，第144页。

② 周敦颐：《通书·文辞》，郭绍虞主编《中国历代文论选》第2册，上海古籍出版社，1979年，第283页。

③ 曹丕：《典论·论文》，郭绍虞主编《中国历代文论选》第2册，上海古籍出版社，1979年，第61页。

④《毛诗序》，郭绍虞主编《中国历代文论选》第1册，上海古籍出版社，1979年，第30页。

⑤ 同④。

成了道德修养的教科书和阐扬义理的宣传品。发展到极致,就连杜甫的诗竟都被某些儒生斥为“闲言语”而加以否定。宋代理学家程颐就说:“某素不作诗,亦非是禁止不作,但不欲为此闲言语。且如今言能诗无如杜甫,如云:‘穿花蛱蝶深深见,点水蜻蜓款款飞’,如此闲言语道出做甚?”①处在儒家诗论的这般排斥之下,言情诗歌之只能经常挨骂受批,就是无法避免的事了。

举出以上三方面的情况,我们就不难想见言情文学在封建社会长期遭受冷遇的窘况。而事实也完全证明了这一点。我们试看,自《诗经》中的所谓“郑、卫之音”开始,直到后代的许许多多恋情诗,就大都被封建卫道者们斥为“桑间濮上”的“淫声”;而即使那些稍嫌“侧艳”的作品,也往往会给其作者带来“有才无德”的不良名声。这就足以表明:言情诗歌在古代诗苑中的生存环境和生存空间,便是相当艰难逼仄和大受限制的。

但是,人之有情特别是具有性欲之情的本性以及用诗来言情的欲求,却又是无法永被扼杀和抑勒的。欧阳修说“人生自是有情痴”(《玉楼春》),鲁迅也说“无情未必真豪杰”(《自嘲》),这些都表明:“有情”,甚至因情而“痴”,乃是人类本能的属性,又岂是外来的压迫所能使之屈服或改移的?而对这一点,即使是儒家的经典著作都不得不予以承认。如《礼记·礼运》说:“饮食男女,人之大欲存焉。”《孟子·告子》篇说:“食、色,性也。”它们就都把男女情爱看做为人的“本性”和“大欲”。而清代主张“情所最先,莫如男女”②的袁枚,更通过一个小故事形象地说明了这种“本性”和“大欲”是与生俱来的:一位小和尚自三岁起就被领养在五台山顶的佛寺内,直至十八九岁方始下山,他对人间万物自然毫无所知。其师一路教他:此是牛,可耕田;此是马,可以骑;等等。忽遇一少女,师怕徒动心,正色告之曰:“此名老虎,人近之必遭咬死,尸骨无存。”晚间问徒:“汝今日在山下所见之物,可有心上思想她否?”徒弟答曰:“一切物我都不想,只想那吃人的老虎,心上总觉舍不得她!”③由此可见,男女情爱确实是人类的本能,绝非任何“存天理,灭人欲”的封建教条所能扼杀。

当然,事情还远不止于上面所说。男女情爱不仅源于生理的需要,同时又源于心理的需要(渴求心灵的契合,追求幸福的生活),这就更使艳情富有了深厚的人文意义和社会属性。我们深知,人类本是一种“社会动物”,它的社会性和

① 朱熹:《二程语录》卷一一,商务印书馆,1957 年,第 180 页。

② 袁枚:《答蕺园论诗书》,《小仓山房诗文集》,周本淳标校,上海古籍出版社,1988 年,第 1802 页。

③ 袁枚:《新齐谐·沙弥思老虎》,人民文学出版社,1956 年,第 600 页。

群体性决定了单个的人需要与其他人进行感情交流,因此产生了诸如骨肉之情、友朋之情、同窗之情、异性之情等多种多样的感情行为。但在多种感情中,又以男女情爱显得最为甜蜜和最令人愉悦。例如前人诗词中常把这类感情形容为“春情”“艳情”“柔情蜜意”“花情柳思”,而今人也把它称为“甜蜜的事业”,还把新婚称为“度蜜月”,这种种美丽的形容和亲昵的称呼,就都清楚地道出了人对男女恋情的向往与赞美。千百年来,不知多少男女为着爱情而心醉,而苦恼,而离家出走,甚或削发出家、以身殉情!所以,夸张一点地说,男女情爱堪称令人着魔和令人痴迷的感情活动,汤显祖甚至形容为“情不知所起,一往而深,生者可以死,死可以生”①,简直可以使人“死去活来”。可见,诗中的言情(特别是描写艳情)当然就符合人类本性的需求,具有“野火烧不尽,春风吹又生”的顽强生命力。

这样,在中国古代诗坛上,就形成了深刻的矛盾和对抗。一方面,言情之作必然求得抬头和张扬;另一方面,森严的封建秩序与顽固的封建伦理又迫使它有所收敛和被迫退缩。因此,综观中国古代诗歌,言情诗歌的进展可谓蜿蜒曲折,言情诗歌的地盘也可谓时张时缩——当然民间文学不在论述之列:从《国风》中的情诗开始,经由南北朝的乐府民歌,直到明代的《山歌》《挂枝儿》等艳情小曲,民间文学一直在高唱着自由烂漫、无拘无束的恋歌。这也就是明人李梦阳所说的“真诗乃在民间”②——下面,就让我们简略回顾一下言情诗歌在唐宋词出现之前的发展进程。

《文心雕龙·明诗》指出:“人禀七情,应物斯感;感物吟志,莫非自然。”③它就提出了一个朴素的真理:人类既然天生就具有喜怒哀惧爱恶欲等“弗学而能”的“七情”(《礼记·礼运》曰:“何为人情?喜怒哀惧爱恶欲,七者弗学而能。”),那么,诗歌之表现七情六欲(包括男女情爱),也就是十分自然的事。不过,由于人为的原因(已见前述),在古代的文人诗坛上,却基本只由言志的诗充当着盟主和铺排着场面,而言情之作则大致只成为“配角”,躲闪在被冷落的角落里。或者也可这样说:“言志”成了诗歌长河中的一股主流,而“言情”则只能表现为悄悄流淌的“暗流”。这种情况,在六朝以前可从刘勰的描述中得见:

昔葛天氏乐辞,“玄鸟在曲”;黄帝《云门》,理不空弦。至尧有《大

① 汤显祖:《牡丹亭·题词》,人民文学出版社,2005年。

② 李梦阳:《诗集自序》,《空同集》卷五,《文渊阁四库全书》第1262册,上海古籍出版社,1987年,第15页。

③ 周振甫:《文心雕龙今译》,中华书局,1995年,第56页。

章》之歌,舜造《南风》之诗,观其二文,辞达而已。及大禹成功,九叙惟歌;太康败德,五子咸怨,顺美匡恶,其来久矣。自商暨周,《雅》《颂》圆备,“四始”彪炳,“六义”环深。子夏鉴“绚素”之章,子贡悟“琢磨”之句,故商、赐二子,可与言诗。自王泽殄竭,风人辍采,《春秋》观志,讽诵旧章,酬酢以为宾荣,吐纳而成身文。逮楚国讽怨,则《离骚》为刺;秦皇灭典,亦造仙诗。汉初四言,韦孟首唱,匡谏之义,继轨周人。孝武爱文,柏梁列韵,严、马之徒,属辞无方。及成帝品录,三百余篇,朝章国采,亦云周备……①

他所论列的,就全是旨在“顺美匡恶”的言志之诗(从上古直至西汉),而言情之诗在其笔下则根本沾不上边。由此即见:言情诗歌在汉代以前文人诗坛上犹未壮大。

然而,在汉代以后的两个时期——一是南北朝的梁、陈时代,二是唐代——情况却有了很大改观。在经历了蜿蜒曲折的流淌之后,这两个时期的言情诗歌有了长足的发展,由原先的暗流状态而转暗为明、由小变大,一时竟形成了蓬勃发展的态势。

这里先来说魏晋南北朝(特别是梁、陈两朝)的情况。这是文学走向自觉的时代,无论言志之诗还是言情之诗,全都有所发展。这里仍引刘勰的话:

暨建安之初,五言腾踊。文帝陈思,纵辔以骋节;王、徐、应、刘,望路而争驱。并怜风月,狎池苑,述恩荣,叙酣宴,慷慨以任气,磊落以使才。造怀指事,不求纤密之巧;驱辞逐貌,唯取昭晰之能:此其所同也。乃正始明道,诗杂仙心,何晏之徒,率多浮浅。唯嵇志清峻,阮旨遥深,故能标焉。若乃应璩《百一》,独立不惧,辞谲义贞,亦魏之遗直也。晋世群才,稍入轻绮,张、潘、左、陆,比肩诗衢,采缛于正始,力柔于建安,或析文以为妙,或流靡以自妍,此其大略也。江左篇制,溺乎玄风,嗤笑徇务之志,崇盛忘机之谈,袁、孙已下,虽各有雕采,而辞趣一揆,莫与争雄,所以景纯仙篇,挺拔而为俊矣。宋初文咏,体有因革,庄老告退,而山水方滋。俪采百字之偶,争价一句之奇,情必极貌以写物,辞必穷力而追新,此近世之所竞也。②

这里所谈到的,就既有“慷慨以任气”的建安诗歌(以“言志”为主),又有

① 周振甫:《文心雕龙今译》,中华书局,1986年,第56-58页。
② 同①,第60-61页。

“采缛而流靡”的西晋诗歌和讲究声律文采的南朝诗歌(其中就较多言情之作),反映出诗至魏晋南北朝,已有了多元化的发展趋势。但在其中尤其值得注意的则是:伴随着南方都市生活的日趋侈靡(特别是统治集团的声色之娱已成风气),人们的精神生活也渐趋丰富,因此,“人情”有所激活,以诗言情的趋向也就大为抬头。这方面的情况有两个突出的标志:

一是陆机终于在其《文赋》中首次明确提出了“诗缘情而绮靡”①的重要论题。就陆机本人而言,他或许只是对“诗”做出一种文体特征和文体风格的概括与描述而已;但在我们看来,这个“诗缘情而绮靡”的新提法和新判断,实际却具有“诗界革命”之“宣言”的意义。这是因为,相对于前代人的强调言志来说,他的“缘情”二字分明就标志着诗的抒情重心已向“人情”方向发生了转移。虽然,他对这个“情”字尚未作具体的阐明,但结合“绮靡”和稍后萧绎所说的“至如文者,惟须绮縠纷披,宫徵靡曼,唇吻遒会,情灵摇荡”②等语,就可猜知它的重心是向“情灵”,特别是私生活中的男女之情方向倾斜的。这就初步形成了与传统“言志”论分道扬镳的另一种文学理论(以诗“言情”),标志着言情文学(诗歌)在观念上有所自觉。

二是在文学创作的实践中,南朝诗歌(主要是梁、陈诗歌)出现了某种背离言志传统的倾向。这正如当时人裴子野所说的:“自是闾阎年少,贵游总角,罔不摈落六艺,吟咏情性。”“深心主卉木,远致极风云,其兴浮,其志弱。”③又像唐代卢藏用所批判的:“宋、齐之末,盖憔悴矣。逶迤陵颓,流靡忘返。”④

因而,综观南朝诗歌之所以背离诗歌的传统轨道的原因,其一在于以言情(“吟咏情性”)代替了言志(“其志弱”),其二则在于诗风的“流靡忘返”。但这两点却正好就是陆机“诗缘情而绮靡”理论的一种“实践”。而这些作品之中最为突出和最招致批评的,便要推梁、陈时代的宫体诗。宫体诗的带头倡导者梁简文帝萧纲不仅亲自写作了《咏内人昼眠》《美人晨妆》等描摹女性美色的诗篇,还公开提出其“文章且须放荡”的理论主张(其《诫当阳公大心书》云:“立身之道

① 陆机:《文赋》,郭绍虞主编《中国历代文论选》第1册,上海古籍出版社,1979年,第67页。

② 萧绎:《金楼子·立言》,郭绍虞主编《中国历代文论选》第1册,上海古籍出版社,1979年,第340页。

③ 裴子野:《雕虫论》,严可均辑《全上古三代秦汉三国六朝文》第4册,中华书局,1958年,第3262页。

④ 卢藏用:《右拾遗陈子昂文集序》,周祖谟编选《隋唐五代文论选》,人民文学出版社,1990年,第72页。

与文章异。立身先须谨慎,文章且须放荡。”①)。在这种理论和诗风的鼓荡之下,不仅像曹植、刘桢所写的言志诗篇要受到嘲笑(钟嵘《诗品序》即说:“次有轻薄之徒,笑曹、刘为古拙。”②),就连谢灵运的山水诗竟也被认为是“酷不入情”③。因此,宫体诗的出现,可以视作男女艳情在诗中的一次大泛滥,也可视作“诗缘情而绮靡”理论的一种变态化的文学结晶。这在某种意义上,或许也可视作对于“诗言志”理论的一种逆反性对抗。当然,对于宫体诗那种色情化的内容和轻靡淫媚的诗风,我们决然不取赞扬的态度;但从诗歌发展史的宏观角度来看,它毕竟又显示了言情诗歌已经有长足发展的情势。所以,尽管继之而来的唐朝诗人们无不批判南朝诗风,但是以诗言情的风气既已大开,它就定会不可遮拦地吹进唐诗的苑地中去。接着就让我们来看唐诗的情况。

唐代是古典诗歌的全盛时期。在一定意义上说,唐诗之所以出现百花齐放、群芳争妍的局面,也就与其言志与言情既有所结合、又有所分扬有着密不可分的联系。清代诗论家袁枚在宣扬他的性灵说时,就曾举唐诗为例,说它既有典重的“庙堂”之作,又有闲适的山水之作;既有描写“边风塞云、名山古迹”的登临怀古之什,又有“伤往悼来,感时记事”之篇,此外则还有那“题香襟,当舞所,弦工吹师,低徊容与”的艳情小诗:总之,凡是天地间所有的题目与情志,就全都被唐人写入了诗中④。这就可见唐诗中言志与言情融会交汇的纷纭情状。也正是这种言志与言情并不偏废的多元化及多样性,才造就了唐诗充实和富足的感情内蕴。

上面所说还仅是其总体方面的情况。而若改从唐的初、盛、中、晚四个时期的分期诗貌来看,则在言志与言情方面不同时期又各有偏胜。大致来讲,初唐诗沿袭南朝诗风,以言情为主(如刘希夷的《代闺人春日》、沈佺期的《独不见》、张若虚的《春江花月夜》等);盛唐诗骨气端翔,基本以言志为主(如李白的《古风》、杜甫的《自京赴奉先县咏怀五百字》、高适的《燕歌行》、岑参的《轮台歌奉送封大夫出师西征》等);中唐诗则风貌多样,既有言志和写实之作(前者如韩愈的《山石》《八月十五日夜赠张功曹》,后者如白居易的《秦中吟》《新乐府》),又

① 萧纲:《诫当阳公大心书》,严可均辑《全上古三代秦汉三国六朝文》第4册,中华书局,1958年,第3010页。

② 钟嵘:《诗品序》,郭绍虞主编《中国历代文论选》第1册,上海古籍出版社,1979年,第107页。

③ 萧子显:《南齐书·文学传论》,郭绍虞主编《中国历代文论选》第1册,上海古籍出版社,1979年,第265页。

④ 袁枚:《再与沈大宗伯书》,《小仓山房文集》卷一七,《小仓山房诗文集》,周本淳标校,上海古籍出版社,1988年,第1502页。

不乏言情和艳诗之篇(如白居易的《长恨歌》、元稹在《莺莺传》中所写的艳体诗等),较难归结为一种倾向;而到了晚唐,诗却又重新以言情为主,并偏执于艳情一路(如杜牧、李商隐、韩偓等人的恋情诗)。以上情况表明:言志与言情在唐诗的不同阶段,又曾出现过交替突出和"轮流坐庄"的趋势。而若归纳上述言志与言情既合且分的情况,我们便可发现,"言情"在唐诗中几乎已形成了与"言志"时而双流交汇、时而双峰并峙的局势。而从初唐卢照邻唱出的"得成比目何辞死,愿作鸳鸯不羡仙"(《长安古意》),直到晚唐李商隐吟出的"春蚕到死丝方尽,蜡炬成灰泪始干"(《无题》),再加上众多用传奇文体所写成的爱情小说(如《柳毅传》《霍小玉传》《李娃传》《莺莺传》等),这就共同造就了言情文学在唐代繁荣昌盛的局面。

但是,话又得往回说。尽管唐代诗人事实上在不断干着以诗言情的"事业",但他们却仍未能彻底摆脱掉传统诗论的束缚。典型的例子可举出白居易和杜牧。前者明明写出了风靡大半个中国的爱情诗篇《长恨歌》,引得士庶群众甚至僧徒孀妇们如痴如醉,但他却仍然言不由衷地一言以贬之:"此诚雕虫之技,不足为多,然今时俗所重,正在此耳。"①后者也明明写过"落魄江湖载酒行,楚腰纤细掌中轻"的艳情诗,却还要借人之口严厉批评其前辈元稹和白居易的艳诗为"纤艳不逞"的"淫言媟语",恨不得"用法以治之"②。这就表明,"诗言志"的传统势力在诗坛上仍是那样的顽固和强大,所以会"逼"得李商隐在抒写其铭心刻骨的爱情情愫时,都不得不推出"无题"这样的题目作遮人耳目的屏障。

以上,我们简略回顾了唐宋词兴起之前诗苑中"言志"与"言情"所形成的分野,以及言情诗歌的蜿蜒进程。由此,我们可以得出两点认识:一是以诗言情事实上从未停止过,有时甚至"闹得很凶"(特别在梁、陈两朝和初、晚唐);但若从总体状况来看,则言情之诗却又被迫处于"犹抱琵琶半遮面"的境况之中。二是以诗言情倾向的抬头,往往又与诗人创作观念的转变有关。比如梁、陈宫体诗的出现,就与"诗缘情而绮靡"的观念有关,而晚唐艳诗的盛兴则又与当时"诗以通性灵"和崇尚"艳丽"的诗学观与文学思潮有关(详见后文)。但若从总体情况来看,则唐代以前的诗坛基本仍由言志的诗论占据着统治地位,因此它仍然相当有

① 白居易:《与元九书》,郭绍虞主编《中国历代文论选》第2册,上海古籍出版社,1979年,第99页。

② 杜牧:《唐故平军节度巡官陇西李府君墓志铭》,郭绍虞主编《中国历代文论选》第2册,上海古籍出版社,1979年,第185页。

力地束缚着言情诗歌的蓬勃发展。上述两种状况，只有到了唐宋词苑里，才有了空前的改观——正像本节开头所言，唐宋词简直就变成了一个“言情文库”，充溢其中的便是膨胀欲出的“人情”（特别是艳情），而与此相辅相成、互为表里的则是词人创作观念的大胆转轨（从“言志”转向“言情”）。至此，古代诗歌中的“言情”潮流，终于在词中激涌起壮阔的波澜，并由此呈现出前所未见的文学新景观。

二、时来运转：词人创作观念的大胆转轨

明人卓人月在论述词之取代唐诗而兴的原因时指出：“观唐以后诗之腐涩，反不如词之清新，使人怡然适性，是不独天资之高下、学力之浅深各殊，要亦气运、人心有日新而不能已者。”①他在这里所提出的“气运”和“人心”之“日新”的论题，正好与俄国文艺理论家普列汉诺夫所提出的“境况和心理决定与造成艺术”②的论题颇有相近和暗合之处，大可移用来解释唐宋词之为何专以言情和词人创作观念转轨的原因。下文就让我们从社会境况（“气运”）和社会心理（“人心”）的发生变异谈起。

在我国封建社会的漫长历程中，唐宋两朝占据着一个特殊的位置。简而言之，中国封建社会到了盛唐，可谓抵达了鼎盛阶段，而自中晚唐开始，便又渐渐进入了“中老年”时期（虽然这个“中老年”时期并不短暂，要到清朝灭亡才宣告终结）。因此，唐宋词所枕奠的那段历史时期（从中晚唐到两宋）同时呈现了这样的两面性：一方面，它表征了封建社会的高度成熟；另一方面，却又不可避免地显露出封建社会开始走向衰落和“迟暮”。对此，我们不妨分而视之。

从“高度成熟”的特性来看，中国封建社会的社会结构和各项统治制度到唐宋（特别是宋代）已经趋于定型，而社会经济（特别是城市经济）也比之前代有了很大的发展。我们试看，唐人传奇中记载着落拓书生杜子春向一商人借贷，一次竟受钱三百万缗，另一次更受钱一千万缗的故事③，这就可知中唐以来商业经济已经发达到何等惊人的地步。而从北宋汴京的相国寺内“每月五次开放万姓交

① 卓人月：《词统序略》，《历代诗余》卷一二引，唐圭璋编《词话丛编》，中华书局，1986年，第1323页。

② 普列汉诺夫：《没有地址的信　艺术与社会生活》，曹葆华译，人民文学出版社，1962年，第50页。

③ 李复言：《续玄怪录·杜子春》，中华书局，1982年，第14页。

易”、“珍禽奇兽,无所不有”、界声巷的集市“每一交易,动即千万,骇人听闻”①,以及南宋临安的夜市“直至四鼓后方静;而五鼓朝马将动,其有趁卖早市者,复起开张,无论四时皆然”②的情况,则更可想见两宋商业经济的活跃超过了中唐。在这种城市经济高度发展的基础上,社会的物质生活就变得十分富庶,而士大夫和上层市民的生活质量也有了很大的提高。举两个简单的例子来说明:

一是城市的市容市貌展现出十分繁荣和旖旎的风光与风情。如中晚唐诗人笔下的扬州城:“十里长街市井连,月明桥上有神仙。人生只合扬州死,禅智山光好墓田。”(张祜《纵游淮南》)“夜市千灯照碧云,高楼红袖客纷纷。如今不是时平日,犹自笙歌彻晓闻。”(王建《扬州》)又如北宋词人笔下的苏杭:“吴会风流,人烟好,高下水际山头。瑶台绛阙,依约蓬丘。万井千闾富庶,雄压十三州。触处青蛾画舸,红粉朱楼。”(柳永《瑞鹧鸪》之咏苏州)“东南形胜,江吴都会,钱塘自古繁华。烟柳画桥,风帘翠幕,参差十万人家。云树绕堤沙。怒涛卷霜雪,天堑无涯。市列珠玑,户盈罗绮,竞豪奢。”(柳永《望海潮》之咏杭州)就都凸现了这些城市既富庶繁华又风光旖旎的面貌。

二是人们宴饮和游赏活动,其“节目”之多和规模之大,也是前代人所望尘莫及的。比如晚唐韦庄所描写的官僚夜宴情景:“满耳笙歌满眼花,满楼珠翠胜吴娃。因知海上神仙窟,只似人间富贵家。”(《陪金陵府相中堂夜宴》)这就使我们同时联想到五代顾闳中所绘的那幅名画《韩熙载夜宴图》。再如五代后蜀国君孟昶的浣花溪的嬉水之游:“是时蜀中百姓富庶,夹江皆创亭榭游赏之处。都人士女倾城游玩,珠翠绮罗,名花异香,馥郁森列。昶御龙舟观水嬉,上下十里,人望之如神仙之境。”③词中夹江两岸变成了一个花团锦簇的“神仙世界”!这还只是时处衰世和地处小国的宴饮游赏情景。至若北宋的“盛时”和南宋偏安时的情势,则就更比晚唐五代有过之而无不及。如北宋的首都汴京,一年四季有过不完的节日,士大夫和上层市民整年都可恣情享乐:“时节相次,各有观赏。灯宵月夕,雪际花时,乞巧登高,教池游苑。举目则青楼画阁,绣户朱帘。雕车竞驻于天街,宝马争驰于御路,金翠耀目,罗绮飘香。新声巧笑于柳陌花衢,按管调弦于茶坊酒肆。八荒争凑,万国咸通。集四海之珍奇,皆归市易;会寰区之异味,

① 孟元老:《东京梦华录》卷三,孟元老,等《东京梦华录(外四种)》,古典文学出版社,1957 年,第 18 页。

② 耐得翁:《都城纪胜》,孟元老,等《东京梦华录(外四种)》,古典文学出版社,1957 年,第 91 页。

③ 张唐英:《蜀梼杌》卷下,中华书局,1985 年,第 21 页。

悉在庖厨。花光满路,何限春游;箫鼓喧空,几家夜宴……”①再如南宋的首都临安,因其地处山明水秀的西子湖畔,故士大夫和市民的游赏享乐之风便更加炽盛:“西湖天下景,朝昏晴雨,四序总宜,杭人亦无时而不游……贵珰要地,大贾豪民,买笑千金,呼卢百万,以至痴儿呆子,密约幽期,无不在焉。日縻金钱,靡有纪极。故杭谚有‘销金锅儿’之号,此语不为过也。”②

俗语云:“饱暖思淫欲。”如果撇开其道德方面的批判意义不论,则此语却也道出了一个事实:人们在衣食不足、生活困顿之时,首先欲求的便是生存和温饱,哪还有太多的心思去谈情说爱、卿卿我我?而一旦生活有所保证,时间较为宽裕,他们中的一部分人便往往会萌发“春情”而去“拈花惹草”,在封建社会尤其如此。观之上述“新声巧笑于柳陌花衢”和“痴儿呆子(按指风流多情的‘情痴’们),密约幽期”的记述,便知这种因物质享受的优裕而诱发、激活寻花问柳之艳情的现象确曾在唐宋社会广泛存在。唐宋(特别指宋)士大夫蓄妾成风,又有狎妓之习,再加上当时游赏活动中男女交际的机会空前增多并呈“开放”之势(如元宵夜的男女交相观灯,清明节的男女踏青冶游,以及公私宴席上的邀妓侑酒等等),这种种由城市生活变化和商业经济发展带来的新的社会风情,就必然引出了“情”的空前活跃和日趋丰厚。所以年至八十犹要纳妾的张先会写出“无物似情浓”,曾官至副宰相的欧阳修会写出“人生自是有情痴”的句子,就并非令人突愕的怪事。由此可知,唐宋词人笔底之所以会跳出如此多的“情”字和“情”句,就跟他们心底腾涌的如许春情、艳情有关;而人们浓郁的恋情心理,则又是日臻繁荣的城市经济的“大温床”“孵化”出的。

所以,归根到底可以这样认为:随着社会生活的日趋进步,人们那久被压抑的人性和“人情”终因某种历史契机(主要是城市经济所带来的旖旎风光和市民意识的活跃高涨)的促发而在中唐以后有了很大规模的“复苏”。这也就是唐宋社会走向高度成熟所带来的新的思想特色。

再从封建社会走向衰落或“迟暮”的特性来看,则它们在从中唐至宋亡的这一段历史时期中,也可谓表现得相当充分:安史之乱是唐朝由盛转衰的转折点,经过战乱之后,中唐虽有所“中兴”,但已不可再与“一百四十年,国容何赫然”(李白《古风》)的初、盛唐同日而语。到了晚唐五代,则因藩镇割据和军阀混战,

① 孟元老:《东京梦华录序》,孟元老,等《东京梦华录(外四种)》,古典文学出版社,1957年,第1页。

② 周密:《武林旧事》,孟元老,等《东京梦华录(外四种)》,古典文学出版社,1957年,第376页。

最终导致唐帝国的大分裂局面,形成了中国古代史上的又一个衰世、乱世。因此,这一时期的衰败性便是显而易见的。北宋尽管基本维持着统一的局面,也还有过一段"太平盛世"(主要在仁宗时期),但对外则一直处于挨打的境地(受到辽、西夏和金的侵扰),内部又因积弱积贫而矛盾丛生、危机四起,并因之产生了连绵数十年的新旧党争,故其国力国貌已远非盛唐可比,只能被称之为"弱宋"。到了南宋,仅剩下半壁江山,却还得时时向外族称臣求和,而最终却仍未逃脱被元人彻底灭亡的悲惨下场!因而总体而言,两宋的社会境况一直并不景气,封建社会所固有的各种矛盾和弊病,在这一时期暴露得相当明显。虽然宋代在整个封建社会的坐标轴上远未处在没落的尾部,但它确又未老而先衰地提前露出了"迟暮"的面容。因此,如果说唐宋朝高度成熟的特性促使"人情"(特别是艳情)变得空前活跃和饱满的话,那么它衰落或"迟暮"的特性则又促使"人情"变得十分丰富和复杂:一方面,随着物质生活的日益繁荣与不断提高,人们的享乐欲望也相应高涨,而即使是在危机四伏甚或朝不保夕的情势下,他们都变态般加倍地寻欢逐乐;另一方面,在充分享受人生的同时,他们又深切感受到了埋藏在人生底层的痛苦和悲凉,并产生了浓重的伤感和颓废。一方面,他们比前代人更多地尝到了艳情的"甜头",因而感到了前所未有的满足和舒畅;另一方面,他们又尝够了战乱和亡国所带来的苦头,变得忧心忡忡和愁眉不展。一方面,享乐心理和恋情心理空前洋溢;另一方面,忧患心理和"看穿"、"出世"的心理却又时时泛起……这样,纠葛在唐宋词人头脑中的,便往往是一种既高兴又颓伤、既热情又衰惫、既满足又空虚、既快意又苦闷的紊乱纷纭的混合型感情,是一种"剪不断,理还乱"、由多种情绪的交织与碰撞所组成的处于乱麻状态的感情。而这种感情呈现丰富、复杂的趋势,就与唐宋朝在高度成熟的同时具有走向衰落或"迟暮"的两面性特色密不可分。

明白了上述"社会境况——社会心理"或者"气运——人心"的情势,我们就不难理解唐宋词人何以会变得那么多情和善感了。孙光宪说:"如何?遣情情更多。"(《思帝乡》)张先说:"天不老,情难绝。"(《千秋岁》)吴文英说:"一丝柳一寸柔情。"(《风入松》)……对于他们的被情缠身和受情折磨,我们当然首先深表同情与怜悯,因为这对当事人说来毕竟是一种不幸(在每一首情词后面往往藏有一段人生的憾事);而在同情与怜悯之余,我们却又感到庆幸与高兴,因为正是这种丰厚、诚挚的感情始能孕育出感人至深的文学作品。基于后一种原因,我们不妨把中唐以来社会境况和社会心理的变化,称作唐宋词人的"时来运转"——世运升降,引起了他们的感情沉浮和"人心日变";其"人心日变",又引起了他们创作观念的转轨和以词言情的大胆举动。所以正像赵翼"国家不幸诗家幸,语到沧桑句便工”(《题遗山绝句》)所说的那样,就连沧海桑田的亡国之变都可以称为诗人们的“幸运”,那么我们把中唐以来“境况—心理”的变化称之为词人们的“时来运转”,也就不无道理了。

既然世道与人心在中唐以后发生了深刻和微妙的变化,那么,这种变化就必然会反映到诗歌创作和诗歌理论中来。我们注意到,中唐以后的诗歌创作一方面仍沿袭和继承着盛唐“言志”的倾向,表现出企图匡扶政治、再兴大唐的情志;另一方面却又无法阻挡地向言情一路滑将过去。这种似乎有些矛盾(至少在儒家诗论家看来是如此)的状况,首先便在倡言“风雅”“比兴”“美刺”“六义”的白居易、元稹的诗中体现出来。后人就曾批评过他们:“迨元、白起,而后将身化作妖冶女子,备述衾裯中丑态。杜牧之恶其蛊人心、败风俗,欲施以典刑,非已甚也。”①这种一边唱着“言志”高调一边又大写言情之诗的举动或许有些不可理解甚或滑稽可笑,但这却正好说明了诗人对于日益活跃起来的“人情”之无法抗拒。及至后来,晚唐诗人大批量地创作艳诗,则就更加表明了他们对于“人情”的态度已由被动接纳而转为自觉言情。比如,晚唐诗坛上出现的“香奁体”诗歌(严羽《沧浪诗话·诗体》对此注曰:“韩偓之诗,皆裾裙脂粉之语,有《香奁集》。”②),就是此种专以摹写恋情心态的艳体诗之代表(当然它们又同时夹杂着“世纪末”的那种享乐情绪与颓废情绪)。

而在诗歌理论方面,与当时“下笔不在洞房蛾眉、神仙诡怪之间则掷之不顾”、“靡曼浸淫,困不知变”③的诗风相呼应,晚唐五代诗人的创作观念也发生了某种变异。这种变异,一是在言志与言情的理论观念中更钟情于言情,二是在诗歌的艺术风格和美感风貌方面舍弃了前人所重视的“风骨”而向“艳丽”方向倾斜。前者可举李商隐和徐铉的诗论为例。李商隐曾经提出:“人禀五行之秀,备七情之动,必有咏叹,以通性灵。”④这就突破了“载道”和“言志”的传统理论,而把自己的诗论建筑在“情动于中”和“以通性灵”的基础之上。后来,徐铉进而提出:“人之所以灵者,情也。情之所以通者,言也。或其情之深、思之远,郁积乎中,不可以尽言者,则发为诗。”⑤这就意味着他对诗歌的抒情内容有了更深一

① 王夫之著,戴鸿林注:《姜斋诗话笺注》,人民文学出版社,1981年,第149页。
② 严羽:《沧浪诗话》,何文焕辑《历代诗话》,中华书局,1981年,第690页。
③ 吴融:《禅月集序》,郭绍虞主编《中国历代文选论》第3册,上海古籍出版社,1979年,第190页。
④ 李商隐:《献相国京兆公启》,《樊南文集》下,上海古籍出版社,1988年,第194页。
⑤ 徐铉:《萧庶子诗序》,《全唐文》卷八八一,中华书局,1983年,第9214页。

层的理解，此即：诗歌不是一般的抒情文学，而是感情深浓到了“郁积乎中，不可以尽言”地步时的产物。故他们两位的话，实际是对诗歌的言情作出了更加有力的肯定和强调，并进一步拉开了与“言志”诗论之间的距离。

伴随着“言情”论在诗论中的抬头，人们对于诗歌的艺术美感也就产生了嗜“艳”、嗜“丽”的趋向，即如批评过元、白艳体诗风的杜牧竟也对李贺诗的凄恻艳丽之美发出了这样一番赞语：“云烟绵联，不足为其态也；水之迢迢，不足为其情也；春之盎盎，不足为其和也；秋之明洁，不足为其格也……盖《骚》之苗裔，理虽不及，辞或过之。”①在这里，他宽容了李贺诗的“理虽不及”的不足而另外着力于表扬其在艺术美感方面所取得的出色成就。杜牧之后，韩偓更明确提出了“香艳”之说：“咀五色之灵芝，香生九窍；咽三危之瑞露，美动七情。如有责其不经，亦望以功掩过。”②这是他为自己的“香奁诗”所写的“自白”和“辩状”，其主要论点就是：香艳之风尽管背离传统诗风（即所谓的“不经”），但它却又是“功大于过”且有功于诗的！实际上，这就既为自己所写的那些“裾裙脂粉之语”做了自我辩护，又为《香奁集》的香艳之风做了自我赞扬。相比于韩偓的还有些羞羞答答和愿做些“自我批评”而言，韦庄和韦縠就显得越加直截了当。韦庄曾选《又玄集》一书，其序言中揭示自己的选诗标准是“但掇其清词丽句”③。韦縠则身为五代前蜀的御史，却编辑了一本名为《才调集》的唐诗选本。他在自序中也明确地表白自己的美学趋尚是那类“韵高而桂魄争光，词艳而春色斗美”④的香艳型作品；而其实际所选也大都是描写男女恋情和歌咏妓女及冶游生活的诗篇（如其中就有温庭筠、杜牧、李商隐的大量恋情诗，还有曹唐的诗《大游仙》、《小游仙》以及记述妓女生活的《北里志》之作者孙棨的四首咏妓诗等），简直成了后代艳体诗的一部学习范本。以上种种，足以表明晚唐五代的诗歌创作和诗学理论已在“人情”的召唤之下，发生了一定程度的变异。

但是，正如上一节结尾部分所说，晚唐五代诗人尽管事实上正在干着以诗言情的“事业”，尽管他们的创作观念已有一定的改变，可是他们却仍未能彻底摆脱传统诗论的束缚。只有到了唐宋词苑中，词人们的创作观念才发生了更加深

① 杜牧：《李贺集序》，郭绍虞主编《中国历代文选论》第2册，上海古籍出版社，1979年，第186页。

② 马端临：《文献通考·香奁集》，《文献通考》，中华书局，1986年，第1923页。

③ 韦庄：《又玄集序》，傅璇琮编撰《唐人选唐诗新编》，陕西教育出版社，1996年，第579页。

④ 韦縠：《才调集叙》，傅璇琮编撰《唐人选唐诗新编》，陕西教育出版社，1996年，第691页。

刻和比较彻底的转轨。这种转轨主要表现在下列两方面:一是在“真、善、美”三者之中,它一改前人以“善”为首要标准的审美观念(亦即首先强调作品的思想内容是否合乎政治伦理规范),而转持重“真”、重“美”和并不太顾及“善”的审美观念;二是以“缘情而绮靡”的文学观念取代了“言志”的文学观念。

应该申明,上述创作观念的转轨主要是在词人的创作实践中体现出来的,而并不太多地呈现为明确的理论主张(因为唐宋词论本就薄弱)。但我们还是能够在零星的词论中找到若干例证,比如我们在前一章中所引述过的《花间集序》就开宗明义、毫不掩饰地宣称:“则有绮筵公子,绣幌佳人,递叶叶之花笺,文抽丽锦;举纤纤之玉指,拍按香檀。不无清绝之辞,用助娇娆之态。自南朝之宫体,扇北里之倡风。何止言之不文,所谓秀而不实。”①试看它公开承认自己源于南朝的宫体诗,又说该集所收之词,必能有助于进一步煽动歌妓们妖娆的演唱之风,再看它面对卫道者们可能会发出的“言之不文”(意指思想内容和文学语言不合“雅正”的规范)的批评,竟老脸皮厚地自我解嘲道:“岂止如此!我天生就是这副‘秀而不实’的德性。”由此可充分看出它在文学观念与美学趋求方面的离经叛道。而宋代的晁谦之,也曾委婉地指出过“花间”词重“真”、重“美”而不顾及“善”的艺术倾向,他说《花间集》“情真而调逸,思深而言婉。嗟乎!虽文之靡无补于世,亦可谓工矣”②。其中的“情真”和“思深”就指花间词的重“真”,“调逸”“言婉”和“文之靡”就指花间词的重“美”,而“无补于世”则指的是“花间”词的并不符合于“有裨教化”的“善”的标准。这样看来,“花间”词人在创作观念方面确已有所转轨。

而若我们再以《花间集》的作品来加以验证,那就越发可证上述认识之不虚。例如,被人称为“花间”鼻祖的温庭筠词风就“极为绮靡”③。而作《花间集序》的欧阳炯本人,也“身体力行”地写过如下艳词:“相见休言有泪珠,酒阑重得叙欢娱,凤屏鸳枕宿金铺。兰麝细香闻喘息,绮罗纤缕见肌肤,此时还恨薄情无?”(《浣溪沙》)词中甚至露骨地描写了男女做爱的场面,被人称作“自有艳词以来,殆莫艳于此矣”④,真称得上是重“真”(近乎自然主义的“真实”)、重“美”

① 欧阳炯:《花间集序》,赵崇祚辑、李一氓校《花间集校》,人民文学出版社,1958年,第1页。

② 晁谦之:《花间集跋》,赵崇祚辑、李一氓校《花间集校》,人民文学出版社,1958年,第223页。

③ 胡仔:《苕溪渔隐丛话·后集》卷一七,人民文学出版社,1962年,第125页。

④ 况周颐:《蕙风词话》卷二,《蕙风词话　人间词话》,人民文学出版社,1960年,第23页。

（有些像其后《西厢记》中描写性爱的“美文”文笔）而不顾“善”的“标本”。在写这些词时，作者哪里还会想到“言志”和“载道”那一套大道理，而唯以宣泄自己的感情（“发乎情”，但又不必“止乎礼”）为快！

还应指出：一般来讲唐宋词人又都身兼诗人和文人（而且往往首先是文人、诗人，然后才是词人），但他们创作观念的转轨却大都只有到了写词时才发生，这就说明此种转轨现象当与词体本身的某些特殊情况有着密切的关联。不然的话，为何唐宋时代空前活跃的“人情”正在引诱或召唤着文人朝着大胆言情的方向转轨，但在散文和诗歌领域却不见比较彻底的观念转轨现象发生？换句话说，为何仅仅在词中，文人作者才敢大胆地突破“言志”的束缚？才能放开手脚来营建言情文学的“特区”？这就必然与词体本身的某些特殊情况有关。为此，我们就有必要来探求词体与诗、文的差异之处。

首先，词是一种新兴的文体，它起源于“胡夷里巷之曲”，因此显得出身低微，常被文人视为“小道”或“薄技”。其次，词的创作和传播，又多应歌妓之请和多经歌妓之口，基本是在女性化的音乐环境中进行的。上述两个特点，就使它获得了敢于放胆言情的借口和言情风格特别绮靡的特色。

不妨先从前一点说起。我们发现，中国古代文人大多持有崇古的保守思想，往往认为“越古老就越尊贵”。比如刘勰时代正是五言诗腾诵而起的时代，可他在《文心雕龙·明诗》篇中却还要把四言诗尊为“正体”，而把五言诗贬为“流调”（流行的时调）；又如大诗人李白，据传也讲过这样的话：“寄兴深微，五言不如四言，七言又其靡也。”①这就可知他们的崇古而轻今。而将这种观念转移到词与诗的比较上来，自然就形成了“诗贵词贱”和“词为诗余”的习惯性看法。如五代词人和凝年轻时好写小词，及至入阁拜相后却专门派人焚烧其词作。又如王安石曾嘲笑晏殊：“为宰相而作小词，可乎？”于是，词在正统文人那里，常被加上诸如“诗余”“小词”“曲子”“薄技”之类的帽子，从而成为一种被打入“另册”的低贱文体和“游戏”文字（如胡寅《题酒边词》就描述词人写词往往是即兴而作，“随亦自扫其迹，曰‘谑浪游戏而已也’”②；又如范开《稼轩词序》记述辛弃疾写词，“苟不得之于嬉笑，则得之于行乐；不得之于行乐，则得之于醉墨淋漓之际”③）。这样，词就常被当做酒筵歌席的余兴节目来对待，因此也就豁免了其

① 孟棨：《本事诗》，孟棨，等《本事诗 本事词》，古典文学出版社，1957年，第16页。
② 胡寅：《题酒边词》，《中国历代文论选》第2册，上海古籍出版社，1985年，第360页。
③ 范开：《稼轩词序》，邓广铭笺注《稼轩词编年笺注》，上海古籍出版社，1993年，第596页。

“传道”“言志”的责任与使命。而正像人在酒醉时可以“借酒遮脸红”和“酒后吐真情”地说出正经场合不便讲的真心话那样，词人也大可凭借词体这种“娱宾遣兴”的“小道”“薄技”来大胆抒写其平昔不敢轻吐的内心衷曲。比如韦庄之写恋情：“不知魂已断，空有梦相随。除却天边月，没人知。”（《女冠子》）要不是通过他的词篇，我们对此深情就确是“没人知”的。再如顾夐的透骨情语“换我心，为你心，始知相忆深”（《诉衷情》），则也是在正统的诗文中所见不到的。

由此看来，人们对词体所习惯持有的看轻甚或蔑视的看法，虽从总体上说是有碍于词的健康发展的（因此它在后来就渐被有识之士所克服和纠正），但坏事有时却又会引出好的结果来，不是吗？戴着“词为小道”这顶“安全帽”，词人就轻巧地冲破或者绕过了封建礼教和儒家诗论的“设防”，转到了尽兴言情的轨道上去。在词这种特殊的文体里，他们便可百无禁忌地倾吐内心的欢愉愁怨，又可全无遮拦地泄导其郁积已久的相思恋情，这岂是在诗和文这两种正统文体中所能轻易办得到的？所以，小词诚“小”，却又在放胆言情方面有着很大的便利，这就引得许许多多的诗人和文人都在写作诗文的同时纷纷去染指词体，甚至后来竟还出现过很少写诗作文而专以写词鸣世的“专业词人”（如柳永）。

如再深一步讲，则词体之兴起，本属一种偶然的事情（由乐工歌妓和民间艺人演唱小曲所慢慢衍成），但它得以迅速崛起并在后来形成与诗平分秋色的局面，则又是一种包含着某种必然性的事情——其必然性即在于：既然“人情”（特别是恋情）积蓄已深、已厚，等到一定的时候它就会找到一个突破口倾泻而出，也总会努力寻找一种合适的文学载体在其中畅快地腾涌翻滚。而词体，则正就在从晚唐到两宋的阶段，充当了这样一种合适的突破口和新的文学载体。（而到再后的元、明、清时代，则就连词体都“盛”不下那更加高涨的“人情”，因此戏曲和小说便又继词体而勃兴，变成那一时代最能表现市民阶层的“人情”之流行文体。但这是后话，且不多说。）因此，词人之所以能在词中实现其创作观念的转轨，原因之一就在于小词的“小”上。

再从词体的另一种特殊情况（多在女性化的音乐环境中创作和传播）来看，则它也同样刺激和促使词人的创作观念向着言情方向转轨。原因相当简单：尽管诗坛上的大气候是由“言志”诗歌笼盖着全局，但在词人写词和歌妓唱词的“文艺沙龙”（一般是在酒宴歌席上）中，却又存在着另一种相对封闭的“小气候”，其中洋溢着非常浓足、非常温馨的“人情”氛围。对此，我们可读柳永的《木兰花》：“虫娘举措皆温润，每到婆娑偏恃俊。香檀敲缓玉纤迟，画鼓声催莲步紧。贪为顾盼夸风韵，往往曲终情未尽。座中年少暗销魂，争问青鸾家远近。”词中所写的这位歌妓“虫娘”，非但舞姿俊美，而且举止温润，她在一言一笑中时时都在向男性观众(包括词人)“放射”出脉脉温情,因此引得他们“曲终情未尽”地暗中销魂。而身处这种特殊的环境之中,词人会彻底忘怀“载道”“言志”的老祖训而忘乎所以地大写其“花情柳思”,就一点也不使人感到诧异了。在这同时,词的抒情风格和语言特色也就自然而然地趋向“绮靡”的方向。

所以,总结词的上述两种特殊情况,我们即可明白,唐宋词人之“时来运转”,就不仅在于他们生逢“人情”空前活跃和富足的时代,而且也因他们寻到并利用了词这样一种不登“大雅之堂”和专在女人堆中讨生活的、宜于充分言情(关于这点还涉及词的文体特性,将在下文论述)的特殊文体。

当然,在上述词人创作观念大胆转轨和词体具有特殊情况这二者之间,比较重要的原因则还在于前者。因此尽管很早以前陆机就提出了“诗缘情而绮靡”的新诗学观念,但因种种条件的限制,它却一直未能在诗中得到比较理想的实现。想不到时隔数百年后它竟能在唐宋词中实现其“夙愿”,从这个意义上讲,唐宋词岂非“时来运转”和“得天独厚”? 故而明代汤显祖在评论晚唐五代词时曾说:“词至西蜀(指‘花间’词)、南唐,作者日盛,往往情至文生,缠绵流露。不独为苏(轼)、黄(庭坚)、秦(观)、柳(永)之开山,即宣和(按即北宋)、绍兴(按即南宋)之盛,皆兆于此也。”①汤显祖赞扬“花间”、南唐词“情至文生,缠绵流露”的评语,正好就是“诗缘情而绮靡”一语在词中的翻版,昭示着自从晚唐五代词人实现创作观念的转轨之后,两宋词人随后又紧紧跟上(虽然宋代词人如苏轼等人创作观念后来又有了重向“言志”靠拢的倾向,因而“言志”论仍又在词中得到回归,但这仍不能否定宋词总体上仍以言情为主的事实),终于形成了整个唐宋词基本以言情为主而其言情又比诗更加“缠绵”的文学新景观。

三、所造独工:词之言情“质量”优异于诗

上文我们论述了唐宋词人创作观念已由“言志”向“言情”转轨。创作观念的转变,其实也可视为思想的解放。正像历史上每一次思想解放运动都会大大促进社会生产力发展那样,文学观念的转变和文学思想的解放也同样会促发文学创作的“生产力”,使得文学园地的气象为之一新。这在唐宋词苑中同样也可得到验证。唐宋词人既已跳出了“诗言志”和“发乎情,止乎礼义”的传统思想窠臼,而朝着专以言情和唯求言情之“真”与“美”的方向走去,所以他们不仅在数量方面,而且尤其在“质量”方面,都使言情诗歌(词可归入广义的诗歌之中)的

① 王弈:《历代词话》卷三,唐圭璋编《词话丛编》,中华书局,1986 年,第 1138 页。

发展取得了空前的成就,从而将其推向了高度成熟的新境地。从数量方面的成就来看,唐宋词苑中可谓铺天盖地充满着描写男女艳情的婉约词篇,其作品之多和作者之众,就着实叫人惊叹,因而竟由此产生了"词为艳科"的说法;从"质量"方面来看,则唐宋词描写"人情"之深刻、细腻、优美和感人至深,也是人所公认的。特别是如将宋词和同时代人所写(有时还是同一位作家所写)的宋诗作一横向比较,则宋词在言情方面所达到的成就,就更足令后者相形见绌。明人陈子龙就曾做过这样的比较性论述。他说:"宋人不知诗而强作诗,其为诗也,言理而不言情,故终宋之世无诗焉。然宋人亦不免于有情也,故凡其欢愉愁怨之致,动于中而不能抑者,类发于'诗余',故其所造独工,非后世可及。"①他所说的"所造独工",就说明了(唐)宋词在言情方面的高度成功。不过陈氏在这里还是拿宋词言情与干瘪的宋诗来做比较而说这番话的,而照我们看来则唐宋词在言情方面的"所造独工"即使与前代的诗歌作纵向比较,也仍是当之无愧的——六朝宫体诗徒有华丽的词藻而缺乏生动的韵致,自然不必多说,就连晚唐那些"香奁体"的艳诗,比之哀感艳顽的唐宋婉约词来,恐怕都会逊色几分。所以,难怪宋代词论家在对诗和词的言情进行比较后会得出如下的结论:"词,古诗流也,吟咏情性,莫工于词。"②而清代词论家也说:"后人之感,感于文不若感于诗,感于诗不若感于词。"其原因即在于词有其"情长"和"味永"的优点。③ 这些议论都足以表明:唐宋词在言情的"质量"方面,确已达到了优异(优胜或有异)于诗的新境地。

对于唐宋词在言情的数量方面(即言情词篇数量之多)所取得的成就,由于它是有目共睹的事实,所以不再多说;而对它在言情的"质量"方面所取得的突出成就及其"所造独工"(亦即优异于诗)的显著特色,却远非几句话就能说清,因此,需要多费一些笔墨进行分析。下文,我们分别从三个方面进行考察。

(一) 词之言情"纯度"有了空前升高

在考察词之言情"质量"及其优异于诗的特色方面,第一个可取的角度是:它在言情的"纯度"(纯粹程度)方面有了空前的升高。而这个论题又可分为两

① 陈子龙:《王介人诗余序》,上海文献丛书编委会编《陈子龙文集》,华东师范大学出版社,1988 年,第 55 页。

② 尹觉:《题坦庵词》,张惠民编《宋代词学资料汇编》,汕头大学出版社,1993 年,第 230 页。

③ 陈廷焯:《白雨斋词话自序》,《白雨斋词话》,上海古籍出版社,1984 年,第 2 页。

层：一是其纯文学品位的升高，二是其朝着纯抒情方向发展。

先说第一层面的问题。前已谈到，中国古代文学在很长时期内都未摆脱杂文学的体制和面目。在这方面，首当其冲和“受害”最深的自然要数散文。由于散文这种文体具有很杂的范围和很大的弹性，所以举凡经、史、子等文化学术的内容全都可用散文来表达。故在此种情况下，要在大量的散文著述中严格划分出今之所谓“文学”与“非文学”作品的界限，是相当困难的，因此往往只能退而采取“模糊划分法”将它们分成“缺乏（或较少）文学意味”的和“富有（或较多）文学意味”两类。而就是这种“模糊划分法”，有时竟也难以取得一致的意见。比如，《庄子》中的很多寓言故事，语文学家可将其看作文学作品，而哲学家又可将它们看作哲学论著；再如，《史记》中的许多人物列传，语文学家可将它们看作传记文学，而历史学家又可将它们看作历史作品。这都说明，散文的“纯文学”特性，在古代文学中就是最为差劲的。在散文上，大量地、经常地黏附着文学性以外的其他成分和因素（这还是就那些文学意味较浓的散文作品而言；至于那些纯粹是学术、政论和应用文的散文就更不在论列），具有很强的“载道”倾向。

相较于散文而言，诗歌（包括辞赋）的文学意味和“纯文学”特性就浓得多了。一是其主要特征在于抒情言志，二是其注重文学包装（句式整齐、语言优美、声韵和谐等），因而在古代文学中自然而然地成为“天之骄子”。但是同时，我们又应注意到，由于诗歌从起始阶段（《诗经》时代）开始就被列入儒家的“经典”之中，而在后来的发展过程中又经常被“美刺”“比兴”“讽喻”等儒家诗论教义缠绕纠葛，故也具有较浓的政治功利色彩，有时竟至会变成说教言理的文学工具。比如东晋出现的平实如《道德论》的玄言诗，唐代寒山、拾得的偈语诗，以及宋代大量涌现的理学诗等，就都是为了“言志”而走向极端化的产物（试举一例，如邵雍的《论诗吟》：“何故谓之诗？诗者言其志。既用言成章，遂道心中事……”），它们就真够得上是“语录讲义之押韵者”①而全无一点诗味。但是，唐宋词（主要是指婉约词，下同）的情况却大有不同。打个比方来说，前代和同代的诗好比琥珀球，虽其脂体相当晶莹圆润（喻其文学性很强），但在其内核中却经常还包嵌着一些昆虫的残骸（喻指政教伦理），因而其文学性还称不上是十分纯粹的。

而词则好比一个玲珑剔透的水晶球，从里到外都剔除了外来物的残痕遗迹而显得通体透明、浑圆光亮。当然上述比喻又绝不是说词与政治、词人与社会生活毫无关联而生存在真空的环境之中，而是说词与非文学因素（政教伦理）的距

① 刘克庄：《吴恕斋诗稿跋》，《后村先生大全集》卷一一一，《四部丛刊》本。

离相对遥远,因此其“纯文学”的特性就表现得比较浓足和饱满。而上述情况就与下面这两方面的原因有关。

首先,词人的创作环境和创作动机与诗人写诗的情况有所不同。词大都诞生于酒宴歌席和花前月下的私生活环境之中,其直接的创作动机不外是用来“佐欢”或是用以“遣兴”,故与政教伦理以及士大夫的政事公务一般不相搭界。例如,冯延巳之写词就多为“娱宾遣兴”而发。陈世修《阳春集序》说他在“金陵盛时,内外无事,朋僚亲旧,或当燕席,多运藻思为乐府新词,俾歌者倚丝竹而歌之,所以娱宾而遣兴也”①。又如欧阳修在其《采桑子·西湖念语》的词序中说:“因翻旧曲之辞,写以新声之调。敢陈薄伎,聊佐清欢。”连这两位大词人写词竟都如此,那就更加不难推想普通的文人作者和民间词人了。比如《乐府雅词》中所收无名氏《调笑集句》的开场白就这样说道:“盖闻:行乐须及良辰,钟情正在吾辈。飞觞举白,目断巫山之暮云;缀玉联珠,韵胜池塘之春草。集古人之妙句,助今日之余欢。”另一组《九张机》词(亦无名氏作)的序言也说:“《醉留客》者,乐府之旧名;《九张机》者,才人之新调。凭戛玉之清歌,写掷梭之春怨。章章寄恨,句句言情……”这些言论都足以表明:词人之写词,一般并不考虑“经世致用”的社会效益,也并不顾忌是否会有违于礼教或“诗教”,而只是任凭自身在特定环境中触生的一腔真情实感去挥洒成篇。因此,他们见落花而伤春,听夜雨而悲秋,逢佳偶而狂喜,叹别离则销魂……所有这些感情行为,全都来自内心世界的真实冲动;而由此写成的言情词篇,也全都是“因情而造文”的产物。故而王国维曾经说过:“词人者,不失其赤子之心者也。”②根据此话我们即不难想象,比较起诗、文作品来,词就更像天真烂漫的孩子,其啼笑哀乐更显得真情勃露和毫不作假,而不像诗、文那样时常会讲一些“官话”或摆一番架子。故从词的创作环境和创作动机来看,写词就基本属于一种比较“纯粹”的感情宣泄行为,这就使得它的“纯文学”品位势必会有所升高。

其次,由于词的表现对象和抒情内容相比诗、文而言,有“下移”的趋势和世俗化的倾向,因此它就更加贴近于普通人的生活和心境,也就越发体现了文学作为“人学”的最本质的属性。这是因为,正像中国古代的正史虽也记载着人的活动和事迹,但这些“人”却主要指那类帝王将相和达官贵人而极少指普通凡人那样,中国古代文学的舞台(主要指文坛和诗坛)也基本只是士大夫文人们的艺术

① 陈世修:《阳春集序》,冯延巳《阳春集》,王鹏运辑《四印斋所刻词》,上海古籍出版社,1989 年,第 332 页。

② 王国维著,滕咸惠校注:《人间词话新注》,齐鲁书社,1981 年,第 94 页。

活动空间,因而其作品很少为普通人“写心”和“立传”(民间文学则除外)。所以,前代的诗、文作品虽然也称得上是“人学”,但就其表现对象和思想内容来看,却往往与完全意义上之“人学”存在着不小的距离。而这种情况到了唐宋词中,却有了很大的改观,表现在以下几个方面:

第一,词的作者群已由原先的士大夫作者群扩展到全民,许许多多民间的乐工歌妓、市民群众乃至僧尼走卒,都曾参与了写词活动。不然的话,敦煌民间词就无从产生,而宋代“新声巧笑于柳陌花衢,按管调弦于茶坊酒肆”①的“词山曲海”盛况也不可能形成。故此作者群的“下移”趋势就使词更加贴近生活,贴近真正意义上的“人”(普通人)。

第二,在士大夫作者群中,又产生了出身下降和“转换角色”的前所少见的情况。我们知道,魏晋以前仕途多被高门豪族所垄断,因而寒士大都只能沉沦下僚;唐代以科举取士,这才开拓了庶族士人跻身统治集团的新路;而到宋代,最高统治者出于其政治需要而大力推行扩大科举规模和优待文人的政策,这就使得大批中小地主阶级知识分子得以涌上政坛发挥其才干。唐宋两朝寒族士人得以受到选拔的状况,既可视作庶族士人个人的命运和前途有所改善,又在另一方面造成了士大夫阶层出身成分总体下降之势。比如,宋初名相赵普最早只是三家村的一位私塾先生;另一位名相寇准幼时家贫,母亲欲购一匹绢做衣被都不可得;范仲淹、欧阳修也都是苦出身,这两位后来官拜副宰相的大人物,幼年时一则划粥而充饥,一则以荻枝代笔。因此,相比于前代的达官贵人大都有着高贵的家庭背景来看,唐、宋朝靠文学才能和科举途径走上仕途的士大夫群体,其总体的家庭出身和个人身份实际上都有下降之势。而正是这种“下降”,一则使得他们天生就具有与下层人民比较密切的联系,二则又使他们的思想感情产生了“从俗”(世俗化)的倾向。所以唐宋词(特别是宋词)之好以凡男俗女的世俗化生活和心境作为自己的表现对象,其源就首出于作者队伍的出身下降和接近世俗。

而与此同时,尽管大多数词人仍属熟读圣贤书的士大夫文人,但当他们进入歌筵舞席的“文艺沙龙”而提笔写词时,其身份和“角色”却又常常发生由“天子门生”向风流才子的转换,故其抒情内容也不禁会相应变得十分世俗化。比如柳永,人们通常都把他视为下层文人甚或无行文人,而其实他的祖上却世代为官,他的“本来面目”原也是一位为求功名而进京应试的读书相公。但是当他落第而写词时,却顿就转换成了“狂荡子”的角色。其词《鹤冲天》就道出了这番转

① 孟元老:《东京梦华录序》,孟元老,等《东京梦华录(外四种)》,古典文学出版社,1957年,第11页。

变过程:“黄金榜上,偶失龙头望。明代暂遗贤,如何向?未遂风云便,争不恣狂荡,何须论得丧?才子词人,自是白衣卿相!”而因这种由读书相公变为狂荡词人的“角色转换”,他原先所怀有的读书做官、出仕皇家的感情便暂时萎缩,而那种世俗化的享乐之情和儿女柔情却顿时膨胀起来,于是,紧接着他便吐出了以下的心声:“烟花巷陌,依约丹青屏障。幸有意中人,堪寻访。且恁偎红翠,风流事、平生畅,青春都一饷。忍把浮名,换了浅斟低唱?”这种及时行乐和倚红偎翠的感情,就与正统士大夫所持的人生理想与道德操守明显产生了叛离,而与当时世俗市民的思想意识倒甚为接近。所以,柳永虽然生活在北宋盛世,然而他的词却不像前代的盛世文学(例如“盛唐之音”)那样,其中绝不出现什么“英雄人物”,而尽见平凡的风尘歌妓和落拓文人的形象,绝无理想主义的光华和崇高人格的光圈,而尽见到凡夫俗子们的悲欢离合和七情六欲。

当然,在唐宋词人中,柳永或许还属于一种特例,他的“转换角色”似乎还不能说明问题的普遍性。因此不妨再让我们举欧阳修为例。在一般人的心目中,欧公是一位德高望重的朝堂名臣和文坛领袖,但他在写词时却照样也经历了“角色转换”的变化。比如他在庆历党争的政治漩涡里,就是一位气节刚坚的铮臣。当他得知同党好友范仲淹受司谏高若讷落井下石的排挤时,就奋不顾身地写了《与高司谏》一书,极为辛辣地讽刺他“出入朝中称谏官,是足下不复知人间有羞耻事尔”①。其面孔显得何等正气凛然,而其文锋又显得何等尖锐犀利!但当他赴宴写词时,顿就变成了另一番模样。例如,他在河南任推官时,其上司钱惟演开宴请客。他与所眷恋的歌妓因午睡过头而误了出席酒会,那歌妓更又在匆忙中遗失了一支金钗(掉在了枕头底下),故而受到主人的呵责。缘此,欧阳修当宴作了一首《临江仙》词:

> 柳外轻雷池上雨,雨声滴碎荷声。小楼西角断虹明。阑干倚处,待得月华生。　燕子飞来窥画栋,玉钩垂下帘旌。凉波不动簟纹平。水精双枕,旁有堕钗横。

他用优雅的词笔含蓄地写出了与歌妓幽会的情景,并又巧妙地解释了因贪睡而遗钗和迟到的原因,因此非但博得了钱惟演的谅解,进而还获得了公库之钱以补偿遗钗之损失。(事据钱世昭《钱氏私志》)这则故事便显现了欧阳修作词时那种狎客文人和风流才子的别一番面目。

① 欧阳修:《与高司谏书》,陈必祥《欧阳修散文选集》,上海古籍出版社,1997年,第60页。

而类似于此的例子,在唐宋词苑中可谓比比皆是。即如贵为“人主”的李后主,当他在与小周后约会偷情时,又何尝不脱卸尽了他白天在龙廷上朝南为王时的庄严面具而转换成了一位怜香惜玉的公子哥儿(这只消读一读他的《菩萨蛮》(花明月暗笼轻雾)即知)? 所以,这种“角色转换”对于唐宋词更加体现文学作为“人学”的那种本质属性,实在起着一种有力的推进作用——我们知道,作为“各种社会关系的总和”(马克思语),人在不同的场合因其不同的身份地位经常担任不同的社会角色。例如,封建社会中的一位士大夫,在皇帝面前只是一位诚惶诚恐的“微臣”,而出任地方官时却变成了百姓的“大老爷”;在和同僚们作诗唱酬时他是一位文人墨客,而在童仆丫环心目中则又是威严尊贵的主子;在其飞黄腾达时,他或许是位吆五喝六的达官贵人,而当他遭罪贬官时,却又变成了牢骚满腹的迁客逐臣;当他满口“子曰诗云”时,端的是一位“圣贤之徒”,而当他与爱妾在闺房调笑时,则又“复原”成一位凡夫俗子……由此可见,这种“转换角色”的行为,在日常生活中本是随处可见和不断发生的,唯此才构成了人性的复杂和“人情”的多样。

但是,以往的文学作品在表现“人”的问题上,却往往有所偏颇。它们的“镜头”主要对准了帝王将相、英雄豪杰和士大夫群,而不大肯移降到凡男俗女的芸芸众生身上;它们所表现的人性和“人情”,往往只是“可与人言”的那一部分,而很不愿意将作者心灵深处的感情“曝光”。因而,它们往往只表现或反映部分类型人物在部分场合中的感情,却不能表现或反映更加真实和更加普遍的人性与“人情”。从这个意义上讲,它们就显得不够深刻和全面。而唐宋词则有所不同。如前所述,由于作者身份的下降和写词时的敢于“转换角色”,唐宋词的表现对象与抒情内容就有了“下移”和世俗化的趋向,因此就更加贴近于凡人世界和真实生活,更加体现了文学作为“人学”的本质属性。

我们试看,汉高祖刘邦唱出的《大风歌》(“大风起兮云飞扬,威加海内兮归故乡,安得猛士兮守四方”),“威”则威矣,然而平民百姓谁能具有这种“大志”? 楚霸王项羽唱出的《垓下歌》(“力拔山兮气盖世,时不利兮骓不逝。骓不逝兮可奈何? 虞兮虞兮奈若何”),悲则悲矣,然而普通市民却未必能与此种英雄末路之悲发生共鸣。而相比之下,白居易《长恨歌》中的李、杨爱情悲剧,就因其传奇化和世俗化而赢得了士庶的广泛欢迎:一方面,李、杨作为皇帝和贵妃,人们对他们怀有一种高不可攀和深不可测的神秘感,而《长恨歌》却把他们的私情故事一一加以揭示和描绘,从而满足了人们的猎奇兴趣和窥私心理,这就是其传奇性所带来的功效;另一方面,它又把唐皇和杨妃的神秘外衣剥掉,将他们还原成为普通的人,使人们知道,在那七月七日之夜,他们也像世俗的男女一样对天立誓、情话绵绵,甚至在杨妃死后,唐皇也像凡人一样有过“孤灯挑尽未成眠”的经历(对此,邵博《邵氏闻见后录》卷一九就曾批评道:“白乐天《长恨歌》有‘夕殿萤飞思悄然,孤灯挑尽未成眠’之句,宁有兴庆宫中夜不烧蜡油,明皇帝自挑尽者乎?书生之见可笑耳。”①其实,这就是白居易欲将唐明皇平民化的高明之处)。而后一种世俗化的审美倾向和表现手法,便更为《长恨歌》争得了无数的市民读者。所以唐宋词的表现对象与抒情内容的进一步世俗化,就促使它更加体现了文学作为“人学”的本质属性。对此,我们特意挑选两首帝王词来做例证:一是李后主的《一斛珠》:“晓妆初过,沉檀轻注些儿个。向人微露丁香颗,一曲清歌,暂引樱桃破。　　罗袖裛残殷色可,杯深旋被香醪污。绣床斜凭娇无那,烂嚼红茸,笑向檀郎唾。”这里所写的,便活脱脱是一副世俗男女调情的场面,哪还有半点“人君之度”(陈廷焯《闲情集》卷二就评曰:“风流秀曼,失人君之度矣。”)?二是宋徽宗的《醉落魄》:“无言哽咽,看灯记得年时节。行行指月行行说:愿月长圆,休要暂时缺。　　今年华市灯罗列,好灯争奈人心别?人前不敢分明说。不忍抬头,羞见旧时月。”这是他伤悼上年病故的明节皇后之作。从他所言的“人前不敢分明说”来看,莫非他也像常人一样受制于礼教而羞于表达自己的悼亡恋情?再从他所祝愿的“月长圆”“休暂缺”来看,分明也无帝王的特殊架子而全同于平民百姓。所以我们虽然无意去抬高这两首词的思想价值,但它们确可作为两个例证用以说明由于唐宋词作者“转换角色”和抒情内容的世俗化倾向,使其更加具备作为“人学”(表现世俗中人的原始欲望和真实心态)的文学资格,从而大大升高了自身的“纯文学”品位,增强了自身的“纯文学”特性。故而综合以上两方面的原因和情况(一是词人的创作环境和创作动机与诗人写诗的情况有所不同,二是词的表现对象和抒情内容比诗、文具有“下移”的趋势和世俗化的倾向),我们就不难看清,比起前代的诗、文作品来,唐宋词的“纯文学”特性就显得更为纯真和饱满。而因其整体上的“纯文学”品位有所升高,词在言情的“纯度”(纯粹程度)方面自然也会相应地“水涨船高”,由此就使它在言情的“质量”方面获得了比诗、文更加杰出的成就。以上即本论题中第一层面上的情况。

我们再深入诗词作品的内部,从组成诗歌的艺术要素之消长来考察词与前代诗歌之差异,则又可以发现:唐宋词又具有向“纯抒情”方向发展的趋势。这就构成为本论题中的第二层面。

千百年来的诗歌,虽然题材内容和艺术风格千变万化,不拘一种风貌,但剖

① 邵博:《邵氏闻见后录》,中华书局,1983年,第149页。

析其艺术要素,却大致只有四种:理、事、情、景。换句话说,诗歌的表现手段和构成因素,总不外是说理(议论)、叙事、抒情和写景。而在这四种艺术要素之中,景或写景相对于理、事、情三者而言,又是最少独立性的因素,它通常总是黏附着理、事、情三者并为它们(特别是为"情")服务(当然也有少数的例外,例如:有些写景仅作"比兴"的发端起兴,而另有些写景则仅供诗的背景之用,但这些情况毕竟少见),故而诗的艺术要素,又可说成是理、事、情三种。清人叶燮在其著名的《原诗》中就持此种看法。他说:"自开辟以来,天地之大,古今之变,万汇之赜,日星河岳,赋物象形,兵刑礼乐,饮食男女,于以发为文章,形为诗赋,其道万千。余得以三语蔽之,曰理、曰事、曰情,不出乎此而已。"①虽其所言带有哲学的意味,但它对诗赋文章之"道"同样不出乎理、事、情三者的论断,却还是符合文学创作事实的。

以诗歌而言,抒情固然是其最显著的特征,但其叙事与说理的传统却也相当悠长。根据闻一多的解释,"诗言志"的"志"字原本具有三方面的含义:一是记忆,二是记录,三是怀抱。比如古人曾把诗称为"诵"(记诵),又把一切文字记载都通称为"志",就是反映了"志"字的前两种含义。所以古诗的功用就不仅在于抒写情志(这主要由合乐的"歌"来担任),而且也用来记事(这主要由口诵的"诗"来担任)②。因此尽管中国古代缺乏像《荷马史诗》那样成熟的叙事诗,但《诗经》中却仍保存了初具规模的叙事诗。比如《豳风·七月》就是一篇著名的叙事诗,它按月份节令详尽地记载了一年的农事和农家生活;再如《大雅》中的《生民》《公刘》《緜》《皇矣》《大明》等,则又可视为从周始祖后稷建国直至武王灭商的一部周朝发迹简史。而在秦汉以后的诗中,叙事诗仍绵延不绝。如东汉出现的《孔雀东南飞》,南北朝出现的《木兰诗》,以及唐代出现的《长恨歌》等,就都是叙事诗中的瑰宝。另外,叙事作为一种艺术要素和表现手段,也一直活跃在诗歌创作中。特别在汉乐府和唐代杜甫、白居易等学习乐府诗而作的那些文人乐府诗中,都带有鲜明、浓重的叙事特色(如汉代的《陌上桑》《孤儿行》,杜甫的"三吏""三别",白居易的《卖炭翁》《宿紫阁山北村》等)。甚至在那些以抒情为主的诗中,也都褪脱不净"事"的痕迹(比如王昌龄那首有名的抒情诗《闺怨》,就以闺妇上楼、见柳、生愁这叙事性的"三部曲"作其诗境开展的"骨架")。由此可见,"事"在诗中,一直是一个相当重要甚或不可缺少的艺术要素。

而与"事"的情况相似,"理"在诗中也经常发挥着很大的作用。这是因为,诗歌既被用来言志(表现作者的怀抱志向),那么,在诗中发议论和讲道理,也就

① 叶燮:《原诗》,人民文学出版社,1979 年,第 20 页。

② 闻一多:《歌与诗》,《闻一多全集》第 10 卷,湖北人民出版社,1993 年,第 8 – 9 页。

成了不可避免的。例如《诗经》中就保存了很多直接说理的作品。其《大雅·荡》就引述过周文王对其子孙的警戒之言:“人亦有言,颠沛之揭,枝叶未有害,本实先拨。殷鉴不远,在夏后之世。”而《小雅·十月之交》又从天时不正的自然灾异出发,正告当时的执政者:“日月告凶,不用其行。”是因为“四国无政,不用其良”(即政治昏暗是用人不善所致)。这些便都显示了《诗经》可以用来“化下刺上”的政治功能和它经常采用说理的表现手法。及至后代,这种以诗言理的倾向有时甚至与抒情、叙事脱离而闹起“独立”来,因而出现了魏晋时代的玄言诗、唐代和尚的偈语诗、宋代理学家们的理学诗等全无诗味的“诗”来。而除开这些徒具韵文外壳而实无诗之灵魂的言理诗之外,平心而论,说理在诗中也还是起过不少好作用的。比如杜甫的很多诗歌(如《自京赴奉先县咏怀五百字》《北征》《诸将》等),如果去掉了其中的说理部分,那就必然会削减其思想内容的厚度和其哲理内蕴的深度;而宋诗言理的倾向,则又使很多作品,具有新鲜可喜的理趣(如苏轼《题西林壁》、朱熹《观书有感二首》、杨万里《过松源晨炊漆公店六首》之五等)。故而,自古以来,“理”在诗中也是一个相当活跃的艺术要素。

但是发展到了唐宋婉约词中,“理、事、情”三足鼎立或三者相互包容的局面却发生了此长彼消的变化。具体来说,“理”和“事”在词中开始淡化或退化,而“情”却变得分外强化。由此,就使唐宋词在前代抒情诗的基础之上,更向“纯抒情”的方向挺进了一大步(这种情况,当然仍是就其总体而言的)。

对此,我们先说那比较容易看清的事——“理”的淡化。我们不妨翻开那些具有“本色”风味的婉约词篇来,其中就很少见到说理的现象。偶尔有之,如秦观《鹊桥仙》中“两情若是久长时,又岂在朝朝暮暮”,即是词中说理的名句。但它之所以受人赞赏,也还是因为人们在一般的七夕词中读腻了那些山盟海誓的情语时,忽然发现了一个全新的思想境界(用“言理”的方式加以揭示),这正好反过来说明说理在婉约词中难得见到。另外,在后来产生的许多“以诗为词”的词篇中,说理却成了司空见惯和几乎难免的常事,而这也正从相互比较的角度反证说理在“本色”词中已趋淡化。

我们再来看婉约词中“事”的退化。首先应该承认,词在民间初起时,“事”的成分曾占据着不小的比重。比如敦煌词中的这些作品:

> 孟姜女,杞梁妻,一去燕山更不归。造得寒衣无人送,不免自家送征衣。　　长城路,实难行,乳酪山下雪纷纷。吃酒则为隔饭病,愿身强健早还归”(《捣练子》)
>
> 作客在江西,得病卧毫厘。还往观消息,看看似别离。村人曳在道傍西,爷娘父母不知。身上缀牌书字,此是死不归。(《长相思》)

它们就都保留了民间文学“缘事而发,感于哀乐”的传统特色,因而其叙事意味犹显得相当浓重。但词自民间转入文人之手以后,它的叙事性就明显有所衰减而其抒情性却分外增强——当然,文人词中也并不能完全摒弃“事”,但它往往只构成一种隐性和弹性的结构状态,主要通过描写人物动作而为表现人物心情服务。而在另一些时候,则“事”又可能完全被隐去,只将其过程中的某一片断挑选出来,以此来黏附和支撑情绪。所以,词的中心内容和最终目标,就不在于“事”而在于“情”。例如温庭筠的这首《菩萨蛮》:

水精帘里玻璃枕,暖香惹梦鸳鸯锦。江上柳如烟,雁飞残月天。藕丝秋色浅,人胜参差剪。双鬓隔声红,玉钗头上风。

此词主要描写思妇梦醒后的怀人之情,观其下笔,就尽往写景和以景融情方面着力,而根本没有任何情节的展开。其中虽然也偶有若干动态和动作的描写(如雁飞、风拂),但远未构成完整和清晰的叙事轮廓;相反,它就像一幅精细工致的仕女画那样,给人以画面的静态性感受。这就告诉我们两个信息:其一,唐宋词特别着力于描摹人在特定环境中的心态,而这种心态就是感情纯粹与浓足几已达到凝固和“定格”状态的产物;其二,唐宋词又特擅长描绘景物,而此种景物描写中却又渗透着强烈的情绪性和主观色彩(所谓“一切景语皆情语也”),因此实际就为词的描摹心态提供了既形象又优美的“物质外壳”。以上二者就共同组成了词的特殊意境,亦即“词境”。所以若从表层来看,词境主要便由情与景这两大艺术要素融合而成;而若深一层来看,则又主要由一个“情”字在主宰天下。故而相比于前代和同代的诗来说,则唐宋词的叙事性、说理性成分已经大为减退,而其抒情性(包括以写景来抒情)特征却得到了空前的强化。这样,它就向着“纯抒情”的方向大大跨前了一步。

基于以上情况可以得出以下结论:一方面,唐宋词本身的“纯文学”品位有所升高;另一方面,其内部组成成分又产生了向“纯抒情”方向的趋进,故而它在言情的“纯度”方面,自然便超过了前代和当代的诗。

(二)词之言情“深度”有了新的拓展

在考察词之言情“质量”及其优异于诗的特色方面,第二个可取的角度是:它在言情的“深度”方面,又有了新的拓展——甚至可以这样认为:唐宋婉约词简直成了专向心灵深处开掘的“狭深文学”。

这里,我们首先可以引述王国维的一段名言。他在比较词体与诗体的差异时说:“词之为体,要眇宜修,能言诗之所不能言,而不能尽言诗之所能言。诗之境阔,词之言长。"①这段议论说得相当辨证:一方面,词不能尽言诗之所能言,词境比诗境显得相对狭窄,这自是词的欠缺和不足;但另一方面,词却偏又能言诗之所不能言,词境要比诗境来得窈深,而这又成了词的优势和特长。我们认为,王氏这番话确是一种"知者之言",因而我们的论述就可由此而生发开去。

"横看成岭侧成峰"。一部古代文学发展史,若是换个角度来看,也就可以视作一部文学体裁的交替兴衰史。赵翼《论诗绝句》说得好:"满眼生机转化钧,天工人巧日争新。预支五百年新意,到了千年又觉陈。""李杜诗篇万口传,至今已觉不新鲜。江山代有才人出,各领风骚数百年。"其论虽是针对诗的风格流派而发,但也完全可以移用来评述文体的嬗变。具体落实到词的继诗而兴,我们也就有理由认为:词体必有诗体所欠缺的某种新意存在;不然的话,唐宋文人既然已有了四言、五言、七言、杂言,以及古体、近体(绝句和律诗)等多种多样的诗歌体式,却为什么还要创造(或在民间基础上改造)出小词这一更加新鲜的诗体?再说,从唐宋词能在较短时期里就取得可与唐宋诗平分秋色、各擅胜场的辉煌成就来看,它也必然有着自己特具的艺术奥妙和生命活力。而这种艺术奥妙和生命活力,参照王国维的说法,就可这样来看:"同能不如独胜。"(王世贞语)唐宋词在反映社会生活的广度方面已经"知难而退"地有所退缩,但在表现人类心灵世界方面却又向其纵深方向深入开掘下去。由此,便形成了"能言诗之所不能言"而"不能尽言诗之所能言"的"狭深"的言情新局面。很久以来,人们对于词境的狭窄一面似乎批评过多(特别在极"左"思潮盛行的时候,有不少人曾对唐宋婉约词的题材狭窄和没有反映阶级斗争等缺点作过过严的指责);但对词境的窈深一面,却嫌重视不够。这不能不说是一种遗憾。而在事实上,世上任何事物都不可能十全十美,因此我们对于唐宋词同样也不能采取求全责备的态度。相反,应取的态度是:在看到其欠缺的同时,更要把目光注视在它的"出新"方面。这样,我们面对唐宋婉约词在言情"深度"方面的继续有所拓展及其所获的出色成就,便会感到十分惊喜和欣慰。

据科学家言,宏观宇宙中存在着神秘深幻的"黑洞",其内部的秘密就是人类很难窥测的;殊不知,在人类自身那一颗颗小小的方寸之心中,却也如同一个个"微型宇宙"那样,同样存在着各自的"黑洞"而不让外人窥知,这正好应了"人心难测"这一句老话。例如有一些人,因其性格或修养的关系,喜怒很少形之于色,因而就使外人很难得知其内心的机关城府;而另有一些人,虽其脸部表情相当丰富生动,但口是而心非的现象却也并不少见。所以,文学艺术作品虽然被人

① 王国维著,滕咸惠校注:《人间词话新注》,齐鲁书社,1981年,第44页。

称为“心声”和“心画”(扬雄《法言·问神》:“故言,心声也;书,心画也。”他就把语言文学称为“心声”而把书法艺术称为“心画”①),但其实却未必全能真实地反映和表现作者的内心世界。

此中大致存在着两方面的问题:第一是“真”的问题,也即作品是否真诚地反映其情志的问题;第二是“深”的问题,这主要指作品是否能真率坦诚地表现其内心深处的真情问题。先说其第一方面的问题:人们常说“文如其人”,在一般意义上讲,此话是可以成立的,但对某些虚情假意或心口不一的作品却又并不适用。如金代元好问早就揭示过这种文章“作伪”的现象。他在《论诗绝句》中说过:“心画心声总失真,文章宁复见为人?高情千古《闲居赋》,争信安仁拜路尘?”如果我们光读潘岳(安仁)的《闲居赋》,定会猜测他是一位不慕荣华、高情千古的雅士;而谁料在现实生活中,他竟是一个拜倒在权贵马车下的趋炎附势之徒!这就说明在文学创作中同样也存在着一批“冒牌货”,它提醒人们在阅读作品的同时还需顾及作者的“全人”才是。而比上述问题更进一步的第二方面问题是:文学创作另又存在着敢否真率坦诚地表现内心真情的问题。比如,在以“传道”为使命的古文里,人们往往只见到一位位褒衣大袑的重臣或鸿儒在那儿一本正经地做施政演讲或理性说教,却很难得见他们内心深处的感情活动。而在言志的诗中,作者的神态虽然不像在古文中那样严肃庄重,甚至有时也会带有几分休闲式的轻松味道,但他们所言的情志,却基本仍是那类可以公之于世的思想感情。至于属于隐私的、深藏在心底的某些感情内容,他们却往往不肯轻易给予披露——即使有所披露,其真率程度也是有所保留的。不妨仍以欧阳修为例,欧公虽是当时的名臣大儒,其实却很有些风流韵事。但在他的古文中,人们就很难见到相关的“蛛丝马迹”;在其诗中,也大致只见他“寄内”之类的夫妻之情而不易见到他的隐私之情。可是,词的情况就不同了。我们试读下列欧词:

> 去年元夜时,花市灯如昼。月上柳梢头,人约黄昏后。　　今年元夜时,月与灯依旧。不见去年人,泪满春衫袖。(《生查子》)
>
> 楚王台上一神仙,眼色相看意已传。见了又休还似梦,坐来虽近远如天。　　陇禽有恨犹能说,江月无情也解圆。更被春风送惆怅,落花飞絮两翩翩。(《瑞鹧鸪》)

前一首词记录了他青年时代的一段爱情悲剧,表现了他后来一直深藏于心的有

① 扬雄:《法言·问神》,郭绍虞主编《中国历代文选论》第1册,上海古籍出版社,1979年,第97页。

情人未成眷属的怅恨。后一首词写他在酒席上与一歌妓（“神仙”般的美人）眉目传情而终又分离的遗憾与惆怅，表现了他虽属正人君子之列而见到美女照样有春情荡漾、心旌摇曳的恋情心态。所以难怪有些见惯了欧公平昔面目的人竟要怀疑它们是欧之仇人所伪作。但这样的作品，倒真正称得上是“情动于中而形于言”①的产物；而此“中”字，指的就是发自衷心。由此看来，词的重“真”而不重“善”，为其敢于真率坦诚地揭示人类内心深处的真情开辟了道路、扫除了障碍，这就自然导致其在言情方面勇于向纵深方向拓展和开掘。

而除此（词的敢于揭示深层的感情）以外，词的言情的“深度”还应包含着这样一层附带的含义，此即感情境界的深细。王国维在论诗词的境界时曾说：“境界有大小，不以是而分优劣。‘细雨鱼儿出，微风燕子斜’何遽不若‘落日照大旗，马鸣风萧萧’？‘宝帘闲挂小银钩’，何遽不若‘雾失楼台，月迷津渡’也？”②其实，诗词境界的大与小，本源即在于感情境界的大与小。而唐宋词的抒情既已朝着“狭深”方向趋进，则它的笔触就势必会向人心灵深处的精微之处伸去，这就使得词境中所呈现的感情境界必会显示精微幽深。缪钺先生说得好：“抑词之所以别于诗者，不仅在外形之句调韵律，而尤在内质之情味意境”，“诗之所言，固人生情思之精者矣，然精之中复有更细美幽约者焉，诗体又不足以达，或勉强达之，而不能曲尽其妙，于是不得不别创新体，词遂肇兴。”③这就相当精辟地指出了词体善于表达人生情思中特别细美幽约的感情境界之本领和特色；而在我们看来，此种本领和特色就与词在言情“深度”方面的开掘有关。这是因为：人生情思中的精微之处，往往是隐而不露地藏在心灵深处的；而容易表露在外的，则往往是那种粗线条式的感情。因此，那种精微深细的感情境界，就特别适宜和有赖于用“狭深”的词体来表现。于是，便又应了王国维所说的那几句话：“词之为体，要眇宜修，能言诗之所不能言，而不能尽言诗之所能言。”④词在描摹人们细微幽深的精神状态与感情境界方面，就真称得上是行家里手！我们试读温庭筠的《梦江南》：“千万恨，恨极在天涯。山月不知心里事，水风空落眼前花——摇曳碧云斜。”此词前四句所写的感情境界，犹是诗中所能见到的。而最后一句（“摇曳碧云斜”）所体现的心境，则就是诗所较难表达的——从表面上

① 《毛诗序》，毛公传，郑玄笺，孔颖达，等正义《毛诗正义》，上海古籍出版社，1990 年，第 15 页。

② 王国维著，滕咸惠校注：《人间词话新注》，齐鲁书社，1981 年，第 49 - 50 页。

③ 缪钺：《诗词散论 · 论词》，开明书店，1948 年，第 3 页。

④ 同②，第 44 页。

看，它似乎只是写景，写出了黄昏时分碧云缓缓飘动斜飞的景致，但实际上却把闺妇盼郎不至（“日暮碧云合，佳人殊未来”）的惝恍迷离、惆怅难言的感情境界借着碧云的摇曳，十分细腻熨帖地传达了出来。俗语云：“于细微处见精神。”此词就用精细的笔触将闺妇心头深细的感情涟漪描绘得极为微妙传神。再如张泌的《浣溪沙》：“枕障熏炉隔绣帷，二年终日两相思，杏花明月始应知。　天上人间何处去？旧欢新梦觉来时，黄昏微雨画帘垂。”这里所摹写的悼亡心态（虽是代其叔父所写），就确实深情绵邈。特别是上、下两片的结句尤其出色：一句“杏花明月始应知”意谓自己这两年以来没日没夜地苦苦思念之情，只有天上的明月和地上的杏花才知；而一句“黄昏微雨画帘垂”则又把“旧欢新梦觉来时”所深感的“天上人间何处去”的悲恸，借着暮色、雨声和画帘空垂的凄迷之景，抒写得越加深细委婉和余哀无穷。这样的词篇，就把人心中隐蔽而又细微的感情境界，化为形象可感的诗歌意境，十分饱满地呈现在读者眼前。由此看来，唐宋词在表现深细精微、“可意会而不可言传”的精神状态方面，确有其“出色当行”之妙！前人曾说：词体之特色在于“窈深幽约，善达贤人君子恺恻怨悱不能自言之情”①，其中“窈深幽约”的四字评语，就准确道出了其在言情的“深度”方面（它既包括词体的敢于揭示深层的感情，又包括词体的善于状写深细的感情境界）确已有所拓展并呈现新的特色。

（三）词之言情“重心”朝着艳情方向倾斜

在考察词之言情“质量”及其优异于诗的特色方面，第三个可取的角度是唐宋婉约词的言情，事实上存在着一个显著的“倾斜度”；换句话说即是其重心明显朝着艳情的方向倾斜。由于这方面的情况表现得相当清晰和突出，所以对此仅做比较简略的叙述。

前已谈到，“人禀七情，应物斯感。感物吟志，莫非自然”②，诗歌之所以生发，其源即在于感情之求觅审美化的宣泄。而在人类的全部感情中，男女情爱（亦即封建文人所称的“艳情”）实又占据着一个十分重要和突出的地位。缘此，大诗人袁枚就曾大胆倡言：“艳诗宫体，自是诗家一格。”③他在反驳封建卫道者

① 王拯：《龙壁山房文集》卷一《忏庵词稿序》，沈云龙主编《近代中国史料丛刊》第45辑，台湾文海出版社，1970年，第55页。

② 周振甫：《文心雕龙今译》，中华书局，1995年，第56页。

③ 袁枚：《再与沈大宗伯书》，《小仓山房诗文集》，周本淳标校，上海古籍出版社，1988年，第1505页。

们对于艳体诗的诘难时,甚至还这样说过:“且夫诗者由情生者也,有必不可解之情,而后有必不可朽之诗。情所最先,莫如男女。古之人屈平以美人比君,苏、李以夫妻喻友,由来尚矣……宋儒责白傅(按指白居易)杭州忆妓诗者多,忆民者少,然则文王‘寤寐求之’至于‘辗转反侧’,何以不忆王季、太王而忆淑女耶?”①此段言论,就列举周文王写《关雎》、屈原之以美人喻君和李陵、苏武之以夫妻喻友等例证,直截痛快地陈述了“情所最先,莫如男女”的道理。由此看来,则唐宋词之好写艳情,本属合乎自然之道的事。何况唐宋词人又生活在一个人性有所复苏、“人情”大为张扬的时代,那高度发达的城市经济所带来的旖旎风情势必更加激活长久隐埋在人心中的“春情”;再加上词被视为“小道”和它大都诞生于倚花弹柳的环境之中,这种种原因就共同造就了词之言情尤其朝着艳情方向倾斜的总体趋势。而这种趋势若再与宋诗做一比较,就越发显得突出——从某种意义上说,则是形成了宋词专以言情(艳情为主)和宋诗好以言理的有所“分工”的局面。对此,钱锺书先生有生动的评说:

> 宋人在恋爱生活里的悲欢离合不反映在他们的诗里,而常常出现在他们的词里。如范仲淹的诗里一字不涉及儿女私情,而他的《御街行》词就有“残灯明灭枕头攲,谙尽孤灯滋味;都来此事,眉间心上,无计相回避”这样悱恻缠绵的情调……据唐宋两代的诗词看来,也许可以说,爱情,尤其是在封建礼教眼开眼闭的监视之下那种公然走私的爱情,从古体诗里差不多全部撤退到近体诗里,又从近体诗里大部分迁移到词里。②

这段风趣的论述形象地为我们勾勒了宋代诗词有所“分工”的图画,使我们对于宋词几乎成为言情(尤其是写艳情)之“专业户”的情况有了更加深刻的理解。因此,尽管唐宋词(指婉约词)所表现的题材内容并不仅仅囿于艳情一种,此外还包含诸如伤春悲秋、嗟老叹贫、自伤身世、羁旅思乡、亲情友谊、生离死别、时序节令、风花雪月、忧伤国势、感叹亡国等方面的题材内容。但又毋庸讳言,它的言情的重心却已有所偏重地倾斜到了艳情方面。

这从下列两方面的情况中便可充分看到:一方面,唐宋词中出现了大量直接与艳情相关的作品,如那类描写闺房调笑、幽会偷情之词,那类怀人悼亡、闺怨相

① 袁枚:《答蕺园论诗书》,《小仓山房诗文集》,周本淳标校,上海古籍出版社,1988 年,第 1802 页。

② 钱锺书:《宋诗选注·序》,《宋诗选注》,人民文学出版社,1958 年,第 10 页。

思之词，那类情侣分离、追怀旧情之词等，这些作品便从里到外都渗透着浓厚的艳情；另一方面，除上述直接与艳情相关的作品之外，唐宋婉约词篇中的其他作品，却也十之七八间接地与艳情相挂钩。换句话说，它们大都仍吮吸着艳情的精神养料，仍旧脱离不了艳情氛围的笼罩。比如，其中的很多伤春悲秋词，就往往与美人的自怜孤独、盼念情郎的失恋心态有关；又如，其中的很多离别思乡词，也大都是由男女之间的两地分隔所直接导致；而不少嗟老叹贫、自伤身世的词篇中，则又经常夹杂着“少年情事老来悲”（姜夔《鹧鸪天》）的爱情悲感。以上这些，都是一眼即能看穿的事实。另外即如以描摹物象为主要特征的咏物词中，却也照样或浓或淡地浸润着艳情的意味。如史达祖的两首颇有名气的咏物词篇：

> 做冷欺花，将烟困柳，千里偷催春暮。尽日冥迷，愁里欲飞还住。惊粉重、蝶宿西园；喜泥润、燕归南浦。最妨它佳约风流，钿车不到杜陵路。　　沉沉江上望极，还被春潮晚急，难寻官渡。隐约遥峰，和泪谢娘眉妩。临断岸、新绿生时，是落红、带愁流处。记当日、门掩梨花，剪灯深夜语。（《绮罗香》）
>
> 过春社了，度帘幕中间，去年尘冷。差池欲住，试入旧巢相并。还相雕梁藻井，又软语商量不定。飘然快拂花梢，翠羽分开红影。　　芳径，芹泥雨润。爱贴地争飞，竞夸轻俊。红楼归晚，看足柳昏花暝。应自栖香正稳，便忘了天涯芳信。愁损翠黛双蛾，日日画栏独凭。（《双双燕》）

前一首词咏的是春雨。且不说它所使用的意象和所塑造的意境充满着一种柔细凄婉的女性化美感（如将雨中遥峰比拟成和泪佳人的愁眉），就看它上、下两片的结句：一写因春雨连绵而误了今日与情人的美好约会，一写因雨打梨花而追忆当年与情侣剪烛夜语的情景，全都有意识地将词情引向艳情以作其感情“归宿”。后一首词咏的“双燕”。我们且看这“双燕”，一会儿并排飞入旧巢，一会儿又软语呢喃，这形象本身多么像一对“禽鸟夫妻”！而它结尾的四句，更以燕子双双栖息在香巢之中来反衬红楼凭栏之思妇的孤独凄凉，其结穴也仍归之于艳情。难怪宋末的词论家沈义父根据前人咏物词的大量事实，会总结出这样一条带有普遍意义的经验之谈：“作词与诗不同，纵是花卉之类（按：即指咏物词），亦须略用情意，或要入闺房之意……如只直咏花卉而不着些艳语，又不似词家体例。”①其意即指：不“艳”就缺乏“情意”，不“艳”就不是“词家体例”。虽然其论

① 张炎著、夏承焘校注，沈义父著、蔡嵩云笺释：《词源注　乐府指迷笺释》，人民文学出版社，1963 年，第 71 页。

是为咏物词而发,但对其他题材的词作却也同样适用。故而,艳情在词中的重要性和唐宋婉约词之言情尤其朝着艳情方向倾斜,便尽于上述数语中“泄露天机”。而后来人所说的“词为艳科”,则就是此种倾斜之势的必然结果和夸张说明。

所谓“词为艳科”,主要是说:词的内容多写艳情,而其风格又偏向于艳丽绮靡,所以词就几乎成了一种专写艳情艳事和好用绮语艳字的特殊的文学品类(“科”为品类科目之意)。考其语源,最早似乎出于宋人程大昌之言。他在论析《六州歌头》的声情时曾说:“《六州歌头》,本鼓吹曲也。近世好事者传其声为吊古词,如‘秦亡草昧,刘、项起吞并’者是也(按:此为北宋李冠所作)。音调悲壮,又以古兴亡事实之,闻其歌使人怅慨,良不与艳词同科,诚可喜也。”①其中的“不与艳词同科”即已将艳词指称为词中的一种特殊科目,则后人所说的“词为艳科”恐怕就是由此发展而来的。但不管以上考证是否正确,“词为艳科”的状况却在很大程度得以成立。特别在唐宋词中占有很大比重的婉约词中,几乎处处都是花情柳思和绮语艳字,此种情况就足以说明“词为艳科”一语虽然带有夸张成分,但又大体符合唐宋词中很大部分作品的事实。

对此,我们不想引证具体的艳词作品(因为读者们早就读过很多),而只举几条词论来做证明。例如《花间集》之得名及其序言,就揭示了其专咏花前月下情事和好写公子佳人之绮思艳态的特色。又如释惠洪《冷斋夜话》载:“黄鲁直(庭坚)作艳语,人争传之……秀(法云秀老)曰:‘公艳语荡天下淫心,不止于马腹中,正恐生泥犁耳。’”②在法秀和尚看来,黄庭坚的词竟然“艳”到了“荡天下淫心”的地步,若依佛门规矩来处罚,其罪该下“犁舌之狱”,由此就不难想知它的坠入“艳科”。更如,就是这位遭人严责的黄庭坚,却又不服气地拉出另一位艳词作家晏几道来为自己辩解。他说,晏几道的艳词作品“其合者,《高唐》《洛神》之流;其下者,岂减桃叶、团扇哉!”言下之意,它就非但不该指责,反应受到赞赏。接着话锋一转,又说:“道人法秀独罪余以笔墨劝淫,于我法中,当下犁舌之狱,特未见叔原(晏几道字叔原)之作耶?”③其意是说:如果我写艳词当下犁舌之狱,那就请您睁眼看一看晏公子所写的艳词吧,那又该作如何处罚?故从以

① 张宗橚编:《词林纪事》卷九引,《词林纪事　词林纪事补正》,上海古籍出版社,1998年,第643页。

② 释惠洪:《冷斋夜话》,《冷斋夜话　风月堂诗话　环溪诗话》,中华书局,1988年,第66页。

③ 黄庭坚:《小山词序》,黄宝华选注《黄庭坚选集》,上海古籍出版社,1991年,第371页。

上数例，特别是从黄庭坚的调侃之言来看，则词之带有艳情色彩就已成了相当普遍的风气，而人们根据这种事实把词夸张地称为“艳科”也就算不上是冤枉了它。

讲到这里，我们不由得不再次对中国古典诗歌的发展历史做出“回忆对比”：遥想当年，由于封建礼教和儒家诗论的层层“设防”，男女艳情这一大块肥源丰厚和极具诱惑力的精神沃土却几已被人为地划归文学的禁区，故虽有勇敢的探险者和拓荒者偶尔闯入，却也不敢在此多留。因此，很久以来，言情诗歌的发展只能像一股溪水那样，时而冲破山石的阻挠奔流而出，时而却又转到地下变为接近于沉寂的潜流，相对于波澜壮阔、声势浩大的“言志”诗歌而言，它的境况就是相对窘迫可怜的。但是，到了唐宋词中，“言情”竟一变而为此时此地的主潮流，特别是在这股奔泻欢腾的言情洪流中竟又泛滥着那么浓厚和耀眼的艳藻脂粉，这就不能不令正统的诗论家们瞠目结舌了。而也正是基于唐宋词在言情的数量和“质量”方面所取得的突出成就与它在言情之“纯度”“深度”和“倾斜度”方面优异（有些是优胜，有些是有异）于诗的显著特色，特别更基于“词为艳科”的令人惊诧的文学奇观，我们就大有理由把唐宋词苑视为古典诗歌王国中一块大胆言情和特擅言情的“特区”。而这个文学“特区”之所以姓“特”，以及之所以能吸引无数观客游人到此流连忘返，正在于它充分展示了既是人类共通、却又不尽能在诗文园地中展示的“人情”之美。对于这一点，我们转入下文论述。

四、感人至深：词所拥有的丰厚“感情资本”

对于文学作品，人们向来就以是否能感动人心作为评判其成功与否的主要标准之一。而唐宋词在这方面，就有十分出色的表现，对于古往今来的无数读者，它就都曾产生过感人至深、动摇人心的艺术功效。例如，南宋大臣张浚就因读张孝祥《六州歌头》（长淮望断）而激动得罢席撤宴，宋末文人刘辰翁则因读李清照《永遇乐》（落日熔金）而感动得老泪纵横。又如，清代的李渔曾说：“予生忧患之中，处落魄之境，自幼至老，总无一刻舒眉。惟于制曲填词之项，非但郁藉以舒，愠为之解，且尝僭作世间最乐之人。”①而另一位词论家沈谦则说：“柳屯田‘每到秋来’一曲，极孤眠之苦。予尝宿御儿客舍，倚枕自歌，能移我情，不知文之工拙也。”②上述数例就足以说明词所具有的使人动情或移情的深厚的艺术感

① 李渔：《闲情偶记》，浙江古籍出版社，1985 年，第 421 页。
② 沈谦：《填词杂说》，唐圭璋编《词话丛编》，中华书局，1986 年，第 630 页。

染力。

那么,唐宋词又何以会对读者产生如此感人至深的艺术功效呢?在我们看来,这与它深刻而优美地展示了人类共通的“人情”之美有着直接的关联。白居易在论述诗歌的本质属性和艺术特征时曾说:“诗者,根情、苗言、华声、实义。”又说:“感人心者,莫先乎情,莫始乎言,莫切乎声,莫深乎义。”①这就相当透辟地揭示了情为诗之“根本”和诗歌首先以其感情内容打动人心的道理。而这些道理也完全适用于词。因此,唐宋词之所以能使千百万读者为之心痴神迷,一个十分重要的原因就源于其在以情动人方面拥有着非常丰厚的“感情资本”。换句话说:由于其大胆言情和特擅言情,唐宋词就为人们提供了一个可以充分享受人间温情和依附其孤寂灵魂的精神乐园。在这块乐园里,失意者可以宣泄其苦闷,得意者可以寻觅其欢愉,孤苦伶仃者可以得到温暖,而举凡心灵怀有创伤的人也大都可以在此得到抚慰和休憩。一句话:唐宋词就为各式各样的读者输送着源源不绝、温情脉脉的人间真情,这就使得他们到得此地即大有“宾至如归”的亲切感和温馨感。

此话如何理解?对此,我们可从人的感情必须有所依附和依恋的特性谈起。人们常说,人是“社会的动物”和“感情的动物”,这两句话就分别揭示了人的合群和有情的本性。缘此,作为个体的每一个,几乎任何时候都必须有赖于社会和他人,并在其人生的每一阶段都会产生对于不同对象的强烈而深厚的依附、依恋之情。例如,婴儿离不开母亲的哺育和父亲的爱抚,所以人从孩童时代起就怀有恋母或恋父的情结;而当进入幼儿园和上了中小学后,则又会对疼爱自己的阿姨和老师产生依恋的感情。又如,成年人的个性虽早已形成,但一旦远离家乡甚或漂洋过海,却照样会对那生他养他的故乡和祖国依依不舍、难分难离;自认为心如止水、万事看穿的老年人,临到病危托终时,也仍然会对家人亲朋和喧闹人世表现出强烈的眷恋之情。凡此种种都说明,人是一种有所依附、有所依恋的“感情动物”。这种有所依附和有所依恋的本性越强烈、越深厚,其人就越多情、越深情;反之,则其人要么是一个薄情寡义者,要么就是一位孤寂万分、四顾无援的“精神漂泊者”。所以,正如俗语所说,“哀莫大于心死”,人的痛苦并不仅仅在于丧失了金钱财产、名誉地位之类的身外之物,而更加在于丧失了自己“身内”那一颗有所依恋之心。一旦其人已经无所期待、无所希望、无所依恋、无所眷念,那么即使拥有良田千顷和黄金万吨,则也只能是一个精神上一无所有的贫穷者;而

① 白居易:《与元九书》,郭绍虞主编《中国历代文论选》第2册,上海古籍出版社,1979年,第139页。

相比之下,即使是一位被迫背井离乡的流浪者或一位异族统治下的亡国奴,只要他内心深处依旧怀有对于故乡和祖国的深深眷恋,那么在精神王国中仍可视他为一个富有的王子。

现在再来讲唐宋词的情况。依照我们的看法,在古代文学的各类作品中,唐宋词就是最擅长于表现人类有所依附、有所依恋之情的一类作品。一方面,它用充满温情的笔触,细腻地表现了人对各种对象的深挚依恋(如对于家庭亲情的深刻眷恋,对于异性之爱的执著痴迷等),从而从正面的角度展示了“人情”之美,给人以甜蜜幸福的审美愉悦和心理满足。另一方面,更多的词篇则用缠绵悱恻的笔触,万分哀怨地诉说了人在即将失去或已经失去其依恋对象时的痛苦和烦恼(如对于春逝秋去的伤感怅惘,对于生离死别的悲痛欲绝等),从而又从反面的角度展示了“人情”之美,给人以宣泄痛苦的审美快感和获取共鸣的心理慰抚。所以说到底,词之所以具有感人至深的艺术魅力,就在于它为读者提供了一片可以尽情享受人间温情和依附其孤寂灵魂的精神乐园。

我们深知,古往今来的无数读者,全都是“食烟火食”的人群,因着物质利益的冲突,他们常会产生各种有所差异甚或严重对立的思想观念;但与此同时,他们又都是有血有肉和有情有谊的人群,故在有所依附、有所依恋方面,却又表现出共通或相似的感情倾向。因此词中所表现的种种“人情”,就成了各类读者都乐于接受和乐于欣赏的感情。再从个人的角度来看,则人的一生固然有其雄心勃勃、豪情激荡的时候,在这一阶段他或许不需要什么脉脉温情和儿女柔情;但人又总有遇到某种心理创伤或感情危机的时候,这时候他又自然渴求温情的抚慰和精神的依托。而在后一种状况之下,词中所表现的温馨“人情”就往往能使其躁动不安的灵魂得到休憩和宁静。由此看来,词之大胆言情和特擅言情,千百年来对于无数读者而言,在滋润其心灵、陶冶其性情方面,可谓功莫大焉。故而若从“文学史是心灵史”的角度来看问题,唐宋词在铸造国人的民族心理和民族性格方面,就着实起过很大的柔化作用。我们试看,在当代曾经风靡一时的台湾女作家琼瑶的言情小说中,就有很多篇名取自唐宋婉约词中。如:《庭院深深》之名取自冯延巳(一作欧阳修)的“庭院深深深几许”(《鹊踏枝》),《一帘幽梦》之名取自秦观的“夜月一帘幽梦,春风十里柔情”(《八六子》),《心有千千结》之名取自张先的“心似双丝网,中有千千结”(《千秋岁》),《匆匆,太匆匆》之名取自李煜的“林花谢了春红,太匆匆”(《乌夜啼》),《烟锁重楼》之名取自李清照的“念武陵人远,烟锁秦楼”(《凤凰台上忆吹箫》),《水云间》之名取自李煜的“笙箫吹断水云间”(《玉楼春》),此外则还有《几度夕阳红》之取名于明人杨慎词。这类取名于唐宋婉约词的言情小说及据此改编成的电影和电视剧,塑造了一批又一批为情而生、为情而死的现代情男痴女，而他们的灵魂也几乎全是从唐宋词中“孵化”出来的。据此一例，就足以说明唐宋词之言情对于后代人的心理构造产生了何等巨大和深远的影响。

下面，就让我们从词中举出几类描写得最为出色和成功的感情内容来做分析，以见词在展示“人情”之美方面所取得的丰厚业绩。

（一）饥渴的恋家之情

家庭是组成人类社会的细胞，又是每位个人依恋最深的生活环境。这里，有他的骨肉至亲，从而便构成了他最感安全和温暖的安乐小巢。因此，人生最大的幸福之一即在于有一个温馨的家，而最大的不幸之一也就在于无家可归。试看，即使是在现代社会，下班时间一到，路上顿时就车水马龙，甚至弄得交通阻塞，这岂非全因人们急着回家所致？而人们又常把狼狈落拓的人比喻为“丧家之犬”。狗之一旦丧失了家，都会变得如此凄凄惶惶，更何况有情的人类？由此看来，家庭对于一般人来说，不仅是一个安身立命之地，更是一个可以依附心灵的“安乐窝”。而在唐宋词中，就有很多描写恋家之情的出色词篇。例如，传为李白所作、曾被尊为“百代词曲之祖”①之一的《菩萨蛮》，写的就是这种人所共通的归家之渴望：

> 平林漠漠烟如织，寒山一带伤心碧。暝色入高楼，有人楼上愁。
> 玉梯空伫立，宿鸟归飞急。何处是归程？长亭连短亭。

时在深秋，更兼薄暮，此时此景，就最易促发旅人思欲归家的情绪。古诗中有：“鸡栖于埘，日之夕矣，羊牛下来。”（《诗经·君子于役》）鸡、犬、牛、羊到了傍晚都懂得返巢归家，何况作为万物之灵的人类？而本词中所写的这位流浪异乡的客子，却只能拖着疲惫的身子，怀着沉重的心情，独自眺望着苍茫无边的回家之路。此种心境，实际就写出了人间无数游子共同的恋家渴念，并从反面衬托了家庭生活的温馨可爱。而蒋捷的另一篇抒写归家之情的《一剪梅》，却又以另一种笔触描写了亲情对于游子的强烈召唤：

> 一片春愁待酒浇，江上舟摇，楼上帘招。秋娘渡与泰娘桥。风又飘飘，雨又萧萧。　　何日归家洗客袍？银字笙调，心字香烧。流光容易把人抛，红了樱桃，绿了芭蕉。

① 黄昇：《花庵词选》，《唐宋诸贤绝妙词选》卷一，中华书局，1958 年，第 11 页。

词人之情急，源于回家途中的风雨飘摇；词人之愁心，又在于忧虑流光之容易把人抛却；而词人之企盼，则更在于归家后与亲人团聚。用一句“何日归家洗客袍”，写尽了作者对于客游生活的厌倦；而“银字笙调，心字香烧”两句，进而又把与妻子相对熏香调筝的温馨场面描写得意足情浓。像此等状写归心似箭、近家情切的词篇，对于有过相似人生经历的读者来说，恐怕都会产生磁石吸铁般的巨大吸引力。

所以，尽管词中直接和正面描绘家庭欢乐情景的画面并不很多(有之，如姜夔《八归》所写的“想文君望久，倚竹愁生步罗袜。归来后，翠尊双饮，下了珠帘，玲珑闲看月”，以及《眉妩》所写的“翠尊共款，听艳歌、郎意先感。便携手、月地云阶里，爱良夜微暖”，写的都是与家人团聚之乐。又如蒋捷《贺新郎》中的“深阁帘垂绣，记家人、软语灯边，笑涡红透”，写的也是与妻子灯边笑语的欢快)，但从大量的思家、恋家之作中，我们就可充分感受到家庭亲情所特有的温馨情味。而这种最为普通却又最珍贵的“人情”之美，自然极会吸引每一位渴望能过正常和幸福的家庭生活的读者之心。

(二) 醇厚的思乡之情

以家为中心，对于家人的骨肉亲情又会辐射和放大为家园故乡之情。因此，大凡怀有恋家之情的人，通常又会怀有思乡之情。古往今来，曾有多少离乡背井的游子怀着思乡的心理包袱在外漂泊，又有多少浪迹天涯的游子怀着叶落归根的心情终于重返故里，这就可知思乡和恋家一样，几已成为每一位正常人心中拉扯不断的情结。且不去说大诗人屈原之“鸟飞返故乡兮，狐死必首丘”，连那位早先在家乡名声并不太佳的汉天子刘邦，在发迹之后，也特地回乡邀集故人饮酒，并感叹地唱出“威加海内兮归故乡”的《大风歌》来。这就说明，无论古今，无论贵贱，对于故乡的依恋之情，往往深藏于每一位生活在异乡他邦游子的心头。而词中所写的思乡之情，往往又夹杂着对于女性的眷恋之情，所以就显得越发沉挚缱绻。皇甫松的两首《梦江南》，就是这方面的佳篇：

兰烬落，屏上暗红蕉。闲梦江南梅熟日，夜船吹笛雨潇潇，人语驿边桥。

楼上寝，残月下帘旌。梦见秣陵惆怅事，桃花柳絮满江城，双髻坐吹笙。

词人本为江南(浙江淳安)人士，却在外地宦游，因此家乡的山山水水便会不时闪现在他的梦中。虽然，这两首词中所描写的梦境并无特别出奇之处，但它们却蕴含着相当深厚的艺术感染力（特别对出身江南而在北方生活的读者来说）。这是因为，在那“夜船吹笛雨潇潇”和“桃花柳絮满江城”的景色中，散发着江南风物所独有的水乡风味，这对远离家乡、久已领略不到江南梅雨情味的游子来说，是那样倍感亲切；而“人语驿边桥”和“双髻坐吹笙”的温软情景，则更又是他平素经常追忆而久不可重觅的，如今一旦出现在梦中，又显得何等缠绵和凄艳。所以这两首词看似淡淡写来，却深具摄人心魄的艺术魅力；而说到底此种魅力就源于它们所描写的种种情景中无不渗透着故乡的物态人情之美。

然而，江南之美虽足以令人艳羡，但对那些避难至此的北方人民而言，却在面对江南的美景之时，又禁不住要心系故土和暗恋家乡了。而这，也同样是由其依附故园的乡情所致。请读韦庄《菩萨蛮》五首中的第二首：

> 人人尽说江南好，游人只合江南老。春水碧于天，画船听雨眠。
> 垆边人似月，皓腕凝双雪。未老莫还乡，还乡须断肠！

尽管词人笔下的江南是如此美丽诱人，也尽管词人明知中原地区频遭战乱而直言“未老莫还乡，还乡须断肠”，但词人的内心深处却何尝有一日忘怀了自己那可怜而不幸的故乡？因此，读着这样貌似不愿还乡和盛赞他乡之美的词篇，人们却仍然会激起一阵阵思乡的激情。其因即在“儿不嫌母丑”，故乡虽有千种不尽如人意之处，但它毕竟曾是“生我养我”的“血地”，故而它在游子心中，仍是一块永远值得梦魂萦绕的地方。由此可见，唐宋词在描写思乡之情方面，确实具有十分醇厚的艺术魅力。读着诸如“黯乡魂，追旅思，夜夜除非，好梦留人睡”（范仲淹《苏幕遮》）、“不忍登高望远，望故乡渺邈，归思难收”（柳永《八声甘州》）、“灯花结，片时春梦，江南天阔”（范成大《秦楼月》）之类的思乡词篇，正像李白诗句“此夜曲中闻《折柳》，何人不起故园情”（《春夜洛城闻笛》）所云，举凡身在他乡生活的读者心头恐怕就都会袭上一阵浓厚的乡情。

（三）惨痛的失国之情

比较起恋家之情和思乡之情来，词中所表现的失国之情就更加具有震撼人心的力度。在这方面，李后主作于南唐灭亡以后的词篇就尤其脍炙人口。例如：

> 春花秋月何时了，往事知多少？小楼昨夜又东风，故国不堪回首月明中。　雕栏玉砌应犹在，只是朱颜改。问君能有几多愁？恰似一江春水向东流！（《虞美人》）
>
> 往事只堪哀，对景难排。秋风庭院藓侵阶。一行珠帘闲不卷，终日谁来？　金锁已沉埋，壮气蒿莱。晚凉天气月华开。想得玉楼瑶殿

影，空照秦淮！（《浪淘沙》）

虽然他所念念不能忘怀的，主要只是“雕栏玉砌”“玉楼瑶殿”之类的帝王生活，故其思想感情谈不上有今之所谓爱国主义精神，但因其词极为诚挚地抒写了惨痛的失国之悲和对往昔情事的深情怀念，又加上艺术方面的极富概括性和感染力，所以，千百年来这些以眼泪和鲜血写成的亡国词篇（据讲李后主就因上述《虞美人》而惹杀身之祸），一直激动着有着相似亡国经历者的心，且还获得了为数众多的其他不幸者们的深深同情。

到了北宋被金灭亡和南宋被元灭亡这两个改朝换代的时期，则词人的失国之情又比李煜时代更加具有深广和明晰的政治、文化内涵。如在北宋逃难至南方的爱国人士心中，故国就不仅象征着汴京的宫阙，而且还和中原的故土、中原的人民以及华夏的民族文化联系在一起。又如朱敦儒在避难金陵（今南京）时所写的《相见欢》中，就用沉痛的笔调，抒写对中原故土和华夏文化遭受异族摧残的悲哀：“金陵城上西楼，倚清秋。万里夕阳垂地大江流。　中原乱，簪缨散，几时收？试倩悲风吹泪过扬州。”再如民族英雄岳飞，则以慷慨悲愤的笔调，抒写了他对遭受金国侵略者杀戮的中原人民的哀悼：“……兵安在？膏锋锷；民安在？填沟壑。叹江山如故，千村寥落。”（《满江红·登黄鹤楼有感》）及至宋末元初，士人的失国之情中竟还包括了语言上的不能接受“番语”和文化上的不肯认同“胡俗”。例如：身为南宋遗民的刘辰翁在词中多处写及自己闻听番腔胡语的悲凉感：“十载废元宵，满耳番腔鼓。”（《卜算子·元宵》）“笛里番腔，街头戏鼓，不是歌声。”（《柳梢青·春感》）所以他自称：“休休莫莫，毋多酌我，我狂最喜高歌去。但高歌，不是番腔底。”（《莺啼序》）其心中始终保持着对异族文化（语言、音乐等）的强烈抵制。由此看来，唐宋词中的失国之情虽然较多地从个人出发（以抒写个人失去家国的身世之感为多），但也逐渐产生了接近于今之“爱国主义”情感的趋势。因而自《花间集》中鹿虔扆的那首“暗伤亡国”的《临江仙》起，直到宋末元初汪元量那类“目断东南半壁，怅长淮、已非吾土”（《水龙吟》）的遗民词告终，每逢改朝换代和异族入侵之时，唐宋词人就都曾用他们或低沉哀婉、或慷慨悲愤的笔调，写下很多记录他们惨痛的失国之情的词篇，并使后代的读者们不断地经受着心灵的震撼和激发起爱国的情操。

（四）伤感的惜时之情

属于每个人的生命只有一次，何况每个人的一生又是那样的短促而充满忧患，因此对于特别多情的唐宋词人来说，咏叹时间的流逝和忧伤生命的短暂，自然就成了他们作品中常见的主题。而在这中间，又尤以“人生难忘少年事”的词篇显得更加警策动人。这是因为,少年时代乃是人生中最早逝去而又最足追忆的一段年华,所以对于少年事和少年心的咏叹,实际就集中和突出地表现了词人珍惜时间与眷恋生命的感情,故而尤能引得已经永远告别了少年时代的成人(特别是老人)读者们欷歔感叹不已。我们试看,在清末大词人朱祖谋晚年所选定的《宋词三百首》中,就一连选有三首追怀少年情事的名篇,这就足以反映出这些词的极能勾起老年(以及成年)读者心魂的强烈艺术感染力。我们不妨将这三首名篇抄录如下:

柳暗花明春事深,小阑红芍药,已抽簪。雨余风软碎鸣禽,迟迟日,犹带一分阴。　　往事莫沉吟,身闲时序好,且登临。旧游无处不堪寻,无寻处,唯有少年心。(章良能《小重山》)

芦叶满汀洲,寒沙带浅流。二十年重过南楼。柳下系船犹未稳,能几日,又中秋?　　黄鹤断矶头,故人曾到否?旧江山浑是新愁。欲买桂花同载酒,终不似,少年游。(刘过《唐多令》)

画楼帘幕卷新晴,掩银屏,晓寒轻。坠粉飘香,日日唤愁生。暗数十年湖上路,能几度,着娉婷?　　年华空自感飘零,拥春酲,对谁醒?天阔云闲,无处觅箫声。载酒买花年少事,浑不似,旧心情。(卢祖皋《江城子》)

且不管这三首词的感情内容有何差异,也不管词人所缅怀的少年情事各自有何侧重,但它们夺人眼球的一个共同字面却都是"少年"(年少)一词。这足以说明,"少年"(事实上它的时间跨度较大,也可包括青年时代在内)其实代表着人生中最为美好和最足眷念的一段时光,因而对少年心的追寻和对少年事的追怀实际也就反映着词人强烈而又深挚的惜时之情。平心而论,少年时代本身并无特殊的价值存在,而人们之所以着意抬高它,主要在于想把它当作生命历程中的"精华"来歌颂。人所共知,一方面,少年人童心未泯,天真烂漫而又无忧无虑,且又拥有充裕的时间"资本"和未可估量的人生前途,从这个角度看,他们就确是饱经忧患与年岁已老的成年人所艳羡不已和自叹勿如的。但从少年人自身来讲,则"少年"不过是他们所必须经历和正在经历的一个人生阶段而已,其本身并无另外的特殊意义;何况,少年时的天真烂漫和无忧无虑却也正是其幼稚而不懂世事的一种表现,故而谈不上是什么"优点"和"幸福",相反还是一种弱点和缺憾。因此,赞颂"少年"的人就都是成年人和老年人,而真正的少年人却往往又在企盼早日成人。故将"少年"的真正价值拆穿开来看,它就并不值得人们去做那种怅惘无穷的追忆与缅怀。但是,事实却又是:唐宋词人中偏有许许多多的作者用他们饱含着深情的词笔,为我们写下了不少咏叹少年情事和感叹少年光景的词篇和词句,如:“如今却忆江南乐,当时年少春衫薄。”(韦庄《菩萨蛮》)“韶华不为少年留,恨悠悠,几时休。”(秦观《江城子》)“更阑烛影花阴下,少年人,往往奇遇。”(柳永《迎新春》)“金鞭美少年,去跃青骢马。牵系玉楼人,绣被春寒夜。”(晏几道《生查子》)“桥上少年桥下水,小棹归时,不语牵红袂。”(欧阳修《蝶恋花》)“平生个里愿杯深,去国十年老尽少年心。”(黄庭坚《虞美人》)“万里西风吹客鬓,把菱花、自笑人如许。留不住,少年去。”(刘过《贺新郎》)……

综观这些词篇,它们之所以对“少年”百般礼赞和惋惜,归根结底则全与词人“抚今追昔”的感慨和寻根、怀旧的心态有关。所以,正像老年人一旦翻出自己孩童时的照片便会欷歔感慨那样,词人对少年心和少年事的寻觅与缅怀,实则反映了他们对往昔岁月的珍视和对时间流逝的伤感。晏殊词曰:“春花秋草,只是催人老。”(《清平乐》)又曰:“时光只解催人老。”(《采桑子》)张耒词曰:“奈愁入庾肠,老侵潘鬓,谩簪黄菊,花也应羞。”(《风流子》)这些词篇都从正面写出“老”之逼人的可忧可惧。而前述感怀“少年”的词篇,则从另一个角度(以今追昔的角度)写出了“留连光景惜朱颜”(李煜《阮郎归》)的怅慨。二者写法虽有区别,但其旨归却仍趋于一致——全都表现了词人深浓而伤感的惜时之情。而在这二者之中,当然尤以后者更加激动人心。原因即在于:少年时代是一段已经远逝而永远无法追回的岁月。因其已经远逝,就与现实生活之间形成了适当的审美距离,凭借这种奇妙的审美距离,人们就尽可把已经远逝的少年时代想象得无比美好,并以此映衬出现实境况的越加不如人意,这就使作品平添了感人的思想厚度。而因其永远无法追回,更显得弥足珍贵和值得忆恋,这同样也为作品增添了很强的审美效应。所以说到底,那类咏叹“人生难忘少年事”的词篇中,实际流泻着一股十分深细和伤感的惜时之情,它以眷恋人生、珍惜生命的深刻主题和青春易逝、韶华难驻的悲剧型美感,牢牢地俘获了读者之心。直到今天,每当我们诵读岳飞“莫等闲、白了少年头,空悲切”(《满江红》)之句时,心头都会涌起一股唯恐时不吾待的忧惧和冲动,这就有力地证明了唐宋词所表达的惜时之情具有何等强烈的艺术感染力。

(五)沉挚的悼亡之情

“悼亡”,特指悼念亡妻,本是一种特殊类型的感情。而在现实生活中,原不是每一个人都具有这种生活经历和感情体验的(相反,它是人们所力求避免的)。但是,尽管人们往往并未身逢此种不幸的遭遇,可是千百年来的无数读者却几乎异口同声地赞赏苏轼的悼亡名篇《江城子》(一些有过丧妻遭遇的读者竟至读后下涕)，这却又是因为何故？如拿唐圭璋先生对此词的评语来做回答，那就是因为它的“真情郁勃，句句沉痛”①，所以才能深深地感动每一位怀有人间亲情和渴望人间亲情的读者之心。苏轼词曰：

十年生死两茫茫。不思量，自难忘。千里孤坟，无处话凄凉。纵使相逢应不识，尘满面，鬓如霜。　　夜来幽梦忽还乡。小轩窗，正梳妆。相顾无言，惟有泪千行。料得年年肠断处，明月夜，短松冈。

此词虽系记梦之作(原题为《乙卯正月二十日夜记梦》)，却分明写出了一段从内心深处涌出来的至性至情。苏轼19岁即与王弗(时年16岁)成婚，婚后伉俪情深，恩爱异常。可惜王氏活到27岁就年轻殂谢，这对苏轼的精神打击，真是沉重得难以言说。而这种蟠结于胸达十年之久的深情一旦宣泄于词中，当然就会产生感人肺腑的力量。我们试读词开头三句：“十年生死两茫茫。不思量，自难忘。”看似信手写来，语言平直，实质上却概括了词人十年以来多少个未能忘情的日日夜夜的痛苦和辛酸！结尾的“料得年年肠断处，明月夜，短松冈”，则又欲哭无声地倾诉了他对亡妻独栖孤坟、无缘复生的铭心刻骨的思念和悲悯，真是字字浸透眼泪，句句令人肠断。而像这类以悼亡题材来抒写人间亲情的词篇，在宋词中就并不止苏词一首。如贺铸的名词《鹧鸪天》：

重过阊门万事非，同来何事不同归？梧桐半死清霜后，头白鸳鸯失伴飞。　　原上草，露初晞，旧栖新垅两依依。空床卧听南窗雨，谁复挑灯夜补衣？

比较起苏轼中年所写的悼亡词来，这首作于词人老年时的悼亡词篇就另又显出其“老气横秋”的颓伤和悲凉。词人与其老妻平素相濡以沫(观其挑灯补衣句即见其生活的贫窘)，原想携手偕老，“偏生她却先我而去”——虽然夫妇中间总会有一人撒手先逝，但这在感情上却又是无法接纳和忍受的，因此词人就从心底里迸发出了“同来何事不同归”和“谁复挑灯夜补衣”这样撕心裂肺的哀音来。一个现实生活中甚为常见的生活现象(老年人丧偶)，由于渗透了词人发自深心的挚情，竟变得如此摄人心魂和催人泪下，主要源于其中所展示的“人情”之美所发挥的莫大的精神力量。

除开上面两首人所熟知的悼亡词外，我们还可举出刘克庄的两首悼亡词来：

橐泉梦断夜初长，别馆凄凉。细思二十年中事，叹人琴已矣俱亡！

① 唐圭璋选释：《唐宋词简释》，上海古籍出版社，1981年，第96页。

改尽潘郎鬓发，消残荀令衣香。　　多年布被冷如霜，到处同床。箫声一去无消息，但回首天海茫茫。旧日风烟草树，而今总断人肠。（《风入松·福清道中作》）

归鞍尚欲小徘徊，逆境难排。人言酒是消忧物，奈病余孤负金罍。萧瑟捣衣时候，凄凉击缶情怀。　　远林摇落晚风哀，野店犹开。多情惟是灯前影，伴此翁同去回来。逆旅主人相问，今回老似前回。（《风入松·福清道中作》）

词人与妻子结伴19年。在这段光景中，两人共患难、同甘苦，可谓“贫贱夫妻百事哀”而又兼“贫贱夫妻情更笃”。可是，天何悭缘，就连这样一点有限的幸福老天爷都匆匆忙忙地将其收回，只剩下中年丧妻的词人一人独自在人生的旅途上踯躅徘徊。故而上面这两首词就写尽了作者孤苦无依的悲哀和对亡妻的沉挚悼念，令人读后既怜悯其不幸，更感佩其情深。

以上所说，都是词中够“名分”的悼亡之作。此外，则还有一类悼念亡妾的“准悼亡词”——虽然它们所悼念的并非明媒正娶的正式妻室，而是那些侧室姬妾，但从其感情的沉挚程度来看，却往往也并不亚于正式的悼亡词。因此我们同样可从这类“准悼亡词”中感受到人间真情的感人力量。在这方面，吴文英的长篇杰作《莺啼序》尤其值得一提。此词共分四片：第一片写他重访西湖，满目怅然；第二片追忆十年之前与其前妾在西湖初会的情景；第三片写他与前妾别后的情景，又交代他此次重返六桥时前妾已亡；第四片则着力抒写他悼念亡妾的拳拳深情和无限凄苦。词文如下：“危亭望极，草色天涯，叹鬓侵半苎。暗点检：离痕欢唾，尚染鲛绡，亸凤迷归，破鸾慵舞。殷勤待写，书中长恨，蓝霞辽海沉过雁，漫相思、弹入哀筝柱。伤心千里江南，怨曲重招，断魂在否？”这一段写景和抒情，真称得上是“濡染大笔何淋漓”（朱祖谋手批《梦窗词》评语），把词人对于亡妾的悼念之情抒写得悲凄欲绝，令人读后大有“此恨绵绵无绝期”的沉痛感和凄迷感。

所以，尽管诗中早就出现过很多悼亡名篇（如潘岳的《悼亡》三首，元稹的《遣悲怀》三首），但是它们却并不能代替或淹没词中的悼亡之作。这是因为，词中的言情更善于向人的心灵深处开掘，也更贴近于世俗群众的心扉。何况，它在体式方面又比前代的五言、七言有所进化；得益于其句式长短参差、字声抑扬抗坠，词中的悼亡之作要比诗中的悼亡之作越发显得荡气回肠和感人至深。

（六）热切的男女恋情

最后，我们更应谈到词中表现得最为出色感人的感情内容——男女恋情。

由于前文对此已经谈过很多,所以这里就把它放到最后来说。而若从事实出发,则唐宋词在以情动人方面所拥有的"感情资本"中,最为丰厚的那一部分内容当然就应推数男女恋情。欧阳修词曰:"人生自是有情痴,此恨不关风与月。"(《玉楼春》)张先词曰:"天不老,情难绝。心似双丝网,中有千千结。"(《千秋岁》)词中所说的几达"痴情"和"难绝"境界的感情,就主要是指男女恋情。确实,人自情窦初开直到"少年情事老来悲"(姜夔《鹧鸪天》)的暮年,其占时最长、经久不衰的感情,便是那"异性相吸"的男女情爱。试看曾被誉为"亘古男儿一放翁"的大诗人陆游,步入耄耋之年后,仍满怀深情地追忆和悼念青年时代与唐琬的那段恋情:"城上斜阳画角哀,沈园无复旧池台。伤心桥下春波绿,曾是惊鸿照影来。""梦断香销四十年,沈园柳老不吹绵。此身行作稽山土,犹吊遗踪一泫然!"(《沈园二首》)这就可知此种恋情令人铭心刻骨、至死不忘的魅力了。不过,在"言志"和说理占上风的宋诗中,恋情所占的位置相对来说就显得相当可怜,而只有在(唐)宋词中,才得到了尽情的展现。这就更使无数怀有恋情情愫的读者倍觉婉约词篇的温馨和可亲。

唐宋词中所表现的男女恋情,应该说是多角度和多侧面的。既曾正面讴歌洋溢在青年男女心头的春情,如:"春日游,杏花吹满头。陌上谁家年少足风流?妾拟将身嫁与一生休。纵被无情弃,不能羞!"(韦庄《思帝乡》)"手里金鹦鹉,眼前绣凤凰。偷眼暗形相,不如从嫁与,作鸳鸯。"(温庭筠《南歌子》)又曾从反面展示了因恋人分离而致的相思之情,如:"梦觉云屏依旧空,杜鹃声咽隔帘栊,玉郎薄倖去无踪。一日日,恨重重,泪界莲腮两线红。"(韦庄《天仙子》)"何处笛?终夜梦魂情脉脉,竹风榈雨寒窗滴。　　离人数载无消息。今头白,不眠特地重相忆。"(冯延巳《归自谣》)既热烈讴歌了男欢女恋时的幸福和快乐,如:"瑟瑟罗裙金缕腰,黛眉偎破未重描。醉来咬损新花子(花子:女子的面饰),拽住仙郎尽放娇。"(和凝《柳枝》)"好个人人,深点唇儿淡抹腮。花下相逢,忙走怕人猜,遗下弓弓小绣鞋。　　刬袜重来,半亸乌云金凤钗。行笑行行连抱得,相挨,一向娇痴不下怀。"(欧阳修《南乡子》)又哀怨地诉说了恋情受到阻隔或遭到破坏后的悲苦,如:"记得那年花下,深夜,初识谢娘时。水堂西面画帘垂,携手暗相期。　　惆怅晓莺残月,相别,从此隔音尘。如今俱是异乡人,相见更无因!"(韦庄《荷叶杯》)"红酥手,黄縢酒,满城春色宫墙柳。东风恶,欢情薄。一怀愁绪,几年离索。错!错!错!　　春如旧,人空瘦,泪痕红浥鲛绡透。桃花落,闲池阁。山盟虽在,锦书难托。莫!莫!莫!"(陆游《钗头凤》)既描绘了大胆恣放的恋情,如:"帐里鸳鸯交颈情,恨鸡声,天又明。愁见街前,还是说归程。临上马时期后会,待梅绽,月初生。"(和凝《江城子》)"绸缪凤枕鸳被,深深处、琼枝玉树相倚。困极欢余，芙蓉帐暖，别是恼人情味。风流事，难逢双美；况已断、香云为盟誓。且相将、共乐平生，未肯轻分连理。”（柳永《尉迟杯》）又刻画了深藏心底、不肯轻言的恋情，如：“棹举，舟去，波光渺渺，不知何处？岸花汀草共依依，雨微，鹧鸪相逐飞。　天涯离恨江声咽，啼猿切，此意向谁说？倚兰棹，独无聊，魂销，小炉香欲焦。”（顾敻《河传》）“柳丝长，桃叶小，深院断无人到。红日淡，绿烟轻，流莺三两声。　雪香浓，檀晕少，枕上卧枝花好。春思重，晓妆迟，寻思残梦时。”（晏几道《更漏子》）……总之，不论何种形态的男女恋情，都曾在词中得到生动而优美的表现。而其中那类遭受压抑的恋情，更被铸成一大串痴语、怨语、“匪夷所思”语而广为传颂，例如：“去路香尘莫扫，扫即郎去归迟。”（韦庄《清平乐》）“人如风后入江云，情似雨余粘地絮。”（周邦彦《玉楼春》）“瘦因缘此瘦，羞亦为郎瘦。”（史达祖《临江仙》）“无情不似多情苦，一寸还成千万缕。”（晏殊《玉楼春》）“日日花前常病酒，不辞镜里朱颜瘦。”（冯延巳《鹊踏枝》）“当年不肯嫁春风，无端却被秋风误。”（贺铸《踏莎行》）“沉思细杏，不如桃杏，犹解嫁东风。”（张先《一丛花令》）“相思本是无凭语，莫向花笺费泪行。”（晏几道《鹧鸪天》）“昨夜西风凋碧树，独上高楼，望尽天涯路。”（晏殊《蝶恋花》）“衣带渐宽终不悔，为伊消得人憔悴。”（柳永《凤栖梧》）……这些名句或警句至今都被一些多情的青年男女或抄录在日记中，或使用在情书里，这就大可见出其感人至深的艺术魅力。

此外，还有一点尚需提出，那就是：唐宋词中所写的男女恋情，比之前代诗歌更有其观念上的进化或思想上的解放，这就使它越加贴近普通读者的心扉，从而获得了更多的共鸣和赞赏。这一问题若简单些讲，其实就是一个“谁想谁”和“谁追谁”的问题。

我们知道，在实际生活中，男女恋爱本是相互吸引和相互爱慕的双向关系，虽则其间也存在着哪方主动一些、哪方矜持一些的问题。但在封建社会男尊女卑风气的笼罩之下，前代的爱情诗歌（指文人诗歌）中，绝大多数仅仅表现为女想男和女追男的并不正常的现象。我们试观宋代以前的恋情诗中，除开《楚辞》中的《湘夫人》、张衡的《四愁诗》及李商隐的某些《无题》诗等少量作品之外，其余的大量宫体诗、闺怨诗中，就尽多的是“千春谁与乐？唯有妾随君”（梁简文帝萧纲《采莲曲》），“忽见陌头杨柳色，悔教夫婿觅封侯”之类的“妾恋主”或“妻想夫”的意绪。由此可见，直到唐宋词以前，文人恋情诗的基本模式主要还局限在女子思慕男子甚至女子向男子“乞怜”的习套里面，而隐伏在这现象背后的就是以男子为中心的“大男子主义”。这就难怪陶渊明的《闲情赋》由于真实地抒写了他对所恋女子的一片真情（如其“愿在衣而为领，承华首之余芳”，“愿在裳而为带，束窈窕之纤身”等“祝愿”，都表达了自身欲亲近她的迫切愿望），要被萧统批评为“白璧微瑕”和“惜哉，无是可也！”①所以，明明是多情的男子在爱慕、追求女性甚或薄行的男子在品赏、玩弄女性，但到了文人笔下，却都变成了女子整日苦苦思念男子的单相思。

这种现象，到了唐宋词中，才始有较大的改观。例如，韦庄的词中，就十分坦诚和真挚地描写了他对一位女性的思念与眷恋。如其《女冠子》云：“昨夜夜半，枕上分明梦见，语多时。依旧桃花面，频低柳叶眉。　半羞还半喜，欲去还依依。觉来知是梦，不胜悲！”写的就是他梦见恋人时的旖旎情景以及梦醒后的惆怅悲苦。而如嫌其中的镜头主要还对准女方的话，那么，他的另一首《荷叶杯》就更把描写的重点转向解剖自己怀恋对方的心迹方面：“绝代佳人难得，倾国，花下见无期。一双愁黛远山眉，不忍更思惟。　闲掩翠屏金凤，残梦，罗幕画堂空。碧天无路信难通，惆怅旧房栊。”此词之写自己徘徊旧居、睹物怀人以及“不忍更思惟”的心灵痛楚，就着实令人感动。而到了柳永词中，他就几乎全部抛却了封建文人的架子而变成了一位专心向女性求爱的多情郎君。如其《玉女摇仙佩》中这样“没遮拦”地写道：“自古及今，佳人才子，少得当年双美。且恁相偎倚。未消得、怜我多才多艺。愿奶奶、兰心蕙性，枕前言下，表余深意。为盟誓：今生断不孤鸳被。”此中虽有色情和戏谑的色调，但它却真诚地表露了词人不惜向女方“求爱”和“立誓”的心态。又如其《婆罗门令》：“昨宵里、恁和衣睡，今宵里、又恁和衣睡。小饮归来，初更过，醺醺醉。中夜后，何事还惊起？霜天冷，风细细。触疏窗、闪闪灯摇曳。　空床展转重追想，云雨梦、任攲枕难继。寸心万绪，咫尺千里。好景良天，彼此空有相怜意，未有相怜计。”这就更把一位男子空床辗转、思念女方的心情描写得淋漓尽致。所以，到了词中，恋情就不再像前代诗中那样总是女想男的单相思或“闺怨”，而变成了既有女想男、也有男想女的“平等”的相互爱恋。

而且，相比之下，词之描写恋情，又显得分外的诚挚、真实和大胆。如李清照之描写思念丈夫的少妇情怀：“寂寞深闺，柔肠一寸愁千缕。惜春春去，几点催花雨。　倚遍栏干，只是无情绪。人何处？连天芳草，望断归来路。”（《点绛唇》）又如朱淑真之描写其与男友游湖幽会的爱情体验：“恼烟撩露，留我须臾住。携手藕花湖上路，一霎黄梅细雨。　娇痴不怕人猜，和衣睡倒人怀。最是分携时候，归来懒傍妆台。”（《清平乐》）她们之写女性对于男性的思念和依恋，简直称得上是活灵活现。而男性之写自身对于女性的爱怜和依恋，也同样显得

① 萧统：《陶渊明集序》，《陶渊明集》，逯钦立校，中华书局，1979年，第10页。

十分真率和大胆。如晏几道《采桑子》之写他对一位歌妓的爱怜:"西楼月下当时见,泪粉偷匀。歌罢还颦,恨隔炉烟看未真。　　别来楼外垂杨缕,几换青春。倦客红尘,长记楼中粉泪人。"又如柳富《醉高楼》之写他与恋人分手的依依惜别之情:"人间最苦,最苦是分离。伊爱我,我怜伊。青草岸头人独立,画船东去橹声迟。楚天低,回望处,两依依。　　后会也知俱有愿,未知何日是佳期?心下事,乱如丝……"在这些词中,主人公完全摆脱了士大夫的矜持和稳重,"还原"成了一位怀有世俗恋情的多情男性。

综观以上情况,唐宋词中所表现的男女恋情比前代诗歌中所表现的男女恋情更具"平等"的意味、更显热切的气氛。"夫缀文者情动而辞发,观文者披文以入情。"①唐宋词人已把他们满腔的男女恋情尽情地宣泄在词中,因而怀有同样的恋情情愫之男女读者当然就会在读词过程中倍感亲切地享受到男女情爱的温馨和抚慰。所以,正如沈曾植评李清照词所说:"堕情者醉其芬馨。"②千百年来就不知曾有多少深情的读者先后堕入过唐宋词人用其恋情、情思所精心织成的"情网"之中,醉倒在他们笔下所营造的或香艳芬芳、或哀怨凄绝的恋情氛围里面。词之对于满足人们出于本性的恋情需求,可谓提供了一大批至少可以"望梅止渴"和"画饼充饥"的文学珍馐。

以上,我们列举了词中描写得最为出色和成功的六类感情内容,以见其感人肺腑的艺术魅力。当然除此之外,词在描写其他类型的感情内容方面,同样也有上乘表现。以苏轼一人的词为例,写手足情深,如其怀子由弟的《水调歌头·中秋》词;写朋友情重,如其寄僧友参寥的《八声甘州》词;写对于自然美景的爱惜,如其书于黄州蕲水小桥柱上的《西江月》词,都同样当得起"情真意深"的评语,因而也赢得了千古读者的热情赞颂。而若再从比较苛求的角度来看,则词之状写"人情"也自有其明显的不足与欠缺。例如,人间最为伟大的母爱和人间最为无私的亲子之爱,词中就绝少反映。但是,总体来看则又应该而且可以这样认为:唐宋词在表现人类丰富复杂的感情世界,特别在表现有所依附和有所依恋的人间温情方面,确实取得了前所未有的成绩。词的大胆言情和特擅言情,就为自己赢得了以情动人的丰厚的"感情资本"和感人至深的巨大魅力。至于词人们是如何利用词的文体特性和文体优势来尽情展现"人情"之美的问题,则留待下一章中再做具体、深入的论析。

① 周振甫:《文心雕龙今译》,中华书局,1986 年,第 432 页。

② 沈曾植:《菌阁琐谈》,唐圭璋编《词话丛编》,中华书局,1986 年,第 3608 页。

第三章 要眇宜修:唐宋词的新颖艺术包装和主体美感特色

前已说过,从一定意义上说,一部文学发展史其实也可看作多种文体之兴衰史的"总和"。以中国古典诗歌为例,明人胡应麟就曾从诗体演变的角度做过这样的论述:"四言变而《离骚》,《离骚》变而五言,五言变而七言,七言变而律诗,律诗变而绝句:诗之体以代变也。"又说:"诗至于唐而格备,至于绝而体穷。故宋人不得不变而之词,元人不得不变而之曲。词胜而诗亡矣,曲胜而词亦亡矣。"①这就为中国古典诗歌的发展勾勒了由四言演进为骚体、五言、七言,又由古体演进为近体(律、绝),以及由诗演进为词、由词演进为曲的简明轮廓,展示了不同诗歌体式在不同时期轮流登台、各擅胜场的情状。当然,他的看法自也存在不够周全的地方,例如:他说"词胜而诗亡矣,曲胜而词亦亡矣",就明显违背事实。但是,若从一定时期的诗歌舞台大致总由某一种诗体充当坛主或"红角"的情况来看,则他的上述意见便又基本得以成立。由此看来,刘勰所说的"文变染乎世情,兴废系于时序"就完全应该包括文体的演进和兴废在内,而且他所揭示的"文律运周,日新其业。变则其久,通则不乏"②的"通变"规律,更又突出地表现在文体既有继承、又有创新的方面。

那么,文学体式因何会发生这种新旧交替、各领风骚于一时的现象呢?对此,王国维曾做出如下解释:"四言敝而有《楚辞》,《楚辞》敝而有五言,五言敝而有七言,古诗敝而有律、绝,律、绝敝而有词。盖文体通行既久,染指遂多,自成习套。豪杰之士,亦难于其中自出新意,故遁而作他体,以自解脱。一切文体所以始盛终衰者,皆由于此。"③虽然说得并不全面,但又不失为一种颇有见地的看法。说它不够全面,是因为每一种文体的兴衰都包含着相当复杂的原因,并非几位英雄豪杰登高一呼便能创造出这番推陈出新的局面;说它颇有见地,则是因为

① 胡应麟:《诗薮》,上海古籍出版社,1979年,第1页。
② 周振甫:《文心雕龙今译》,中华书局,1986年,第404页。
③ 王国维著,滕咸惠校注:《人间词话新注》,齐鲁书社,1981年,第104页。

它揭示了每一种新兴的文体中必然蕴含着旧文体所欠缺的某种“新意”，因此一经豪杰之士(亦即敢于“尝新”和创新者)的大力开掘和巧妙使用，就能焕发出令人耳目一新的文体风采和展现出前所少见的文学景观来。就以中晚唐时代的“词代诗兴”来说，我们且看，即使是创作过近 3000 首诗的白居易，当他一旦接触当时兴起不久的小词《杨柳枝》时，竟也会手痒痒地一连写作了 12 首《杨柳枝》，其中一首还这样说道：“《六幺》《水调》家家唱，《白雪》《梅花》处处吹。古歌旧曲君休听，听取新翻《杨柳枝》。”这就可知那根据新兴的燕乐新翻而成的小词中，必有其新的风情和新的魅力存焉，缘此方能够引得白居易、刘禹锡等中唐诗人产生上述“厌旧喜新”的心理和举动，并继而引发出“诗至晚唐五季，气格卑陋，千人一律，而长短句独精巧奇丽，后世莫及”①的“词代诗兴”新局面。

对于唐宋词的独异风情和感人魅力，我们已在前两章中做过详细论述。现在的问题就在于要对词的特殊体性展开具体的研究。我们认为，正是由于词体具有不同于前代诗歌的独特体性，词人们才能依据和利用它来“自出新意”，从而使得唐宋词苑展现出一派新的审美气象和文学景观。而对词体的这种特殊体性，我们又大致可以做出如下概括性叙述：词是一种“要眇宜修”②的诗体，它具有比诗新颖的艺术包装，同时又具有自身独特的文体美感，这就为唐宋词人据此驰骋才情提供了得心应手的文学工具和大有可为的用武之地。

“要眇宜修”一语出于《楚辞·湘君》：“美要眇兮宜修。”朱熹《楚辞集注》注为：“要眇，好貌。修，饰也。”借用屈原本人的话来说：“纷吾既有此内美兮，又重之以修能(即态)。”(《离骚》)这句曾被王国维用来形容词之体性的“要眇宜修”(王氏原话为：“词之为体，要眇宜修。能言诗之所不能言，而不能尽言诗之所能言。”③实际包含着两层意思：一是词体有其本身固有的“内美”，二是词人在利用词体抒情言志时又加之以精心的“修态”，这样一来，词体自就形成了一种新颖的“包装”。具体来说，这种新颖的艺术包装又可分为“硬包装”和“软包装”两个方面。从“硬包装”来说，因为词具有合乐性，所以它生成了“调有定句，句有定字，字有定声”的特殊体式，以及采用长短句和在分片、押韵方面都有严格规定等种种特性，这就使它在体裁外观上有异于诗(当然也有极少几个词调近似或相同于律诗绝句，但毕竟数量甚少)。从“软包装”来说，则词人在写词时，又曾依据和利用词体的某些特点，有意识地对其作品进行刻意精心的“化妆”和

① 陈振孙：《直斋书录解题》卷二一，上海古籍出版社，1987 年，第 614 页。
② 王国维著，滕咸惠校注：《人间词话新注》，齐鲁书社，1981 年，第 44 页。
③ 同②。

“打扮”,使之呈现出特殊类型的风容色泽和艺术美感。比如,不少词人深谙文辞与音乐之间相互依托、相互映衬的辨证关系,他们就有意挑选最适宜表达自己特殊感情的词调来倚声填词,从而创作出一批声情并茂的词篇来;又如,很多词人懂得利用长短句式来做形容尽致的抒情、写景、状物,因而就能依仗词那参差雁行的句式和大抵分片的体式,创作出一批情辞相副、优美动人的词篇来;更如,某些词人根据词被妙龄歌妓演唱的特性,就尽量挑选丽辞柔语入词,并又经常变换抒情口吻,改用“代言”(代歌妓发言)的方式和声腔来写词,从而使词篇的风格“柔变”为与女音的软媚相得益彰……以上种种举动,使本就具有天生丽质的小词越加装扮得风采照人。由此而来,词就不仅在其“硬包装”(主要指其体式外观)上明显不同于诗,而且在其“软包装”(主要指其语言和风格)方面也就与诗存在着差异。

首先,前人曾有“词语”与“诗语”(以及“曲语”)之别,这就说明词的“语言包装”自有其特殊的要求。如陆昶在评论李清照的诗词时曾说:“清照诗不甚佳,而善于词,隽雅可诵。即如《春残》绝句‘蔷薇风细一帘香’,甚工致,却是词语也。”①又如张宗橚针对晏殊七律诗《示张寺丞、王校勘》和《浣溪沙》词中两见“无可奈何花落去,似曾相识燕归来”一联的情况曾说:“细玩‘无可奈何’一联,情致缠绵,音调谐婉,的是倚声家语。若作七律,未免软弱矣。”②而王士禛更说:“或问诗词、词曲分界。予曰:‘无可奈何花落去,似曾相识燕归来’,定非《香奁》诗;‘良辰美景奈何天,赏心乐事谁家园’,定非《草堂》词也。”③在他们看来,诗、词、曲三者在用语下字方面应该存有微妙的差别,因而只有使用某种类型的语言始能符合词的“本色”和称得上是“标准”的“词语”或“倚声家语”,反之,以“词语”入诗(和入曲)或以“诗语”(和“曲语”)入词,就会显得龃龉不合。(例如,胡薇元《岁寒居词话》也举晏殊“无可奈何”一联同入诗、词的例子,并评说道:“此本公七言律中腹联,一入词即成妙句,在诗中即为不工。此诗、词之别,学者须于此参之,则他词亦可由此会悟矣。”④)这些议论虽然显得过于严格甚或苛刻,但又不失为一种深有体会的“知者之言”,揭示了词在“语言包装”方面自有其个性化要求的特性。

① 陆昶:《历代名媛诗词》卷七,徐北文主编《李清照全集评注》,济南出版社,1990 年,第 182 页。
② 张宗橚编:《词林纪事》卷三,《词林纪事　词林纪事补正》,上海古籍出版社,1988 年。
③ 王士禛:《花草蒙拾》,唐圭璋编《词话丛编》,中华书局,1986 年,第 686 页。
④ 胡薇元:《岁寒居词话》,唐圭璋编《词话丛编》,中华书局,1986 年,第 4027 页。

其次,前人论词时还有“词境”与“诗境”之别。如刘体仁曾说:“词中境界,有非诗之所能至者,体限之也。”①这里已隐约提出了“词境”之说。而陈廷焯则说:“作词之法,首贵沉郁,沉则不浮,郁则不薄。”“诗词一理,然亦有不尽同者。诗之高境,亦在沉郁,然或以古朴胜,或以冲淡胜,或以钜丽胜,或以雄苍胜。纳沉郁于四者之中,固是化境;即不尽沉郁,如五七言大篇,畅所欲言者,亦别有可观。若词则舍沉郁之外,更无以为词。盖篇幅狭小,倘一直说去,不留余地,虽极工巧之致,识者终笑其浅矣。”又说:“诗有诗境,词有词境……然有诗人所辟之境,词人尚未见者。”②虽然他把词境的主要特色仅仅归结为须具“沉郁”的风格,其论并不见得准确和全面,但却明确揭示了词境与诗境在风格方面“亦有不尽相同者”的差异。

综合以上两方面的情况,我们就可把词体看成诗体的一种“部分质变”。对于这种“部分质变”,我们可以这样来认识:一方面,词体仍属广义的诗歌系统中的一个“子系统”。这是因为,无论从词以抒情和塑造意境为主要艺术目标的基本特征,还是从其讲究声调音韵之美的韵文体式来看,词和前代诗歌相比并未产生“质”的飞跃与蜕变。但另一方面,正如人们常以诗、词并举所揭示的那样,词体毕竟有它不同于诗的“硬包装”,且在语言、风格等“软包装”方面也有异于诗。从这个角度来看,词体又可视为诗体发生“部分质变”后所产生的文学新品种。

由于经历了这种“部分质变”,因此,词在其音乐之美、声律之美、语言之美、意境之美、风格之美等诸多方面,都有优胜或至少有异于诗的地方。当然,春兰、秋菊各有其不可替代的妙处,但从总体情况来看,则词体既然诞生在四言、五言、七言及古体诗和近体诗之后,就必然有其青出于蓝而胜于蓝和踵事增华、后起转精的长处与优势,因而就成了比前代诗体更“有滋味”的一种抒情文体。这个“有滋味”的评价,取之于六朝钟嵘的《诗品序》。他说:“夫四言文约意广,取效《风》《骚》,便可多得……五言居文词之要,是众作之有滋味者也。”③其意是说,比起前代“文约意广”、每苦意多字少的四言诗来,五言诗就显得更“有滋味”。而此评语,也完全可以移作对于词体的评价。换句话说,比起前代诗歌的种种体式来讲,词的“滋味”就越发显得新鲜和丰富。

① 刘体仁:《七颂堂词绎》,唐圭璋编《词话丛编》,中华书局,1986 年,第 619 页。
② 陈廷焯:《白雨斋词话》,人民文学出版社,1988 年,第 4 页。
③ 钟嵘:《诗品序》,郭绍虞主编《中国历代文论选》第 1 册,上海古籍出版社,1979 年,第 107 页。

在此基础上，正像岳飞论兵法时所说的“阵而后战，兵法之常。运用之妙，存乎一心”①那样，词人大可利用数目繁多而又“滋味”盎然的各种词调，得心应手地发挥其卓越的文学才能，从而集体营造出唐宋词苑那繁花似锦、美不胜收的绚烂风光。而对此点，近人康有为就深有体会。他说：“中唐时，六朝之曲废，于是合律绝句‘黄河远上’曼声之调出。爰及晚唐，合三五七言古律，益加附益，肉好眇曼，音节泠泠，俯仰进退，皆中乎桑林之舞、轻首之会。暨宋人，益变化作新声，曼曼如垂丝，飘飘如游云，划绝如斫剑，拗折如裂帛，幽幽如洞谷，龙吟凤啸，莺啭猿啼，体态万变，实合诗、骚、乐府、绝句而一协于律，盖集辞之大成，文之有滋味者也。”②这段议论，用形象的语言盛赞了词体的大有“滋味”和它集前代韵文（诗、骚、乐府、绝句等）之美感于一身，其言虽有溢美之处，却又基本不违事实。而我们的任务则在于用理性化的语言，来对唐宋词的新颖包装和独特美感展开分析。下文拟从五个方面进行考察和论述。

一、声情并茂的音乐美

词的全称或本名原来叫做“曲子词”（《北梦琐言》卷六记载：和凝“少年时好为曲子词”③，《花间集序》亦有“诗客曲子词”，亦即文人词的称呼），它是一种配合音乐（燕乐，亦称宴乐、讌乐）而歌唱的曲辞。因此，没有音乐，就不会有词。音乐和诗歌（文辞）的结合，就不仅直接促生了词，而且又给词带来了特定的文体特点和“抒情性格”。从词的文体特点来看，每一首词都有自己特定的词调（即其倚声填词的乐曲名称），都有固定的句数、句式和押韵方式，且在字的声调方面也有比诗更加严格的规定（吃紧处须严辨四声）。此外，大多数词调还分为二片乃至数片（即“遍”，又称“阕”，是音乐的分段）。这些都是由词的合乐性所决定的。从词的“抒情性格”看，则词之所以善于言情和特擅抒写艳情，词之所以好发悲苦伤感之音，以及它那韵味浓足、曲尽人情的抒情风格，也无不与音乐的“哺育”与“熏陶”有关。所以难怪陈廷焯在赞扬词之感人魅力胜过于诗、文（“后人之感，感于文不若感于诗，感于诗不若感于词”）之后，还要特地指出词有其合乐歌唱的优越性：“诗有韵，文无韵；词可按节寻声，诗不能尽被弦管”，“故

① 脱脱，等：《宋史》卷三六五《岳飞传》，中华书局，1977 年，第 11376 页。

② 康有为：《味梨集序》，陈永正编《康有为诗文选》，广东人民出版社，1983 年，第 462－463 页。

③ 孙光宪：《北梦琐言》，中华书局，1960 年，第 51 页。

其（指词）情长，其味永，其为言也哀以思，其感人也深以婉”。① 由此可知，词的“情长”“味足”以及“哀以思”“深以婉”等抒情特色，在很大程度上都得益于其“尽被管弦”和“按节寻声”的合乐性。

应该看到，诗歌与音乐的结合并不始自唐宋词。早在上古时期，诗歌与音乐就是一对同源而生的“姐妹艺术”。《礼记·乐记》在解释音乐的起源时说：“凡音之起，由人心生也。人心之动，物使之然也。感于物而动，故形于声；声相应，故生变；变成方，谓之音；比音而乐之，及干戚羽旄，谓之乐。乐者，音之所由生也，其本在人心之感于物也。”②这就是说，音乐本来源于“人心之感于物”，它先是表现为自然吐出的“声”和合乎一定节奏的“音”（以上均由人的喉咙发出），然后再发展为由乐器代奏出的“乐”。至于诗，则《毛诗序》曾对其本源做了这样的解释：“诗者，志之所之也。在心为志，发言为诗。情动于中而形于言，言之不足故嗟叹之，嗟叹之不足，故永歌之，永歌之不足，不知手之舞之、足之蹈之也。”③诗的起源也来自于“情动于中”的内心激动，而外发为具有特种音节的语言，因此就很自然地会与同是表现这种感情活动的“音乐语言”结合在一起（当然有时也可以单独表现为徒口朗诵的音节），从而达到诗乐合一（有时还可加上舞蹈）的境界。在这种时候，诗歌赋予音乐的是“意义”（语言意义），而音乐赋予诗歌的则是“意味”（抒情意味）与快感（节奏快感）。二者的结合，若从诗歌的立场来看，便是“声助文”；若从音乐的立场来看，则又是“文助声”。而不论是声还是文，则最终又都是为“情”的表达服务和效劳的，故而诗歌与音乐的完美结合又必然会导致声文并茂和声情并茂的结果。这一情况自古皆然，且让我们先从远古说来。

远在唐宋词以前，诗歌和音乐之间就已有过几度“携手合作”。其初可以溯源到原始社会。前已引过的《礼记·乐记》中就曾说过这样的话：“诗言其志也，歌咏其声也，舞动其容也。三者本于心然后气从之。”④不过那时候，无论是诗还是乐（还有舞），实都处于萌芽状态，因而原始人所“创作”的合乐诗歌，就只能是“杭育杭育”之类的简单发声词。到了《诗经》时代，诗和音乐始有了正式的“合作”。诗三百篇，孔子皆弦歌之，而“风”“雅”“颂”的划分，其标准也原是音乐的

① 陈廷焯：《白雨斋词话·自序》，《白雨斋词话》，上海古籍出版社，1984 年，第 2 页。

② 杨天宇：《礼记译注》，上海古籍出版社，1997 年，第 627 页。

③《毛诗序》，郭绍虞主编《中国历代文论选》第 1 册，上海古籍出版社，1979 年，第 30 页。

④ 同②，第 650 页。

分类,这就可证《诗经》的合乐可歌性。而在当时的音乐(“雅乐”)的支配与影响下,《诗经》不仅加强了本身的抒情意味,而且还形成了以四言为主、大体整齐、章句重叠以及押韵等特点,并进而为后代的诗歌奠定了体制格式方面的初步基础。

及至汉魏六朝,音乐(“清乐”或“清商乐”)又一次和诗亲密合作,从而产生了乐府诗。我们试读一下北朝民歌《木兰诗》,就可充分感受它那音节流畅谐耳的声律美和抒情摇曳生姿的情韵美,而这二者便都是音乐带给乐府诗的“恩泽”。与此同时,五言诗的体式也逐渐建立起来。再加上诗人们在外部音乐之感召下进一步转向诗歌语言本身去探求其内部的声韵美(例如沈约、谢朓等人创立的“四声说”以及讲求对仗之风),这就为唐代诗歌开启了格律化的先路。在此以后,五言和七言的近体(律、绝)诗,就相继登上诗坛的宝座。而这些近体格律诗的抒情意味(特别当它们被唐人配合燕乐歌唱之时),确然又胜过了前代比较古拙的诗体。由此可见,在诗歌与音乐一次次的结合过程中,诗歌着实从音乐那里受惠不浅。

隋唐以来,新兴的燕乐又取代了“前世新声”的清商乐,成为当时风靡一时的流行俗乐。燕乐是以北中国音乐为底子,并掺杂了少数民族胡部音乐的一种抒情性很强的音乐(刘尧民《词与音乐》第四编《燕乐与词》中曾对它下过一个定义,即:“隋唐之际,北方中国音乐被胡乐化了的抒情音乐。”①)。它大不同于先秦及汉魏六朝那些“中正和平”、不痛不痒,甚至催人昏睡的旧乐(主要指“雅乐”),而具有很强的新鲜感与刺激力。白居易笔下所描绘的琵琶曲(燕乐的主要乐器是琵琶),就显得多么美妙动听和令人回肠荡气:乐曲在流利时,“大弦嘈嘈如急雨,小弦切切如私语。嘈嘈切切错杂弹,大珠小珠落玉盘”;乐曲在哽塞时,“冰泉冷涩弦凝绝,凝绝不通声暂歇。别有幽愁暗恨生,此时无声胜有声”;乐曲在奔迸时,更如“银瓶乍破水浆迸,铁骑突出刀枪鸣”;乐曲在收拢时,则又“曲终收拨当心划,四弦一声如裂帛”……总之,这是一种充满激情和活力的音乐,具有使人“如听仙乐耳暂明”的强烈的美感作用。

由这种新兴的燕乐所孵化而生的词,就与生俱来地获得了音乐母胎的两方面“遗传”:一是其抒情意味,二是其音乐美感。

从前者言,音乐本是人类各种艺术中最富抒情意味的艺术样式,最善于直接表现人类感情的震颤和心灵的律动。有时,其抒情功能甚至超过了语言文字。比如陆游曾云:“情知言语难传恨,不似琵琶道得真。”(《鹧鸪天》)琵琶音乐就

① 刘尧民:《词与音乐》,云南人民出版社,1982 年,第 227 页。

能把人们难以言传而只能心领神会的抽象感情通过音响、节奏、旋律而直接倾泻出来。故而作为诗歌与音乐结合而生的词,因其依仗着抒情意味最为浓足、听众基础十分广泛的燕乐的衬垫,就成了唐宋时代极受欢迎的“流行歌曲”。柳永词云:“九衢三市风光丽,正万家、急管繁弦。”(《看花回》)又云:“会乐府两籍神仙,梨园四部弦管。向晓色、都人未散。”(《倾杯乐》)两词都描述了词曲在当时社会上极为流行的盛况。当今社会无数“发烧友”和“追星族”痴迷于港台歌星的流行歌曲,有时甚至出现全场顿足拍掌、气氛沸腾的情状。唐宋词在当时因其配乐歌唱而极能俘获人心和极受欢迎的情状也就可以“由今证古”地推想而知。唐宋词之所以比传统诗更具浓足的抒情意味,之所以具有“情长”和“味永”的抒情魅力,其“军功章”的一半,就应归之于燕乐的功劳。

再从后一点(音乐美感)来讲,则词也是得天独厚地获得了音乐的“遗传基因”。我们知道,音乐是诉诸听觉的艺术。由不同音素所组成的不同乐声叩荡着人的耳膜,首先会引起不同的生理快感,然后又转化为更进一步的心理快感和审美愉悦。例如:清脆美,声如裂帛;高亢美,响遏行云;纤弱美,莺语蝶舞;浑厚美,黄钟大吕;流利美,溪水潺潺;连腔美,珠圆玉润;宛转美,余音绕梁……它们就由感官的愉悦、情绪的愉悦转化为心理的愉悦、审美的愉悦①。而隋唐以来广泛流行的燕乐,其所常用的宫调共有 28 种之多(琵琶共四弦,每弦均成七调,共得二十八宫调),故其音域宽广,具有丰富的表现力,即能据此创造出繁富多样的音乐美感来。根据元人周德清《中原音韵》一书记载,元代北曲所用的六宫十一调具有如下声情美:

仙吕宫清新绵邈　　南吕宫感叹伤悲
中吕宫高下闪赚　　黄钟宫富贵缠绵
正宫惆怅雄壮　　道宫飘逸清幽
大石风流蕴藉　　小石旖旎妩媚
高平条畅滉漾　　般涉拾缀坑堑
歇指急并虚歇　　商角悲伤宛转
双调健捷激袅　　商调凄怆怨慕
角调呜咽悠扬　　宫调典雅沉重
越调陶写冷笑

尽管这已是关于元曲音乐的记述,但因宋、元时代相距不远,故而仍可从中

① 庄志民:《审美心理学的奥秘》,上海人民出版社,1983 年,第 110 页。

推知宋词音乐富有多种美感。比如上文中曾有关于"小石(调)旖旎妩媚"的记载,而宋代的小石调却也同样富有此种风味(秦观作诗有"帘幕锦绣千家垂"之句,旁人就开玩笑道:"此语又待入小石调也。"①意即指其软弱旖旎)。因此,以优美动听、繁声淫奏的燕乐作为依托和衬垫,唐宋词人"倚声填词"所创作的词篇,其音乐之美和声情之美,就像"好风凭借力,送我上青云"般鼓翼飞扬起来。对此,我们只消读一读姜夔的两句诗"自作新词韵最娇,小红低唱我吹箫"(《过垂虹》)就可体味到:那娇美的新词,配上那如怨如慕、如泣如诉的箫声(它所吹奏的当然是姜夔的自度曲,属于燕乐的范畴),多么富有悠扬沉渺的音乐美感和缠绵悱恻的抒情意味!所以,燕乐无论在"声"(音乐美感)的方面,还是在"情"(抒情意味)的方面,都给唐宋词以大度的"恩赐",缘此,唐宋词就明显具有声情并茂的音乐美。尽管因为当时没有唱片、磁带之类录音设备而不可能将唐宋词的实际演唱情况记录保存下来,但我们仍可通过对文献的梳理窥见和想象其音乐美。例如:无名氏《扑蝴蝶》词:"烟条雨叶,绿遍江南岸。思归倦容,寻芳来较晚。岫边红日初斜,陌上飞花正满。凄凉数声羌管,怨春短。　　玉人应在,明月楼中画眉懒。蛮笺锦字,多时鱼雁断。恨随去水东流,事与行云共远,罗衾旧,香犹暖。"胡仔便称其:"旧词高雅,非近世所及,如《扑蝴蝶》一词,不知谁作,非惟藻丽可喜,其腔调亦自婉美。"②

《水调歌头》是很多词人喜欢填写的词调。苏轼《南乡子》云:"谁家《水调》唱《歌头》,声绕碧山飞去晚云留。"赵长卿《临江仙》云:"《水调》悠扬声美,幽情彼此心知。"从中即知其声韵十分悠扬动听,使人听后大有余音缭绕之感。

《暗香》《疏影》二调是姜夔创作的自度曲,用以咏梅。姜在《暗香》词序中云:"辛亥之冬,予载雪诣石湖(范成大)。止既月,授简索句,且征新声。作此两曲,石湖把玩不已,使工妓隶习之,音节谐婉。"在姜氏作此二词后,范成大还特赠歌妓小红以作酬谢。而姜氏在事后所作的诗句"自作新词韵最娇,小红低唱我吹箫",其"新词"恐即指此二词,据此就不难想其"音节谐婉"与"韵最娇(美)"的特色。再如姜夔还作《凄凉犯》一词(亦为自度曲),其词序云:"予归行都,以此曲示国工田正德,使以哑觱栗吹之,其韵极美。"可知它同样也配有十分美妙悦耳的乐曲。

由此可证,唐宋词在当时演唱时,不仅以其情深词美来打动人心,而且又以其声婉韵美来取悦于人。还应特别指出的是:燕乐是一个乐曲十分丰富多样的

① 胡仔:《苕溪渔隐丛话·前集》卷五一,人民文学出版社,1962年,第349页。
② 同①,第318页。

音乐体系(据任二北先生《敦煌曲初探》估计,仅唐朝开元、天宝年间太常乐署和左右教坊所搜集的乐曲,亦当有一两千之多)。这么多的乐曲,就为词人的"倚声填词"提供了自由选调的极好机会,也为他们创制出声情并茂、富有音乐美感的词篇提供了厚实的音乐基础。唐宋词的这一音乐优势,足以使唐宋诗感到无限艳羡和愧对。

而在此"声辞繁杂,不可胜纪"①的燕乐乐曲与长短句歌词所提供的声情之美中,我们又不能不注意到下列两个特别的现象:一是唐宋人偏重于欣赏"女音"的香艳型美感和柔婉型美感;二是唐宋词所倚之声中,又偏多"悲音",这就给词篇带来了相当浓厚的伤感色彩。而这二者,都给唐宋词(以婉约词为主)的主体风貌和主体美感带来深刻的影响。

先说第一种现象。王灼《碧鸡漫志》在评论自远古至宋代的唱歌和赏歌风气时先说:"古人善歌得名,不择男女。战国时,男有秦青、薛谈、王豹、绵驹、瓠梁;女有韩娥。汉高祖《大风歌》,教沛中儿歌之。武帝用事甘泉圜丘,使童男女七十人歌。汉以来,男有虞公发、李延年、朱顾仙、未子尚、吴安泰、韩发秀;女有丽娟、莫愁、孙琐、陈左、宋容华、王金珠。唐时男有陈不谦、谦子意奴、高玲珑、长孙元忠、侯贵昌、韦青、李龟年、米嘉荣、李衮、何戡、田顺郎、何满、郝三宝、黎可及、柳恭;女有穆氏、方等、念奴、张红红、张好好、金谷里叶、永新娘、御史娘、柳青娘、谢阿蛮、胡二姉、宠姐、盛小丛、樊素、唐有态、李山奴、任智、方四女、洞云。"从中可知,从远古到唐(主要指中唐以前),善歌者有男有女,并不"阴盛阳衰";而赏歌者也是男女歌星并重,并不专捧女歌星。但自晚唐五代以来,特别到了宋代,则风气已经大变。故王灼接着说道:"今人独重女音,不复问能(唱)否。而士大夫所作歌词,亦尚婉媚,古意尽矣。政和间,李方叔(按:即苏轼门人李廌)在阳翟,有携善讴老翁过之者。方叔戏作《品令》云:'唱歌须是玉人,檀口皓齿冰肤。意传心事,语娇声颤,字如贯珠。　　老翁虽是能歌,无奈雪鬓霜须。大家且道:是伊模样,怎如念奴?'……"②他在文中所举的李廌的"戏词",就相当风趣地描述了当时歌坛上的"性别歧视"和"年龄歧视"现象:重女而轻男,重妙龄(女郎)而轻中老年(男性)。而这种赏歌听曲时特重"女音"(特别是色艺皆妙的女妓所发的"莺语燕声")的风气,我们确又能在唐宋词中找到大量例证。如《花间集序》所说的"则有绮筵公子,绣幌佳人,递叶叶之花笺,文抽丽锦;举纤

① 郭茂倩:《乐府诗集》第4册,中华书局,1979年,第1107页。
② 王灼:《碧鸡漫志》卷一,唐圭璋编《词话丛编》,中华书局,1986年,第79页。

纤之玉指，拍按香檀”①；如五代词中所描绘的“浅笑含双靥，低声唱小词”（牛峤《女冠子》）、“春日宴，绿酒一杯歌一遍。再拜陈三愿：一愿郎君千岁，二愿妾身长健，三愿如同梁上燕，岁岁长相见”（冯延巳《长命女》）；如北宋词中所描绘的“春葱指甲轻拢撚，五彩条垂双袖卷。雪香浓透紫檀槽，胡语急随红玉腕。当头一曲情无限，入破铮琮金凤战。百分芳酒祝长春，再拜敛容抬粉面”（晏殊《木兰花》），“佳娘捧板花钿簇，唱出新声群艳伏。金鹅扇掩调累累，文杏梁高尘簌簌。　鸾吟凤啸清相续，管裂弦焦争可逐。何当夜召入连昌，飞上九天歌一曲”（柳永《木兰花》）；如南宋词中所描绘的“歌舌莺娇，舞腰蜂细，华堂是处皆颐指。四弦独擅席中春，移船出塞声能继。　慢捻幽情，轻拢柔思，其中有口传心事。主人灯火下楼时，偏渠领略深深意”（史浩《踏莎行》）、“绣屏开了。惊诗梦、娇莺啼破春悄。隐将谱字转清圆，正杏梁声绕。看帖帖、蛾眉淡扫，不知能聚愁多少。叹客里凄凉，尚记得当年雅音，低唱还好……”（张炎《霜叶飞》）；等等。从上面这些描述中，我们几乎看不到一个男性歌手，而唯闻一派“莺咤燕啼”的“女音”在歌坛舞席间萦袅。

这种“阴盛阳衰”的唱歌（唱词）风气，不仅激发了词人的恋情心理，而且也使“士大夫所作歌词，亦尚婉媚”②，从而导致了唐宋词的主体美感朝着香艳和柔婉方向发展。先说其香艳。早在中唐时期，白居易的《长安道》诗中就写道：“花枝缺处青楼开，艳歌一曲酒一杯。”而元稹也有诗序曰：“因思顷年城南醉归，马上递唱艳曲，十余里不绝。”可见其时已盛行一股艳歌艳曲之风。而到晚唐五代及两宋的婉约词中，则此风就变本加厉地吹拂得更盛了。故而前人曾以“熏香掬艳，眩目醉心”③八字来形容韦庄词的美感风貌，而若将它扩大来形容整个婉约词的主体美感，也是相当贴切和合适的。再说其柔婉。“女音”之导致柔婉型美感，也是相当自然的事。张炎曾说过：“簸弄风月，陶写性情，词婉于诗，盖声出莺吭燕舌间。”④试想：在那倚红偎翠、浅斟低唱的酒宴歌席上，由那些十七八岁的妙龄歌女们款款唱出的曲子，又怎能“硬”得起来？因此，不光是那类原先适宜于女性歌唱的曲子（如《菩萨蛮》、《剔银灯》之类）早被歌女们唱得缠绵

① 欧阳炯：《花间集序》，赵崇祚辑、李一氓校《花间集校》，人民文学出版社，1958 年，第1 页。

② 王灼：《碧鸡漫志》卷一，唐圭璋编《词话丛编》，中华书局，1986 年，第 79 页。

③ 况周颐：《历代词人考略》卷五《评韦庄词》，李谊校注《韦庄集校注》，四川省社会科学院出版社，1986 年，第 665 页。

④ 张炎著、夏承焘校注，沈义父著、蔡嵩云笺释：《词源注　乐府指迷笺释》，人民文学出版社，1963 年，第 23 页。

悱恻,而即使是那类比较刚性的曲子,却也可由词人和歌妓们加以“软处理”而变成为“硬歌软唱”。比如:《渔家傲》本是一个“揭调”(高调),范仲淹就用它写出了多首以“塞下秋来风景异”为起句的“颇述边镇之劳苦”的边塞词。而晏殊却又用它写出了下面这样的柔婉词篇:“越女采莲江北岸,轻桡短棹随风便。人貌与花相斗艳。流水慢,时时照影看妆面。　　莲叶层层张绿伞,莲房个个垂金盏。一把藕丝牵不断。红日晚,回头欲去心撩乱。”“粉面啼红腰束素,当年拾翠曾相遇。蜜意深情谁与诉?空怨慕,西池夜夜风兼露。　　池上夕阳笼碧树,池中短棹惊微雨。水泛落英何处去?人不语,东流到了无停住。”又如:《满江红》本是一个声调慷慨激昂的曲子,岳飞曾用它写出了“怒发冲冠”这一声振词坛的名篇,但词人姜夔为了表现巢湖仙姥的女神形象,便把它改押平声韵,从而变其原先激越豪壮声情而为从容和缓与婉约清疏(如其结尾三句:“又怎知、人在小红楼,帘影间。”)。从上可知,唐宋词声情并茂的音乐美,在很大程度上是倾向于香艳和柔婉的。

再说第二种现象。中国古典音乐,向来就有“以悲为美”的悠久传统,而人们在音乐的欣赏活动中也素“以悲哀为主”①。这种情况发展到燕乐的阶段,则越见其加剧。如前已引过《文献通考·乐二》中描述北齐(南北朝)时代燕乐初入中原时的记载:“自宣、武已后,始爱胡声。洎于迁都屈茨,琵琶、五弦、箜篌、胡筸、胡鼓、铜钹、打沙罗、胡舞,铿锵镗铬,洪心骇耳,抚筝新靡绝丽。歌声全似吟哭,听之者无不凄怆。”②又如《隋书·音乐志》所载北齐后主“别采新声(指燕乐曲调)为《无愁曲》,音韵窈窕,极于哀思。使胡儿阉官之辈齐唱和之,曲终乐阕,莫不陨涕”③。可见燕乐刚刚传入中国,便以其哀而美的艺术效果征服了无数听众。而据《新唐书·礼乐志》记载,唐代燕乐旋律节奏的特点是“下则益浊,上则益清,慢者过节,急者流荡”④,可称是高低过节和哀乐极情,特别适于用来表达人们的哀感。举琵琶曲为例,诗人王维曾为公主奏《郁轮袍》曲,“声调哀切,满座动容”⑤;白居易描写浔阳客舟听长安故妓弹琵琶,竟弄得满座皆泣、泪湿青衫。这些人所熟知的故事,就都颇能说明燕乐之以哀感人。再如李颀《听安万善吹觱篥歌》所描写的觱篥曲:“南山截竹为觱篥,此乐本自龟兹出。流传

① 钱锺书:《管锥编》第3册,中华书局,1979年,第946－949页。
② 马端临:《文献通考》,中华书局,1986年,第1151页。
③ 魏徵寿:《隋书》卷一四《音乐志》,中华书局,1973年,第331页。
④ 欧阳修、宋祁:《新唐书》卷二二《礼乐志》,中华书局,1975年,第437页。
⑤ 薛用弱:《集异记》,中华书局,1980年,第10页。

汉地曲转奇,凉州胡人为我吹。旁邻闻者多叹息,远客思乡皆泪垂。”以及《听董大弹胡笳弄兼寄语房给事》诗所描写的琴曲:“言迟更速皆应手,将往复旋如有情。空山百鸟散还合,万里浮云阴且晴。嘶酸雏雁失群夜,断绝胡儿恋母声。”这些也无不佐证了上述情况。而再从词乐的实际情况看,则唐宋词所常用的曲调中,多的就是悲苦之调。如《竹枝》就是一个凄苦的曲调。白居易《竹枝》云:“江畔谁人唱《竹枝》,前声断咽后声迟。怪来调苦缘词苦,多是通州司马词。”苏轼《竹枝歌引》也说:“《竹枝歌》本楚声,幽怨恻怛,若有所深悲者。”《霜天晓角》也是一个凄婉的曲调。韩元吉《霜天晓角》词序云:“夜饮武将家,有歌《霜天晓角》者,声调凄婉。”《苏武令》则又是一个凄楚的曲调。赵彦卫《云麓漫钞》卷一四云:“绍兴初,都下盛传《苏武令》一词,声韵凄楚。”①另如《雨霖铃》,据说是唐明皇逃难蜀中因闻栈道中的铃声而作,意在寄托他对杨贵妃的哀思,故王灼曾说:“今双调《雨霖铃慢》,颇极哀怨,真本曲遗声。”②更如《何满子》,据说是犯人何满子临刑时所作,白居易诗云:“世传满子是人名,临就刑时曲始成。一曲四词歌八叠,从头便是断肠声。”其声调当然哀苦不堪(此处所引曲调声情之辨析,引用了吴熊和先生《唐宋词通论》中的材料,谨此致谢)。由此看来,唐宋词声情并茂的音乐美中,确又有相当一部分是倾向于悲哀型和伤感型的。

所以,在综论燕乐和词的音乐美感之后,我们发现:一方面,由于燕乐的曲调“繁声淫奏,殆不可数”③,这就为唐宋词人的自由抒情和创造各种类型的艺术美感提供了充分的机会与优越的条件;而另一方面,因燕乐乐曲基本由歌女演唱并富有“悲音”色彩,那按谱(音谱)填词和倚声可歌的唐宋词篇,自然就特别适宜于用来表现香艳、柔婉、悲哀的情思和美感。唐宋词可在一定意义上被视为“香艳文学”“柔美文学”和“伤感文学”,很大程度上源于其所依托的音乐美感。

二、“优化组合”的声律美

词体有别于诗体的显著特点,除开合乐性之外,另在于长短句式。从前一个特点出发,人们就把词称为“曲子”或“曲子词”;而从后一个特点出发,则“长短

① 赵彦卫:《云麓漫钞》,古典文学出版社,1957年,第199页。
② 王灼:《碧鸡漫志》卷五,唐圭璋编《词话丛编》,中华书局,1986年,第112页。
③ 同②,第74页。

句”又成了词的又一个本名(如晁谦之《花间集跋》称它“皆唐末才士长短句”①,称贺铸“诗文皆高,不独工长短句也”②;又如秦观词集名为《淮海居士长短句》,辛弃疾词集名为《稼轩长短句》等)。但是,长短句的形式却并非词所独有,诗中其实早就存在过大量的杂言诗,其句式就是长短不齐、可长可短的。所以,准确些讲,词之长短句体式应是一种经过音乐陶冶、有着严格规范的长短句式。

如前所述,词本是倚声而歌的曲辞,所以其身上烙有很深的音乐印记。唐代元稹在其《乐府古题序》中,曾把乐府(合乐的诗歌)分为两类:一类是“选词以配乐”,另一类则是“由乐以定词”。前一类指先有辞(往往是徒口朗诵的诗),然后配以乐;后一类指先有乐,然后填以辞(词)。而唐宋词,就属于后一类情况。由于词的创作沿着“由乐以定词”的路线行进,所以它的体式格局就必须服从于歌唱的需要和受制于音乐的管束,正如元稹所说:“因声以度词,审调以节唱。句度短长之数,声韵平上之差,莫不由之准度。”③因此,音乐不仅在塑造词的“性格”方面,给予词较为浓足的抒情意味和音乐美感,而且在养成词的“体魄”方面,也给词的体制格式带来十分深刻和深远的影响——说其“深刻”是因为词在句式、分片、押韵等方面的严格规范就是由配乐直接造成的;说其“深远”则又是因为词在南宋以后已开始与音乐分离,并逐渐变成了不再歌唱而仅供诵读的“案头文学”,此时词的合乐歌唱的特性已消失殆尽,而音乐所留赠给词的“遗泽”却又凝固成一定的体裁程式而久远地流传下去。由此,人们填词也由原先的“倚声填词”或按音谱填词变为按词谱(指后人根据前人词作归纳总结而成的文字声律的格式,如万树《词律》、王奕清等人《钦定词谱》、舒梦兰《白香词谱》等)填词。到了后一时期(词与音乐脱离关系以后),词的音乐美感就只能凭借词的声律美感来揣摩与领略,这好比今人无法直接聆睹古人的音容笑貌而只能从他们留下的遗像中去玄想其风采神貌一样。而事实也正如此:当年姜夔“自作新词韵最娇,小红低唱我吹箫”的美妙歌声我们现在当然无法重聆,但从他“长记曾携手处,千树压西湖寒碧,又片片吹尽也,几时见得”(《暗香》)之类的词句中,我们岂不依稀还能感受到“音节谐婉”(词序中语)的声律之美?所以,唐宋词的直接音乐美感虽早成了广陵绝响,但它的抑扬抗坠、错综有致的声律之

① 晁谦之:《花间集跋》,赵崇祚辑、李一氓校《花间集校》,人民文学出版社,1981年,第223页。

② 陆游:《老学庵笔记》卷八,中华书局,1979年,第105页。

③ 元稹:《乐府古题序》,郭绍虞主编《中国历代文论选》第3册,上海古籍出版社,1979年,第11页。

美却仍能通过涵咏诵读而“复活”。因此,在上一节我们主要借助文献记述和想象推理去探求词的音乐美之后,本节就想根据具体实在的词篇进一步去探求它的声律之美。

词的声律之美寓藏在它的特殊体式之中。对于这种特殊的体式,前人曾用“调有定句,句有定字,字有定声”三语来概括。它虽然大体不错,却又不够细密,故可再引吴熊和先生之说以作补充。他将词的体式特点概括为如下五点:

其一:每个词调都有调名;

其二:分片;

其三:韵位无定,因调而异;

其四:采用长短句,句法参差多变;

其五:字声组合的方式较复杂,除了平仄,有时还须讲四声阴阳。

吴先生在做了这些归纳后,又进而申述道:

> 这是唐宋千百个词调共同具有的特点,词体就是由这些内容具体构成的。
>
> 词调的上述特点,并不是凭空而来的,而是依曲定体产生的。所谓依曲定体,就是指词调依从曲调,歌词形式服从于音乐形式。词调无非是把曲调的音乐形式转化为歌词形式。因此,词调的特点实际上也是曲调的另一种形式的再现。①

这样,他就把词在体制格式方面的特点及其形成原因(由音乐形式转为歌词形式)讲得相当明白。下面,我们分别就其句式、字声、押韵这三方面来论析词所造就的声律之美;至于词的分片特点,因可联系到谋篇布局方面的“时空转换”去谈,故移到后文的“意境美”中再谈。

(一)长短句式带来的节奏之美

首先谈论词在句式方面的特点。这主要是谈它的长短句式问题,此外还涉及虚字、领字、对仗句、散句等相关的问题。

从句式来看,中国古诗素来就有齐言和杂言两类,其中又由齐言占着优势。如《诗经》中虽有“坎坎伐檀兮,置之河之干兮。河水清且涟漪。不稼不穑,胡取禾三百廛兮?不狩不猎,胡瞻尔庭有悬貆兮?彼君子兮,不素餐兮”(《魏风·伐檀》)之类的杂言体,但基本却由“关关雎鸠,在河之洲。窈窕淑女,君子好逑”

① 吴熊和:《唐宋词通论》,浙江古籍出版社,1985年,第52页。

(《周南·关雎》)之类的四言诗占着主流。楚辞虽是杂言体,但自汉魏以下,则大体又由五言诗占优势。六朝以后,七言诗开始兴起,到唐代则更由“近体”的律、绝成为诗坛的“新秀”。所以综观先秦至唐的诗歌发展,其体式变化大致沿着四言—五言—七言的路线行进,而杂言体则只能算得上是诗歌队伍中的“偏师”。

词的兴起打破了上述局面。尽管词中也有近似于近体诗的齐言体(如《竹枝》《杨柳枝》《浪淘沙》就是七言绝句的体式,而《玉楼春》则又近似于押仄声韵的七言律诗),但其主要体式却已由齐言而变为参差不齐的杂言或长短句式。故从一定意义上讲,它是文体形式的一种解放(从整齐的句式中解放了出来),更加有利于作者的自由抒情,也更有利于听众(读者)获得“赏心悦耳”的美感。

词中的长短句式,最短的只有一字,长的则可达十一字之多。试各举数例如下:

一字句。如蔡伸《十六字令》:“天!休使圆蟾照客眠。”张孝祥《十六字令》:“归!猎猎西风卷绣旗。”其中的“天”与“归”就是一字句。又如陆游《钗头凤》:“山盟虽在,锦书难托。莫、莫、莫!”其中的“莫”,也是一字句。此种句式一般很少见。

二字句。如李清照《如梦令》:“知否,知否,应是绿肥红瘦。”姜夔《暗香》:“江国,正寂寂。”其中的“知否”与“江国”就是二字句。此种句式亦不多见。

三字句。如白居易《忆江南》:“江南好,风景旧曾谙。”刘禹锡《潇湘神》:“斑竹枝,斑竹枝,泪痕点点寄相思。”其中的“江南好”与“斑竹枝”就是三字句。此种句式比上两种句式要多见些。

四字句。这是词中最基本的句式之一。如李煜《浪淘沙》:“帘外雨潺潺,春意阑珊。”苏轼《江城子》:“千里孤坟,无处话凄凉。”,其中“春意阑珊”和“千里孤坟”二句就是四字句。

五字句。这也是词中最基本的一种句式。如温庭筠《菩萨蛮》:“照花前后镜,花面交相映。”苏轼《水调歌头》:“明月几时有?把酒问青天。”就全是五字句。

六字句。如辛弃疾《永遇乐》:“气吞万里如虎”,“一片神鸦社鼓”;贺铸《感皇恩》:“脉脉两情难语。”这种句式比起四字句、五字句、七字句来,相对要少些。

七字句。这也是词中最基本的句式之一。如温庭筠《菩萨蛮》:“小山重叠金明灭,鬓云欲度香腮雪。”范仲淹《渔家傲》:“塞下秋来风景异,衡阳雁去无留意。”就全是七字句。

八字句。这在词中较少见,有时可分解为两个短句。如柳永《雨霖铃》:“更哪堪冷落清秋节”,“应是良辰好景虚设”。

九字句。它大多由两个短句所紧粘而成。如贺铸《小梅花》:“觉来珠泪滴向湘水深”,“一夜梅花忽开疑是君”;李煜《虞美人》:“恰似一江春水向东流。”它在词中亦较少见。

十字句。词中较为少见,一般亦可分解成两个短句。如辛弃疾《粉蝶儿》:“昨日春如十三女儿学绣”,“而今春似轻薄荡子难久”;又如晁补之《摸鱼儿》:“最好是一川夜月光流渚”,“满青镜星星鬓影今如许”。

十一字句。这是词中最长的句式,一般亦可分解成两个短句。如苏轼《水调歌头》:“不知天上宫阙今夕是何年”,“不应有恨何事长向别时圆”;秦观《望海潮》:“无奈归心暗随流水到天涯。”

总结以上情况我们可知:词中的主要句式是四字句、五字句、七字句,这基本是沿袭着诗的句式而来;但词又补充和发展了诗的基本句式,出现了一字句、二字句、三字句和八字以上的句式,这些句式虽然也曾在诗中存在,但它在词中的使用频率却已超过了诗。前贤云:工欲善其事,必先利其器。从一定意义上讲,句式即可视为语言表达的一种武器。词体既然使用了如此繁多的句式,就好比在常用的刀枪剑戟(四字句、五字句、七字句好比如此)之外,又添上了飞蝗石、金钱镖、匕首(一字句、二字句、三字句好比如此)和九节连环鞭、拐子流星、绊马索(八字以上长句好比如此)等长、短武器,其抒情功效自然大为增强,而由这些长短参差的句式交织而生,当然也会平添好多声律之美。这里试举一例,吴曾《能改斋漫录》卷一六云:“王逐客(王观)送鲍浩然游浙东,作长短句云:‘水是眼波横,山是眉峰聚。欲问行人去那边?眉眼盈盈处。　　才始送春归,又送君归去。若到江南赶上春,千万和春住。’韩子苍(韩驹)在海陵送葛亚卿诗断章云:‘今日一杯愁送君,明日一杯愁送君。君应万里随春去,若到桃源问归路。’诗、词意同。”①韩驹的诗意和王观的词意,确实很有相似之处(都在春天送别,都将“春”和女性结合着写),所以吴曾评之为“诗、词同意”。但若我们细细品味二者的声律和韵味,那就会觉得韩驹的古体诗显得比较朴拙而王观的长短句就显得委婉多了。而如若我们再读一下王沂孙所写的同题慢词《摸鱼儿》,则更会加倍感受其声律之美。王词全文如下:

> 洗芳林,夜来风雨,匆匆还送春去。方才送得春归去,那又送君南浦。君听取:怕此际、春归也过吴中路。君行到处,便快折湖边,千条翠

① 吴曾:《能改斋漫录》卷一六,中华书局,1960年,第472页。

柳，为我系春住！　　春还住，休索吟春伴侣，残花今已尘土。姑苏台下烟波远，西子近来何许？能唤否？又恐怕、春残到了无凭据。烦君妙语，更为我将春，连花带柳，写入翠笺句。

全词采用软语叮咛的口吻，把词人惜春更兼惜人（留别、眷恋友人）的款款深情，表达得多么细腻、熨帖，而它那吞吐伸缩、委婉曲折的声律之美又显得多么悦耳动听！因此，词在句式方面的解放，确实为其自由表情达意和添加声律之美立下了汗马功劳。

对于这点，我们可从两方面来看：一是其所表达的语义，二是其所传达的意味。

首先，我们知道，汉字（指实字）中的每一个字都代表着一个语义（有时还兼有多种意义），因而句式越长，一般就能包融和表达更多、更复杂的意义。比如五言比之四言，虽只多了一个字，然则其诗意之丰富就非四言所能达到。试读："枯桑知天风，海水知天寒"，"怜欢敢呼名，念欢不呼字"（汉魏六朝诗），其曲折的情意恐就很难用四言诗来表达。而七言比之五言，八言以上长句比之七言，其情况之相似亦可由此类推。所以由于词体广泛地运用了长短句式（特别是出现了八言以上的长句），它在表情达意时的弹性和容量，自然便有可能优胜于齐整的四言诗、五言诗、七言诗。

其次，字数的增多与句式的拉长，不仅使诗句所表达的语义有所增加，同时还使其意味变得更加繁复多样。比如四言诗的节奏划分，从理论上讲可有七种，而在实际上则大致可见如下四类：2—2（"习习谷风，以阴以雨"），1—1—2（"南有乔木""匏有枯叶"），2—1—1（"东方明矣""清扬婉兮"），1—1—1—1（"送子涉淇""尔卜尔筮"）。不过，再从其基本体式来看，却又仅有 2—2 一种，相对来说，就显得比较单调、呆板。而五言诗虽然仅仅增加了一个字，但据此却可展衍出很多节奏变化来——从理论上说，五言诗的节奏划分可达数十种之多；而从实际情况看，它的基本体式就有如下两种：一是 2—1—2（如"纤纤擢素手，札札弄机杼""仰手接飞猱，俯身散马蹄"）；二是 2—2—1（如"迢迢牵牛星，皎皎河汉女""郁郁涧底松，离离山上苗"）。这就比之四言基本体式的仅为一种增加了一倍多。而对特别注重和讲究声律音韵之美的汉语文学来说，节奏本身其实就体现着特定的美感和意味。诗词辞赋等韵文样式且不必多说，即连比较优秀的散文，实际上也都追求着节奏音韵之美。比如欧阳修为韩琦作《昼锦堂记》，一开头几句本是："仕宦至将相，富贵归故乡，此人情之所荣而今昔之所同也。"但文成之后他反复吟诵，发觉文气总有些儿不够畅快，于是就提笔在头两句的句中分别追添一个"而"字，变成了："仕宦而至将相，富贵而归故乡……"尽管只是加了两个毫无实际意义的虚字，但朗读起来，却顿觉从容不迫，更能舒泰地表现出富贵者衣锦还乡的那种踌躇满志之情，也促使其文句平添了悠远、空灵的神气。

所以，前人论文相当重视文章的节奏、音韵、声律之美，并由此进一步追求其“神气”之美。如桐城派文论家刘大櫆就这样说过：“文章最要节奏，譬之管弦繁奏中，必有希声窈渺处”，“音节高则神气必高，音节下则神气必下，故音节为神气之迹。一句之中，或多一字，或少一字；一字之中，或用平声，或用仄声；同一平字仄字，或用阴平、阳平、上声、去声、入声，则音节迥异，故字句为音节之矩。积字成句，积句成章，积章成篇，合而读之，音节见矣；歌而咏之，神气出矣。”①当然他所说的音节，不光指字句的长短，还包括字句的声调；但五言比之四言（还有七言比之五言，八字以上长句比之七言），毕竟多了一个（或数个）音节（因为汉字中的每一个字都自成一个独立的音节），因而其节奏感就更加富有变化，而它所带来的声律和情趣方面的美感也就相对变得越加富足。或许就是基于这个原因，钟嵘要把五言诗称作比四言诗更有“滋味”的诗体（已见前引），而胡应麟也会对七言和五言做出如下的优劣比较：“五言古（指五言古诗）御辔有程，步骤难展。至七言古（指七言古诗），错综开阖，顿挫抑扬，而古风之变始极。五言律（指五律）宫商甫协，节奏未舒。至七言律（指七律），畅达悠扬，纡徐委折，而近体之妙始穷。”②

至若词中，则不但常用四言、五言、七言等诗中所用的句式，而且还采用了一言、二言、三言和八言以上的长句，其节奏当然就更富变化腾挪之妙。如词中的短句显得句短韵促，很能体现“繁声促节”的声情和文气（试读贺铸的《六州歌头》：“少年侠气，交结五都雄。肝胆洞，毛发耸，立谈中，死生同，一诺千金重。推翘勇，矜豪纵，轻盖拥。联飞鞚，斗城东……”其慷慨豪迈之情就通过大量的三字句得到尽情表露，而其句短韵促的词句也别具急鼓般的听觉美感）；而长句则往往凭借虚字的勾连转接体现出浑灏流转、曲折顿挫之美（如“但长江无语东流去”“叹花园已是花深无地”“见说道天涯芳草迷归路”“最好挥毫万字一饮拚千钟”等）。所以，词体解散了诗比较平整的句式，而像上文所比喻的那样，把长枪短棒等各式武器都舞弄起来，因此便形成了刘永济先生所谓的“织综”之美。刘氏曰：“诗自五言倡于汉代，七言成于魏世，一句之中杂有单偶之辞，气脉疏荡，已较四言平整者为优，然而错综之妙，变而未极。填词远承乐府杂言之体（按：此处似乎还可补充一句：‘近受燕乐旋律之影响’），故能一调之中长短互

① 刘大櫆：《论文偶记》，舒芜校点，人民文学出版社，1959 年，第 5 页。
② 胡应麟：《诗薮》，上海古籍出版社，1979 年，第 81 页。

节，数句之内奇偶相生，调各有宜，杂而能理，或整若雁阵，或变若游龙，或碎若明珠之走盘，或畅若流泉之赴谷，莫不因情以吐字，准气以位辞，可谓极‘织综’之能事者矣。”①他用简练而生动的语言讲清了词体由于广泛使用长短句式而导致的交织错综状态（“织综”）的声律之美。

在谈论词的声律美时，除开燕乐的功劳之外，我们也不能遗忘词中虚字和领字所发挥的作用。对此，宋代词人而兼词论家的张炎就深有体会。他在《词源》一书中，曾单列“虚字”一条特加论述：“词与诗不同。词之句语，有二字、三字、四字至六字、七字、八字者（按：其实还有更长的句式），若堆垛实字，读且不通，况付之雪儿（指歌妓）乎？合用虚字呼唤。单字如‘正’‘但’‘任’‘甚’之类，两字如‘莫是’‘还又’‘那堪’之类，三字如‘更能消’‘最无端’‘又却是’之类。此等虚字却要用之得其所。若能善用虚字，句语自活，必不质实，观者无掩卷之诮。”②而另一位词论家沈义父，在其《乐府指迷》一书中，也有关于“句上虚字”的一条论述，他所举出的虚字则另有“嗟”“奈”“况”“更”“料”“想”等。由此看来，宋人所谓的“虚字”并不尽同于现代汉语中的“虚字”。现代汉语中的“虚字”（虚词），是指介词、连词、助词等不能单独充当句子成分而仅能表示语法关系的词（与“实词”相对举）；而词论家所谓的“虚字”大都用于句首，能使前后语意结合起来，起着过渡、转折、上下勾连等作用，因此，其中的大部分又被称作“领字”。领字一般用于慢词之中，尤以单字领字较为多见。单字领字有领一句的，有领两句的，有领三句的，最多可领四句。这里分别举例。

以一字领一句如：

向抱影凝情处（周邦彦《法曲献仙音》）

想绣阁深沉（柳永《倾杯乐》）

但暗忆江南江北（姜夔《疏影》）

纵芭蕉不雨也飕飕（吴文英《唐多令》）

以一字领两句如：

探风前津鼓，树杪参旗（周邦彦《夜飞鹊》）

叹年来踪迹，何事苦淹留（柳永《八声甘州》）

① 刘永济：《词论》，上海古籍出版社，1981年，第5页。

② 张炎著、夏承焘校注，沈义父著、蔡嵩云笺释：《词源注　乐府指迷笺释》，人民文学出版社，1963年，第15页。

正思妇无眠，起寻机杼（姜夔《齐天乐》）

夸云和再鼓，曲终人远（贺铸《望湘人》）

以一字领三句如：

渐霜风凄紧，关河冷落，残照当楼（柳永《八声甘州》）

算只有殷勤，画檐蛛网，尽日惹飞絮（辛弃疾《摸鱼儿》）

奈华岳烧丹，青溪看鹤，尚负初心（陆游《木兰花慢》）

怅水去云回，佳期杳渺，远梦参差（张翥《木兰花慢》）

以一字领四句如：

渐月华收练，晨霜耿耿；云山摛锦，朝露洿洿（苏轼《沁园春》）

望一川冥霭，雁声哀怨；半规凉月，人影参差（周邦彦《风流子》）

想骢马钿车，俊游何在；雪梅蛾柳，旧梦难招（张翥《风流子》）

正惊湍直下，跳珠倒溅；小桥横截，缺月初弓（辛弃疾《沁园春》）

（以上有关虚字和领字的说法与例证，参考和引录施蛰存先生《词学名词解释》中关于领字、虚字的内容，谨此致谢。）

至于两字和三字的虚词，词中也用得很普遍。两字的虚字用作领字如：

那堪片片飞花弄晚，濛濛残雨笼晴（秦观《八六子》）

无奈归心，暗随流水到天涯（秦观《望海潮》）

不道吴绫绣袜，香泥斜沁几行斑（王观《庆清朝慢》）

试问此花明媚，将花谁比（舒亶《一落索》）

正是夜堂无月，沉沉夜寒食（周邦彦《应天长》）

只知长坐碧窗期，谁信东风吹散彩云衣（冯延巳《虞美人》）

三字的虚字用作领字如：

更能消几番风雨，匆匆春又归去（辛弃疾《摸鱼儿》）

怎奈向，兰成憔悴，乐广清羸（周邦彦《大酺》）

又还是宫烛分烟，奈愁里匆匆换时节（姜夔《琵琶仙》）

古垒西边，人道是，三国周郎赤壁（苏轼《念奴娇》）

春且住！见说道，天涯芳草迷归路(辛弃疾《摸鱼儿》)

这些一字、二字、三字的虚字用在词中，或振起词情，或转折词意，往往能起一种“摇肢动骨”的作用，同时也使词的声律因转折顿挫而更加富有跳荡、摇动的美感。比如姜夔词曰：“莫似春风，不管盈盈，早与安排金屋。还教一片随波去，又却怨玉龙哀曲。等恁时重觅幽香，已入小窗横幅。”(《疏影》)其所用虚字有“莫似”“不管”“早与”“还教”“又却怨”“等”“已”等，它们分别用于每句之端，使每句自为开合而又上下相贯，真可谓空灵夭娇，极尽吞吐收纵之能事。

因词中常用领字(特别是单字领字)领起下文，所以词中又相应地运用了很多对仗句。这种以领字所引出的对仗句，往往属于“衬豆对”。且以单字领字为例：有以一字领两句的，这在词中最为常见，如“有三秋桂子，十里荷花”(柳永《望海潮》)，“念柳外青骢别后，水边红袂分时”(秦观《八六子》)，“对风鹊残枝，露蛩荒井”(史达祖《齐天乐》)；有以一字领三句的，其中有两句则往往又成为对句，如“奈华岳烧丹，青溪看鹤，尚负初心”(陆游《木兰花慢》)；也有以一字领出三个排句的，如“渐霜风凄紧，关河冷落，残照当楼”(柳永《八声甘州》)；还有以一字领出四句的，这四句则形成两个对仗句(有的是扇面对)或四个排句，如“正惊湍直下，跳珠倒溅；小桥横截，缺月初弓”(辛弃疾《沁园春》)，“羡金屋去来，旧时巢燕；土花缭绕，前度莓墙”(周邦彦《风流子》)。

当然，除开领字所引出的对仗句外，词中也另有用在其他地方的、其他形式的对仗句——和律诗的对仗句具有固定的位置(颔联、颈联)不同，词的对仗句随处可见(只要相连的两句字数相同就可运用对仗)，如《更漏子》《祝英台近》《满庭芳》的起首两句(“柳丝长，春雨细”，出自温庭筠《更漏子》；“宝钗分，桃叶渡”，出自辛弃疾《祝英台近》；“风老莺雏，雨肥梅子”，出自周邦彦《满庭芳》)，如《齐天乐》上片的三四两句、下片的四五两句(如“暮雨生寒，鸣蛩劝织”，“渭水西风，长安乱叶”，出自周邦彦《齐天乐》)，如《玉蝴蝶》上片的六七两句、下片的七八两句(“水风轻、蘋花渐老，月露冷、梧叶飘黄”，“念双燕、难凭远信，指暮天、空识归航”，出自柳永《玉蝴蝶》)等，就都可采用(有时也可不用)对仗句。另外，律诗中的对仗句，必须是五字或七字的对句，词中的对仗句则如上面所列举的那样，可以是五字句、七字句，也可以是三字句、四字句，更可以在对仗句前冠以一字、二字、三字的领字。因而总起来看，词的对仗句不像律诗那样固定，也不像律诗那样严格，它可根据音乐的要求和抒情的需要而自由运用。

这样，词在句式方面便呈现了如下特色：广泛采用参差错落的句子，其中既有一定数量的对仗句和排句,更有大量舒卷自如的散句,而在很多句子的句首,或在几句句子的中间又冠之或插入疏通意脉的虚字,这就使词的声律显示出比近体诗分外灵动、摇曳的美感来。但因这种参差不齐的句式并非随心所欲的产物,而是按照音乐的要求而形成的有序的组合,因此它又克服了古体诗缺乏稳定性的缺点而另外显出一种整严之美——综合以上两点而言,词集合了前代近体诗、古体诗的长处而分别避开了其或过于呆板单调、或过于散漫随意的短处,从而将长、短、奇、偶、整、散的各种句式经过音乐的陶冶而凝铸成为新的诗歌体式。这样的新体式音节声律自然就更能使听众(读者)获得"赏心悦耳"的艺术美感。不妨欣赏下面这两首词:

好雨当春,要趁归耕。况而今已是清明。小窗坐地,侧听檐声。恨夜来风,夜来月,夜来云。　　花絮飘零,莺燕丁宁,怕妨侬湖上闲行。天心肯后,费甚心情。放霎时阴,霎时雨,霎时晴。(辛弃疾《行香子》)

一片春愁待酒浇,江上舟摇,楼上帘招。秋娘渡与泰娘桥,风又飘飘,雨又萧萧。　　何日归家洗客袍?银字笙调,心字香烧。流光容易把人抛,红了樱桃,绿了芭蕉!(蒋捷《一剪梅》)

前一首乃辛弃疾所作,用比兴的手法写出词人遭受谗谤而欲归隐之思。用"恨夜来风,夜来月,夜来云"三句短促的排句来写政治气候的浮幻不定(隐喻小人的诽谤),又用"放霎时阴,霎时雨,霎时晴"三句排句来写君意的难测(未知肯否放我归隐),其抒情是何等的迂曲深婉。而因大量运用了四字和三字的短句与排句,在声律上也显得相当的和谐悦耳。

后一首则是蒋捷的名篇,其中一口气运用了四组排比句,又加上逐句押韵的特点,把全词的声律之美发挥到了极致——我们似已置身于轻飏江上的小舟之中,亲身感受那船底泻淌的潺潺流水,而耳畔则又依稀缭袅着悠扬的笙声笛曲,其"音响效果"真有余音绕梁之妙!

(二)四声安排带来的声调之美

其次来谈词的字声问题。

自从六朝以来,中国古典诗歌开始走上了格律化的道路。沈约在《宋书·谢灵运传论》里提出:"夫五色相宣,八音协畅,由乎玄黄律吕,各适物宜,欲使宫羽相变,低昂互节,若前有浮声,则后须切响。一简之内,音韵尽殊;两句之中,轻重悉异，妙达此旨，始可言文。"①这就形成永明（南齐武帝萧赜的年号）"声律说"的基本原则。而在永明诗人的大力提倡下，诗歌的音节美就被提高到十分重要的地位，诗篇的人为韵律也逐渐形成，终于开辟了从五言古诗而向律诗转变的途径。到了唐代，诗人们遵循上述原则，又加以不断的探索和实践，从而使近体诗的各种诗体都趋于完备而诗歌格律化的整严程度也有了很大的提高。

词为"诗余"，因此它在格律化方面也深受近体诗的影响。除开句式突破了近体诗的整严匀称而变为长短不齐之外，词在字声方面讲究平仄四声，明显就是继承诗（近体诗）的做法而来（原因很简单：词人们基本上又都能写诗）。不过，与此同时，词的讲究平仄特别是有时还须严分四声，却又是受到音乐的制约所致。这是因为：词在当初原是被人用来配乐歌唱的，如果声律与音乐不合，就会拗口不顺。所以李清照论词就特重其合乐协律的特性。她说："至晏元献、欧阳永叔、苏子瞻，学际天人，作为小歌词，直如酌蠡水于大海，然皆句读不葺之诗尔，又往往不协音律者。何耶？盖诗文分平侧，而歌词分五音，又分五声，又分六律，又分清浊、轻重。且如近世所谓《声声慢》《雨中花》《喜迁莺》，既押平声韵，又押入声韵。《玉楼春》本押平声韵，又押上、去声，又押入声。本押仄声韵，如押上声则协，如押入声则不可歌也。"②这就是说，词在辨别字声时，其要求比诗还要严格（如押仄声韵时又要分辨上声和入声，不可混通），其原因即在于词需配乐歌唱。而宋末元初的词人仇远在批评某些自命"豪放"却不肯守律的词人时也曾说过："世谓词者诗之余，然词尤难于诗。词失腔，犹诗落韵，诗不过四、五、七言而止，词乃有四声、五音、均拍、重轻、清浊之别，若言顺律舛，律协言谬，俱非本色。或一字未合，一句皆废；一句未妥，一阕皆不光采，信戛戛乎其难。"③他对"守律"的要求，也明确包含了有关字声（"重轻""清浊"）的内容。所以，从一定程度上讲，词对字声的要求，甚至还超过了诗。诗要求平仄相谐，主要是从文字本身的声调出发，去求得一种人造的韵律美感；而词要求严分平仄四声，除此以外更是为了满足合乐歌唱的要求，故词兼有同时满足内、外两方面要求的使命。而也正因这种"从难从严"的要求与锤炼，词在四声方面的严格讲求，就有助于铸炼其抗坠抑扬、铿锵悦耳的特殊的声调之美。

词之初起，其平仄的安排本与近体诗相同或相近。其原因相当简单：因为较早的文人作者在尝试写词时，往往就借鉴近体诗的写法，所以如白居易之写《竹

① 沈约：《宋书》卷六七《谢灵运传》，中华书局，1974年，第1779页。

② 李清照：《词论》，王仲闻校注《李清照集校注》，人民文学出版社，1979年，第195页。

③ 仇远：《山中白云词序》，张炎《山中白云词》，吴则虞校辑，中华书局，1983年，第164页。

枝》、《望江南》，王建之写《江南三台》《三台令》，就基本沿袭着绝句的平仄安排。而后来的词人写词，仍也大致继承着近体诗那平仄相间的方法，不过在其同时却又依据音乐和声情的要求而做了若干改动调整，所以词既保存了诗的和谐声律美，却又在此基础上有了“青出于蓝而胜于蓝”的进一步提高。

关于唐宋词在字声方面的精心安排和巧妙利用，龙榆生先生在其《词曲概论》“论平仄四声在词曲结构上的安排和作用”中曾有精辟、细密的论述。这里对他的心得体会概括介绍（并适当补充）如下：

> 字调有刚柔、长短、轻重之分。把每个不同性质的单字连缀成为一个句子，用来表达起伏变化的思想情感而恰如其分，便能使听者发生美感而引起共鸣。这便是平仄四声在“倚声填词”方面的主要作用。这平仄四声的错综使用，为了表达喜、怒、哀、乐的不同情感，该作不同样的安排，也就是要取得和谐和拗怒的矛盾的统一。在汉民族诗歌形式的发展中，只有词和曲，才达到了这种境地。①

以上是他对词的字声安排的一个总的看法。照他看来，其目标即在于求得“和谐和拗怒的矛盾的统一”。下面则是他的几层具体论析。

第一层：词的字声安排，是从近体诗的基础上发展起来的。近体诗的平仄安排，是两平两仄相间而以双字为准则的（共有五言仄起、五言平起、七言仄起、七言平起等四种格式）。由于它刚柔迭用，因而取得了整个声调的和谐。而和谐又是美听的主要条件，所以用上述格律原则来写诗，吟诵起来，便会产生高低抑扬的节奏美感。而词的体式虽比诗复杂，但因它在每个句子的平仄安排上，基本仍遵循诗的原则，故也同样取得了和谐美听的效果。

第二层：除了和谐的声律美感之外（这主要是指押平韵的小令，与律、绝的格律相仿而稍有增损变化），词中却另有一种拗怒的声律美感。后者主要体现于如下四种情况中：一是仄韵小令，如范仲淹的《御街行》（纷纷坠叶飘香砌），除开有两句以平声收尾外，其余的句子却全以仄声收尾，从而就构成为整体上的拗怒感。二是词中多用拗句（按：这恐与音乐有关。夏承焘先生曾说温庭筠词好用拗句，如其词《定西蕃》三首，每首八句中即有四句为拗，“凡其拗处坚守不苟者，当皆有关于管弦音度”②。如辛弃疾《破阵子》（醉里挑灯看剑）中共有四个

① 龙榆生：《词曲概论》，上海古籍出版社，1980 年，第 107 页。

② 夏承焘：《唐宋词论丛·唐宋词字声之演变》，《唐宋词论丛》，古典文学出版社，1956 年，第 54 页。

七言句，其平仄安排就打破了近体诗的格式而变得拗怒不平（按："八百里分麾下炙，五十弦翻塞外声"两句为仄仄仄平平仄仄，仄仄平平仄仄平，"了却君王天下事，赢得生前身后名"两句为仄仄平平平仄仄，平仄平平平仄平）。三是某些长调（主要指声情比较激越的长调）的句脚往往平仄相撞或全以仄收，从而显出拗怒之感（前者如岳飞《满江红》，除"怒发冲冠"、"待从头"、"收拾旧山河"三句以平声为句脚外，其余十九句的句脚全以仄收；后者如辛弃疾《贺新郎》，从"把酒长亭说"到"莫吹裂"的全部词句，全部使用仄声句脚）。四是很多长句的头一个字（往往就是领字），一般都采用仄声（特别是用去声），这样就能有力地提挈和振起下文。如上举辛弃疾的《贺新郎》，其"看渊明、酷似卧龙诸葛"，"要破帽、多添华发"，"被疏梅、料理成风月"，"怅清江、天寒不渡"，"回谁使，君来愁绝"，"料当初、费尽人间铁"等句的头一个字，就全用去声而绝不能改用平声，这也有效地造成了它们拗怒的音节感。

第三层：词人根据自己抒情的需要，可以分别选择比较和谐或比较拗怒的词调来填词。如欲表现缠绵哀婉的思想感情，就选用前者；而如欲表现豪情壮采或抑塞不平的感情，就选用后者。前者可举《满庭芳》调为例，因平仄安排得十分协调，故而构成通体和谐的音节，特别适宜用来表达舒徐和婉或温柔悱恻的感情（如秦观就写过起句为"碧水惊秋""山抹微云"的《满庭芳》词）。再如，《风流子》一调，在结构上奇偶相生、平仄谐婉，周邦彦就据此写出了起句为"枫林凋晚叶"的词篇。后者可举《贺新郎》《满江红》等词调，豪放派词人就特别喜用它们来抒写激越悲愤之情。而除开上述两种情况之外，更有一些懂得音律的词人往往在一词之中掺和着和谐与拗怒之美，从而使其声律特别美听。其中最负盛名的就数周邦彦。他对平仄四声的安排就独具匠心。他逐渐脱离近体诗两平两仄间用的法则而参用一平一仄相间的句子，尤其又注重去声字的作用，着意把它们安排在领头或句腰间，使全句挺起有力，借以显现它的特殊音节。故而王国维要赞美周词"拗怒之中，自饶和婉，曼声促节，繁会相宣，清浊抑扬，辘轳交往"①。比如其名篇《兰陵王》（柳阴直）就是一例。《兰陵王》原是描写战斗激烈情态的舞曲，其音节相当激昂高亢，特别其末段"声尤激越，惟教坊老笛师能倚之以节歌者"②。现不妨将周词抄录如下：

① 王国维：《清真先生遗事》，《王国维遗书》第 10 册，上海古籍出版社，1983 年，第 23 页。

② 毛幵：《樵隐笔录》，冯金伯《词苑萃编》引，唐圭璋编《词话丛编》，中华书局，1986 年，第 1179 页。

柳阴直，烟里丝丝弄碧。隋堤上，曾见几番，拂水飘绵送行色？登临望故国。谁识，京华倦客？长亭路，年去岁来，应折柔条过千尺。　　闲寻旧踪迹。又酒趁哀弦，灯照离席。梨花榆火催寒食。愁一箭风快，半篙波暖，回头迢递便数驿，望人在天北。　　凄恻，恨堆积。渐别浦萦回，津堠岑寂。斜阳冉冉春无极。念月榭携手，露桥闻笛。沉思前事，似梦里，泪暗滴。（周邦彦《兰陵王》）

由于词人兼文学家和音乐家身份于一身，所以他能根据音乐的要求创造性地安排四声。首先，每遇对称的句式总是以和谐和拗怒递用，如“酒趁哀弦，灯照离席”两句，前句是仄仄平平的和谐音节，后句则是平仄平仄的拗怒音节；又如“一箭风快，半篙波暖”两句，前句的平（按：“一”字以入作平）仄平仄是拗怒的音节，而后者的仄平平仄又显得相当和谐。其次，再从这些对称句的句脚字来看，“弦”和“席”一平一仄递用，显示和谐；“快”和“暖”两仄连用，却又显示拗怒；“回”和“寂”一平一仄递用，显示和谐；“手”和“笛”两仄连用，却又显示拗怒。再加上这些对称句的领字（如“又”“渐”“念”等）又多用去声字，所以词的对仗就大不同于诗的对仗。诗的对仗主要求工整和谐，而周词中的对仗则在和谐之外更具拗怒的韵致。再次，从全词的词句来看，它又颇多拗句，而这些拗句的声律之妙，又多着重于去声。如“拂水飘绵送行色”为仄仄平平仄平仄，其五、六两字为拗；“应折柔条过千尺”为平仄平平仄平仄，也是五、六两字为拗；“登临望故国”为平平仄仄仄，第三字为拗；“望人在天北”为仄平仄平仄，若以上一、下四的句法来看，其第三字也为拗。而其拗之所在，如“送”“过”“望”“在”等字，就尽是去声字，它们就把附近相连的字音激起，特别显出抑扬抗坠的美妙音节。再如“回头迢递便数驿”的平平平去去去入，七字中用了四个仄声；“似梦里”的去去上，“泪暗滴”的去去入，两个三字句里竟未用一个平声；这样过多地使用仄声字，就都是为了激起音节的拗怒。最后，从全词的句脚来看，又几乎全用仄声，加上结句“似梦里，泪暗滴”的连用六仄，更配上通篇都押短促的入声韵，故而又从多方面加强了它的激越声情。通过上述例子的剖析可知，平仄四声的巧妙安排，确能给词带来或和谐、或拗怒、或二者交集于一体的多种多样的声律美感。

以上，我们介绍了龙榆生对词的四声安排的主要体会。除此之外，夏承焘先生在他的《唐宋词字声之演变》一文中，也对这方面的问题作过专题研究。他的基本看法是：词自民间转入文人手中之后，温庭筠已分平仄，并按音乐的要求多用拗句的音节；晏殊则在仄声中特重去声，尤其在结拍之处严辨四声；柳永在仄声中好以上声与去声或去声与上声连用（如“暮霭沉沉楚天阔”中的“暮霭”，“更与何人说”中的“更与”，“眷恋香衾绣被”中的“绣被”，“自是白衣卿相”中的

"自是"等),特又严于入声;周邦彦对四声的运用,亦多变化,越加精妙,达到了"神明于矩矱之中"①的境地;至于宋末词家,就更进而辨五音(似指发声部位)、分阴阳(即清、浊音)。总之,唐宋词的字声安排,经历了一个从疏到密,从辨平仄到辨四声和五音、阴阳的过程。而在这一过程中起作用的因素主要有二:一是歌唱的需要,如柳词好以上去或去上连用,歌唱起来便有累累贯珠之妙,而若连用两去或两上,则必拗嗓棘口;二是词人的着意安排,如周邦彦词常在音乐最好听的部位(相当于元曲中的"务头"处)施以拗句(而且其四声安排一字不苟,相当严格),这样就大大加强了它的"美听"效果。夏先生的这些论述,与前面龙先生的论述一样,都是建立在大量例证的基础之上的,因此言之有据,令人信服。

总而言之,词人一方面借鉴了近体诗的写法,另一方面又依据音乐的要求,摸索出了一套更加巧妙的四声安排方法。因此,即使在词乐失传、词篇不再能歌唱的后代,人们在吟咏朗读它们时,却仍能感受其特殊的声律之美。早在六朝时期,人们已对诗歌的字声安排投注了很大的兴趣。如陆机说过:"暨音声之迭代,若五色之相宣",意指"音声迭代而成文章,若五色相宣而为绣也"②。其后的刘勰也注意到字声有飞、沉之分,"沉则响发而断,飞则声飏不还"③。他们在佛经转读和拼音学理的影响下,已经开始发掘汉字单音独体内部所蕴藏的声调之美。而到了唐宋,则词人们更在配乐歌唱的过程中进一步认识和利用了这种声调美——特别是注意到了去声的妙用(万树在《词律·发凡》中特意指出:"名词转折跌宕处,多用去声。"④)——这也是一种"后来居上"和"后起转精"的表现吧。

(三)改进押韵带来的声情之美

押韵,向来就是中国古典诗歌在其格律形式方面的一个显著特点。从《诗经》开始,直到唐代的律诗、绝句,诗人们已经创造了多种多样的押韵方式,并且积累了相当丰富的押韵经验。而唐宋词人在这方面,则又在前人的基础之上有了新的变化与改进。当然,这种变化与改进的主要依据也仍是抒情的需要和音乐的要求。宋末词乐家杨缵曾经提出过著名的"作词五要"(作词的五条原则),其中:第一条是"择腔",第四条是"随律押韵"。这两条的意思即指:作词者应当

① 夏承焘:《唐宋词论丛·唐宋词字声之演变》,《唐宋词论丛》,古典文学出版社,1956年,第76页。

② 萧统编:《文选》,李善注,商务印书馆,1936年,第352页。

③ 周振甫:《文心雕龙今译》,中华书局,1995年,第300页。

④ 万树:《词律》,上海古籍出版社,1984年,第15页。

根据自己抒情的需要去选择适当的曲调（它同时也就是词的词调），而在按谱填词时，则又必须“随律押韵”，这样始能收到声情并茂的满意效果。故从他的特意提出押韵问题（照理，既然是按谱与随律填词，押韵当然就不成问题）来看，人们就不难悟出押韵在构成词的声律美中实也占据着不可忽略的地位，值得细心体察。

对于词在押韵方面的有所变化与改进，我们主要把它和近体诗做一比较。理由有二：其一，古体诗的押韵，随意性较大，缺乏一定的规范，而词和近体诗的押韵，则同属有规则、有法度可循的行为，而唯有“有章可循”，始能进行清晰的对比，所以我们就不取古体诗而取近体诗来与词做比较；其二，初期的文人词与近体诗的体式格局相当接近，到了后来，词与近体诗才在体式方面逐渐拉大了距离。所以我们若将后来比较成熟的词体与近体诗的押韵方式做一比较，就能越发看清它的有所变化与改进。正是基于以上两点原因，下文就拟通过与近体诗的比较来探求词的押韵方式之若干改进。

第一，近体诗一般都押平声韵（虽也有押仄声韵的，但数量极少），而词则平、仄都押，且仄声韵中又分押上去声和入声两种，因此词在抒情方面就获得了更大的自由，而其声律之美也显得更加多样。举例来讲，词中有押平声韵的，如蔡伸《十六字令》：“天！休使圆蟾照客眠。人何在？桂影自婵娟。”如晏殊《浣溪沙》：“淡淡梳妆薄薄衣，天仙模样好容仪，旧欢前事入颦眉。　闲役梦魂孤烛暗，恨无消息画帘垂，且留双泪说相思。”平声韵所带给词篇的声律美，相对来讲，就显得比较平和舒缓。

而押仄声韵的词，其声情与音节的美感就不同了。比如秦观《如梦令》：“遥夜沉沉如水，风紧驿亭深闭。梦破鼠窥灯，霜送晓寒侵被。无寐，无寐，门外马嘶人起”；陆游《夜游宫》：“雪晓清笳乱起，梦游处、不知何地。铁骑无声望似水。想关河，雁门西，青海际。　睡觉寒灯里，漏声断、月斜窗纸。自许封侯在万里。有谁知，鬓虽残，心未死？”它们所押的，乃是仄声韵（上声和去声，这两种声调可以通押），其情调就显得比较哀迫凄楚。

特别应该提出的是：词中另有一类押入声韵的作品，其声情就不光异于押平声韵的作品，而且也还异于押上声、去声的作品。如：

> 怒发冲冠，凭栏处、潇潇雨歇。抬望眼、仰天长啸，壮怀激烈。　三十功名尘与土，八千里路云和月。莫等闲、白了少年头，空悲切。　靖康耻，犹未雪；臣子恨，何时灭？驾长车踏破，贺兰山缺。壮士饥餐胡虏肉，笑谈渴饮匈奴血。待从头、收拾旧山河，朝天阙。（岳飞《满江红》）

寻寻觅觅，冷冷清清，凄凄惨惨戚戚。乍暖还寒时节，最难将息。三杯两盏淡酒，怎敌他、晚来风急？雁过也，正伤心，却是旧时相识。　　满地黄花堆积，憔悴损，如今有谁堪摘？守着窗儿，独自怎生得黑？梧桐更兼细雨，到黄昏、点点滴滴。这次第，怎一个愁字了得？（李清照《声声慢》）

这两首名篇，就都押的是入声韵。入声和上去声相比，虽然同属仄声的行列，但它的声调却显得格外矫健而激越（上声则显得舒齐一些，去声又显得清厉一些），因而很适宜于用来抒发激楚、凄切、郁勃之情。岳飞之作，显得悲愤激烈，而李清照之作又显得沉咽凄恻，它们的声律美感就很难用上、去声来表达和替代。但因元代以后"入派三声"（入声消失，分化成平声、上声和去声），故而现代的北方人对押入声韵的词篇，就不太能像古人那样深刻地体会其独特的音调之美了，这或许也算是一种遗憾吧。但在唐宋时代，人们对上去声与入声却是分辨甚清的，因此李清照要特地在其《词论》中指出："本押仄声韵，如押上声则协，如押入声则不可歌矣。"可见当时人在押仄声韵时，是把入声与上去声分开押的。所以概括起来看，由于近体诗一般只押平声韵而词却可以分押平声、上去声和入声三种韵，后三种情况就为词的制造多种多样的声律美感提供了优裕的条件。

第二，近体诗是通篇押一个韵，或称一韵到底，而词则在很多时候可以换韵转韵，这也为词的声律增添了繁复之美。就拿很短的小令《南乡子》来说，如李珣之作："乘彩舫，过莲塘，棹歌惊起睡鸳鸯。游女带香偎伴笑，争窈窕，竞折团荷遮晚照"，"相见处，晚晴天，刺桐花下越台前。暗里回眸深属意，遗双翠，骑象背人先过水"，它们就在一词之中分押平仄二韵，从而使其声律之美显得婀娜多姿。至于较长的词篇，其换韵转韵的情况就更见频繁了。如陆游那首著名的《钗头凤》：

红酥手，黄縢酒，满城春色宫墙柳。东风恶，欢情薄。一怀愁绪，几年离索。错！错！错！　　春如旧，人空瘦，泪痕红浥鲛绡透。桃花落，闲池阁。山盟虽在，锦书难托。莫！莫！莫！

它前后押了上、入、去、入四类仄声韵，通过这么频繁的转韵换韵，就把词人怨极悲极的心情抒写得淋漓尽致，而其声律也因此显得跳跃跌宕，大有哀竹悲丝之韵味。再如薛昭蕴的《离别难》：

宝马晓鞴雕鞍，罗帏乍别情难。那堪春景媚，送君千万里。半妆珠

> 翠落，露华寒。红蜡烛，青丝曲，偏能勾引泪阑干。　　良夜促，香尘绿，魂欲迷，檀眉，半敛愁低。未别，心先咽，欲语情难说，出芳草，路东西。摇袖立，春风急，樱花杨柳雨凄凄。

此词的押韵方式十分奇妙：它以两组平声韵作为主韵（一是“鞍”“难”“寒”“干”四个“寒”部平韵；一是“迷”“眉”“低”“西”“凄”五个“齐”部平韵），又分别夹进一组上、去声韵（“媚”“里”属于去声的“至”部韵和上声的“止”部韵，可以通押）和四组入声韵（一是“落”“烛”“曲”为一组；二是“促”“绿”为一组，属于“药”部和“沃”部韵；三是“别”“咽”“说”为一组；四是“立”“急”为一组，属于“薛”部和“缉”部），从而形成了若断若续、起伏不定的声情之美。除此之外，词中还有同属一个韵部而平仄换韵的例子，如辛弃疾《西江月》：

> 明月别枝惊鹊，清风半夜鸣蝉。稻花香里说丰年，听取蛙声一片。
> 七八个星天外，两三点雨山前。旧时茅店社林边，路转溪桥忽见。

此调比较特别：“蝉”“年”“前”“边”都属“先”部平声韵，而“片”和“见”则属于同部的仄声韵，它们平仄换押，既保持了同一韵部的风味，却又变换了不同的声调，因此反而增加了它的声情之美。所以若与近体诗的一韵到底相比较，词的经常换韵转韵也不失是一种“改良”过的押韵方式。

第三，近体诗一般是隔句押韵（当然也有首句入韵的），或逢双押韵，而词的韵位却疏密不定、单偶不拘。这种丰富多变的押韵方式，同样也为词制造多种多样的声律美感提供了方便。比如，词中也有像近体诗那样的隔句用韵的例子，如韦应物《三台词》：“冰泮寒塘始绿，雨余百草皆生。朝来门闾无事，晚下高斋有情。”如寇准《江南春》：“波渺渺，柳依依。孤村芳草远，斜日杏花飞。江南春尽离肠断，蘋满汀洲人未归。”由于隔句用韵，其韵位安排得相当匀称均衡，故其声律显得比较舒缓和谐。而除开少量的隔句用韵情况之外，词中大量的作品却是单偶不拘和疏密不定的。比如，词中有句句押韵的，如万俟咏《长相思》：“短长亭，古今情。楼外凉蟾一晕生，雨余秋更清。　　暮云平，暮山横。几叶秋声和雁声。行人不要听。”这是通篇押平韵的句句押韵；如韦庄《归国谣》：“金翡翠，为我南飞传我意：罨画桥边春水，几年花下醉？　　别后只知相愧，泪珠难远寄。罗幕绣帏鸳被，旧欢如梦里。”这又是通篇押仄韵的句句押韵；如欧阳炯《南乡子》：“画舸停桡，槿花篱外竹横桥。水上游人沙上女，回顾，笑指芭蕉林里住。”这则是平仄转换的句句押韵。这类句句押韵的词篇，因其韵位密集，故能引起一种紧促的听觉感受，收到特别美听的效果。而另外一类韵位比较稀疏的作品，则又能引起另一种风姿摇曳、悠远不迫的声律感受。如李清照《醉花阴》："薄雾浓云愁永昼，瑞脑消金兽。佳节又重阳，玉枕纱厨，半夜凉初透。　　东篱把酒黄昏后，有暗香盈袖。莫道不消魂，帘卷西风，人比黄花瘦。"此词上下两片的后三句，都是隔了三句才押韵，它与逢双押韵相比就显得有些"优哉游哉"之感了。再如范周《宝鼎现》的前二片："夕阳西下，暮霭红溢，香风罗绮。乘丽景、华灯争放，浓焰烧空连锦砌。睹皓月、浸严城如昼，花影寒笼绛蕊。渐掩映、芙蕖万顷，迤逦齐开秋水。　　太守无限行歌意，拥麾幢、光动珠翠。倾万井、歌台舞榭，瞻望朱轮骈鼓吹。控宝马、耀貔貅千骑，银烛交光数里。似烂簇、寒星万点，拥入蓬壶影里……"由于它的韵位较疏（基本是三句押一韵），因此读来似觉有些散文化的意味，有利于绘写京城那种富贵雍华的气派和繁荣热闹的景象，而不像那些韵位较密的小令那样显出急管哀弦的风味。（以上部分内容参考了龙榆生先生《词曲概论》）

当然，以上三种情况，都只是将词与近体诗做一番单线条的比较而已。而事实上，词的押韵方式与诗的押韵方式之不同，又往往是将上述种种情况糅合在一起，从而显示其繁复的变化与有效的"改良"。这里且举一例，温庭筠有一首《河传》词，全文如下：

> 湖上，闲望。雨萧萧，烟浦花桥，路遥。谢娘翠娥愁不消，终朝，梦魂迷晚潮。　　荡子天涯归棹远。春已晚，莺语空肠断。若耶溪，溪水西，柳堤，不闻郎马嘶。

在这首不长的词作中，几乎聚集了词在押韵方式上的所有特色：句句押韵且平仄都押，另又不断转韵。而后来的辛弃疾也曾写过一首"效花间体"的《河传》：

> 春水，千里。孤舟浪起，梦携西子。觉来村巷夕阳斜。几家？短墙红杏花。　　晚云做造些儿雨。折花去，岸上谁家女？太狂颠！笑那边，柳绵，被风吹上天。

它的格式虽和温词有所差异（按：《河传》一调，变格较多），但在押韵方式上，也仍保持了上述句句押韵和平仄转换的密集、多变的特色。而这两首《河传》所显示的那种声律美感，以及它们所表达的惝恍迷离与轻灵飘忽之情，明显就是近体诗所难以达到和难以表达出来的。西方美学理论家克莱夫·贝尔曾经提出，

“美”是“有意味的形式”。借用这个说法，我们即可认为，在中国古代诗歌的各种体式中，词体就是一种最有“意味”的“美文”体式。

现在，我们再把词在句式、字声、押韵三方面的特色综合起来进行考察：由于词体广泛采用了参差错落的长短句式，在字声方面则充分利用了汉字抗坠抑扬的声调优势，又在押韵方面作了有效的改进和提高，因此词就绰有理由被视作一种经过音乐“优化组合”过的新型抒情诗体。从其“调有定句，句有定字，字有定声”来看，它是一种严格有序的组合，从而便将中国古典诗歌的格律之美、整严之美、规范之美推向了新的高度；而再从其体式的“要眇宜修”①（句式错落有致，音节谐美动听）来看，另加上词调众多、可供作者自由选择的优势，则词又将中国古典诗歌的错综之美、繁复之美以及富于变化的特色，发挥到了空前的水平。故而一方面是博采了古代诗体的众长，成为古代诗体的“大成”，另一方面又依仗音乐的扶持，经过音乐的陶冶，词在声律方面就比近体诗有了更新和更高的“飞跃”。刘勰在《文心雕龙·声律》中曾对诗歌的声律美感提出过一种很高的理想境界：“声转于吻，玲玲如振玉；辞靡于耳，累累如贯珠。”②唐宋词那长短有序的句式、错落有致的音节、抑扬顿挫的声调以及高低疾徐的韵律，就无不给人以振玉贯珠般的悦耳美感，给人以因声及情、由耳入心的特殊情趣。所以康有为赞美词的声律之美“实合诗、骚、乐府、绝句而一协于律，盖集辞之大成，文之有滋味者也”③，就确是一种“知味”之言。

三、雅俗共赏的语言美

在人类所创造的各种艺术门类中，文学是专靠语言“吃饭”的。而在各类文学语言中，诗歌的语言又是最精粹和最优美的“高级语言”。为此，诗人就不惜“吟安一个字，捻断数茎须”（卢延让《苦吟》）地为着语言的精心选择和巧妙安排去煞费苦心。不过，如对整个古典文学的语言进行一次“选美大赛”的话，其中的翘楚恐怕就非唐宋词莫属。对此，且引缪钺先生的一段话来做说明。他说：词中所用语言（语汇、字面），“一句一字，均极幽细精美之能事”，“是以言天象，则‘微雨’‘断云’‘疏星’‘淡月’；言地理，则‘远峰’‘曲岸’‘烟渚’‘渔汀’；言鸟

① 王国维著，滕咸惠校注：《人间词话新注》，齐鲁书社，1981年，第44页。

② 周振甫：《文心雕龙今译》，中华书局，1995年，第300页。

③ 康有为：《味梨集序》，陈永正编《康有为诗文选》，广东人民出版社，1983年，第463页。

兽,则‘海燕’‘流莺’‘凉蝉’‘新雁’;言草木,则‘残红’‘飞絮’‘芳草’‘垂杨’;言居室,则‘藻井’‘画堂’‘绮疏’‘雕槛’;言器物,则‘银缸’‘金鸭’‘凤屏’‘玉钟’;言衣饰,则‘彩袖’‘罗衣’‘瑶簪’‘翠钿’;言情绪,则‘闲愁’‘芳思’‘俊赏’‘幽怀’。即形况之辞,亦取精美细巧者。譬如亭榭,恒物也,而曰‘风亭月榭’(柳永词),则有一种清美之境界矣;花柳,恒物也,而曰‘柳昏花暝’(史达祖词),则有一种幽约之景象矣。”①从其所引的众多语汇词藻来看,唐宋词的语言确是精致漂亮、美不胜收(尽管它又偏向于“细美”的方向,这在下文再说)。所以我们若把唐宋词称作中国韵文中最美丽、最华贵的文体,此声恐未为过;而这与它的语言之美,是无法割离的。

对于唐宋词的语言美,我们主要从两个角度来探析:一是从其语言的总体风格来看,词呈现出比诗要“俗”而比曲要“雅”的雅俗共赏和雅俗相济的特色;二是从其语汇和意象来看,词又出现了有所选择的密集型趋向。而这两者都对造就词的主体抒情风貌和主体美感类型,起着至关重要的作用与影响。

(一)雅俗共赏的语言风貌

这里来看词的雅俗相济和雅俗共赏的语言风貌。

清人李渔曾说:“作词之难,难于上不似诗,下不类曲,不淄不磷,立于二者之中。”②照他看来,诗词之别和词曲之别,就很大程度上指的是语言风貌方面的差异。此即:词的语言应比诗要“俗”一些,但比曲则又要“雅”一些,这样才能“立于二者之中”,自成其特有的风貌。所以,尽管以上看法并未由李渔直说出来,但经过我们的演绎推论,却大体可以认定他已经隐约地看到了词的雅俗相济和雅俗共赏的语言特色。

首先,从宏观的角度来考察词的雅俗相济和雅俗共赏的语言特色。在唐宋词诞生以前,文坛基本由诗和文这两种“正统”的文学统治着天下。虽然诗中也曾出现过少量的民歌、民谣,但它们却并不能跻入文学的大雅之堂,因而唐宋词以前的中国文学,基本就是“高雅文学”一统天下。而在唐宋词以后,这种由雅文学独霸文坛的局面已开始被逐渐打破。宋代出现了很多的话本小说(它承接唐代的变文而来,可分“小说”、“讲史”等多种)和雏形戏曲(一类以歌舞讲唱为主,如转踏、曲破、大曲、赚词、鼓子词、诸宫调等;另一类和戏剧接近,如傀儡戏、影戏、杂剧;再有一类则已具有完备的戏剧形式,即“南戏”),这就预示着“通俗

① 缪钺:《诗词散论·论词》,开明书店,1948 年,第 5 页。
② 李渔:《窥词管见》,唐圭璋编《词话丛编》,中华书局,1986 年,第 549 页。

文学”即将登台表演。果然，在此之后，尽管元、明、清三朝的正统文学（诗和文）仍旧继续有所发展并时有高涨，但总体来看，那原先不齿于士大夫文人的俗文学（主要指戏曲和小说）却以惊人的速度和规模发展壮大起来，并进而成为文学舞台上的“红角儿”（至少在广大平民读者看来是如此）。人们一提到元代文学，便马上会想到《窦娥冤》《西厢记》《汉宫秋》《拜月亭》之类的戏曲名作；而一提到明清文学，又绝不会忘掉《三国演义》《水浒传》《西游记》《金瓶梅》《三言二拍》《红楼梦》之类小说名著和《牡丹亭》《长生殿》《桃花扇》之类的戏剧典范，这便有力地证明了文学重心已由雅文学向俗文学转移。而在这种转移过程中，唐宋词正好占据着一个转折与过渡的位置：在它以前，诗文有着灿烂辉煌的“昨天”；在它以后，戏曲和小说却又有着它们璀璨耀目的“明天”。因此，唐宋词可谓是连接着雅文学和俗文学的一个“中介”，理所当然具有雅俗相济和雅俗共赏的特色。我们看到，一方面，词为“诗余”，它的语言很多来自诗（特别是唐诗）中。宋人早就说过：“吾笔端驱使李商隐、温庭筠，常奔命不暇”①，“清真（周邦彦）词多用唐人语”②，“贺方回、吴梦窗皆善于炼字面，多于温庭筠、李长吉诗中来”③，这便证明了词与“雅”结缘非浅。而另一方面，（唐）宋词（特别是其中的“俗词”）却又与同时的鼓子词、诸宫调和后来的元曲有着密切的联系，如欧阳修就写过12首调名《渔家傲》的鼓子词，赵令畤也用商调《蝶恋花》写过12首记述张、崔恋爱故事的鼓子词，而后人在评论柳永的俚俗词时又不忘指出它“开宋、元曲子之先声”（夏敬观《手评乐章词》）的“导夫先路”作用。由此看来，唐宋词在中国古代文学的由雅向俗的总体转移中，实在担任着一个承上启下的角色。它一手联结着前代的雅文学，另一手又提携着后代的俗文学；它既在自己的躯体里融注着前代文人的诗情雅趣，又不惜将自身融化为同代和后代戏曲小说的一个组成部分（如文人和艺人经常采用唐宋词句入戏曲，或以之作为小说中的“入话”和韵文赋赞），其语言确实具有亦雅亦俗、雅俗相间的特色。

其次，从唐宋词本身的发展状况来看，词也经历着一个由俗变雅、雅俗相济的演变过程。词本起源于民间，又曾传唱和流行于广大下层民众之中，所以其“本色”应是俗的。对此，我们可从早期的敦煌词中看得很清。如《菩萨蛮》词：

枕前发尽千般愿，要休且待青山烂。水面上秤锤浮，直待黄河彻底

① 脱脱，等：《宋史》卷四四三《贺铸传》，中华书局，1979年，第1303页。

② 陈振孙：《直斋书录解题》卷二一，上海古籍出版社，1987年，第618页。

③ 张炎著、夏承焘校注，沈义父著、蔡嵩云笺释：《词源注　乐府指迷笺释》，人民文学出版社，1963年，第15页。

枯。　　白日参辰现，北斗回南面。休即未能休，且待三更见日头。

此词就通篇未见任何文绉绉的字眼而全部捡拾日常生活现象和日常生活用语来抒发一位民间女子灼热异常的恋情，明显带有着民间文学的“野气”。再如《鹊踏枝》词：

巨耐灵鹊多谩语，送喜何曾有凭据？几度飞来活捉取，锁上金笼休共语。　　比拟好心来送喜，谁知锁我在金笼里。欲他征夫早归来，腾身却放我向青云里。

这是一首人禽对话的白话词，在文人雅士看来，或许就是俗不可耐的；而照市民群众看来，却又是通俗可爱的。由此看来，词因起源于“胡夷里巷之曲”，故其本质或本色，应是一种俗文学。而这种俗文学的“本性”，在文人词中也还未全部泯灭。如刘禹锡仿效民间歌曲而作的《竹枝词》：“山上层层桃李花，云间烟火是人家。银钏金钗来负水，长刀短笠去烧畬”，“杨柳青青江水平，闻郎江上唱歌声。东边日出西边雨，道是无情还有情”，其间都还充溢着通俗清新的民歌风味。特别是在两宋时期，城市经济的发展引发了广大市民阶层对于文化娱乐活动的迫切需求之后，以瓦舍勾栏、茶坊酒肆为基地的“市井文艺”更有空前蓬勃的发展。而市民群众对于文艺的特种嗜求，也势必影响和浸润到一部分文人作者的歌词中来。这样，在宋代文人词中就形成了一股“骫骳从俗”①的创作倾向，其突出代表当首推柳永的词。

小园东，花共柳，红紫又一齐开了。引将蜂蝶燕和莺，成阵价、忙忙走。　　花心偏向蜂儿有，莺共燕、吃他拖逗。蜂儿却入、花里藏身；蝴蝶儿、你且退后。”（《红窗迥》）

平生自负，风流才调。口儿里、道知张陈赵。唱新词，改难令，总知颠倒。解刷扮、能嗓柝呋嗽，表里都峭。每遇着、饮席歌筵，人人尽道，可惜许老了。　　阎罗大伯曾教来，道人生、但不须烦恼。遇良辰，当美景，追欢买笑。剩活取百十年，只恁厮好。若限满、鬼使来追，待倩个、掩通着到。（《传花枝》）

这两首词就都是一些用市井语言写成的俚俗词篇。柳永的这种骫骳从俗的词风虽在后来不断地受到批判，但很多批评者却主要只是扬弃其中庸俗的一面而仍继承其通俗的另一面。如李清照就曾指责柳词“词语尘下”而赞扬南唐君臣的

① 陈师道：《后山诗话》，何文焕辑《历代诗话》，中华书局，1981年，第311页。

“文雅”①词风,但她自己所写的词,却仍“用浅俗之语,发清新之思”②。如其“守着窗儿,独自怎生得黑”(《声声慢》),“不如向帘儿底下,听人笑语”(《永遇乐》),“此情无计可消除,才下眉头,却上心头”(《一剪梅》)之类的词句,就简直接近于大白话。即使到了宋末元初那位高倡“雅正”、反对“率俗”的词人张炎那里(他也曾批评过柳词是从“批风抹月”③中来),其词作仍保持着相当程度的通俗意味。如其“夜来折得江头柳,不是苏堤也皱眉”(《鹧鸪天》),“温柔只在秋波里,这些儿、真个动心”(《恋绣衾》)之类的词句,也还是十分浅显的。所以,因着词的贴近市民群众和依赖乐工歌妓,它就自始至终都未彻底摆脱掉“俗”的风味。特别当宋词与宋诗那种“以文字为诗,以议论为诗,以才学为诗”④的博奥古雅面目相比,就分外显出“从俗”的特色。

但是,问题却又要从另一方面来看:由于唐宋词的作者主要都是一些士大夫文人,因此他们那种嗜“雅”的艺术趣味又必然会影响到词风和词的语言。以那位“能逐弦吹之音,为侧艳之词”的“浪子词人”⑤温庭筠来说,他所使用的文学语言就是相当雅美的。比如:

玉楼明月长相忆,柳丝袅娜春无力。门外草萋萋,送君闻马嘶。
画罗金翡翠,香烛销成泪。花落子规啼,绿窗残梦迷。(《菩萨蛮》)

这样的作品就真当得上“精妙绝人”⑥的评语(刘熙载《艺概》卷四)。再拿柳永来说,其词中也有“渐霜风凄紧,关河冷落,残照当楼”(《八声甘州》)的高品位的文学语言。苏轼虽然有些儿瞧不起他,但对此也说过几句公平的话:“世言柳耆卿曲俗,非也。如《八声甘州》云……此语于诗句不减唐人高处。”⑦由此可见:柳永(以及其他好写俗词的作者)词中,凡是比较优秀的作品,大致又都能在“俗”的同时济之以“雅”,从而达到了俗中有雅和俗不伤雅的境地。

至于那些比较正统和儒雅的士大夫文人,则更如前述,一方面因其词作仍保持着几分“俗”的本色,另一方面又因他们原先所接受的文化熏陶和所向往的文

① 李清照:《词论》,王仲闻校注《李清照集校注》,人民文学出版社,1979 年,第 194 页。
② 彭孙遹:《金粟词话》,唐圭璋编《词话丛编》,中华书局,1986 年,第 121 页。
③ 张炎著、夏承焘校注,沈义父著、蔡嵩云笺释:《词源注　乐府指迷笺释》,人民文学出版社,1963 年,第 33 页。
④ 严羽:《沧浪诗话》,何文焕辑《历代诗话》,中华书局,1981 年,第 688 页。
⑤ 刘昫,等:《旧唐书》卷一九〇,中华书局,1975 年,第 5079 页。
⑥ 刘熙载:《艺概》卷四,上海古籍出版社,1978 年,第 107 页。
⑦ 赵令畤:《侯鲭录》卷七,中华书局,1985 年,第 69 – 70 页。

化追求属于“雅”的文化范畴，两相结合，就使其词篇相当自然地呈现出雅俗共赏的特色。这里随手抄录一些名篇，如：

> 时光只解催人老，不信多情，长恨离亭，泪滴春衫酒易醒。　　梧桐昨夜西风急，淡月胧明，好梦频惊，何处高楼雁一声？（晏殊《采桑子》）
>
> 别后不知君远近，触目凄凉多少闷！渐行渐远渐无书，水阔鱼沉何处问？　　夜深风竹敲秋韵，万叶千声皆是恨。故敧单枕梦中寻，梦又不成灯又烬。（欧阳修《玉楼春》）

这些词就全都属于清新可读和雅俗共赏的佳作。所以，两宋时代就出现了这样的奇怪现象：一方面，文人学士们大都自命风雅而鄙视尘俗，但他们对于那原属“小道”和俗文学行列的小词，实际上却又另眼看待；另一方面，市民群众本只喜欢话本、诸宫调之类的市井文艺而并不欣赏文人学士们那些书卷气和学究气太重的诗文作品，却偏又相当欢迎文人所创作的新词（柳词达到凡有井水饮处皆能歌唱的地步且不必去说，就连苏轼的词也往往刚刚写毕就不胫而走、传遍朝野）——这中间的一个主要原因，恐就在于词的语言具有雅俗共赏的两面性，故能被雅俗群众所共同接受和共同喜爱。

换句话说，词之所以能在两宋成为一种“全民文艺”，出现了上自帝王、下至僧尼优娼皆喜作词和唱词的盛况，分明便与词的语言品位处在雅俗都能接受的优越地位有着密切的关联。而反过来说，此种全民作词和全民唱词的风气，也势必会更进一步地推动着词的语言朝着雅俗共赏的境地发展。我们试看，李清照所作的诗歌，如《浯溪中兴颂诗和张文潜》二首、《上枢密韩肖胄》等，其风格就都是相当古雅的，曾被时人赞为“（其）诗之典赡，无愧于古之作者”①，但当她提笔作词时却又一改其典雅的语言风格而变得“轻巧尖新，姿态百出”②。再如另一位著名词人周邦彦，他写《汴都赋》《薛侯马》《天赐白》时，就俨然是一副诗赋家的大手笔，人称其语言“自经史中流出”；但他的词却能在“雅”中融“俗”，故而“贵人学士、市儇妓女，皆知美成词为可爱”（陈郁《藏一话腴》）。这都说明，内行的词作者都曾有意识地将他们的作品尽量写得雅俗共赏，以赢得更多读者的欢迎。而凡是能够广为传诵的词篇，其成功的奥妙之一，也就在于语言风貌能够同时取悦于雅、俗两大读者群体。

① 朱彧：《萍洲可谈》，王仲闻校注《李清照集校注》，人民文学出版社，1979年，第310页。
② 王灼：《碧鸡漫志》卷二，唐圭璋编《词话丛编》，中华书局，1986年，第88页。

由于词的语言追求雅俗共赏的艺术效果，词人们就朝两个方向寻求其语言的依傍。其一是向民间文学和市井口语学习和汲取，同时又加以适当提炼与润色。如石孝友的《浪淘沙》：

好恨这风儿，催俺分离。船儿吹得去如飞。因甚眉儿吹不展，叵耐风儿。　不是这船儿，载起相思。船儿若念我孤栖，载取人人篷底睡，感谢风儿。

又如无名氏的《御街行》：

霜风渐紧寒侵被。听孤雁、声嘹唳。一声声送一声悲，云淡碧天如水。披衣告语："雁儿略住，听我些儿事：　塔儿南畔城儿里，第三个，桥儿外，濒河西岸小红楼，门外梧桐雕砌。请教且与，低声飞过，那里有、人人无寐。"

这些词的语言，分明就是来自民间口语，而又加之以适当的润色和加工。其二则是融化甚至檃括前人的诗文。如：

秋尽江南叶未凋，晚云高。青山隐隐水迢迢，接亭皋。　二十四桥明月夜，弭兰桡。玉人何处教吹箫？可怜宵。（贺铸《晚云高》，亦即《太平时》之异名）

登临送目，正故国晚秋，天气初肃。千里澄江似练，翠峰如簇。归帆去棹斜阳里，背西风、酒旗斜矗。彩舟云淡，星河鹭起，画图难足。　念往昔，繁华竞逐。叹门外楼头，悲恨相续。千古凭高，对此谩嗟荣辱。六朝旧事随流水，但寒烟、衰草凝绿。至今商女，时时犹唱，《后庭》遗曲。（王安石《桂枝香 · 金陵怀古》）

这些词就分别化用了不少前代诗歌（六朝诗和唐诗）的诗句。当然除开上述两种情况以外，词人在更多的时候则是根据抒情的需要创造一种比书面语言要通俗一些、比口头语言要文雅一些的文学语言，以之满足雅俗共赏的艺术要求。而由于有民间口语和前代诗文这样两大"语言仓库"作其后盾，所以词人在选择语汇和组织语言时，就有了左右逢源和得心应手的方便。比如秦观那首使他本人名声大振的《满庭芳》词：

山抹微云，天粘衰草，画角声断谯门。暂停征棹，聊共引离尊。多少蓬莱旧事，空回首、烟霭纷纷。斜阳外，寒鸦万点，流水绕孤村。　销魂！当此际，香囊暗解，罗带轻分。谩赢得青楼，薄倖名存。此去何时见也？襟袖上、空惹啼痕。伤情处，高城望断，灯火已黄昏。

其中就既有着有所“出处”的字眼（如“天粘衰草”的“粘”字，就有人指出其出处源于韩愈之文“洞庭漫汗，粘天无壁”和张祜之诗“草色粘天鶗鴂恨”），又有着当时用得滥俗的字面（如“销魂”“当此际”）；既巧妙、自然地化用了前人的诗句（如“谩赢得青楼，薄倖名存”，化用杜牧“十年一觉扬州梦，赢得青楼薄倖名”诗句；“高城望断，灯火已黄昏”，化用欧阳詹“高城已不见，况复城中人”诗句；至若“寒鸦万点，流水绕孤村”两句，甚至还直接借用了隋炀帝的诗句“寒鸦千万点，流水绕孤村”），却又不避采用歌妓们所熟悉透顶的语汇和套话（如“香囊暗解，罗带轻分”，“蓬莱旧事”，“空惹啼痕”之类）。这种雅俗并存的语言风貌，就既可看作文雅语言的有所俗化，又可看作通俗语言的有所雅化——当然，最重要的则是词人有着一种“雅俗相济”的本领，始能将这两类语言汇合得那么融洽，那么熨帖。而此种语言特色，就正好成了词的“本色当行”！由此可见，词不仅在其抒情内容方面表现了文人和市民群众共通的“人情”，而且在语言风貌上也同样符合雅、俗两大读者群的共同需求。

（二）有所选择的语汇意象

这里来看词中语汇和意象有所选择的密集型趋向。

与小说、戏曲巧于构造故事情节和重在刻画人物性格不同，诗词作品一向以构建意境作为自己的基本表现手段与艺术目标。而要构建一定的意境，作者就需择用一定的语汇和意象。意境和语汇、意象之间，便形成了类似于建筑物和建筑材料之间的辩证关系：一定类型的建筑物必须选用一定质地的建筑材料（比如搭建竹篱茅舍只需土坯竹木而营造摩天大楼就需钢筋水泥那样），而一定类型的建筑材料又必会给建筑物的风貌和气象带来相应的变化（比如钢筋、混凝土和玻璃这三种建材的使用就曾使建筑风格产生了巨大的变革和飞跃；而铝合金材料的广泛运用，又给现代建筑物增添了富丽堂皇的气息）。同样，诗词所使用的语汇和意象跟其所要构建的意境之间，也存在着类似的情况：一方面，作者欲构建某种意境，就会根据抒情的需要而有意识地去择用某些类型的语汇和意象，驱使它们为构建意境而“奔走效劳”；另一方面，由于“存在决定意识”的原因，客观生活中所广泛存在的某些事物又不能不在诗词作品中自然地得到反映，因此那类“俯拾即是，不取诸邻”①的语汇和意象也就会“自发”地影响到诗词的意境。

前者，可举唐代诗人李颀的《听安万善吹觱篥歌》为例。觱篥的音响是变化

① 司空图：《二十四诗品》，何文焕辑《历代诗话》，中华书局，1981年，第40页。

多端的。为了表现它繁复多变的音乐效果和听者的不同感受,诗人便在诗中采用了让不同类型的语汇和意象“轮番上场”的巧妙写法。如该诗中有这样一段描写:“枯桑老柏寒飕飗,九雏鸣凤乱啾啾。龙吟虎啸一时发,万籁百泉相与秋。忽然更作《渔阳掺》,黄云萧条白日暗。变调如闻《杨柳》春,上林繁花照眼新。”此段描绘的如此成功,就主要得力于语汇与意象的恰当择用和“换班”。它可划分为三个层次或场景:第一层先让枯桑老柏、九雏凤鸣、龙吟虎啸、万籁百泉等意象上场,形成万象毕来、目不暇接、耳不暇听的场景,以之来表现觱篥以悲为主而又繁复多变的声音和它们所引起的人生“秋意”感;第二层则让萧条的黄云和昏暗的太阳这两个意象上场,以之表现觱篥声的转为沉闷喑哑和它带给人的寂寥萧索之感;第三层却忽然来了个飞跃突变,一下子把前面种种带有悲哀色彩的意象统统驱赶下场,而让上林苑中一片繁花杨柳照眼新的春天景象尽展于读者眼前,这就既使人感受到了觱篥声的令人陶醉,又使人的心情为之一畅,从而自然地过渡到后文“岁夜高堂列明烛,美酒一杯声一曲”的美妙境界中去。音乐本是一种动态的艺术,故要捕捉它的动态美感和表现听者相应的心理变化,就非得靠这种语汇与意象的不断转换才能完成;而该诗在语汇和意象的精心选择与巧妙使用方面,就堪称范例。

至于后者(语汇和意象“自发”影响意境),我们可举北朝民歌《敕勒歌》为例:“敕勒川,阴山下。天似穹庐,笼盖四野。天苍苍,野茫茫,风吹草低见牛羊。”生活在阴山下的游牧民族,整日和风沙牛羊打交道,他们所眼见的,便经常是一派天苍苍、野茫茫的荒漠景象,因此反映到民歌中来,自然便会采用诸如穹庐、牛羊、风沙、草地等有关边塞与草原风光的语汇和意象;而由于使用了这一类语汇和意象,其意境当然就会平添苍茫寥廓的气象和粗犷豪健的美感。

因此,通过以上两方面情况的考察,我们就可得出这样一个结论:诗词作品中的语汇和意象,是作者构建意境的基本“建筑材料”,也是形成诗词美感的至关重要的艺术元素。

而拿上述观点来考察唐宋婉约词,又可进而发现如下现象:由于词人抒情的特种需要,词的语汇和意象便出现了有所选择的密集型趋势。这种密集型趋势主要表现在三个方面:一是在描绘日常生活的“物语”中,以有关女性的语汇、意象为主;二是在描绘自然景物的“景语”中,以有关水的语汇、意象为主;三是在描绘人的感情状态的“情语”中,又以带有悲哀色彩的语汇、意象为主。而这三方面的密集型趋向,对造成唐宋词那香艳、柔婉、伤感的主体美感,产生了十分深刻的影响。下面就对这三方面的趋势逐一做些考察。

第一,词中的“物语”,以有关女性的语汇、意象为主。

试以温庭筠词为例,其中有关于这方面的语汇和意象略可分为三类。第一类是描写女性的容貌、肢体和眉眼的,如:鬓云、香腮、蛾眉、双鬓、笑靥、山额、蝉鬓、睡脸、眉黛、舞腰、红粉面、眉翠、花靥、黛眉、如波眼、似柳腰、玉腕、雪胸、仙容、嫩脸、芳颜等。第二类是描写妇人的服饰、插戴和装扮的,如:绣罗襦、人胜、玉钗、霞帔、蕊黄、宿妆、翠钗、翠翘、金缕、绣衫、新妆、翠钿、绣衣、钿雀、薄妆、浓妆、铅华、罗衣、红袖、金雀钗、翠凤、宝钗、钿筐、彩胜、金粟、战篦、舞衣、鬟髻、罗带、金裙、鬌堕髻、芳颜、玉容等。第三类是描写闺房的陈设、器具和用品的,如:屏山、铜镜、水精帘、玻璃枕、鸳鸯锦、香红(鲜花)、纱窗、青琐(窗)、玉钩、翠幕、玉楼、绿窗、香烛、画楼、玉栏、香闺、沉香阁、鸾镜、重帘、麝烟、锦衾、绣帘、罘罳、珠帘、绿檀(枕)、画屏、香穗、蜡泪、山枕、同心结、罗帏、玉炉、衾枕、锦帐、洞房、翠箔、雕梁、红豆、罗幕、朱门、碧瓦、凤凰窗、织锦机、鸳鸯枕、翡翠裙、珠阁、画梁、钿雀筝、金雀扇等。除此之外,还有直接点明女性身份的语汇,如谢娘、玉人(出现过多次)、苏小、宫女、小娘,以及以“妾”自称和唤恋人为“郎”的称谓等。凡此种种,均足以表明,词中有关女性或环绕着女性的语汇和意象,已经到达了一种令人惊叹的高度密集的境地!这种情况的出现,既是唐宋词好写艳情的必然结果,又定然会将词的主体美感引往香艳和柔弱、纤美的方向。

人所共知,描写女性的作品早在《诗经》中就出现过很多。不过,它们对女性的描写,重在表现妇女的社会生活和健全的心情,而并不十分着意于描绘她们的容貌、服饰和家庭陈设。即如《邶风·静女》(“静女其姝,俟我于城隅。爱而不见,搔首踟蹰”)以及《召南·野有死麕》(“野有死麕,白茅包之。有女怀春,吉士诱之”)之类表现爱情的诗篇,其生活背景也是相当开阔而其抒情内容也是相当朴实正常的,它们并不专在体态和服饰方面做精心的描绘。当然,《诗经》中也偶有写及妇女的容貌衣着的,如《卫风·硕人》:“硕人其颀,衣锦褧衣……手如柔荑,肤如凝脂,领如蝤蛴,齿如瓠犀,螓首蛾眉,巧笑倩兮,美目盼兮。”但这类作品毕竟相当少见。

汉乐府诗中的情况也与《诗经》大致相似,但对妇女外貌服饰的描绘却已渐有强化之势。如辛延年《羽林郎》中所写的“长裙连理带,广袖合欢襦,头上蓝田玉,耳后大秦珠,两鬟何窈窕,一世良所无”,无名氏《陌上桑》中所写的“头上倭堕髻,耳中明月珠,缃绮为下裙,紫绮为上襦”,以及《孔雀东南飞》中所写的“足下蹑丝履,头上玳瑁光,腰若流纨素,耳着明月珰,指如削葱根,口若含朱丹”,就已开始着力刻画妇女的容貌美和服饰美。

及至梁、陈宫体诗中,则由于诗人审美嗜好转向轻靡淫媚,出现了好写女性冶容媚态的不良风尚,他们甚至不惜花费许多力气去写女人的衣领、绣鞋,以及枕、席、衾、帐等寝居卧具。如萧纲《咏内人昼眠诗》中所写的“梦笑开娇靥,眠鬟压落花,簟文生玉腕,香汗浸红纱”,庾信《梦入堂内诗》中所写的“画眉千度拭,梳头百遍撩,小衫裁裹臂,缠弦搯抱腰,日光钗焰动,窗影镜花摇”,徐陵《杂曲》中所写的“绿黛红颜两相发,千娇百态情无歇,舞衫回袖胜春风,歌扇当窗似秋月,碧玉宫妓自翩妍,绛树新声最可怜”,便都体现了这种艺术趣味和审美风尚。对此,徐陵的《玉台新咏序》就一言道出了其中的心理奥妙:“至如青牛帐里,余曲既终;朱鸟窗前,新妆已罢。方当开兹缥帙,散此绢绳,永对玩于书帏,长循环于纤手。”①这就表明,此类诗歌之所以大写特写妇女的体态和仪容,其目的无非是供贵族仕女们在声色犬马的享乐生活之余再作精神文化方面的消遣。

这样,我们便可发现:对于女性的描写,在《诗经》时代还显得相当朴实、真切、正常和健康——并不专走描写妇女妖态艳貌的一路;但到了梁、陈宫体诗中,它却走进了一条“狭斜”的胡同——尽在描绘女性的体态、容貌以及与艳情有关的服饰器具上做文章。后者就清楚显示出将女性视作玩物的享乐意识和色情心理已经很深地浸淫到诗歌创作中去。

唐宋婉约词的“物语”中大量出现有关女性的语汇、意象(其数量之多令人咋舌),可谓遥继梁、陈宫体诗的传统而来。《花间集序》所说的“自南朝之宫体”②一语,就明白地挑明了此点。不过,词中出现此种现象,除与词人继承宫体诗的传统和他们怀有享乐心理(以女性为享乐对象)有关外,还与他们心头日渐膨胀和变浓的恋情心理有关。宋人曾说,晏几道词“妙在得于妇人”,又说他“所得者人情物态”③,这些话就指出了如下倾向:由于“人情”的洋溢和对女性美的崇尚,词人在描摹物象时,其相当一部分注意力就自然而然地集中到妇人(从其外在容貌到内心世界)及其周围环境上去,因此,词中的钗裙脂粉之语就随处可见。由于这多重心理同时在起作用,所以词中环绕女性出现的语汇和意象比之宫体诗来,就显得更加密集和频见。而这种种关于女性的语汇和意象,除掉我们在上文所做的自然分类外,另外还可归纳出如下几个特色:

一是境界狭小纤细。比如词中经常出现的小楼(如韦庄词“小楼高阁谢娘家”,李璟词“小楼吹彻玉笙寒”,秦观词“小楼连远横空”)、帘幕(如温庭筠词

① 徐陵:《玉台新咏》,上海书店,1988年,第2页。

② 欧阳炯:《花间集序》,赵崇祚辑、李一氓校《花间集校》,人民文学出版社,1958年,第1页。

③ 王铚:《默记》卷下,中华书局,1981年,第46页。

“红烛背,绣帘垂”,韦庄词“水堂西面画帘垂”,冯延巳词“一半珠帘挂玉钩”)、帏帐(如温庭筠词“罗帐罢熏炉”,和凝词“帐里鸳鸯交颈情”,尹鹗词“宝帐癫狂不肯睡”)、衾枕(如温庭筠词“枕上屏山掩”,柳永词“犹压香衾卧”,晏几道词“衾风冷,枕鸳孤”)之类的语汇,这就分明都是些境界格局十分细小的语汇。故而词中所出现的女性形象,除开偶见的踏青游女、采莲女郎外,几乎都是一些深闺中人,她们的活动空间,大不超过庭院(就是庭院,也往往是“庭院深深深几许,杨柳堆烟,帘幕无重数”的幽闭环境),中不超过闺阁,小则只在芙蓉帐里“讨生活”! 而这类小巧玲珑却又封闭幽深的意象,自然只能给词的意境带来纤细型的美感。

二是色泽香艳。词在描写女性时,好在其娇容媚态上用力,因而使用了许多富有性感和艳色的语汇,诸如笑靥、香腮、波眼、柳腰、红粉脸、樱桃口等,甚至还有绛唇、雪胸、纤足、香汗、丁香舌之类语涉亵途的语汇。词在描写女性时,又喜欢将她们的寝具作铺陈和展览,诸如锦帐、凤枕、香衾、绣被等,也都是一些令人联想到两性生活的词藻。这一类语汇的频繁出现,自然又给词境带来香艳绮靡型的色泽与美感。

三是气象华丽。词中所出现的女性形象,绝少有身居乡间茅屋、身着布裙荆钗的贫女,有的只是衣着华美、居室华丽的贵族妇女——即使是写地位低微的侍妾和歌妓,也定把她们精心装扮一番,使之显出派头十足的富贵气度。因而词中写到居室,必用画堂、玉栏、雕梁、碧瓦;写到器具,必用银缸、钿匣、香灯、纨扇;写到衣着,必用罗衣、绣裙、霞帔、金缕;写到插戴,必用玉钗、翠凤、雪柳、钿雀……总之,词人们总是想方设法地寻找那些充满富贵气息的华丽词藻,以便把他们笔下的女性打扮得十分富丽娇冶。张耒在评贺铸词时,曾说它“盛丽如游金、张(按:指汉代豪贵金日磾和张安世)之堂而妖冶如揽嫱、施(按:指古代美女王昭君和西施)之祛”①,这话就大可扩展为对整个婉约词风的一种形容;而其“盛丽”“妖冶”的气象与面貌,就明显与词所大量运用的华丽富贵的语汇和意象有关。这类华藻丽辞带给词境的,也就肯定是一种富贵型的美感。

以上,我们对唐宋婉约词中大量出现的有关女性的语汇和意象及其带给词境的美感特色作了归类分析。现在,我们还可把目光放开,转从更加宏观的角度对它进行考察。由此,又可得出如下两点认识:

其一,以往的诗歌,由于以男子作为“本位”和中心,所以其中所出现的抒情主角,绝大多数都是男性,但到了唐宋词中,却出现了“阴盛阳衰”的局面。对于

① 张耒:《东山词序》,贺铸《东山词》,钟振振校注,上海古籍出版社,1989年,第549页。

这种似乎有些反常的现象,清人田同之曾戏称为“(以)男子而作闺音”①。而观之词中大量出现有关女性的语汇和意象,就大可证明田氏之论确非虚言。这种以男性身份(唐宋词人中当然以男性为主)而好作“闺音”的现象,一方面如前文所说,表征着“人情”(特别是艳情)在诗歌创作中的顽强抬头和词人创作观念的转轨;另一方面,从审美心理来讲,也反映了人们对于女性美和柔性美的嗜求,已经到达了不可抑遏的地步。因而,在到此为止的所有古代诗歌作品中,唐宋婉约词就不愧是最富人情味和柔性美的抒情作品。

其二,从《诗经》到唐宋词,其中也一直存在着描写女性的作品,但综观它们对女性的描写,却大致走着这样一条道路:由写普通妇女渐变成专写富贵、娇冶的妇女;由写正常生活环境中的妇女渐变成专写重院深闺中的妇女;由写妇女的日常生活(包括劳动生活)和健全感情(当然也包括爱情)而渐变成专写妇女的恋情生活和闺怨情绪(词中所常用的小楼、深闺之类语汇分明暗示了此点,对此下文还将进一步论述)。因而到了唐宋婉约词中,就再也见不到“采采卷耳”和“采采芣苢”的劳动妇女,更消失了当户织布和从军杀敌的花木兰,有的只是“独倚望江楼”的思妇和“拽住仙郎尽放娇”的情妇。她们既像一只只被关锁在金笼子里的翠鸟,又像一只只被绘绣在锦缎被上的孤鸾:是那样的华丽富贵,却又那样的身不由己;是那样的多情可爱,却又那样的寂寞可怜。唐宋词人,通过采用密密麻麻的有关女性的语汇和意象,就为读者描摹出了一幅又一幅类似于“仕女画”的画面,塑造出了一个又一个精美绝伦却又哀怨孤独的女性抒情形象;而同时,也必然给其意境带来异常香艳的气息(并又伴随着富贵、纤细、哀怨等特色)。

第二,词在描绘自然景物的“景语”中,以有关于水的语汇和意象为主。

诗词创作中,景物描写一直是作者构建意境的主要方法和基本手段。甚至可以这样说:没有写景,就没有诗词。所以,诗词中会出现大量的“景语”,就是事出必然的现象。不过,若把诗与词中的“景语”作一总体比较,就不难发现:诗中写景所采用的语汇和意象,就显得相对宽泛,而词在写景时所采用的语汇和意象却有了很大程度的“褊狭化”倾向。具体来讲,词的“景语”中,就以有关水的语汇和意象显得最为密集频繁。对此,我们不妨先从一则词坛趣话谈起。

马令《南唐书》卷二一记载,李璟(南唐中主)有词“小楼吹彻玉笙寒”,冯延巳(南唐宰相)有词“风乍起,吹皱一池春水”,这都是当时很有名气的句子。一

① 田同之:《西圃词说》,唐圭璋编《词话丛编》,中华书局,1986年,第1449页。

次,李对冯戏言:"'吹皱一池春水',干卿何事?"冯则俏皮地逢迎道:"未如陛下'小楼吹彻玉笙寒'(那样绝妙)。"①引得君臣同笑。抛开他们的相互戏谑逗乐不论,我们倒可从中引出一个饶有兴味的话题:冯延巳及其他很多唐宋词人为何对自然界中这个"本不干卿"的水,显得那样的情有独钟?

我们之所以说词人对水特别关心和钟情,不是没有根据的。如若翻开唐宋词的史册,就如同乘舟游荡于水乡泽国那样,随处都可见到水和以水为中心的景致(意象群)。这大团大块的以水为中心的意象群,约略可分几类:一是天上的水,亦即雨水("云"也与水有关);二是地上的水,亦即江湖河海、池塘泉流以及波纹浪花;三是水上的交通工具和水边建筑物,如舟船、桨棹、驿亭、渡口以及桥和岸等;四是水中或水边的植物,如荷莲、水蓼、浮萍、菱藕、杨柳、蒹葭、兰芷、汀蕙、江枫、芦苇等;五是水中或水边的动物,如鸳鸯、白鹭、海鸥、游鱼、鸂鶒、井蛩等……这些以水为中心的语汇和意象,密集地展现在词中,真使人感到唐宋词中充满了湿淋淋的"水意"。唐代诗人许浑,因其诗中多用"水"字(如"水声东去市朝变"、"故国东来渭水流"等),曾被人谑嘲为"许浑千首湿";若照此说法,则唐宋词就同样可被戏称为"万首皆不干"了。举例来讲,白居易、刘禹锡这两位较早尝试作词的词人,他们出身北方,照理其词中该多写山的意象才是(因为北国的地貌特征是多山而少水),但事实却偏偏相反。白氏最有名的《忆江南》词,就以它"日出江花红胜火,春来江水绿如蓝"的美丽水景深深吸引着读者,而刘氏的《竹枝》词如"山桃红花满上头,蜀江春水拍山流。花红易衰似郎意,水流无限似侬愁"之类,也多以水为背景或比兴对象。而另一位同样出身北方的大词人温庭筠,我们初步统计其词中有关水的词汇和意象就有:春水、小河、池塘、细雨、水风、细浪、南浦、越溪、水纹、寒潮、江畔、湖上、小船、江楼、驿桥、绿萍、兰棹、莲舟、岛烟、归帆渡、杨柳丝、梧桐雨、赤栏桥……至于那些原本就在南方水乡长大的词人,就更加离不开用水的意象群来构筑营建那或是碧水荡漾或是烟水迷离的词境了。比如张炎那首颇有名气的《南浦·春水》词:

> 波暖绿粼粼,燕飞来、好是苏堤才晓。鱼没浪痕圆,流红去、翻笑东风难扫。荒桥断浦,柳荫撑出扁舟小。回首池塘青欲遍,绝似梦中芳草。　　和云流出空山,甚年年净洗,花香不了。新绿乍生时,孤村路、犹忆那回曾到。余情渺渺,茂林觞咏如今悄。前度刘郎归去后,溪上碧桃多少。

① 马令:《南唐书》卷二一《冯延巳传》,《四部丛刊续编》本,商务印务馆,1934年。

其中就密集着众多有关水的语汇和意象(已用着重号标出),作者还因此赢得了一个“张春水”的雅号。另外,再拿前引的李璟词来看,在名句“小楼吹彻玉笙寒”的前后,不照样也有着“菡萏香销翠叶残,西风愁起绿波间”和“细雨梦回鸡塞远”等有关水的景致吗?所以对唐宋词来说,水非但不是“与卿无干”之物,而完全可以看成是词的“生命之泉”。如若从词中抽掉大批有关水的意象,那么它的迷人魅力和耀眼光彩,就定会黯然减色。

词中如此频繁地采用以水为中心的语汇和意象,不仅是出于词人抒情的特殊需要,而且也出于词人审美追求方面的特殊嗜好,因为它能有效地提升词境的柔美品质。秦观词云“柔情似水”(《鹊桥仙》),欧阳修词云“离愁渐远渐无穷,迢迢不断如春水”(《踏莎行》)。这就说明,要写柔情婉意,其所首选的语汇和意象就非水莫属(《老子》就曾说过:“天下柔弱莫过于水”)。对于这一点,我们还可从下列两方面来加深理解。

首先,我们可将水和山这两个古典诗词中的基本意象来做比较。山和水本是自然界及诗人笔下常见之物。可是我们却又发现,诗词作品中似乎存在着这样一种总体倾向:大凡写到山的诗,往往偏多表现那种北国型的、比较刚性的美感;而大凡写到水的诗,则往往偏多表现那种南国型的、比较柔性的美感。比如唐诗中的两首名篇《轮台歌奉送封大夫出师西征》(岑参)和《春江花月夜》(张若虚),前者的雄浑壮美,就相当得力于高山崇岭(金山、阴山、雪山)的峻拔之气,而后者的委婉柔美,则十分有赖于江流曲折的宛转之态。当然,上述倾向又仅是就其总体而言的(因此只能说是“大凡”如此),因为诗词中另也存在着“柔化”了的山和“刚化”了的水(另外则还有“中性”的山与水)。但那挺拔奇险的山的形象中往往凝集着“风云之气”和“英雄之志”,而那柔婉委曲的水中往往映现着“风月之意”和“儿女之情”的现象,却又是文学史上确凿存在的常见事实。基于这种传统或习惯,唐宋婉约词人自然就十分乐意和注重运用水的意象群来抒写其柔情与构建其柔美的词境。而从一定意义上来说,水也简直成了婉约词之词境中的一片“灵光”!我们试想,若是贺铸《青玉案》中抽去了“梅子黄时雨”,柳永《八声甘州》中抽去了“对潇潇暮雨洒江天”,李清照《一剪梅》中抽去了“花自飘零水自流”,那么这些词的艺术风姿还能那样光彩照人吗?故若夸张一点来说,则婉约词人的柔情能否得到生动出色的表现,在很大程度上取决于他们能否对以水为中心的意象群作恰当选择与优美组合。

其次,我们又可注意到,词人在写水时一般只是虚写、泛写而非实写或具体地写,这就启示我们:他们实际上只是把写水当作一种艺术手段来使用,而其真正的目的则在于抒写柔情和构建柔婉的艺术意境。当然,词中也有实写水景的例子,如欧阳修《采桑子》之写颍州西湖,柳永《满江红》之写富春江,秦观《踏莎行》之写湖南郴江,张炎《南浦》之写杭州西湖等。但更多的情况却是,词人们在写水景时,往往只是一种虚写和泛写。他们各自使出自己的看家本领,对有关水的意象与语汇翻来覆去地作尽情描绘和多种组合(并结合其他意象与语汇),终于淋漓尽致地写足了他们千姿百态的柔情婉思。其中如“正是玉人肠断处,一渠春水赤栏桥”(温庭筠《杨柳枝》),“流水,流水,中有伤心双泪”(冯延巳《三台令》),“人面不知何处,绿波依旧东流”(晏殊《清平乐》),“想佳人妆楼颙望,误几回天涯识归舟”(柳永《八声甘州》),“斜阳外,寒鸦万点,流水绕孤村”(秦观《满庭芳》),“人如风后入江云,情似雨余粘地絮”(周邦彦《玉楼春》),“只恐双溪舴艋舟,载不动许多愁”(李清照《武陵春》),“肥水东流无尽期,当初不合种相思”(姜夔《鹧鸪天》),“垂柳不系裙带住,漫长是、系行舟”(吴文英《唐多令》)等名句,就全都是凭借着水的意象群而把柔情写活的。而由于词境多用以水为主的意象与语汇构建而成,这就有效地提高了婉约词的柔美品质。对此,不妨让我们从水的意象群中挑选傍水而生的杨柳意象,展开具有代表意义的论述。

在我国广袤的原野上,到处可见杨树和柳树。因此它们很早就进入诗歌,成为诗中常见的意象。例如《诗经》中即有“昔我往矣,杨柳依依”(《小雅·采薇》)之句,而汉魏六朝诗中也有“上马不捉鞭,反折杨柳枝”(《折杨柳》)的语句。只是,它们在最初并不专门用来表现柔情。但到了唐诗以后,杨柳的意象却开始发生明显的“柔变”。这一是因为古代素有折柳送别的习俗,而离愁别绪在一般文人那里通常又属柔情的范围;二是因为杨柳(古代诗歌中,“杨”与“柳”往往通称或并称,实际往往是指垂柳)本身具有既美且柔的形象特征,很易使人联想到女性的眉眼与腰肢,因此常被诗人用来比拟美女及描写她们宛转缠绵的柔情。而到了唐宋词中,杨柳这一意象就更成了词人用以构建柔美词境的有关水的意象群中最活跃、最具柔感的“元件”和“道具”之一。杨柳在抒写柔情和塑造柔美词境中的作用与功效大致有以下三方面:

一是用作抒写离愁别绪的背景。例如:“杨柳丝丝弄轻柔,烟缕织成愁”(王雱《眼儿媚》),“今宵酒醒何处?杨柳岸、晓风残月”(柳永《雨霖铃》),“柳阴直,烟里丝丝弄碧。隋堤上,曾见几番,拂水飘绵送行色”(周邦彦《兰陵王》)等,就都以柳来兴发或衬染离愁别绪,使之显得更加缠绵依恋。

二是用以描摹女性的美貌和情态。词人可用它来比喻美人的眉毛和细腰,如“相见稀,相忆久,眉浅淡烟如柳”(温庭筠《更漏子》),“轻匀两脸花,淡扫双眉柳”(晏几道《生查子》),“花发柳垂条,花如双脸柳如腰”(顾夐《荷叶杯》),“玉肌花脸柳腰肢”(欧阳修《阮郎归》)等句即是例证。词人还可用它来比拟思妇的愁肠和娇眼，如“人言柳叶似愁眉，更有愁肠似柳丝”（白居易《杨柳枝》），“萦损愁肠，困酣娇眼，欲开还闭”（苏轼《水龙吟·杨花》）等句即是例证。而在某些场合，杨柳这一意象又可用来借喻或借指女性的整体形象，如敦煌词中出于歌妓口吻的词句“我是曲江临池柳，这人折去那人攀，恩爱一时间”（《望江南》），就用垂柳来自我比拟。而唐人小说《柳氏传》中所记韩翃与其爱姬柳氏赠答的《章台柳》和《杨柳枝》，则又以杨柳来代指柳氏。上述以杨柳来比拟美女的写法，明显就使女性的形象越发增添了弱不禁风、袅娜娉婷和楚楚动人的情致风韵，从而进一步加强了词境的柔美感。

三是用以衬托恋情的缠绵怨悱。例如温庭筠十余首专写闺怨恋情的《菩萨蛮》词，其中便有一半左右引进了杨柳以作构境之用，并用以衬托思妇的怨悱恋情。这中间还颇多优美的句子，例如：“江上柳如烟，雁飞残月天”，“杨柳又如丝，驿桥春雨时”，“画楼相望久，栏外垂丝柳”；还如：“玉楼明月长相忆，柳丝袅娜春无力”，“牡丹花谢莺声歇，绿杨满院中庭月”，“杏花含露团香雪，绿杨陌上多离别”等，它们全都用如画的背景衬托出“画中人”（思妇）深细哀怨的失恋心态。杨柳自身所呈现的摇曳多姿、烟水迷蒙的形象（另再加上一弯残月或一帘细雨等附加意象）和思妇那恍惚迷离、缠绵悱恻的心情，交织、混合成一片情景交融的优美词境，于此即可见杨柳在抒写柔情方面的多种功能。

除开以上三个用途以外，词中的杨柳还另有一个神妙的“副产品”，那就是蒙蒙飞舞的杨花柳絮。这个“似花还似非花”（苏轼《水龙吟·杨花》）、介于花与柳之间的特殊意象，在词中的妙用，就更足以令人赞叹。举凡伤春惜时之感、惆怅失意之态，就全都可以借助于杨花柳絮得以形容和表达。借以描摹闺怨情绪的句子有：“南园满地堆轻絮，愁闻一霎清明雨”（温庭筠《菩萨蛮》），“梦见秣陵无限事，桃花柳絮满江城”（皇甫松《梦江南》），“玉郎还是不还家，教人魂梦逐杨花”（顾敻《虞美人》）。借以抒发韶华易逝之忧伤的句子有：“韶华不为少年留。恨悠悠，几时休？飞絮落花时候一登楼”（秦观《江城子》），“卷絮风头寒欲尽，坠粉飘香，日日红成阵。新酒又添残酒困，今春不减前春恨”（赵令畤《蝶恋花》）。借以描写人生莫可名状、无法摆脱之“闲愁”的句子有：“撩乱春愁如柳絮，悠悠梦里无寻处”（冯延巳《鹊踏枝》），“若问闲愁都几许？一川烟草，满城风絮，梅子黄时雨”（贺铸《青玉案》）……总之，仅一个柳絮的意象，在不同的词人笔下就作弄出教人眼花缭乱的众多花样。由此不难推知，名目繁多的有关水的意象和语汇频繁地集结在词中，其所能发挥的作用与功效该有多大！它们就像藏在词人“宝葫芦”里的一群“小精灵”那样，每逢需要，就随时都可倾巢而出，幻化成各式各样的柔美意境。故而词以有关水的语汇、意象作其“景语”的主要

“建筑材料”，确会给它以情景交融组合而成的词境带来十分柔婉的特性。

第三，在词用来描绘人的感情状态的“情语”中，又以带有悲哀色彩的语汇和意象为主。

人禀七情。照理来讲，人的感情世界也该是一种“七彩”的世界。可是，在唐宋词人用以描绘人的感情状态的“情语”中间，却明显又以带有悲哀色彩的语汇和意象为主。这同样也是一个令人注目的问题，它分明反映出词的主体的美感已经朝着悲哀、伤感的方向倾斜。

词中带有悲哀色彩的语汇和意象，出现得相当频繁和密集。按其不同的性能，约可分成如下几类：

一是直接表现悲哀情感的名词性语汇。最常见的有愁、恨、怨、悲、苦等字面。而相比之下，则欢、乐、喜等表示快乐情感的字面就显得很少，甚至就连“愤”这样与“悲”常连在一起的字面在婉约词中也甚为少见（只在豪放词中才多见）。这就很可表明，词的主体美感是属于悲哀伤感型的。

由于词中所出现的愁语、恨语、怨语、悲语和苦语，可谓处处可见和比比皆是，因此我们就不再多举例证。这里就从一些著名的词篇中各录三例：

暝色入高楼，有人楼上愁。（李白《菩萨蛮》）
问君能有几多愁？恰似一江春水向东流。（李煜《虞美人》）
这次第，怎一个愁字了得？（李清照《声声慢》）
自是人生长恨水长东！（李煜《乌夜啼》）
沉恨细思，不如桃杏，犹解嫁东风。（张先《一丛花令》）
去年春恨却来时。（晏几道《临江仙》）
莫把幺弦拨，怨极弦能说。（张先《千秋岁》）
罗绶分香，翠绡封泪，几多幽怨？（陈亮《水龙吟》）
伤心千里江南，怨曲重招，断魂在否？（吴文英《莺啼序》）
觉来知是梦，不胜悲！（韦庄《女冠子》）
欲将沉醉换悲凉，清歌莫断肠。（晏几道《阮郎归》）
人间别久不成悲。（姜夔《鹧鸪天》）
梧桐树，三更雨，不道离情正苦。（温庭筠《更漏子》）
断无蜂蝶慕幽香，红衣脱尽芳心苦。（贺铸《芳心苦》）

写入琴丝，一声声更苦。（姜夔《齐天乐》）

上述诸句，堪称名篇中的名句，它们在全词中，往往担任着“主题句”的角色。而我们用着重号标出的那些愁怨字眼，则又可称为句中之“眼”，它们就像画龙点睛一般，十分醒目地展示了词情和词境的悲哀色彩。

二是用以表现悲哀情感的动态性语汇。最常见的是对于流泪、皱眉、失眠、痴望等行为的描写。这些描写虽不固定用某一语汇来表现（如流泪的行为可用泪痕点点、泪湿衫袖、啼痕、沾巾、泣别、簌簌珠泪等语词来形容），但其基本语汇却仍可归结为以上数种。而除此之外，若把范围扩大一些，则还可把那类由动宾结构转化而成的带有夸张意味的语汇包括进来，如断肠、伤心、销魂等。兹各举两例如下：

愁眉敛，泪珠滴破燕脂脸。（冯延巳《归自谣》）

酒意诗情谁与共？泪融残粉花钿重。（李清照《蝶恋花》）

消息断，不逢人，却敛细眉归绣户。（韦庄《木兰花》）

黛蛾长敛，任是春风吹不展。（秦观《减字木兰花》）

无奈夜长人不寐，数声和月到帘栊！（李煜《捣练子令》）

对闲窗畔，停灯向晓，抱影无眠。（柳永《戚氏》）

梳洗罢，独倚望江楼。（温庭筠《梦江南》）

独上高楼，望尽天涯路。（晏殊《蝶恋花》）

过尽千帆皆不是，斜晖脉脉水悠悠，肠断白蘋洲！（温庭筠《梦江南》）

愁肠已断无由醉。酒未到，先成泪。（范仲淹《御街行》）

平林漠漠烟如织，寒山一带伤心碧。（李白《菩萨蛮》）

流水！流水！中有伤心双泪。（冯延巳《三台令》）

销魂！当此际，香囊暗解，罗带轻分。（秦观《满庭芳》）

莫道不销魂，帘卷西风，人比黄花瘦。（李清照《醉花阴》）

词中频繁地使用这一类表现悲哀情感的动态性或夸饰性语汇，使读者于词中所见的男女抒情形象，不是一个个拭泪皱眉的美人，就是一个个销魂断肠的男子，因就使人产生了这样一种印象：唐宋婉约词篇，简直就是由一批伤心人挥泪研墨所写成的！清人冯煦曾说，晏几道和秦观，都是“古之伤心人也”①；而晏几道也自云：“泪弹不尽临窗滴，就砚旋研墨。渐写到别来，此情深处，红笺为无色。”（《思远人》）词中所反复出现的上述语汇，可证冯氏之论不为妄言。

三是用以表现悲哀情态的形容性语汇。最常见的有憔悴、消瘦、多病，另外还可加上惆怅、无聊和慵懒，因为后面这三种情态说到底仍是由失意和悲哀所引起的。也各举例如下：

> 衣带渐宽终不悔，为伊消得人憔悴。（柳永《凤栖梧》）
>
> 断送一生憔悴，能消几个黄昏！（刘弇《清平乐》）
>
> 日日花前常病酒，不辞镜里朱颜瘦。（冯延巳《鹊踏枝》）
>
> 情切，画楼深闭，想见东风，暗消肌雪。（张元幹《石州慢》）
>
> 消瘦损，东阳也，试问花知否？（曹组《蓦山溪》）
>
> 昔年多病厌芳尊，今日芳尊惟恐浅。（钱惟演《木兰花》）
>
> 早是多情多病，那堪细把，旧约前欢重省。（柳永《倾杯》）
>
> 宿妆惆怅倚高阁，千里云影薄。（温庭筠《酒泉子》）
>
> 睡里销魂无说处，觉来惆怅销魂误。（晏几道《蝶恋花》）
>
> 时节欲黄昏，无聊独倚门。（温庭筠《菩萨蛮》）
>
> 正春浓酒困，人闲昼永无聊赖。（贺铸《薄倖》）
>
> 懒起画蛾眉，弄妆梳洗迟。（温庭筠《菩萨蛮》）
>
> 香冷金猊，被翻红浪，起来慵自梳头。（李清照《凤凰台上忆吹箫》）

上述加着重号的词语，均属表现悲哀情态的形容性语汇。它们或从体貌、或从心态角度，对词中的男女主角做了细致的描绘，从而形神兼备地写出了他（她）们外观和内心方面的悲哀情状，这就必然使词境增添了浓重的伤感色彩。

以上三类，是直接描绘感情状态的“情语”。除此之外，词中还大量存在着以“景语”来代替“情语”抒情的现象。贺裳《皱水轩词筌》在谈到“景中含情”的写法时举例道：“凡写迷离之况者，止须述景。如‘小窗斜日到芭蕉’、‘半床斜月疏钟后’，不言愁而愁自见。”又说：“韩致光（偓）‘空楼雁一声，远屏灯半灭’，已

① 冯煦：《宋六十一家词选例言》，孔凡礼、齐治平编《陆游资料汇编》，中华书局，1962年，第357页。

足悲凉,何必又赘‘眉山正愁绝’耶?”①其意即指:在某些场合,写景比直接用“情语”来表明感情色彩,更能收到含蓄和形象的艺术效果。比如韩偓的《生查子》词下片为:“空楼雁一声,远屏灯半灭。绣被拥娇寒,眉山正愁绝。”前两句通过写景,已把闺妇孤单凄凉的愁绪写足,就不劳再在后面添上“眉山正愁绝”的赘语了。比起加上直接挑明感情色彩的“赘语”来,让景物本身“说话”的做法有时更能收到奇妙的艺术效果。例如,贺氏所举的“小窗斜日到芭蕉”、“半床斜月疏钟后”,就确实收到了“不言愁而愁自见”的艺术效果。我们试想,如果作者老是用愁呀恨呀、惆怅呀无聊呀之类的语汇来抒情,那定然会使人感到空洞和抽象;而一旦改用写景,或在“情语”前后点缀、衬托以恰当的“景语”,就更能将难以直言而只能心领神会的感情“外化”和“物化”成可供细赏的优美意境来。故而,正是基于这种“景中含情”的道理,所以王国维要说:“昔人论诗词,有景语、情语之别。不知一切景语,皆情语也。”②而其实,除开“景语”可以替代“情语”之外,某些“物语”在一定的场合,也同样可以起着“情语”的作用。因此,我们除了列举那类直接表明悲哀情感的“情语”语汇和意象之外,还可扩展视野,进而来论析那类身为“景语”或“物语”但又兼有“情语”效用的语汇和意象——从一定意义上讲,这类语汇和意象,或许也可称为“物语”“景语”与“情语”三合一的语汇和意象。

这类将“物语”“景语”与“情语”三合一的语汇和意象,也同样以表现悲哀色彩的情感为多。它们主要可以分成如下几类:

一是表现“伤春”情感的语汇和意象。春天,本是一年四季中最美好的时节,故而春天的逝去常被词人用以表达对于美好事物无法挽留的哀伤与痛惜。这方面所最常见的语汇和意象便是落花(还有飞絮,因前已谈过,故不赘说),而围绕着它的,则另有妒花或摧花的风雨、挟带落花而去的流水、暮春时分啼叫的子规(杜鹃),以及表示初夏即将来临的蔷薇等。由这类语汇和意象所组成的词句,往往具有较深的哲理内蕴和很强的艺术感染力。例如,李煜的一句“流水落花春去也”(《浪淘沙》),就写足了他亡国破家后的极度悲恸,也使人联生出对于世间美好事物无法挽留的伤逝之痛,具备着很强的感情力度;而朱淑真的一首伤春词《蝶恋花》,由于运用了一系列描写春归的语汇和意象,就把词人伤逝春去、同时又伤逝青春流失的哀痛,表现得十分沉重。

① 贺裳:《皱水轩词筌》,唐圭璋编《词话丛编》,中华书局,1986 年,第 708、709 页。
② 王国维著,滕咸惠校注:《人间词话新注》,齐鲁书社,1981 年,第 50 页。

楼外垂杨千万缕，欲系青春，少住春还去。犹自风前飘柳絮，随春且看归何处？　　绿满山川闻杜宇，便做无情，莫也愁人意。把酒送春春不语，黄昏却下潇潇雨。

此外，如辛弃疾的《摸鱼儿》（更能消几番风雨），刘辰翁的《兰陵王·丙子送春》等词，也都通过大量采用“伤春”的语汇和意象之手法，把作者忧国和亡国的痛感抒写得淋漓尽致。

二是表现“悲秋”的语汇和意象。自然界的秋天（深秋），意味着万物的消歇，因而“悲秋”在词人笔下，也往往同“贫士失职”（宋玉《九辩》：“悲哉，秋之为气也……贫士失职而志不平。”①）的失意和不平之感紧密联系在一起。这方面的语汇和意象甚多，诸如：落叶、西风、玉露、寒霜、砧杵、蝉蛩、枫林、秋雁、梧桐、枯苇等。由这类语汇和意象所组成的词句，既将大自然的萧条景象呈现如画，同时又极能催发读者对于人生的“秋意”。比如柳永的《倾杯》：“水乡天气，洒蒹葭、露结寒生早。客馆更堪秋杪。空阶下，木叶飘零，飒飒声干，狂风乱扫。当无绪、人静酒初醒，天外征鸿，知送谁家归信，穿云悲叫。　　蛩响幽窗，鼠窥寒砚，一点银釭闲照。梦枕频惊，愁衾半拥，万里归心悄悄……”它就密集地组合了许许多多的深秋景物之意象，为抒写词人的羁愁离思和“宋玉悲感”做了有效的铺垫。再如张炎的《清平乐》：“候蛩凄断，人语西风岸。月落沙平江似练，望尽芦花无雁。　　暗教愁损兰成，可怜夜夜关情。只有一枝梧叶，不知多少秋声。”虽只寥寥几语，却选择了最能体现秋之萧条肃杀的意象（凄蛩、西风、芦花、大雁、梧叶、秋声），因此很能传递出词人深锐的悲秋（兼悲身世）愁情。所以如同一用“伤春”的语汇和意象就使人们生出无可奈何的伤感一样，一用“悲秋”的语汇和意象，也就使人生出百感交集的悲凉。这类有关“伤春”与“悲秋”的语汇和意象，就确是将“物语”“景语”“情语”三合一的特殊类型的语汇和意象。

三是那类带有“残缺美”或“阴冷美”的语汇和意象。这一类语汇和意象，特别在晚宋的词中尤为多见。常见的有：残月、斜阳、老柳、寒蝉、断魂、枯影、病翼、余梗、废池、黄昏、霜叶、残萼等。这里且举两位词人为例。

一位是姜夔，他的词就特别喜欢采用阴冷的字面去刻意营造萧条冷瑟的意氛。如其《扬州慢》中的名句：“自胡马窥江去后，废池乔木，犹厌言兵。渐黄昏，清角吹寒，都在空城”。“二十四桥仍在，波心荡、冷月无声”，就全由那些明显带有阴冷色彩的语汇和意象所组成。再如，他的词又好用“西”字，如“古帘空，坠

① 宋玉：《九辩》，蒋天枢校释《楚辞校释》，上海古籍出版社，1989年，第89页。

月皎,坐久西窗人悄”(《秋宵吟》),“西窗夜凉雨霁,叹幽欢未足,何事轻弃”(《解连环》),“西窗又吹暗雨。为谁频断续,相和砧杵”(《齐天乐》),“岑寂,高柳晚蝉,说西风消息”(《惜红衣》),“燕雁无心,太湖西畔随云去”《八归》,“送客重寻西去路,问水面琵琶谁拨”(《八归》),“只恐舞衣寒易落,愁入西风南浦”(《念奴娇》),“垂虹西望,飘然引去,此兴平生难遏”(《庆宫春》),“而今何事,又对西风离别”(《八归》),“两年不到断桥西,长笛为予吹”(《莺声绕红楼》),“平生梦犹不到,一叶眇西来”(《水调歌头》)等,这就表明,他对这个“西”字似乎有着一种特别的偏嗜。而“西”字所给人的暗示和联想,就正是“夕阳西下”“古道西风瘦马”之类的阴冷事物和悲凉美感。

另一位词人则是王沂孙,他以咏物词而驰名晚宋词坛。其咏物词中,尤以咏蝉、咏萤、咏新月、咏落叶等最为著名,这些词中所用的语汇和意象,诸如残虹、病叶、斜阳、碎月、余音、枯蜕、断魂、余恨、西窗、暗镜、残妆、铅泪、零露、病翼、枯形、飞磷、凉柳、暝荷、余晖、残影、坠叶、啼螀等,几乎尽是些衰飒、弱小和带有“残缺美”的事物。由这些残、病、斜、余、断、枯、暝、露等字面作为修饰语的意象所共同映现出来的,便是一派触目惊心的破败和零落的景象。这样的意象群,甚至更从“阴冷美”而走向了“阴森美”,这就必然使其词境涂抹上了更深更浓的悲哀色彩。

诗词所采用的意象,一是源于客观生活的反映,二是源于作者的主观选择。从前者看,如词中所大量出现的有关女性的意象,就与词人的恋情生活有关:由于词人经常在醇酒美人中讨生活,所以词中就很自然地会出现诸如“镂玉梳斜云鬓腻,缕金衣透雪肌香”(李珣《浣溪沙》)之类带有女人脂粉气息的意象。从后者看,比如姜夔之所以偏爱选用“西”字——在明明可以换用其他方位词的地方,他却偏要选用“西”字(如“坐久西窗人悄”一句就完全可以改为“东窗”)——明显是因他对“西”所代表的阴冷之美有所癖好而特意挑选出的。而除开上述两种情况(即由客观生活的自然反映和单纯由作者有意挑选所致)之外,则还有一种更为普遍的现象存在,此即词中所频见的某些语汇和意象,就既是客观生活的自然反映,同时又是词人有意采撷的结果。比如词中大量出现的画堂玉楼、绣户朱栏之类的意象,就既反映了词人所常处的华丽环境,但又不免是他们有意夸饰或有意“设境”的结果(例如:有的词人明明很穷,却偏要大写其珠帘金帐;也有的词人写词时明明身在旱地,却偏要大写水乡景致)。这就启示我们:词的语言实际存在着一种约定俗成的美学规范;或者换句话说,词的语言有着一种“标准化”或“模式化”的趋向。符合这种规范或标准的,就是“本色当行"的语言;不符合这种规范或标准的,那就难免受人讥笑。而再反过来说,则这种"本色当行"的语言规范,也就大大有助于造就词所特有的本体美感。

我们在前已经通过分析发现:唐宋词人在音乐欣赏中偏嗜"女音"的艳美和柔美,唐宋词在其所倚之声中又以"悲音"为多;而这就与词的语汇和意象中以有关女性、有关水和以带有悲哀色彩者为主的现象,是"不谋而合"或"一拍即合"的。词的构成,本由音乐和文辞这两方面的艺术因素所组合。现在,上述二者既有相同的审美趋向,那么在声助文和文助声的共同作用下,词的本体美感也就不由分说地会朝香艳、柔婉和伤感的方向发展了。而即使在音乐已经失传的情况下,人们一旦接触词中所频频出现的那几类密集型意象,不照样会深深地感受其香艳、柔婉、伤感的特殊美感吗？所以,语言文字真是一种十分奇妙的东西,它不仅是思想感情的载体,而且又在一定条件下能够"创造"或"再生"思想感情。以唐宋婉约词为例,其所常用的语汇和意象其实相当有限,若和诗、文及豪放词比较,则更是少得可怜,可是经过词人像玩"魔方"那样翻来覆去地进行不同方式的组合,竟能创造出无数大体相似而细节各异的词境来,这就可知语言文字的奇妙和它所深藏的"再生"能力。当然,这种"再生力"实际仅是一种潜在的势能,它还得靠作者来发掘和利用,才能转化和释放出活性的艺术力量。而唐宋词人就称得上是一批善于运用语言文字的高级技师和能工巧匠。他们从大量汉语语汇中专门选择那批最适宜表现香艳、柔婉、伤感之感情和美感的语汇作为"建筑材料",再经精心的"设计"和"施工",终于在中国古典诗歌的"建筑群"中,新建了一批优雅别致的"香巢小筑",从而成为风貌特异的"词苑新村",这不能不叹为一大奇观。

(三)语汇意象的适当"调色"和搭配有助于造就雅俗相济的语言风格

前面两节,一节讲词的雅俗共赏的语言风格,一节讲词中几类密集型的语汇和意象。而在事实上,这二者之间却又存在着相当密切的关联。所以本节就拟讨论词中所筛选和择用的语汇、意象对词的语言风格所产生的作用。对此,可从两方面来考察。

首先,从词中"物语"与"景语"的比重来看:一般来讲,如果"物语"太多,就容易引起"俗"的感受;而如能多用优美的"景语",则易产生"雅"的效果。这是因为,词中"物语"多以有关女性的语汇和意象为主,如果这类描写妇人容貌体态、服饰打扮的词藻太多,就易引起人们官能感受方面的某种联想,从而使其语言风格变得脂腻媚俗;而词中"景语"则多为虚写,它能产生"诗情画意"的艺术效果,以满足人们高层次的审美享受,故而多用"景语"就能使语言风格显得优美雅丽。

前者不妨先举柳永《定风波》上片为例:“自春来,惨绿愁红,芳心是事可可。日上花梢,莺穿柳带,犹压香衾卧。暖酥消,腻云亸,终日厌厌倦梳裹。无那!恨薄情一去,音书无个。”为了刻画一位思妇的慵懒神态,词中就有意运用了香衾、暖酥(皮肤)、腻云(头发)等脂粉气十足的词藻来做铺陈形容,这就使其语言风格带有了一定程度的“俗气”,也就难怪晏殊读后要产生反感情绪。再举《花间集》中的某些艳词,如“粉融香汗流山枕”(牛峤《菩萨蛮》),“绮罗纤缕见肌肤”(牛希济《浣溪沙》),“肌骨细匀红玉软”(和凝《临江仙》),“星靥笑偎霞脸畔”(和凝《山花子》),“黛薄红浅,约掠绿鬟云腻”(顾夐《酒泉子》),“珊瑚枕腻鸦鬟乱,玉纤慵整云散”(鹿虔扆《思越人》)等句,由于较多采用了偏于官能感受方面的词藻,也使人读后留下俗腻的印象。

后者则如冯延巳的《清平乐》:“雨晴烟晚,绿水新池满。双燕飞来垂柳院,小阁画帘高卷。　黄昏独倚朱栏,西南新月眉弯。砌下落花风起,罗衣特地春寒。”词的题旨虽仍在于刻画思妇的闺怨与春愁,但因为跳出了刻意描摹妇人容貌妆饰的窠臼而改用以景融情的写法,故而显得相当优美、文雅。原因即在于:用心灵去感受和捕捉的“景语”,比用感官去感受和捕捉的“物语”具有更高层次的审美效应。

举此一例,我们也就可以悟出:词中“物语”与“景语”的比重,很能影响到语言风格的趋“俗”或趋“雅”。而如能将这二者搭配得当(另再加用“情语”来做“画龙点睛”),一般就能收到雅俗共赏的艺术效果。对于这一点,我们不妨举元初词学家陆辅之的《词旨》来证明。书中特标“词眼”①26条作为词中语言的范例,而这些可以视为词中之“眼”的佳句、隽句,就几乎全是以“景语”作为基础的,如:绿肥红瘦、宠柳娇花、醉云醒雨、燕娇莺咤、柳昏花暝、翠阴香远、玉娇春怨、柳腴花瘦、渔烟鸥雨、燕昏莺晓、翠颦红妒等等。另外,它还选录了宋词中可称“警句”②的92例,其中也尽多优美的“景语”,如:“花影吹笙,满地淡黄月”、“雁足不来,马蹄难驻,门掩一庭芳景”、“海棠影下,子规声里,立尽黄昏”、“惊起半帘幽梦,小窗淡月啼鸦”、“几番莺外斜阳,栏干倚遍,恨杨柳遮愁不断”等,它们也全都妙在以景融情或情景交融。由此可知,宋人作词和论词,都十分注重于“景语”的创造。这是因为,采用那类形象优美的语汇和意象来构建词境,即可大大提高其语言的雅美程度。

① 陆辅之:《词旨》,唐圭璋编《词话丛编》,中华书局,1986年,第336页。
② 同①,第318页。

其次，从词中文雅语汇与通俗语汇的比重来看：一般来讲，词中选用文雅的语汇，就使其语言风格显得典雅、高雅和文雅；而若多用通俗语汇，则就使其语言变得浅俗平易和接近口语。从前者而言，我们就可明白词人为何喜欢选用“代字”和采用唐诗入词了，原因即在于它们能增添语言的文雅气和书卷气。例如宋末元初的沈义父在其《乐府指迷》中就特意提出：“炼句下语，最是紧要。如说‘桃’，不可直接说破‘桃’，须用‘红雨’‘刘郎’等字。如咏‘柳’，不可直接说破‘柳’，须用‘章台’‘灞桥’等字。又咏‘书’，如曰‘银钩空满’，便是‘书’字了，不必更说‘书’字。‘玉箸双垂’，便是‘泪’了，不必更说‘泪’。如‘绿云缭绕’，隐然髻发；‘困便湘竹’，分明是‘簟’。正不必分晓，如教初学小儿，说破这是甚物事，方见妙处。”①类似于此的还如：月亮用“桂华”“蟾宫”来借代，书信用“尺素”“鱼雁”来借代，丫鬟用“锦儿”“小玉”来借代，少年用“萧郎”“庾郎”来借代等。对此，王国维曾持反对意见，他说：“词忌用替代字。（周）美成《解语花》之‘桂华流瓦’，境界极妙。惜以‘桂华’二字代‘月’耳。梦窗以下，则用代字更多。”②王氏论词，崇尚“不隔”的境界，故而反对使用“代词”。但从实际情况来看，则词中适当地使用“代词”，却颇能增加语言的华美色彩和提升其雅丽程度，因此并不宜一概加以排斥。再如词人往往“运诗入词”，这也能借助于诗语的雅美来提高词境的品格，如贺铸的《吹柳絮》（即《鹧鸪词》）：

> 月痕依约到西厢，曾羡花枝拂短墙。初未识愁那得泪？每浑疑梦奈余香。　　歌逢嫋处眉先妩，酒半酣时眼更狂。闲倚绣帘吹柳絮，问何人似冶游郎？

词中头两句化用唐诗“待月西厢下”“拂墙花影动”和“墙外花枝压短墙”（元稹），“眼更狂”句化用唐诗“自后相逢眼更狂”（韩偓），“闲倚”句全用唐诗“闲倚绣帘吹柳絮”（李商隐），因此就使词的品味显得“丽而有则，耐人玩味”（陈廷焯《白雨斋词话》卷五评曰：“闲情之作虽属词中下乘，然亦不易工……似此则婉转缠绵，情深一往，丽而有则，耐人玩味”③）。由此可知，词中多用文雅典丽的语汇，就相当有助于造就其语言的雅美风格。

而与此相反，词中多用通俗的语汇，便会带来另一种明白如话的语言风格，

① 张炎著、夏承焘校注，沈义父著、蔡嵩云笺释：《词源注　乐府指迷笺释》，人民文学出版社，1963 年，第 61 页。

② 王国维，滕咸惠校注：《人间词话新注》，齐鲁书社，1981 年，第 13 页。

③ 陈廷焯：《白雨斋词话》卷五，人民文学出版社，1998 年，第 123 页。

如朱敦儒的《感皇恩》：

> 一个小园儿，两三亩地，花竹随宜旋装缀。槿篱茅舍，便有山家风味。等闲池上饮，花间醉。　　都为自家，胸中无事。风景争来趁游戏，称心如意。剩活人间几岁，洞天谁道在，尘寰外？

全词所采用的，全是那些一读即懂的通俗语汇，因此其语言就相当明白晓畅，几近白话。又如柳永的下列词句："昨宵里恁和衣睡，今宵里又恁和衣睡"（《婆罗门令》）、"朝思暮想，自家空恁添清瘦"（《倾杯乐》）、"对好景良辰，皱着眉儿，成甚滋味"（《慢卷紬》）、"和衣拥被不成眠，一枕万回千转"（《御街行》）等，就几乎全用口语中的语汇组成，这种通俗易懂的语言风格就为柳词争得了无数平民读者。叶梦得《避暑录话》卷三记述"凡有井水饮处，即能歌柳词"①，徐度《却扫编》卷下说柳词"流俗人尤喜道之"②，其原因就都与柳词语言的"近俗"有关。

当然，话又要说回来，如果过多地采用那些充满市井气息的鄙俗语汇，则又会损害语言的纯洁性，从而产生不良的艺术效果。在这方面，柳词同样具有代表性，如其下列词篇：

> 每到秋来，转添甚况味。金风动、冷清清地。残蝉噪晚，甚聒得、人心欲碎。更休道、宋玉多悲。石人，也须下泪。　　念寒枕冷，夜迢迢、更无寐。深院静、月明风细。巴巴望晓，怎生挨、更迢递。料我儿、只在枕头根底，等人来，睡梦里。（《爪茉莉》）
>
> 酥娘一搦腰肢袅，回雪萦尘皆尽妙。几多狎客看无厌，一辈舞童功不到。　　星眸顾指精神峭，罗袖迎风身段小。而今长大懒婆娑，只要千金酬一笑。（《木兰花》）

其用词下语，就不免"浅近卑俗"③而难逃"词语尘下"④之讥了。所以，语汇通俗则可，鄙俗或庸俗则会令人皱眉。

而真正懂行的词人，却能"以俗为雅""雅俗相济"地将文雅的语汇与通俗的语汇恰到好处地组合起来，以造就雅俗共赏的语言风格。李清照就是这方面的能手。她的名句"莫道不消魂，帘卷西风，人比黄花瘦"（《醉花阴》）和"知否，知否，应是绿肥红瘦"（《如梦令》），其中所用的"瘦"和"肥"字，本是极通俗、极平

① 叶梦得：《石林避暑录话》卷三，商务印书馆，1939 年，第 1 页。

② 徐度：《却扫编》卷下，中华书局，1985 年，第 173 页。

③ 王灼：《碧鸡漫志》卷二，唐圭璋编《词话丛编》，中华书局，1986 年，第 84 页。

④ 李清照：《词论》，王仲闻校注《李清照集校注》，人民文学出版社，1979 年，第 194 页。

常的字眼,可一经她的“点铁成金”之手,顿就显出“俗不伤雅”和“以俗为雅”的雅趣来。再如她的《一剪梅》:

红藕香残玉簟秋。轻解罗裳,独上兰舟。云中谁寄锦书来?雁字回时,月满西楼。　　花自飘零水自流。一种相思,两处闲愁。此情无计可消除,才下眉头,却上心头。

此词上片所用语汇极雅,下片则颇多通俗浅近的语汇,然而综观全词,却仍然显得那样优美文雅,正合了陆辅之所提出的“夫词亦难言矣,正取近雅,而又不远俗”①的语言标准。所以,若能对语汇和意象作适当的“调色”与搭配,就能有助于造就雅俗相济的语言风格。而像李清照那样懂得此中奥妙的词人,唐宋词坛上可谓相当普遍(李清照不过是其中的佼佼者而已)。在他们的共同努力之下,唐宋词的语言风貌终于呈现出了“上不似诗,下不类曲”的雅俗共赏的特色。

前已提到,诗歌的语言是各类文学语言中最为精粹和最为优美的,而唐宋词的语言则又是诗歌语言中尤为漂亮和精致的。《花间集序》一开头即用如下的文字来形容其语言美:“镂玉雕琼,拟化工而迥巧;裁花剪叶,夺春艳以争鲜”②。这样的形容,也完全可以移用到整个唐宋婉约词上。另如王国维所说的“词之为体,要眇宜修”③,其意当然也应该包含他对词之语言美的赞许在内。而通过以上分析,我们已经清楚地看到:唐宋词既从前代诗歌中汲取优美文雅的语汇,又从当代口语中汲取清新浅俗的语汇;既铺陈了许多富贵华丽的意象作其“物语”,又采撷了大量烟水迷蒙的意象作其“景语”,这就使其语言显得既像“画屏金鹧鸪”(温庭筠《菩萨蛮》)那样富丽精致,又像“弦上黄莺语”(韦庄《菩萨蛮》)那样流利清畅。所以我们就大有理由将唐宋词看作中国韵文中一种最漂亮的文体。有着这样的语言作其抒情的载体与包装,词的“美文”性质就越加凸现。故而正像曹溶《古今词话序》中所说:“填词于摛文最为末技,而染翰若有神工”④,虽则封建时代的文人一般都看轻词体,但他们却仍身不由己地喜欢读词和写词,其原因之一即在于他们不能不被词的优美异常的语言风格所“征服”。

① 陆辅之:《词旨》,唐圭璋编《词话丛编》,中华书局,1986 年,第 301 页。

② 欧阳炯:《花间集序》,赵崇祚辑、李一氓校《花间集校》,人民文学出版社,1958 年,第 1 页。

③ 王国维著,滕咸惠校注:《人间词话新注》,齐鲁书社,1981 年,第 44 页。

④ 曹溶:《古今词话序》,沈雄编,江尚质增辑《古今词话》,上海书店,1987 年,第 1 页。

四、情景交炼的意境美

文学作品一般都以塑造一定的文学形象作为主要的艺术手段和艺术目标。而在诗词作品中,由于文体本身具有鲜明而强烈的抒情特征,因此这种文学形象就表现为主客观相统一的“意境”。明人朱承爵说:“诗之妙,全在意、境融彻”①(《存余堂诗话》),近人王国维也称古诗词和元曲之佳者,“其文章之妙,亦一言以蔽之曰:有意境而已矣”②。由此可见,历来的评论家,都相当重视这个意境问题。而在这方面,唐宋词所取得的成就和所达到的境界,也同样令人大为赞叹。所以我们在论析过词的音乐美、声律美和语言美之后,就更有必要来论析它的意境美。

意境由“意”和“境”这两方面的因素所“合成”。“意”在词中,主要指人的思想感情,而“境”则主要表现为自然景物。所以讲到词的意境问题,也就大致可以归结为情与景的交相融合或映衬问题。对此,前人早有很多评述。如张炎评姜夔《琵琶仙》、秦观《八六子》等抒写离情的名作,其佳处“全在情景交炼”③,仇远在赞扬张炎词时则再一次陈述了这一说法:“铅汞交炼而丹成,情景交炼而词成”④。这都反映出宋人对此问题的重视。而清代和近代的词论家们就对它讲得更多和更细。例如:

> 融情景于一家,固是词中三昧。若论艳词,则与其多作情语,毋宁多作景语⑤。
>
> 言情之词,必借景色映托,乃具深美流婉之致。白石“问后约、空指蔷薇,如此溪山,几时重到?”又“想文君望久,倚竹愁生步罗袜。归来后、翠尊双饮,下了珠帘,玲珑闲看月。”似此造境,觉秦七、黄九尚有未到,何论余子⑥。

① 朱承爵:《存余堂诗话》,何文焕辑《历代诗话》,中华书局,1981 年,第 792 页。
② 王国维:《宋元戏曲考》,商务印书馆,1915 年,第 124 页。
③ 张炎著、夏承焘校注,沈义父著、蔡嵩云笺释:《词源注　乐府指迷笺释》,人民文学出版社,1963 年,第 24 页。
④ 仇远:《山中白云词序》,张炎《山中白云词》卷首,朱祖谋《彊村丛书》本。
⑤ 许昂霄:《词综偶评》,唐圭璋编《词话丛编》,中华书局,1986 年,第 1568 页。
⑥ 吴衡照:《莲子居词话》卷二,唐圭璋编《词话丛编》,中华书局,1986 年,第 2423 页。

词或前景后情，或前情后景，或情景齐到，相间相融，各有其妙①。

词之诀，曰情景交炼。宋词如：李世英“一寸相思千万绪，人间没个安排处”，情语也。梅尧臣“落尽梨花春又了，满地斜阳，翠色和烟老”，景语也。姜尧章“旧时月色，算几番、照我梅边吹笛”，景寄于情也。寇平叔“倚楼无语欲销魂，长空黯淡连芳草”，情系于景也。词之为道，大旨固不出此②。

词虽浓丽而乏趣味者，以其但知作情、景两分语，不知作景中有情、情中有景语耳。“雨打梨花深闭门”、“落红万点愁如海”，皆情景双绘，故称好句，而趣味无穷③。

词宜融情入景，或即景抒情，方有韵味。若舍景言情，正恐浅率直白，了无蕴藉，索然意尽耳④。

词有淡远取神，只描写景物而情致自在言外，此为高手……刘仙伦《一剪梅》云：“唱到《阳关》第四声，香带轻分，罗带轻分。杏花时节雨纷纷，山绕孤村，水绕孤村。　　更没心情共酒尊，春衫香满，空有啼痕。一般离思两销魂，马上黄昏，楼上黄昏”，此阕颇能景中寓情⑤。

以上词论家们所反复讨论的，便是词人应当如何处置好情和景的关系，以便将二者组合成或“情景交炼”、或“情景相融”、或“融情入景”、或“景中寓情”之优美意境的问题。甚至，有些词论家竟还将其提高到作词之“大旨”或“要诀”的高度来认识，可见其是一个关系到词作是否能够圆满成功的重要问题。

对于这个“情景交炼”或“情景交融”而组合成优美意境的问题，我们不妨先从诗歌的一般情况谈起。一般来说，诗中的“情”（或“意”）在意境的组合中据有着“主帅”或“内核”的地位。对此，清代王夫之曾经有过相当精辟的论述。他说：“无论诗歌与长行文字，俱以意为主。意犹帅也，无帅之兵，谓之乌合。”又说：“烟云泉石，花鸟苔林，金铺锦帐，寓意则灵。”⑥这就是说，若无“意”作为“主帅”来对景发挥“指挥”和“组织”的作用，则烟云泉石之类景物便变成了一大堆毫无生气的“乌合之众”。但从另一个角度看，仅有“意”这个主帅或内核，而无

① 刘熙载：《艺概》卷四，上海古籍出版社，1978 年，第 114 页。
② 张德瀛：《词征》卷一，唐圭璋编《词话丛编》，中华书局，1986 年，第 4081 页。
③ 沈祥龙：《论词随笔》，唐圭璋编《词话丛编》，中华书局，1986 年，第 4056 页。
④ 蒋兆兰：《词说》，唐圭璋编《词话丛编》，中华书局，1986 年，第 4638 页。
⑤ 沈泽棠：《忏庵词话》，唐圭璋编《词话丛编》，中华书局，1986 年，第 4638 页。
⑥ 王夫之著，戴鸿森注：《姜斋诗话笺注》，人民文学出版社，1981 年，第 44 页。

景作为其“部属”或“外壳”,那么“意”也就变成“光杆司令”或孤零抽象的浮游之物。因此,王夫之又补充说道:“情、景名为二而实不可离。神于诗者,妙合无垠。巧者则有情中景、景中情”①,“不能作景语,又何能作情语耶?古人绝唱句多景语,如‘高台多悲风’、‘蝴蝶飞南园’、‘池塘生春草’、‘亭皋木叶下’、‘芙蓉露下落’,皆是也。而情寓其中矣。”②换句话说,景在诗中,往往就是情的“外化”与“物化”,没有具体而形象的“景”,诗人的“意”或“情”就无从得以寄寓与显示。王夫之所论,虽是诗文中的情、景关系,但也同样适用于唐宋词的情况。

词的意境,有人径直称之为“词境”③。它的组成部分,同样也由情和景这两大艺术要素来担任。近人陈匪石曾说:“词境极不易说。有身外之境,风雨、山川、花鸟之一切相皆是。有身内之境,为因乎风雨、山川、花鸟发于中而不自觉之一念。身内身外,融合为一,即词境也。”④其所言“身外之境”即我们所言之“景”,而其所言“身内之境”亦即我们所言之“情”(或“意”)。不过他在谈到二者的“融合为一”时却还不够全面。

第一,情(“身内之境”)固然常因景(“身外之境”)之触动而感发(“为因乎风雨、山川、花鸟发于中”),但究其实际情况,则此类看似“触景生情”之情其实早就潜藏在人的内心深处,不过凭借着外物(景)之触动而从潜意识状态中“跳出”而已。这正如土地中先已有了种子,才能在一场春雨后出现嫩叶新绿一样;不然的话,任由阳光雨露怎样滋润,荒漠瘠土中也长不出禾苗来。举例来讲,王昌龄所写的“闺中少妇不知愁,春日凝妆上高楼。忽见陌头杨柳色,悔教夫婿觅封侯”(《闺怨》),诗中的这位少妇其实又哪是真的“不知愁”者?只不过在日常生活中,她的闺愁被暂时冲淡或长期尘封而已;一旦受到陌头柳色的感召或逗引,她的愁怨悔恨顿时就像柳叶抽条那样油然萌生。所以,王诗实际上是采用了一种“欲扬先抑”的写作手法,以之来描绘闺妇触景而“呼”(呼唤)情的心理活动。倒是苏轼悼亡词中“十年生死两茫茫,不思量,自难忘”(《江城子》)三句,显得更加接近于人们的实际心理体验。由此可知,诗词中的触景生情(亦即陈匪石所说的“身内之境”因“身外之境”而触生),其实应是这样一种心理活动和创作活动过程:原先处于潜伏状态的某种感情,因着外界景物的触媒作用而被“外化”和“物化”成了具体形象的意境。这有些像水库中的湖水,一旦打开闸

① 王夫之著,戴鸿森注:《姜斋诗话笺注》,人民文学出版社,1981年,第12页。
② 同①,第91页。
③ 陈廷焯:《白雨斋词话》卷八,人民文学出版社,1998年,第221页。
④ 陈匪石:《声执》卷上,唐圭璋编《词话丛编》,中华书局,1986年,第4950页。

门,就汩汩流泻而出,又随物赋形地形成各种各样的水景一样。在这一过程中,情(或"意")就既是意境所由生成的"源泉"(缺乏情意的意境就成了无源之水的涸池),却又成了意境所要导致的最终"归宿"(因为作者塑造意境的目的,说到底仍是为了抒情)。这样看来,即使在表面看是触景生情、因景生情的诗词中,情仍是其意境的"内核"。故而陈匪石之言,就多少忽视了感情本身早就潜藏于"身内"的"内核"作用。

第二,除开触景生情或因景生情这一情况之外,诗词作品在塑造意境时,却还另有着"移情于景"和"缘情布景"的情况,而这就更是陈匪石所未曾注意到的。先说其中的"移情于景",王国维所说的"有我之境"就大体接近于它。王氏曰:"有我之境,以我观物,故物皆着我之色彩。""古人为词,写'有我之境'者为多。"①这种"有我之境",因"我"(主观情志)之色彩比较强烈,所以投射到外界的景物上,就使后者罩上或带上浓厚的感情色彩(如"泪眼问花花不语,乱红飞过秋千去"、"可堪孤馆闭春寒,杜鹃声里斜阳暮"等句)。从这一角度看,情在意境的生成中,就成为其感情色彩的"辐射源",而景则成为接受其感情色彩的"多棱镜";二者结合,就形成融情于景和以景映情的浑和意境。但此种"有我之境"的生成,相对而言还不够"自觉",因为它仅是由于"我"(情)的色彩过分浓郁而溢射于景所生成的。而另一类"缘情布景"则更显主动:作者为要表现某种感情,就有意识地择景和布景,以使这些景物能够映现和反窥其内心世界。比如王维的《鸟鸣涧》诗:"人闲桂花落,夜静春山空。月出惊山鸟,时鸣春涧中。"为了表现自身的闲适意绪,他就以细微的桂花轻轻飘落、月夜春山的空寂、山鸟竟被月色惊起而发出鸣叫等景物描写来映衬内心的宁静。有人就曾指出:春天并无"桂花落"的景象,故而,正像诗人另在画《袁安卧雪图》时特意添上碧绿的芭蕉叶一样,这样的写景实际是一种有所寓意的"缘情布景"行为,其目的全在于让这些看似信手拈来、实则经过精心选择和组织的景物来代替感情"说话"。再如元人小令《天净沙》:"枯藤老树昏鸦,小桥流水人家,古道西风瘦马。夕阳西下,断肠人在天涯。"全阕共计五句,却用了四句去写景,直到最后一句才点出断肠之情来。但当读者反顾前面所写之景时,就不难发现,这四句中的十件景物也全都出于作者的惨淡经营和精心安排。其目的只有一个:为欲从中反窥和反衬出自身流落天涯的凄苦之情。故在这种"缘情布景"的情况中,情的"主帅"作用比之上述"移情于景",就显得更加自觉和明显。观之词中,如白居易三首《忆江南》中就特意为读者分别设置了"日出江花红胜火,春来江水绿如蓝"、"山寺月

① 王国维著,滕咸惠校注:《人间词话新注》,齐鲁书社,1981年,第36页。

中寻桂子,郡亭枕上看潮头”、“吴酒一杯春竹叶,吴娃双舞醉芙蓉”等三组“镜头”,而在其前后又加之以“江南好”和“能不忆江南”等直接抒情之语以挑明题旨,这就不难明白情对景的差遣与驱使作用了。综观以上数种情况,情在词境中的“主帅”和“内核”的地位便可晓然。

但是,在充分看到情在词境中所据的重要地位与所起的重要作用的同时,我们却又不可小视景在词境中的不可或缺的地位与作用。事实上,上文所用的“主帅”与“部属”、“内核”与“外壳”的比喻,其意仅在于强调情在意境组成中所占据的主导地位和所发挥的支配作用而已;而正像任何高妙的比喻都不免“跛足”那样,它们并不能用以全面、准确地说明情与景之间的辩证关系,尤其不能用来说明景对抒情所能发挥的“能动”作用。故而仍可回到王夫之的话上来:“情、景名为二而实不可离”,“不能作景语,又何能作情语耶?”①换句话说,情与景的关系又有些像灵魂与肉体、精神与容颜之间的关系:若无肉体,人的“灵魂”就无所寄寓;而若无容颜的具体展示,人的精光神气也就无法捉摸;而反过来说,肉体越是显现得丰满生动,则人的“灵魂”就越是“呼之欲出”,容颜越是展示得顾盼生情,人的精神风貌也就越显得富有生气。所以事实上,情与景在很多场合下又表现为“合二而一”的状态(正是在这个意义上,王国维要说“不知一切景语皆情语也”②)。而即使在情语与景语有所分离的时候,景对情还起着下列作用:

第一是“触发”与“兴起”作用。如冯延巳词:“谁道闲情抛掷久?每到春来,惆怅还依旧”,“河畔青芜堤上柳。为问新愁,何事年年有?”(《鹊踏枝》)他的“闲情”与愁苦虽然是久久蓄积于胸的,但今春的“新愁”却分明又是受到新春的青芜和嫩柳才触发勾引出来的。又如温庭筠词:“梳洗罢,独倚望江楼。过尽千帆皆不是,斜晖脉脉水悠悠,肠断白蘋洲!”(《梦江南》)那词中闺妇的肠断之情,也明显与江上千帆过尽的景色有关。

第二是“外化”与“物化”作用。感情本是深藏于内心的抽象之物,若不将它“外化”和“物化”成具体可感的文学形象,那就无法使人感受和捉摸,这正像思想必须凭借语言才能得到表现一样。晏几道词说得很俏皮:“相思本是无凭语,莫向花笺费泪行。”(《鹧鸪天》)这相思之情最是无凭无靠(即难以具体述说之意),岂又可以依靠写信寄书来表达清楚,因此索性就收起笺纸笔砚吧。但他的这两句反语(因为事实上他正在以写词来抒发感情)却正可移用来说明情对景

① 王夫之著,戴鸿森注:《姜斋诗话笺注》,人民文学出版社,1981年,第72页。

② 王国维著,滕咸惠校注:《人间词话新注》,齐鲁书社,1981年,第50页。

的依傍与寓托关系，此即：那无凭无靠、原只存于词人心中的混沌模糊、浮动游离的感情，只有依靠着景的“外化”和“物化”，才能得到“定格”和“落实”，才能变得明晰和可感。比如秦观《八六子》云：“倚危亭，恨如芳草，凄凄刬尽还生。念柳外青骢别后，水边红袂分时，怆然暗惊。　无端天与娉婷，夜月一帘幽梦，春风十里柔情。怎奈向、欢娱渐随流水，素弦声断，翠绡香减。那堪片片飞花弄晚，蒙蒙残雨笼晴。正销凝，黄鹂又啼数声。”此词的词旨明显是抒写词人的离愁别恨，故在开头的三句中就赫然挑明一个“恨”字。但这种黯然销魂的恨绪，却不是光靠一两个抽象的、概念性的字眼所能言明的，所以词人就采用了大量的景语来将其形象化：一会儿将它比作铲不尽的芳草，一会儿向人推出他与恋人水边柳下分袂时的画面（实是追忆），一会儿又用飞花弄晚、残雨笼晴的凄迷之景来映衬内心的愁闷，而最后更以“黄鹂又啼数声”的听觉感受来渲染销魂之情的倍感凄清。这样一来，作者内心的恨绪，顿就变成饱满的文学形象而向读者和盘托出。难怪张炎要赞扬此词：“离情当如此作，全在情景交炼，得言外意。”①而类似于此的例子在秦观词中相当多见。比如其《满庭芳》词中的“多少蓬莱旧事，空回首、烟霭纷纷。斜阳外，寒鸦万点，流水绕孤村”，“伤情处，高城望断，灯火已黄昏”，以及另一首《满庭芳》中的“谩道愁须殢酒，酒未醒、愁已先回。凭栏久，金波渐转，白露点苍苔”，这些词便都在抒情的闸门刚一打开之际，却立刻又把汹涌如潮的感情潜入底里，而让最能表征这些感情的景物凸现在读者眼前，这就同样收到了以景来“外化”和“物化”感情的艺术功效。

第三是强化和“增值”作用。情对景固然通常起着主导和支配的作用，但景对情又何尝不能产生一定程度的“反作用”？这种“反作用”简而言之，就是能使情有所强化和“增值”。打个比方，发光体如果把光线投射在平面的镜子上，只能获得单一的反光；而如投射在多棱的宝石上，那就会折射出远比原来光线丰富多彩的珠光宝气。诗词中的写景就类似于后一种情况，凭借“形象大于思想”的优势，就能使作品的抒情内容得到“增值”，如李璟的《浣溪沙》：

　　菡萏香销翠叶残，西风愁起绿波间。还与韶光共憔悴，不堪看。
　细雨梦回鸡塞远，小楼吹彻玉笙寒。多少泪珠何限恨，倚栏干。

词人的原意是写一位思妇面对秋景所触发的闺怨情绪，故开首就用两句景语来描绘西风摇落荷花荷叶的景象。但这两句景语一经写成，却像脱离母体而能独

① 张炎著、夏承焘校注，沈义父著、蔡嵩云笺释：《词源注　乐府指迷笺释》，人民文学出版社，1963年，第25页。

立行走的雏驹一样,另又具有自身独立的生命。王国维就说此两句"大有'众芳芜秽,美人迟暮'之感"①。而我们不也极易从中联生出对于美好事物易得凋零的无穷惋惜和惆怅吗?故从李词来讲,这两句写景固然强化了表现词中女主角悲秋惜时情绪的艺术效果,对广大读者而言,却又使其所获超出了作者原欲奉献给他们的那份情感,再如李煜的《乌夜啼》:

林花谢了春红,太匆匆。常恨朝来寒重晚来风。 胭脂泪,留人醉,几时重?自是人生长恨水长东!

此词以比兴手法抒写其亡国破家之恨,故其两处"恨"字均包含着作者个人的生活经验。但因"林花谢了春红,太匆匆"和"水长东"的写景(再加上其"恨"的含义不加明指),也就使人由此生发开去,联想到诸如林黛玉所唱的"明媚鲜妍能几时?一朝漂泊难寻觅。花开易见落难寻,阶前愁煞葬花人",深深感受到"人生多恨事"的忧患与缺憾,其感情内涵与哲理蕴含就都会因人而异地有所拓展和"增值"。

另外,上述现象又使我们联想到古人经常讨论的一个问题:"言"究竟能否"尽意"?照我们看来,由于人的思想感情具有极难把握的复杂性和细腻性,又加上它往往带有很强烈的个人色彩,因此想用人所通用且数量有限的理性语言来对它作准确的表达或描述,就经常会碰到不少的困难。这就是苏轼所讲的"能使是物了然于心者,盖千万人而不一遇也;而况能了然于口与手者乎"②,也即我们常说的"词不达意"或"言不尽意"。举个最简单的例子:当你尝到佳肴美馔时,往往只会发出"味道好极了"的赞叹;但若问你,到底好到什么程度(具体如鳊鱼与鲫鱼的鲜味究竟有何差异),则人们大约除了靠比喻或空泛的形容词来做勉强的回答之外,就只好用"悠然心会,妙处难与君说"(张孝祥《六州歌头》)之类的话来搪塞了。而类似的情况同样也发生在诗词中。例如:诗词经常写"愁",但家国之愁不同于失恋之愁,少年之愁不同于老年之愁,男性之愁不同于女性之愁,甚至同一个人在不同时空条件下的愁也并不尽相同;何况,这郁结于胸中的愁绪又正像李煜所说的"剪不断,理还乱","别是一般滋味在心头",或像李清照所说的"这次第,怎一个'愁'字了得"那样,是很难用几个干巴巴的概念性词汇说得清的。因此在描摹人类异常复杂的感情世界时,单纯的"情语"就难免显得力不从心。而在这时,"景语"便来大显其身手了。梅尧臣论诗曾说过

① 王国维著,滕咸惠校注:《人间词话新注》,齐鲁书社,1981年,第9页。
② 苏轼:《与谢民师推官书》,孔凡礼点校《苏轼文集》,中华书局,1982年,第1418页。

这样一段话：好诗“必能状难写之景，如在目前，含不尽之意，见于言外，然后为至矣。”他且举例道：“若严维‘柳塘春水漫，花坞夕阳迟’，则天容时态，融和骀荡，岂不如在目前乎？又若温庭筠‘鸡声茅店月，人迹板桥霜’，贾岛‘怪禽啼旷野，落日恐行人’，则道路辛苦，羁愁旅思，岂不见于言外乎？”①其中所举的佳句，就全都是一些写景之语。而照梅氏看来，这些优秀的景语，不仅能收到写景“如在目前”的效果，更能收到“含不尽之意，见于言外”的效果。这后一方面的艺术功效，岂不就弥补了“言不尽意”（确切来讲，是指概念性、逻辑性的理性语言不能准确深刻地“尽意”）的缺陷？所以，诗词作品之写景，一方面是将作者的感情“投资”到景中，另一方面却又吸引读者一起来参与对其情、景的“开发”工作，从而使其原先投入的感情有所“增值”。这正像优秀的山水画，虽往往只画寥寥的数笔云烟泉石而留下偌大的空白，但这空白却足够让观画者们充分驰骋其丰富的想象力去作“神游”一样。故而，诗词中的写景，正就依仗着“形象大于思想”的优势，吸引并调动着读者的主观能动性，使他们将自身所具的生活经验和心理体验一并融化或溶解在欣赏过程之中，从而使作者原先投入的感情有所“增值”。

第四是“美化”、愉悦作用。诗词作品之所以能吸引读者和感动人心，首要的条件当然是要情真意深。《庄子·渔父》中说：“真者，精诚之至也。不精不诚，不能动人。故强哭者虽悲不哀，强怒者虽严不威，强亲者虽笑不和。”况周颐也说：“‘真’字是词骨。”②由此即知“情真”在诗词（以及其他文体）创作中的重要性。但是，光是情真，却并不能直接转化为艺术的美感。比如受伤者的呻吟，孤儿失母的啼哭，该是情非常真的，但如把它们原封不动地录音，却并不能就此变成优秀的音乐作品；而只有当音乐家深切地体验过此一类悲剧遭遇和悲剧心理，然后借助音乐语言将它们升华提炼成一定的音乐形象后，才能创造出激动人心的悲剧音乐来。诗词中的情况与此亦同。王国维说，“词以境界为最上”③，而“境非独谓景物也。喜怒哀乐，亦人心中之一境界。故能写真景物、真感情者，谓之有境界。否则谓之无境界”④；而清人况周颐在讲过“‘真’字是词骨”之

① 欧阳修：《六一诗话》，何文焕辑《历代诗话》，中华书局，1981 年，第 267 页。

② 况周颐：《蕙风词话》卷一，《蕙风词话　人间词话》，人民文学出版社，1960 年，第 6 页。

③ 王国维著，滕咸惠校注：《人间词话新注》，齐鲁书社，1981 年，第 33 页。

④ 同③，第 39 页。

后也紧接着补充道:“情真、景真,所作必佳。”①这就是说,词要形成一定的境界(具有美感的意境),就必须将“真感情”与“真景物”结合在一起;或者换句话说,须将感情形象化,又须将形象审美化,这样始能将“人心中之境界”转呈为词中的境界。而在这一过程中,景的作用就显得十分重要和不可或缺。

且以柳永《雨霖铃》为例。此词在下片换头时揭出了全词的主题句:“多情自古伤离别,更那堪、冷落清秋节”,这里当然包含着深沉的人生感慨和人生哲理。但如没有下文三句优美而凄丽的写景为衬托,那恐怕就未必能够收到像现在这样警策动人的艺术效果(因为在此之前,江淹在《别赋》中早就凝铸出“黯然销魂者,唯别而已矣”的千古名句,故若仅从抒写离情的深刻与警策而言则柳词就未必能超越它)。而柳词之所以能脍炙人口,恐就在于在点出上述人所普遍怀有的悲剧性心理体验之后,又能用“今宵酒醒何处?杨柳岸、晓风残月”三句写景丽句来进行皴染。从表面看,这三句景句并未直接写情,但其巧妙成功之处却正在于它们能将上文的“心中之境界”转化成为极为凄美和很富新鲜感的审美(文学)境界。首先,此三句写出了“真景物”:汴河之滨,本多垂柳(隋炀帝开凿运河时所栽),故“杨柳岸”三字拈出本地风光,令人倍觉真切;而一夜舟行,醒后却置身于山驿水程之中,唯觉晓风清冷、唯见残月凄楚,这就怎不令人产生身临其境的真切感受?其次,此三句又写出了“真性情”:这“杨柳岸、晓风残月”其实不仅是景语,而且又是“物皆着我之色彩”②的情语。试想,昨日傍晚还能与恋人在汴京城门口“都门帐饮”和“执手相看”,可今日酒醒,却唯觉冷风扑面,头脑猛醒;而抬头所见,不见伊人的娇容,只有残月相对,此时的痛楚便好像麻醉药(宿酒)失效之后伤口(心头创伤)所发出的钻心之痛那般,变得分外锐利。故在这“真景物”后,实际隐藏着深厚的“真感情”。最后,在写出真景物和真性情的基础上,又酿造、炼铸出一个极美的艺术境界来,这个境界之美就在于:既凄又丽,既丽又凄;丽是其景,而凄是其情。这样,便从常人往往仅能感受到的离情之“悲”中,进而提炼出“美”,并能用如画的词笔将此种美感生动形象地绘现在读者眼前,使人玩味无穷和浮想联翩。所以,成功的写景就不光使情得到“外化”和“物化”,而且还对它进行了一番“美化”(优美化)工作,从而使其发挥出审美的愉悦作用。

我们试以温庭筠词为例,其中就甚多耐人反复咀味的佳句,如:“江上柳如烟,雁飞残月天”,“花落子规啼,绿窗残梦迷”,“雨后却斜阳,杏花零落香”,“杨

① 况周颐:《蕙风词话》卷一,唐圭璋编《词话丛编》,中华书局,1986 年,第 4408 页。

② 王国维著,滕咸惠校注:《人间词话新注》,齐鲁书社,1981 年,第 36 页。

柳又如丝，驿桥春雨时”，“柳丝长，春雨细，花外漏声迢递”，“星斗稀，钟鼓歇，帘外晓莺残月”，“堤柳动，岛烟昏，两行征雁分”，“草初齐，花又落，燕双双”等，就都是既写景又融情，更富有审美愉悦作用的“有境界”之语。故知词中之写景，实为词的意境之美提供了丰厚的“矿藏”。凡是具有审美眼光的读者深入此“矿山”，就定然能满载而归。

因此，总结以上四点，我们便可发现：诗词中的景相对于情来说，并不仅仅处于服从和被动的地位，而且能对抒情起着十分积极的“反作用”。一方面是抒情支配着写景，另一方面则又是写景促成了抒情的顺利进行和圆满成功，这后一方面的情况就充分体现了写景对于抒情的能动作用。

综观中国古典诗歌的发展历史，写景的作用和功效越来越受到作者的重视。早在《诗经》时代，人们已开始写景；不过其时的景物描写大都仅仅作为比兴的发端物或人物活动的自然背景出现。例如：“关关雎鸠，在河之洲”（《周南·关雎》）和“桑之未落，其叶沃若”（《卫风·氓》）就属于前者，而“日之夕矣，羊牛下来”（《王风·君子于役》）和“蒹葭苍苍，白露为霜”（《秦风·蒹葭》）就属于后者。这时的写景基本属于即兴而写，亦即司空图《诗品》中所说的“俯拾即是，不取诸邻”①的比较自然和顺手的写景。而到战国时代的《九歌》中，便开始出现了用以衬托人物心境的优美的景语。例如《湘夫人》中的“袅袅兮秋风，洞庭波兮木叶下”（用以衬托“帝子降兮北渚，目眇眇兮愁予”之情）；又如《山鬼》中的“雷填填兮雨冥冥，猨啾啾兮又夜鸣，风飒飒兮木萧萧”（用以衬托“思公子兮徒离忧”之情）。这既与南方山川风物之瑰丽多姿有关，也与诗人对写景的重视有关。及至汉魏六朝，随着人们对自然的认识程度与开发程度的提高，诗中的景语就越发增多，而诗人借景抒情的举动也便越显自觉。例如曹丕《燕歌行》一开头就用“秋风萧瑟天气凉，草木摇落露为霜，群燕辞归鹄南翔”的秋景来为抒发“念君客游多思肠”之情作衬垫，可见诗人已经有意识地将“秋”与“悲”（前者为景，后者为情）紧紧地联系在一起。六朝时代出现的山水诗篇，则更表明自然景色本身已成为人们审美对象的一个门类，并进而变成了诗歌创作的一个独立的题材来源。但是，比较唐代诗歌而言，前代诗歌中的这些写景，还显得有些“稚嫩”（如六朝的一些山水诗篇，前人就曾批评它们是“有佳句而无完篇”）。而抵唐诗之后，写景更就获得了令人赞叹不已的出色成就。我们不妨读一读王维的《山居秋暝》：“空山新雨后，天气晚来秋。明月松间照，清泉石上流。竹喧归浣女，莲动下渔舟。随意春芳歇，王孙自可留。”再读一读李白的《黄鹤楼送孟浩然之

① 司空图：《二十四诗品》，何文焕辑《历代诗话》，中华书局，1981 年，第 40 页。

广陵》:“故人西辞黄鹤楼,烟花三月下扬州。孤帆远影碧空尽,唯见长江天际流。”也读一读杜甫的《绝句》:“迟日江山丽,春风花草香。泥融飞燕子,沙暖睡鸳鸯。”……我们不能不惊叹于唐人写景技巧之高超和将情、景组合成水乳交融的浑然意境之奇妙。从一定意义上讲,一部古代诗歌的发展史,也可以看做是写景技巧的进步史。

在下文具体论述词的意境之美时,我们就想把注意力主要集中到写景方面来。这是因为,写景在词境中所发挥的作用和所呈现的态势,比在诗境中来得更重要和更活跃。说它更为重要,原因在于词的意境主要由情和景二者所组成,而原先在诗中较多见到的叙事和议论的成分却已在词中有了明显的淡化,因此词境的臻于完美就尤其依赖于情、景的巧妙结合和写景的出色成功。说它更为活跃,则是因为词中的写景,因着词的特殊体式(如长短句式、分片等)和它所经常采用的铺叙手法,变得比诗更加灵活多变和姿态横生,故其“水准”也更有所提高。所以我们在论述词的意境之美时,重心就转到对其写景的考察上来。

具体来讲,主要想论析以下两方面的问题:第一是词中所写之景,其构成成分已与诗发生了相当程度的变异,它变为偏多地择取南方地域的水乡景致来组景;第二是词中的写景,依仗着词的特殊体式和写作手法,变得比诗更加形容尽致和繁复细腻。而因以上两种变化,词的意境也就相应地呈现出风格柔婉和层次丰厚的美感特色来。下面,就先让我们论析其第一方面的问题,亦即:词中的写景明显具有“南方化”(水乡化)的倾向。

(一) 词中写景的“南方化”(水乡化)倾向

前已谈到:“无论诗歌与长行文字,俱以意为主,意犹帅也。”①因此,词中偏多于从南方水景中择景,明显是由“帅”(情)的需要所决定的。既然词中所言之情,偏多于那类产生在私生活环境中的儿女柔情(特别又以艳情为主),那么为能有效和成功地完成其抒情任务,词人当然便会选择那类富有柔性美感的景物以之与柔情表里相称和内外相符。这样,江南地域的水乡景致自然就成了他们所乐意首选的景物。而反过来说,则南方柔美的景致却也并未辜负其“主帅”的重望,确实收到“出师大捷”的奇效。且举前代文学史上的一则佳话为证。南北朝时,梁朝派兵征伐北魏,为劝降原先由梁朝叛降北魏的大将陈伯之,梁朝文人丘迟就写了一封著名的《与陈伯之书》。信中最使陈伯之感动的便是如下一段:“暮春三月,江南草长,杂花生树,群莺南飞。见故国之旗鼓,感平生于畴昔,抚

① 王夫之著,戴鸿森注:《姜斋诗话笺注》,人民文学出版社,1981年,第44页。

弦登陴,岂不怆恨!所以廉公之思赵将,吴子之泣西河,人之情也。将军独无情哉?"陈氏阅后,果然归降梁朝。从中可知,丘迟所使用的,实是一种"攻心"的战术。而这种战术之所以能够大获全胜,则又依赖于作者所使用的"秘密武器",此即对于江南美景极富诱惑力的描绘。由此看来,江南柔丽景致的魔力真是非同小可!而唐宋词之偏多于从南方水景中择景,一方面固然是因抒写柔情的需要,另一方面则更对词境的风格和美感起了富有"建设性"的作用——具体来说,就促使它们向着柔美、香艳和软弱的方向发展。

我们在上一节中谈论词的意象和语汇时,就已注意到这样一个现象:词中的景语,偏多于用以水为中心的意象和语汇。但是,上述现象其实还只是露在地面上的一种"枝枝叶叶",而若进一步"寻根刨底",则其本源还应归结到词的"南方文学"属性上去。换句话说,词之好用以水为中心的意象与语汇,以及词境通常所呈现的柔美、香艳、软弱等特色,并非偶然发生和自天而降的现象,归根到底,实是唐宋词(主要指婉约词)在其主体上所带有的"南方文学"特性的一种外在表现。因而对于这个"南方文学"的问题,我们就准备多说几句(笔者前曾为此写过两篇专文,为免读者翻检之劳,现将其主要内容概述如下)。

我国是一个幅员辽阔的国家。从某种意义上讲,它是一个包括多民族、多个小国(指分裂时期而言)、多个经济和地理区域的统一体。不同的地域,由于自然条件的差异自会造成生物学上的地域性差异,这是显而易见的(早在春秋时代,晏子就提出过"橘生南方为橘,生北方则为枳"的著名比喻,即是明证)。而出自作为自然物和社会物的统一体的人类之手或口的文学,也必然会在一定程度上打上地域差异的烙印,这也同样不难被人理解。特别在经济不够发达、基本维持着闭关自守和自给自足状态的古代社会,则此种现象的出现就更是相当自然的事——更何况,古代历史上曾经出现过多次分裂、对峙的局面,因此文学作品之带有地域方面的差异,也就表现得越加明显了。所以,早在六朝时代,刘勰就已敏锐地提出过文学具有地域特征的论题,如他曾把上古的民歌划分为南音、北声、东音、西音四大块①,又曾把《离骚》的成就归之于"楚人之多才"②和得于南方的"江山之助"③。只是由于我国的主要河流(如黄河、长江、淮河)大都呈东西走向,而基于此种地理条件上的政治分裂又基本是南北对峙,故而文学风貌上的地域差异就主要表现为南方文学与北方文学的差异。

① 周振甫:《文心雕龙今译》,中华书局,1995 年,第 66 页。
② 同①,第 40 页。
③ 同①,第 412 页。

产生于北方黄河流域的《诗经》和产生于南方长江流域的《楚辞》，其风貌就大不相同。黄河流域的人民，由于自然条件的艰苦和长期从事艰辛踏实的劳动，遂就养成了重朴崇实的生活习惯和社会心理，因而其文学创作（以《诗经》为代表）便较多地带有现实主义的特色。即如他们所描绘和赞颂的“美人”形象，其女性是“硕人其颀”，其男性是“有力如虎”，即分明与体力劳动所养成的嗜尚“壮美”的审美心理密切相关。而长江流域一带的情况就有所不同，那里有瑰丽的山川、肥沃的土壤，同时又较多地存留着原始（母系）社会不够发达的痕迹，因此生活在此的楚民族，信神好巫，富于想象。他们既崇拜英雄，又崇拜女性。反映在文学中，《楚辞》就较多浪漫主义的色彩和婉丽的风格。例如：屈原在《离骚》中曾以美人、香草来喻托政治情志，又在《九歌》中抒写了非常细腻的男女爱情，这些便都足以显示《楚辞》不同于《诗经》之刚健朴实的风格，从而形成另一种柔美型的风格特色。而到了南北朝时期，则除开地理条件的差异性继续在起作用之外，南北双方的经济、政治状况的不平衡，更又给文学带来了深刻影响。同以民歌为例，北方民歌题材宽广，风格粗犷，南方民歌则专主恋情，风格柔婉，而这便与二者所赖以产生的地理环境和社会环境有着如同“毛”与“皮”的关系。北方少数民族主要以游牧为生，他们长期与骏马、猎狗、野兽、风沙打交道，于是就养成英勇尚武的心理以及粗犷豪放的性格。反映在文学中，就出现了《敕勒歌》之类充满风云之气的“慷慨歌谣”（元好问《论诗绝句》评此诗曰：“慷慨歌谣绝不传，穹庐一曲本天然。中州万古英雄气，也到阴山敕勒川。”）。他们当然也歌颂美女、歌颂爱情，但又更加赞颂勇士、赞颂宝刀：“新买五尺刀，悬着中梁柱。一日三摩挲，剧于十五女。”（《琅玡王歌》）因此，明明是一位妙龄的木兰女郎，在他们笔下竟全无弱不禁风的小家碧玉模样，而变成了挥戈杀敌、建功立业的巾帼英雄！这些民歌中所体现的美学情趣，就正好与北方雄浑苍茫的山川地域和战争频仍的社会环境相符相称。

但南方民歌却与之大异其貌和大异其趣。从题材看，南方民歌几乎是清一色的情歌恋诗；从风格看，则又是那样的软媚婉转。比如其写女性：“宿昔不梳头，丝发披两肩。婉伸郎膝上，何处不可怜。”（《子夜歌》）真是一副人见人怜的媚态。即使是写男性：“积石如玉，列松如翠，郎艳独绝，世无其二。”（《白石郎》）也宛然变成了一种女性化的艳美形象。这种文学风貌的形成，就根植于南方山川风物的妩媚和南方民风民俗的软媚之中，也与江南城市生活的淫靡有关。《南史》描述当时的都市情况道：“都邑之盛，士女昌逸，歌声舞节，袨服华妆，桃花渌水之间，秋月春风之下，无往非适。”①“凡百户之乡，有市之邑，歌谣舞蹈，触处成群。”②在此基础上，当然就越发助长了南朝民歌的恋情性和柔婉性。

唐朝结束了前代的分裂局面，在很大程度上缩小了南、北方在政治经济方面的差距，也为南北文化的交融创造了良好的条件。唐代著名诗人如李白、杜甫、白居易等，都曾漫游大江南北，他们的诗歌风格已很难用单一的南方或北方文风来指称。而从整体来看，唐诗的“风骨与声律齐备”，也正是南北文学交流、融和的产物。魏徵《隋书·文学传序》曾说：“江左宫商发越，贵于清绮；河朔词义贞刚，重乎气质……此其南北词人得失之大较也。若能掇彼清音，简兹累句，各去其短，合其所长，则文质彬彬、尽善尽美矣。”③他的这个预言，后来正成了唐诗的现实。梁启超曾说：“盛唐各家为什么能在文学史上占很重要的位置呢？他们的价值在能洗却南朝的铅华靡曼，参以伉爽直率，却又不是北朝粗犷一路。”④也就是说，盛唐诗的成功即在于撷取了南北文学之长而避免了二者之短，既具有北方文学的阳刚之美，又具有南方文学的阴柔之美。但是，安史之乱以后，整个国家经济重心的南移，中晚唐诗歌中（特别表现在七绝这种诗体中）的南方风味却开始越变越浓了。中晚唐以后，北方经济凋敝，人口大量南移，南方得到了大规模的开发，并且出现了以扬州和益州（成都）为代表的一批繁华富丽的城市（当时有“扬一益二”之称）。这就吸引了许许多多的诗人在大片新开发的社会土壤上从事文学耕耘。如杜牧笔下的扬州是：“谁知竹西路，歌吹是扬州”（《题扬州禅智寺》）、“二十四桥明月夜，玉人何处教吹箫？”（《寄扬州韩绰判官》）如韦庄笔下的成都是：“锦里，蚕市，满街珠翠，千万红妆。”（《河传》）这些便都反映了这些南方城市富庶和旖旎的面貌。而与此同时，南国水乡的特殊风味也越来越浓地浸润到诗中，如白居易之写杭州：“绕郭荷花三十里，拂城松树一千株”（《余杭形胜》），杜牧之写江南：“千里莺啼绿映红，水村山郭酒旗风”（《江南春》），杜荀鹤之写苏州：“君到姑苏见，人家尽枕河。古宫闲地少，水港小桥多……”（《送人游吴》）这些都预示着南方文学的势力将像那春江潮水般再一次高涨起来。

果然，在此后蓬勃兴起的（唐）宋词中，就更加集中和明显地表现出了“南方文学”的特色。对此，可从以下三方面来考察：

① 沈约：《宋书》卷七〇《循吏列传》，中华书局，1975 年，第 1697 页。
② 沈约：《宋书》卷九二《循吏列传》，中华书局，1974 年，第 2261 页。
③ 魏徵，等：《隋书》卷七六《文学传》，中华书局，1973 年，第 1730 页。
④ 梁启超：《中国韵文里所表现的情感》，夏晓虹编校《中国现代学术经典·梁启超卷》，河北教育出版社，1996 年，第 651、652 页。

第一是词的“产地”。词在初起时,其“产地”不拘边陲农村和山乡水驿,也不拘北方田野和南方城市。但过不多久,它就渐有向南方城市集中之势。观之五代词坛,文人词的“大本营”一在西蜀成都,一在江南金陵(前者为“花间”词,后者为南唐词),这就可证五代词的“温床”是在南方。北宋词坛,虽以汴京和洛阳为中心,但词人在南方所作或咏写南方风物的词作,却也数量甚多、影响不小(如柳永咏杭州的《望海潮》,潘阆咏杭州的《忆余杭》,就都是闻名遐迩的词篇)。到了南宋,宋词更基本萎缩成了“江南”之词(向子湮就将其入南宋后的词命名为“江南新词”)。而若我们再把视野拓宽一点,那就更不难发现:宋词若和产生于北方的金词(金国之词)以及后来的元曲(起源于北方,后来流行全国)相比,也明显属于南方的文学——所以到了明朝,人们干脆就把词改称为“南词”(如陈霆《渚山堂词品序》)。

第二是词人的籍贯与经历。唐宋词人籍贯可考者共约800余人,其中南方人竟占了82.6%(据周笃文《宋词》一书统计),而尤以浙江、江西、福建、江苏四省人士为多(分别为216人、153人、110人和86人)。另如温庭筠、韦庄、朱敦儒、李清照、辛弃疾等著名词人,虽然出身北方,却又主要在南方从事其填词活动,故也可以列入“半个”南方人之列。由此可见南人力量在词坛上的优势。而此种词人籍贯南移的趋势,又是全国文化中心向南迁移的一个组成部分,且与南人政治地位的整体升高有着密切的联系。从前一点而言,自东晋开始,全中国的文化中心即已开始从黄河流域向长江流域迁移;到了宋代(特别是南宋),则更形成了南人胜过北人的文化格局。如“唐宋八大家”中的宋代六家(欧阳修、曾巩、王安石、苏洵、苏轼、苏辙)全系南人。而宋代最大的诗派“江西诗派”以及后来的“四灵”和“江湖派”诗人,也基本都是江淮以南的士人。因此,五代著名词人如冯延巳、李煜,北宋著名词人如晏殊、柳永、欧阳修、晏几道、苏轼、秦观、周邦彦,南宋著名词人如张孝祥、陆游、姜夔、吴文英、王沂孙、蒋捷、张炎,他们之均为“南产”也就不难理解。就后一点而言,则由于经济重心的南移和南方人才的辈出,南方的士人开始涌上政治舞台,并渐在权力斗争中取得了相对的优势。我们知道,赵匡胤建立北宋以后,曾经有意识地推行以北人治国而排挤南人参加高层统治机构的政策。宋太祖、太宗两朝,几乎所有的将相重臣皆为北人。另据无名氏《道山清话》记载:“太祖亲写‘南人不得坐吾此堂’,刻石政事堂上。”①可见这位开国皇帝的“地方主义”情绪显得何等顽强。真宗时代的名相寇准,也同样抱有这种态度,他“恶南人之轻巧”,竟把原应中状元的南人萧贯换成北人蔡齐,还

① 王玮:《道山清话》,中华书局,1985年,第14页。

向人夸耀自己"又与中原夺得一状元"①。但是,历史的发展却不以个人的好恶为转移,随着南方士人力量的壮大,南人开始跻入中央政权。如真宗、仁宗曾先后启用王钦若(江西临江人)和丁谓(江苏苏州人)为相;而被寇准讥为"下国"的江西,后来又出了个晏殊,他曾当过很长时间的宰相和枢密使。到了神宗时代,司马光等人也有意排挤南人,甚至当邵雍在洛阳天津桥上听到杜鹃声时,竟借此而攻击王安石(南人)拜相将会带来社会动乱(邵伯温《邵氏闻见录》卷一九载,邵雍说:"天下将治,地气自北而南;将乱,自南而北。"因洛阳旧无杜鹃,今闻杜鹃则预示着"南方地气至矣","不三五年,(皇)上用南士为相,多引南人,专务变更,天下从此多事矣"②)。但这也并不能阻止南人进入朝廷枢机,神宗一朝七个宰相中竟有六位是南人!这些现象说明,无论是文坛还是政坛,其"地气"确实有了"由北而南"的转移。所以晁以道甚至说:"本朝文物人才之盛,全从江南而来,信知山川之气蜿蜒磅礴,真能为国产英俊也。"③故而(唐)宋词坛由南人"执掌天下",也就并不足怪了。当然,词人的籍贯与经历并不能绝对地决定着词作的全部风貌,但毕竟又在很大程度上影响到作品的风格,这同样也是不可否认的事实。所以唐宋词之主体上偏属于"南方文学",也就事出有因了。

第三是唐宋词与前代文学的继承关系。上文已经谈到,前代文学中早就或隐或显地存在着"南方文学"和"北方文学"的地域差异,而唐宋词在这两者之中则明显继承了"南方文学"一脉。对此,我们可看下列词论:《花间集序》就承认自己源自"南朝之宫体"④;而晏几道词则被宋人称为"不愧六朝宫掖体"⑤。陆游曾说,《花间集》诸作"适与六朝跌宕意气差近"⑥;柴望则说,浮靡之词乃从《玉树后庭花》等一类南朝"亡国之音"发展而来(《凉州鼓吹自序》)……凡此种种,都表明唐宋词人对其所作之词的"家世底细"来自南朝诗歌自知甚明。还有一些词人,则更把词与"南方文学"的"老祖宗",亦即屈原的《离骚》《九歌》攀上了亲,如刘禹锡称其作《竹枝词》乃是仿效屈原之作《九歌》(《竹枝词引》),而王灼则称周邦彦、贺铸词能得《离骚》之遗意⑦。这又告诉我们,唐宋词的渊源,甚

① 江休复:《江邻几杂志》,《贾氏谭录(及其他三种)》,中华书局,1991 年,第 29 页。
② 邵伯温:《邵氏闻见录》,中华书局,1983 年,第 214 页。
③ 朱弁:《曲洧旧闻》,中华书局,1985 年,第 8 页。
④ 欧阳炯:《花间集序》,赵崇祚辑、李一氓校《花间集校》,人民文学出版社,1958 年,第 1 页。
⑤ 胡仔:《苕溪渔隐丛话·前集》卷五九,人民文学出版社,1962 年,第 408 页。
⑥ 陆游:《花间集跋》,张惠民编《宋代词学资料汇编》,汕头大学出版社,1993 年,第 190 页。
⑦ 王灼:《碧鸡漫志》卷二,唐圭璋编《词话丛编》,中华书局,1986 年,第 84 页。

至还可上溯到先秦的“南方文学”。

那么,人们或许还要追问:所谓的“南方文学”究竟又具有哪些传统特色呢?对此,我们可引明清人对北曲和南曲进行比较的两段议论来做说明。明人徐渭在其《南词叙录》中说:“听北曲使人神气鹰扬,毛发洒淅,足以促人勇往之志,信胡人之善于鼓怒也,所谓‘其声噍杀以立怨’是已①。南曲则纡徐绵眇,流丽宛转,使人飘飘然丧其所守而不自觉,信南方之柔媚也,所谓‘亡国之音哀以思’是已。”清人谢元淮则在其《填词浅说》中写有“南北声音不同”一条,他说:“声乐之有南北,非始近日也。②《文心雕龙》云:‘涂山歌于候人,始为南音。有娀谣于飞燕,始为北声。夏甲为东(音),殷氂为西(音)’。然则古者四方皆有音,而今但统言南北耳。以辞而论,南多艳婉,北杂羌戎。以声而论,南主清丽柔远,北主劲激沉雄。北宜和歌,南宜独奏。及其敝也,北失之粗,南失之弱。此其大较也。”③他们所论,虽是后代的南曲与北曲,但因南方文学和北方文学的特性有其承传性,所以也可用来推论前代的南北文学差异。从他们所谈的种种情况中,我们大致可以归纳出这样的认识:南方文学相对于北方文学而言,更具有婉、艳、弱的特色。而这三方面的特色,在唐宋婉约词身上,就体现得十分明显和突出。

在论证了唐宋词偏属于“南方文学”的主体特性之后,我们回到词的写景问题就会发现:词中好用江南的水乡景致来组成意境,这就大大助长了词境的柔美性、香艳性和软弱性。对此,我们分别从三方面进行论述:

第一,水之柔绵助长了词境的柔美性。

前人曰:“骏马秋风冀北,杏花春雨江南。”江南的一个显著的地域特色便是多雨和多水。而多水的地理面貌被写成“景语”映照在词中,自然便会使其意境增添烟水迷蒙的氛围和幽细柔婉的质感。如温庭筠的《河传》:

> 湖上,闲望。雨潇潇,烟波花桥路遥。谢娘翠娥愁不消,终朝,梦魂迷晚潮。　荡子天涯归棹远。春已晚,莺语空肠断。若耶溪,溪水西,柳堤,不闻郎马嘶。

此词之妙不仅在于音节的动荡迷离,而更在于写景的烟水迷蒙,使人读后大生梦隔烟波、魂逐晚潮的惝恍之感。又如孙光宪的《浣溪沙》:

① 徐渭:《南词叙录注》,李夏波、熊橙宇注,中国戏剧出版社,1989年,第76页。
② 谢元淮:《填词浅说》,唐圭璋编《词话丛编》,中华书局,1986年,第2509页。
③ 周振甫:《文心雕龙今译》,中华书局,1995年,第66页。

蓼岸风多橘柚香，江边一望楚天长，片帆烟际闪孤光。　　目送征鸿飞杳杳，思随流水去茫茫，兰红波碧忆潇湘。

仗着一派浩渺的江水，映衬出了词人的茫茫愁思，显得情深意长而缠绵委婉。再如李之仪的名篇《卜算子》：

我住长江头，君住长江尾。日日思君不见君，共饮长江水。　　此水几时休？此恨何时已？只愿君心似我心，定不负相思意。

如果不是凭借着那一江绵长无休的流水，怎能把这对恋人（或友人）的相思之情表现得如此深沉、悠长？所以，词人为要塑造幽细柔美的词境，便在天地万物中着意选择那类柔婉绵丽的水景以造成"语尽而意不尽，意尽而情不尽"①的艺术效果。

而反过来说，由于词人成功地在其词境中引进了水景，确也能使词境增添"斜晖脉脉水悠悠"的柔婉情致。例如：王观那一首送友人赴浙东与其爱姬团圆的《卜算子》词，为了表现自己的惜别深情且预祝友人恋情温馨，就特意将上片全部用来描写水景，且将这些水景刻意加以"柔化"："水是眼波横，山是眉峰聚。欲问行人去那边？眉眼盈盈处。"此处不仅是水已变成像美人的眼波那样顾盼生情，竟连山都变成像美人的眉峰那样妩媚而又含怨（因这眉峰是紧蹙着的），由此可见词人之写水景（以及经过"柔化"了的山景），其艺术用心实际是为了使词境更加柔化。

明白了这个道理，我们就更可明白，为什么有些词人明明并不是面对江南的水乡景致，但为表现自己的如水柔情，却也偏要把写景的笔触延伸到南国水乡中去。如白居易的《长相思》："汴水流，泗水流，流到瓜洲古渡头，吴山点点愁。　思悠悠，恨悠悠，恨到归时方始休，月明人倚楼。"因词的第四句中有"吴山"（在杭州）字样，故黄昇曾认为"上四句皆说钱塘景"②，但谢朝征就驳斥他说：泗水在徐州附近，瓜洲在扬州附近，都与钱塘相去甚远③，可见词人其时并非身在杭州而其笔触却从泗水、汴水延伸到了江南。其中的心理奥妙也许就在于作者心系江南（因他曾在苏杭为官多年）以及深谙江南水景具有生发柔思婉情的"酵母"作用之理（在他以前，岑参就有《春梦》一诗借助于"江南"来抒写其惆怅的柔情："洞房昨夜春风起，遥忆美人湘江水。枕上片时春梦中，行尽江南数

① 李之仪：《跋吴思道小词》，《姑溪居士文集》卷四〇，中华书局，1985 年，第 310 页。

② 黄昇：《唐宋诸贤绝妙词选》卷一，《花庵词选》，中华书局，1958 年，第 13 页。

③ 舒梦兰辑，谢朝徵笺：《白香词谱笺》，中华书局，1982 年，第 8 页。

千里。”)。

因此,南国的悠悠水景,对于造就词境的柔美特性,真是功莫大焉。读一读柳永的“念去去,千里烟波,暮霭沉沉楚天阔”(《雨霖铃》)、“一望乡关烟水隔,转觉归心生羽翼”(《归朝欢》),读一读贺铸的“回首旧游,山无重数。花底深朱户。何处?半黄梅子,向晚一帘疏雨。断魂分付与,春将去”(《感皇恩》),读一读吴文英的“年事梦中休,花空烟水流。燕辞归,客尚淹留。垂杨不萦裙带住,漫长是、系行舟”(《唐多令》),人们就不难体会水景对于塑造柔美词境的促成作用了。

第二,水边“红袖”增添了词境的香艳性。

江南水乡所给人的第一印象固然是山清水秀,而其接着给人的第二印象则又是南方临水城市的富丽。晚唐诗人杜荀鹤之写苏州便是一个明证:这个号称“东方威尼斯”的古城,不光具有“君到姑苏见,人家尽枕河。古宫闲地少,水港小桥多”的多水特征,而且还有着“夜市卖菱藕,春船载绮罗”的发达商业和富庶城貌。柳永《望海潮》中所写的杭州,其中“重湖叠巘清嘉,有三秋桂子,十里荷花”是写它的美丽如花园,而另外的“市列珠玑,户盈罗绮,竟豪奢”则又是写它的富丽如天堂。枕奠于水乡之上的南方城市,因其商业经济有了高度的发展,故就涌现了大量的酒馆娼楼,并给当时士人的私生活增添了十分旖旎的风情和色调。这样,词人再描写水景,就必然会在其水景中顺带注入“水边丽人”的香艳成分。我们读韦庄的两首《菩萨蛮》,便可嗅到其中的香艳气息。

人人尽说江南好,游人只合江南老。春水碧于天,画船听雨眠。垆边人似月,皓腕凝双雪。未老莫还乡,还乡须断肠!

如今却忆江南乐,当时年少春衫薄。骑马倚斜桥,满楼红袖招。翠屏金屈曲,醉入花丛宿。此度见花枝,白头誓不归。

相对于词人的北方家乡而言,江南真是一个令人乐而忘返的好地方。江南的诱惑力不仅在于“春水碧于天”的美丽景致,而更加在于“满楼红袖招”的香艳风情。这就难怪词人要发出“人人尽说江南好”的赞叹了。

类似于韦词所写的水乡旖旎风情,我们还可在唐宋词中见到很多。如欧阳炯之《南乡子》:“洞口谁家,木兰船系木兰花。红袖女郎相引去,游南浦,笑倚春风相对语。”“二八花钿,胸前如雪脸如莲。耳坠金环穿瑟瑟,霞衣窄,笑倚江头招远客。”又如廖世美之《好事近》上片:“落日水熔金,天淡暮烟凝碧。楼上谁家红袖?靠栏干无力”以及陈允平的“君上木兰舟,妾愁双凤楼。”(《菩萨蛮》)它们绘写的水景之中,便都离不了红袖女郎的倩影和青楼妓院的帘影。由此可证:

唐宋婉约词中所写的南方水景,实已融注了有关艳情的感情内涵。因此我们常见的词中水景,往往很少“西塞山前白鹭飞,桃花流水鳜鱼肥”(张志和《渔歌子》)式的纯粹青山绿水的山水画画面,而是“水声山色锁妆楼”(李珣《巫山一段云》)式的、呈现着脂粉黛色的仕女画(而以山水为背景)画面。且以温庭筠的《菩萨蛮》为例:

宝函钿雀金鸂鶒,沉香阁上吴山碧。杨柳又如丝,驿桥春雨时。画楼音信断,芳草江南岸。鸾镜与花枝,此情谁得知?

剖析此词的词境,人们就不难发现,被吴山、杨柳、驿桥、春雨、河岸等水景所裹织的“词核”,便是一位无比怨悱的女性。但岂止这一首词如此,如若剖析全部的温庭筠词,则其中的主人公不是现实生活中的思妇、宫娥、青楼女、商人妾,就是历史传说中的苏小小、西施、巫山神女、潇湘二神,而包围与美化她们的“外景”便又是一大堆优美无比的水景。这正合了温氏自己所写的两句词:“合欢桃核终堪恨,里许原来别有仁(人)。”(《新添声杨柳枝》)原来,这些柔美的水景不过像桃核的一层外壳,而被深裹在里面的“桃仁”却是一个个花貌雪容的佳人。所以,正如吴文英写灵岩山下剪径河所说的“腻水染花腥”(《八声甘州》)那样,唐宋词中所写的不少水景,已非清澈澄净的“本色”之水,而早因“水边多丽人”的现实生活而变得相当脂腻了。读者经常可以看到:红袖在斜桥之旁招手,青楼在柳堤之畔耸立,玉容掩映在江楼的帘影之间,蝉鬓则斜倚在水轩的曲栏杆上……总之,柔美的水景之中,无不倒映着红楼的灯光、佳人的倩影;而旖旎的艳情,则又在摇荡的碧波之中闪发出特异的光彩。一句话:水边“红袖”确实为词境增添了香艳的成分和气息。

第三,“江南小气”导引了词境的软弱性。

除开柔美、香艳之外,婉约词的意境另有一个相当显著的特色,那就是它的软弱性。且拿曾被奉为婉约词人之代表人物的秦观和李清照来说,前者就被胡仔评为“词虽婉美,然格力失之弱”①,后者则被周济评为“闺秀词惟清照最优,究苦无骨”②。至于其他许多婉约派词人的词风,也或多或少地染上了“软弱”的症状。如王灼在其《碧鸡漫志》卷二中,曾一口气数说了好些词人在这方面的缺点,如他说“王辅道、履道善作一种俊语,其失在轻浮”,“舒信道、李元膺思致妍密,要是波澜小”,“谢无逸字字求工,不敢辄下一语,如刻削通草人,都无筋

① 胡仔:《苕溪渔隐丛话·后集》卷三三,人民文学出版社,1962 年,第 253 页。
② 周济:《介存斋论词杂著》,唐圭璋编《词话丛编》,中华书局,1986 年,第 1636 页。

骨,要是力不足"①等。而这种种缺点,集中到一点,就主要是嫌他们的词作气短步蹋和软弱无力。另再联系后人所说的"诗庄词媚,其体原别"(王又华《古今词论》引李东琪言),以及他们将婉约词中的长调比作"娇女步春"、"虽有强力健足,无所用之"②的比拟,那就更加可知婉约词在人们心目中(特别是在将词与诗进行比较时)通常都呈现为一副弱女子的模样!而婉约词的这种软弱的风貌,则也与词人所身处与所描绘的江南水景之间,存在着曲折和微妙的关系。

不错,南国的水景是十分柔美的,南方的城市则又是相当富丽的,但这些仅是江南水景的一个方面。而从另一个角度来看,江南水景却又是"小气"和软弱的。鲁迅就曾说过:"我不爱江南。秀气是秀气的,但小气。""满洲人住江南二百年,便连马也不会骑了,整天坐茶馆。"③这当然是一种语带幽默的俏皮话,不能当真来看;但却又相当深刻地揭示了一个道理,那就是:比起北国"骏马秋风"的阔大气象来,江南的"杏花春雨"风光毕竟显得纤弱。故而后者虽对造就作家和作品的细腻、委婉的气质和风格方面有所"滋养"和帮助,但对造就另一种恢宏、刚强的气度和风格方面,却又起着限制的作用。另外,更为重要的还在于:旧时代江南城市中那种不太健康的生活风气,又会或多或少地销蚀掉人们的士气和斗志,从而使得某些意志薄弱者沉湎其中而不能自拔。这两方面的情况,都在唐宋词中和唐宋词人身上有所反映,这就势必会在很大程度上导致词境和词风的变趋软弱。

先从地理环境对词的影响说起。江南山水诚然是美丽的,但在其美丽的背后却又存在着软弱的一面。还是借用唐宋词人自己的眼睛来看江南的水景吧。如王观曾把浙东的山水比作佳人的盈盈眉眼,这在前文已经引过;而无独有偶,另一位词人辛弃疾却也有过相似的感受:"还记得、眉去眼来,水光山色。"(《满江红》)此作足以表明,在词人心目中,江南的水光山色真是软媚到了令人惊叹的地步。再如陈亮眼中所见和笔下所绘之江南春景:"闹花深处层楼,画帘半卷东风软。春归翠陌,平莎茸嫩,垂杨金浅。迟日催花,淡云阁雨,轻寒轻暖。"(《水龙吟》)这里,竟连风儿都是那样软媚,可见这一片江南景物之无比柔弱。因此,正像明人张潮所说:"文章是案头之山水,山水是地上之文章。"④产生在这片偏于软性的地貌环境之上的文章(词章),也就或多或少地带有了几分软弱

① 王灼:《碧鸡漫志》卷二,唐圭璋编《词话丛编》,中华书局,1986年,第83页。
② 王又华:《古今词论》,唐圭璋编《词话丛编》,中华书局,1986年,第606页。
③ 鲁迅:《鲁迅书信集》下册,人民文学出版社,1976年,第253页。
④ 张潮:《幽梦影》上卷,中央书店,1935年,第40页。

的天性。对此,我们不妨举出张炎前后期词风发生变异的例子来证明。张炎是南宋大贵族张浚(曾被封为“清河郡王”和“循王”)的后裔,自出生至29岁(1276年)一直居住在临安城里,过着携妓狎游、湖山清赏的优游生活。那循王府的锦衣玉食养育了他的身体,而西子湖畔的软风香尘则培育了他的性格,因此其词中也就深深地渗透进了江南风物那既妩媚秀丽、却又软弱“小气”的特有风味。这一时期,他的词篇大都离不开“西湖”这一中心题材或主要背景。而西湖之美——正如苏轼所言:“欲把西湖比西子,淡妆浓抹总相宜。”——早被公认为是一种女性化的柔型美感。所以张炎西湖词的“面容”也就在美丽之中透出几分软弱的模样。如他的名篇《南浦·春水》之描写西湖水景之美,就显得十分柔弱委婉,又如他的如下词句:“暖香十里软莺声,小舫绿杨阴”(《风入松》),“花底莺声深处隐,柳阴淡隔里湖船”(《瑶台聚八仙》),“筹花斗草,记小舫寻芳,断桥初晓”(《台城路》),“柳黄未结,放嫩晴消尽,断桥残雪”(《疏影》)……这些词句都不约而同地带有他自己所说的“语声软”(《法曲献仙音》)的特色。而即使在他遭受亡国破家之变后所写的《高阳台·西湖春感》词中,他也仍然改不掉这种软弱的词风(当然其中另又加入了凄婉的风味):

> 接叶巢莺,平波卷絮,断桥斜日归船。能几番游?看花又是明年。东风且伴蔷薇住,到蔷薇、春已堪怜。更凄然,万绿西泠,一抹荒烟。
> 当年燕子知何处?但苔深韦曲,草暗斜川。见说新愁,如今也到鸥边。无心再续笙歌梦,掩重门、浅醉闲眠。莫开帘,怕见飞花,怕听啼鹃。

明明是痛彻心扉的亡国心情,却仍用“怕见飞花,怕听啼鹃”的软弱语调欲说还休地曲折表露出来,这一方面固然与词人性格的软弱有关,另一方面,则也体现了当时聚居在西子湖畔温柔之乡中的“西湖词社”的集体词风。对于后一方面的原因,我们还可连带举出其父张枢所写的西湖词,以见西湖对于词风的“软化”作用。如其词《瑞鹤仙》云:

> 卷帘人睡起。放燕子归来,商量春事。风光又能几?减芳菲,都在卖花声里。吟边眼底,被嫩绿、移红换紫。甚等闲、半委东风,半委小桥流水。　还是,苔痕湔雨,竹影留云,待晴犹未。兰舟静舣,西湖上、多少歌吹。粉蝶儿、守定落花不去,湿重寻香两翅。怎知人、一点新愁,寸心万里。

词人那十分细腻宛转的词笔和柔软香弱的词风,就明显与西子湖畔的温软风光有关。张枢曾是当时“西湖词社”的领袖人物,他所建造的“吟台”,“出于花柳半空间,远迎双塔,下瞰六桥”,这就难怪其词中会充满那么浓厚的西湖气息了。而张炎则因从小就在张枢身边领受其词学教诲;另外,又如郑思肖《玉田词题辞》中所说的那样,“鼓吹春声于繁华世界,飘飘征情,节节弄拍,嘲明月以谑乐,卖落花而赔笑,能令后三十年西湖锦绣山水犹生清响”,同样也以西湖作为他的“生活基地”和“创作基地”,故其词章的旋律中自然会流泻着西湖的流水声,而其词风中也会渗入西湖的温软风味。但是,当词人在42岁被迫离开杭州而向元朝首都(今北京)做一次万里之遥的“北游”时,他的词风却顿时发生了由软变刚的变异。这年秋冬之交,他冒寒夜渡古黄河,写下了一首风格与前迥异的《壶中天》:

扬舲万里,笑当年底事,中分南北?须信平生无梦到,却向而今游历!老柳官河,斜阳古道,风定波犹直。野人惊问,泛槎何处狂客?

迎面落叶萧萧,水流沙共远,都无行迹。衰草凄迷秋更绿,惟有闲鸥独立。浪挟天浮,山邀云去,银浦横空碧。扣舷歌断,海蟾飞上孤白。

此词写得苍劲悲凉,豪气横溢,论者以为“可与放翁、稼轩争席”(俞陛云《玉田词选释》),而与他本人的其他作品相比,也称得上是“别调”(沈祖棻《张炎词小札》)。这种由软变刚的词风变化,明显就与他所受到的北国山河的“感召”和“洗礼”有关。试想,这位一直在山媚水柔之乡过着娇生惯养生活的落魄王孙,一旦面对那“萧疏野柳嘶寒马,芦花深见游猎”和“且行行,平沙万里尽是月”(《凄凉犯·北游道中寄怀》)的北国景象,心灵怎能不发生震撼?眼界怎能不为之拓宽?词风又怎能不发生“扭变”(被迫而痛苦地发生变化)?谈到这里,我们不能不佩服古人“读万卷书,还当行万里路”的教诲,也就更加相信苏辙下面这段话:“太史公行天下,周览四海名山大川,与燕、赵间豪俊交游,故其文疏荡,颇有奇气。”①所以难怪清代曾有两位诗人为求充实自己诗中的豪气和英气而会向北国的山河“求助”。其一是黄景仁,他在《将之京师杂别》诗中曾说:“自嫌诗少幽燕气,故作冰天跃马行。”其二是龚自珍,他在《己亥杂诗》中曾说:“为恐刘郎英气尽,卷帘梳洗望黄河。”他们似都悟出了江南山水虽然“秀气”却又“小气”的某种局限,而想跳出此种樊篱,到北国山河中去接受另一番“洗礼”,以求“刚化”自己的诗风。由此看来,我们便很可从张炎因生活环境的改变而导致其词风发生变异等例子中看出江南水乡的地理环境确实对于词风的趋于软弱具有一定的影响。

① 苏辙:《上枢密韩太尉》,《苏辙集》,陆宏天、高秀芳校,中华书局,1985年,第381页。

当然,话又得说回来:江南水景中并非只存在着软弱和“小气”的一面,它同样也有着刚大和雄阔的另一番气象。例如,北方有“奔流到海不复回”的黄河,而南方也有“猛风吹倒天门山”(李白《横江词》)的长江,其气势甚至还胜过了黄河。但是我们却又发现,这条汹涌奔腾的长江,在豪放派词人笔下通常还能以其本来面目出现(如苏轼的“大江东去”、辛弃疾的“悠悠,不尽长江滚滚来”、陈亮的“一水横陈,连冈三面,做出争雄势”等);但在婉约风格的词中,它却经过词人的有意“柔化”而变出了一副专供言愁和言情之用的柔婉模样。比如李后主的“问君能有几多愁,恰似一江春水向东流”(应该承认,这里的江水还有较强的力度),又如冯延巳的“石城山下桃花绽,宿雨初收云未散。南去櫂,北归雁,水阔天遥肠欲断”(《应天长》),再如柳永的“是处红衰翠减,苒苒物华休。唯有长江水,无语东流”(《八声甘州》),复如姜夔的“金陵路,莺吟燕舞,算潮水知人最苦。满汀芳草不成归,日暮,更移舟向甚处”(《杏花天影》)。在这些词中,长江的浩瀚和壮阔都已有所“退化”或缩减,而只让它以“抽刀断水水更流”的绵长与悠婉面目出现,以之来映衬柔情或愁情的绵绵无穷。所以这种偏多于用江南水景来建构风格软弱之词境的做法,其深层实际隐藏着如下两方面的问题:

其一,江南的生活环境(主要是指江南城市中淫靡的享乐生活)确对人的心理和气质具有某种销蚀作用。举例来讲,五代的前蜀、后蜀和南唐这三个小王国,其开国之君就都是些靠骑马征战而得天下的武夫勇将,但一传到第二或第三代(如前蜀由王建传给王衍,后蜀由孟知祥传给孟昶,南唐由李昪传给李璟、再传给李煜),其嗣君们却都变成了昏聩的、只知享乐的糊涂蛋与可怜虫。这似比鲁迅所讲的“满洲人住江南二百年,便连马也不会骑了,整天坐茶馆”①还要“蜕化变质”得快些。试看,李昪靠着征战杀戮才创建了南唐小王朝,而一传到李璟却变为“尚清洁,好学而能诗,天性儒懦,素昧威武”②,到了李煜则更成了国破城陷前夕只知诵读佛经、以求上苍保祐的无用之徒。李璟词云:“昨夜更阑酒醒,春愁过却病”(《应天长》),“沈郎多病不胜衣”(《浣溪沙》);李煜词云:“人生愁恨何能免?销魂独我情何限”(《子夜歌》),“留连光景惜朱颜,黄昏独倚栏”(《阮郎归》),便都明显反映出他们心理气质的软弱、懦弱与脆弱。造成这种“软骨病”的主要原因,我们不应完全从血缘或天性中去寻找,而应转从他们的物质生活和精神生活中去寻求答案。一方面他们尽日花天酒地地寻欢作乐,另

① 鲁迅:《鲁迅书信集》下册,人民文学出版社,1976 年,第 868 页。

② 龙衮:《江南野史》卷二,《文渊阁四库全书》第 464 册,上海古籍出版社,1987 年,第 81 页。

一方面却又时时忧虑于此种生活的恐不能长久，这就势必造成其心理危机之蹙迫和精神负担之沉重，从而导致其性格气质之蜕变。再拿南宋士大夫来讲，由于他们长期处于偏安或苟安的形势之下，过着“一勺西湖水，渡江来百年歌舞，百年酣醉”（文及翁《贺新郎》）的生活，故除少数豪杰之士仍旧怀着一腔热肠为复国而奔走呼号之外，大多数人却不免变得怯懦麻木了。对此，爱国志士陈亮就有痛切的体会，他在上孝宗皇帝的奏书中愤言：“方南渡之初，君臣上下痛心疾首，誓不与之俱生，卒能以奔败之余，而胜百战之敌。及秦桧倡邪议以沮之，忠臣义士斥死南方，而天下之气惰矣”，“夫吴、蜀，天地之偏气，钱塘又吴之一隅……秦桧又从而备百司庶府，以讲礼乐于其中，其风俗固已华靡；士大夫又从而治园囿台榭，以乐其生于干戈之余，上下晏安，而钱塘为乐国矣。”照他看来，南宋小朝廷“据钱塘已耗之气，用闽浙日衰之士，而欲鼓东南习安脆弱之众，北向以争中原，臣是以知其难也”①。所以，我们可从他给南宋士人所下的评语（“日衰之士”和“习安脆弱之众”）中看出江南城市里的淫靡享乐生活对于“士心”和“士气”的销蚀作用。

其二，词人之偏多于用江南水景来塑造软弱词境的举动，又正是受其软弱心态有意识遣使的结果。如前所述，江南水景本身有着柔美秀气的一面，因此诗人们便很乐意地将它引进诗中，以组成其优美秀丽的意境。如杜牧的《江南春》诗：“千里莺啼绿映红，水村山郭酒旗风。南朝四百八十寺，多少楼台烟雨中。”这就像一幅色彩绚丽的江南风景画。但另一方面，江南水景却又何尝没有它风横雨狂的别一番景象？然而，在唐宋婉约词中，词人却往往有意避开后一情状而专写水景中纤细柔弱的一面。如其写雨偏好于写细雨、微雨、廉纤雨（如“芳草街，雨如丝”“细雨梦回鸡塞远”“昨夜雨霏霏”“黄昏微雨画帘垂”“正黄昏时候杏花寒，廉纤雨”等），写风偏好于写轻风、微风、斜风（如“罗袂从风轻举”“风微烟淡雨萧然”“弄晴微雨，欲无还有”等），写水偏好于写其柔貌（如“斜晖脉脉水悠悠”“小塘春水涟漪”“云迢迢，水遥遥，云水迢遥天尽头”等），写水边景物又偏好于写其软弱无力的景象（如“柳丝袅娜春无力”“柳弱蝶交飞，依依”“烟漠漠，雨凄凄，岸花零落鹧鸪啼”等），这都显示了他们在写景时具有某种固定的心理指向。出于作者的柔弱心态，以及服务于他们抒写柔情的目的，词人便有意或无意地偏好于挑选江南水景中纤弱柔美的事物与景色来塑造其意境，从而导致其词境偏于软弱。

通过以上分析，我们便可得出这样一种认识：江南“秀气”而又“小气”的地

① 陈亮：《陈亮集》上，中华书局，1987 年，第 2、7 页。

理环境,在一定程度上限制了词人的眼界,而江南城市中的淫靡的享乐生活,又在一定程度上助长了词人的软弱气质和脆弱心理。因此,词人在采用江南水景来塑造其意境时,就不免会有意无意地坠入"软弱"一路中去。而反观唐宋婉约词坛,它之所以缺乏恢宏开阔的气度与刚强遒劲的风格,除开其抒情内容的偏重于柔情之外,则也与它的好用柔弱的水景来塑造意境有关。

以上,我们对词中偏多于用南方水乡景致来塑造其情景交融之意境的问题作了论析。词中所言之情,既以香艳、哀婉的儿女柔情为主,而词中所写之景,又以"南方化"(水乡化)的柔美、旖旎、纤弱的景色为主;两相结合,自然就使词境平添了温馨、柔婉、香弱的美感。试以蒋捷那首"舟过吴江"的《一剪梅》为例,其中所写的"人情"是那样的温馨可亲,其中所写的水乡美景和城市艳貌则又是那样的风光如画;而这二者,就全都"融化"在一片细风微雨、桨声橹响之中,化作一种极为婉丽的柔性美感向读者悄然袭来。水之有功于造就词境的柔美、香艳(同时也造成其软弱的缺点),于此即可觇见。

当然,词中所言之情并不局限于柔情或艳情,而所写之景也远非南方水乡景致一种。例如:词中另还写及隐逸出世、忧国伤时、感慨身世、咏史怀古等其他方面的情志(豪放词的抒情言志则更加广泛),也写及皇城宫阙、高山峻岭、边塞风云、名胜古迹等其他方面的景物和景色。但是若就主体而言,则最突出和最常见的婉约词的意境,便是上述那类由南方水景和儿女柔情所"交炼"成的柔婉词境。因此,词的意境之美,基本就呈现为香艳、柔美和软弱的特色。明人陈子龙论词"其为体也纤弱""其为境也婉媚"①,即与我们的说法大体相近。

(二)词中写景的形容尽致和繁复细腻

再说第二方面的问题,亦即词中写景形容尽致、繁复细腻。

首先,词中写景的形容尽致,明显与所采用的长短句式之优越性密切相关。对此,不妨先举出李白两首诗中的写景来做比较。其一是《送友人入蜀》:"见说蚕丛路,崎岖不易行。山从人面起,云傍马头生。芳树笼秦栈,春流绕蜀城。升沉应已定,不必问君平。"这是一首五律诗,其中间两联对仗句既写出了蜀道之崎岖险阻,又写出了蜀地之优美瑰丽,很能见出写景之功力。但它若和诗人在《蜀道难》中的写景相比,则就显得有些平淡了。《蜀道难》中由于使用了大量散文化的诗句(字数从三言、四言、五言、七言到十一言)来绘景抒情,故就收到了

① 陈子龙:《王介人诗余序》,上海文献丛书编委会编《陈子龙文集》,华东师范大学出版社,1988年,第55页。

令人惊心动魄的艺术效果。如其描写山高之句曰："上有六龙回日之高标，下有冲波逆折之回川。黄鹤之飞尚不得过，猿猱欲度愁攀缘。青泥何盘盘，百步九折萦岩峦。扪参历井仰胁息，以手抚膺坐长叹"；又如其描写路险之句曰："连峰去天不盈尺，枯松倒挂倚绝壁。飞湍瀑流争喧豗，砯崖转石万壑雷。其险也如此，嗟乎远道之人，胡为乎来哉。"这两例便都依仗着参差错落、长短不齐的句式对蜀道之难进行淋漓尽致的描画，使人望而生畏、触目惊心。由此两例的比较可知，在写景的形容尽致方面，长短句式确有其胜过于整齐句式的某种优越性。而词在这方面，就比近体诗更明显具有其独特的优势。词的句式长短参差，每句的字数多寡不齐，因此用来写景时就显得格外得心应手和挥洒自如。例如，词中常用长短错落的散句来写景，这比之近体诗的常用对句（对偶句）来写景，便显得分外活泼灵动。比如柳永之描绘秋景："鹜落霜洲，雁横烟渚，分明画出秋色。暮雨乍歇，小楫夜泊，宿苇村山驿。何人月下临风处，起一声羌笛？离秋万绪，闻岸草切切蛩吟如织。"（《倾杯》）其中便既有四言句，又有五言、六言、七言句，还有九言的长句。作者利用这些参差不齐的句子，层次分明、错落有致地描绘出声色毕至的秋景，收到了相当逼真的艺术效果。再如贺铸的名句："若问闲情都几许？一川烟草，满城风絮，梅子黄时雨。"（《青玉案》）为了表现自己闲愁之深，他一口气举出三种令人愁闷惆怅的景物来做比喻；而这种类似于"车轮大战"的博喻（钱锺书先生语）式的写景法，是一般的近体诗所很难采用的。特别是他这三句写景，先使用了两个四字句，最后又用一个五字句收尾，这就不仅收到"以琐碎为妙"①的效果，使其感情强度有所增加，而且还在语势上造成了吞吐有致的情韵，产生出耐人咀嚼的余味。所以词中大量使用长短参差的散句来写景，比之句式整齐平板的近体诗来，更能挥洒而尽兴；同时，它也并未白白丢弃诗中对偶句的传统，相反更对诗的对偶句式有所推陈出新的发展，从而把对仗句的妙处发挥得越加酣足淋漓。如词中不仅有五言和七言的对仗句（如温庭筠之"手里金鹦鹉，胸前绣凤凰"、"鬓堕低梳髻，连娟细扫眉"，晏几道之"舞低杨柳楼心月，歌尽桃花扇底风""来时浦口云随棹，采罢江边月满楼"等句即分别是五言和七言的对仗句），另还有三言、四言、六言的对仗句（如温庭筠之"惊塞雁，起城乌""红烛背，绣帘垂"，周邦彦之"风老莺雏，雨肥梅子""条风布暖，霏雾弄晴"，苏轼之"照野弥弥浅浪，横空隐隐层霄""马趁香微路远，沙笼月淡烟斜"等句就分别是三言、四言和六言的对仗句）；而除此之外，词中更有它所独有的衬豆对和扇面对（扇面对在诗中也偶可见到，但远不如词中多见）。

① 沈谦：《填词杂说》，唐圭璋编《词话丛编》，中华书局，1986年，第623页。

所谓衬豆对,是指带有领字(或以领字引出)的对句,如周邦彦之"对宿烟收,春禽静",张炎之"但苔深韦曲,草暗斜川",晁补之之"听乱飐芰荷风,细洒梧桐雨"等句,即是以一字领字引出的对仗句;柳永之"望处旷野沉沉,暮云黯黯",秦观之"那堪片片飞花弄晚,蒙蒙残雨笼晴",则又是以二字领字引出的对仗句。这种衬豆对的对仗句式,便是诗中所没有的,它能更加紧密地将情、景联系在一起,同时又使其所写之景"抱成一团",收到比一般的对仗句之写景更加紧凑和警策的效果。

至于扇面对,亦称隔句对,是以两句对两句来进行对仗(有时在其句首也加上领字),如柳永的"水风轻,草花渐冷;月露冷,梧叶飘黄",史达祖的"惊粉重,蝶宿西园;喜泥润,燕归南浦",周邦彦的"羡金屋去来,旧时巢燕;土花缭绕,前度莓墙"等句即是。使用这种隔句相对的扇面对来写景,就既保持了对仗句的特点,又发挥了长短句的优势,从而使其写景更加妥帖,语势更加稳顺。因着词体具有句式参差错落和每句字数活泼多变的特点,它在写景时就明显比诗来得格外得心应手和形容尽致。

其次,词中写景的形容尽致,又与它的分片体式有关。近体诗中,无论是四句一首的绝句还是八句一首的律诗,都一韵到底而并不分片。词则不然:它虽也有全篇不分片的小令短曲,但大多数的词调却都由两片或三片组成,这就为词的写景和抒情提供了自由回旋和"纵横捭阖"的极大方便。打个比喻:不分片的近体诗好比是一个独幕剧,它必须在一次性的幕开幕落间演出它的全部剧情;而分片的词则好比是多幕剧,它可以从容自如地在两次或三次幕开幕落间转换场景和演出剧情,故而其词情的展开和情景的描摹就更能酣畅尽致。或者,还可再打一个比喻:不分片的近体诗好比是舞台剧,它的全部演出只能局囿于一个舞台之上而不能跳出这个舞台;而分片的词则有似于电影或电视,常可利用换片而开辟新境或转换时空,充分发挥其"镜头组辑"的妙效。如刘辰翁的《宝鼎现》全词共分三片,其上片先写北宋都城士女欢度元宵灯节的盛况:"红妆春骑,踏月影、竿旗穿市。望不尽楼台歌舞,习习香尘莲步底。箫声断,约彩鸾归去,未怕金吾呵醉。甚辇路喧阗且止?听得念奴歌起。"其中片则以"父老犹记宣和事"换头而另起炉灶,将镜头拉到南宋盛时的元宵之夜:"幌漾明光连邸第,帘影冻、散红光成绮。月浸葡萄十里。看往来神仙才子,肯把菱花扑碎?"而到下片,则更以"肠断竹马儿童,空见说、三千乐指"挽断前文,引到今日(宋亡之后)元宵之夜独对青灯、凄然泪下的孤独景况上来:"等多时、春不归来,到春时欲睡。又说向灯前拥髻,暗滴鲛珠坠……"这样,通过场面的频繁转换,就写尽了两宋盛时欢庆元宵的繁华场面和宋亡之后前尘若梦的凄凉景象，有效地表现了身经亡国之变的词人所满怀的抚今追昔的巨大悲恸。而上述那种“场景转换”和“镜头组辑”的手法，就离不开其词共分三片的特点。再如蒋捷的《虞美人·听雨》：

少年听雨歌楼上，红烛昏罗帐。壮年听雨客舟中，江阔云低断雁叫西风。　　而今听雨僧庐下，鬓已星星也。悲欢离合总无情，一任阶前点滴到天明。

此词实是作者一生经历与心情的形象写照和高度浓缩，以“听雨”作为线索，分别用三个画面来展示与表现。其少年（南宋末年）时，犹在歌楼、红烛、罗帐的软红场中浪掷青春；其壮年（南宋刚亡）时，即已饱谙离井背乡、颠沛流离之苦；而到晚年（元朝已巩固了政权）时，则更变得万念俱灰、彻底绝望了。词人把少年和青年时代的生活与心情，紧凑地浓缩在上片之中；而下片所写的晚年独栖僧庐之情，则更是全词的重心所在，所以特用“而今”两字作承上启下的过渡和转折，并以下片其余的篇幅来做铺排性描绘。这同样也显示出换片能有效地转换时空和突出重点画面的作用。相比之下，近体诗因其一韵到底和不分片的体式所限，只能在其四句或八句的“一片”之中进行其起承转合的回旋和展开，一般的作者（高手不在其列）就难免会产生几分“螺蛳壳里做道场”的窘迫之感。

故而词分片的特点，虽由音乐的原因造成（“片”，也就是“遍”，原指音乐的段落。初期的小令短曲，乐曲只有一段，故不分片。后来的词乐则往往由两段或数段音乐所组成，故分两片或数片），但在客观上却为词人的抒情和写景提供了比近体诗更加宽广、灵活的“旋转舞台”，容其跳跃腾挪和大显身手。具体来讲，词人利用词体分片的特定体式来写景，除了一般的递进和层层皴染之外，就尤其能在转换时空和转折对比方面见出妙用与收到妙效。对此，不妨先看欧阳修描绘颍州西湖之景的两首《采桑子》词。

春深雨过西湖好，百卉争妍，蝶乱蜂喧，晴日催花暖欲燃。　　兰桡画舸悠悠去，疑是神仙。返照波间，水阔风高飏管弦。

画船载酒西湖好，急管繁弦，玉盏催传，稳泛平波任醉眠。　　行云却在行舟下，空水澄鲜。俯仰留连，疑是湖中别有天。

这两首词都采用顺叙的写法，一边是顺船荡漾，一边又是顺序而写，下片对上片进行递进和补足的描写。

这类写法基本还同于诗的写法，尚未显示出换片的特别妙用。而在另外一类词中，换片却使上下片的写景（以及景中所融的情感）形成强烈的对比和反差。例如宋末元初词人汪元量所写的《眼儿媚》：

记得年时赏荼蘼,蝴蝶满院飞。一双宝马,两行箫管,月下扶归。而今寂寞人何处,脉脉泪沾衣。空房独守,风穿帘子,雨隔窗儿。

再如词人"和王昭仪韵"所作的《满江红》上片所写之情景("天上人间,醉王母,蟠桃春色。被午夜、漏声催箭,晓光侵阙。花覆千官鸾阁外,香浮九鼎龙楼侧。")与其下片所写之情景("人去后,书应绝;肠断处,心难说。更那堪杜宇,满山啼血。事去空流东汴水,愁来不见西湖月。"),便都借着一位宫妃的眼睛和耳朵,感知两种迥然相异的景物,从而以"宫怨"的方式吐露其亡国(南宋被元所灭)之悲。这两首词的换头之句(即下片头一句)"而今寂寞人何处"和"人去后",就对词情的转折起了"一两拨千斤"的作用,使其两片之境形成为"流水落花春去也,天上人间"的强烈对比与反差。换片对于词情的转折作用,于此可以看得甚清。

再如苏轼的《蝶恋花·密州上元》:

灯火钱塘三五夜,明月如霜,照见人如画。帐底吹笙香吐麝,更无一点尘随马。　　寂寞山城人老也!击鼓吹箫,却入农桑社。火冷灯稀霜露下,昏昏雪意云垂野。

上片写词人前几年在杭州过元宵所闻见之情状,那真是一片游女如画、笙音如潮的热闹景象;下片则写他在密州山城过元宵的孤寂心境,只见一片火冷灯稀、云雪垂野的萧瑟景况。两相对比,显示出"笔端回万牛"的转折力度。所以,词的分片,往往能够造成"两峰对峙"和"两水分流"之妙,从而在其对比和转折中显示主题思想。

至于分片在写景时转换时空方面的妙用,则更可说是词的拿手好戏,随处都可见到。我们在前已经多次提到,词中的叙事成分已比诗中有所淡化,基本只让"情"和"景"来充当建构其词境的两大主角。但事实上,诗词的表现元素中却并不能完全排除掉"事"的要素。这是因为,人的情感归根结底仍是"缘事而发"才能"感于哀乐"的。不过在诗中(特别在叙事诗中),"事"的线索或痕迹比较明显,而在词中却往往潜伏在"景"的背后而已。换句话说,词中实也离不开叙事,但这种叙事却往往通过景物的转换(它们显示出情节发展所伴随的时空的转换)隐而不显地表现出来。例如晏几道的《御街行》:

街南绿树春饶絮,雪满游春路。树头花艳杂娇云,树底人家朱户。北楼闲上,疏帘高卷,直见街南树。　　栏干倚尽犹慵去,几度黄昏雨。晚春盘马踏青苔,曾傍绿阴深驻。落花犹在,香屏空掩,人面知何处?

细按词意,其中实际隐藏着这样一个情节发展过程:去年(或前几年)暮春,词人曾到此地盘马踏青,他在绿阴深处将马系好,后与街南一家歌妓院馆中的姑娘有过艳遇;可今年重临旧地,却只见春深依旧,落花犹在,而恋人已经杳然不知去向。于是他只能闲上另一处北楼,慵倦地倚在栏杆上临窗痴望街南那座掩映在树丛间的院馆而发呆。这样一个类似于“去年今日此门中,人面桃花相映红。人面不知何处去,桃花依旧笑春风”的伤心故事,便主要通过写景(必要时也作极简略的情节提示)来得到含蓄、委婉的表现。通过此例我们不难明白:“景”中不但融“情”,而且往往又同时寓“事”;而词体的分片特点,恰又给叙事过程中的时空转换提供了很大的方便。

唐圭璋先生在其《论词之作法》一文中曾经论述过词的“换头”与“分片”的多种方法,其中有些内容就涉及我们所谓的时空转换问题。现据其论述再补充举例如下:

上今下昔。周邦彦《解语花》云:“风消焰蜡,露浥烘炉,花市光相射。桂花流瓦,纤云散、耿耿素娥欲下。衣裳淡雅,看楚女纤腰一把。箫鼓喧,人影参差,满路飘香麝。　　今念都城放夜,望千门如昼,嬉笑游冶。钿车罗帕,相逢处、自有暗尘随马。年光是也,唯只见旧情衰谢。清漏移,飞盖归来,从舞休歌罢。”此词上片写词人现今在荆南过元宵时所闻见的景象,下片则是回忆昔年在汴京过元宵时所闻见的景象,两片之中用“今念”二字勾连。这里就存在着“上今下昔”的时间(以及空间)转移。

上昔下今。陈与义《临江仙》词云:“忆昔午桥桥上饮,座中多是豪英。长沟流月去无声。杏花疏影里,吹笛到天明。　　二十余年如一梦,此身虽在堪惊。闲登小阁看新晴。古今多少事,渔唱起三更。”其上片言昔日之豪情,下片抒今日之悲感(通过抒情与写景共同表达出来),此谓之“上昔下今”。又如张抡的《烛影摇红》:“双阙中天,凤楼十二春寒浅。去年元夜奉宸游,曾侍瑶池宴。玉殿珠帘尽卷,拥群仙、蓬壶阆苑。五云深处,万烛光中,揭天丝管。　　驰隙流年,恍如一瞬星霜换。今宵谁念泣孤臣?回首长安远。可是尘缘未断,漫惆怅、华胥梦短。满怀幽恨,数点寒灯,几声归雁。”上片写去年京都元宵之夜的盛况,下片写北宋灭亡之后词人流落他乡所深怀的悲恨(末几句以景融情),此亦用“上昔下今”的时间(及空间)转换法。

上外下内。贺铸《浣溪沙》云:“楼角初消一缕霞,淡黄杨柳暗栖鸦,玉人和月摘梅花。　　笑拈粉香归洞户,更垂帘幕护窗纱,东风寒似夜来些。”其上片写室外之景,下片则转写室内之景,存在着“上外下内”的空间转移。再如晏殊《殢人娇》:“二月春风,正是杨花满路。那堪更、别离情绪。罗巾掩泪,任粉痕沾污。争奈向、千留万留不住。　　玉酒频倾，宿眉愁聚。空肠断、宝筝弦柱。人间后会，又不知何处。魂梦里，也须时时飞去。”此词也是从室外之景转入室内之景，同属“上外下内”写法。

上内下外。韦庄《小重山》云：“一闭昭阳春又春。夜寒宫漏永，梦君恩。卧思陈事暗销魂。罗衣湿，红袂有啼痕。　　歌吹隔重阍。绕庭芳草绿，倚长门。万般惆怅向谁论？凝情立，宫殿欲黄昏。”其上片写宫女在昭阳殿的卧床上辗转难眠的痛苦情景，下片则从卧室走出，独在庭院中徘徊倚门，这属于“上内下外”的写法。

上昼下夜。韦庄《应天长》云：“绿槐阴里黄莺语，深院无人春昼午。画帘垂，金凤舞，寂寞绣屏香一炷。　　碧天云，无定处，空有梦魂来去。夜夜绿窗风雨，断肠君信否？”其上片写白昼午睡之情景，下片则写夜间风雨之情景，可谓“上昼下夜”之写法。

上夜下昼。毛文锡《更漏子》云：“春夜阑，春恨切，花外子规啼月。人不见，梦难凭，红纱一点灯。　　偏怨别，是芳节，庭下丁香千结。宵雾散，晓霞晖，梁间双燕飞。”其上片所写，犹是子规啼月时的夜间情景，下片则已是晓霞满天的白昼，此之谓“上夜下昼”的写法。

以上所举，乃是分成两片的词中所常见的写景之时空发生转换的一些情况，而更多的情况却还要复杂多变些。比如周邦彦的这首《应天长》：

> 条风布暖，霏雾弄晴，池台遍满春色。正是夜堂无月，沉沉暗寒食。梁间燕，社前客，似笑我、闭门愁寂。乱花过，隔院芸香，满地狼藉。
>
> 长记那回时，邂逅相逢，郊外驻油壁。又见汉宫传烛，飞烟五侯宅。青青草，迷路陌，强载酒，细寻前迹。市桥远，柳下人家，犹自相识。

此词写词人两度在汴京城里过寒食节的情景。上片先写今日闭门愁寂的情景；下片开头三句则用“长记”领起，引出对于往年与佳人邂逅相逢的回忆，接下来一大段却又重将时间拉回到现今，写他细寻陈迹的访旧情景。这其中实际存在着由今追昔却又由昔返今的“波浪式”的时间转换。

至于那些分成三片或四片的词中，则时空的转换就更其显得跳跃腾挪、繁复多变。这里可举吴文英的名篇《莺啼序》为例：

> 残寒正欺病酒，掩沉香绣户。燕来晚、飞入西城，似说春事迟暮。画船载、清明过却，晴烟冉冉吴宫树。念羁情、游荡随风，化为轻絮。　　十载西湖，傍柳系马，趁娇尘软雾。溯红渐招入仙溪，锦儿偷寄幽素。倚银屏、春宽梦窄；断红湿、歌纨金缕。暝堤空，轻把斜阳，总还鸥鹭。　　幽

兰渐老，杜若还生，水乡尚寄旅。别后访、六桥无信，事往花委，瘗玉埋香，几番风雨。长波妒盼，遥山羞黛，渔灯分影春江宿。记当时、短楫桃根渡。青楼仿佛，临分败壁题诗，泪墨惨淡尘土。　　危亭望极，草色天涯，叹鬓侵半苎。暗点检，离痕欢唾，尚染鲛绡；亸凤迷归，破鸾慵舞。殷勤待写，书中长恨，蓝霞辽海沉过雁。漫相思、弹入哀筝柱。伤心千里江南，怨曲重招，断魂在否？

该词因采用了大开大合却又曲折回旋的写法，所以使人读后易生恍惚费解之感。为此我们不妨先将其所隐藏着的一段“本事”做一介绍：作者在杭州居住过十年之久，其间曾在西湖之畔与一女子有过短促的艳情。某个春日，他系马柳堤，信步溯溪漫步，被一侍婢引入花柳丛中，并与其女主人有过缱绻幽会（词人在另外一首《渡江云三犯》中也描述过此事：“千丝怨碧，渐路入仙坞迷津。肠漫回，隔花时见，背面楚腰身。”）。但是，这段美好的时光却十分短暂（所谓“春宽梦窄”是指美梦一样的时光竟比春天还要短促），不久他俩就被拆散。自此之后，岁月匆逝，两人却一直无缘重见。直到词人有机会重返西湖，再访六桥旧地，却得知伊人早已香销玉殒、长眠地下。回顾当年分手时题在墙壁上的旧诗，已被蒙上一层尘土；而点检当年伊人所赠送的锦帕，上面却依稀还留着泪痕唾迹，于是词人就只能对此而欷歔生哀、填词抒悲……对于这一段缠绵悱恻的爱情悲剧，词人便利用《莺啼序》共分四片的体式来做曲折尽致的描绘。其第一片以暮春景色兴起愁绪，写出清明时节载船游览西湖（实是重游西湖，这要在细绎全文之后才可察悟）时所见到的湖边景致；第二片则追叙西湖旧游，写出他当年与恋人的一次艳遇过程，以及幽会之后又匆匆离别的情景；第三片写自身别后寄居他乡，因思念旧侣而重返西湖，却得知伊人早已长逝，只余下当初分别时的壁间题诗；第四片则抒发相思愁情和对亡者的凭吊之情，并自叹年华已老，只能将满腔愁怨弹入哀筝。前人曾评此为“通篇离合变幻，一片凄迷”①，其成功之处就相当得力于写景的富于变化。若从时空转换的角度来看，它第一片写今日之西湖；第二片写当年的西湖；第三片中则既写到词人之曾去他乡寄寓，又写到今日之重访西湖，再写到他由今日之春江而追念当日渡口分手的情景，并在最后又将镜头拉回到眼前所见的旧日题诗败壁（其间大有峰断云连、跳跃往复之妙）；第四片则仍然以今日之身在湖边来结束全词。张炎曾经批评吴词“如七宝楼台，炫人眼目，碎拆下来，不成片段”②，而周

① 陈洵：《海绡说词》，唐圭璋编《词话丛编》，中华书局，1986 年，第 4848 页。

② 张炎著、夏承焘校注，沈义父著、蔡嵩云笺释：《词源注　乐府指迷笺释》，人民文学出版社，1963 年，第 16 页。

济则赞扬吴词"每于空际转身,非具大神力不能"①。但无论是褒还是贬,他们都指出了吴词在抒情写景方面富于变化的特色。而此种跳跃多变的特色,说到底就都与词人善于利用词体分片来进行时空转换和时空交叉的描写有关(当然也与其他方面的表现手法有关)。故而通过以上分析,我们可以明晓:词的分片的体式确实为其写景的灵活多变和形容尽致,提供了很大的方便。利用它类似于多幕剧的优势,词人在抒情与写景方面就有了旋转多变的舞台供其大显身手。

再次,词中写景的繁复细腻,更与它的铺叙手法密切相关。《文心雕龙·诠赋》中说:"赋者,铺也,铺采摛文,体物写志也。"②因而词中的铺叙手法,就是从赋的写法中借鉴而来的,其主要特点即是铺排形容、尽情描绘。李之仪评柳永词曰:"铺叙展衍,备足无余。"③陈振孙评柳词曰:"语意妥帖"、"形容曲尽。"④我们从他们所说的话中就可见出铺叙手法在写景(以及抒情)方面所收到的令人满意("形容曲尽")的艺术效果。情况相当明显:由于词人采用了此种铺排形容、尽情描绘的铺叙手法,加上慢词长调本身又具有篇幅长、容量大、分片多的优点,所以词中的写景就比近体诗中的写景更加显得层次丰满、笔墨酣畅和形容尽致。这里先举特擅长使用铺叙手法的柳永的一首慢词为例。

> 露花倒影,烟芜蘸碧,灵沼波暖。金柳摇风树树,系彩舫龙舟遥岸。千步虹桥,参差雁齿,直趋水殿。绕金堤、曼衍鱼龙戏,簇娇春罗绮,喧天丝管。霁色荣光,望中似睹,蓬莱清浅。　　时见,凤辇宸游,鸾觞禊饮,临翠水、开镐宴。两两轻舠飞画楫,竞夺锦标霞烂。罄欢娱,歌鱼藻,徘徊宛转。别有盈盈游女,各委明珠,争收翠羽,相将归远。渐觉云海沉沉,洞天日晚。(《破阵乐》)

这是一首描写皇城(汴京)三月一日君臣士庶游赏金明池盛况的慢词。开头三句先从金明池的优美景色写起(柳永还因首句而获得了"露花倒影柳屯田"的雅号),写金明池在春日所呈现的一派清新气息和温煦风光,似正敞开了胸怀欢迎着游人的到来。接下就写池边的新柳和柳下的彩舟,以及凌波而起、直趋水殿的仙桥。证之以孟元老《东京梦华录》卷七"三月一日开金明池琼林苑"一条所载("入池门内南岸,西去百余步,有面北临水殿,车驾临幸,观争标锡宴于此……

① 周济:《介存斋论词杂著》,唐圭璋编《词话丛编》,中华书局,1986年,第1633页。
② 周振甫:《文心雕龙今译》,中华书局,1995年,第75页。
③ 李之仪:《跋吴思道小词》,《姑溪居士文集》卷四十,中华书局,1985年,第310页。
④ 陈振孙:《直斋书录解题》卷二一,上海古籍出版社,1987年,第616页。

又西去数百步,乃仙桥,南北约数百步,桥面三虹,朱漆阑楯,下排雁柱,中央隆起,谓之‘骆驼虹’,若飞虹之状。”①),则柳词所写的“千步虹桥,参差雁齿,直趋水殿”,就既是纪实之作,且又写得很富气势与文采。在交代过金明池的自然景观与人工胜境之后,词笔马上又转向写人的活动:“绕金堤,曼衍鱼龙戏,簇娇春罗绮,喧天丝管”。真是好一派游客成群、花光满路、百戏竞演、乐声喧天的热闹景象!这比起《东京梦华录》中所写的“游人还往,荷盖相望”和“每争标作乐,列妓女于其上”等简约的记述来,就更加显得绘声绘色和有滋有味。因此它又勾起人们的想象,使人们从眼前所见之景中依稀看到了蓬莱仙境中的浮幻景象。下片再以“时见”二字领起,描绘了皇帝临幸金明池并赐宴群臣的景况。接着又用简练而生动的词笔描写龙舟竞渡的赛况。对此,《东京梦华录》曾专门用“驾幸临水殿观争标锡宴”一节来做具体而详尽的描述,而柳词所写虽仅两句(“两两轻舠飞画楫,竞夺锦标霞烂”),却也写得活泼形象,收到了以少胜多的效果。而从“罄欢娱”直到结尾,词人又着意补充了一大段君臣开宴、群臣颂圣、游女尽兴、日晚归家的描写,使全词从头(早晨)至尾(日暮)都洋溢着一种欢乐的气氛。所以举出柳永此词,就可知其“层层铺叙,情景兼容,一笔到底,始终不懈”(夏敬观《手评乐章集》)的特色,亦可见出词中写景由于采用铺叙手法所带来的酣畅尽致的艺术效果。

再举周密的《曲游春》为例:

> 禁苑东风外,飏暖丝晴絮,春思如织。燕约莺期,恼芳情偏在,翠深红隙。漠漠香尘隔,沸十里、乱弦丛笛。看画船、尽入西泠,闲却半湖春色。　　柳陌,新烟凝碧,映帘低宫眉,堤上游勒。轻暝笼寒,怕梨云梦冷,杏香愁幂。歌管酬寒食。奈蝶怨、良宵岑寂。正满湖、碎月摇花,怎生去得?

此词描写西湖的游春盛况,着实令人向往。对此,我们还可与作者在《武林旧事·西湖游幸》条中的描述参照比较。后者曰:“都城自过收灯,贵游巨室,皆争先出郊,谓之‘探春’,至禁烟(寒食节)为最盛……都人士女,两堤骈集,几乎无置足地。水面画楫,栉比如鱼鳞,亦无行舟之路,歌欢箫鼓之声,振动远近,其盛可以想见。若游之次第,则先南而后北,至午则尽入西泠桥里湖,其外几无一舸

① 孟元老:《东京梦华录》卷七,孟元老,等《东京梦华录(外四种)》,古典文学出版社,1957年,第39-40页。

矣。弁阳老人(周密自号)有词云:‘看画船尽入西泠,闲却半湖春色。’盖纪实也。”①读过这段散文记述,我们就更能感知周词兼具“纪实”和诗情画意的妙处。而它之描绘西湖美景与游况之盛,就十分得力于铺叙手法的运用:开头三句总写寒食节时的西湖景色,接着五句突出描写游人云集、弦笛歌吹的热闹与繁华,再下面两句则由闹转静,写出画船尽入里湖之后“闲却半湖春色”的幽静可爱。下片换笔,改写堤上情景,向读者推出堤上柳烟笼碧、车马成群的美丽画面。底下却又转写日暮景致:游人渐散,湖上生凉。结尾数语,更又把镜头推移到西湖的月色湖光,令人读后久久不能忘怀。综观全词之写景,可谓繁复细腻、层次丰满,十分有效地发挥了铺叙手法的作用。

即使是在篇幅短小的令词中,有些词人也在其中引进了铺叙手法。比如:

> 清波门外拥轻衣,杨花相送飞。西湖又还春晚,水树乱莺啼。　闲院宇,小帘帏,晚初归。钟声已过,篆香才点,月到门时。(仲殊《诉衷情·宝月山作》)
>
> 萋萋芳草忆王孙,柳外楼高空断魂,杜宇声声不忍闻。欲黄昏,雨打梨花深闭门。(李重元《忆王孙》)

这几首小令尽管篇幅不长,但在写景方面却又并不显得单薄,而是远近分明、声色兼备地写足了词人视听所及的错综景物,显示了层层皴染的铺叙特色。所以前人曾经赞赏词之意境往往具有“层深”的特色和美感,而造成此种特色与美感的一个重要原因就在于词利于采用铺叙的手法对情景作多方位、多角度和多层次的描绘与形容。

通过以上分析,我们不难得出如下认识:由于词体采用长短句(同时又不废整齐的对仗句)来写景,其分片的体式又有助于对写景作灵活的时空转换,再加上词人常用铺叙的手法对景物作多场景和多层次的细致描绘与繁复形容,因此其写景的技巧就有了很大的改进。甚至可以这样认为:唐宋词中的写景,几已集中了前代诗歌写景的各种妙处而跃上了一个新的台阶。此言或非为过。

词的写景技巧既已有很大程度的改进,而词中所写之景又特别富有柔美的特色,所以词人就能据此而进行其“情景交炼”的工作,从而构建出优美柔丽的词境。这种构建,大致可有如下数种模式:

一是由景及情。这大致是指触景生情、因景生情的模式。比如词中常见以

① 周密:《武林旧事》卷三,浙江人民出版社,1984年,第38-39页。

景语起首的作品,就往往属于此列。再如词中上下两片形成“上景下情”模式的作品,也大都属于此列。且举范仲淹的两首词为例。

碧云天,黄叶地,秋色连波,波上寒烟翠。山映斜阳天接水。芳草无情,更在斜阳外。　黯乡魂,追旅思。夜夜除非,好梦留人睡。明月楼高休独倚。酒入愁肠,化为相思泪。(《苏幕遮》)

纷纷坠叶飘香砌。夜寂静,寒声碎。真珠帘卷玉楼空,天淡银河垂地。年年今夜,月华如练,长是人千里。　愁肠已断无由醉。酒未到,先成泪。残灯明灭枕头欹,谙尽孤眠滋味。都来此事,眉间心上,无计相回避。(《御街行》)

此两首词都以秋景兴起,上片集中描写寥廓萧瑟(当然又不乏几分柔美之感)的秋天(秋夜)景色,下片则因景逗情,引发出黯然销魂的思乡离情。

再如周邦彦的《夜游宫》:

叶下斜阳照水,卷轻浪、沉沉千里。桥上酸风射眸子。立多时,看黄昏,灯火市。　古屋寒窗底,听几片,井桐飞坠。不恋单衾再三起。有谁知,为萧娘,书一纸?

此词的写景又并不仅止于上片,且还延伸到下片的前半部分;直到最后的四句(从“不恋单衾”至结尾),这才归结到思念萧娘的情上来。这类触景生情或因景生情的写法,比较符合于人的“感物生情”的思维逻辑,因而使人读后感到比较自然亲切。但其实际,则正如前已讲过的那样,此类看似触景生情的写法,仍然包藏着词人的一番匠心。也就是说,这些写景看似信眼观去(或信耳听去)和信手写来,但其实还是有所选择和经过“加工”的。否则,同是写秋景,何以有的词人笔下之秋是“江枫渐老,汀蕙半凋,满目败红衰翠”(柳永《卜算子》)的凋敝景象,而在另一些词人笔下却又是“玉露初零,金风未凛,一年无此佳时”(晁端礼《绿头鸭》)的别一番佳丽景象?又如,同样是写中秋月圆,有人出以“洗尽凡心”的恬淡心境而写中秋月“莹澈乾坤,全放出、叠玉层冰宫阙”(朱敦儒《念奴娇》)的清光圆影,有人却又因为亲人分离而发出“不应有恨,何事长向别时圆”(苏轼《水调歌头》)的埋怨。

由此可证,词人在写词时,实际经历了回环往复的心理过程:首先,确实是触景而生情,即因自然景物的撩拨、触发而涌生出感情;其次,在其写作过程中,作者却又从其涌发的感情出发,重新对景进行了一番筛选和调整,使其所写之景最能体现其感情色彩,然后又将情、景融合成浑然一体、水乳交融的意境。因此,在这类看似触景而生情的作品中,情与景的关系并不只是由景及情的单向运动的关系，而是先由景及情，又由情及景（即因情而择景），最后臻于情景交融的多向运动的关系。一句话，这类作品同样需要作者付出“情景交融”和“情景交炼”的艺术努力。所以“触景生情”之景看似作者信手所写，其实却是有所选择和深加考虑过的。我们不难推想：开始的“一念之初”确乎是触景而生情，但在后来提笔写词时，当词人发觉所写之景尚不能十分妥帖地表现自己所生发的感情时，往往就会对景进行“修改”，以期达到“情景交炼”的更佳效果。可惜绝大多数词篇的原稿或草稿现已不可复睹，所以无从见到作者在“交炼”方面所下的工夫。不过我们在张炎的《山中白云词》中却还可寻到其一鳞半爪的痕迹，故尚能窥其一二。如其有名的《南浦·春水》词上片，现在所见的本子作：“波暖绿粼粼，燕飞来、好是苏堤才晓。鱼没浪痕圆，流红去、翻笑东风难扫。荒桥断浦，柳阴撑出扁舟小。回首池塘青欲遍，绝似梦中芳草。”而别本（恐即是初稿）却作：“溪燕蹙游丝，漾粼粼、鸭绿光动晴晓。何处落红多，芳菲梦、翻入嫩萍深藻。一番夜雨，一番吟老池塘草。寂历断桥人欲渡，还见柳阴舟小。”张炎本人就是一位主张“情景交炼”的词论家，故他之所以要对词稿作出上述修改，想必经历过一番考虑和斟酌，而其最终目的则肯定是为了求得写景之更能表达特定的感情内容。

二是由情及景。这大致是移（融）情于景、缘情布景的模式。比如词中常见以景语结尾的作品，就往往属于此列。再如词中上下两片存在着“上情下景”模式的作品，也大都属于此列。且举张先的《天仙子》为例：

> 《水调》数声持酒听，午醉醒来愁未醒。送春春去几时回？临晚镜，伤流景，往事后期空记省。　　沙上并禽池上暝，云破月来花弄影。重重帘幕密遮灯，风不定，人初静，明日落红应满径。

此词上片点明词人伤春兼嗟年华已晚的愁情，下片则以暮春的种种景色来烘衬此种愁情，上、下片之间存在着由情及景和融情于景的关系。我们不难发现：词人之写“沙上并禽”，实是为了对照自己的孑然独处，写“云破月来花弄影”意在用春色的盎然可爱来反衬自身的萧索无味，而再后所写的风急花落，则更在于含蓄地暗示人生的好景不长和自嗟迟暮垂老。故而看似信手写景，其实却又付出过融情入景的努力。再如冯延巳的《采桑子》：

> 花前失却游春侣，独自寻芳。满目悲凉。纵有笙歌亦断肠。　　林间戏蝶帘间燕，各自双双。忍更思量？绿树青苔半夕阳。

其上片基本用于写情，交代词人悲凉和断肠之情；下片则用林间戏蝶帘间燕的成双作对来反照自身失侣之孤寂，更又用“绿树青苔半夕阳”的凄黯之景来寓托其内心的满怀萧索(俞陛云《五代词选释》就评此句为“寄慨良深,不得以绮语目之”①)。所以在这类由情及景、移(融)情入景的作品中,景的选择和描写,更是经过了精心考虑的。特别是那些以景语结尾的词篇,就尤其能够收到情景交融和留有不尽余味的佳效。比如温庭筠的“不知征马几时归?海棠花谢也,雨霏霏”(《遐方怨》),韦庄的“万般惆怅向谁论?凝情立,宫殿欲黄昏”(《小重山》),晏殊的“一场愁梦酒醒时,斜阳却照深深院”(《踏莎行》),柳永的“黯相望,断鸿声里,立尽斜阳”(《玉蝴蝶》),秦观的“伤情处,高城望断,灯火已黄昏”(《满庭芳》),李元膺的“思往事,入颦眉。柳梢阴重又当时。薄情风絮难拘束,飞过墙东不肯归”(《鹧鸪天》),周邦彦的“去意徘徊,别语愁难听。楼上阑干横斗柄,露寒人远鸡相应”(《蝶恋花》),姜夔的“今何许?凭栏怀古,残柳参差舞”(《点绛唇》),吴文英的“惆怅双鸳不到,幽阶一夜苔生”(《风入松》)……便都是这方面的精彩例子。

除开上述情况之外,词中还有一种有所“比兴寄托”的写景,也往往采用移(融)情于景、缘情布景的手法来寓托特定的感情。这里也举几例。

先看黄孝迈的《湘春夜月》:

> 近清明,翠禽枝上消魂。可惜一片清歌,都付与黄昏。欲共柳花低诉,怕柳花轻薄,不解伤春。念楚乡旅宿,柔情别绪,谁与温存? 空尊夜泣,青山不语,残月当门。翠玉楼前,唯是有、一陂湘水,摇荡湘云。天长梦短,问甚时、重见桃根?这次第,算人间没个并刀,剪断心上愁痕。

黄孝迈是晚宋人,根据麦孺博的说法,此词寄寓着作者感喟国事日非的政治感慨在内(麦氏评曰:“时事日非,无可与语,感喟遥深”,②。如按这种理解来读此词,则其中的很多景语,就都是作者因着抒情的需要而特意选取的。如其“可惜一片清歌,都付与黄昏”,是用清歌虽美却空自回荡于黄昏之景来暗示南宋“夕阳无限好,只是近黄昏”的黯淡国运;如其“空尊夜泣,青山不语,残月当门”三句先写自己饮酒已尽、悲恸欲泣的心情,然后又以青山的沉默不语和残月的黯然悬挂来表现对于时运的无可奈何的伤心;如其“一陂湘水,摇荡湘云”之景,则既是写现实环境中的湘水湘云,又可以看做是写其内心世界的摇荡迷茫与不能

① 俞陛云:《五代词选释》,上海古籍出版社,1985 年,第 96 页。
② 梁令娴:《艺蘅馆词选》丙卷,中华书局,1935 年,第 142 页。

平静。当然,以上解释还只是一种"作者之用心未必然,而读者之用心何必不然"①的猜测推想而已。

比较明显的例子还可举出宋末德祐(宋恭帝年号)太学生所作的《念奴娇》和《祝英台近》为例。二词全文分别如下:

半堤花雨,对芳辰消遣,无奈情绪。春色尚堪描画在,万紫千红尘土。鹃促归期,莺收佞舌,燕作留人语。绕阑红药,韶华留此孤主。

真个恨杀东风,几番过了,不似今番苦。乐事赏心磨灭尽,忽见飞书传羽。湖水湖烟,峰南峰北,总是堪伤处。新塘杨柳,小腰犹自歌舞。(《念奴娇》)

倚危栏,斜日暮。蓦蓦甚情绪,稚柳娇黄,全未禁风雨。春江万里云涛,扁舟飞渡,那更听、塞鸿无数! 叹离阻。有恨流落天涯,谁念泣孤旅? 满目风尘,冉冉如飞雾。是何人惹愁来? 那人何处? 怎知道、愁来不去! (《祝英台迁》)

此二词作于德祐乙亥年(1275年),正是元兵攻陷南宋首都临安的前一年。其时元兵长驱南下,临安危如累卵,然而权奸贾似道却长期匿情不报,终日在西湖纵情狎妓享乐。故而词人再无兴致像他以前的词人那样大写赏春游湖之情,而是借景以抒其预感亡国难逃的悲感,以及对于奸佞误国的愤慨。词中所写之景,前人认为句句有所"比兴寄托"。据当时无名氏的《湖海新闻》后集评语,对《念奴娇》中的写景可做如下诠释:"春色尚堪描画在,万紫千红尘土"是指贾似道所宠幸的宫女将如春花零落成尘土那样离散,"鹃促归期"是指贾似道所排斥的朝士们均纷纷被黜归乡,"莺收佞舌"是指谏官们受贾氏的控制而缄默不语,"燕作留人语"是指太学生们上书要求朝廷留住抗战派人士,"绕阑红药,韶华留此孤主"是指贾似道兵败,只剩下陈宜中为相来扶持幼帝,"东风"三句是指贾似道可恨可杀,"飞书传羽"是指元兵将至,"新塘杨柳,小腰犹自歌舞"是指贾似道的宠妾张淑芳等仍在作莺歌燕舞。至于《祝英台近》中的写景,则《湖海新闻》又诠释为:"稚柳娇黄,全未禁风雨"是指幼帝(宋恭帝)和太后将会禁不起如此巨大事变的打击,"春江万里云涛,扁舟飞渡"是指元兵已经压境,"那更听、塞鸿无数"是指人民流离失所如同塞鸿乱飞,最后所写的"是何人惹愁来? 那人何处? 怎知道、愁来不去"是指贾似道惹出了亡国大祸,现今国家面临灭顶之灾而贾氏虽

① 谭献:《复堂词录序》,唐圭璋编《词话丛编》,中华书局,1986年,第3987页。

被罢黜但局势却已无法逆转。① 以上诠释,自然难免有穿凿附会过甚的感觉(因为句句坐实就形同猜谜),但联系当时的时代背景和晚宋词人好用比兴之法的风气来看,还是大体可信的。而举出此类用“比兴”手法来写景的词篇,我们对于某些词人有意识地移情于景和缘情布景的做法,也就会认识得更清和更深一些。

三是情景互融、情景交织。在这类词中,写景与写情往往交叉进行,说不清何者先生,何者后生。有时甚至出现“情中景”和“景中情”的情况。如温庭筠的《菩萨蛮》:

南园满地堆轻絮,愁闻一霎清明雨。雨后却斜阳,杏花零落香。无言匀睡脸,枕上屏山掩。时节欲黄昏,无聊独倚门。

这里所写的景和情可谓互为表里、相互依傍:词中女主角的愁苦无聊固然依仗着满地堆絮、零落杏花、细雨斜阳等一系列暮春景色得以表现和映衬,而这些景物所含有的伤感色彩又何尝不是由她的愁情所“投射”而生?所以此词对情、景的描写就采用了“夹景夹情”的交织写法:首句写景,第二句既写情(“愁”)又写景,三、四句景中寓情,五、六句以动作写情,七、八句则情中有景。如此写法如“夹心饼干”:饼干(景)固因果仁(情)而显得分外有味,而果仁(情)却也因饼干(景)的裹挟而变得耐人咀嚼。情景如此互融和交织,就更使其意境有了丰厚的韵味。再如秦观的《千秋岁》:

水边沙外,城郭春寒退。花影乱,莺声碎。飘零疏酒盏,离别宽衣带。人不见,碧云暮合空相对。　　忆昔西池会,鹓鹭同飞盖。携手处,今谁在?日边清梦断,镜里朱颜改。春去也,飞红万点愁如海!

此词作于词人贬于处州(今浙江丽水)之时,其时已距他离开人世之日不远。词中的感情极其悲伤。上片先以“春寒退”的景色兴起,接以“花影乱,莺声碎”的铺叙,然后引出飘零离别之感;在此之后,忽又从“人不见”的离情重新跳跃和归结到“碧云暮合”的景色上去。一片之中,忽景忽情,情景交融。下片则以“忆昔”领头来转换时空,但刚写及昔年与友人(“鹓鹭”指同朝为官的朋友)同游汴京西池的情景,却又转到“携手处,今谁在”的今日独处异乡上来。而在抒发其回京无望(“日边清梦断”)、自嗟迟暮(“镜里朱颜改”)之情以后,接着又以“春去也,飞红万点愁如海”的写景警句来做融情入景的结尾,故在这下片之中,也

① 唐圭璋编著:《宋词纪事》,上海古籍出版社,1982 年,第 36 页。

同样采用了忽情忽景(再加上忽昔忽今)的跳跃性写法,使其词情显得动荡波折。

举出以上两例可知:词人在用情、景组合成词境时,其手法是繁复多变的,其构思也是巧妙灵活的,并不拘泥于一定的模式和常规。《文心雕龙·定势》说:"夫情致异区,文变殊术,莫不因情立体,即体成势也。"①词中情与景的组合,也就因着作者抒情的需要,"从心所欲而不逾矩"地形成大体有序却又千姿百态的纷呈面貌。所以谈到这里我们就可用刘熙载之言来做总结:"词或前景后情,或前情后景,或情景齐到,相间相融,各有其妙。"②

总之,综观到此为止的全部古典诗歌,唐宋词的意境可称其中尤为成熟和最为优美的。一方面,它为读者展现了一片斑斓多姿、丰富细腻的心灵世界;另一方面,它又为人们展现了一个绚丽多彩、优美柔婉的审美天地。造成这种表里相符的词境之主要原因:一则在于词人抒情之"真"和抒情之"深"(向着心灵深处开掘);另一则又在于词人善作"情景交炼"方面的努力。前人评吴文英词的佳处,说它"能令无数丽字一一生动飞舞",又说它的"隽句艳字,莫不有沉挚之思、灏瀚之气,挟之以流转,令人玩索而不能尽"③。如把其中的"丽字"和"隽句"理解为写景(因写景一般用丽字和隽句)而把"沉挚之思"和"灏瀚之气"理解为写情的话,那么上述评论就形象地展现了词中由情遣景、由景映情和情景交炼等多种手法所营造的意境之美。

五、柔媚婉丽的风格美

(一)诗刚词柔:词的主体风格偏于柔美

中国古代文论,很早就注意到各种文体所特具的文体风格问题。比如陆机在其《文赋》中就曾提出:"诗缘情而绮靡,赋体物而浏亮。碑披文以相质,诔缠绵而凄怆。铭博约而温润,箴顿挫而清壮。颂优游以彬蔚,论精微而朗畅。奏平彻以闲雅,说炜晔而谲诳。"④而在他之后,刘勰又进一步作了发挥,他指出:"括

① 周振甫:《文心雕龙今译》,中华书局,1995 年,第 276 页。
② 刘熙载:《艺概》卷四,上海古籍出版社,1978 年,第 114 页。
③ 况周颐:《蕙风词话》,《蕙风词话　人间词话》,人民文学出版社,1960 年,第 47 页。
④ 陆机:《文赋》,郭绍虞主编《中国历代文论选》第 1 册,上海古籍出版社,1979 年,第 67、68 页。

囊杂体，功在诠别，宫商朱紫，随势各配。章表奏议，则准的乎典雅；赋颂歌诗，则羽仪乎清丽；符檄书移，则楷式于明断；史论序注，则师范于核要；箴铭碑诔，则体制于弘深；连珠七辞，则从事于巧艳：此循体而成势，随变而立功者也。”①应该承认，他们之所论，可以说是相当简明和精当的。他们已经相当敏锐地看到，各种类型的文学体裁在其发展过程中，都已形成了自身独特的文体优势和文体风格。当然，由于时代的局限，他们都还无法对后代方始产生和兴起的唐宋词，作出其文体风格方面的描述；而这项工作，自然有待于后人来继续完成。

说到词主体的文体风格，后人主要是通过将词和诗进行横向比较后加以认识的。原因相当简单：词和诗都以抒情为其基本特征，又都属韵文系列，所以一提到词的文体风格，人们就十分自然地会将它和诗联系起来做比较，在它们的“同”中另觅其“异”。何况，正像初出国门的人乍到异域外邦总会情不自禁地将外国和本国的情况作对照那样，早就习惯于写诗和读诗的人一旦写词和读词，也势必会习惯性地将词和诗进行比较。由此，就产生了诸如“诗庄词媚”、“诗刚词柔”、“诗雅词俗”等“诗词有别”的话头。而由于“诗庄词媚”、“诗雅词俗”这两方面的问题我们已在前文有所论述，所以本节就想集中力量，专从“诗刚词柔”的比较中引出对于词的柔美风格的论析。

这里先从宋人的一则诗话谈起。《苕溪渔隐丛话》前集卷四二引《王直方诗话》云：“东坡尝以所作小词示无咎（晁补之）、文潜（张耒）曰：‘何如少游？’二人皆对云：‘少游诗似小词，先生小词似诗。’”②而类似的说法还可见于陈应行的《于湖词序》：“苏明允不工于诗，欧阳永叔不工于赋，曾子固短于韵语，黄鲁直短于散语，苏子瞻词如诗，秦少游诗如词，才之难全也。”③可见，在当时人看来，苏轼的词和秦观的诗，就都属于有些“出格”的作品。而正规的作品则应是：诗像诗，词像词；诗不宜像词，词更不宜像诗；诗风和词风之间不应混淆，更不可错位。

那么，诗风和词风的差异究在哪里呢？对此，自然包含多方面的内容，但刚、柔之别却也是其中重要的一个方面。为此，仍让我们从苏词之颇有些“出格”谈起。陈师道《后山诗话》中说：“退之以文为诗，子瞻以诗为词，如教坊雷大使之舞，虽极天下之工，要非本色。”④雷大使是位男性（沈曾植《菌阁琐谈》据蔡絛《铁围山丛谈》考证雷大使即是徽宗朝的教坊舞使雷中庆），故陈师道认为他的

① 周振甫：《文心雕龙今译》，中华书局，1995 年，第 278 页。
② 胡仔：《苕溪渔隐丛话 · 前集》四二，人民文学出版社，1962 年，第 284 页。
③ 陈应行：《于湖词序》，《于湖居士文集》，徐鹏校点，上海古籍出版社，1980 年，第 424 页。
④ 陈师道：《后山诗话》，何文焕辑《历代诗话》，中华书局，1981 年，第 309 页。

舞姿尽管相当出色，然又总非"本色"，言外之意，便是嫌苏词太"刚"。俞文豹《吹剑录》则记载着一段有名的趣谈，苏轼某次问其幕士："我词何如柳七（柳永）?"幕士对曰：柳永词"只合十七八（岁）女郎，执红牙板，歌'杨柳岸、晓风残月'"，而苏轼词则"须关西大汉、铜琵琶、铁绰板，唱'大江东去'"①。这位幕士当然是位聪明人，他不可能像陈师道那样直接而正面地批评其主人的词"要非本色"，但从他带有夸张意味的铜琵琶、铁绰板的比拟（因为这在事实上是不可能的）中，我们也就可以委婉曲折地感知，他也心存苏词太"刚"的内在含意。所以，结合以上两则词话可知：在宋人心目中，小词应该有它自己不同于诗的"本色"风格——一种适合妙龄女郎宛转歌唱的柔媚风格；而若有悖于这种风格（比如苏轼的某些豪放风格的词），那就变成了"小词似诗"或"以诗为词"的出格举动。

再看秦观诗之被人认为"似小词"。《苕溪渔隐丛话》前集卷五一引《王直方诗话》中说，某次诗会，秦观曾与人作诗唱和，他刚念完第一句"帘幕千家锦绣垂"，旁人就笑曰："此语又待入《小石调》也。"②《小石调》是宋代燕乐的28个宫调之一，据元代周德清的《中原音韵》记载，"《小石》旖旎妩媚"，故知宋人认为秦诗"又待入《小石调》"之意即在于善意地讥笑他的诗风过于软媚而与一般的宋诗异貌。再联系到金人元好问批评秦诗是"女郎语"的评语（元氏《论诗绝句》云："'有情芍药含春泪，无力蔷薇卧晚枝。'拈出退之《山石》句，始知渠是女郎诗。""有情"两句是秦观《春日五首》诗中的句子），以及清人吴景旭所说的"少游乃填词当家，其于诗场，未免踏入软红尘去"（《历代诗话》卷六四），则也可知论者之所以认为秦诗"出格"，是因为其反常地接近柔媚的词风。

由此看来，"诗刚词柔"的看法，确实曾在宋人以及后代的金、元、明、清人心目中相当牢固地存在过。而在这方面最有代表性的话就是田同之《西圃词说》中所引的一个譬喻："词之为体如美人，而诗则壮士也。"③当然这个譬喻也可引来形容"诗庄词媚"的差异，但若理解为形容"诗刚词柔"，却也同样合适。

一定的文学观念来源于特定的文学事实。上述"诗刚词柔"的观念，同样也来源于词坛的实际创作情况。以主张词"别是一家"④的李清照来说，她的诗词创作就明显存在着刚和柔的风格差异。前人曾经评曰："李易安诗余，脍炙千

① 俞文豹：《吹剑录合编》，张宗祥校订，古典文学出版社，1958年，第38页。
② 胡仔：《苕溪渔隐丛话·前集》卷五一，人民文学出版社，1962年，第349页。
③ 田同之：《西圃词说》，唐圭璋编《词话丛编》，中华书局，1984年，第1450页。
④ 李清照：《词论》，王仲闻校注《李清照集校注》，人民文学出版社，1979年，第195页。

秋，当在《金荃》（按：温庭筠词集之名）《兰畹》（按：即孔方平所编《兰畹曲令》，收晚唐五代及北宋诸家词）之上。古文如《金石录后序》，自是大家举止，绝不作闺阁妮妮语。”“独其诗歌无传，仅见《和张文潜浯溪中兴碑》二篇，亟录出之……二诗奇气横溢。”（陈宏绪《寒夜录》卷下）这就是说，其词深符婉约词的柔婉本色，而其散文和诗歌则显得刚硬而有奇气。此话确是合乎事实之言。如拿同是表现她亡国之后情怀的诗词来做比较，其《声声慢》（寻寻觅觅）、《凤凰台上忆吹箫》（香冷金猊）、《永遇乐》（落日熔金）等词，就写得何等凄楚悲切、宛转哀婉，而其《上枢密韩肖胄诗》《浯溪中兴颂诗和张文潜二首》等古诗却又写得何等痛快淋漓、峭拔刚健。且举前诗结尾几句为例：“嫠家父祖生齐鲁，位下名高人比数。当时稷下纵谈时，犹记人挥汗成雨。子孙南渡今几年，漂流遂与流人伍。欲将血泪寄山河，去洒山东一抔土。”这就活现了她作为齐鲁儿女思欲血洒故土的豪情奇气与悲愤情志。甚至就像《夏日绝句》那样极短的五言小诗（“生当作人杰，死亦为鬼雄。至今思项羽，不肯过江东。”），竟也内藏犀利的锋芒（讽刺宋高宗苟安江南，不图恢复），具有警懦立顽的艺术震撼力。所以相比之下，李清照的诗就写得相当豪健，而其词则显得十分柔婉。再拿唐宋词坛上其他众多名家的词风来看吧，从它们所获得的种种评语中，也完全可以看出其所显示的柔性风格特征。如周济《介存斋论词杂著》中曾将温庭筠词比作浓妆的美人，又将韦庄词比作淡妆的美人，而更将李后主词比作“粗服乱头，不掩国色”①的毛嫱、西施。再如郭麐《灵芬馆词话》卷一则将“花间”词形容为“风流华美，浑然天成，如美人临妆，却扇一顾”，又将秦观、周邦彦等人的词比作“施朱傅粉，学步习容，如宫女题红，含情幽艳”②。从这些以美人、宫女作比喻的评语中，我们便不难感受上述诸家词风的柔美特色。因此，自明代张綖、王世贞开始，直到清代官修的《四库全书总目》，人们就形成了“词以婉约为正宗”的说法，而将豪放之作视为词中的“别格”与“变体”（详见后文）。这也同样可以加深我们对于词的主体风格偏于柔美的认识。

谈到“柔美”（柔性美感）与“刚美”（刚性美感）的划分，我们自然会想到姚鼐对此所作的理论贡献。他根据《易 · 系辞》中的“一阴一阳之谓道”，明确建立了散文风格论中的“阳刚”、“阴柔”之说。其《复鲁絜非书》中说：“鼐闻天地之道，阴阳刚柔而已。文者，天地之精英，而阴阳刚柔之发也。”③他的这个说法，实

① 周济：《介存斋论词杂著》，唐圭璋编《词话丛编》，中华书局，1986 年，第 1633 页。
② 郭麐：《灵芬馆词话》卷一，唐圭璋编《词话丛编》，中华书局，1986 年，第 1503 页。
③ 姚鼐：《复鲁絜非书》，《惜抱轩诗文集》，刘季高校，上海古籍出版社，1992 年，第 93 页。

际源于《文心雕龙》中“文之任势，势有刚柔”（《定势》）和“刚柔以立本，变通以趋时”（《熔裁》）等观点，并无太多的发明。不过，他继而又对阳刚与阴柔这两类风格做了生动的描述，这可视作他对这一问题的理论贡献。他接着上文说道：“自诸子而降，其为文无弗有偏者。其得于阳与刚之美者，则其文如霆，如电，如长风之出谷，如崇山峻崖，如决大川，如奔骐骥；其光也，如杲日，如火，如金镠铁；其于人也，如凭高视远，如君而朝万众，如鼓万勇士而战之。其得于阴与柔之美者，则其文如初升日，如清风，如云，如霞，如烟，如幽林曲涧，如沦，如漾，如珠玉之辉，如鸿鹄之鸣而入寥廓；其于人也，漻乎其如叹，邈乎其如有思，暖乎其如喜，愀乎其如悲。观其文，讽其音，则为文者之性情形状举以殊焉。”①这里之所论，虽是针对古文一体而发的，但所采用的形象比喻却也完全可以移用来描述诗词中的刚美风格和柔美风格——若以此处所说的如清风、如云霞、如幽林曲涧、如漪涟沦漾、如珠玉之辉等比喻来形容婉约词风，那就相当切合。例如，温庭筠词人称“如芙蓉浴碧，杨柳浥青”②；韦庄词人称如“初日芙蓉春月柳”③；李珣词人称恰如李氏自写的词句“小池一朵芙蓉”④；李后主词人称“芝兰空谷，未足比其芳华；笙鹤瑶天，讵能方兹清怨”⑤。再如，晏殊词人称其词风正如其词集之名为《珠玉词》那样珠圆玉润、“温润秀洁”⑥；晏几道词人称“字字娉娉袅袅，如揽（王）嫱、（西）施之袪”⑦；秦观词人称如“红梅作花，能以韵胜”⑧；周邦彦词人称“如十三女子，玉艳珠鲜”⑨；李清照词人称“漱玉声疑响珮环”⑩；姜夔词人称“幽韵冷香，令人挹之无穷。拟诸形容，在乐则琴，在花则梅也”⑪；吴文英词人

① 姚鼐：《复鲁絜非书》，刘季高校《惜抱轩诗文集》，上海古籍出版社，1992 年，第 93、94 页。

② 赵崇祚辑，李冰若评注：《花间集评注》，人民文学出版社，1993 年，第 11 页。

③ 周济：《介存斋论词杂著》，唐圭璋编《词话丛编》，中华书局，1986 年，第 1631 页。

④ 况周颐：《蕙风词话》卷二，《蕙风词话　人间词话》，人民文学出版社，1960 年，第 23 页。

⑤ 王鹏运：《半塘老人遗稿》，龙榆生编选《唐宋名家词选》引，上海古籍出版社，1980 年，第 50 页。

⑥ 王灼：《碧鸡漫志》卷二，唐圭璋编《词话丛编》，中华书局，1986 年，第 83 页。

⑦ 毛晋：《小山词跋》，《宋六十名家词》，上海古籍出版社，1989 年，第 105 页。

⑧ 张宗橚：《词林纪事》卷六，《词林纪事　词林纪事补正》，上海古籍出版社，1998 年，第 409 页。

⑨ 彭孙遹：《金粟词话》，唐圭璋编《词话丛编》，中华书局，1986 年，第 721 页。

⑩ 沈铸：《瑟榭丛谈》，江苏广陵古籍刻印社，1982 年，第 8 页。

⑪ 刘熙载：《艺概》卷四，上海古籍出版社，1978 年，第 110 页。

称佳者如“天光云影,摇荡绿波”①……凡此种种,均足以表明:婉约词中的大家或名家,其词风都可以用种种富有柔性美感的事物来比拟和形容。这就使得人们大有理由认为:唐宋婉约词确实堪称典型的“软性文学”,其主体风格就明显偏于柔美。

(二) 词之柔美风格的形成原因

唐宋词的主体风格之所以偏属于柔性美的范畴,是由多方面的原因造成的。从其主要方面来说,则外与其生成环境和传播方式有关,内与词人的心态和审美嗜求有关。为此就让我们着重来探讨这两方面的问题。

词的柔美风格之形成,其原始的动因就与它的生成环境和传播方式有关。具体来说,即一与音乐的“胎教”和“扶携”有关,二与歌妓的播唱有关。从前者言,词是“由乐以定词”的产物,从一定意义上讲,它就是“受孕得胎”于音乐(燕乐)的母体之中的,故而音乐的风格就在很大程度上影响到词的风格。近人沈曾植在其《菌阁琐谈》(《海日楼札丛》卷七)中曾经针对王世贞《艺苑卮言》所云“‘花间’犹伤促碎,至南唐李王父子而妙矣”②一语指出:“殊不知促碎正是唐余本色。所谓词之境界有非诗之所能至者,此亦一端也。五代之词促数,北宋盛时啴缓,皆缘燕乐音节蜕变而然。即其词可悬想其缠拍。‘花间’之促碎,羯鼓之白雨点也;《乐章》(按:指柳永词)之啴缓,玉笛之迟其声以媚之也。”③这就是说,晚唐五代的小令(如“花间”词)节奏感上的“促碎”或“促数”(急促频繁)就与羯鼓的急拍子有关,而北宋慢词(如柳永词)其节奏感上的“啴缓”(宽绰舒缓),则又与笛声的悠扬缓慢有关。这就从一个方面(节奏感)揭示了音乐对于词风的深刻影响。清人宋翔凤《乐府余论》中也说过:“北宋(词)多付筝琶,故啴缓;南宋(词)半归琴笛,故涤荡沉渺。”④其意近似。而由此也可推论:燕乐曲调的柔媚也势必影响到词的风格。对此,我们同样可以找到很多例证。如在中唐人崔令钦所著《教坊记·曲名表》中我们发现有一个《想夫怜》的乐曲,而在晚唐五代词中却又可以看到当时人演唱这个乐曲时的柔媚情景。如欧阳炯的《春光好》词这样写道:

胸铺雪,脸分莲,理繁弦。纤指飞翻金凤语,转婵娟。 嘈囋如

① 周济:《介存斋论词杂著》,唐圭璋编《词话丛编》,中华书局,1986年,第1633页。
② 王世贞:《艺苑卮言》,唐圭璋编《词话丛编》,中华书局,1986年,第387页。
③ 沈曾植:《菌阁琐谈》,唐圭璋编《词话丛编》,中华书局,1986年,第3606、3607页。
④ 宋翔凤:《乐府余论》,唐圭璋编《词话丛编》,中华书局,1986年,第2498页。

敲玉佩,清泠似滴香泉。曲罢问郎名个甚?《想夫怜》。

敦煌词中的《洞仙歌》又这样写道:

> 华烛光辉,深下屏帏,恨征人久镇边夷。酒醒后多风醋,少年夫婿。向绿窗下左偎右倚,拟铺鸳被,把人尤泥。　须索琵琶重理。曲中弹到,《想夫怜》处,转相爱、几多恩义。却再叙衷鸳衾枕,愿长与今宵相似。

尽管《想夫怜》这一乐曲的实际音调我们现已无法重聆,但从其曲名就不难推想它定是一个诉说男女相思的柔媚小曲;而从上述两词对其演唱情景的描绘来看,则以它作为基调的曲辞(小词或声诗)就确实具有与它相匹配的柔媚风格。再如《曲名表》中还有一个《恋情深》的乐曲,其曲调风格想必也属香软一路,而我们在毛文锡的词中果又找到了两首风格十分婉媚的《恋情深》词:

> 滴滴铜壶寒漏咽,醉红楼月。宴余香殿会鸳衾,荡春心。　真珠帘下晓光侵,莺语隔琼林。宝帐欲开慵起,恋情深。
>
> 玉殿春浓花烂漫,簇神仙伴。罗裙窣地缕黄金,奏清音。　酒阑歌罢两沉沉,一笑动君心。永愿作鸳鸯伴,恋情深。

故将以上两曲和依曲所填的几首小词结合起来看,则燕乐曲调的柔媚风格定会影响到词的风格即是确凿无疑的;此种情况,就很有些像母体之会影响胎儿一样——而且,情况还不仅如此:这位音乐"母亲"不仅给小词以抒情风格方面的直接"胎教",而且还在小词已经诞生之后,仍坚持要携手扶它上程,这就更使小词的风格沿着音乐所导引的方向发展。比如,我们在晚唐五代词中常见到对于唱歌和唱词的描写,这些歌(包括伴奏的音乐)固然大都宛转悠扬、轻音曼声,而其词则相应的也是一些风格柔婉的词。试读下列词句:"披袍窣地红宫锦,莺语(指歌声)时啭轻音"(和凝《临江仙》),"不语含情,《水调》何人唱笛声"(冯延巳《采桑子》),"何处笛,终夜梦魂情脉脉"(冯延巳《归自谣》),"歌宛转,醉模糊,高烧银烛卧流苏"(冯延巳《金错刀》),"何处按歌声,轻轻"(韦庄《诉衷情》),"浅笑含双靥,低声唱小词"(牛峤《女冠子》),"金尊满,听弦管,娇妓舞衫香暖"(毛文锡《西溪子》),"轻敛翠蛾呈皓齿,莺啭一枝花影里"(魏承班《玉楼春》),"观艳质语软言轻,玉钗坠、素绾乌云髻"(无名氏《倾杯乐》)……在这些词句中我们明显发现:歌曲的宛转柔绵与词情的缠绵委婉,便是紧紧地捆绑在一起的。由此可证,婉约词的柔媚风格,从来就与词所赖以生存和发展的音乐环境存在着像毛之依附于皮一样的密切关系。

再从词的传播方式看,则词的柔媚风格之生成又分明与其常供歌妓朱唇皓齿演唱有关。关于这方面的词论与例证,我们同样也可见到很多。如宋人韩定持诗云:"丽词堪与雪儿歌"(阮阅《诗话总龟》卷二八引),张炎《词源》卷下云:"词与诗不同……若堆叠实字,读且不通,况付之雪儿乎?"①他们所说的"雪儿",就全都代指歌妓舞妾。再如下面这些例证:柳永欲见两浙转运使孙何,因门禁森严无法入内,就将新作《望海潮》词托付名妓楚楚,嘱她在府会时"借朱唇歌于孙相公之前,若问谁为此词,但说柳七"②。据宋人笔记小说记载,周邦彦词也有多首曾被名妓李师师歌唱而传至皇帝的耳朵,从而闹出很多的风流韵事(如张义端《贵耳集》卷下记他曾游李师师家,一夕正遇徽宗驾临李家,遂仓卒躲于床下。事后,周将徽宗与李师师的艳事写成《少年游》词,经李演唱而被徽宗闻知,遭到贬出汴京的惩罚。又据周密《浩然斋雅谈》卷下记载,周曾作《大酺》、《六丑》两词,被李师师当廷演唱,徽宗听后,即亲自接见周氏)。凡此种种,都反映出侍妾歌妓在词的传播过程中起着相当重要的作用。

再若翻检一下宋代文献,则有名有姓的歌妓更可谓数不胜数。出现在《全宋词》中的歌妓有:张温卿、谢媚卿、龙靓、陈凤仪、郑容、高莹、陈湘、苏琼、严丽、褚延娘、周子文、王幼玉、谭意哥、聂胜琼、赵才卿、吕倩、肖秀、肖莹、欧懿、桑雅、刘雅、欧倩、文容、王婉、杨兰、洪惠英、王华容、段云卿、徐楚楚、郑玉、陈惜惜、陈怜怜、沈梅娇、车秀卿、杨柔卿等;出现在孟元老《东京梦华录》中的有:李师师、徐婆惜、封宜奴、孙三四、张七七、王京奴、左小四、安娘、毛团、张翠盖、杨总惜、周寿奴等;出现在吴自牧《梦粱录》中的有:金赛兰、范都宜、唐安安、倪都惜、潘称心、梅丑儿、钱保奴、吕作娘、康三娘、桃师姑、沈三如、沈盼盼、普安安、徐双奴、彭新等;出现在周密《武林旧事》中的有:时春春、时佳佳、何总惜、徐胜胜、余元元、钱宜奴等(以上名单抄录自谢桃坊《宋词概论》中《词与宋代文化生活》一节。但其统计尚只是举其大略情况而已。如柳永词中便有心娘、佳娘、虫娘、酥娘等未被计入;秦观词中有娄婉、师师、陶心儿等未被计入;辛弃疾词中有钱钱、田田、整整等未被计入;等等)。

为满足歌女演唱的需要,同时也是为了能使自己的词作通过歌妓之口得到广泛传播,词人们当然就会尽力去创作那类可供玉人浅斟低唱的柔婉词篇以便取得最佳的演唱效果,故其词风也势必会趋向于"软美"(《梦粱录》卷二〇"妓

① 张炎著、夏承焘校注,沈义父著、蔡嵩云笺释:《词源注　乐府指迷笺释》,人民文学出版社,1963年,第15页。

② 杨湜:《古今词话》,唐圭璋编《词话丛编》,中华书局,1986年,第26页。

乐”条谓:“但唱令曲小词,须是声音软美”①)。所以张炎在总结“词婉于诗”的特性时,就曾明白地指出造成此种特性的重要原因即在于词的“声出莺吭燕舌间”②。由此可知,词的主体风格之所以趋向柔美,其原始动因即在于其生成环境和传播方式偏于女性化的音乐环境。

其次,词的柔美风格之形成,又与词人柔弱的心态和“以柔为美”的审美嗜求有关。而这,也正如前文所论述过的那样,是由社会境况和社会心理的变化所引发的。我们在前已经谈到,中国封建社会在历经其辉煌的巅峰以后,自中唐开始渐又步入了它“中老年”的进程。而正像人之衰老往往先由须发渐白反映出来那样,封建社会整体上的渐趋衰老、迟暮,也往往先由士大夫文人心理上的某些变化敏感地反映出来。对此,近人金松岑曾有一个形象的比喻,他说:“医者入门而视羸尪之疾,望闻切脉,必先听其声息之高下以差。夫士,国之肝肾;夫士之言,国之声息也。”③这就是说,士大夫文人的心理状态及其文学创作就好比人的肝肾和呼吸脉息最能敏锐地反映出人体的健康状况那样,很能“一叶知秋”地预示出社会境况的微妙变化。而从中晚唐至两宋的士人心态来看,其显著的变化之一就可戏借苏轼的两句词来做比拟,即:“多情应笑我,早生华发。”(《念奴娇》)具体来讲,他们一是变得十分的“多情”,二是变得相当的伤感脆弱(竟至未老先衰地早早生出白发);而不管是其“多情”的心理气质还是其伤感脆弱的心理面目,就全都显示了他们的心态已趋向柔弱而非刚强。对此,我们分别从两方面来观察。

先说其“多情”的心理气质。如前所述,中唐以来随着社会经济的发展和人性的张扬,“人情”已日益在人们头脑和文学创作中有所膨胀与洋溢,故而“多情”已逐渐成为中晚唐至两宋士人的一种普遍心理气质。李贺诗云“天若有情天亦老”;雍陶诗云“从来只有情难尽”;温庭筠诗云“自古多情损少年”;李商隐诗云“深知身在情常在”;李煜诗云“偶缘犹未忘多情”……这都表明时至中晚唐,诗人们似乎纷纷变成了“多情种子”。而对宋代士人的“多情”,我们只消举出柳永和苏轼的词就可知其大略。柳词如:“争如这多情,占得人间,千娇百媚”(《玉女摇仙佩》);“多情自古伤离别,更那堪、冷落清秋节”(《雨霖铃》);“堪伤

① 吴自牧:《梦粱录》,孟元老,等《东京梦华录(外四种)》,古典文学出版社,1957 年,第 309 页。

② 张炎著、夏承焘校注,沈义父著、蔡嵩云笺释:《词源注　乐府指迷笺释》,人民文学出版社,1963 年,第 23 页。

③ 金松岑:《心声》,舒芜,等编撰《近代文论选》,人民文学出版社,1959 年,第 516 页。

朝欢暮宴，被多情、赋与凄凉”（《彩云归》）；“早是多情多病，那堪细把，旧约前欢重省”（《倾杯》）；“多情不惯相思苦，休惆怅、好归去”（《归去来》）；“一生惆怅情多少，月不长圆，春色易为老”（《梁州令》）；“□□□□□□（按：原文缺），多情争似无情”（《清平乐》）……苏词如：“料多情梦里，端来见我，也参差是”（《水龙吟》）；“天岂无情？天也解、多情留客”（《满江红》）；“故国神游，多情应笑我，早生华发”（《念奴娇》）；“无情流水多情客，劝我如曾识”（《劝金船》）；“汀洲蘋老香风度，明月多情来照户”（《渔家傲》）；“蓝桥何处觅云英，只有多情流水、伴人行”（《南歌子》）；“多情好事与君还，悯新鳏，拭余潸”（《江城子》）；“笑渐不闻声渐悄，多情却被无情恼”（《蝶恋花》）；“苦被多情相折挫，病绪厌厌，浑似年时个”（《蝶恋花》）；“邃院重帘何处，惹得多情，愁对风光”（《雨中花慢》）……柳永本是一位风流才子，他的词中常见“多情”或许还不足惊怪；可怪的是，就连苏轼这样的横放杰出之士，其词中竟也出现了如此频繁的“多情”字面，这就更可充分显现出两宋士人之着实“多情”了。

再说其伤感脆弱或即“提早衰老”的心理面目。这种心理面目大致集中表现为多愁善感的精神状态。如李贺诗云：“我当二十不得意，一心愁谢如枯兰。”杜牧诗云：“百感衷来不自由，角声孤起夕阳楼。”李商隐诗云：“荷叶生时春恨生，荷叶枯时秋恨成。”罗隐诗云：“得即高歌失即休，多愁多恨亦悠悠。”这些诗句都告诉我们，中晚唐的士人们似已染上了一种难以摆脱的“忧郁症”。而如果我们对此还能理解的话（因它与社会境况的不景气有关），那么同样也出现在北宋全盛时期的柳永词和出现在豪放派词人之首的苏轼词中的那类多愁多病的忧伤语就更值得引起人们的深思了。柳词如：“景萧索，危楼独立面晴空。动悲秋情绪，当时宋玉应同”（《雪梅香》）；“春困厌厌，抛掷斗草工夫，冷落踏青情绪，终日扃朱户”（《斗百花》）；“尽日伫立无言，赢得凄凉怀抱”（《满朝欢》）；“好天良夜，无端惹起，千愁万绪”（《女冠子》）；“怎向心绪，近日厌厌长似病”（《过涧歇近》）；“当此好天好景，自觉多愁多病”（《安公子》）……苏词如：“我醉歌时君和，醉倒须君扶我，惟酒可忘忧”（《水调歌头》）；“世路无穷，劳生有限，似此区区长鲜欢”（《沁园春》）；“衰病少情，疏慵自放，惟爱日高眠”（《一丛花》）；“万事到头都是梦，休休，明日黄花蝶也愁”（《南乡子》）；“多情多感仍多病，多景楼中，尊酒相逢，乐事回头一笑空”（《采桑子》）；“偶然相聚还离索，多病多愁，须信从来错”（《醉落魄》）……且不管他们的多愁多病因何而发，也不管他们忧愁伤感的具体内容如何，光就上面那么多的忧伤语来看，则宋代士人心理面目之多愁善感与伤感脆弱就完全可以推想而知。因此针对北宋士人这种颇有些怪异的心理面目，程颐曾以一言以蔽之，曰：“今人都柔了。”与此“异曲同工”的话还见之于南宋人所愤言的“东南妩媚,雌了男儿”(见陈人杰《沁园春》词小序。“雌了男儿”即“柔了男儿”之意)。而对于造成此种现象的原因,程颐又曾作过一语中的之解释:“盖自祖宗以来,多尚宽仁……由此人皆柔软。”①换句话说,即与宋朝崇文抑武的政策及其带来的国势不振和积弱积贫的社会境况有关。由于这个问题已在前面有过论述,所以不再在这里多说。

由于上述两方面的原因(“多情”的心理气质和伤感脆弱的心理面目),中唐以来的文学创作中又相应的滋长出“以柔为美”的审美嗜求。对此,我们还可从“远处”说来:尽管《易经》中早就说过“一阴一阳之谓道”,也尽管《文心雕龙》论文时说过“刚柔虽殊,必随时而适用”“文之任势,势有刚柔,不必壮言慷慨,乃称势也”②等话(似乎阴阳、刚柔并重而不偏颇),但在实际情况中,传统的儒家学说却又经常是重“阳”而轻“阴”、崇“刚”而黜“柔”的。如孔子曾说:“刚毅、木讷,近仁。”(《论语·子路》)他就把刚毅当作仁者的重要品质之一来看待。他又叹息过:“吾未见刚者。”(《论语·公冶长》)这就表明:作为儒家学说的创始人,孔子一开始就对刚与柔有所轩轻抑扬。所以后代凡是赞扬名臣美德的,就大都离不开褒以“刚”字的赞语(如《后汉书·杨政传》:“其刚果任情,皆如此也”③;《后汉书·王允传》:“允性刚棱疾恶”④;袁彦伯《三国名臣序赞》:“玄伯(陈泰)刚简,大存名体”⑤;《晋书·傅咸传》:“刚简有大节”⑥;等等);而在实际生活中,则男尊女卑、重男轻女更成了封建社会根深蒂固的传统观念。这种观点引申到文学批评中,自然就形成了崇刚而黜柔的倾向,如古人论文之重“气”、论诗之重“风骨”,就都在不同程度上表现了重视阳刚之美而相对看轻阴柔之美的文学观和审美观。其中较有代表性的意见可举姚鼐的《海愚诗钞序》。虽然姚鼐本人的文章风格偏于阴柔,也尽管他在《复鲁絜非书》中同时标举阳刚与阴柔这两大类型的风格和美感,但他在《海愚诗钞序》中却明确崇刚而黜柔。

> 吾尝以谓文章之原,本乎天地。天地之道,阴阳刚柔而已。苟可得乎阴阳刚柔之精,皆可以为文章之美……然古君子称为文章之至,虽兼

① 朱熹:《朱子语类》卷一三三,中华书局,1986年,第3185页。

② 周振甫:《文心雕龙今译》,中华书局,1995年,第277页。

③ 范晔:《后汉书》卷七九上《杨政传》,中华书局,1965年,第2552页。

④ 范晔:《后汉书》卷六六,中华书局,1965年,第2176页。

⑤ 袁彦伯:《三国名臣序赞》,姚惜抱《古文辞类纂评注》,安徽教育出版社,1995年,第1626页。

⑥ 房玄龄:《晋书》卷四七《傅咸传》,中华书局,1974年,第1323页。

具二者之用，亦不能无所偏优于其间，其故何哉？天地之道，协和以为体，而时发奇出以为用者，理固然也，其在天地之用也，尚阳而下阴，伸刚而黜柔，故人得之亦然。文之雄伟而劲直者，必贵于温深而徐婉。温深徐婉之才，不易得也；然其尤难得者，必在乎天下之雄才也。夫古今为诗人者多矣，为诗而善者亦多矣，而卓然足称为雄才者，千余年中数人焉耳。甚矣其得之难也！①

而这种观点的影响，又一直延续到晚清。如管同在其《与友人论文书》中犹云："仆谓（文章）与其偏于阴也，则无宁偏于阳。"其理由即是："贵阳而贱阴，信刚而黜柔者，天地之道而人之所以为德者也。孔子曰：'吾未见刚者。'曾子曰：'士不可以不宏毅，任重而道远。'圣贤论人，重刚而不重柔，取宏毅而不取巽顺。夫为文之道，岂异乎于此乎？"缘此，他又感慨道："古来文人，陈义吐辞，徐婉不失态度（按：指文风柔美者），历代多有。至若骏桀廉悍，称雄才而足号为'刚'者，千百年而后一遇焉耳。甚矣，'阳'之足贵也！"②他的这番话，当然含有相当的片面性，但从中已不难看出传统文学理论一向崇刚而黜柔的鲜明态度。但又正如管氏所感慨的那样，风格柔美的作品在文学创作中却不仅是"历代多有"，而且尤在中唐以来得到了蓬勃的发展，及至晚唐五代，从当时越发浮艳的诗词风气中，就更可感知"以柔为美"的审美心理之趋于膨胀。如《花间集序》就公然声称："不无清绝之辞，用助娇娆之态"③。所谓"娇娆"者，也即柔性美之极端也。而该书中的作品，如和凝的《春光好》、顾敻的《荷叶杯》等，也无不体现出作者对于女性色相美和词风柔性美之强烈追求。

纱窗暖，画屏闲，亸云鬟。睡起四肢无力，半春间。　　玉指剪裁罗胜，金盘点缀酥山。窥宋深心无限事，小眉弯。（和凝《春光好》）

记得那时相见，胆战。鬓乱四肢柔，泥人无语不抬头。羞么羞，羞么羞？　　金鸭香浓鸳被，枕腻。小髻簇花钿，腰如细柳脸如莲。怜么怜，怜么怜？　　曲砌蝶飞烟暖，春半。花发柳条垂，花如双脸柳如腰。娇么娇，娇么娇？（顾敻的《荷叶杯》）

① 姚鼐：《海愚诗钞序》，《惜抱轩诗文集》，刘季高标校，上海古籍出版社，1992年，第48页。

② 管同：《与友人论文书》，郭绍虞主编《中国历代文论选》，中华书局上海编辑所，1963年，第211页。

③ 欧阳炯：《花间集序》，赵崇祚辑、李一氓校《花间集校》，人民文学出版社，1958年，第1页。

由此亦见,由于词的特殊体性(它被视为“小道末技”和常供玉人歌唱),它就更易被士人们用来毫无遮拦地尽情发泄其“以柔为美”的审美心理。故而尽管晚唐五代及两宋词人们本非仅仅怀有“以柔为美”的审美心理,但在他们所写的词中(婉约词为主),却主要只表现出怜香惜玉的柔婉心态和委婉软弱的词风。所以难怪清人焦循要对此种现象做出如下的解释:“人禀阴阳之气以生,性情中所寓之柔气,有时感发,每不可遏,有词曲一途分泄之。”①换句话说,他即认为,词(以及后来的“曲”)就成了人的“阴柔之气”的最佳发泄途径。作为这种“阴柔之气”(亦即“以柔为美”的审美心理)的文学结晶,词的主体风格当然非导向婉约柔弱不可。

除开以上两方面的原因,词的柔美风格之形成还与其他方面的因素有关。例如,词的主要“产地”在南方(五代的西蜀、南唐词和南宋词尤其如此),江南柔美的地域风情自会影响词人的心理气质和他们的词风;又如,词的兴起与晚唐艳诗关系甚密(田同之《西圃词说》就曾指出:“大历、元和后,温、李、韦、杜渐入《香奁》,遂启词端”②),艳体诗的柔美特性又很自然地会浸淫、移植到词中;再如,词在文人心目中属于“小道薄技”,因此尽可用来放胆地抒写其柔情蜜意,甚至以男子而作“妇人语”,这也大大助长了词的柔婉风味。以上种种,与上述两方面的主要原因聚拢起来,就促使词的主体风格朝着柔婉、柔丽、柔媚、柔弱的柔美方向发展。

(三)词之柔美风格的综合考察

词之主体风格的形成原因既如上述,下面我们进而展开对其柔美风格之具体剖析。

从横向比较的角度来看,古代文学大家庭中的每一种文体都有其独特的文体风格。而这种种独特的文体风格,都是由多方面的要素所构成并由多方面的情状所表现出的。就唐宋词(婉约词)来说,它的柔美的主体风格大致可结合其抒情内容和艺术风貌这两大方面来进行综合考察。对此,前人在划分“婉约”与“豪放”或“正宗”与“变格”这两大类型的词风或词派时,就实际已有所顾及。如张綖对婉约词风所下评语即是:“婉约者欲其词调蕴藉”③,而王世贞也说词之不同于诗就在于词的“婉娈而近情”,这二者便都着眼于词的抒情内容。不过,

① 焦循:《雕菰楼词话》,唐圭璋编《词话丛编》,中华书局,1986年,第1491页。
② 田同之:《西圃词说》,唐圭璋编《词话丛编》,中华书局,1986年,第1452页。
③ 徐釚:《词苑丛谈》卷一,上海古籍出版社,1981年,第14页。

王世贞另外又曾说过："故词须宛转绵丽，浅至儇俏，挟春月烟花于闺幨内奏之。一语之艳，令人魂绝，一字之工，令人色飞，乃为贵耳。"①这些话则又偏重于词的艺术风貌。故而我们在剖析词的柔美风格时，就应兼顾词的抒情内容和词的艺术风貌，这样方能比较全面地认识问题。下面，就让我们沿着抒情内容—艺术风貌的路线来做进一步考察。

先说婉约词的抒情内容，简而言之，就可用一语来做概括：以儿女柔情为主。对此，宋人自己实际早已有所揭示。例如，罗泌为其恩师欧阳修的《六一词》作跋，曾说："情动于中，而形于言，人之常也。《诗》三百篇，如'俟城隅''望复关''摽梅实''赠芍药'之类，圣人未尝删也。陶渊明《闲情》一赋，岂害其为达，而梁昭明以为'白玉微瑕'，何也？公（指欧阳修）性至刚，而与物有情，盖尝致意于诗。为之本义，温柔宽厚，所谓深矣。吟咏之余，溢为歌词……"②从他所举《诗经》中的那些篇什和陶渊明的《闲情赋》来看，则罗泌所说的"情动于中"、"人之常也"的"情"，就明显是指男女恋情；另再以他所说的"公性至刚"来反照，则他认为欧公歌词中所吟咏的"情"，也分明是指儿女柔情。而对此点，尹觉的《坦庵词跋》就说得更透彻，他说："词，古诗流也。吟咏情性，莫工于词。临淄（指晏殊）、六一（指欧阳修），当代文伯，其乐府犹有怜景泥情之偏，岂情之所钟，不能自已于言耶？"③这就明确指出：晏、欧所作的婉约词中，偏多于那类"怜景泥情"（亦即伤春悲秋、溺于柔情）之作。这实际是对词之"吟咏情性"做了主要是写儿女柔情的注解。又如，林景熙对"花间"词风及其追随者们曾做过如下批评："唐人《花间集》，不过香奁组织之辞，词家争慕效之，粉泽相高，不知其靡，谓乐府体固然也。一见铁石心肠之士，哗然非笑，以为是不足涉吾地。其习而为者，亦必毁刚毁直，然后宛转合宫商，妩媚中绳尺，乐府反为情性害矣！"④他在这里特将婉约词人与"铁石心肠之士"对举，又将婉约词的宛转、妩媚风格与"刚""直"对举，最后得出小词反被"情性害矣"的结论，从中也不难看出婉约词所咏之"情性"就主要是指儿女柔情。所以，我们在唐宋婉约词中就很少读到在诗、文中常可见到的"周情孔思"（指像周公、孔子那样高尚纯正的情思，语出唐人李汉《韩昌黎集序》赞美韩文之语："日光玉洁，周情孔思。"又见宋人王彦辅《增注杜工部诗序》赞美杜诗之语："周情孔思，千汇万状，茹古涵今，无有端涯。"），却读到了

① 王世贞：《艺苑卮言》，唐圭璋编《词话丛编》，中华书局，1986年，第385页。
② 罗泌：《六一词跋》，朱祖谋《彊村丛书》本。
③ 尹觉：《题坦庵词》，毛晋《宋六十名家词》，上海古籍出版社，1989年，第264页。
④ 林景熙：《胡汲古乐府序》，《霁山集》卷五，中华书局，1960年，第132页。

诉不完、道不尽的“柳思花情”（刘过《沁园春》中有此语）或“柳思周情”（指柳永、周邦彦词中所写的那类柔婉情思，语见张炎《木兰花慢》：“想柳思周情，长歌短咏，密与传灯。”又见其《甘州》：“多少周情柳思，向一丘一壑，留恋年光。”）。此类“柳思花情”或“柳思周情”，说穿了，分明便指有关风月花柳（常是男女艳情的代称）的儿女柔情。

再说婉约词的艺术风貌，也可借用一语来概括：以“绸缪宛转之度”（语出胡寅《酒边词序》：“及眉山苏氏，一洗绮罗香泽之态，摆脱绸缪宛转之度。”①）为主。对于这种绸缪宛转的艺术风貌，唐宋人也有多种角度的描述，如《花间集序》所说：“镂玉雕琼，拟化工而迥巧；裁花剪叶，夺春艳以争鲜。”②如张耒《东山词序》所说：“盛丽如游金、张之堂，而妖冶如揽嫱、施之袪。”③如孙兢《竹坡词序》所说：“溢为乐章，则清丽婉曲。”④如赵师岃《吕圣求词序》所说：“婉媚深窈。”⑤如陈鬚《燕喜词序》所说：“秾艳纤丽，类多脂粉气息。”⑥……从这种种议论中，我们大致可以得出如下印象和结论：婉约词的艺术风貌，基本表现为婉媚、纤细、艳丽等多方面的特色，而这些特色又可在总体上归属于柔性美的范畴。

故而，结合婉约词的抒情内容和艺术风貌这两方面的基本情况，下文拟从其题材、人物形象、表现手法和风容色泽四个角度来具体剖析婉约词的柔美风格。其中前两者主要关乎其抒情内容，而后两者则主要关乎其艺术风貌。合而观之，则唐宋词（婉约词）那以柔为主的风格美就不难得到大体的把握。

首先看婉约词对题材的选择与处理。

题材是影响风格的一个十分重要的因素。刘熙载曾说：“齐梁小赋，唐末小诗，五代小词，虽小却好，虽好却小，盖所谓‘儿女情多、风云气少’也。”⑦他所言的三个“小”字，一方面固然是指这三类文体在体裁方面的轻巧短小，另一方面却又兼指这三类作品在题材方面的偏细偏柔——这从他“儿女情多、风云气少”的评语中就可清楚看出。而事实也正如此，在所有的婉约词中就很少有关国计

① 胡寅：《题酒边词》，毛晋《宋六十名家词》，上海古籍出版社，1989 年，第 220 页。

② 欧阳炯：《花间集序》，赵崇祚辑、李一氓校《花间集校》，人民文学出版社，1958 年，第 1 页。

③ 张耒：《东山词序》，贺铸《东山词》，钟振振校注，上海古籍出版社，1989 年，第 549 页。

④ 孙兢：《竹坡词序》，毛晋《宋六十名家词》，上海古籍出版社，1989 年，第 537 页。

⑤ 赵师岃：《吕圣求词序》，毛晋《宋六十名家词》，上海古籍出版社，1989 年，第 550 页。

⑥ 陈鬚：《燕喜词序》，曹冠《燕喜词》，中华书局，1985 年，第 2 页。

⑦ 刘熙载：《艺概》卷四，上海古籍出版社，1978 年，第 123 页。

民生和君国大事的作品(那类用比兴手法寄寓政治情怀的作品除外),却触目尽是恋情词、闲情词、离情词、伤春悲秋词等抒写私生活范围内的情志之作。而在这类题材的作品中,尤其又以男女恋情为其母题。缘此,“情至文生,缠绵流露”(汤显祖语,已见前引),它们的艺术风貌势必就会因其柔情内蕴而流露出缠绵柔婉的“面容”来。

先看恋情词。郭麐曾说:“(词)自太白起,非儿女之情不道也。”①,他之前的著作也说:“词之初起,事不出于闺帷。”②,他们便都指出了词在早期以男女恋情为其母题的显著特征。而证之以晚唐五代小词的实际情况(如《花间集》中就特多艳情之作),则果知此言之非虚。到了宋代,词的题材当然大有拓展(特别当苏轼及后来的辛派词人登上词坛以后,情况更加显然),但坚持“本色”观念和固守“本色”阵地的词人却依然大有人在,因此“词为艳科”的状况仍在很大程度上得到维持和继续。而由此种恋情母题所衍生出来的一系列词篇,如相思词、闺怨词、幽会词、冶游词、狎妓词、调情词等,其词风自也会表现为香艳柔婉。试以贵为人主的李煜为例,他描写自己与小周后幽会的情景时,竟不惜扯下皇帝尊贵的“面具”,“设身处地”地代小周后写下了这样一首《菩萨蛮》:

> 花明月暗笼轻雾,今宵好向郎边去。刬袜步香阶,手提金缕鞋。画堂南畔见,一向偎人颤。奴为出来难,教君恣意怜。

其词风就正可用词中“偎人颤”三字来做形容,真个是娇慵柔婉得扶将不起。再如苏轼“代人寄远”的《少年游》:

> 去年相送,余杭门外,飞雪似杨花。今年春尽,杨花似雪,犹不见还家。　对酒卷帘邀明月,风露透窗纱。恰似姮娥怜双燕,分明照、画梁斜。

因是假借思妇怀人之口吻来代友人抒写思念妻子之恋情,故而特别显得委婉软绵。由上可知,恋情题材的词篇因其感情内容本身的香软,很易导致其词风的柔化。

除开直接派生出的多类艳情词外,男女恋情之母题另又间接衍生了与之相关的大量离情词。虽然离别主题在前代诗文中早就被写过了不知多少次,但唐宋婉约词中的离情词却因渗透或结合着男女爱情来写,所以格外具有哀感顽艳

① 江顺诒:《词学集成》卷五,唐圭璋编《词话丛编》,中华书局,1986年,第3273页。
② 程洪:《词洁辑评》卷二,唐圭璋编《词话丛编》,中华书局,1986年,第1347页。

的艺术魅力。其中最为著名的“超级名篇”当然要数柳永的《雨霖铃》词。我们试读其“执手相看泪眼,竟无语凝咽”等句,就任谁都会引起凄婉欲绝的感受。再如欧阳修的《踏莎行》:

候馆梅残,溪桥柳细,草薰风暖摇征辔。离愁渐远渐无穷,迢迢不断如春水。　　寸寸柔肠,盈盈粉泪,楼高莫近危栏倚。平芜尽处是春山,行人更在春山外。

此词的风格,正可用其中“迢迢不断如春水”一语来做形容,显得极为柔婉和软绵。而其原委盖在于词人心中怀有拉扯不断的恋情,由此恋情的辐射,词人所感知的事物就无不笼罩着一层哀怨悱恻的感情色彩,故其描绘的一切也因此而显得百般的柔绵哀婉。所以,婉约词中的离情词,与其说是一般意义上的离别词,毋宁说是一种特殊状态下的恋情词——它将男女恋情放置在特定的时空环境中(男女即将离别或已经阻隔两地)来描写,再用“离别”的利刃来狠砍他们之间的千丝情缕,从而更显出两情的缱绻与缠绵难断。这一类词篇,也因受其题材(通常描写多情男女之间或薄情男子痴情女之间的离别)的制约,而使其词风趋向哀婉。

婉约词中,另外还有许多伤春悲秋的惜时之作。而这类词篇,从一定意义上说,也大都是恋情词的变种或恋情词的“延伸”。闻一多曾说,爱情可以辐射出同情心(《唐诗杂论·宫体诗的自赎》)。这种同情,首先是源于对于异性(女性)的怜香惜玉之情,但又可“延伸”为对自然界之美好事物(春、秋)的悯怜爱惜之情。不过在具体写法上,却往往首先将“伤春悲秋”突出地呈现在读者面前,然后再导引出隐藏在后的恋情心态。如吴文英的《风入松》:

听风听雨过清明,愁草瘗花铭。楼前绿暗分携路,一丝柳、一寸柔情。料峭春寒中酒,交加晓梦啼莺。　　西园日日扫林亭,依旧赏新晴。黄蜂频扑秋千索,有当时纤手香凝。惆怅双鸳不到,幽阶一夜苔生。

此词写于清明节,其时风雨交加,春寒料峭,所以词情中首先映现的就是那一片伤春的愁苦心态——词人真想为坠落的花瓣写一篇祭文(即“瘗花铭”,指葬花的铭文)。但接着读下去我们便又发现,词人之所以怀有这么深浓的伤春之情,却又与他所深怀的“伤人”之情密不可分。当他举目四望之时,顿又涌发了对于昔日恋情的无限怅忆:这楼前一片暗绿成荫的道路,岂非当年和她分手之地?故当抬头睹柳,就唯觉万丝柳枝中竟包藏着千尺柔情!下片则越写越妙,甚至在雨过天晴、黄蜂频扑秋千架索的景象中想象出她的纤手曾在此地留下了散不掉的遗芳余香,因此引得无情的蜂蝶为之狂吻乱扑,这更写出了他的一片痴情。而结尾的“惆怅双鸳不到,幽阶一夜苔生”两句,则又把伤春和怀人这两种心态合而为一,表达了既怜香惜玉又怜惜春光流逝的双重伤感。故而词中的惜时之作,大都也因混合着恋情心理而表现出哀婉的风格特色。

以上所讲,主要是婉约词对题材的选择,因偏重于选择儿女柔情的题材内容,故其艺术风貌自会水到渠成地偏向于柔婉。但除此之外,婉约词中也还存在着少量其他题材的作品,在这些作品身上,我们却又看到了词人对于它们的“软处理”。例如,婉约词中也偶有写及边塞生活的作品。照理来说,边塞生活、边塞风情一般都表现出苍莽、壮阔、荒凉、萧索的气象与气氛,比如唐代边塞诗中所写的景象:“君不见走马川,雪海边,平沙莽莽黄入天。轮台九月风夜吼,一川碎石大如斗,随风满地石乱走。”(岑参《走马川行奉送出师西征》)其意境就是何等阔大雄奇,而风格又是多么的豪健刚遒。可就连这样的题材,经过婉约词人的特殊处理,竟也变得柔弱不堪和哀怨万分。比如温庭筠的《蕃女怨》:

碛南沙上惊雁起,飞雪千里。玉连环,金镞箭,年年征战。画楼离恨锦屏空,杏花红。

尽管词中也写及沙漠、惊雁、飞雪、弓箭之类边塞特有的风景与事物,但因最后两句的“柔化”(以闺妇思念丈夫的惆怅之情结束全词),就使全词的风格顿就由开头两句的“有力如虎”(陈廷焯《白雨斋词评》)落入到闺怨诗的哀婉中去。再如牛峤的《定西番》:

紫塞月明千里,金甲冷,戍楼寒,梦长安。　　乡思望中天阔,漏残星亦残。画角数声呜咽,雪漫漫。

又如孙光宪的《酒泉子》:

空碛无边,万里阳关道路。马萧萧,人去去,陇云愁。　　香貂旧制戎衣窄,胡霜千里白。绮罗心,魂梦隔,上高楼。

它们基本变成了以边塞为背景或以边塞为躯壳的变形的思乡词和闺怨词。由此可见,词人所胸怀的满腔儿女柔情,真有无孔不入的渗透力和摧刚为柔的变形力,竟使得刚性的边塞题材都难逃其“穿透”而散发出了如此柔婉的风味。

另外,词中还有不少咏物之作。但这类咏物词同样也因词人的“软处理”而呈现出柔婉的面目来。比较有代表性的作品可举苏轼的《水龙吟》:

似花还似非花,也无人惜从教坠。抛家傍路,思量却是,无情有思。萦损柔肠,困酣娇眼,欲开还闭。梦随风万里,寻郎去处,又还被、莺呼起。　　不恨此花飞尽，恨西园、落红难缀。晓来雨过，遗踪何在？一池萍碎。春色三分，二分尘土，一分流水。细看来，不是杨花，点点是、离人泪。”（《水龙吟》）

它的妙处就在于将无情的杨花与“有思”的闺妇结合在一起写，在杨花的形象中处处都嵌进了闺妇的身影面容与心态神情，从而臻于花人合一的神妙境界。前人评曰：“幽怨缠绵，直是言情，非复赋物。”①它之所以会呈现出“幽怨缠绵”的面目来，就在于其咏物中融注了深婉的儿女柔情。故在考察词的柔美风格后不难发现：它在题材方面的褊狭（特别是偏于咏写恋情）和对某些题材的“软处理”，就既是其柔美风格的形成原因之一，又是其柔美风格的突出表现之一。我们试观部分唐宋词集的名称，如《花间集》《金荃集》《兰畹集》《珠玉词》《花外集》《东泽绮语债》《近情词》《竹屋痴语》《惜香乐府》《漱玉词》《碎锦词》《断肠词》等，也就不难看出它们在题材方面偏于恋情和风格方面偏于柔美了。

其次看婉约词中描绘的人物形象。

词虽不像小说、戏剧那样以塑造鲜明的人物形象作为自己的艺术旨归，但它的抒情同样也需结合一定的人物形象方始得以进行和完成。而正同它的题材比较褊狭一样，词中的人物形象（抒情主人公的形象）也是相当褊狭的：在大千世界的各式人物中，婉约词那本不宽广的文学舞台上，基本只让两类人物来充任其主角，让他（她）们出演着一出又一出“昵昵儿女语，恩怨相尔汝”的“感情戏”。这两类人物便是：风流多情的才子和美貌多情的佳人。特别还应指出的是：其中的“才子”本属男性角色，照理应该反映出士大夫文人的男性风貌和气质才对，但婉约词中出现的男性形象却早已褪掉了应有的男性气概而变得女性化了。这有些类似于古典越剧：旦角固然由女子来担任，而小生角色却同样也由扮相俊美的女伶来反串，缘此就使整个舞台上充满着一派轻语曼声和软得不能再软的柔婉气氛。故而婉约词中不仅是其人物形象褊狭得惊人，而且更因其男性形象所发生的“雄性雌化”，从而使其整体风貌越发显出弱不禁风、楚楚可怜的情致来。下面，就让我们对婉约词中女性和男性的抒情主人公形象分别进行论述。

词中描绘的女性形象，第一个特色当然是她们的美貌。对于这点，自然是不用多说的。这是因为，不美就不能引起才子们的动心和爱慕，不美也不会惹得词人们纷纷为之写下怜香惜玉的美丽词篇。但词中咏写的佳人形象除了她们的丽

① 沈谦：《填词杂说》，唐圭璋编《词话丛编》，中华书局，1986 年，第 631 页。

质倩姿之外,另还带有一个显著的特征,即体貌纤弱。这种纤弱的体貌特征既明显带有“人造”的痕迹,同时也使描摹它们的词篇变得分外的柔婉。我们试读下列词篇:

怅望前回梦里期,看花不语苦寻思,露桃花里小腰肢。眉眼细,鬓云残,唯有多情宋玉知。(韦庄《天仙子》)

燕双飞,莺百啭,越波堤下长桥。斗钿花筐金匣恰,舞衣罗薄纤腰。东风淡荡慵无力,黛眉愁聚春碧。满地落花无消息,月明肠断空忆。(张泌《思越人》)

这些词中所写的美人,都是些纤腰细眉、风吹得起的“仕女画”中的人物。

心娘自小能歌舞,举意动容皆济楚。解教天上念奴羞,不怕掌中飞燕妒。　　玲珑绣扇花藏语,宛转香茵云衬步。王孙若拟赠千金,只在画楼东畔住。(柳永《木兰花》)

垂螺近额,走上红裀趁拍。只恐轻飞,拟倩游丝惹住伊。　　文鸳绣履,去似杨花尘不起。舞彻《伊州》,头上宫花颤未休。(张先《减字木兰花》)

这两首词都描写歌姬的倩容和柔姿,其特色也尽在于突出她们的纤弱之美。但这些女性形象若与杜甫所写公孙大娘舞剑器(一种健舞)的“㸌如羿射九日落,矫如群帝骖龙翔。来如雷霆收震怒,罢如江海凝清光”等情状相比,其“刚”“柔”和“重”“轻”简直就不可同日而语了。所以,如往深处看,则婉约词之所以好写纤弱的美人形象,其中实际隐藏着晚唐五代及两宋文人所怀有的特殊的时代审美心理。对此,我们完全可从唐人描写的杨贵妃形象(见于白居易《长恨歌》和陈鸿《长恨歌传》)和宋人描写的梅妃形象(见于宋代佚名者所撰《梅妃传》)中得到佐证和启发。这两位美人,一肥一瘦,一美在体态丰满而另一位则美在娇小柔弱。这就反映了唐(中唐以前)人和宋人对于女性美的不同审美标准。自宋代以后,人们越发欣赏女性的纤弱之美,故而那类以梅妃为模特儿的美女形象(她们不但具有轻盈柔弱的体貌特征,同时还表现出哀怨伊郁的心理面目。关于后一点我们将在下文论及,这里暂先不论),便几乎成了所有描绘女性的艺术作品(诗、词、曲、绘画、工艺品)共同致力追慕的目标。这就更可见出婉约词中出现的弱不禁风的美女形象,实是词人受到特殊的时代审美心理之驱使而刻意“人为加工”过的产物,同时也是展示此种审美心理的一种颇为典型的文学标本。而因词中大量出现这类既纤又弱的美女形象,故由她们所出演的“感情戏”中,当然就充满了那种“燕燕轻盈,莺莺娇软”(姜夔《踏莎行》)的柔婉气氛。

词中描绘的女性形象的第二大特色,则在于她们的哀怨和慵懒。前已提到,梅妃不仅具有轻盈柔弱的体态特征,同时还具有哀怨不堪的心理面貌。据《梅妃传》记载,她因受杨玉环的妒忌与迫害,被囚于冷宫,曾作《楼东赋》自诉其悲,其中曰:“君情缱绻,深叙绸缪,誓山海而长在,似日月而无休……思旧欢之莫得,想梦著乎朦胧。度花朝与月夕,羞懒对乎春风。”尽管她只是出现在宋人小说中的人物形象,但她的心态(因失宠而引起哀怨)和神情(因哀怨而导致慵懒)却很可当作唐宋婉约词中女性形象之心态和神情的一种范本来研究。当然,词中描写的女性并非都有失宠于君王的遭遇,但却十之七八地遭逢过失恋或独守空房的境遇;词中描写的女性并不都有像梅妃那样“怨而不怒”的修养(她们中的某些泼辣者还表现出敢妒敢怒的神情),但又十之七八地都因其哀怨而导致其外观的万分慵懒。缘此,唐宋婉约词简直就成了一部专供读者欣赏女性蹙眉含怨和慵懒无聊神态的文学画册。试读下列词篇,如苏轼的名篇《贺新郎》:“乳燕飞华屋。悄无人、桐阴转午,晚凉新浴。手弄生绡白团扇,扇手一时似玉。渐困倚、孤眠清熟。帘外谁来推绣户?枉教人、梦断瑶台曲。又却是,风敲竹……”如李清照的名篇《凤凰台上忆吹箫》:“香冷金猊,被翻红浪,起来人未梳头。任宝奁闲挂,日上帘钩。生怕闲愁暗恨,多少事、欲说还休……”这些词中出现的女性形象,个个都显得慵懒万分,她们迟迟懒起,百无聊赖,有的甚至弄得头都不梳、粉都不抹,而其原委则尽在于“无那!恨薄情一去,音书无个”(柳永《定风波》)而引起的寂寞和哀怨。

当然,应该指出,中国古典诗歌中早就出现过此类哀怨慵懒的女性形象,但若数其极致,则唐宋婉约词可谓登峰造极。比如《诗经》中早有“自伯之东,首如飞蓬。岂无膏沐,谁适为容”(《卫风·伯兮》)的描绘,而三国文人徐干也有代闺妇抒情的“自君之出兮,明镜暗不治”(《室思》)的句子;但与此同时,《诗经》中却又另有描绘农家妇女形象的诗,北朝民歌《木兰诗》则更又塑造了既能织布、又能出征的巾帼英雄形象,可见前代诗歌并不专写哀怨慵懒的女性。而从梁陈宫体诗开始,在描写女性形象的诗歌中,却渐次弥漫起“以怨为美”和“以慵为美”的审美风气。特别在中唐以后,则哀怨和慵懒几乎快成了士人眼中和诗人笔下女性形象之最为动人与最为“标准”的神态。比如元稹《莺莺传》中代莺莺自抒其情的小诗:“自从消瘦减容光,百转千回懒下床。不为旁人羞不起,为郎憔悴却羞郎。”便写尽了她既哀怨、又慵懒的娇羞之态,着实引动了读者的爱怜之情。至若唐宋婉约词中,则除开极少数词中的采莲姑娘以及那些正处于恋情欢乐时刻的女子之外,差不多的女性形象就更脱不掉上述哀怨和慵懒的心态与神情。以晚唐五代词为例,其中写及这两点的词句就不可胜数,如:“愁心似醉兼如病，欲语还慵”“倚楼情绪懒，惆怅春心无限”“闲蹙黛眉慵不语，情绪，寂寞相思知几许”（冯延巳《采桑子》《应天长》《南乡子》）；如：“云鬟乱，晚妆残，带恨眉儿远岫攒。斜托香腮春笋嫩，为谁和泪倚栏干。”（李煜《捣练子令》）如：“锦茵闲衬丁香枕，银釭烬落犹慵寝。颙坐遍红炉，谁知情绪孤。”（尹鹗《菩萨蛮》）如：“莺报帘前暖日红，玉炉残麝犹浓。起来闺思尚疏慵。别愁春梦，谁解此情悰。”（李珣《临江仙》）如：“飞絮晴空飏远，风送谁家弦管。愁倚画屏凡事懒，泪沾金缕线。”（魏承班《谒金门》）如：“无赖晓莺惊梦断，起来残酒初醒。映窗丝柳袅烟青。翠帘慵卷，约砌杏花零。”（鹿虔扆《临江仙》）……真正称得上是连篇累牍、不厌其烦！

这种好写女性之哀怨和慵懒的风尚背后，实际隐藏着非常自私的心理：女子只是男子的私有财产，因此，即便丈夫或主人是一位薄情郎，她也只能死死眷恋着他，为他而憔悴，为他而相思！而且更为不公的还在于：明明是由男子或社会造成了妇女的痛苦，但男性作者却常怀着欣赏痛苦的态度来对她们的哀怨作津津有味的刻画，并把她们的外观畸形地描摹为慵懒的神态（因为这种神态符合于“怨而不怒”、“温柔敦厚”的儒家礼教），这就更见上述心理之带有病态。

不过，另就艺术风格而言，则词之好写女性之哀怨与慵懒，自又为它本身增添了“香而弱”和“绮而怨”的婉约风味。这是因为，越是哀怨就越能表现出女子对于男子的一往情深、缠绵悱恻；而越是慵懒，也就越能表现出她们的娇媚柔弱、人见人怜。此种柔情和柔态齐向读者扑来，就不能不使人沉浸在一种万般柔婉的氛围之中。

综观词中所描绘的女性形象，她们虽处华丽富贵的环境，虽都拥有如花如月的容貌，但其内心世界却是十分空虚与哀怨的。她们或是空房独宿，辗转难眠；或是中庭徘徊，对花流泪；或是懒倚栏杆，痴迷恍惚；或是秋千蹴罢，慵整乱发；或是手倦抛书，百无聊赖……总之，全都是一副柔弱不堪的面目与模样。而说到底，这种柔弱不堪的女性形象，其实已属经过词人精心设计和刻意加工过的一种特殊形态的艺术产品——既然在现实生活中自五代开始女子的天然足已渐被改造成为“三寸金莲”，那么按照这同样的审美标准，词中的女性形象当然就更非“一搦腰肢袅”的纤弱柔婉模样而不能与之匹配了。所以说到底，词中女性形象之所以产生畸形的柔弱化倾向，实出于词人那带有几分病态的审美心理。

词中之女性形象既如上述，那么其男性形象又如何呢？与女性形象之产生畸形的柔弱化倾向同步出现的，便是男性形象在一定程度的“雄性雌化”。具体来讲，在婉约词中出现的男性形象，一是表现得十分的“多情”，二又表现得十分的“伤心”。合二者观之，则其男性文人或男子汉大丈夫的“本来面目”就已减弱或隐退，而那似乎不该有的“妮子态”与“妇人腔”却经常显露，这或许也是婉约词中所特有的一大奇观。

对于上述观点，我们可以分别从两类词人的作品入手来观照。

一类是人所公认的婉约派词人。且举晏几道和秦观为例。毛晋评晏几道词曰：“《小山集》直逼《花间》，字字娉娉嫋嫋，如揽嫱、施之袪，恨不能起莲、鸿、蘋、云，按红牙板唱和一过。”①况周颐评秦观词曰：“直是初日芙蓉，晓风杨柳”②。可见他们的词风，堪称婉约词的“样板”。而在这类词篇中出现的男性形象，就确是合“多情”与“伤心”于一体之中的。

> 东风又作无情计，艳粉娇红吹满地。碧楼帘影不遮愁，还似去年今日意。　　谁知错管春残事，到处登临曾费泪。此时金盏直须深，看尽落花能几醉？（晏几道《玉楼春》）
>
> 秋千院落重帘暮，彩笔闲来题绣户。墙头丹杏雨余花，门外绿杨风后絮。　　朝云信断知何处？应作襄王春梦去。紫骝认得旧游踪，嘶过画桥东畔路。（晏几道《木兰花》）
>
> 西城杨柳弄春柔，动离忧，恨难收。犹记多情曾为系归舟。碧野朱桥当日事，人不见，水空流。　　韶华不为少年留，恨悠悠，几时休？飞絮落花时候一登楼。便做春江都是泪，流不尽，许多愁。”（秦观《江城子》）
>
> 夜来酒醒清无梦，愁倚栏干。露滴轻寒，雨打芙蓉泪不干。　　佳人别后音尘悄，瘦尽难拼。明月无端，已过红楼十二间。”（秦观《丑奴儿》）

其中出现的词人形象，就全是一副多情善感、伤心落泪的愁怨模样，而无半点男子汉气概！可见这类作品中的男性形象，简直已经相当“彻底”地发生了“雌化”。

另一类作品则是常被人们称为豪放派词人的作者所写的婉约词。且举苏轼和辛弃疾词为例。田同之曾评苏、辛某些豪放风格的词曰：“然词中亦有壮士，苏、辛也。”③这就可见这类豪放词中流溢出来的豪情与刚气，着实让人感受到男子汉大丈夫的英雄豪杰气概。可是，一当他们提笔去写婉约词时，词人的自我形象却又顿时发生了“柔变”。例如，苏轼被贬惠州时曾令侍妾朝云唱他所作的《蝶恋花》：

① 毛晋：《小山词跋》，《宋六十名家词》，上海古籍出版社，1989 年，第 105 页。
② 况周颐：《蕙风词话》卷二，《蕙风词话　人间词话》，人民文学出版社，1960 年，第 26 页。
③ 田同之：《西圃词说》，唐圭璋编《词话丛编》，中华书局，1986 年，第 1450 页。

> 花褪残红青杏小，燕子飞时，绿水人家绕。枝上柳绵吹又少，天涯何处无芳草？　墙里秋千墙外道。墙外行人，墙里佳人笑。笑渐不闻声渐悄，多情却被无情恼！

此词中的苏轼，就不复是“老夫聊发少年狂，左牵黄，右擎苍”（《江城子》）的儒将形象，也不再是“明月几时有，把酒问青天”（《水调歌头》）的词人形象，而变成了一位十分伤感的多情词客。这就难怪朝云尚未启口轻唱，先自潸然泪下，原因即在“枝上柳绵吹又少”两句深深地引发了她红颜薄命的内心悲愁，从而产生了深切的共鸣。

再如辛弃疾的《祝英台近》：

> 绿杨堤，青草渡，花片水流去。百舌声中，唤起海棠睡。断肠几点愁红，啼痕犹在，多应怨、夜来风雨，别情苦。　马蹄踏遍长亭，归期又成误。帘卷青楼，回首在何处？画梁燕子双双，能言能语，不解说、相思一句。

此词抒写游子的别情离愁和“闺中风暖，陌上草薰”（江淹《别赋》）的两地相思之情，其中的男性形象也分明显得愁怨不堪，非复词人另外词中所写的“易水萧萧西风冷，满座衣冠似雪，正壮士悲歌未彻”（《贺新郎》）式的壮士送别模样。故而即使像苏、辛一类旷士豪客写作婉约词时，其中的自我形象也不由会发生“柔变”。对于这种现象，宋人或赞之为像宋广平（即唐代名相宋璟）铁石心肠而作风流妩媚的《梅花赋》（詹效之《燕喜词序》），或贬之为“毁刚毁直，然后宛转合宫商，妩媚中绳尺”①的“委曲求全”举动（即牺牲或放弃了男性士大夫的刚直面目而去迁就、服从词的“宛转”与“妩媚”的艺术要求），我们则戏称为“雄性雌化”的行为。这一现象的产生，从词人主观方面来说，即是受到内心洋溢起来的柔情和那“以柔为美”的审美心理驱使的结果，从外部条件来看，则又是迁就了婉约词的特殊风格要求所致。

综观婉约词的文学舞台，基本是由一大群才子佳人、情男怨女在出演一出又一出的“感情戏”。其中的“旦角”（女性形象）固然是轻摆柳腰，浅笑含颦，处处显露出楚楚可怜的模样，而其“生角”（男性形象）却也同样是细声慢语、心性温柔，生就一副贾宝玉式的面容和心肠！由这些男女角色所共同演出的“剧目”，则也大可用《红楼梦》中那群少男少女中间所发生的种种故事情节来做比附，如其中有“潇湘馆春困发幽情”“埋香冢飞燕泣残红”的少女伤春，有“风雨夕闷制

① 林景熙：《胡汲古乐府序》，《霁山集》卷五，中华书局，1960 年，第 132 页。

风雨词”“感秋声抚琴悲往事”的闺妇悲秋，有“情切切良宵花解语，意绵绵静日玉生香”的相思爱恋，还有那“苦绛珠魂归离恨天，病神瑛泪洒相思地”的生离死别……总之，在后代言情小说和言情戏文中描写与表现过的世间小儿女间的无数恩怨故事和感情纠葛，早在唐宋婉约词中几乎都有过“浓缩”的表现（例如《西厢记》中的“长亭送别”一折，就使人联想起柳永《雨霖铃》的意境；《红楼梦》中贾宝玉的撰诔祭晴雯，又使人联想起陆游《钗头凤》的悼唐婉）；只不过小说和戏剧中的人物形象比较具体实在，而词中的人物形象则相对模糊隐约而已（因为它主要只是描写人物的内心世界而并不太注重刻画人物的外在形貌）。而由这一大批情男怨女登台演出着一出又一出哀感顽艳的“感情戏”，唐宋婉约词的文学舞台当然就给观众（读者）们留下“儿女情多，风云气少”①的强烈感受。故而词之以柔美为其主体风格，在它描绘的人物形象（抒情主角）方面，同样也表现得相当突出和明显。

再次看婉约词所钟情的表现手法。

唐宋婉约词的柔美风格，不仅表现在其题材的偏于柔情和词中人物形象的偏于柔弱这两方面，而且也表现在它的表现手法方面。对于后者，我们又特别关注它好用代言体（为女性“代言”）和好用拟想法（拟想女子的神情与语言）这两种手法。我们认为，这两种手法的经常使用，就着实强化了婉约词的柔美程度。

先说第一种代言体的手法，这也就是前人所谓的“男子而作闺音”②的手法——作者明明是些男性文人，但为尽情抒写自己的满腔柔情，他们不惜暂时丢弃士大夫的本来面目，而在词中变出一副女性的声腔口吻，并凭借为女性代言心声的手法来表现自身的娈情婉思。这种代言体的手法，虽在前代诗歌中早就有人用过（例如《离骚》中“众女嫉余之蛾眉兮，谣诼谓余以善淫”，曹植《七哀》诗中“君行逾十年，孤妾常独栖。君若清路尘，妾若浊水泥”，繁钦《定情诗》中“思君即幽房，侍寝执衣巾”等即是例证），但到唐宋词中则可称是“于今为烈”。对此不妨先从一则词话说起。赵与时《宾退录》卷一记载：蒲传正曾当晏几道的面批评其父晏殊的词好作“妇人语”。晏几道听后自然表示不服。蒲即举出晏殊《玉楼春》（“绿杨芳草长亭路，年少抛人容易去。楼头残梦五更钟，花底离愁三月雨。　　无情不似多情苦，一寸还成千万缕。天涯地角有穷时，只有相思无尽处。”）中的“绿杨芳草长亭路，年少抛人容易去”两句，说它“岂非妇人语”？尽

① 刘熙载：《艺概》卷四，上海古籍出版社，1978 年，第 123 页。
② 田同之：《西圃词说》，唐圭璋编《词话丛编》，中华书局，1986 年，第 1449 页。

管后来小晏又加辩解，说这两句中的“年少”只像白居易“欲留年少待富贵，富贵不来年少去”中的“年少”那样表示年轻岁月之意，而并非是指年少的情郎，但明眼人却一看即知：大晏词中的“年少”确指少年郎无疑，因此小晏虽然巧加曲辩，却仍然掩饰不了其父的好作“妇人语”。而若进一步查检，则不光在这首《玉楼春》中晏殊在学作“妇人语”，他的其他一些词篇又何尝不在以“男子而作闺音”？更有趣的则是，小晏之所以想方设法为其父开脱，原因恐怕也与他本人的时作“妇人语”有关！且各举其一词为例。

> 细草愁烟，幽花怯露，凭栏总是销魂处。日高深院静无人，时时海燕双飞去。　　带缓罗衣，香残蕙炷，天长不禁迢迢路。垂杨只解惹春风，何曾系得行人住！（晏殊《踏莎行》）
>
> 旧香残粉似当初，人情恨不如。一春犹有数行书，秋来书更疏。衾凤冷，枕鸳孤，愁肠待酒舒。梦魂纵有也成虚，那堪和梦无？（晏几道《阮郎归》）

这两首词，就都是“男子而作闺音”的例证。前一首词代一位思妇写其凭栏怀人的情思，其“细草愁烟，幽花怯露”以及日高院静、海燕双飞等景象，就都是经由她的眼睛和内心而感知的“真景物”（因而抹上了“愁”“怯”之类浓重的感情色彩），而最后“垂杨只解惹春风，何曾系得行人住”两句，则分明又是从她心中和嘴里吐露出来的一腔哀怨的“真感情”。后一首词也是代言体作品，它以一个“恨”字贯穿全篇，上片怨恨情郎之一去无踪、音书渐疏，下片更怨恨情郎连梦都不托一个，害得自己衾冷枕孤、夜长难眠，其心情、其语气全属痴情女子所特有。故知上述蒲传正的批评，并非子虚乌有的杜撰，而是事出有因的批评。

那么，婉约词中何以会频频出现此类“男子而作闺音”的代言体作品呢？这种代言（代女性立言）的手法对词的风格又会造成何种影响呢？这就值得我们作进一步的探讨。婉约词中之所以会出现“男子而作闺音”的代言体作品，大致源于如下三种情况：

第一种情况是为应歌而作。我们知道，词在初起阶段以及后来的很长时间内，本属配乐歌唱的“音乐文学”。由于歌者基本都是妙龄的女郎，所以歌词的内容和口吻就必须适合与满足女性歌手的需要。在这方面，最理想的办法当然是由歌妓们自己配乐作词，自编自唱。可惜由于歌妓们的文化水平一般很低，再加上文献记载之保存较少，所以这方面的例证就见得不多。但即使如此，我们却仍能找出一些。例如在敦煌词中我们就可读到下列作品：“珠泪纷纷湿绮罗，少年公子负恩多。当初姊妹分明道：莫把真心过与他。仔细思量着，淡薄知闻解好么?”(《抛球乐》)“天上月,遥望似一团银。夜久更阑风渐紧,为奴吹散月边云,照见附(负)心人。”(《望江南》)这两首作者莫考的词写出了歌妓的辛酸与痴情,从其口吻腔调来猜测,或许就是歌妓的作品。而如嫌这两首词的“著作权”尚不十分清楚,则我们还可举出另外一些。一是韩翃的家姬柳氏,当她被番将劫走之后,曾作《杨柳枝》词以应答韩翃寄来的《章台柳》词(韩词曰:“章台柳,章台柳,昔日青青今在否?纵使长条似旧垂,也应攀折他人手。”),其词曰:“杨柳枝,芳菲节,可恨年年赠离别。一叶随风忽报秋,纵使君来岂堪折?”二是中唐以后的一些歌妓,如周德华、盛小丛、王丽真等,她们也都写过一些缠绵轻灵的小词。如周德华《杨柳枝》曰:“清江一曲柳千条,二十年前旧板桥。曾与情人桥上别,更无消息到今朝。”盛小丛《突厥三台》曰:“雁门山上雁初飞,马邑阑中马正肥。日旰山西逢驿使,殷勤南北送征衣。”王丽真《字字双》曰:“床头锦衾斑复斑,架上朱衣殷复殷。空庭明月闲复闲,夜长路远山复山。”(以上据张璋、黄畬《全唐五代词》卷一)

这就证明,词中之出现“妇人语”,本是女性歌者的自发行为,她们欲借这宛转的歌词来吐露自己的心声。但是,正如前面已经谈到的那样,乐工歌妓们的文化水平一般较低,故在应接不暇的酒宴歌席之上(特别是这些宴会的座上之客又多是些文化修养较高的官僚子弟和文人墨客),若是光靠歌妓们来“自产自销”、自编自演,就远不能满足观众和听众的文化消费之需求(这种矛盾,直到宋末“歌坛”上仍然存在。所以,沈义父《乐府指迷》“坊间歌词之病”一条中说:“如秦楼楚馆所歌之词,多是教坊乐工及市井做赚人所作,只缘音律不差,故多唱之。求其下语用字,全不可读……如《花心动》一词,人目之为一年景。又一词之中,颠倒重复,如《曲游春》云:‘脸薄难藏泪。’过云:‘哭得浑无气力。’结又云:‘满袖啼红’,如此甚多,乃大病也。”①)。因此,适应着当时倚声作词的风气,就有一些敢于趋新的文人开始“逐弦吹之音,为侧艳之词”(《旧唐书·温庭筠传》)。在这些侧艳小词中,词人便模拟歌妓的身份和口吻来为女子代言。例如,温庭筠就写过七首《南歌子》,描写了一对青年男女从相遇到相思、从欢会到离别的曲折心理过程,其中如“手里金鹦鹉,胸前绣凤凰。偷眼暗形相,不如从嫁与,作鸳鸯”、“鬓堕低梳髻,连娟细扫眉。终日两相思,为君憔悴尽,百花时”、“脸上金霞细,眉间翠钿深。欹枕覆鸳衾,隔帘莺百啭,感君心”、“懒拂鸳鸯枕,休缝翡翠裙。罗帐罢炉熏,近来心更切,为思君”等数首,就全属模拟女性口吻

① 张炎著、夏承焘校注,沈义父著、蔡嵩云笺释:《词源注　乐府指迷笺释》,人民文学出版社,1963年,第69页。

而为其代言相思衷曲之作。而据阮阅《增修诗话总龟》卷二一引《古今词话》谓，温庭筠与裴諴为友，好作歌词，周德华（即前引《杨柳枝》的作者）则善歌《杨柳词》，有人即将温、裴所作歌词令周唱之，音韵浮艳。从这段记载来看，则温氏上述代言体的艳词，可能就是为周德华等一辈歌妓所创作的。又如柳永好为歌妓作词，“妓者多以金物资给之”，简直就成了领取“稿酬”的“有偿服务”。所以像他所写的下列《锦堂春》，就活脱是一副闺中少妇的声腔口吻：

> 坠髻慵梳，愁蛾懒画，心绪是事阑珊。觉新来憔悴，金缕衣宽。认得这疏狂意下，向人诮譬如闲。把芳容整顿，恁地轻孤，争忍心安？
> 依前过了旧约，甚当初赚我，偷剪云鬟。几时得归来，香阁深关。待伊要、尤云殢雨，缠绣衾、不与同欢。尽更深、款款问伊，今后是否还更无端？

词的上片先写一位少妇因丈夫不归而生的愁闷与慵懒，然后再写她对丈夫在外“疏狂”的怨恨和不平；下片则写她拟对这位薄情郎采取报复手段：首先，当他下次回家时对他尽量冷淡，不许他再来纠缠求欢；其次，待到夜深人静之后再慢慢数落他，责问他今后是否还敢如此无情无义。这段先是怨夫恨夫、后是盘夫责夫的唱词，就十分适合歌妓在宴席上向王孙公子们演唱。它很能使我们联想到后来《红楼梦》中贾府子弟们的代女伶作词唱曲。如其二十八回中曾写薛蟠听云儿唱曲，云儿唱道：“两个冤家，都难丢下，想着你来又惦记着他。两个人，形容俊俏都难描画。想昨宵，幽期私订在荼蘼架。一个偷情，一个寻拿；拿住了，三曹对案我也无话。”（这或许就是女伶歌妓们自己所创作的）薛蟠听后，嫌它不好，于是贾宝玉就在云儿的琵琶伴奏下唱了他本人所作的一支曲子：“滴不尽相思血泪抛红豆，开不完春柳春花满画楼，睡不稳纱窗风雨黄昏后，忘不了新愁与旧愁，咽不下玉粒金波噎满喉，照不尽菱花镜里形容瘦。展不开的眉头，捱不尽的更漏，呀！恰便似遮不住的青山隐隐，流不断的绿水悠悠！”众人听后，齐声赞好，却唯有薛蟠这个大老粗仍嫌它“没板儿”——后来他虽无能自己作曲（曲词），竟也胡诌了“女儿悲，嫁了个男人是乌龟”之类的酒令以应门面。从上面这段描写中，我们也完全可以推想唐宋宴会上文人与歌妓们“合作”制词唱曲的场面和情景。所以，婉约词中之所以出现为歌妓（或其他身份的女性）代言的作品，很大程度上就是为应歌而作的。它们既然担任着为女性“写心立言”的任务，其口吻声腔就必然尽可能地变柔变软，以之神形毕肖地体现出歌妓的心曲和腔调。这类作品当然会表现出十分柔婉的风貌。

如果说上面这类为应歌而导致的“男子而作闺音”的现象可以称作“被动

型”的话(因为这些歌词既然被雪儿、春莺辈歌女演唱,它们就得“被动”地服从于她们的口味和歌喉),那么,下列的代言体作品就可称作“主动型”了。这后者所指,就是人们常说的“比兴”“寄托”。我国古代诗歌中,早就存在着“引类譬喻”和“比兴寄托”的传统。如《离骚》就曾以男女爱情来比拟君臣关系,即所谓“灵修美人,以媲于君;宓妃佚女,以譬贤臣”①。而宋代词人如辛弃疾,也曾有意识地采用过这种手法。如他的《摸鱼儿》(更能消几番风雨)便是最著名的例子。他在词中,将自己化作一位失宠的妃子,用“长门事(汉代陈皇后被迫幽居冷宫),准拟佳期又误”的典故来埋怨皇帝对己先是信任、后却弃置不顾的不公正待遇,又用“蛾眉曾有人妒”(化用《离骚》“众女嫉余之蛾眉兮,谣诼谓余以善淫”)一语来诉说他“年来不为众人所容,恐言未脱口而祸不旋踵”②的愤懑,更用女性伤春、悼春的哀怨口吻倾吐他对国势不振的忧虑和哀伤(如“匆匆春又归去”“何况落红无数”及“斜阳正在,烟柳断肠处”等)。由于采用了这种“男子而作闺音”的手法,所以尽管词情相当激烈,但外表却仍显得委婉哀怨,因此宋人罗大经《鹤林玉露》卷一中就记载过这样一段话:“词意殊怨……在汉、唐时,宁不贾种豆种桃之祸(按:指汉代杨恽、唐代刘禹锡因文字惹祸的故事)哉?愚闻寿皇(指宋孝宗)见此词,颇不悦,然终不加罪,可谓至德也已。”③看来,宋孝宗虽然心颇不悦而终未加罪的原因,或许就与此词内刚而外柔的写法有关。类似的作品还可举出辛弃疾的《祝英台近》:

宝钗分,桃叶渡,烟柳暗南浦。怕上层楼,十日九风雨。断肠片片飞红,都无人管,更谁劝啼莺声住?　　鬓边觑,试把花卜归期,才簪又重数。罗帐灯昏,哽咽梦中语。是他春带愁来,春归何处?却不解、带将愁去。

很多论者都认为这是一首借女性惜春和闺怨的口吻来寄托政治情怀的作品。如张惠言《词选》评曰:“此与德祐太学生二词(已见前引)用意相似。‘点点飞红’,伤君子之弃;‘流莺’,恶小人得志也;‘春带愁来’,其刺赵、张(按:所指不详)乎?”④黄蓼园《蓼园词选》也说:“按此闺怨词也。史称稼轩人材,大类温峤、陶侃,周益公(按:指周必大)等抑之,为之惜。此必有所托,而借闺怨以抒其志

① 王逸:《离骚经序》,洪兴祖《楚辞补注》,中华书局,1983 年,第 2 页。

② 辛弃疾:《论盗贼札子》,辛更儒笺注《辛稼轩诗文笺注》,邓广铭辑校审订,上海古籍出版社,1995 年,第 108 页。

③ 罗大经:《鹤林玉露》,中华书局,1983 年,第 12 页。

④ 张惠言:《词选》,中华书局,1957 年,第 38 页。

乎？言自与良人分钗后，一片烟雨迷离，落红已尽而莺声未止，将奈之何乎！次阕言问卜，欲求会而间阻实多，而忧愁之念将不能自已矣。意致悽惋，其志可悯。”①由此看来，某些婉约词之采用为女性代言的口吻来抒写愁怨，其中实际寄托着词人不便直接明言的政治情志。词人之所以有意识地将原本悲愤激烈的情怀“摧刚为柔”地化作女性的一腔哀怨，一方面是想避免直言可能带来的麻烦，另一方面或许也有一番以柔克刚、哀兵易胜的用心在内。

介乎上述两种情况之间，还有一种“半主动半被动”的情况。此类词篇甚多。例如：

> 落红铺径水平池，弄晴小雨霏霏。杏园憔悴杜鹃啼，无奈春归！柳外画楼独上，凭栏独撚花枝。放花无语对斜晖，此恨谁知？（秦观《画堂春》）
>
> 留征辔，送离杯。羞泪下，撚青梅。低声问道几时回？秦筝雁促，此夜为谁排？　君去也，远蓬莱。千里地，信音乖。相思成病底情怀？和烦恼，寻个便，送将来。（贺铸《芳草渡》）

这类词就很难说一定是作于歌筵酒席之上（也就是非因“被动”地应歌而作），也很难断定它们寓有什么难言的政治寄托，而似乎只是习惯成自然的“集体无意识”的产物。换句话说，正是某种共同的时代心理和审美趣味，暗暗地驱使着这些词人，使他们不约而同地写下了这类为女性代言其心声的作品，从作者的暗被某种心理所驱使而言，他们仍是“半被动”的；而从他们津津有味、乐此不疲地愿为女性“写心立言”而言，则他们又是“半主动”的。这类词篇加上前述两类应歌和比兴寄托之作，就合而形成唐宋婉约词中“男子而作闺音”这一相当常见的文学现象。

婉约词之常常采用“男子而作闺音”的代言体手法，对于造就其柔美风格，产生着重要而深刻的影响。

首先，采用这种手法，便使这类词篇从其抒情内容到艺术风貌都明显带有女性化的特征。道理相当简单：既然要为女性代言，那就必须设身处地地悬想和揣摩女性的心态，同时又须惟妙惟肖地模拟和仿效她们的声腔口吻，因此这类词篇，就从里到外都显现了女性化的特色。如下列两词：

> 永夜抛人何处去？绝来音。香阁掩，眉敛，月将沉，争忍不相寻？怨孤衾。换我心，为你心，始知相忆深！（顾敻《诉衷情》）

① 黄蓼园：《蓼园词选》，唐圭璋编《词话丛编》，中华书局，1986年，第3060页。

红绣被，两两间鸳鸯。不是鸟中偏爱尔，为缘交颈睡南塘，全胜薄情郎。（牛峤《梦江南》）

前一首词中那“将心比心”的透骨情语，后一首词中那“人不如禽”的责怪埋怨，就都毕肖女子的口吻。而这种逼真地描摹女性心态和模拟女性口吻的手法，就必然会使词的内质和外观统统显现出温柔委婉的特色。

其次，除上述全首采用代言体的作品之外，词中还有以半首或部分篇幅来为女性“代言”的作品。前者如周邦彦的《少年游》：

并刀如水，吴盐胜雪，纤指破新橙。锦幄初温，兽香不断，相对坐吹笙。　　低声问：向谁行宿？城上已三更。马滑霜浓，不如休去，直是少人行！

词的上片先以第三人称描写了一对男女在闺房中温情脉脉、剖橙吹笙的情景，但作者似嫌此旁观式的描述还不够味儿，因此下片就转为代那女子“立言”——果然，她的那一番体贴、挽留男子的软语叮咛，就将全词的气氛推向了极为温馨和令人销魂的“高潮”。后者如柳永《雨霖铃》的结尾数句：“此去经年，应是良辰好景虚设。便纵有千种风情，更与何人说?”它在前面大段写景抒情的基础上（主要通过词人饱含柔情的描述），转从歌妓的立场和转以歌妓的口吻来倾吐无穷哀伤，这就收到了比词人直言其情更加哀婉动人的艺术效果。因此，这类用半首或部分篇幅来为女性代言的写法，也同样能增添词的柔婉情致。

与上面这种代言体手法有关，或者也可视为这种代言体手法所派生出来的手法则是：婉约词中又好用拟想之法（拟想女子的神情与语言）。换句话说，明明是男子在想女子，词人却偏偏写成女子在想男子。而通过这种拟想的手法，便使男子想念女子的感情变得越加缠绵和越加柔婉。当然，这种手法也并非始自唐宋婉约词，例如，杜甫《月夜》诗中早就运用过此法：“今夜鄜州月，闺中只独看。遥怜小儿女，未解忆长安。香雾云鬟湿，清辉玉臂寒。何时倚虚幌，双照泪痕干?”杜甫当时被困长安，心中无时不在惦念远在鄜州的妻儿，可当提笔写诗时却又改写成了妻子正在闺中对月思夫。如其“香雾云鬟湿，清辉玉臂寒”两句就十分细腻地悬想出她夜深露湿时久久望月的可怜情景，令人倍感老杜对妻子的体贴、关怀。前人曾评此诗为：“心已驰神到彼，诗从对面飞来。悲婉微至，精丽绝伦。”①而这种先“驰神到彼”、再“从对面飞来”的写法在词中则更被广泛运用。不妨先引两首名篇为例。如柳永《八声甘州》（对潇潇暮雨洒江天）的下片：

① 浦起龙：《读杜心解》，中华书局，1961 年，第 360 页。

“不忍登高临远，望故乡渺邈，归思难收。叹年来踪迹，何时苦淹留？想佳人妆楼颙望，误几回、天际识归舟？争知我、倚栏杆处，正恁凝愁！”其中“想佳人”三句，就是转从对面（佳人）飞来之句，想象她正苦盼着郎归的情景。梁启超即曾戏称其有“照花前后镜，花面交相映”①的妙处。又如姜夔《长亭怨慢》：

> 渐吹尽枝头香絮，是处人家，绿深门户。远浦萦回，暮帆零乱向何许？阅人多矣，谁得似长亭树？树若有情时，不会得青青如此！　　日暮，望高城不见，只见乱山无数。韦郎去也，怎忘得玉环吩咐：“第一是早早归来，怕红萼无人为主。”算空有并刀，难剪离愁千缕。

词的上片到下片前三句为止，抒写词人自身对情侣的怀念，而从“韦郎去也”以下四句则转从那情侣的角度来立言敷文，缠绵婉转地诉说了她对词人的深深依恋——而究其实，则她的那些吩咐，却全系“无中生有”，纯属词人为她设计好的“台词”（陈廷焯《词则·大雅集》卷三评曰：“哀怨无端，无中生有，海枯石烂之情。”②）。这一类“从对面（女性）飞来”的写法，当然同时也可视为以部分篇幅来为女性代言，不过因其在最后结尾往往仍归结到自身对彼方的思念上来，故而我们又将其称作拟想的手法。而此种拟想的手法由于藏有从“我怜卿卿”到“卿卿怜我”再到“我怜卿卿”的几番曲折，因此使用它后能使读者倍感男性词人那怜香惜玉和自怜自惜之情的分外委婉，因就大大增添了词作的柔婉风味。对此还可举出鲁逸仲的《南浦》为例：

> 风悲画角，听单于、三弄落谯门。投宿骎骎征骑，飞雪满孤村。酒市渐阑灯火，正敲窗、乱叶舞纷纷。送数声惊雁，乍离烟水，嘹唳度寒云。　　好在半胧淡月，到如今、无处不销魂。故园梅花归梦，愁损绿罗裙。为问暗香闲艳，也相思、万点付啼痕。算翠屏应是，两眉余恨倚黄昏。

全词抒写旅夜思乡之情。上片先写荒村投宿的情景，已经使人深感十分凄苦；下片转写月夜思乡，更加令人感到黯然销魂；而结尾“算翠屏应是，两眉余恨倚黄昏”两句则将家中娇妻蹙眉倚屏的形象通过拟想之法“托”出，这不仅对全词的感情基调作了最后的“定型化”处理（即在其羁愁离情上抹上了一层“艳”的色彩），而且更将全词的意氛由上片的萧瑟荒凉而导向最后的旖旎哀婉。所以，不

① 梁令娴：《艺蘅馆词选》乙卷，中华书局，1935 年，第 46 页。
② 陈廷焯：《白雨斋词话》，上海古籍出版社，1984 年，第 97 页。

论是“男子而作闺音”的为女性代言，还是男性词人故作“女想男”的拟想，都有效地增添了婉约词的女性风味。

复次来看婉约词的风容色泽。

“风容色泽”一词，原指女性的容貌和打扮，这里借用来形容婉约词的艺术风貌，就意指它带有很浓的女性特色。而为叙述清楚起见，我们就想分从声、色、味三个方面来领略和论析婉约词在艺术风貌上的女性型的柔婉特色。

所谓“声”，主要是指词的音调节奏。词在这方面的柔婉特色，当然集中表现在它的音乐美和声律美中。由于这两方面的情况，前文已有专节论述，所以这里就不再赘述。但为加强印象，我们仍可再举婉约词中的一些名篇为例，以感知其音调的和谐宛转。如被宋人赞为“语工而入律，知乐者谓之‘作家歌’”①的秦观词，就很富这种特色。试读其《望海潮》词：“梅英疏淡，冰澌溶泄，东风暗换年华。金谷俊游，铜驼巷陌，新晴细履平沙。长记误随车。正絮翻蝶舞，芳思交加。柳下桃蹊，乱分春色到人家。　西园夜饮鸣笳，有华灯碍月，飞盖妨花。兰苑未空，行人渐老，重来是事堪嗟。烟暝酒旗斜。但倚楼极目，时见栖鸦。无奈归心，暗随流水到天涯。”唐圭璋先生评曰：“此首述游踪，情韵极胜”，“纯以温婉和平之音，荡人心魄”。② 又如其《八六子》（倚危亭）一首（词文前已引过），黄蓼园亦评为：“词旨缠绵，音调凄婉如此。”③确乎，我们细读这两首词作之后，就定会感觉其音调节奏诚如唐、黄二位所言。所以，前人尝谓秦词“虽婉美，然格力失之弱”④，“犹以气格为病”⑤，“最和婉醇正”⑥，“清丽婉约，辞情相称，诵之回肠荡气”⑦，这里所赞扬的“婉美”“和婉”“婉约”和所批评的“格力失之弱”、“犹以气格为病”中，就都包含着对其音调节奏之十分谐婉的感受在内。当然，应该指出，唐宋词的音调节奏并非只有委婉柔和这一种特色，而是正像我们在之前论述词的音乐美和声律美时已谈到的那样，具有繁复多样的美感与风味。但若根据其基本的情况来说，则又明显倾向于柔婉类型。例如周邦彦词，人称“开合动

① 叶梦得：《石林避暑录话》卷三，上海书店据涵芬楼旧版影印，1990 年。
② 唐圭璋：《唐宋词简释》，上海古籍出版社，1981 年，第 101 页。
③ 黄蓼园：《蓼园词评》，唐圭璋编《词话丛编》，中华书局，1986 年，第 3065 页。
④ 胡仔：《苕溪渔隐丛话·后集》卷三五，人民文学出版社，1962 年，第 253 页。
⑤ 同①。
⑥ 周济：《宋四家词选目录序论》，唐圭璋编《词话丛编》，中华书局，1986 年，第 1643 页。
⑦ 夏敬观：《吷庵手校淮海词跋》，《淮海居士长短句》，徐培均校注，上海古籍出版社，1985 年，第 275 页。

荡，独前千古”，“极顿挫之致”①，其音律之美似带刚性之美；而又如张炎所指出的“美成（周邦彦字）词只当看他浑成处，于软媚中有气魄”②那样，还如王国维所指出的“读其词者，犹觉拗怒之中，自饶和婉”③那样，周词的那种“有气魄”和“拗怒”的刚性美感其实却又是囊含于“软媚”“和婉”的柔性美感之中的，故仍脱不掉总体上的柔婉风味。所以若从婉约词的“声”来看，它所给人的总体感受仍是那种“语娇声颤，字如贯珠”（李廌《品令》）的柔婉之美。

所谓“色”，主要指词的遣词设色。在这方面，婉约词所表现和追求的，也同样是那种女性型的特色与美感。试以“花间”词为例，王士禛就曾评曰：“‘花间’字法，最着意设色，异纹细艳”，故而深具“蹙金结绣”之妙④。我们试观其卷首的温庭筠词，其遣词设色就有两个显著的特点：一是富贵气足，二是脂粉气浓。而前者说到底则又是为后者服务的（即努力将它所写的女子打扮得更加漂亮华贵）。对于这两个特点，有人赞之曰：“庭筠工于造语，极为绮靡”⑤，有人则批评为“雕镂太过”（李冰若《栩庄漫记》）。而无论是褒还是贬，温氏好用这类绮靡富丽的字面，其目的无非是要将笔下的女主角写“透”写“足”，并使其词貌、词风变得越发女性化。如其两首《归国谣》词：

> 香玉，翠凤宝钗垂䍦䍦。钿筐交胜金粟，越罗春水绿。　　画堂照帘残烛，梦余更漏促。谢娘无限心曲，晓屏山断续。

> 双脸，小凤战篦金飐艳。舞衣无力风敛，藕丝秋色染。　　锦帐绣帏斜掩，露珠清晓簟。粉心黄蕊花靥，黛眉山两点。

这两首词就用大量的香艳词藻（香玉、翠凤、宝钗、钿筐、金粟、越罗、小凤、战篦、舞衣、画堂、晓屏、锦帐、绣帏、粉心、黄蕊、花靥等）来描写女子的衣着、打扮、居室、寝具，若从艺术成就而言，则“除堆积丽字外，情境俱属下劣”（《栩庄漫记》），算不上是成功之作。但读者从其堆垛丽字中，却又不难窥见其良苦用心在于欲使词境达到“彻里彻外”的女性化。当然，像这两首词那样过多地堆砌金玉锦绣、脂粉衾裯之类的语汇词藻，往往容易导致雕缋满纸和脂腻不堪的毛病，

① 陈廷焯：《词坛丛话》，唐圭璋编《词话丛编》，中华书局，1986年，第1643页。
② 张炎：《词源》卷下，唐圭璋编《词话丛编》，中华书局，1986年，第236页。
③ 王国维：《清真先生遗事》，王国维《王国维遗书》第10册，上海古籍出版社，1983年，第23页。
④ 王士禛：《花草蒙拾》，唐圭璋编《词话丛编》，中华书局，1986年，第673页。
⑤ 胡仔：《苕溪渔隐丛话·后集》卷三五，人民文学出版社，1962年，第125页。

因此温词在遣词设色方面便又采用了另一种补救之法，那就是引进柔丽的水乡景致来对那类过分浓艳的词境起“冲淡”和“调色”的作用。而这样做的结果，就往往能收到较好的艺术效果。例如温庭筠的两首《菩萨蛮》：

南园满地堆轻絮，愁闻一霎清明雨。雨后却斜阳，杏花零落香。无言匀睡脸，枕上屏山掩。时节欲黄昏，无聊独倚门。

夜来皓月才当午，重帘悄悄无人语。深处麝烟长，卧时留薄妆。当年还自惜，往事那堪忆？花露月明残，锦衾知晓寒。

由于减少了那类蹙金结绣的字面而改用了大量柔丽的“景语”，因就显得情景并到和清绮有味，故李冰若尝评为：“《菩萨蛮》十四首中，全首无生硬字句（按：指雕缋过甚的字句）而复绕绮怨者，当推‘南园满地’‘夜来皓月’二阕”（《栩庄漫记》）。所以总结温庭筠词（王士禛曾称其为“花间鼻祖”）①的遣词设色，它大致不出乎以下两种办法：一是用大量的丽字密藻直接来写女性的容貌服饰、居室陈设，二是用很多柔美的“景语”来间接烘托闺中人的柔情。而不论是前者还是后者，其出发和归宿点却只有一个——都是为使其遣词设色具有女性化的色泽与美感。温词既是如此，则整个“花间”词的遣词设色之女性化，也就不难由此推知。

相比于“花间词”而言，宋词的遣词设色就有了一定程度的改变。但即使这样，却仍然基本延续着“花间词”以女性化为主要倾向的传统，不过其中直接描写女性容貌服饰的“物语”相对减少而用以间接融寓、衬托柔情的“景语”大为增多而已。对此，最有说服力的就是相关的统计数据。1991 年 9 月，南京师范大学“《全宋词》电子计算机检索系统”（张成、曹济平先生研制）编排完成。朱崇才同志曾利用这一检索系统的统计成果，撰写了《从高频字看宋词的女性化倾向》一文（载《中国韵文学刊》总第 7 期）。文章指出：《全宋词》（包括孔凡礼《全宋词补辑》）的总字数为 1 416 180 个，而其所用到的汉字单字则为 6 068 个。按照这些单字在《全宋词》中出现频率的多少，挑选出排列在前 100 位的单字，称之为“高频字”。从这些高频字的使用情况中，人们就能清楚地看到宋词在遣词设色方面的明显的女性化倾向。下面，我们就将朱崇才文章的内容做些介绍（稍加修改和补充）：

《全宋词》中排名第一的高频字是“人”字（共用过 13 232 次）。不过，这个“人”字已非一般意义上的人，而主要是指局限在私生活环境中的女人和男人，

① 王士禛：《花草蒙拾》，唐圭璋编《词话丛编》，中华书局，1986 年，第 674 页。

特别偏指那些与恋情、柔情密切相连的人(比如范仲淹《御街行》“年年今夜,月华如练,长是人千里”,吴文英《祝英台近》“有人添烛西窗”等)。因而,像玉人、佳人、人人(那个人,指恋人)、个人(同前)等指称女性的“人”字就屡见不鲜。这种突出“人”尤其是突出男女恋情关系中的“人”的现象,绝非偶然出现,而是深刻反映了宋词注重表现“人情”的本质性文学特征,同时也使宋词的言情明显带有了女性化和柔情化的特色。

《全宋词》中排名第二的高频字是“风”,它共使用过 12 867 次,平均约 1.5 首就出现一次。这些风,大都是阴性的“歌尽桃花扇底风”(晏几道《鹧鸪天》)和“风情”“柔风”“风花雪月”之风,却很少汉唐诗歌中“大风起兮云飞扬”、“北风卷地白草折”的“雄壮之风”。如秦观《八六子》词中“夜月一帘幽梦,春风十里柔情”之“风”,即可谓得此“风”之真髓者。它既反映出宋人敏感、细腻、脆弱的心理气质(因而对于自然界中的风就“情有独钟”),同时也反映了他(她)们自身的万种风情和“弱不禁风”。

《全宋词》中排名第三的高频字是“花”,它共出现过 11 432 次,即 20 000 首宋词中竟有一半以上写及“花”。“花”是比较典型的阴性文化的意象,它与女性有着密切的联系:一方面女性爱花,且又经常临风伤感、对花掉泪;另一方面,花与女子又存在着深刻的相似性(如其美貌,如其“薄命”),因此常被互作譬喻(如赵长卿《虞美人 · 双莲》中的“似向群花丛里,骋风流”,其“群花”既指莲花,也指美人)。

从“人”“风”“花”三字在《全宋词》的字频表上高居榜首的情况,我们还可联系到明代杨慎《词品》中所引朱良规评论范仲淹《御街行》的评语:“天之风月,地之花柳,人之歌舞,无此不成三才。”①“三才”源出《周易 · 系辞》,本指构成世界的天、地、人三者,它们兼有阴、阳二性;但在“宋词世界”里,却全由阴性的“风月、花柳、歌舞”构成为“三才”的主要内容。这也十分明显地反映了宋词偏于“阴柔文学”的特性。

上面所谈,是从总字数、总频率的排名而言的。下面则还可从某一领域、某一系统的排名来看,结果同样也反映出宋词的女性化倾向。

如在一年四季中,出现频率最高的就是“春”字(共计 9 957 次,约每两首词中出现一次),其次则是“秋”字(计 4 105 次);相对来说,“夏”与“冬”字就显得少见。而且,宋词的“春”中,很少有中国传统文化自《周易》以来那种刚健有为、

① 杨慎:《词品》卷三,唐圭璋编《词话丛编》,中华书局,1986 年,第 467 页。

自强不息的生命意识,却多与"春情"(男女间的感情生活)和"伤春"有关;而宋词的"秋"中,也较少具有春华秋实的丰收喜悦,却多的是"悲秋"之意绪。这都说明,宋代词人的心灵似和那些古典的少女少妇一样柔弱敏感,他们不论对春天还是秋天,都同样感到哀伤。

又如在天象中,出现最多的是"云"和"月";而"太阳""星辰"(特别是北斗、南极、二十八宿等星辰)等原先在传统文化中占有重要地位的天象,在宋词中却很少提到。"云"作为一种艺术对象,具有柔软、翻卷、多变、飘摇、轻盈等特征,这些特征与女性的生理、心理及美感特征就很有相似之处。故像"似风散雨收,雾轻云薄"(周邦彦《解连环》)、"眷恋雨润云温"(周邦彦《拜星月慢》)等宋词词句,就都以"云"的优美、温柔、宁静特征来写女性及有关事物。"月"则更是典型的女性化和阴性化的艺术对象,它在唐宋诗中虽也经常写及,但却远远不及宋词中所见的频率和所达的比例(共出现 7 111 次,约每三首词就写到一次)。月亮在远古曾是先民崇拜的对象,但在宋词中却早已丧失了任何图腾崇拜的意义,而多与女性结下了不解之缘。如"回廊下,携手处,花明月满"(吕渭老《薄倖》)、"疏钟淡月,几许销魂"(贺铸《绿头鸭》)等,就都以月亮作为背景来抒写男女恋情。

再如在显示色彩的字中,"红"是宋词中最多描述的一个字。红色在华夏文化中,向来具有严肃庄重的阳刚之美(直到今天犹常如此)。但至少在汉唐时代开始,它又渐与女性结缘。从女性的容颜、化妆品(如胭脂、红粉、指甲涂料等)到生理素质(如红颜)、审美趋尚,人们都喜用"红"来做象征或指称,有时甚至径直成为女性的代名词。而在宋词中,则"红"的阴性特征就得到了进一步的强化与更为充分的体现。"红"几乎不再存在那种作为血、力量、生命之象征的意义,而大都均与花朵、女子有关。如"凉满北窗,休共软红说"(范成大《醉落魄》)、"唤取红巾翠袖"(辛弃疾《水龙吟》)等,便全与女性有关。故"红"字意义的变迁,或可作为文人性格有所柔弱化、阴性化的一个例证;而它的女性化含义在《全宋词》中得到强化,则可视作上述变化在文学领域里的突出体现。

此外,《全宋词》中还有另外许多具有明显阴性倾向的高频字,如:寒、夜、梦、愁、翠、梅、柳、芳等。其中,"寒"字反衬了对温暖特别是来自异性之温暖的渴望,这又往往源自处在"夜间"之词人的特殊心理需要。而与"寒夜"相关联的意象则又是一系列的"梦"——在这些"梦"中所见到的"人",又多数是那些女性恋人。宋代词人另又喜欢写"愁",此则反映了他(她)们多愁善感的柔弱化心理气质。至于"翠""梅""柳""芳"等字,也都具有很浓的女性意味(直到今天仍常被用来为女性取名),故这类字的大量使用,亦可见出宋词的女性化倾向。

以上,我们对于《全宋词》字频表上高居前100名以内的一些高频字做了初步的考察。尽管这种考察还较粗略,但得到的结论却已相当清晰:宋词确确实实存在女性化的倾向。而如果再抽出其中的婉约词篇单独进行考察,那么这种女性化的倾向,就会加倍地凸显出来!根据以上分析,我们绰有根据可说:唐宋婉约词在"色"的方面(也就是它的遣词设色方面)所给人的感受,也以那种女性化的风容色泽最为鲜明突出。不信的话,我们不妨随手翻阅一些婉约词篇,其中扑入眼帘的便是下列这些字面:风花雪月,樱口柳腰,惨绿愁红,粉怨珠啼,酒裙歌扇,暖红温翠,丰肌柔骨,粉面黛眉,皓齿冰腕,秀靥朱唇,脆管幺弦,檀板金尊,晓风残月,宠柳娇花,珠帘玉枕,鸳被锦帐,玉娇春怨,蝶凄蜂惨……而由这些旖旎、柔丽、哀婉的辞藻构建而成的"七宝楼台"式的婉约词境,自然会呈现出浓足的女性特色。

所谓"味",则主要指婉约词的风味。相比于上述的"声"和"色"(主要是听觉感受和视觉感受)来讲,这个"味"字就相对显得有些玄虚。"味"大致是指作品在其风格韵味方面给人的总体感受。在这方面,我们特别可以举出两点来谈:一是词的细腻风味,二是词的委婉风味。这两种风味,就可称婉约词所特别富足且给人印象最深的突出风味,而它们又均与婉约词本身具有的女性化倾向有着密切的关系。

先说其细腻风味。对此,先让我们体味清人况周颐对"词境"的一段论述。

> 人静帘垂,灯昏香直,窗外芙蓉残叶飒飒作秋声,与砌虫相和答。据梧冥坐,湛怀息机。每一念起,辄设理想排遣之。乃至万缘俱寂,吾心忽莹然开朗如满月,肌骨清凉,不知斯世何世也。斯时若有无端哀怨枨触于万不得已;即而察之,一切境象全失,唯有小窗虚幌、笔床砚匣,一一在吾目前。此词境也。①

此言虽主要是在描述他通过虚静默察而进入创作状态的心理过程,但同时又能让读者感到:"词境"乃是一种十分窈深而又细腻的意境。另从此言还可悟到:词境那特具的窈深而细腻的风味,一则与其感情境界的深而细有关,二则又与它描写景物的细而美有关。

如前所说,婉约词所表现的感情内容,主要是那类产生于私生活环境里的儿女柔情,因受这类柔而细的儿女之情的影响和制约,其词境自然就会趋向于深细。这是因为:第一,狭小的私生活空间限制了词人的生活视野和创作视野,但

① 况周颐:《蕙风词话》,《蕙风词话 人间词话》,人民文学出版社,1960年,第10页。

又有所补偿地促使他们的感情境界变得深细，这种状况就有些类似于盲人的听觉往往变得特别敏锐那样；第二，怀有柔情心态的人通常又相应会具有多愁善感的心理气质，因此他们就敏于捕捉各种生活信息，即便是那类十分细微的信息，也会激惹起他们感情世界的涟漪。而因以上两个原因，婉约词中所呈现的感情境界，一般都显得相当的窈深和细腻。

试以李清照的词为例，李清照本是一位带有士大夫"须眉气"的女性，但因身为官宦人家的女儿和媳妇，因此只能被困在"庭院深深深几许，云窗雾阁常扃"(《临江仙》)的窄小天地里，靠饮酒品茶、写诗赏花来打发日子。而在这种无可奈何的生活中，她的艺术触觉却变得分外的深细。不管是春去夏来的悄悄脚步，还是夜来风雨所带来的"绿肥红瘦"的细微变化，甚至连天边一行雁影和树间几声鸟鸣，都能引起词人深锐的怅触。如其《蝶恋花》词："暖雨晴风破初冻，柳眼梅腮，已觉春心动。"当初冬刚破，春的消息还刚在"柳眼梅腮"上透露出一丁点儿之时，她便敏锐地感受了春意的撩拨而激惹起了"春心"的萌动。再如其《添字丑奴儿》词："窗前谁种芭蕉树？阴满中庭。阴满中庭，叶叶心心，舒展有余情。　伤心枕上三更雨，点滴霖霪。点滴霖霪，愁损北人，不惯起来听。"三更时分，院中传来雨打芭蕉的点滴淅沥之声，这在常人听来根本算不上一回事，可在这位敏感而细心的词人听来，却似觉点点滴滴都在敲打着自己的神经和拨动着自己的心弦。因此，正是感情世界的细腻，才导致了李清照词境的趋于深细。

再以李后主为例，他是可称得上是一位多愁善感的"纯情"词人(叶嘉莹先生语)，因此其感情世界就显得特别的丰富和细腻。试读其《阮郎归》："东风吹水日衔山，春来长是闲。落花狼藉酒阑珊，笙歌醉梦间。　珮声悄，晚妆残，凭谁整翠环？留连光景惜朱颜，黄昏独倚栏。"在那春事将尽、落英缤纷的黄昏，尽管词人身处笙歌喧天的享乐环境之中，可他却悄然感发了"好景不长"的人生忧伤，因便倚栏独坐而倍感惆怅——在这一句"留连光景惜朱颜"中，就蕴藏着他对人生几多难以割舍的依恋之情！而当词人身经亡国之变、被囚深院小楼之后，他的神经便变得更加敏感脆弱而词的感情境界也变得越发凄婉深细。如其《捣练子令》："深院静，小庭空，断续寒砧断续风。无奈夜长人不寐，数声和月到帘栊。"此词表面是咏捣练之声，而实寓亡国之后的寂寞痛楚之情。仅是那几声时断时续的砧声飘过，一片朦胧素白的月光洒来，便都在词人心头荡漾起无法抑止的感情波澜。这不能不使人惊叹于作者感情之异常深细。再如其《乌夜啼》："无言独上西楼，月如钩。寂寞梧桐深院锁清秋。　剪不断，理还乱，是离愁。别是一般滋味在心头。"能将内心千丝万缕的离愁(离别故国之愁)"理"得这么清楚(表面是说“理还乱”,意谓说不清,但在实际上却已把它说透了。这正应了《古今词统》卷三中所引徐士俊的评语:“七情所至,浅尝者说破,深尝者说不破。破之浅,不破之深。”①),这一方面说明了词人文学才华之高超,另一方面更说明了词人感情体验之极其深刻和细腻。袁枚说得好:“诗者由情生者也,有必不可解之情,而后有必不可朽之诗。”②只有对生离死别这一世间最为痛苦的人生悲剧有过极为深切的体验和极为细腻的“品尝”之人(如李煜),方能写出如上的不朽词篇。总结以上情况可知,婉约词那细腻异常的风味,首先是由词中深而细的感情境界所导致的。

与此同时,词的细腻风味,又与它在景物描写方面的美而细密切相关。对于词在写景方面的形容尽致和繁复细腻,由于前文已经谈过,所以这里不再多说。需补充论述的则是:婉约词在描写景物的时候,往往多把其“镜头”对准那类纤小、柔弱、婉丽的自然景物,而不像诗那样通常面向比较壮阔的自然景物,这就使两者的风貌形成“优美”与“壮美”的差异。以冯延巳词为例,它就特别擅长于细腻地状写纤细的景物。如其《南乡子》词的首句“细雨湿流光”,描写丝丝细雨洒在芳草地上,微风吹过,草上闪出阵阵白光,好像在流动一般。这样的状物写景,就显得十分细腻逼真。故而宋人周文璞称之为:“《花间集》(按:此为误记,应为《阳春集》)只有五字绝佳;‘细雨湿流光’,景、意俱微妙。”③王国维则赞之为“能摄春草之魂者”④。又如其《喜迁莺》:“雾蒙蒙,风淅淅,杨柳带疏烟。飘飘轻絮满南园,墙下草芊眠。　燕初飞,莺已老,拂面春风长好。相逢携手且高歌,人生得几何。”写暮春之景,同样也显得十分细腻轻约。

像冯词这样写景深婉细腻的情况,宋代词坛上也不乏屡见。例如晏殊和欧阳修这两位词人,就深得冯词写景文雅细腻的遗风余韵。且先以晏殊词为例,他的名句“无可奈何花落去,似曾相识燕归来”(《浣溪沙》),便是写景细腻传神的隽句。读者不妨闭上眼睛来默想一下落花和归燕的情景:“风定花犹落”,因着“大限”已到,那枝头的片片花瓣即使在无风的状态下也只得渐渐飘落,可它们对自己的母体却仍怀有割舍不断的依恋,因此这“无可奈何”四字确是写尽了它

① 卓人月:《古今词统》卷三,沈际飞《草堂诗余续集》,张璋《历代词话》,大象出版社,2002年,第570页。

② 袁枚:《答蕺园论诗书》,《小仓山房文集》,周本淳标校,上海古籍出版社,1988年,第1802页。

③ 张思岩宗橚辑:《词林纪事》卷一二,成都古籍书店,1982年,第350页。

④ 王国维著,滕咸惠校注:《人间词话新注》,齐鲁书社,1981年,第53页。

们万般无奈、百般留恋的情状;而旧燕重归,虽则形貌变化不大,但燕我双方毕竟又因彼此分离了一段时间而变得既熟悉又陌生,故此“似曾相识”四字便又写出了人燕重见时那种惊喜与迷惘的情状。因此这两句写景隽语的细腻性就不仅表现在形似方面,而且还更深一层地表现在神似方面,称得上是形神毕肖、精细工稳。又如他的《踏莎行》:“小径红稀,芳郊绿遍,高台树色阴阴见。春风不解禁杨花,蒙蒙乱扑行人面。　　翠叶藏莺,朱帘隔燕,炉香静逐游丝转。一场愁梦酒醒时,斜阳却照深深院。”自然界的变化,本有突变和渐变这两种方式,地震海啸、山崩岳颓属于突变的方式,而日居月诸、春秋代序,则一般采取渐变的方式。不过,突变很易被人感知(即连迟钝者都会大感惊愕),而渐变却常被人所忽视(只有细心人才会察觉)。而晏殊此词之可贵,就在于它十分细腻地写出了春末夏初的节序转换和晨暮推移:“红稀”“绿遍”和“树色阴阴”三句,已通过色彩的变化生动地描画出了春夏交替的渐变轨迹,而在全词的悄悄展开中,又“不露声色”地写出自晨至午、再到傍晚的暗暗推移。其中尤足称道的是“炉香静逐游丝转”一句,描写炉烟袅袅上升,与飘浮着的游丝纠缠在一起旋转,简直分不清何为炉烟和何为游丝,其观察之细致、描写之精确简直是“神到”之笔!所以,晏殊词特擅长描绘自然界之渐变,一则得力于他的慧心善感,二则又得力于他的细腻词笔。

再拿欧阳修来讲,前已引过他的名篇《踏莎行》(候馆梅残),其抒情写景也饶富细腻雅婉的情致。李攀龙就评论它道:“春水写愁,春山骋望,极切极婉。”(《草堂诗余隽》)这个“切”字,就不仅是指“切合”之意,同时也兼有“细切”之意在内。另如他写颍州西湖的 13 首《采桑子》,也几乎首首都体现出写景细腻的特色。如其第一首:“轻舟短棹西湖好,绿水逶迤,芳草长堤,隐隐笙歌处处随。　　无风水面琉璃滑,不觉船移。微动涟漪,惊起沙禽掠岸飞。”俞陛云评曰:“下阕四句,极肖湖上行舟、波平如镜之状。‘不觉船移’四字,下语尤妙。”①又如其第三首:“群芳过后西湖好,狼藉残红,飞絮蒙蒙,垂柳栏干尽日风。笙歌散尽游人去,始觉春空,垂下帘栊,双燕归来细雨中。”刘永济先生评曰:“盖世俗之人多在群芳正盛之时游观西湖,作者却于飞花、飞絮之外,得出寂静之境。世俗之游人皆随笙歌散去,作者却于人散、春空之后,领略自然之趣。”(《唐五代两宋词简析》)这一方面反映出欧公的胸怀恬逸之趣,另一方面也体现了他观察景物和描写景物的深刻细致。所以,举凡婉约词中的佳篇名作,就几乎全都具有写景细腻的优点和特色。

① 俞陛云:《唐五代两宋词选释》,上海古籍出版社,1985 年,第 166 页。

而若我们更深一层来看，则婉约词中写情、写景的细腻性，也均与它的女性化倾向有关。《文心雕龙》在论述文学作品的生成过程时说："夫情动而言形，理发而文见，盖沿隐以至显，因内而符外者也。"①婉约词的感情内核既以儿女柔情为主，那么它的写景抒情之具有女性化的细腻特色，也就是"因内而符外"的十分自然之事。这是因为：在人的感情生活中，"柔"和"细"本是经常联系在一起的，即如一位性格粗犷豪放的人，当他处于柔情涌发的时候，其感情也往往会变得相当细腻。例如，那位敢以50骑人马直闯敌营、生擒叛徒的壮士辛弃疾，当他为情（柔情）所困时，竟也写下过抒情如此细腻之词：

> 万万千千恨，前前后后山。傍人道我轿儿宽，不道被他遮得，望伊难。　　今夜江头树，船儿系哪边？知他热后甚时眠？万万不成眠后，有谁扇？（辛弃疾《南歌子》）

词人虚拟了一位女性对于自己的万般依恋和惦念之情，而这实际却是词人本身对于情侣的一腔柔情之"反串"式表现。我们试看这位女子对于情郎是如何体贴入微。词下片写道：一念情郎的船儿今夜停泊何处？二念今夜酷热，不知情郎何时才能入睡？三念他万一热极难眠，又有何人会给他打扇驱暑？这种万般温存和万般细心的情怀，竟会出现在稼轩笔下，简直叫人吃惊！而究其原因，则全因为词人正处温情脉脉的感情状态之中，故其所思所想和笔下之词，自会变得如此轻、柔、深、细。举此一例，即见婉约词之写景抒情之所以会向细腻化的方向发展，明显与它的女性化（柔情化）倾向有关。

上面谈了婉约词的细腻风味，接着来谈它的委婉风味。这后一种风味，也同样与它的女性化倾向有关。对此首先可从"文"与"质"的关系来看。《文心雕龙》说得好："夫水性虚而沦漪结，木体实而花萼振，文附质也。虎豹无文，则鞹同犬羊；犀兕有皮，而色资丹漆，质待文也。"②这就是说：文学作品的内容（质）与形式（文）之间存在着相互依赖的关系；而从根本上讲，则又由内容决定着形式。秦观词曰："柔情似水。"（《鹊桥仙》）婉约词所抒发的感情既以这种温存柔和、委婉软绵的柔情为主，那么它经常表现出与之相匹配的委婉风味，当然就属势所必至的事。举例来讲，冯延巳《谒金门》词就很能说明这个问题。且先将全文抄录如下：

① 周振甫：《文心雕龙今译》，中华书局，1995年，第254页。
② 同①，第284页。

风乍起,吹皱一池春水。闲引鸳鸯香径里,手挼红杏蕊。　　斗鸭栏干独倚,碧玉搔头斜坠。终日望君君不至,举头闻鹊喜。

词中描写一个贵族妇女因夫君外出而倍感无聊,只得靠花间独步、倚栏呆望来打发日子。但在其内心深处,其实却蕴藏着十分深浓的闺怨和企盼。不过由于她的身份所限和教养所致,这种感情又是相当委婉和温柔的。因此表现在词的风味上,就并不给人以"剑拔弩张"的感觉,而只让人感到含蓄委婉。如其开头两句,表面是写微风乍起,吹皱了一池春水;但它又委婉地传达出了闺妇心理上的微妙变化:她的内心世界何尝不因春色的撩拨而激惹起阵阵感情的漪涟?更如其结尾,正当她"终日望君君不至"的时候,忽闻枝头几声鹊叫(这预示行人即将归家),照常人看来此时的她必将欢欣万分、激动不已,但词人却只用了一个"喜"字就将词情来个戛然而止,这也同样表现了他在抒情方面很有分寸和很有克制——因为词中女主角的委婉感情必当用此委婉的写法来表现才能显得"文质彬彬"。所以,首先正是婉约词那女性化的柔情内容,导引出了词风的委婉风味。其次,我们又看到,在造成婉约词的委婉风味方面,词人特定的妇女观和审美观又曾起过相当大的作用。因在实际生活中,女性的感情世界并不只表现为"委婉"这一种面貌。例如:敦煌词中出现的妇女形象就很直率、很果断,堪称敢恨敢爱和敢说敢做。而在后来的文人词中,也还保存了少量描写民间女子(包括某些下层歌妓)直肺直肚肠地直吐胸臆的作品。但这类作品毕竟十分稀少,而在绝大多数婉约词中所常见的女性形象,却基本都属"温柔敦厚"或"怨而不怒"的类型。词人们硬是用符合儒家伦理标准的妇女观和审美观将她们加以"改造",使之框定在哀怨委婉的感情范式中,这也大大助长了词的委婉风味。如上面举过的冯延巳的《谒金门》词,同时也是这方面的典型例子——这位闺妇明明有着"终日望君君不至"的渴望和怨恨,但词人却定要用"大家闺秀"的标准去规范她的感情行为和举止行动,特别是,如同生活中的"淑女"必须笑不露齿那样,她的感情世界就只能被"吹皱"到"一池春水"的程度而决不能掀起巨波大浪。所以,婉约词中的女性形象,基本都被磨平了"棱角",变得那样的循规守礼、怨而不怒;而词的风貌,也相应显得那样的温柔敦厚、委婉文雅。故从这一角度来看,则婉约词的委婉风味,又是词人所刻意追求和尽力营建的一种风味,它同样是因词的女性化倾向(这种"女性化"又必须是符合于儒家伦理标准和审美要求的女性化)所规定和导致的。

婉约词的委婉风味,大致体现为以下几种类型:

一是含蓄委婉。沈祥龙《论词随笔》中说:"含蓄无穷,词之要诀。含蓄者,意不浅露，语不穷尽，句中有余味，篇中有余意。”①由于含蓄，自然就使词风显得委婉而不直露。例如温庭筠的这首《菩萨蛮》：

小山重叠金明灭，鬓云欲度香腮雪。懒起画蛾眉，弄妆梳洗迟。照花前后镜，花面交相映。新帖绣罗襦，双双金鹧鸪。

全词主要描写一位思妇的懒起和梳妆打扮，初看之下几乎全无情思甚或不知所云；但仔细品味之后，人们才从“新帖绣罗襦，双双金鹧鸪”的“双双”二字中反窥到这位少妇独宿空房的愁闷与无聊。这真可说是“只着一字”而“尽得风流”，极尽其含蓄委婉之妙。与此相似的词还如晏殊的《清平乐》：

金风细细，叶叶梧桐坠。绿酒初尝人易醉，一枕小窗浓睡。　　紫薇朱槿花残，斜阳却照栏干。双燕欲归时节，银屏昨夜微寒。

此词也花了大部分篇幅写景和兼写各种深细的心理感觉（有听觉，有视觉，还有触觉），直到最后点出“双燕欲归”四字，人们这才恍然大悟，全词所写实乃作者独居时的怀人意绪。而这种凄凉的怀人意绪，就全都通过以景衬情和结尾时的冷暖对比（双燕并飞给人以温馨的感受，银屏微寒给人以凄冷的感受）含蓄委婉地暗示出来。

二是曲折委婉。陈模《论稼轩词》中曾说：“盖‘曲’者（按：即指曲子词），曲也，固当以委曲为体……”②这个“委曲”，即指曲折委婉之意。由于在表情达意方面力求曲折而避平直，故词的风味就特别显得委婉有致。如李清照的名作《如梦令》：

昨夜雨疏风骤，浓睡不消残酒。试问卷帘人，却道“海棠依旧”。知否？知否？应是绿肥红瘦。

与该词主题（惜春）相近的作品，人们在前代诗歌中早就见过很多，尤其是韩偓《懒起》诗中的“昨夜三更雨，临明一阵寒。海棠花在否？侧卧卷帘看”这几句，几可视作李词的“祖本”。但因李词解散了韩诗那种整齐而嫌平板的五言句法，采用了参差错落的长短句式，故就显得灵活有致；又因其采用了对话和叠句（“知否？知否？”），因此虽只数语却“层次曲折有味”（陈廷焯《云韶集》卷十）；特别其结句“应是绿肥红瘦”，则“尤为委曲精工”（沈际飞《草堂诗余别集》）。

① 沈祥龙：《论词随笔》，唐圭璋编《词话丛编》，中华书局，1986 年，第 4055 页。
② 陈模：《论稼轩词》，徐釚《词苑丛谈》卷三引，上海古籍出版社，1981 年，第 63 页。

所以黄蓼园曾赞赏此词“短幅中藏无数曲折，自是圣于词者”①；而周汝昌先生更以生动的语言形容道：“所谓‘曲折’，我则叫它做层次。一首六句的小令，竟有如许多的层次，句句折，笔笔换，如游名园，一步一境，叹为奇绝！”②而此种曲折委婉的情味，则明显又与词人作为一位女性作家的“藻思”是分不开的（沈际飞就称赞它“可谓女流之藻思者也”）。当然，话又要说回来，委婉曲折固然是女性词人的“当行本色”，但又并非只是她们的专利品，很多男性词人所写的婉约词，却也同样体现了上述风味。如周邦彦《少年游》的下片：“低声问：向谁行宿？城上已三更。马滑霜浓，不如休去，直是少人行！”本意是写男女双方的两情缱绻，但在具体描写时却只请女方一人出场，让她用委婉体贴的口吻一问到底。另在写她对男方的挽留时，也主要只讲了夜深、霜浓、路滑、行人已少等几件事，妙在“言马、言他人，而缠绵偎依之情自见”（沈谦《填词杂说》）。所以针对该词的曲折委婉，孙麟趾即评曰：“恐其平实，以曲折出之，谓之‘婉’。如清真（周邦彦）‘低声问’数句，深得‘婉’字之妙。”③

三是层深委婉。所谓“层深”，指词句所含的意蕴丰富绵邈、层层深入。而因“层深”，自然也增添了它的委婉风味。这方面的著名例子，前人就曾举出欧阳修（一作冯延巳）的“泪眼问花花不语，乱红飞过秋千去”（《蝶恋花》）作为代表。毛先舒评此两句曰：“此可谓层深而浑成。何也？因花而有泪，此一层意也。因泪而问花，此一层意也。花竟不语，此一层意也。不但不语，且又乱落、飞过秋千，此一层意也。人愈伤心，花愈恼人，语浅而意愈入，又绝无刻画费力之迹，谓非层深而浑成耶？”④夏承焘、盛弢青先生《唐宋词选》则说这两句“有好几层意思：泪眼而问花，是无人可告诉，一层；花不能语，不得花的同情，二层；乱红飞，花自己也凋谢了，三层；花被风吹过秋千去，秋千是她和丈夫旧时嬉游之处，触动愁恨，不堪回首，四层”。⑤ 他们所论，就都揭示了这14个字内所包含的多层次意蕴。唐圭璋先生则另又举出了词中许许多多的“层深”句。他说：

> 此类句法，常用“更”字、“又”字、“尤”字，以示层层深入之意。其在写景方面：如范希文《渔家傲》之“山映斜阳天接水。芳草无情，更在斜阳外”，欧阳永叔《踏莎行》之“平芜尽处是春山，行人更在春山外”，

① 黄蓼园：《蓼园词评》，唐圭璋编《词话丛编》，中华书局，1986年，第3024页。
② 周汝昌：《宋词赏会》，广东人民出版社，1987年，第50－51页。
③ 孙麟趾：《词迳》，唐圭璋编《词话丛编》，中华书局，1986年，第2556页。
④ 王又华：《古今词论》，唐圭璋编《词话丛编》，中华书局，1986年，第608页。
⑤ 夏承焘、盛静霞选注：《唐宋词选》，中国青年出版社，1959年，第44页。

王碧山《长亭怨慢》之“水远。怎知流水外，却是乱山尤远”，皆描摹如画，含思绵邈已极。至抒情方面，如薛昭蕴《谒金门》之“早是相思肠欲断，忍教频梦见”，杜安世《卜算子》之“才欲歌时泪已流，恨应更、多于泪”，田为《江城子慢》之“此恨对语犹难，那堪更寄书说”，皆深揭内心，凄苦异常。又如：“叹西园、已是花深无地，东风何事又恶”（周邦彦《瑞鹤仙》），“落花已作风前舞，又送黄昏雨”（叶梦得《虞美人》），“已是黄昏独自愁，更着风和雨”（陆游《卜算子》），“庾郎先自吟愁赋，凄凄更闻私语”（姜夔《齐天乐》），皆双层浮起，不嫌单薄。此外如张子野《青门引》下阕云：“楼头画角风吹醒，入夜重门静。那堪更被明月，隔墙送过秋千影。”始言闻声而悲，继言见影更悲，亦用层深之法。王碧山《醉蓬莱》云“一室秋灯，一庭秋雨，更一声秋雁”，无名氏《青玉案》云“花无人戴，酒无人劝，醉也无人管”，皆用层深句法，写足当前环境，加重悲哀成分，故读之令人倍增感慨。①

由于经常采用这类“层深”之句，词在局部的写景抒情方面，就显得层次丰厚、意蕴深绵。而在另外一些词中，则不仅是个别的句子采用这类“层深”句，而更将全词的构思布局安排成一种步步紧逼、层层深入的态势，故又使其总体风貌显得层深委婉而又浑然一体。且举李清照的名篇《声声慢》来做说明。此词的开头三句“寻寻觅觅，冷冷清清，凄凄惨惨戚戚”中，其实就存在着层层深入的三个境界。第一层境界是词人正在努力“寻觅”某种东西——对此，她并没有明讲，但没有明讲却比讲明更加含蓄，它使我们联想到作者南渡以前的种种生活情景，包括那“中州盛日”的观灯，包括那“归来堂”中的赌茶，包括那夫妻戴笠踏雪的唱酬……总之，她正尽力在回忆的“仓库”里爬梳，希冀寻觅回来那早已失落了的旧日美好世界。但结果呢？却只是“冷冷清清”，这就是第二层境界。这时，作者已从过去折回到现实生活中来，但碰到的却只是冷冷清清的风、淅淅沥沥的雨，因此一颗芳心只好堕入到冷冷清清的“冰水”之中。而更为深刻的却还在于第三层境界：“凄凄惨惨戚戚”。这是因为，如若不动感情、不作寻寻觅觅的回忆思索倒也罢了，而一旦触动了感情、拨动了心弦之后，则原本就客观存在的冷冷清清的深秋气氛之上，便又更加添上了一层抹不掉、推不开的浓重的心理悲感——这“凄凄惨惨戚戚”，就全属“心”的状态，就全都表现了一种凄恻难言的愁绪。故开头这14字虽短，却一层深过一层地写出了她曲折委婉的心路历程：

① 唐圭璋：《论词之作法》，《词学论丛》，上海古籍出版社，1980年，第848－849页。

从寻觅往事、堕入回忆开始，旋被冷冷清清的现实环境所“弹回”，最终落入难以自拔的凄戚心境中去。而在这三句之后，词人又展开了一系列融情于景的景物描写：写气候之恼人，写酒力之难敌风力，写睹雁之伤心，写黄花之憔悴，写天色之渐黑，写梧桐细雨之敲击心弦……最终又将这千头万绪的怅触总括为一句：“这次第，怎一个愁字了得！”这样的写法，有些儿像拧螺丝那样，越拧越紧，越旋越紧，从而便造成了它“情景婉绝”（茅瑛《词的》卷四）、委婉层深的总体风貌。再如李甲的《帝台春》：

芳草碧色，萋萋遍南陌。暖絮乱红，也似知人，春愁无力。忆得盈盈拾翠侣，共携赏、凤城寒食。到今来，海角逢春，天涯为客。　　愁旋释，还似织；泪暗拭，又偷滴。漫倚遍危栏，尽黄昏也，只是暮云凝碧。拚则而今已拚了，忘则怎生便忘得？又还问鳞鸿，试重寻消息。

词人昔年曾在京城（“凤城”）与佳人共赏寒食节，但现今却独在天涯海角逢春，因此就引发出了满腔的羁愁离恨。我们试观其下片之写愁，便大有步步紧逼、层层深入的态势。它先写自己的愁情刚刚才消释一些，却不料马上又袭涌而上，状如网织；自己刚刚把泪水暗暗擦拭干净，殊不料它又无声淌出，滴湿春衫。而在状写了这种情不自禁的感情境界之后，词人紧接着以抽茧剥笋、层层脱卸的写法，一层更深一层地向读者剖露其内心的痛苦：凭栏远眺，不见伊人的倩影，却只见一片碧云暮合的黄昏景象（暗用前人“日暮碧云合，佳人殊未来”诗意）；在这万分苦闷的境况下，词人终于从其心底迸出一声凄苦的呼喊：“拚（拚舍，意指割舍分离）则而今已拚了，忘则怎生便忘得？”意谓虽然已经分离，却又硬是不能忘怀；但尽管不能忘怀，却偏又只能作两地相思而无法重聚。在这无可奈何的情状下，他只得转问捎信的使者“鳞鸿”，试图重寻她的消息。所以这下片 11 句之写愁，虽然篇幅不长，却能在尺幅之中蕴藏几许曲折，深具层深委婉的特色。

故而，总观婉约词的风容色泽，从其“声”“色”“味”三方面来看，都表现出相当明显的女性化倾向：其音调节奏既是那样的谐婉软媚，其遣词设色又是那样的绮靡柔丽，而其风格韵味则更是细腻委婉。清代的江顺诒竟至说过这样的话：“余性刚而词贵柔，余性直而词贵曲，余性拙而词贵巧……学词冀以移我性也。”（《愿为明镜室词稿自序》）由他想以读词、学词来陶冶性情和改铸性格，就越发可知词（婉约词）在人们心目中，简直已成了“女性文学”（因为它具备着女性型的“柔”“曲”“巧”等文体性格和文体特色）的代表性作品。

第四章　别立一宗：词中“变体”的向诗回归

一、词分“正”“变”：“变体”词的判别标准

前面，我们花了很多篇幅详细讨论了唐宋词的言情成就、艺术包装、美感特色等诸方面的问题，从而对词的独特体性以及它所展示的文学新景观和所提供的审美新感受有了一个基本的认识。但是，正像我们已经反复陈述过的那样，上述研究却主要是依赖和围绕着被人称为“正宗”“本色”的婉约词篇展开的（虽然其中若干内容也涉及非“本色”的词篇）。因此，虽然词坛的大半壁江山是由婉约词所驻守的，然而对于雄踞于另外小半壁江山之上的非“本色”、非婉约风格的词篇，却也不容忽视。而且，正像老杜诗句“或看翡翠兰苕上，未掣鲸鱼碧海中”（《戏为六绝句》）所云，如果仅把注意力全部集中在词中“翡翠（小鸟名）戏兰苕”式的作品之上，而遗忘了词中“碧海鲸鱼”式的作品，那么，不仅我们的研究会陷于不充分和不全面的境地，而且唐宋词的思想成就和艺术成就也会因此而减去一半。所以，本章的任务就要转而研究曾被前人称为“变体”、“别格”的其他类型词篇。对此，且让我们先从前人将词划分为“正体”和“变体”的“正变”论谈起，然后引出我们对于“变体”词的大致判别标准及其要点。

若要说到词中的“正变”之论，首先就应提及诗中的“正变”之论。这是因为，词中的“正变”论实际源于诗中的“正变”论，前者正是后者的一种套用或移用。而诗歌理论中的“正变”论，则最早滥觞于汉儒之论《诗经》。《毛诗序》说，诗有“六义”，即：风、雅、颂、赋、比、兴。在谈到“风”之后又说：“至于王道衰，礼义废，政教失，国异政，家殊俗，而变风、变雅作矣。”①郑玄《诗谱序》也说：“故孔子录懿王、夷王时诗，讫于陈灵公淫乱之事，谓之变风、变雅。”后代的诗论家就

① 《毛诗序》，郭绍虞主编《中国历代文论选》第1册，上海古籍出版社，1979年，第30页。

据此而把《诗经》中的“风”和“雅”分为“正风”与“变风”(以《二南》的《关雎》至《驺虞》共25篇作为“正风”,而以《邶风》至《豳风》共135篇作为“变风”),又把《大雅》《小雅》中的一部分作品定为“变雅”(《小雅》中自《六月》至《何草不黄》共58篇为“变《小雅》”,《大雅》中自《民劳》至《召旻》共13篇为“变《大雅》”,总称“变雅”)。这种“正变”论,实际是按作品的创作年代来划分的,其主要依据就是政治状况的好坏与盛衰,而并不指诗歌本身有什么高低优劣之分。所以清代的叶燮曾说:“且夫《风》《雅》之有正有变,其正变系乎时,谓政治、风俗之由得而失,由隆而污。此以时言诗;时有变而诗因之。时变而失正,诗变而仍不失其正。”①但到后代人使用“正”与“变”这对概念来论唐诗宋词时,其中就含有了抑扬轩轾之意,此即:“正”代表正宗、正体、正格;而“变”则代表旁流、变体、别格。如明代高棅之论唐诗,就将它分为初、盛、中、晚四个阶段,并以盛唐诗作为“正宗”,而将晚唐诗称为“正变”与“余响”,这就明显见出他对“正”与“变”有所抑扬(其《唐诗品汇总序》即云:“观诗以求其人,因人以知其时,因时以辨其文章之高下、词气之盛衰”;又说初、盛、中、晚四阶段的诗,“各有品格高下之不同”②)。至于明、清人之以“正变论”来论词,以及他们对“正”与“变”之有所褒贬,实际是从宋人那里继承和发展来的。故让我们从宋代词论说起。

宋人论词,其实已经隐隐地存有“正”与“变”之分,不过尚未正式挑明此点而已。如前已引述的“少游诗似小词,东坡小词似诗”,“子瞻以诗为词,要非本色”,以及批评黄庭坚词“固高妙,然不是当行家语”③等语,就全都已经指出了词中存有“本色”“非本色”和“当行”“非当行”的区分。到了李清照,则更加明确地提出了词“别是一家”的主张。但直到此时为止,他们的着眼点主要仍在于:词风当与诗风有所差异,或曰词当保持其“别是一家”④的独立风貌(由此出发,他们自然会感到那些“小词似诗”或“以诗为词”的作品不符合词的“本色”)。故而宋人虽已隐有“正”“变”之分的看法,却还未曾将词风判然划分为“正宗”与“变体”两大类型。

到了明代,则由张綖首先提出词分婉约和豪放二体的说法。他说:“词体大略有二:一体婉约,一体豪放。婉约者欲其词调蕴藉,豪放者欲其气象恢宏。然

① 叶燮:《原诗》,人民文学出版社,1979年,第71页。

② 高棅:《唐诗品汇总序》,郭绍虞主编《中国历代文论选》第3册,上海古籍出版社,1979年,第1516页。

③ 吴曾:《能改斋漫录》卷一六,中华书局,1960年,第496页。

④ 李清照:《词论》,王仲闻校注《李清照集校注》,人民文学出版社,1979年,第195页。

亦存乎其人。如秦少游之作，多是婉约；苏子瞻之作，多是豪放。大约词体以婉约为正，故东坡称少游为'今之词手'，后山评东坡'如教坊雷大使舞，虽极天下之工，要非本色'。"①从他开始，已开始将婉约奉为"正宗"的词风，但尚未对豪放词风作出明显的贬低评价。稍后的徐师曾则承袭和发挥张綖的说法，他在《文体明辨说》"诗余"中说："至论其词，则有婉约者，有豪放者。婉约者欲其词情蕴藉，豪放者欲其气象恢宏。盖虽各因其质，而词贵感人，要当以婉约为正。否则虽极精工，终乖本色，非有识者所取也。"②对比张綖而论，他的这番话中就带有了较浓的"崇婉抑豪"的意味。

而正式提出词分"正体"与"变体"之说的，应推王世贞的《艺苑卮言》。他在该书中专列"词之正宗与变体"一条，并将李璟、李煜、晏殊、晏几道、张先、柳永、秦观、周邦彦、李清照等人的词归为"词之正宗"，而把温庭筠、韦庄、苏轼、黄庭坚、辛弃疾等人的词归为"词之变体"；且称前者为词中之"至也"，后者"又其次也"。与此同时，他又更加明确地提出"崇婉抑豪"的看法："词须婉转绵丽，浅至儇俏，挟春月烟花于闺幨内奏之。一语之艳，令人魂绝，一字之工，令人色飞，乃为贵耳。至于慷慨磊落，纵横豪爽，抑亦其次，不作可耳。"③这就把词中的"正变"之论，基本转换成了"崇婉抑豪"之论。

到了清代，王士禛一方面对王世贞把温、韦词归入"变体"之论提出异议和修正（《花草蒙拾》），而将温、韦词重新归入"正宗"的行列；另一方面则更加明晰地勾勒了词中"正体"与"变体"的发展轨迹："语其正，则（李）璟、（李）煜为之祖，至漱玉（李清照）、淮海（秦观）而极盛，高（观国）、史（达祖）其大成也。语其变，则眉山（苏轼）导其源，至稼轩、放翁而尽其变，陈（亮）、刘（过）其余波也。"④这就基本完善了词中"正""变"二体的大致发展轮廓。

当然，清代有关词之"正变"的论述中最具代表性和最有影响力的意见，还应提到《四库全书总目》中对于苏、辛词的两条提要。它在《东坡词》提要中说："词自晚唐五代以来，以清切婉丽为宗。至柳永而一变，如诗家之有白居易。至轼而又一变，如诗家之有韩愈，遂开南宋辛弃疾等一派。寻源溯流，不能不谓之

① 陈师道：《后山诗话》，何文焕辑《历代诗话》，中华书局，1981年，第309页。

② 徐师曾：《文体明辨说序》，《文章辨体说　文体明辨说》，人民文学出版社，1982年，第165页。

③ 王世贞：《艺苑卮言》，唐圭璋编《词话丛编》，中华书局，1986年，第385页。

④ 田同之：《西圃词说》引，唐圭璋编《词话丛编》，中华书局，1986年，第1451页。

别格,然谓之不工则不可。故至今日,尚与‘花间’一派并行而不能偏废。”①又在《稼轩词》提要中说:“其词慷慨纵横,有不可一世之概,于倚声家为变调;而异军特起,能于剪红刻翠之外,屹然别立一宗。”②比起前人的偏爱婉约词和贬低豪放词来,它的持论就通达多了(因为它承认豪放词的“别立一宗”地位,并投之以赞许之意);不过,其最后落脚点当然仍归之于“正变”之论。

在此之后,还有许多词论家(如周济、戈载、陈廷焯、胡薇元等)继续对词之“正变”发表过看法。但不管诸家的具体论点(即何者应归入“正体”,何者应划为“变体”)有何差异,有两点基本看法却大致趋同。这就是:第一,他们都坚持词中有“正体”与“变体”之分;第二,他们又大都用婉约与豪放来描述这二体的风格特征,或径直用婉约风格与豪放风格来判定词是分属于“正体”还是“变体”。

以上,我们已将前代词论中的“正变论”作了初步的排列比较。不过,对于前人何以会将词体划分为“正”“变”二体,或曰他们划分“正”“变”的依据,我们尚有必要作出探求。因为只有经过探求,才能较为深入地认清前人所谓“变体”的真实含义。

首先,我们认为,词中的“正”“变”之分导源于词体内部的音乐体性与文学体性之间的矛盾。具体来讲,宋人之将词分为“本色”“当行”与“非本色”“非当行”两类(亦即隐隐然将词分为“正体”与“变体”),实即由于他们坚持和强调词的音乐体性所致。我们知道——或者我们认为——词从本质上讲,应是唐宋以来一种新兴的合乐抒情诗歌。一方面,它具有合乐歌唱的音乐体性;另一方面,它归根到底仍是一种抒情诗体,因而又具有不可扼杀的文学体性。两者完美地统一起来,才始成为词的完整的本体。但是对于词体内部所同时并存的这两种体性,宋代不少论者却往往片面地强调其中的音乐体性而轻视那不应抹杀的文学体性,这就导致了他们的将词划分为“本色”“当行”和“非本色”“非当行”。例如,提出词“别是一家”之论的李清照的一个主要论点便是:词应严格地合乐守律。她在《词论》中一开头先讲了一个唐朝开元、天宝间李八郎“转喉发声歌一曲,众皆泣下”的故事,以此说明词跟歌唱的密切关系。后来她又赞扬柳永的能“变旧声作新声”和“协音律”,因而“大得声称于世”;而批评苏轼等人的词“往往不协音律”,故而流为“句读不葺之诗”;接下来更明确提出:“歌词分五音,

① 永瑢,等:《四库全书总目》,中华书局,1965年,第1808页。
② 同①,第1816页。

又分五声,又分六律,又分清浊轻重……乃知(词)别是一家,知之者少。"①由此可知,其论的基本出发点就是强调词的音乐体性。而即使到了晚宋,却仍然还有相当一部分人坚持将词的守音合律当作填词的第一要义来做优先考虑。如当时有名的词论家兼音乐家杨缵就曾提出过《作词五要》,其中有四条即强调词的音律问题。其论如下:

> 作词之要有五。第一要择腔。腔不韵则勿作。如《塞翁吟》之衰飒,《帝台春》之不顺,《隔浦莲》之寄煞,《斗百花》之无味是也。第二要择律。律不应月,则不美。如十一月调须用正宫,元宵词必用仙吕宫为宜也。第三要填词按谱。自古作词,能依句者已少,依谱用字者,百无一二。词若歌韵不协,奚取焉?或谓善歌者融化其字则无疵,殊不知详制转折,用或不当,即失律。正旁偏犯,凌犯他宫,非复本调矣。第四要随律押韵,如越调《水龙吟》、商调《二郎神》,皆合用平、入声韵。古词俱押去声,所以转折怪异,成不祥之音,昧律者反称赞之,是真可解颐而启齿也……②

观其"五要"(还有"一要"是"要立新意")之中,竟有"四要"是在反复讨论填词的守音合律问题——而且,此种论调产生在南宋词乐已经很大程度失传和许多词人并不按音谱填词的情况之下——则就可知宋人之中相当一部分人对词的音乐体性之近乎固执的坚持态度了。与此同时,有些词人在作词时确也实践着上述理论主张。如张炎记述其父张枢的作词情况:"先人晓畅音律,有《寄闲集》,旁缀音谱,刊行于世。每作一词,必使歌者按之,稍有不协,随即改正。曾赋《瑞鹤仙》一词云:'……粉蝶儿扑定花心不去,闲了寻香两翅。那知人、一点新愁,寸心万里。'此词按之歌谱,声字皆协,惟'扑'字稍不协,遂改为'守'字,乃协。"③又如周密自述其按律改词的经过:"西湖十景尚矣。张成子尝赋《应天长》十阕夸余曰:'是古今词家未能道者。'余时年少气锐,谓'此人间景,余与子皆人间人,子能道,余顾不能道耶?'冥搜六日而词成。成子惊赏敏妙,许放出一头地。异日霞翁(指杨缵)见之曰:'语丽矣,如律未协何。'遂相与订正,阅数月而后定。是知词不难作,而难于改;语不难工,而难于协。"(《木兰花慢》词序)张枢和周密,一个是为了求得协律而把原先的"扑定"改为"守定"(根据同一原因,

① 李清照:《词论》,王仲闻校注《李清照集校注》,人民文学出版社,1979 年,第 194 页。
② 杨缵:《作词五要》,唐圭璋编《词话丛编》,中华书局,1986 年,第 267 - 268 页。
③ 张炎:《词源》卷下,唐圭璋编《词话丛编》,中华书局,1986 年,第 256 页。

张枢还把另一首词中的“琐窗深”先是改为“琐窗幽”，最后又改为“琐窗明”，弄得词意正好相背），另一个是写词仅花六天而改词却达月余，这都说明他们十分注重于词的合律要求和强调着词的音乐体性。当词意与合律发生矛盾之时，他们甚至不惜以牺牲或损害词意为代价，以换取合乐协律的效果。这就说明，在词的创作过程中，如何正确处理好既坚持其音乐体性又坚持其文学体性的问题，实是词人所时常会碰到的问题。而宋人之隐然将词分为“正”“变”两类，其源即出于他们过分看重和坚持词的音乐体性。这种看法，从积极方面来看，有益于维护词的“音乐文学”的特性；而从消极方面来看（特别当他们强调音乐体性过分的情况下），则又妨碍了词之文学体性的应有发挥，甚至会窒息词抒情言志的正常功能。

尽管如此，词体内部所固有的文学体性却又是不容忽视、不可扼杀的。俞平伯先生说得好：“词的兴起，自非偶然，而且就它的发展可能性来看，可以有更广阔的前途，还应当有比它事实上的发展更加深长的意义。它不仅是‘新声’，而且应当是‘新诗’。”（《唐宋词选释》“前言”）这就是说，词的文学体性有其顽强的生命活力和丰厚的潜在势能，一旦得到开发，它就能将词引向“新诗”的道路上去。故而宋人所谓的“非本色”“非当行”的词篇，或曰“以诗为词”的词篇（亦即后人所说的“变体”词篇），实际就是充分开掘词的文学体性，却又有可能部分地损害词的音乐体性的作品。从前一点来看，它们终于将一度沦为音乐附庸的词体重又拉回了“新诗”的康庄大道上来，这对词的健康发展具有功不可没的积极作用；从后一点来看，则因它们过分张扬词的文学体性而多少损害了词的音乐体性，从而造成“小词似诗”的有些“出格”的局面，故对词的“本色”风貌确有某种破坏性的消极影响。但是综观其积极和消极两方面的效应，如果不是“过于执”的话，我们还得承认：这类“变体”词在词史发展中的作用毕竟还是功大于过的。

而宋代的另一部分论者，就对此发表过颇有见地（有时甚至是矫枉过正）的意见。在这方面，第一个敢于从理论上为词的文学体性张本的当推王安石。他说：“古之歌者，皆先有词，后有声。故曰‘诗言志，歌永言，声依永，律和声’。如今先撰腔子，后填词，却是‘永依声’也。”①尔后，再有王灼进一步发挥王安石的观点：“或问歌曲所起，曰：天地始分而人生焉，人莫不有心，此歌曲所以起也。《尧典》曰：‘诗言志，歌永言，声依永，律和声。’……故有心则有诗，有诗则有歌，有歌则有声律，有声律则有乐歌。‘永言’，即诗也，非于诗外求歌也。今先定音

① 赵令畤：《侯鲭录》卷七，中华书局，1985 年，第 70 页。

节，乃制词从之，倒置甚矣。”①他们都以儒家经典《尚书·尧典》所树立的诗歌理论作为思想武器，向“倚声填词”的做法提出了质疑。而王灼的“有心则有诗，有诗则有歌”和理应“先制词，后声律”的观点，则更从诗歌发源于人心这个根本的道理出发，着力强调了词的“言志”使命。这便反映出词的文学体性已渐被人们所认识。

而在创作实践中，不少词人也开始发掘和利用词的文学体性，使之逐渐由配乐歌唱的“唱辞”向抒情言志的“新诗”演变。其中尤该提出的是，在苏轼将其在诗文革新运动中所表现出的革新精神引入词坛之后，词的文学体性便得到了前所未有的开掘和展现。元好问曾说，词“自东坡一出，情性之外，不知有文字，真有‘一洗万古凡马空’气象”②。看他之用“情性”二字（这个“情性”不同于另外一些人所说的“情性”，乃指广泛的士大夫情志）来形容苏词，就更可知晓苏词唯以抒写情性为快意之事而不屑斤斤计较于文字、音律之类次要问题了。因此当词意与音律发生矛盾之时，苏轼往往就采取优先考虑词意而不屈从音律的态度。如其《念奴娇·赤壁怀古》下片三句，常规应为六、四、五句式，而他却写成了“遥想公瑾当年，小乔初嫁了，雄姿英发”的六、五、四句式，因此被万树《词律》称为“别格”。又如《水龙吟》结尾三句，正格应为五、四、四句式，而他的“杨花词”却变为七、三、三句式（“细看来不是杨花，点点是、离人泪”）。因其在这些地方破坏了原乐曲的节拍，故招来了“往往不合音律”的批评。但他这样做，却并非由于不懂音律，而是坚持要把词意的表达放在首位。因此，词到苏轼，就不再沦为音乐的附庸，也不再让其文学体性被音乐体性所掩盖或挤在一边，而是逐渐向诗靠近，变成了一种高扬作者主体精神、自由抒情言志的“长短句之诗”。这种“词、诗合流”的趋势，到了南宋辛派词人那里，则更为变本加厉，竟至出现了“以文为词”和“以词为论”的现象。此时，词的音乐体性简直就在文学体性面前表现出“退避三舍”的态度而专让其言志说理的文学功能雄踞于首位。所以，综观以上情况可知，“变体”词的崛起，实是词的文学体性“战胜”词的音乐体性的结果，它的真实含义之一，即在于将词体从“歌辞”变为“新诗”（“长短句之诗”）。

其次，词中的“正”、“变”之分，同时又建筑在这两类词篇的风格和美感的差异性上。而在这方面，就尤应特别重视“花间”词风在区分词之“正体”和“变体”的“界碑”意义。为了说清问题，且先对词论中所常用的“体”字做一点解释。

现今我们在进行文体研究时，也常用到这个“体”字，如诗体、词体、近体

① 王灼：《碧鸡漫志》卷一，唐圭璋编《词话丛编》，中华书局，1986年，第73页。

② 元好问：《新轩乐府引》，《遗山先生文集》卷三六，《四部丛刊》本。

(诗)、古体(诗)等,其意主要指其体裁和体式。但古人在用“体”论诗、论词时,却又常用来借指某种风格流派。如《文心雕龙·体性》中曾有“八体”之说:“一曰典雅,二曰远奥,三曰精约,四曰显附,五曰繁缛,六曰壮丽,七曰新奇,八曰轻靡”①,这个“体”字就明显是指诗文的风格。再如严羽《沧浪诗话》中曾专列“诗体”一章,其中既将“体”字用指诗歌体式(如它论诗体之从《诗经》的四言体发展到后来的《离骚》体、歌行杂体、唐代律体,以及五言、七言、六言、三言、九言等),又曾将“体”字用来指称某种风格流派(如说:“以时而论,则有建安体、黄初体、正始体、太康体……唐初体、盛唐体、大历体、元和体、晚唐体、本朝体、元祐体、江西宗派体”;“以人而论,则有苏李体、曹刘体、陶体、谢体、徐庾体、沈宋体……山谷体、后山体、王荆公体、邵康节体、陈简斋体、杨诚斋体”;又有所谓“选体、柏梁体、玉台体、西昆体、香奁体、宫体”②。这里的“体”字就主要是指某种风格流派,当然有时也兼指其体式方面的特征)。而词论中的“体”字,则大致上可以理解为指风格和流派。这种用法最早源于宋代词人本身。如辛弃疾的《稼轩词》中,就明确标有“博山道中效李易安体”(《丑奴儿近》)、“赋雨岩,效朱希真体”(《念奴娇》)、“效白乐天体”(《玉楼春》)、“女城祠,效《花间》体”(《河渎神》)、“效《花间》体”(《河传》)等词序,这些都表明了他之有意仿效某种诗词风格而作词。还如戴复古《望江南》中说:“诗律变成长庆体,歌词渐有稼轩风”,观其将“长庆体”与“稼轩风”对举并称,也可以知晓这个“体”字基本与“风”(风格)字含义相同。再如宋末词人仇远的词中有标明“效柳(永)体”之作(《合欢带》),蒋捷词中有标明“效稼轩体招落梅之魂”(《水龙吟》)之作,则更知这一“体”字已被宋人所习用来指某种特定的词风、词貌,而并不主要在体制、体式的意义上使用此字。故在弄清了宋人词论中所用的“体”字之主要含义之后,再看明代张綖所说的“词体大略有二”和王世贞所说的“正宗”和“变体”,就可明晓其“体”字主要也指风格流派,而所谓的“变体”即指有异于“正宗”或“本色”词风的另一类型词风和词作。

而接下来的问题则是,他们在区分何者为“正宗”“本色”的词风,何者又为“变体”“非本色”的词风时,所据的标准该是什么?这一问题实际上就比弄清“体”字的主要含义显得更加重要,因为只有掌握了他们划分“正”“变”的标准,才能比较透彻地理解所谓“变体”在风格与美感方面的含义。而若细加探求,即

① 周振甫:《文心雕龙今译》,中华书局,1995 年,第 255 页。
② 严羽:《沧浪诗话》,何文焕辑《历代诗话》,中华书局,1981 年,第 689 – 690 页。

可明白：前人之将词风分为“正”“变”，实是以“花间”词风作为界碑和标准的。我们知道，在《花间集》以前所创作的词篇，可以分为（敦煌）民间词和中唐文人词两大块。民间词的创作本无一定规范可循，其风格也不主一路，它基本属于“感于哀乐，缘事而发”的作品；而中唐文人所作的小词，也还处于摸索与尝试的阶段，它们主要是向民间词和近体诗中去寻求写作依傍。只有到了《花间集》问世之后，后人之作词（特别是写令词），才找到了艺术上的范本。我们试看宋人对《花间集》的评价和赞赏，如陈善曰：“唐末诗格卑陋，而小词最为奇绝，今世人尽力追之，有不能及之。予故尝以唐《花间集》为长短句之宗。”（《扪虱新语》下集卷二）如李之仪曰：“长短句于遣词中最为难工，自有一种风格，稍不如格，便觉龃龉……大抵以《花间集》所载为宗。”①这便可知，《花间集》即在事实上成为宋词的“开山”之祖，且又沾溉了其后近千年的词苑（算至晚清）。因此后人之作词或论词，就无不奉其为“老牌”和“正宗”的样板。因此，如果说《诗经》可算中国古典诗歌的经典之作的话，那么词中的经典之作就非《花间集》莫属。

至若“花间”词风的主体风貌究又如何，则仍可借用宋人晁谦之的话来做评价：“情真而调逸，思深而言婉。嗟夫！虽文之靡无补于世，亦可谓工矣。”②换句话说，它在抒情内容方面重“真”、重“深”（即“情真”“思深”）而并不企求“有补于世”，而在风格和美感方面则又偏向靡丽委婉一路，这就正好成为宋人心目中引以为“工”的“本色”风貌。所以后人之将词分为“正体”与“变体”，虽然他们举出的代表作家并不尽相同，但若推本溯源，则基本上都以“花间”词风作为判别的标准。这方面最典型的例证就是《四库全书总目提要》。它说“词自晚唐五代以来，以清切婉丽为宗”，这个“晚唐五代”之所指，实际就主要是“花间”词（当然还包括比《花间集》稍后的南唐词）；又说苏轼（以及后之辛弃疾等人）之词“寻源溯流，不能不谓之别格……故至今日尚与‘花间’一派并行”③，这就更知它将苏、辛词划为“别格”的参照系统正是那本被它称为“溯源星宿，当以此集为最古”的《花间集》。而通过以上分析，我们又可概括出前人所谓“变体”词的另一方面含义，此即：相比于“花间”词的婉约词风和柔性美感来说，“变体”词的风格和美感已经发生了很大的变化（对此，后文将进一步论析）。而比起“变体”的前一含义（即主要以是否合乐守律作为标准来区分“正”“变”）来说，则“变

① 李之仪：《跋吴思道小词》，《姑溪居士文集》卷四〇，中华书局，1985 年，第 310 页。

② 晁谦之：《花间集跋》，赵崇祚辑、李一氓校《花间集校》，人民文学出版社，1981 年，第 223 页。

③ 永瑢，等：《四库全书总目》，中华书局，1965 年，第 1808 页。

体”在其风格和美感方面的含义就显得更加重要，这是因为，词在后来已逐渐与音乐脱离，因此再拿合乐守律与否来评判“正体”与“变体”，就无太多的实际意义，而以风格和美感的变异来认识“变体”词的独特风貌和艺术价值却相对而言显得更加重要。所以接下来我们就想利用前人关于词之“正变”的理论遗产（再加以修正和补充），对何谓“变体”提出自己的认定标准，并进而着重于从风格和美感的角度对这别立一宗的“变体”词展开研究。

另者，前文虽已将前代关于词之“正变”的主张做了简略的排比和分析，但是还应补充指出：这种将词体分为“正”“变”的理论，尽管已被很多人所持有或赞同，且已形成为“传统”的说法，但却存在着一定的缺陷。其中一个突出的毛病即在于词体并不是一开始就呈现为“清切婉丽”的风貌。因此清人刘熙载就从词史发展的角度来做“翻案”性的驳论。他在《艺概》卷四中说：“太白《忆秦娥》声情悲壮，晚唐、五代（词）惟趋婉丽，至东坡始能复古。后世论词者或转以东坡为变调，不知晚唐、五代（词）乃变调也。”①此话的理论根据就是“复古”二字，意即：谁能接近和恢复词的“古貌”，谁方能获得“正体”的资格。故以这个标准做评判，则时属后起的晚唐五代词自然只能称作李白词的“变调”，而苏轼词倒反而接近于“正体”。这种新论，不可不谓别具慧眼。不过与此同时，其言却又存在漏洞，这是因为：李白是否写过《忆秦娥》（“箫声咽”一阕）尚是词史上的疑案，而它与另一首传为李白所作的《菩萨蛮》（“平林漠漠烟如织”一阕）是否确系“百代词曲之祖”②，同样也存在着疑问。所以，根据清末民初发现的敦煌曲子词（多数为民间词），当代学者夏承焘先生就进一步补充和推廓刘氏之论。他在批评《四库提要》的《东坡词》提要时说：

> 案词之初体，出于民间，本与诗无别；文士之作，若刘禹锡、白居易之《浪淘沙》、《杨柳枝》、《竹枝》以及张志和、颜真卿之《渔父词》，亦近唐绝，非必以婉丽为主。至晚唐温庭筠能逐弦吹之音为侧艳之词，始一以梁陈宫体、《桃叶》《团扇》之辞当之。若寻源溯流，词之别格，实是温而非苏；《提要》之论，适得其反。惟后来《花间》、《尊前》之作，专为应歌而设。歌词者多女妓，故词体十九是风情调笑。因此反以苏词为别格、变调，比为“教坊雷大使之舞”，“虽工而非本色”，此宋代以来论词之偏见也。③

① 刘熙载：《艺概》卷四，上海古籍出版社，1978年，第108页。
② 黄昇：《花庵词选》，《唐宋诸贤绝妙词选》，中华书局，1958年，第11页。
③ 夏承焘：《唐宋词论丛》，中华书局，1962年，第244页。

夏先生此论从词的源头（民间词和中唐文人词）谈起，指出它们“非必以婉丽为主”；转而谈到《花间》《尊前》词（晚唐五代及宋初文人词）因“专为应歌而设”而趋于侧艳软媚；再谈到苏词实非“别格”和前人以苏词为“变调”之论实为偏见。这就把宋、元、明、清各代关于词之“正变”理论的并不全部符合于词史发展事实的真相揭示出来，因而即把这一问题讲得越加透彻明了。

不过，尽管刘熙载和夏承焘先生对于传统的“正变”之论持有异议，但是平心而论，这种词分“正”“变”的理论若能加以修正和完善，却仍然有它得以成立的理由和可资利用的价值。这是因为：第一，综观唐宋词坛，人们所较多接触到的，岂非那类风格柔美的婉约词篇？因此如若承认词坛上是由婉约词篇占据主流地位的事实，那么上述将婉约词视为词中“正体”，而将其他类型（主要是豪放词篇）视为词中“变体”的看法，也就具有相当程度的合理性；第二，将词分为“正”“变”二体之论，虽然存在着比较粗疏的毛病，但从总体而言，此种看法却又大体符合“一分为二”的辩证观点——我们既然承认古人用“一阴一阳之谓道”的“二分法”来观察世间万物有其理论方面的合理性和实践方面的可行性，那么又为何不能允许他们用此种“正变”之论（这同样也是一种“二分法”的理论）来对词体、词风进行划分？而若剔除划分过程中所伴随着的某些偏见，再加以适当的补充和修正，则我们就有理由相信：传统词论中的“正变”之论，对于唐宋词风的宏观研究和整体把握来说，并不是全无用处的理论，而是大可成为值得我们利用的一份词论遗产。缘此，这里就想对前人提出的词分“正”“变”的说法做某些补苴罅漏和修正改造的工作，使其能为今天的词学研究服务。这种“补漏”和“修正”，主要可从以下两方面来进行。

第一，我们应把上述“正变”之论的适用范围基本限定在晚唐五代以来的文人词中。原因相当简单：词在民间初起和在中唐文人试作时期，其风貌正如夏承焘先生所言，是“非必以婉丽为主”的，所以“词体以婉约为正”的评语对其就并不适用；而只有到词转入晚唐五代文人手中之后，词才走上了“十之八九是风情调笑”的道路，并开启了“词以清切婉丽为宗”的局面。因此如若尊重历史和正视事实，我们就应把词分“正”“变”之论的适用范围基本限定在晚唐五代以来的文人词中。

第二，在使用“正变”之说来论词时，我们更应剔除前人所附加（或强加）上的“崇婉抑豪”的偏见与成见，而加之以新的解释和阐发。我们认为，正像俗语“手心手背都是肉”所说的那样，不论是被称为“正体”的婉约词篇还是被称为“变体”的其他词篇，它们全都是唐宋词人艺术心血的美妙结晶，也全都是唐宋词苑满目风光的组成部分，因此决不能轻易对它们有所抑扬轩轾。从这个角度出发，我们可以认同前人将婉约词篇称为词之“正体”的说法，但这里的“正”字主要只表示它的“老牌”和“正宗”的地位；我们也同样可以同意前人将豪放词篇称为词之“变体”或“别格”的说法，但这里的“变”和“别”字却不应含有看轻和贬低的意义，而应视作通变的“变”、变革的“变”和别具一格、别有风味的“别”。换句话说，正如《文心雕龙·通变》所云：“文律运周，日新其业。变则其久，通则不乏。”①又如叶燮《原诗》所云：“盖自有天地以来，古今世运气数，递变迁以相禅。古云‘天道十年而一变’，此理也，亦势也，无事无物不然，宁独诗之一道胶固而不变乎？”②这“变”字既是天地万物的演进动力，也同样是诗歌发展的必然趋势，这就岂能以“变体”二字来贬低后起的豪放词篇（以及其他不同于“本色”风格的词篇）？而且，若从“向前看”的角度来看这类后起的“变体”词篇，则它们既对传统的婉约词篇起着某种程度的纠弊补偏作用（主要纠正了它题材和风格的偏“狭”），又与后者互为补充和相互映掩地共同造就了唐宋词苑那异态纷呈和美不胜收的繁盛局面与绚烂风光。因此，一旦把强加在“变体”词头上的贬义剔除，我们就能进一步认清“变体”词所具有的“变革”意义和恢复其在词史上应占的“别立一宗”的地位。

在做过上述修正工作之后，我们就可进而提出自己对于“变体”词的判别标准。在这方面，又要首先突破前人仅从风格的婉约与豪放来区分“正”“变”的传统旧说——这种旧说虽在很大程度上有其合理性，且已成为大多数人的一种共识，但是如若径直把“变体”词认作豪放词，这种看法其实并不全面，也并不十分正确。这是因为：第一，仅仅从风格着眼来划分“正”“变”，往往会产生因人而异的感觉差异。比如，同样面对温庭筠词，王世贞曾批评其词风为“艳而促”，故将它贬为“变体”；张惠言却深感其“深美闳约”③；陈廷焯又盛赞其“极其婉雅”④，因此又把温词推为唐五代词之“最高”。由此可见，仅从个人的主观感受来区分风格和划分“正”“变”，很可能产生掌握尺度上的随意性而引出“公说公有理，婆说婆有理”的较大分歧。第二，如果径直将“正体”与“婉约”等同起来、将“变体”与“豪放”等同起来，则未免又显得有些简单化。试以王世贞所举的“词之正宗”来说，其中既有感慨深沉的李煜词，又有雍容华贵的晏殊词，既有俚俗浅显的柳永词，又有典丽精工的周邦彦词，既有和婉醇正的秦观词，又有轻灵新巧的

① 周振甫：《文心雕龙今译》，中华书局，1995 年，第 274 页。
② 叶燮：《原诗·内篇》上，人民文学出版社，1979 年，第 4 页。
③ 张惠言：《词选序》，《词选（附续词选）》，中华书局，1957 年，第 2 页。
④ 陈廷焯：《白雨斋词话》卷七，唐圭璋编《词话丛编》，中华书局，1986 年，第 3939 页。

李清照词……（其实上面所加的形容词也很难准确描述诸家的词风）这岂是“婉约”一词所能概括的？因此虽然我们基本认同词中的“正体”大致是指婉约词篇，然又总觉它不够科学和缺少理性分析。至于直接用“豪放”来指称“变体”，那就更加显出不够全面的缺点了。例如，王世贞所称的“变体”中，就有“精而奇”的黄庭坚词、“丽而壮”的苏轼词、“辨而奇”的辛弃疾词，还有“艳而促”的温庭筠词），这就很难用“豪放”一词来概括。而在事实上，除了豪放风格的作品之外，苏、辛等人词中被视为“变体”的作品，却另还有着狂放悲愤、沉着痛快、嬉笑怒骂等多种风格，因此“豪放”一词并不能用来指代整个“变体”词风，而只是“变体”词风中显得最为醒目的一种风格而已。基于以上两个原因，我们就想改用另一种标准来区分词中的“正”“变”；而这种标准，就只能是“诗词比较”论。换句话说，那些真正像词的词作（对这句似有语病的话下文另有解释），可以视为词中的“正体”；而那些风貌与诗比较接近、向诗回归的作品，则可视为词中的“变体”（至于风貌与散文相似相近的词作，当然更属“变体”之列）。

提出上述以“诗词比较”作为区分词中“正”“变”的标准，其实并非我们的杜撰和独创，而是一种恢复词中“正变”之论原始面目的“返本”之举。我们试看，宋人最早提出的词有“本色”和“非本色”之分（实际就是“正体”与“变体”之分）的观点，本来就全都是基于“诗词比较”论而发的。如陈师道批评苏轼“以诗为词，要非本色”①，如晁补之批评黄庭坚词“不是当行家语，自是着腔子唱好诗”②，如晁补之、张耒所说的“少游诗似小词，东坡小词似诗”③，如陈应行所说的“苏子瞻词如诗，秦少游诗如词，才之难全也”④等，就全都是从“诗词比较”的角度来立论的。而李之仪所说的“长短句于遣词中最为难工，自有一种风格”⑤和李清照所说的词“别是一家，知之者少”，也分明是以诗（文）的风貌作为词的“本色”风貌之对比物和参照系的（李之仪所说的“遣词”即指包括诗、文在内的各种文学体裁。而李清照则又另外批评苏轼等人的词是“句读不葺之诗”，批评王安石等人的“文章似西汉，若作一小歌词，则人必绝倒，不可读也”⑥。由此可知他们心目中的词之“本色”，即是与诗文风格相对而言的）。而此种总喜欢将

① 陈师道：《后山诗话》，何文焕辑《历代诗话》，中华书局，1981 年，第 309 页。
② 吴曾：《能改斋词话》卷一，唐圭璋编《词话丛编》，中华书局，1986 年，第 125 页。
③ 胡仔：《苕溪渔隐丛话·前集》卷四二，人民文学出版社，1962 年，第 284 页。
④ 陈应行：《于湖词序》，《于湖居士文集》，徐鹏校点，上海古籍出版社，1980 年，第 424 页。
⑤ 李之仪：《跋吴思道小词》，《姑溪居士文集》卷四〇，中华书局，1985 年，第 310 页。
⑥ 李清照：《词论》，王仲闻校注《李清照集校注》，人民文学出版社，1979 年，第 194 页。

词与诗进行对照和比较的做法，说来并不奇怪，这实是出于“习惯成自然”的行为。这是因为：尽管宋代不少士人相当喜欢作词和擅长作词，但从根本上讲，这却仍是从诗（文）的传习和熏陶中培养出来的。由于他们自幼就熟悉诗（文），嗜尚诗（文），一直在诗（文）中“讨生活”，故他们一旦接触词和议论词，就会十分自然地用读诗、作诗（以及读文、作文）所养成的习惯与论诗（论文）的眼光去作评判和对比。所以我们改用“诗词比较”论的标准来区分词中的“正体”与“变体”，就比明清词论家的“就词论词”（即根据词篇本身的风格来划分“正”“变”）更加接近于宋人的原始意见和事情的本来面目。

根据上述标准，我们认为，唐宋词坛上大体存在着两大类型的作品：一类是真正像词的作品，这就可以称为词中的“正体”；另一类则是与诗比较接近和向诗回归的作品，这又可以称为词中的“变体”。至于何谓“真正像词”、何谓“与诗比较接近和向诗回归”，我们又可以诗作为参照系而将上述标准分解为如下几个要点：

第一，从抒情内容来看，大凡用词来“言志”特别是用来抒写英雄豪杰之志者，可以视为“变体”；而大凡在词中言情特别是用以抒写儿女柔情者，则可视为“正体”。在这方面，我们可引尹觉的“吟咏情性，莫工于词。临淄、六一（指晏殊、欧阳修），当代文伯，其乐府犹有怜景泥情之偏，岂情之所钟，不能自已于言耶”①和张炎的“簸弄风月，陶写性情，词婉于诗”②等言论作为“正体”词专门用来言情的理论依据（他们所说的“情性”或“性情”，参照其前后的语言环境来看，可知实指儿女柔情）。因此，大凡题材内容局限在私生活中所感发的儿女柔情者，一般属于“正体”；而题材内容扩展为比较广泛的社会生活特别是那类抒写“非常时期”（如政治风云变幻、社会危机加深、民族矛盾尖锐等特殊时期）所激发的英雄豪杰之情志者，通常可归入“变体”之列。

第二，从表现手法和表现手段，特别从其使用的语汇、意象、句式、句法来看，“变体”词就比较趋近于诗、文，而“正体”词则相对维护着自己的“独立王国”并与诗（文）拉开距离。不过这里尚须补充一点：凡在词中融化或吸收了（中）晚唐艳诗（或曰“香奁”体诗歌）的语汇或成句者，却不应算作“变体”。而且恰恰相反，凡能将（中）晚唐艳诗中的香艳字面和成句融入词中者，却反而更能增添词的“本色”风味。如张炎就说：“盖词中一个生硬字用不得，须是深加锻炼……方

① 尹觉：《题坦庵词》，毛晋《宋六十名家词》，上海古籍出版社，1989 年，第 264 页。

② 张炎著、夏承焘校注，沈义父著、蔡嵩云笺释：《词源注　乐府指迷笺释》，人民文学出版社，1963 年，第 23 页。

为本色语。如贺方回、吴梦窗,皆善于炼字面,多于温庭筠、李长吉诗中来。"①这是因为:(中)晚唐艳诗,实际上是五代艳词的先驱,因此援引(中)晚唐艳诗(也可扩大为援引前代诗歌中比较文雅典丽的句子)入词的做法,仍可视为"正体"词中常用之法。而在"变体"词的好用诗(文)中语汇、意象、典故、成句以及句式、句法方面,我们可引刘辰翁的说法作为理论依据。刘辰翁说:"词至东坡,倾荡磊落,如诗如文,如天地奇观,岂与群儿雌声学语较工拙?然犹未至用经用史,牵《雅》《颂》入郑、卫也。自辛稼轩前,用一语如此者必且掩口。及稼轩横竖烂漫,乃如禅宗棒喝,头头皆是;又如悲笳万鼓,平生不平事并卮酒,但觉宾主酣畅,谈不暇顾。词至此亦足矣。"②他的话中,就兼及语汇、典故和句式、句法问题,意谓:苏词已经在这方面达到了"如诗如文"的境地,而辛词则比苏词更要大踏步向前迈进。至于"正体"词之须与诗(文)拉开距离,我们又可引沈义父等人的话作为依据。如沈义父曾说:"凡作词当以清真(周邦彦)为主。盖清真……下字运意,皆有法度,往往自唐宋诸贤诗句中来,而不用经、史中生硬字面,此所以为冠绝也。"③他在这里所说的"自唐宋诸贤诗句中来",属于我们在前刚刚辨析过的那种援引诗中比较文雅典丽的句子入词的情况,故可撇开不论;而他所说的"不用经、史中生硬字面",就明确是指"本色"词的语言须与诗文拉开距离("经、史"本指散文。但自杜甫以后,诗中常有援引经、史入诗的现象,故此语也可理解为词须与诗拉开距离)。又如王世贞极力主张词须宛转绵丽,而把苏轼"明月几时有,把酒问青天"和"大江东去,浪淘尽、千古风流人物"等语,另外归为词中的"快语"和"壮语"④,这也表明,他心目中的"正体"词的"规范化"语言,应当具有柔婉、香艳、工丽的特色。由此可见,在表现手法和手段特别是所使用的语汇、意象、句式、句法方面,"变体"词与"正体"词之间,确实存在着与诗(文)比较接近或大相径庭的差异。

第三,由于诗(文)与词在整体风貌上呈现着"诗(文)刚词柔"的差异,因此一般来说,大凡风格和美感趋向柔软一路的,属于"正体"之列;而风格和美感跳出这一窠臼者,则属词中之"变体"。或者换句话说,词的风格和美感偏于阴柔

① 张炎著、夏承焘校注,沈义父著、蔡嵩云笺释:《词源注　乐府指迷笺释》,人民文学出版社,1963 年,第 23 页。

② 刘辰翁:《辛稼轩词序》,邓广铭笺注《稼轩词编年笺注》,上海古籍出版社,1993 年,第 599 页。

③ 张炎著、夏承焘校注,沈义父著、蔡嵩云笺释:《词源注　乐府指迷笺释》,人民文学出版社,1963 年,第 44 页。

④ 王世贞:《艺苑卮言》,唐圭璋编《词话丛编》,中华书局,1986 年,第 388 页。

者,一般可属"正体";而其风格和美感属于阳刚者,则另属"变体"。在分析过区分词中"正""变"之标准的三个要点之后,我们又可将它们综合起来,回到"诗词比较"的基础上来,得出这样一个总体的认识:大凡风貌与诗(文)有所相似或比较接近、具有比较明显的男性风貌的词篇,可以视作词中之"变体";而那类与诗文拉开距离、具有较浓的女性风貌之词篇,则属词中的"正体"。

当然,还应郑重声明:上述标准和结论,又只能是一种"大而化之"的标准和"大体如此"的结论而已,因此决不能对它们做简单化和绝对化的理解。这是因为文学研究毕竟不同于科学研究(特别是自然科学的研究),不可能搞什么"定量定性"的分析和检验,而只能作大略和大致的模糊性研究。举例来说,张綖曾将词风大体上划分为婉约与豪放两类,且以秦观和苏轼作为这两类词风的代表作家,此论就遭到过很多论者的批评。如有人提出:词中风格,绝不止此二者,此外还有沉咽、清空、韶秀、狂放、滑稽等风格;又有人提出:苏轼词中,大多数的作品仍属婉约词篇,而真能算得上是豪放之作者,实在很少;至若如果还有人举出某些既不婉约、又不豪放的词篇来请教张綖该作何种归类,那就纵使能将他从地下请出来,恐也只能无言以对。

由此看来,如想尝试用"二分法"来对词体词风进行划分和归类,实是一件吃力不讨好且又冒着几分"危险"的事。但是,如果不做这种大体上的整理归类和系统研究,那么事情就将变得更加杂乱无章和复杂难办。比如,大约是嫌张綖的"二分法"过于简单化吧,郭麐和杨伯夔就分别将"词品"细分为 12 种(模仿司空图《二十四诗品》)。郭的品目是:幽秀、高超、雄放、委曲、清脆、神韵、感慨、奇丽、含蓄、逋峭、秾艳、名隽;杨的品目是:轻逸、绵邈、独造、凄紧、微婉、闲雅、高寒、澄淡、疏俊、孤瘦、精炼、灵活①。然而,即使是分得如此精细,却又何尝能穷尽唐宋词中所有作品的风格,而其他论者岂不照样还能提出另外的种种形容词来做更加烦琐的描述和发挥?而且,更为麻烦的是,他们越是将词风、词品分得如此细密,却越是叫人摸不着头脑。比如其中的"逋峭"与"孤瘦"该有何种区别?而"含蓄"与"精炼"又岂非一般佳词所共有的特色?因此虽然我们明知"二分法"有其容易流入简单化的缺点,但比较起那些治丝而棼、头绪益乱的"多分法"来,却自有它明显的优点。所以考虑下来,前代词论中的"正变"之论尽管存在某些不够严谨和不够科学的毛病(而且持此论者往往还存在着人言言殊、并不一致的现象),但它毕竟反映着词风大体存在两大类别的客观事实,因此,仍是一份可资利用的理论遗产。

① 吴衡照:《莲子居词谱》,唐圭璋编《词话丛编》,中华书局,1986 年,第 2446 页。

正由于上述原因,故对本文利用前人研究成果,且又经过修正补充而提出的区分词中“正”“变”的标准,我们亦望读者给予宽容性的理解,而不宜过分严格地苛求和挑剔。换句话说,我们所论的“正体”和“变体”,一般都挑选其“正”“变”特征比较充分和比较典型的作品来进行论析,而并不想套用这个标准来对所有的词篇(特别是那些“正”“变”特征不充分、不典型的词篇)进行生硬死板的分类。而在事实上,除开比较典型的“正体”作品和比较典型的“变体”作品之外,词坛上却还存在着许许多多既不能归入前者、又不能归入后者的“中间状态”的词篇;而且即使在比较典型的“正体”和“变体”作品中,也有时会出现“正中有变”和“变中有正”的情况(例如李煜作于亡国后的某些词篇,就在凄婉的风格中显示了回肠荡气的气势和力度,这就很难说它们一定是“正体”还是“变体”)。因此我们对词风进行“正体”与“变体”的区分,自然只能是一种“大而化之”的区分,而决不能对之过分苛求。另外,文学研究既需凭借理性的思考和分析,在很大程度上又有赖于感性的体会和领悟。

因此,对于上面提出的区分“正”“变”的标准,读者还需结合自己的阅读经验来做“会心”“会意”的理解,而不能刻板、机械地理解。比如我们在前曾经提出:“那些真正像词的词作,可以视为词中的‘正体’。”这句话就看似有些毛病:第一,何为“真正”像词?第二,既然“真正”像词,那就当然是词中的“正体”,这又岂非“说了等于白说”?但是此话如对一位读过很多唐宋词的读者来讲,就不会感到不可理解了。这是因为,人们如已熟读过很多婉约词篇,他就自会对它产生一种“悠然心会”的感觉,因此对于何为“真正像词的词作”,必能有所领会和有所理解。故而我们之所以提出上述标准和将其分解为三个要点,一方面是对前代词论进行梳理所自然引出的结果,另一方面又是建立在一定的阅读经验之基础上的。而阅读经验又往往是因人而异的,在理解与把握上述标准及要点的时候(如果这种标准及要点可以成立和可以被人认同的话),也可能会产生一定程度的差异。例如对于某一篇具体作品,张三可以认它为“正体”,而李四却又认它为“变体”(这种情况在讨论苏轼词中究竟有哪几篇属于豪放词时,就曾产生过),这时就较难取得一致的意见。但是我们又应看到,尽管阅读经验常会带有主观的差异性,然而,正像人的口味虽有嗜淡与嗜咸之分,但基本的甜酸苦辣感却仍相仿一样,人们对于词与诗(文)的总体差异性和词中“正体”与“变体”的总体差异性的感受,是大致接近的。所以,只要我们能够结合自己的阅读经验和依赖自己的感性体悟,再参之以上述的理性分析,那么对于如何区分词中的“正”与“变”,或许就会取得大致相近的认识。

在对前代词分“正”“变”的理论做过一番梳理、修正并又提出我们对于“变体”词的判别标准之后，下文就拟进一步研究“变体”词的产生原因及其主体风貌与美感特色。

二、事出必然：“变体”词的产生原因

（一）词中产生“变体”的可能性

《文心雕龙·时序》篇云：“时运交移，质文代变，古今情理，如可言乎！”①确实，随着时运的不断推移，文学创作无论在其“质”（内容）的方面还是在其“文”（形式）的方面都会不断发生更新换代的递进和演变。晚唐五代的“词代诗兴”即是这种“代变”的一个显著例证，而从“正宗”词风笼罩词坛的情况下崛起的所谓的“变体”词，则又是唐宋词内部所发生的另一场重大变革。对此，人们或许会问：既然“词自晚唐五代以来，以清切婉丽为宗”，而自宋代以来的许许多多词论家们又力持“词‘别是一家’”的理论主张而不让诗来“侵犯”词的艺术封疆，那么在此情况之下，词中又是何以会引发“变体”词之崛起的呢？本节中我们就想来讨论词产生“变体”的必然性和可能性的相关问题。我们认为：词中“变体”的产生和崛起，该是“事出有因”的：一方面，有它必然产生的原因，另一方面，又有它可能产生的条件；两者结合，才始促成了“变体”词登上历史舞台并继而造成它与“正体”词平分词坛秋色的局面。为叙述的方便，且让我们先把词中产生“变体”的可能性问题提到前面来论述。

词中之可能产生“变体”，可从两个方面来探讨：一是从其本身来看，二是从其外部环境来看。就前者来说，词在其体式方面拥有其所特具的优越性和灵活性。具体而言：第一，词的曲调繁复多样，既有声情软媚的艳歌柔曲，又有声情激越的雄曲刚调，这后一情况就为词人创制“变体”词提供了音乐和体式方面的合适依托；第二，词的体式具有一体多式和一调多能的“弹性”，这又为词人的自由抒情和创制“变体”提供了宽广的文学舞台与宽松的艺术空间。就后者来说，则词的发展绝非孤立行进，它经常处在被外部诗、文包围的环境之中，所以当某些词人需要变革词风之时，他们就很自然地会向诗文作品寻求艺术依傍和创作借鉴——或曰向诗回归。以上两方面原因结合起来，词之产生“变体”自就具有可能性和可行性。

① 周振甫：《文心雕龙今译》，中华书局，1995年，第394页。

首先来看词在体式方面所拥有的优越性和灵活性。

第一,词的曲调繁复多样,这就为词人创制“变体”提供了音乐和体式方面的合适依托。

我们注意到,宋人在填词之始就相当重视选调择曲的问题,因为这往往直接关系到词的声情是否能与词的文情融洽统一的问题。假如“哀声而歌乐词,乐声而歌怨词”,则“语虽切而不能感动人情,由声与意不相谐故也”①。因此一般来讲,唐宋词人在填词时首先就会考虑选择曲调、曲牌的问题。择曲得当,文情就能与声情和谐配合,产生相得益彰的功效;而择曲不当,则会使文情和声情发生龃龉,这就势必影响其文情的满意发挥。从这一意义上来讲,词调便是词情和词风赖以生发的音乐支撑与文体依托。而正像洁白晶莹的莲花座最能映托玉女观音的倩姿丽影、烈焰翻滚的风火轮极能衬显闹海哪吒的雄姿神威那样,可供唐宋词人倚声填词的两大类型乐曲,实际早已为词人抒写儿女柔情或英雄豪气、营造婉约词风或豪放词风提供了选调择曲方面的自由与方便。这两大类型的乐曲,一是艳歌柔曲,二是雄曲刚调。对此可引吴熊和先生《唐宋词通论》中的说法:

> 曲调之别,首先在音。曲调固然有长短之分,但更重要的,它还有哀与乐、刚与柔、急与慢等分别。有的雄壮,有的哀怨,有的高昂,有的低抑。唐宋宫廷舞曲,分为健舞曲与软舞曲两类,前者刚健,后者柔婉。词曲的情况,当与之大致相似。燕南芝庵《唱论》“凡唱所忌”条说:“男不唱艳词,女不唱雄曲。”唐宋词中,就有艳词与雄曲这两类,它们在声情上的区别是十分显著的。②

在此之后,吴熊和先生又分别举例说明了这两类乐曲的不同声情。他先是论述词调中可列于艳曲的很多情况。如元稹曾与白居易“城南醉归,马上递唱艳曲十余里”。《花间集》中也有相当多的作品属于词为艳体和调为艳曲的情况。到了宋词中,则又将此类艳曲改称为艳歌(张先《定西蕃》:“一曲艳歌留别,翠蝉摇宝钗。”)、丽曲(晏几道《浪淘沙》:“丽曲《醉思仙》,十二哀弦,秾蛾叠柳脸红莲。”)、妍曲(晏几道《浣溪沙》:“妆镜巧眉偷叶样,歌楼妍曲借枝名。”)和相思曲(张先《忆秦娥》:“参差竹,吹断相思曲。”)。至于此类艳曲的声情,则可举《剔银灯》一调为例。晏几道《鹧鸪天》:“小令尊前见玉箫,《银灯》一曲太妖

① 沈括:《新校梦溪笔谈》卷二六,胡道静校,中华书局,1957年,第62页。
② 吴熊和:《唐宋词通论》,浙江古籍出版社,1985年,第122页。

娆。”“太妖娆”即此调的声情。又毛滂《剔银灯》自注:“侑歌者以七急拍、七拜劝酒。”侑歌劝酒即此调的功用。查考宋词中最早作《剔银灯》调的,沈邈有《剔银灯》二首,题为“途次南京忆营妓张温卿”。而柳永的《剔银灯》亦写邀妓寻欢。这些词的内容,正与《剔银灯》的调和情融合无间。由此可见,此类艳曲柔调特宜于用在秦楼楚馆和歌筵舞席。至于雄曲刚调,吴先生则认为,词调中堪称雄曲的也不少。如蔡挺《喜迁莺》有云:“汗马嘶风,边鸿翻月,垄上铁衣寒早。剑歌骑曲悲壮,尽道君恩难报。”这些塞下传唱的“剑歌骑曲”,在声情上就与艳曲不可并论。又如辛弃疾为陈亮赋“壮词”所用的《破阵子》,原是唐代教坊曲《破阵乐》中的一段。《破阵乐》属武舞曲,演奏时兵士骑马上阵,十分壮观。辛弃疾用这发扬蹈厉的词调来写他对战斗生活的向往,就是赋壮词而用雄曲,正与乐曲的军乐声容非常谐和。再如《六州歌头》本为鼓吹曲,也属军乐。北宋李冠曾用此调作怀古词(咏项羽庙):“秦亡草昧,刘、项起吞并。鞭寰宇,驱龙虎,扫欃枪,斩长鲸。血染中原战,视余、耳,皆鹰犬,平祸乱,归炎汉,势奔倾。兵散月明,风急旌旗乱,刁斗三更。共虞姬相对,泣听楚歌声,玉帐魂惊。　　泪盈盈。念花无主,凝愁苦,挥雪刃,掩泉扃。时不利,骓不逝,困阴陵,叱追兵,呜喑摧天地,望归路,忍偷生。功盖世,何处见遗灵?江静水寒烟冷,波纹细、古木凋零。遣行人到此,追念益伤情,胜负难凭?”其声情就显得十分慷慨悲壮。而后来贺铸用此调作“少年侠气”一词,张孝祥用此调作“长淮望断”一词,刘过用此调作“中兴诸将”一词(题岳鄂王庙),汪元量用此调作“绿芜城上”(吊江都)一词,也都属于利用此调悲壮的音调来寄寓慷慨雄壮之情的名作。而除此之外,有文献可证的雄曲刚调还有《念奴娇》,这是一个高调,晏殊《山亭柳》“偶学念奴音调,有时响遏行云”可证。而黄庭坚《念奴娇》则云:“老子平生,江南江北,最爱临风笛。孙郎微笑,坐来声喷霜竹。”可见它那逸足奔放的歌词,恰与这个声喷霜竹的笛曲(按:《念奴娇》一名《鼓笛慢》,是个笛曲,可用小鼓伴奏)十分合拍。所以苏轼曾用此调作“赤壁怀古”词,其首句“大江东去”,发调即高唱入云,正与《念奴娇》的调声吻合。又如《贺新郎》,它是一个音韵洪畅的词调。杨冠卿《贺新郎》词序曾说:“秋日乘风过垂虹时……旁有溪童,具能歌张仲宗‘目断青天’(张元幹‘送胡邦衡待制赴新州’词中之语)等句,音韵洪畅,听之慨然。”张元幹曾以此调写过两首赠人(胡铨和李纲)之作,它们都慷慨悲凉,堪称南宋爱国词中的名篇。再如《雨中花》,其声情悲壮激烈。苏泂《雨中花》词序曰:“数日前,忽闻改之(刘过)去世,怅惘殆不胜言。因忆改之每聚首,爱歌《雨中花》,悲壮激烈,令人鼓舞。”可知此调也相当高亢悲壮,故被性格豪放的刘过所钟情和喜爱……

在分类剖析了唐宋词调(乐曲)在声情上的差异之后,吴先生做了如下归纳：

> 由于词调在声情上颇有差异，各家词风不同，其选声择调也就大为悬殊。婉约派常用《诉衷情》、《蝶恋花》、《临江仙》、《雨霖铃》之类宛转缠绵、凄咽清怨之调，豪放派词常用《满江红》、《水调歌头》、《贺新郎》之类激越奔放、慷慨悲凉之调。试以苏轼的《东坡乐府》同柳永的《乐章集》相比较，就可以发现二人用调多异。苏轼词中，见不到柳永所用的《看花回》、《玉山枕》、《柳腰轻》、《佳人醉》、《阳台路》，《红窗迥》、《剔银灯》那样的靡靡之音，其名作大都为《水调歌头》、《念奴娇》等声宏调畅的词调。南宋辛弃疾等作爱国词，用调就多同苏轼。因为这些词调的声情，同沉着壮烈的爱国情怀亦足以相发。①

由此看来，词的音乐体性并不全都表现为靡靡之音。只要善于择曲选调，词人大可以从那类慷慨激越的词牌中寻找到创制“变体”词的音乐支撑和文体依托。

第二，词的体式具有一体多式和一调多能的“弹性”，这又为词人的自由抒情和创制“变体”提供了宽广的文学舞台与宽松的艺术空间。

每个词调一般都有一个“定格”或“正格”，但是有不少词调却往往又能增删字数或改变句逗（有的还能变单片为双片），因此就造成了一体多式的情况。比如，不少词律著作中，就在“正格”之外附加上“又一体”，或者把“正格”称之为“调”，而把那些“又一体”称之为“体”。据万树《词律》一书统计，词中共有“调”660个，而“体”则有1 180多个。有的词调，如柳永《乐章集》中所出现的《倾杯》一调，其“又一体”竟达6个之多！因此俞平伯先生曾打过两个形象的比喻：“假如把五、七言（诗）比作方或圆，那么词便是多角形；假如把五、七言（诗）比作直线，词便是曲线。”（《唐宋词选释》“前言”）由于总共有2 000余个体式（据康熙《钦定词谱》记载，共有“调”826个，“体”2 306个）可供词人选择，特别是其中有着不少声情激越的词调，正像未经充分开垦的沃野那样等待着词人去耕耘和播种，词人之创制“变体”就有了宽广的文学舞台。

同时，从每一个词调的抒情功能和抒情风格来看，它们也并不总是墨守成规和拘泥一格，而是富有弹性和变化的。这里我们可用今之苏州评弹的曲调来做“以今证古”的反推。评弹（弹词）的历史相当悠久，其源头可以上溯到宋代的“说话”艺术和讲唱文学（有人认为其雏形即从宋代的诸宫调和鼓子词中发展而来。陆游诗云：“斜阳古柳赵家庄，负鼓盲翁正作场。死后是非谁管得，满村听

① 吴熊和：《唐宋词通论》，浙江古籍出版社，1985年，第129页。

说蔡中郎。”其中所描绘的,就是弹词的早期演出情况)。弹词与唐宋词很相似,也是有曲有词并可配乐歌唱的文艺样式。

弹词中有一些曲调,其声情相当固定,只适宜用来抒发某种特定类型的感情。如张鉴庭的“张调”,苍劲激昂,刚遒有力,一般只适宜用来抒发悲愤激越的感情(其代表性的开篇有《关公战长沙》《张勇怒责贞娘》等),属于弹词中的雄曲刚调;而祁莲芳的“祁调”则显得幽雅娴静、哀怨凄切,特宜用来抒发女性缠绵悱恻的感情(其代表性的开篇有《秋思》《霍定金私吊》等),属于弹词中的艳歌柔曲。

但是,另有一些曲调的抒情却显得相当自由和富有弹性。如蒋月泉所创造的“蒋调”,韵律宛转,刚柔兼济,大可用来抒发不同类型的感情。其柔性开篇如《杜十娘》:“窈窕风流杜十娘,自怜身落在平康。(她是)落花无主随风舞,飞絮飘零泪数行……青楼女子遭欺辱,杜十娘她一片浪花入渺茫,悔煞李生薄情郎。”真是唱尽了这位风尘女子“红颜薄命”的无穷哀怨,令人为她一洒同情之泪。其刚性开篇则如《刀会》:“波涛滚滚水东流,鲁大夫设宴要请君侯。是月十三亲赴会,见关公稳坐顺风舟……云长公是横刀独立在船头,荆襄料你不能收。”其基本旋律虽与前相同,但因演唱者从关公的刚雄性格出发对唱腔做了新的设计,就使此曲中增添了苍劲有力、深沉雄浑的成分,从而使其演唱效果大不同于前曲。再如徐丽仙所创造的“丽调”,其“本色”风格显得相当的柔绵婉约和清丽深沉。如她前期所唱的《黛玉葬花》:“一片花飞减却春,风飘万点正愁人。潇湘妃子悲春暮,手把花锄向园林。才只是莺声细嫩,柳丝成荫,早难道红销香断,风絮飘零,转眼芳华尽……俯仰添惆怅,日落正黄昏,荷锄归去掩重门。寂寞帘栊修竹冷,青灯照壁影凄清,夜雨敲窗被未温。”此可谓哀怨之至、缠绵之极。但在后来创作的开篇中,为表现巾帼妇女的英雄之气,徐丽仙又在其“丽调”中注入了刚烈、豪爽的抒情成分,这就使得一向只宜抒发女性怨情的“丽调”有了新的发展。如其很富盛名的《新木兰辞》之结尾部分:“爹娘闻女来,出郭相扶将;姐姐闻妹来,当户理红妆;小弟闻姐来,欢呼舞欲狂,磨刀霍霍向猪羊,一家喜气上面庞。开我东阁门,坐我西阁床,脱我战时袍,着我旧时裳,当窗理云鬓,对镜贴花黄,含笑出门寻伙伴,伙伴见她尽惊惶:同行一十有余载,不知将军是女郎!谁说女儿不刚强?”这一段唱词本身已有行云流水、一气呵成之妙,再加上演唱时增加了男声伴唱(从“伙伴见她尽惊惶”到“不知将军是女郎”)和鼓声烘托的有效辅佐,就越发显得大声镗鞳、铿锵有力。故从“蒋调”和“丽调”可以根据抒情需要而变化其演唱风格这一点来对唐宋词的某些词调进行“以今证古”的反推,即可想见唐宋词的不少词调同样也具备一调多能、富于弹性的“应变功能”。而在下文中,就让我们举出苏轼所作的三首《江城子》来证明上述推理之可信。

苏轼词集中,共收《江城子》词12首,其风格便是多种多样的。《江城子》一调,早在《花间集》中就屡见出现。如韦庄曾作两首:“恩重娇多情易伤,漏更长,解鸳鸯。朱唇未动,先觉口脂香。缓揭绣衾抽皓腕,移凤枕,枕潘郎。”“髻鬟狼藉黛眉长,出兰房,别檀郎。角声呜咽,星斗渐微茫。露冷月残人未起,留不住,泪千行。”其风格明显偏于柔媚一路。而牛峤与欧阳炯所作的两首却与之风貌有异。牛峤词云:“鵁鶄飞起郡城东,碧江空,半滩风。越王宫殿,蘋叶藕花中。帘卷水楼鱼浪起,千片雪,雨蒙蒙。”欧阳炯词云:“晚日金陵岸草平,落霞明,水无情。六代繁华,暗逐逝波声。空有姑苏台上月,西子镜,照江城。”它们的风格则分别显得清新雅丽和深沉凝重。由此可见,这个《江城子》词调在最初被人用来填词时,就具有一调多能的灵活性。而到了苏轼手中,这一词调就更加显示了它的极富弹性。我们先举他1072年作于杭州西湖的一首(宋人填此调时,已把原先的单片发展成双片,下同):

> 凤凰山下雨初晴,水风清,晚霞明。一朵芙蕖,开过尚盈盈。何处飞来双白鹭?如有意,慕娉婷。　　忽闻江上弄哀筝,苦含情,遣谁听?烟敛云收,依约是湘灵。欲待曲终寻问取,人不见,数峰青。

此词从表面看,是写作者游西湖时途遇一位弹筝女时的所见所闻和怅惘联想。但据宋人笔记(张邦基《墨庄漫录》卷一)记载,此词却十足是坡公的一首游戏之作。其本事是:苏轼陪同两位客人(据另一笔记说是刘贡父弟兄二人)游湖,这两位因在居丧期内,故而身穿孝服。但湖中忽然驶来一彩舟,内有一位鼓筝丽人,年已30余岁,却仍风韵娴雅、绰有姿色。那两位朋友一时竟忘乎所以,竞相对她注目凝视。未久,筝曲未终而丽人之舟已翩然远去,弄得两客心猿意马、惘然若失。词中“一朵芙蕖,开过尚盈盈”是写那丽人虽徐娘半老而风韵犹存,而“双白鹭”至“慕娉婷”则是戏嘲两客戴孝而动春情,结尾所云“人不见,数峰青”更是描写他俩目送丽人远逝后的迷惘与惆怅。所以这首《江城子》,实是一首寓谐于庄的佳作,读后令人哑然失笑、忍俊不禁。这是其《江城子》词的一种风格。另外两首《江城子》则是苏轼作于同年(1075年)、同地(密州)的作品,它们的风格就更显出了大相径庭的差异。其一是前已引过的《乙卯正月二十日夜记梦》:

> 十年生死两茫茫,不思量,自难忘。千里孤坟,无处话凄凉。纵使相逢应不识,尘满面,鬓如霜。　　夜来幽梦忽还乡,小轩窗,正梳妆。相顾无言,唯有泪千行。料得年年肠断处,明月夜,短松冈。

此词是宋词中最有名的悼亡之作，它用朴素自然的笔调抒写了对亡妻铭心刻骨的悼念，其风格着实沉痛哀婉、凄凉欲绝。其二则是“密州出猎”：

老夫聊发少年狂，左牵黄，右擎苍。锦帽貂裘，千骑卷平冈。为报倾城随太守，亲射虎，看孙郎。　　酒酣胸胆尚开张，鬓微霜，又何妨？持节云中，何日遣冯唐？会挽雕弓如满月，西北望，射天狼。

此词的风格却又显得十分的豪迈雄健。虽然同是一个《江城子》的词调，词人却可据此写出风貌很不相同的作品。这就证明：唐宋词的某些词调，其文学体性实际上并不狭隘和死板，而是具有相当大的弹性。这就为词人创制“变体”提供了宽松的艺术空间。在此基础上，词人只要敢于创新和充分发挥其文学才华，即能据此而写出与传统词风异貌的“变体”词来。

这里还可举出几个例证来。例如，《菩萨蛮》原本是一个女性的舞曲，《杜阳杂编》及《南部新书》说：唐宣宗时女蛮国入贡之人“危髻金冠，缨络被体”（即作女菩萨之扮相装扮），故有此名。近人李拓之《中国的舞蹈》中也说：今滇缅边界的摆夷族，犹称女子为“小菩萨”①，《菩萨蛮》乐曲当即起源于此处。故而温庭筠所写的十余首《菩萨蛮》，就全都用以描摹女性生活及其心态，其风格相当哀婉柔丽。但这个词调被辛弃疾用来“书江西造口壁”时，却顿改其女性味很浓的风貌而另显出沉郁顿挫的力度来。其词曰：“郁孤台下清江水，中间多少行人泪！西北望长安，可怜无数山。　　青山遮不住，毕竟东流去。江晚正愁余，山深闻鹧鸪。”词中抒发了深沉的国仇家恨和浩茫的忧愁悲愤，梁启超曾评曰：“《菩萨蛮》如此大声镗鞳，未曾有也。”②谭献则评其“西北望长安”二句为“宕逸中亦深炼”③，可知在此《菩萨蛮》调的原有风格已产生了蜕变。再如辛弃疾的另一首《菩萨蛮·金陵赏心亭为叶丞相赋》：“青山欲共高人语，联翩万马来无数，烟雨却低回，望来终不来。　　人言头上发，总向愁中白。拍手笑沙鸥，一身都是愁。”其上片用拟人手法写山，说它似通人意、欲共人语，一如万马奔腾，联翩而前，但又在烟雨朦胧中望来不来、低首徘徊，显示出词人笔端驱遣千山飞动的大力。其下片则借沙鸥遣怀，先说人发之白皆从愁中而来；接又转为揶揄之笔：如果如此，则那沙鸥之通体全白岂非满身皆愁？此词看似诙谐幽默，实际却

① 李拓之：《中国的舞蹈》，《李拓之作品选》，海峡文艺出版社，1987 年。

② 梁令娴：《艺蘅馆词选》丙卷，广东人民出版社，1981 年，第 104 页。

③ 周济、谭献评：《词辨》卷二，龙榆生编选《唐宋名家词选》引，上海古籍出版社，1980 年，第 243 页。

在其故作洒脱之中郁藏着难以自释的愁闷,故其用笔大有正语反说、寓庄于谐之妙,借用刘辰翁的说法,可谓“横竖烂漫”,却又“头头皆是”①。而像这样一首灵动有致、妙趣横生的作品,竟用《菩萨蛮》这样一个惯用于描写女性生活和女性心态的词调写出,就确实令人深感“才人伎俩”之“真不可测”②。

因此,根据以上两方面的情况——词体本身具有曲调众多、声情繁复的体式优势,且又具有一体多式和一调多能的“弹性”,再加上词人在写词时大可在基本不逾规矩的前提下从心所欲地发挥其主观能动性——则词中之产生多种风貌、词中之出现“变体”,就具有创作实践时的可行性。沈祥龙说:“词调不下数百,有豪放,有婉约。相题选调,贵得其宜。”③由此可见,词在体式方面的优越性和灵活性,再加上词人文学才能的充分发挥,词中产生与“本色”风貌大异的“变体”词,就完全属于可能和可行之事。

其次,可从词的外部环境,亦即各种文体之间相互影响的角度来看词中产生“变体”的可能性。从这一角度出发,我们即可将词中的“变体”视为诗、文等其他文体对词进行“渗透”的结果,也可视为词向诗、文回归的产物。

我们知道,词是唐宋以来新兴的文体。而在它之前,中国古典文学的大家族中,早就有了诗、文、赋等老大姐和老大哥们。正像在家庭生活中年幼的弟弟、妹妹常会自发地向年长的哥哥、姐姐学习和模仿其言行举止那样,资历较浅、经验不足的词向诗、文、赋等老资格文体去寻求其艺术依傍和写作借鉴,也就成了一种近乎本能的自发趋向。这种情况,在词的早期尤其可以看得很清。如中唐刘禹锡、白居易及晚唐韩偓等人所写的小词,就简直形同于绝句或律诗,故王国维曾说:“唐人诗词尚未分界,故《调笑》《三台》《忆江南》诸调,皆入诗集,不独《竹枝》《柳枝》《浪淘沙》诸词本系七言绝句也。”(引自林大椿《唐五代词·校记》)由此可见,文人词在初起之时,原是紧紧依偎着它的“姐姐”(指诗,因诗词可称“姐妹文学”)而开始学步的。即使到了后来,词已日趋成熟老练,但因其作者往往兼诗人、文人(指散文家)、词人“三职”于一身(有很多作者还首先以其诗、文名世,其次才是一位词人),因此当他们提笔写词时,仍会不自觉地向写诗靠拢,这就同样造成了诗、词相混的情况。比如苏轼在徐州任上所作的《阳关曲》:“暮云收尽溢清寒,银汉无声转玉盘。此生此夜不长好,明月明年何处看?”“济南春

① 刘辰翁:《辛稼轩词序》,邓广铭笺注《稼轩词编年笺注》,上海古籍出版社,1993 年,第 599 页。

② 沈谦:《填词杂说》,唐圭璋编《词话丛编》,中华书局,1986 年,第 630 页。

③ 沈祥龙:《论词随笔》,唐圭璋编《词话丛编》,中华书局,1986 年,第 4060 页。

好雪初晴,才到龙山马足轻。使君莫忘霅溪女,还作《阳关》肠断声。”它们就既被宋人当成诗来看(朱弁《风月堂诗话》云:“(此)东坡中秋诗。绍圣元年自题其后云:予十八年前中秋,与子由观月彭城时作此诗,以《阳关》歌之”①),却又被元人编入《东坡乐府》词集中去。而照我们的看法,则它确实可称诗词“两栖”的作品(其风格完全属诗,但因其配曲歌唱故又可属词)。由此可见,诗和词之间,至此犹存在着彼此相通的关系。

以上所讲,大致还属一种不够自觉的情况。这是因为,中国古代文人自幼就熟读诗文,并以此作为就业求职、进入仕途的必备训练。所以在长期受诗文熏陶所养成的习惯支配之下,他们在写词时常会将写诗和作文(特别是前者)的某些手法用进词中,也就成了一种相当自然的举动。故从其并非有意为之的角度来看,基本还属不够自觉的行为。但是下列情况,则可视为另一种比较自觉的行为,这就是:某些词人和词论家已经看出了“诗词同源”或“诗词同理”的道理,因此,他们就相当有意识地要将小词回归到诗的“言志”轨道和艺术风貌上去。在这方面,苏轼就是一个例证。他在《祭张子野文》中说:“清诗绝俗,甚典而丽。搜研物情,刮发幽翳。微词宛转,盖诗之裔。”②(南宋朱弁《风月堂诗话》也说:“东坡以词曲为诗之苗裔,其言良是。”③)这个“词为诗裔(苗裔)”的观点,实际已经提出了“诗词同理”的道理。而后来的某些词论家进一步引申和发挥了苏轼的上述看法。如王灼曾针对当时有人讥讽苏词为“长短句中诗也”的说法提出如下批评:“为此论者,乃是遭柳永野狐涎之毒。诗与乐府同出,岂当分异?”④照他看来,词既与诗同出一源,又何必要将这两者硬性“分异”?而另一位论者林景熙就讲得更加干脆:“乐府(指词),诗之变也。诗发乎情,止乎礼义,美化厚俗,胥此焉寄?岂一变为乐府,乃遽与乐府异哉?”⑤虽然他主要是想把词重新拉回到诗“发乎情,止乎礼义”的轨道上去,但其言已明确揭示了词与诗既有同源而出和一脉相承的血缘关系,那就理应回归于诗的道理。在上述理论主张的指导之下,某些词人就开始比较自觉地将词拉向与诗接近的方向上去。当他们深感“本色”的词风过于软媚滥俗和过于狭隘单一的时候,就有意识地引进

① 朱弁:《风月堂诗话》,《冷斋夜话　风月堂诗话　环溪诗话》,中华书局,1988 年,第 113 页。

② 同①。

③ 同①。

④ 王灼:《碧鸡漫志》卷二,唐圭璋编《词话丛编》,中华书局,1986 年,第 83 页。

⑤ 林景熙:《胡汲古乐府序》,《霁山集》卷五,中华书局,1960 年,第 132 页。

写诗作文的某些做法，以之矫正和革新那显得陈旧保守的传统词风。这种举动，即被论者称之为“以诗为词”的举动和以赋、以文为词。前者，如陈师道所说：“子瞻（苏轼）以诗为词，要非本色。”①后者，如陈模所称辛弃疾的《贺新郎》（绿树听啼鴂）“全与太白《拟恨赋》手段相似”②，又称辛的《沁园春·止酒》“又如《宾戏》（班固所作）、《解嘲》（扬雄所作）等作，乃是把古文手段寓之于词”③。

而此种“以诗为词”和以作赋、作文手段来写词的举动，便往往产生了词中的“变体”。这里先以苏轼为例。其实苏轼并非不善写作婉约风格的词篇，如其《蝶恋花》（花褪残红青杏小）一阕就曾被王士禛誉为“恐屯田（柳永）缘情绮靡，未必能过”④，但他却偏要“以诗为词”地写出一些招人批评的豪放词来；究其用心，恐就在于用它们来革新词风，一新天下人之耳目。而对此点，看他写给友人的几份书札即可明晓。如其《与蔡景繁》中说：“颁示新词，此古人长短句诗也，得之惊喜。”⑤这里他非但不认为“小词似诗”是一种缺点或毛病，反还为友人的“新词”能近似于“古人长短句诗”而感到惊喜与赞叹，这就可见他对“以诗为词”的赞许。又如其《答陈季常》中说：“又惠新词，句句警拔，诗人之雄，非小词也。但豪放太过，恐造物者不容人如此快活。”⑥这里，他更明确地表明了自己对于“句句警拔”的豪放词风的全力肯定和高度赞美（文中最后两句是俏皮话，意思仍在于赞扬陈季常词的警拔豪放能使常人瞠目），而同时又指出了这种豪放词风得力于“诗人之雄”。所以，基于同样的认识，他自己也禁不住要动手来做此种“以诗为词”的尝试了——我们前已引过的《江城子·密州出猎》，便是其相当成功的“试验品”。为易说明问题，我们不妨抄录其作于同时、同地的一首七律“祭常山回小猎”以资比较：“青盖前头点皂旗，黄茅冈下出长围。弄风骄马跑空立，趁兔苍鹰掠地飞。回望白云生翠巘，归来红叶满征衣。圣明若用西凉簿，白羽犹能效一挥。”从主题来看，此诗借用谢艾挥羽扇而退敌的典故（谢艾为晋朝西凉主簿，书生出身，后被统帅重用，挥羽扇而从容退强敌），表达了自己渴望受到朝廷信用，为国效力、建功立业的愿望，正与词中“持节云中，何日遣冯唐？会挽雕弓如满月，西北望，射天狼”（词人以汉代冯唐自比，谓一旦受到重用，定

① 陈师道：《后山诗话》，何文焕辑《历代诗话》，中华书局，1981 年，第 309 页。

② 陈模：《论稼轩词》，邓广铭笺注《稼轩词编年笺注》，上海古籍出版社，1993 年，第 598 页。

③ 同②，第 599 页。

④ 王士禛：《花草蒙拾》，唐圭璋编《词话丛编》，中华书局，1986 年，第 680 页。

⑤ 苏轼：《与蔡景繁》，《苏轼文集》，孔凡礼点校，中华书局，1986 年，第 1662 页。

⑥ 苏轼：《与陈季常十六首》，《苏轼文集》，孔凡礼点校，中华书局，1986 年。

能遣将用兵、打退强虏)完全一致。从意境来看,诗中所写出猎的威武场面和英雄气概(如出猎时的皂旗拥簇,打猎时的纵马放鹰),也与词中“左牵黄,右擎苍”、“锦帽貂裘,千骑卷平冈”的描写十分相似。故从这两点来看,“密州出猎”词简直就可视作“祭常山回小猎”诗在词中的“易体移植”和“随体变形”。由此可知,对苏轼而言,写词和写诗之间并不存在森严的壁垒,而在某些情况下就完全可在词中引进诗的内容和写法。另外也可明晓,苏词的豪放风格,确又在很大程度上来源于他“以诗为词”的举动,而此种“以诗为词”的举动又实在是有意为之的。不然的话,他就不会在给友人鲜于子骏的信中如此自信和自得地说:“近却颇作小词,虽无柳七郎风味,亦自是一家。呵呵!数日前猎于郊外,所获颇多,作得一阕,令东州壮士抵掌顿足而歌之,吹笛击鼓以为节,颇壮观也。”①这字里行间,充溢着他对这种“以诗为词”所导致的“别是一家”的豪放风格的自豪和快意。

再看陈亮。陈亮是一位著名的爱国词人,他的很多词篇也带有浓厚的“以文为词”的特色。如其《鹧鸪天·怀王道甫》:“落魄行歌记昔游,头颅如许尚何求?心肝吐尽无余事,口腹安然岂远谋! 才怕暑,又伤秋。天涯梦断有书否?大都眼孔新来浅,羡尔微官作计周。”虽是一首怀念友人的小令,却运用了富有调侃风味的笔调。其中的“心肝吐尽无余事,口腹安然岂远谋”,分明就是陈亮本人的“夫子自道”。《宋史·陈亮传》曾载:“(陈亮)书既上,帝欲官之。亮笑曰:‘吾欲为社稷开数百年之基,宁用以博一官乎?’亟渡江而归。”②故这两句就正是陈亮坦荡胸怀的真实写照。而“大都眼孔新来浅,羡尔微官作计周”两句,则又正话反说(表面是说自己近来目光变得短浅,竟羡慕起友人的谋得微官之职)地婉转批评友人的眼孔变浅、不以天下为己任。所以此词虽小,实是一首寓有嘲讽与劝慰之意的作品,带有一定的散文化倾向。而另据叶适记载,陈亮有《长短句》四卷,其中他自叹曰:“平生经济之怀(按:即指经邦济世之志),略已陈矣。”③也就是说,陈亮在很多时候,就是把词当作政论文来写的。在这种写作态度支配之下,他的“以文为词”当然就表现出较高的自觉性。举出苏轼和陈亮两人为例,可知词之所以会向诗、文靠拢,词人之所以会将写诗作文的方法用入写词中,除了“习惯成自然”之外,还有词人有意革新词风的原因在内。而无论是

① 苏轼:《与鲜于马骏书》,《苏轼文集》卷五三,孔凡礼点校,中华书局,1986 年,第 1559 页。

② 脱脱,等:《宋史》卷四三六《陈亮传》,中华书局,1977 年,第 12940 页。

③ 叶适:《书龙川集后》,姜书阁笺注《陈亮龙川词笺注》,人民文学出版社,1980 年,第 172 页。

自发地受到诗、文的影响，还是词人有意识地向诗、文寻求帮助，词之受到诗、文、赋等其他文体的“渗透”，都是一个客观存在的事实。在此“渗透”之下，词的“本色”当然就会产生变形和走样，于是便使词中出现了“变体”。

所以我们在考察词中产生“变体”的可能性时，其他文体对它产生的影响，也是一个不可忽视的重要因素——而若我们将视野放得更宽一点，便可发现：文学史上因文体之间相互影响而产生文体“新品种”和文体新风格的现象，实属屡见不鲜之事，而绝非词中产生“变体”一种。兹举数例如下：首先如原先铺排张扬、以体物图貌为主的大赋发展到唐宋，因受律诗的影响而产生了讲究对偶工整、强调音韵和谐的“律赋”，又因受抒情诗和散文的影响而产生了骈散自由、注重神韵的抒情小赋；次如，盛唐诗歌主性情、主兴趣、主韵味，“故其妙处透彻玲珑，不可凑泊”，但经韩愈“以文为诗”的开发，再经欧阳修、苏轼、黄庭坚等人“以文字为诗，以才学为诗，以议论为诗”①的努力（这其实也即“以文为诗”的做法），遂使诗中出现了唐（诗）宋（诗）之分，这分明就是散文对诗产生影响的结果；再如，“记”这种文体原先主要用来记事记物（如韩愈、柳宗元的不少记叙文），但因受宋代以策论取士的考试制度和宋人好发议论之社会风气的影响，“记”就开始朝夹叙夹议的说理文方向产生了倾斜，因而出现了诸如范仲淹《岳阳楼记》、王安石《游褒禅山记》、苏轼《超然台记》等以传道明志为旨归的说理之“记”，故就难怪陈师道要说：“退之作记，记其事也；今之记，乃论也。”②举出以上数例，我们就大可明白：各种文体虽然各有其自身的特点，但它们之间的关系却并不“绝缘”；而当某种势力比较强大的文体向着另一种势力比较薄弱的文体进行“渗透”时，后者的形态和风貌就势必发生某种程度的“扭变”。因而，词中所产生的“变体”，也可在一定意义上视为诗、文等其他文体对词进行“渗透”的产物。

（二）词中产生“变体”的必然性

词中产生“变体”的可能性既如上述，下面就让我们再来讨论词中产生“变体”的必然性问题。这里我们先引《文心雕龙》的两段话作为立论的依据。其《体性》篇云：“才有庸隽，气有刚柔，学有浅深，习有雅郑，并情性所铄，陶染所凝，是以笔区云谲，文苑波诡者矣。故辞理庸隽，莫能翻其才；风趣刚柔，宁或改

① 严羽：《沧浪诗话》，何文焕辑《历代诗话》，中华书局，1981 年，第 688 页。
② 陈师道：《后山诗话》，何文焕辑《历代诗话》，中华书局，1981 年。

其气;事义浅深,未闻乖其学;体式雅郑,鲜有反其习;各师成心,其异如面。”①这就是说,文学作品的风貌,在很大程度上是因人而异的(“其异如面”),它与作者的才能、气质、学养、习染之间存在着密切的联系。其《时序》篇则云:“故知文变染乎世情,兴废系乎时序,原始以要终,虽百世可知也。”②这又是说,社会境况和现实环境影响和推动着文学的发展,前者发生了变化,则后者的风貌也会产生相应的变异。若拿以上两个观点来观照唐宋词的风格嬗变,那么我们就不难得出如下结论:词之产生“变体”,实是一种带有必然性的事情。

第一,且让我们从“因人而异”的角度来看问题。而在这方面,又可分成两层来看:一是词人的个性气质有所差异,其中禀性“横放杰出”者作词便往往会使词风趋于豪放雄奇,这就促生了词中的“变体”;二是词人所身临的生活环境有所差异(或曰人的时、空环境大有不同),故当他们一旦跳离倚红偎翠的女性化环境而另处比较开阔远大的生活空间之时,作词的题目就会发生变化,而当他们咏写诸如登临、怀古、观潮、出猎、上阵、杀敌之类“大题目”时,其词风、词貌也就会相应发生变化。综合以上两方面的情况我们即可发现,由于创作主体的个性气质及其所身处的时、地及面临的事和题(目)有所差异,他们所创作的词篇,其风貌就必然会朝多元化和多样化的方向发展,而绝不会囿于“以清切婉丽为宗”的格局而凝滞不变。缘此,“因人而异”(包括词人的生活环境和创作题材之差异)就成了词中产生“变体”的必然原因之一。下面,就让我们对此分别进行阐述。

首先,大千世界,人以群分。由于作词者的个性和气质各有不同,所以发而为词,其风貌就会有所差异。这里试举两个例子。一是完颜亮的咏月词《鹊桥仙·待月》:

> 停杯不举,停歌不发,等候银蟾出海。不知何处片云来,做许大、通天障碍。　　虬髯撚断,星眸睁裂,唯恨剑锋不快。一挥截断紫云腰,仔细看、嫦娥体态。

完颜亮本是金国的一位藩王,但其人野心勃勃,后来终于弑杀金熙宗而篡位,并继后向南宋发动了大规模的南侵(1161 年)。史载其“为人僄急,多猜忌,残忍任数”③,岳珂《桯史》卷八也说他“颇知书,好为诗词,语出辄崛强,慹慹有不为人

① 周振甫:《文心雕龙今译》,中华书局,1995 年,第 254、255 页。
② 同①。
③ 脱脱,等:《金史》卷五《海陵本记》,中华书局,1975 年,第 91 页。

下之意”①。他在篡位之前,就暗蓄谋反之意,曾有题扇诗曰:“大柄若在手,清风满天下。”又在其咏竹诗(“孤驿潇潇竹一丛,不同凡卉媚春风。我心正与君相似,只待云梢拂碧空”)、咏桂诗(“绿叶枝头金缕装,秋深自有别般香。一朝扬汝名天下,也学君王着赭王”)和述怀诗(“蛟龙潜匿隐沧波,且与蛤蟆作混合。等待一朝头角就,撼摇霹雳震山河”)中,掩抑不住地吐露了篡位野心。由此看来,其个性确是十分骄横霸悍,真非“等闲之辈”。而以这样的个性脾气来写词,他的咏月词顿就显出与常人迥异的风貌来。试举前代“花间”词人和凝所写的候月词:“竹里风生月上门。理秦筝,对云屏。轻拨朱弦,恐乱马嘶声。含恨含娇独自语,今夜月,太迟生。”(《江城子》)虽然词中的女主角也在埋怨今夜的月亮来得太迟(实质是等郎心焦而生的怨情),可词却写得何等的哀怨温婉,一点也见不到有“火气”。再如南宋吕本中企盼月圆(人圆)的《采桑子》:“恨君不似江楼月,南北东西。南北东西,只有相随无别离。　恨君却似江楼月,暂满还亏。暂满还亏,待到团团是几时?”尽管深恨着月之常缺和人之常散,但他还是万般耐心地等待与暗祈着月儿和人儿的再圆。然而,同样是等待月亮这件事,移至完颜亮笔下,却变得怒气十足、火爆三丈。他先是焦灼得“停杯不举,停歌不发”,睁大眼睛注视天边。随后,不见月升而唯见“不知何处片云来”,因就“怒从心头起,恶向胆边生”地吐出了这样的词句:“虬髯撚断,星眸睁裂,唯恨剑锋不快。”接下来则更要“一挥截断紫云腰”地大动干戈,意欲将娇艳的嫦娥生擒来问罪。前人曾经评其为:“出语倔强,真是咄咄逼人”②,确是词如其人,充满了一股慓悍霸蛮之气。由此看来,则正是完颜亮那特异的个性和气质,造就了此首咏月词与常人之作迥然不同的特殊风貌。

而与此相似的例子还可举出苏轼的《鹊桥仙·七夕送陈令举》:

> 缑山仙子,高情云渺,不学痴牛呆女。凤箫声断月明中,举手谢时人欲去。　客槎曾犯,银河波浪,尚带天风海雨。相逢一醉是前缘,风雨散、飘然何处?

常人之写七夕词,总不免写得柔情脉脉、缠绵悱恻。如欧阳修《渔家傲》:“喜鹊填河仙浪浅,云軿早在星桥畔。街鼓黄昏霞尾暗,炎光敛,金钩侧倒天西面。　一别经年今始见,新欢往恨知何限?天上佳期贪眷恋,良宵短,人间不合催银

① 岳珂:《桯史》,中华书局,1981年,第95页。

② 张宗橚编:《词林纪事》卷二〇引,《词林纪事　词林纪事补正》,上海古籍出版社,1998年,第1274页。

箭。”又如秦观的《鹊桥仙》:“纤云弄巧,飞星传恨,银汉迢迢暗度。金风玉露一相逢,便胜却人间无数。　柔情似水,佳期如梦,忍顾鹊桥归路?两情若是久长时,又岂在朝朝暮暮?”这两首词均以其柔情婉笔而著称于词坛。但苏轼此词却一反常态地显出别具一格的新貌来:一上来先用王子乔(他在缑山化仙,因称之为“缑山仙子”)飘然仙去的典故作铺垫,隐喻友人陈令举的离去,接下来用客槎泛天河得遇织布女和牵牛人的故事追写自己与陈令举的往日相聚,最后则以飘逸超旷的笔调抒发其前缘已尽、后会不知何期的人生感慨。全词完全跳出了儿女艳情的窠臼,洗尽了常人七夕词所充溢的脂粉之气,而显得“兴会高骞,直觉有仙气缥缈于笔端”(李佳《左庵词话》)。难怪陆游读后不禁赞叹道:“昔人作七夕词,率不免有珠栊绮疏惜别之意。唯东坡此篇,居然是星汉上语(按:意指天上人语),歌之曲终,觉天风海雨逼人。”①而它之所以会笔挟“天风海雨”之势,归根结底,与苏轼那横放杰出的个性和超乎尘俗的气质密切相关。

所以,在考察词产生“变体”的原因时,词人豪放的个性和气质,就不能不是其中的一个重要因素。对此,前代评论家也曾用“性情”二字作过类似的解释。如田同之说过:“填词亦各见其性情。性情豪放者强作婉约语,毕竟豪气未除;性情婉约者强作豪放语,不觉婉态毕露。”②其意是说:性情豪放者作词就天生趋向于豪放,而性情婉约者作词也自然地趋向于婉约;他们即或想向与自己性情相反的词风靠拢,有时却仍会显露出本性难移的“马脚”来。根据这种“词如其人”的观点,田氏甚至进而提出:“故婉约自是本色,豪放亦未尝非本色也。”③这就进一步揭示了词无论是“正体”还是“变体”,其词风、词貌均与作者为人的“本色”相一致。换言之,亦即《文心雕龙》所谓“各师成心,其异如面”④者是也。

其次,以同一位词人来说,其生活环境也经常会发生时空的转换。而当生活环境发生变异时,其词风也会随之而变。例如,当着词人身处倚红偎翠的场合时,其下笔必定柔媚不堪;而当他登临名胜、凭吊古迹时,其词风一般就会趋向苍凉遒劲。不妨举柳永为例。他的艳词基本作于寻花问柳的场合,故就充满着侧艳柔靡的气氛,如其《尉迟杯》中这样写道:“宠佳丽,算九衢红粉皆难比。天然嫩脸修蛾,不假施朱描翠。盈盈秋水,恣雅态、欲语先娇媚。每相逢、月夕花朝,自有怜才深意。　绸缪凤枕鸳被,深深处、琼枝玉树相倚……”这就完全是一

① 陆游:《跋东坡七夕词后》,《陆游集》,中华书局,1976年,第2252页。
② 田同之:《西圃词说》,唐圭璋编《词话丛编》,中华书局,1986年,第1455页。
③ 同②。
④ 周振甫:《文心雕龙今译》,中华书局,1995年,第255页。

派惜香怜玉的心性和一副柔情蜜语的声腔。但当他飘荡东南、登临姑苏台（在今苏州灵岩山上，为吴王夫差行宫所在）时，却因作词环境的变化而使其《双声子》词一改其平昔的柔媚风貌而显出另一种风味："晚天萧索，断蓬踪迹，乘兴兰棹东游。三吴风景，姑苏台榭，牢落暮霭初收。夫差旧国，香径没、徒有荒丘。繁华处，悄无睹，惟闻麋鹿呦呦。　想当年，空运筹决战，图王取霸无休。江山如画，云涛烟浪，翻输范蠡扁舟。验前经旧史，嗟漫载、当日风流。斜阳暮草茫茫，尽成万古遗愁。"词人此时所面对的，不再是风月场中的歌儿舞女，而是一派萧索荒凉的历史陈迹，因此，他再也无心用其侧艳词笔来大写那儿女柔情，这就促使其词风顿生变异。我们试读他的"斜阳暮草茫茫，尽成万古遗愁"，再体味一下他的某些词境片断（"江山如画，云涛烟浪"），便可依稀感受到苏、辛词的风味。所以，作词环境对于词风、词貌同样也会产生深刻的影响。如若范仲淹不到宋与西夏交战的延安一带戍边，他就写不出曾被欧阳修戏嘲为"穷塞主之词"的《渔家傲》（塞下秋来风景异）来；如若苏轼不在"人道是、三国周郎赤壁"的古战场边（至少他心目中这样认为）徘徊，他的《念奴娇》（大江东去）也不会写得如此慷慨豪放；如若辛弃疾所登临的不是出过许多英雄豪杰的京口古城之北固亭，他或许也不会给后人留下那声如裂竹撕帛的《永遇乐》（千古江山）。总之，一旦跳离了眠花宿柳的女性化环境，词人那作为士大夫文人的"本性"就会有所"恢复"；而当身处更加开阔远大的生活空间，他们也会相应调整甚或"重建"其词风，使它产生弃柔而趋刚的变异。

对此，清人郭麐的《词品》中就曾论及。他对其中的"雄放"一品即有如下的描绘："海潮东来，气吞江湖。快马斫阵，登高一呼。如波轩然，蛟龙牙须。如怒鹘起，下盘浮图。千里万里，山奔电驱。元气不死，乃与之俱。"①其言虽主要是对雄放风格作形象的描述，但也不难看出此种风格的形成往往与登高、观潮、走马、上阵之类富有豪杰气概的生活环境和举动有关。为证其言之非虚，我们不妨再举宋人所作的观潮词为例。宋代最早的观潮词当推潘阆的《酒泉子》：

长忆观潮，满郭人争江上望。来疑沧海尽成空，万面鼓声中。
弄潮儿向涛头立，手把红旗旗不湿。别来几向梦中看，梦觉心尚寒。

此词虽属于宋初的小令，但其中却已显露了一般婉约词中所少见的雄放风味，故而苏轼曾把它与潘阆其他的九首《酒泉子》一起书于玉堂屏风之上，以表其赏爱之情。及至南宋的辛弃疾，他的观潮词就写得更恣肆横放、豪气迸溅了。如其

① 郭麐：《词品》，张璋，等编纂《历代词话》下，大象出版社，1999年，第1304页。

《摸鱼儿·观潮上叶丞相》:

望飞来、半空鸥鹭,须臾动地鼙鼓。截江组练驱山去,鏖战未收貔虎,朝又暮。悄惯得、吴儿不怕蛟龙怒,风波平步。看红旆惊飞,跳鱼直上,蹙踏浪花舞。　　凭谁问,万里长鲸吞吐,人间儿戏千弩。滔天力倦知何事,白马素车东去。堪恨处:人道是、属镂怨愤终千古,功名自误。谩教得陶朱,五湖西子,一舸弄烟雨。

词的上片之写江潮,深富惊心动魄之感;而下片之抒情议论,也大有长鲸吞吐之势,简直令人联想到词人似得于涛神之助。而即使到了宋末的陈人杰,他虽只是一介文弱书生,但当题写《沁园春·浙江观澜》时,笔底却也顿生浩荡之气:

日薄风狞,万里空江,隐隐有声。旋千旗万棹,一时东指;青山断处,白浪成层。渐近渐高,可惊可喜,欻作雪峰楼外横。教人讶,是鲸掀鳌抃,蛟斗龙争。　　属镂忠恨腾腾,要勾践城台都荡平。奈岸声不动,潮头自落;又如飞剑,斫倒鼍城。若到夜深,更和月看,组练分明十万兵。尤奇特,有稼轩一曲,真"野狐精"。

此词一方面明显受到了辛弃疾上面那首观潮词的启发(它赞扬辛之所作乃观潮词中的"野狐精",这同苏轼赞扬王安石那首《桂枝香》是"金陵怀古"词中的"野狐精",是同样的意思),另一方面却也是因为作者面对钱塘江的汹涌潮水,从而感发出慷慨激情,奔涌出豪健笔力。举出宋代不同时期的三首观潮词为例,我们也就大体能够窥见整个宋代观潮词的简貌　　这些词的作者都因面对呼啸奔腾的江潮而变得心潮起伏、豪情激荡,故其下笔就自然挟带了风雷之势。由此,我们并又可以推想与此相似的情况:那些登高、吊古、出猎、驰马的词篇,也莫不因其写作场合之不同于浅斟低唱的女性化环境而定会产生词风、词貌上的若干变异。

而与上一问题紧密相连的情况则是:写词的题目有所不同,也会导致其词风、词貌发生变异。对此,清人沈祥龙的《论词随笔》就曾作过如下论述:"词之体各有所宜。如:吊古宜悲慨苍凉,纪事宜条畅滉漾,言愁宜呜咽悠扬,述乐宜淋漓和畅,赋闺房宜旖旎妩媚,咏关河宜豪放雄壮……"①换句话说,题目不同,则词风词貌就会相应发生变化。试以周邦彦词为例,当他抒写男女私情时,其词风是何等柔婉细腻。如其《拜星月慢》:"夜色催更,清尘收露,小曲幽坊月暗。竹

① 沈祥龙:《论词随笔》,唐圭璋编《词话丛编》,中华书局,1986 年,第 4049 页。

槛灯窗，识秋娘庭院。笑相遇，似觉琼枝玉树相倚，暖日明霞光烂。水眄兰情，总平生稀见……”就写得相当软媚。但当他换了一个题目，抒写“金陵怀古”的思古幽情时，其词风却变得苍劲老辣多了：

> 佳丽地，南朝盛事谁记？山围故国，绕清江、髻鬟对起。怒涛寂寞打孤城，风樯遥度天际。　断崖树，犹倒倚，莫愁艇子曾系。空余旧迹，郁苍苍、雾沉半垒。夜深月过女墙来，伤心东望淮水。　酒旗戏鼓甚处市？想依稀王谢邻里。燕子不知何世，向寻常巷陌人家，相对如说兴亡、斜阳里。（《西河》）

词的上片描写金陵的地势，境界阔大，气象巍峨；其中片描写金陵的古迹，一片空旷迷茫，令人欷歔生哀；其下片描写金陵的眼前之景，且与古代史实相勾连，令人引发出深沉的今古兴亡之感。这种词风，就接近于王安石那首曾被苏轼赞叹为“野狐精”之作的《桂枝香》，而大不同于周邦彦的一贯词风。故而沈祥龙还曾说：“词有婉约，有豪放，二者不可偏废，在施之各当耳。房中之奏（按：即指闺房调笑之作），出以豪放，则情致绝少缠绵。塞下之曲（按：即指边塞题材之作），行以婉约，则气象何能恢拓？”①这中间的“施之各当”四字，就指出了题目不同，词风固当有异的道理。而因社会生活永远处于不断变化和发展的状态之中，它给词人出的题目也就绝不会仅仅限制在儿女柔情这一狭窄的范围之内。故当某些词人敢于打破“词为艳科”的习套，勇于在其词中容纳更多、更新的生活内容之时（特别当他们用词来咏写诸如“登临怀古”、忧国忧政的大题目时），他们就会将男子汉的气概重新召唤回词中，从而促生了词之“变体”。

综合以上诸种情况，我们不难得出如下认识：词中之所以会产生“变体”，并不是某些词人灵机一动、随笔挥洒的产物，而是他们依据自身的个性和气质并适应特定的生活环境与生活内容，对词的文体功能与文体风格进行调整和“重建”的结果。而在上述判断中，个性和气质这一项因素固然因人而异，而生活环境和生活内容这一因素却也同样随着创作主体的具体境况而发生变化。所以正像张綖在论析词体大略可分婉约与豪放两类之后紧接着说的“然亦存乎其人”那样，词之所以会产生“正”“变”二体，首先就与创作主体的情况有所差异（亦即“因人而异”）有关。

第二，再让我们转从社会境况与现实环境对于词风演变的影响和推动的角

① 沈祥龙：《论词随笔》，唐圭璋编《词话丛编》，中华书局，1986 年，第 4049 页。

度来看问题。由此,我们就能获得另外一个清晰的结论:社会矛盾的加深与激化,乃是促生“变体”词的背景和外力。

夏承焘先生《论词绝句》有云:“九重心事共谁论?酒畔兵权语吐吞。说与玉田能信否?陈桥驿下有词源。”其下并有“题解”云:“宋初帝王怕大臣窥伺帝位,鼓励他们饮宴行乐,以消弭其雄心。宋太祖杯酒释兵权,劝石守信等将帅多买歌儿女妓,以娱晚年。宋真宗也说:‘寇准年少,应戴花饮酒去。’北宋词风软靡,与此种帝王机心有关。用这些话,说给著《词源》的张炎听,他能不能相信呢?”(《瞿髯论词绝句》)此诗即用俏皮的语言“泄漏”了这样一个“天机”:北宋(乃至南宋)的软靡词风,其成因实际根植于统治集团所倡导的享乐生活的社会土壤中;而张炎(玉田)却只在音乐与声律方面去探求“词源”,这又怎能悟出其中的奥妙呢?夏先生的诗和题解,可谓鞭辟入里,相当深刻地揭示了这样一个道理:唐宋词中的“本色”词风(亦即软靡婉约的词风),在很大程度上是枕奠于酒色歌舞的享乐生活基础上的。我们且看聂冠卿《多丽》词:“……画堂迥、玉簪琼佩,高会尽词客。清欢久,重燃绛蜡,别就瑶席。　有翩若惊鸿体态,暮为行雨标格。逞朱唇、缓歌妖丽,似听流莺乱花隔。慢舞萦回,娇鬟低亸,腰肢纤细困无力……”词中所写的词客聚会和歌妓歌舞情景,便全在享乐的环境中进行,而所唱歌词的妖丽软绵(好比隔花鸣叫的流莺之声)则分明也与朱唇轻启、娇鬟低亸的色情味极浓的氛围融为一体。由此可见,词之“本色”风格,确实是与享乐生活“捆绑”在一起的。

但是,词中的“变体”却往往产生于另一种生活环境之中。或者换句话说,社会境况(“时运”“世情”)变了,词的“质”(内容)和“文”(形式)也就随之而发生变异。这里且让我们举出宋词中可称第一首“变体”之作的范仲淹《渔家傲》来做说明。其词如下:“塞下秋来风景异,衡阳雁去无留意。四面边声连角起。千嶂里,长烟落日孤城闭。　浊酒一杯家万里,燕然未勒归无计。羌管悠悠霜满地。人不寐,将军白发征夫泪。”据魏泰《东轩笔录》卷一一记载:“范文正公守边日,作《渔家傲》乐歌数阕,皆以‘塞下秋来’为首句,颇述边镇之劳苦。欧阳公尝呼为‘穷塞主之词’。”①对此,夏承焘先生亦有两句反话:“莫怪人嗤‘穷塞主’,歌围舞阵正勾魂。”②意思是说:别人都在歌围舞阵、酒色场中讨生活,而范公却偏写“塞下秋来风景异”这类不合时宜之词,也就难怪招人嗤笑了。故从欧阳修对此词所戏嘲的“穷塞主之词”一语中,我们便可推断它在当时人心目中当

① 魏杏:《东轩笔录》,中华书局,1983 年,第 126 页。
② 夏承焘:《瞿髯论词绝句》,中华书局,1979 年,第 8 页。

属“变体”无疑(不过那时尚无这个称呼而已)。

然而,范仲淹又是因何才会写出这种“变体”型的词篇来呢?这就明显与他所身处的特殊环境以及北宋积弱积贫的社会境况有关。根据查考,范仲淹于康定元年(1040 年)出任陕西经略副使兼知延州(今陕西延安),镇守宋与西夏交战的前线共达四年,其词《渔家傲》即作于这四年之中。由于北宋统治集团实行守内轻外的政策,故在防御外族入侵时经常处于被动挨打的局势。就在范仲淹去边关上任之前不久(1040 年正月),西夏大举进犯延州,宋帅范雍急调附近的刘平与石元孙率部支援,结果宋兵大溃,刘、石二人皆被敌兵所杀,士卒死伤者达几千人。范仲淹(及另一位名将韩琦)到任之后,情况虽有局部改善,但因韩琦急于求成,不听范仲淹“未可轻兵深入”的劝告而匆忙发兵,终又落得在好水川惨败而归的结果。据史料记载,这次战役中副总管任福、都监桑怿、巡监刘肃等将领相继阵亡,而士卒死者竟达一万余人。兵败归来,其状惨不忍睹:“阵亡者之父兄妻子数千人号于马首,持故衣纸钱,招魂而哭曰:‘汝昔从招讨(指韩琦)出征,今招讨归而汝死矣,汝之魂亦能从招讨以归乎!’哀恸之声震天地,(韩)琦掩泣驻马不能进。”①其事即发生在范公守边之第二年(1041 年)二月。所以完全可以想知:范仲淹守边之时,正是宋朝国势已显不振、士气大为低落之时(当时的大臣丁度就上书仁宗,称“今士气伤沮”);而他写《渔家傲》时,或许耳边还萦绕着延州阵亡者家属们的哀哀哭声。故在此种大不同于京城花天酒地的特殊环境影响之下,作为一位“先天下之忧而忧”和头脑清醒、良知未泯的士大夫文人,范仲淹之提笔写词,当然就要“为民请命”地“颇述边镇之劳苦”,流泻出“将军白发征夫泪”的深重忧思。但那笼罩在西北边陲上空的战争乌云,以及流行于守边将士帐幕中的思乡心病,又岂是身在汴京城中、“歌围舞阵正勾魂”的欧阳修所能感觉和“传染”到的?因之他从自己所处的繁华环境以及以词佐欢的词学观(其《采桑子》小序称写词是“敢陈薄伎,聊佐清欢”)出发,戏嘲范词乃“穷塞主之词”,就一点也不足为怪。至若后代还有人轻飘飘地批评范仲淹“以总帅而出此语,宜乎士气不振而无成功”②,则更是不甚明了范公当时身处的特殊环境和所怀的复杂感情而发的臆断与瞎说。

当然,若从总体而言,范仲淹所处的时代(宋仁宗时代)毕竟还是一个相对安定的“太平盛世”。因此,当仁宗驾崩之后,契丹国君甚至拉着宋使的手说:

① 冯琦厚:《宋史纪事本末》卷三〇,中华书局,1955 年,第 210 页。

② 瞿佑:《归田诗话》,丁福保辑《历代诗话续编》,中华书局,1983 年,第 1251 页。

“四十二年不识兵革矣。”①但是,这种表面安定的局势实际却是用年年向外族进贡金银财帛的代价换得的,且也掩盖不了局部地区频繁发生战争的事实。然而,生活在享乐环境之中并习惯用词来娱宾遣兴的婉约派词人们,却大都感受不到那莺歌燕舞的繁华气象所掩盖着的社会危机,或者是虽然有所感受,却又不愿写此“穷塞主”式的词去破坏那歌筵舞席上浅斟低唱的享乐气氛。所以,只有亲身经受过戍边之苦的范仲淹,才能与众不同地敏锐感受到宋代因国势不振而导致频频挨打的“时运”,以及广大守边将士虽欲为国建功而无法伸展抱负的苦闷心情,这或许可以视作“春江水暖鸭先知”的“先知先觉”吧。而其《渔家傲》则又“一叶知秋”地预示着词中的“变体”之作终将随着社会危机的加深和民族矛盾的激化而形成西风落叶、不可抑制的阵势大量勃兴在今后的词坛(特别是南宋词坛)上。

首先带给词坛以崭新面目和迥异气象的,理当推苏轼的豪放词。郭麐就曾高度评价苏轼对词风的革新:“词之为体,大略有四……至东坡以横绝一代之才,凌厉一世之气,间作倚声,意若不屑,雄词高唱,别为一宗。”②而这种革新词风和创作豪放词篇之举,就明显与时势的推动有关。我们深知,苏轼其人,本是一位“奋厉有当世志”的豪杰之士,可又偏偏生逢北宋社会矛盾加深、激化之时,这就造成了他矛盾和悲剧的人生。他入仕之后曾向皇帝进献《进策》25 篇,冀望朝廷能够改变因循萎靡的时局,“涤荡振刷,而卓然有所立”(《东坡应诏集·策略第一》)。但是,当王安石针对当时的社会弊病动起“真格”并大刀阔斧进行变法革新之时,他却站到了守旧派一边,而与新党集团成为政敌。后当司马光重新上台并尽废新法之时,苏轼则又对守旧派的施政方针持有异见。因此综观他的一生,几乎一直被卷入政治斗争的漩涡之中不能自拔。一方面,他深怀为国效劳、建功立业的理想和抱负,另一方面,他又深受政治斗争的连累和迫害,这二者的碰撞冲突,终于激发他写出了一批既豪放又深沉的词篇。

如他在熙宁七年(1074 年)因与王安石政见不合而自请外调,后由杭州改任密州知州途中写给胞弟苏辙的《沁园春》词,就已初步具有上述风味。词下片写道:“当时共客长安,似二陆初来俱少年。有笔头千字,胸中万卷,致君尧舜,此事何难?用舍由时,行藏在我,袖手何妨闲处看。身长健,但优游卒岁,且斗尊前。”前六句回忆了兄弟二人初游汴京时的情景,真是少年得志、初露头角,显得多么有抱负和多么有气概!及至后面的六句,则写当下之心情,其中“袖手何妨

① 邵博:《邵氏闻见后录》卷一,中华书局,1983 年,第 5 页。
② 郭麐:《灵芬馆词话》卷一,唐圭璋编《词话丛编》,中华书局,1986 年,第 1503 页。

闲处看”一句就流露了对变法派主持朝政的冷眼旁观和暗中不满,又显示出绵里藏针的深沉况味。而其大量融入史事典故和前代诗文(如“二陆年少”以陆机、陆云兄弟年少入洛阳为士林所推重的典故来比况自己与苏辙初游汴京时的受人注目;如“胸中万卷”之暗用杜诗“读书破万卷,下笔如有神”;如“致君尧舜”之化用《孟子》“使是君为尧舜之君”和杜诗“致君尧舜上,再使风俗淳”;如“用舍由时,行藏在我”的化用《论语》“用之则行,舍之则藏,惟我与尔有是夫”;如“优游卒岁”之浓缩《孔子家语》“优哉游哉,可以卒岁”;如“且斗尊前”之化用牛僧孺诗“休论世上升沉事,且斗尊前见在身”;等等)也很清楚地表明:正是政治抱负与现实境况的矛盾,才促使苏轼生发出如许深沉而复杂的人生感慨;又因这番有关乎政治、哲理方面的情志其容量之大、分量之重已很难用“本色”的词风来表现和载负,因此他就只能择诗、文、经、史中的语汇,改用夹叙夹议、以论入词的手法来求得感慨淋漓的表达。这就使他这首较早的长调一上来就显露了与传统词风大异其貌的“以诗为词”的特色,从而具备了初露端倪的豪放风格。

而苏轼到密州上任以后,一方面因其自感失意,故在婉约风格的《江城子·乙卯正月二十日夜记梦》中吐露了“纵使相逢应不识,尘满面,鬓如霜”的自伤孤独之感;另一方面却又把他虽然不甚得意、又欲为国效劳的雄心壮志写进了颇足“壮观”的《江城子·密州出猎》。当然,最使词坛感到震惊和最令时人刮目相看的豪放之作,自是他的“赤壁怀古”词。其时苏轼正处被贬黄州的人生低谷时期。然而,也正是此种极为艰难困踬的生活境遇,才将他磨砺成了中国文学史上的又一位巨匠。宋人王十朋说得好:“再闰黄州正坐诗,诗因迁谪更瑰奇。”(《游东坡十一绝》)若无这一番新旧党争和“乌台诗案”的折腾与折磨,若无这一段开荒种桑、穷困潦倒的贬官生涯,苏轼就不会变得那样成熟,苏轼的诗、文、词也不会变得那样瑰奇耀目。我们试观其笔下所展示的雄伟江山——“乱石崩云,惊涛裂岸,卷起千堆雪”,就可窥知此老实有吞吐江涛、舒卷风云的壮阔胸怀;我们试观其笔下所展示的风流人物——“遥想公瑾当年,小乔初嫁了,雄姿英发。羽扇纶巾,谈笑间,樯橹灰飞烟灭”,又可窥知此老心中悬有何等高远的人生理想和政治抱负;而当我们最后读其“故国神游,多情应笑我,早生华发。人间如梦,一尊还酹江月”之句,则更会深感此老心中潜藏的人生忧患有多强烈和浓重!所以,此词之所以用高唱入云的“大江东去”起调,而最后却以感慨万千的喟叹“人间如梦”两句煞尾,之所以集飞动与沉雄之势、豪放与深沉之风于一体,实际就根源于他思想中的深刻苦闷,根源于其理想抱负和现实境况之间的矛盾冲突。故而,苏轼的突破传统词风和开创豪放词风,除开其他方面的原因之外,政治风云和人生境遇的变幻就不能说不是一个直接的推动因素。

当然，若从严格意义上讲，苏轼的豪放词篇数量并不太多。但是正如王灼所说，它们却具有“指出向上一路，新天下耳目”①的创新意义。或者借用鲁迅的话说：“是别有一种意义在。这是东方的微光，是林中的响箭，是冬末的萌芽，是进军的第一步……因为这诗属于别一世界。”②由此，词坛就开始出现了“别一世界”而词中的“变体”之作则更将在时势的推动之下纷纷登坛。下面，就先请看苏轼开创豪放词风后的“近期效应”。

与苏轼一样受到政治斗争的牵连和打击并因此而推动其词风发生演变的词人，还有黄庭坚和晁补之。拿黄庭坚来说，他也饱受新党一派的迫害，曾经两度被贬，最后竟老死于偏远的广西宜州。他的词作就明显有着两副“面孔”。一是符合于“本色”词风的作品，如其有名的《清平乐》：

春归何处？寂寞无行路。若有人知春去处，唤取归来同住。
春无踪迹谁知？除非问取黄鹂。百啭无人能解，因风飞过蔷薇。

此词表现词人的惜春情怀，写得曲折缠绵、委婉蕴藉。所以李清照在其《词论》中曾说：“乃知（词）别是一家，知之者少。后晏叔原、贺方回、秦少游、黄鲁直出，始能知之。”③她把黄庭坚捧为懂得词“别是一家”道理的少数几位词人之一。但除此之外，黄庭坚的词却又具有另一番面目。如其《定风波·次高左藏使君韵》：

万里黔中一漏天，屋居终日似乘船。及至重阳天也霁，催醉，鬼门关外蜀江前。　　莫笑老翁犹气岸，君看，几人黄菊上华颠？戏马台南追两谢，驰射，风流犹拍古人肩。

这是黄庭坚被贬于黔州时的作品。词中描写了他身居鬼门关外僻壤陋屋的困苦境遇，更抒发了他虽然白发华颠却仍不甘服老和穷且益坚的傲岸情怀，全词绝无衰飒气和可怜相，却有一股凛然生气贯注其中。当时其弟知命亦曾有诗云：“人鲊瓮中危万死，鬼门关外更千岭。问君底事向前去，要试平生铁石心。”（《戏答刘文学》）而黄庭坚之写本词，即可视为用词的形式来展示其“铁石之心”并借以告慰关心他的亲友们之文学举动。再如其答史应之的《鹧鸪天》：

① 王灼：《碧鸡漫志》卷二，唐圭璋编《词话丛编》，中华书局，1986 年，第 85 页。
② 鲁迅：《且介亭文末编》，人民文学出版社，1951 年，第 35 页。
③ 李清照：《词论》，王仲闻校注《李清照集校注》，人民文学出版社，1979 年，第 195 页。

黄菊枝头生晓寒,人生莫放酒杯干。风前横笛斜吹雨,醉里簪花倒着冠。　　身健在,且加餐,舞裙歌板尽清欢。黄花白发相牵挽,付与时人冷眼看。

此词作于戎州贬所。词中所写“醉里簪花倒着冠”和“付与时人冷眼看”的自我形象,便活脱是一副向世俗表示侮慢和挑战的倔强姿态。此种形象,以前几曾在“本色”词中见过?而上述两首“自是着腔子唱好诗”的词篇,分明都寓藏着他遭受政治迫害以后所满怀的牢骚愤懑,其词风之变异实源于境遇和心情的变异。

再拿晁补之来讲,他年轻时就受知于苏轼,政治态度也与苏轼一致。后遭贬谪,归居故乡山东巨野,过着陶渊明式的隐士生活。从他的生活经历和个性气质出发,他不但欣赏传统的婉约词风,而且高度赞许苏轼所开创的豪放词风。他说:“苏东坡词,人谓多不谐音律,然居士词横放杰出,自是曲子中缚不住者。”①这比同样身为苏轼门人的陈师道之批评苏词“虽极天下之工,要非本色”②,就显得通达和圆照。故他所写的某些词篇,也就接近于苏词。如其《洞仙歌·泗州中秋作》:

青烟幂处,碧海飞金镜。永夜闲阶卧桂影。露凉时,零乱多少寒蛩。神京远,惟有蓝桥路近。　　水晶帘不下,云母屏开,冷浸佳人淡脂粉。待都将许多明,付与金尊,投晓共流霞倾尽。更携取胡床上南楼,看玉做人间,素秋千顷。

此词就颇有苏词的豪放风味。胡仔曾说:“中秋词,自东坡《水调歌头》一出,余词皆废”,但他接着又对晁氏此词有所褒扬③,这就可见晁词之词风可比肩苏词。而特别是其中“看玉做人间,素秋千顷”两句,将天上和人间的月光浑合成千顷玉田般的境界来写,更显得胸襟阔大、气魄非凡,正与他同时所写的题画诗“胸中正可吞云梦,盏底何妨对圣贤?有意清秋入衡霍,为君无尽写江天”相似,同样倾泻出一派磊落坦荡之气(刘熙载《艺概》卷四评晁补之“坦易之怀,磊落之气”,与苏轼“差堪骖靳”④)。再如其《摸鱼儿·东皋寓居》:

买陂塘、旋栽杨柳,依稀淮岸江浦。东皋嘉雨新痕涨,沙觜鹭来鸥聚。堪爱处,最好是一川夜月光流渚。无人独舞。任翠幄张天,柔茵藉

① 吴曾:《能改斋漫录》卷一六,中华书局,1960年,第496页。
② 陈师道:《后山诗话》,何文焕辑《历代诗话》,中华书局,1981年,第309页。
③ 胡仔:《苕溪渔隐丛话·后集》卷三九,人民出版社,1962年,第321页。
④ 刘熙载:《艺概》卷四,上海古籍出版社,1978年,第109页。

地，酒尽未能去。　　青绫被，莫忆金闺故步。儒冠曾把身误。弓刀千骑成何事？荒了邵平瓜圃。君试觑，满青镜，星星鬓影今如许！功名浪语。便似得班超，封侯万里，归计恐迟暮。

此词上片描写东皋新雨后的可爱景致，表现词人归隐故里后的自得其乐；下片则抒发"儒冠多误身"的牢骚，表现他厌弃官场、急流勇退的情怀。全词融写景、议论、抒情于一体，气势豪迈，词风刚健。前人曾以"堂庑颇大"①四字评之，且还指出它为辛弃疾《摸鱼儿》词开启了先河。

综观苏轼、黄庭坚和晁补之三家词中的豪放之作，它们就具有共同的政治背景（新旧党争）和相似的创作缘起（愤懑于贬谪遭遇），因而均可视作当时社会矛盾的激化在词坛所引起的激荡和回响。对此，我们还可假设：若无北宋积弱积贫状况所引起的种种社会危机和围绕着王安石变法所激发的尖锐党争，苏轼等人的人生经历或许就会另有一番景象而不至于像现实这般坎坷，而词坛上大量涌现上述"变体"之作，或许也会向后推迟。由此可知，社会矛盾的激化，实是词中大量出现"变体"的直接推动力和有效"催化剂"。

除开黄庭坚和晁补之追随苏轼豪放词风之外（《碧鸡漫志》卷二称"晁无咎、黄鲁直皆学东坡，韵致得七八"②），贺铸也是一位颇可注目的奇特词人。一方面，他写下了许多极为婉约的词篇，赞之者甚至誉为"妖冶如揽嫱、施之袪"③；但另一方面，贺铸因有感于时势的不宁和个人身世的偃蹇，又写下了若干篇声情慷慨激越的豪放词。后者如其有名的《六州歌头·少年侠气》。词中有云："笳鼓动，渔阳弄，思悲翁。不请长缨，系取天骄种，剑吼西风。"据考证，此词乃有感于时势而发的愤辞。其"笳鼓动"三句实际暗指西夏的屡犯边界，而"不请长缨"二句则是抨击当政者的苟安政策——王安石执政期间因能变法革新、整军抗战，故而宋夏边疆相对平安。但旧党自上台之后，却对西夏采取了屈辱的态度：司马光曾提出割地求安的主张，而文彦博更建议将米脂要塞和熙河路全部地区以及兰州等战略要地一齐奉送给西夏——所以此词之矛头，就是直接指向统治集团中的主和派与投降派的。④ 而其词风之悲壮愤慨，也同样是因社会矛盾（民族矛盾和北宋内部矛盾）的激化所至。

① 刘熙载：《艺概》卷四，上海古籍出版社，1978 年，第 109 页。
② 王灼：《碧鸡漫志》卷二，唐圭璋编《词话丛编》，中华书局，1986 年，第 83 页。
③ 张耒：《东山词序》，贺铸《东山词》，钟振振校注，上海古籍出版社，1985 年，第 549 页。
④ 钟振振：《贺铸〈六州歌头〉系年考辨》，《中华文史论丛》，1982 年第四辑。

俗语云:“英雄造时势,时势造英雄。”其实,时势不仅能造就一大批英雄豪杰之士,同时也能造就一大批英雄豪杰之词。南宋词坛上像雨后春笋般涌现的爱国词篇,就其词品之大义凛然和词风之慷慨激昂而言,就确实堪称“英雄豪杰之词”。它们之蓬勃兴起,一方面固然可以看成是苏轼开创豪放词风的“远期效应”,另一方面则更可看成是南宋“抵抗运动”在词苑中的直接或间接的衍生物。

对于前一点,我们可举两首词来证明。其一是胡世将的《酹江月》:

神州沉陆,问谁是、一范一韩人物?北望长安应不见,抛却关西半壁。塞马晨嘶,胡笳夕引,赢得头如雪。三秦往事,只数汉家三杰。 试看百二山河,奈君门万里,六师不发。阃外何人,回首处、铁骑千群都灭。拜将台欹,怀贤阁杳,空指冲冠发。阑干拍遍,独对中天明月。

根据吴熊和先生考证,此词约作于绍兴九年(1139年)。其时胡世将正在陕西统帅诸军,以保卫川蜀门户。词人十分感愤于宋高宗与秦桧所合谋的宋金和议(实为屈辱投降),痛惜着“奈君门万里,六师不发”的可悲时局,并又深深缅怀着张良、萧何、韩信(“汉家三杰”)、诸葛亮(“怀贤阁”即纪念诸葛亮的建筑物)、范仲淹、韩琦(“一范一韩”)等历史上的英雄豪杰。此词乃是南宋初年在西北川陕前线最早出现的爱国词篇之一(比陆游的《秋波媚·秋到边城角声哀》要早30多年)。其二是黄中辅的《念奴娇》:

炎精中否,叹人材委靡,都无英杰。胡马长驱三犯阙,谁作长城坚壁?万国奔腾,两宫幽陷,此恨何时雪?草庐三顾,岂无高卧贤杰? 天意眷我中兴,吾皇神武,踵曾孙周发。河海封疆俱效顺,狂虏何劳灰灭?翠羽南巡,叩阍无路,徒有冲冠发。孤忠耿耿,剑芒冷浸秋月。

此词最早题在吴江桥上,署名为“中兴野人”作,而据元人黄溍《金华黄先生文集》卷三《记居士公乐府》一文,乃知是其六世祖黄中辅所作。从词中所云“万国奔腾,两宫幽陷”(指徽、钦二宗被掳)及“胡马长驱三犯阙”(指南渡之初金兵大举南侵)来看,它的写作时间比上一篇《酹江月》还要早好几年(约在宋高宗南奔之初)。虽然词中表面也对赵构的“中兴”之举说了几句颂扬之辞,但在言辞深处却又批判了他的逃跑主义。如其“翠羽南巡,叩阍无门,徒有冲冠发”实际是说皇帝早已仓皇逃窜,爱国志士哪还谈得上叩阍见驾和勤王报国?只得空自怒发冲冠。

上述两首愤慨悲壮的词篇有一个共同的特点——全都奉和苏轼《念奴娇·赤壁怀古》的原韵(胡词更将调名易为《酹江月》,即采苏词“一尊还酹江月”而成),这就清楚地表明:它们都继轨着苏轼的词风,且又在新的历史条件下加以发扬光大,因此很可将其看成是苏轼开创的豪放词风在南宋词坛上的“远期效应”。当然这种“远期效应”又并不仅止于此,直到南宋被元灭亡之后,文天祥与其友人邓剡还曾用东坡原韵写下了“乾坤能大”和“水天空阔”两首矢志抗元到底的词篇,这就更加可知苏轼词的深远影响。

至于后一点,亦即南宋“抵抗运动”在词苑直接或间接衍生出抗战词来,则更是显而易见的事。我们试观,南渡初期的几位抗金名臣——李纲、赵鼎、胡铨(晚清王鹏运曾将他们与李光的词合编为《南宋四名臣词集》),他们所写的抗金爱国词篇,哪一篇不是因忧时愤事(既愤于金人入侵,又愤于奸臣误国)而作?而被人称为“二张”的张元幹和张孝祥,同样也都因为感愤于时事而写下了诸如《贺新郎 · 送胡邦衡待制赴新州》《石州慢 · 己酉秋吴兴舟中》《六州歌头 · 建康留守席上作》《水调歌头 · 闻采石战胜》等极负盛名的抗战词篇。及至辛弃疾登上词坛,则更开创了以英雄豪杰之人而写英雄豪杰之词的壮观局面。辛弃疾其人,远非一般的文人可以比拟,他是一位有胆有识、可以担负复国重任的栋梁之材。朱熹曾许之以“股肱王室,经纶天下”八个大字(见谢枋得《祭辛稼轩先生墓记》),陈亮也赞他“背胛有负,足以荷载四国之重”①,刘克庄则更称他为“北方骁勇”②,由此可知他的确实无愧于英雄豪杰的称呼。但是,由于统治集团对辛的排挤和不公平对待,却又使他最后只能以“失败的英雄”而告终。这种既是词人本身又是整个时代的悲剧,就促使辛词变成了宣泄英雄豪杰之气和英雄豪杰之悲的文学工具。对此,清人黄梨庄曾说:“辛稼轩当弱宋末造,负管、乐之才,不能尽展其用。一腔忠愤,无处发泄,观其与陈同甫抵掌谈论,是何等人物!故其悲歌慷慨抑郁无聊之气,寄之于词。”③所以,辛弃疾的词就完全可以视为“苦闷的象征”(借用日本厨川白村语),它是作者满腔豪气悲情的文学结晶。王士禛曾将它称为“英雄之词”(《倚声初集序》),亦其宜也。对此,我们就既要叹息南宋的时势虽然造就了一批英雄,却又埋没了他们这一历史悲剧,另外却又要庆幸于它虽然扼杀了一代英雄豪杰之士,但终究又造就了一代英雄豪杰之词的文学事实。而观辛弃疾其人其词,再观和他命运相似的其他爱国词人(如陈亮、刘过、刘克庄等人)及其爱国词作,我们就相当清晰地看到时势对于造就不同于

① 陈亮:《陈亮集》,中华书局,1987 年,第 114 页。

② 刘克庄:《辛稼轩集序》,邓广铭笺注《稼轩词编年笺注》,上海古籍出版社,1993 年,第 597 页。

③ 徐釚:《词苑丛谈》卷四,唐圭璋校,上海古籍出版社,1981 年,第 79 页。

传统词风的“豪气词”①的直接推动作用。

而到了宋亡前后，则上述“豪气词”就更向“以词为论”的方向发展，从而诞生了一批“政治批判词”。此时，词人们简直就把词体当作批判时政和反思亡国教训的政论文来写作和使用。例如，宋恭宗德祐元年乙亥(1275年)二月，元兵大举攻宋，权臣贾似道在多方求和不成之后只得自率精锐于太平州鲁港迎战拒敌。但当元将阿术以划船数千艘乘风向宋军发动进攻之时，宋将孙虎臣、夏贵却不战自溃，望风而逃。贾似道闻讯后则愈加惊惶失措，急令退兵，以致宋兵全军覆没(接着更导致了太平、和州、无为三地的尽行降元和首都临安的陷落)。对于这样一件直接关系到社稷命运的大事，刘辰翁在半月之后得知，即用《六州歌头》一词来做愤怒的揭露与抨击。其小序先云：“乙亥二月，贾平章似道督师至太平州鲁港，未见敌，鸣锣而溃。后半月闻报，赋此。”它就直呼其名地揭穿了贾贼“未见敌”而鸣锣逃跑的可耻事实，真是一针见血、毫不留情。接着他更用犀利的词笔，将这个伪装成周公模样的伪君子15年来投降卖国的罪恶行径及其鲁港督师导致兵败的历史责任来了一个“兜底翻出”：

> 向来人道，真个胜周公。燕然眇，浯溪小，万世功，再建隆。十五年宇宙，宫中膺，堂中伴，翻虎鼠，搏鹯雀，覆蛇龙。鹤发庞眉，憔悴空山久，来上东封。便一朝符瑞，四十万人同。说甚东风，怕西风。　甚边尘起，渔阳惨，霓裳断，广寒宫。青楼杳，朱门悄，镜湖空，里湖通。大纛高牙去，人不见，港重重。斜阳外，芳草碧，落花红。抛尽黄金无计，方知道、前此和戎。但千年传说，夜半一声铜——何面江东?!

词的上片着重揭露贾似道在鲁港兵败前道貌岸然的嘴脸、炙手可热的权势以及一手遮天、欺君压臣的行径，简直就是一篇词中的《辩奸论》；词的下片则着重揭露贾在元军压境时征歌选舞、纵情享乐的情景及其兵败鲁港、仓皇逃窜的丑态，尤其是其结尾几句简直可以当成历史法庭的判决词来读(意谓：从此之后千年青史上将永远记下贾贼鸣金退兵、不战自溃的可耻史实，从而使他无脸见人和遗臭万年)！此词堪称词中的檄文和词中的政论，其反映时事之迅速、揭露丑行之锐利，以及大胆恣肆的笔调和痛快淋漓的词风，都是前所未见和令人惊叹的。

再如王奕作于宋亡后的《贺新郎·金陵怀古》，其上片云：“决眥斜阳里。品江山，洛阳第一，金陵第二。休论六朝兴废梦，且说南浮之始，合就此、衣冠故址。

① 张炎著、夏承焘校注，沈义父著、蔡嵩云笺释：《词源注　乐府指迷笺释》，人民文学出版社，1963年，第32页。

底事轻抛形胜地，把笙歌、恋定西湖水？百年内，苟而已！”从其内容来看，就完全可以称作一篇用词体的外衣包装起来的政论文。首先，它表达了这样一种政治见解：从地理位置的重要性而言，全国当以“洛阳第一，金陵第二”；而即使是从迁受于现实的角度来看，南宋建都也应退而求其次地选择金陵这块形胜之地，而绝不该选择杭州这块笙歌之地。其次，它更尖锐地揭露了南宋小朝廷之所以“恋定西湖水”的原因及其在百余年内的所作所为，归根到底只是一个字——“苟”（苟安）而已！其见解之深刻，其笔锋之犀利，就使它几乎可以当作总结南宋亡国教训的史论和政论来读。当然，在它之前，理宗宝祐元年（1253 年）得中进士的四川籍文人文及翁，就已用词表达了相似的看法。当时新进士们一起在西湖聚会游览，有人问他：“西蜀有此美景否？”文即席赋《贺新郎》词一首，以作回答。词云：

> 一勺西湖水，渡江来百年歌舞，百年酣醉。回首洛阳花石尽，烟渺黍离之地。更不复、新亭堕泪。簇乐红妆摇画舫，问中流击楫何人是？千古恨，几时洗？　　余生自负澄清志，更有谁、磻溪未遇，傅岩未起？国事如今谁倚仗？衣带一江而已。便都道江神堪恃。借问孤山林处士，但掉头笑指梅花蕊。天下事，可知矣！

词中形象而明确地表达了这样三层意思：第一，南宋小朝廷自建都临安以来，一直过着歌舞酣醉的享乐生活，很少见到新亭堕泪或中流击楫式的爱国志士奋起复国；第二，一般官僚士大夫们只顾“簇乐红妆摇画舫”地寻欢作乐，而把国家的命运丢给长江的“江神”以求得庇护；第三，读书人本该为国分忧，但他们现今却自命清高、不问政治，只想学林和靖那样“掉头笑指梅花蕊”。由此，则“天下事，可知矣”，最终必将导致亡国的可悲下场！因此，文及翁的这首《贺新郎》实质上也是一首“政治批判词”。而从此词和王奕《贺新郎》的相似之处（它们一致对苟安政策进行严厉的批判，又都具有散文化、议论化的“以文为词”倾向）来看，则其笔锋之犀利同样也都因感愤于宋末腐朽时局而发。

通过对词中“变体”之作发展历程的简略回顾，即可发现：它们基本都是“应运而生”和“缘事而发”的作品，而社会境况的变化则是推动它们生长发育的直接外力。周济有个比喻说得好：“故知雷雨郁蒸，是生芝菌”①。雷雨将至，天气郁湿，自会催生出满地的菌类植物，而词中“变体”作品在社会矛盾加剧、政治气

① 周济：《介存斋论词杂著》，唐圭璋编《词话丛编》，中华书局，1986 年，第 1629 页。

候不适的局势下纷纷产生,也就类似于上述自然界的情况(这特别可从南宋词坛之大量涌现慷慨愤激的"豪气词"的事实中看清)。因此对于本节所述的内容,我们可借用田同之的一席话作总结:"词始于唐,盛于宋。南北历二百余年,畸人代出,分路扬镳,各有其妙。至南宋诸名家,倍极变化。盖文章气运不能不变者,时为之也。"①由此可知:"变体"词之所以得以勃兴,并能与"本色"的婉约词形成"分路扬镳,各有其妙"的格局,在很大程度上确是"时为之也"。

综观以上四个方面的情况,我们即可明晓:词中之产生"变体"型的作品,乃是事出于必然且又具有可能性的事。而通过对"变体"词产生的多方面原因作了上述这番考察,我们实又看到了一幅词体生息不止的动态图画——它在各种因素的作用之下,正在朝着多元化的方向不断地发生变化,而并不死板地拘定于婉约这唯一的艺术范式和艺术风格中。下文,就让我们集中力量对词中"变体"之作的主体风貌和美感特色进行论析。

三、向诗回归:"变体"词的基本风貌

(一)"变体"词在总体上的男性化倾向

对于"变体"词的主体风貌和美感特色,我们首先可从这个"变"字上来做出总体的评价。其结论就是:从总体上看,以往的"本色"词风基本体现着女性化的倾向,而"变体"词风则又重新在词中恢复了诗文通常所呈现的男性风貌。

先看"本色"词风的女性化倾向。对此问题前文已有很多论述。这里再简单补充几句。就其抒情内容而言,"本色"词偏重于抒写儿女柔情,天生就有一种女性化的倾向。如王世贞在论唐宋词时曾说:"词号称'诗余',然而诗人不为也。何者?其婉娈而近情也。"②看他用"婉娈"二字来形容词之言情,就可知其抒情内容偏向于女性化的柔情。再就其抒情风格而言,则明人亦有如下描述,如何良俊曰:"诗余以婉丽流畅为美。如周清真、张子野、秦少游、晏叔原诸人之作,柔情曼声,摹写殆尽,正词家所谓'当行'、所谓'本色'。"(《草堂诗余序》),又如沈际飞曰:"词贵香而弱。"(《草堂诗余四集》正集卷二)由此知其抒情风格富有女性化的特征。而若证以婉约词的实际情况——无论是它们的"心理面目",还是其风容色泽——都确实相当程度地体现出女性化倾向,因为前文已作

① 田同之:《西圃词说》,唐圭璋编《词话丛编》,中华书局,1986年,第1054页。
② 王世贞:《艺苑卮言》,唐圭璋编《词话丛编》,中华书局,1986年,第385页。

论述,故在这里不再多谈。

相比之下,词中的“变体”之作,却显现了与前不同的男性化倾向。这同样也可从词论家的描述中见出。比如,田同之就针对曹尔堪(魏塘曹学士)之言说道:“魏塘曹学士云:‘词之为体如美人,而诗则壮士也;如春华,而诗则秋实也;如夭桃繁杏,而诗则劲松贞柏也。’罕譬最为明快。然词中亦有壮士,苏、辛也;亦有秋实,黄、陆也;亦有劲松贞柏,岳鹏举、文文山也。”①看他之用“壮士”“秋实”“劲松贞柏”来形容苏轼、辛弃疾、黄庭坚、陆游、岳飞、文天祥等人的豪放词作,则可知这些“变体”型词篇的主体风貌和美感特色分明是偏向于男性化的,它们和“本色”词之间似就存在着“性别差异”。

而在谈到词中“本色”与“变体”之作在其主体风貌和美感特色方面的“性别差异”时,我们又有必要将视野进一步拓宽,进而考察诗文与词(实指婉约词)的“性别差异”。这是因为,只有看清了诗文与词这种大范围里的“性别差异”,我们才能更加透彻地理解“变体”词风与“本色”词风这种小范围里的“性别差异”——从一定意义上讲,词中的“变体”型作品,正就在相当程度上将诗文通常呈现的男性风貌找了回来。

首先应该申明,诗文作品的风貌本是十分丰富多样的,因此就其内部所包蕴的多种风格流派而言,很难用一句“男性风貌”来做概括。比如姚鼐曾将散文的主体风格分为阳刚与阴柔两大类型,而《文心雕龙》和司空图《诗品》则又将诗(文)风格分为“八体”和“二十四品”,这就充分可知其内部风貌的多姿多态和不拘一格。但是,上述认识主要是在人们深入诗文作品的内部并对它们进行微观考察后的结果,而如跳出这种较狭的视野格局而改从比较宏观的角度来对诗文与词作整体比较,那么我们又会发现:相对于词(主要指婉约词)的“绮罗香泽之态”和“绸缪宛转之度”来看,诗文的风貌就显示出男性化的倾向来了——前人所说的“诗庄词媚”(散文就更不必说了),正就证实了此点。因此,诗文和词相比,其整体风貌上确实存在着一定程度的“性别差异”,这大概不会成为一句令人耸听的“危言”。而若我们再行进一步深究下去,则更可发现:它们之间之所以会形成文学风貌上的“性别差异”,则又在很大程度上根源于它们所赖以产生的生活环境和创作环境的“性别差异”。

对于上述问题,先让我们重点来看词的情况。王铚论词时曾说过一句戏言:“叔原(晏几道字)妙在得于妇人。”②此言虽为小晏而发,但也可以移用来说明

① 田同之:《西圃词说》,唐圭璋编《词话丛编》,中华书局,1986 年,第 1450 页。
② 王铚:《默记》卷下,中华书局,1981 年,第 46 页。

其他众多婉约词人的情况:他们之写作艳词,就都有赖和得益于女性化的创作环境与生活环境。对这一点,又可从两方面来论析。

首先,从艳词的生成和传播过程来看,它们全都离不开“妇人”(歌妓)所做的努力,离不开女性化的创作(演唱)环境。比如,在词体孕育于民间的时候,许多无名的歌妓就直接参与了词的创作活动。而在后来文人尝试写词时,歌妓也在其中充当了曲子与词、音乐与文学实现“联姻”的“红娘”。我们试读下列词篇:“春江月出大堤平,堤上女郎连袂行。唱尽新词欢不见,红霞映树鹧鸪鸣。”“新词宛转递相传,振袖倾鬟风露前。月落乌啼云雨散,游童陌上拾花钿。”(刘禹锡《踏歌词》)及《花间集序》所说的“则有绮筵公子,绣幌佳人,递叶叶之花笺,文抽丽锦;举纤纤之玉指,拍按香檀。”我们完全可以想知歌妓在将文人写作的文辞转化成悦耳动听的歌词的过程中所起到的不可或缺的中介作用。因此若无红粉佳人的歌唱,那么风流才子所写的“诗客曲子词”就只能是一堆纸上案头的“死文学”,而不会变成长着翅膀、飞扬在唇边耳畔的“活文学”。由此即见歌妓及女性化的音乐环境在词的生成过程中所发挥的重要作用。

而除此之外,词同其他文学产品一样,还有一个传播或“推销”的问题。在当时的历史条件下,既没有报纸杂志,又没有广播电视,文人所写的新词若想得到迅速的传播和广泛的“推销”,就主要依赖于歌妓、乐工的演唱。《东京梦华录序》中说:“新声巧笑于柳陌花衢,按管调弦于茶坊酒肆。”①这就充分显示了歌妓在此充当的“大众传媒”作用。因此,若把文人作者看作词的生产者而把广大听众看作词的消费者的话,那么,我们也就有理由把歌妓看作词的“活广告”和“推销员”。若无她们的生动演唱和殷勤招徕“顾客”,词就不可能得到迅速的传播并获得广泛的欢迎;而再反过来说,则词人的“生产积极性”也不可能达到异常高涨的地步。故而,唐宋(特别是宋)时代之所以会出现“词山曲海”的盛况,固然首先应该归功于文人作者的辛勤写作,但也决不能忘掉无数知名和不知名的歌妓的“传媒”和“推销”作用。

其次,从艳词的创作灵感和创作素材来看,它们也同样有赖和得益于“妇人”以及那富有女性气息的生活环境。人所共知,创作欲望和灵感之促生,必须有赖于外物对于内心的激惹和感召。外界信息的来源,则通常又可以归结为自然景物与社会人事两种。而歌妓及其所处的特殊生活环境(或是花前月下,或是离亭别浦,或是歌筵舞席,或是香闺绣阁),在“自然”与“人事”这两方面都给

① 孟元老:《东京梦华录序》,孟元老,等《东京梦华录(外四种)》,古典文学出版社,1957年,第1页。

词人提供了奇妙的刺激和特殊的信息,从而激惹起他们异常高涨的创作欲望和汲之不尽的创作灵感——此话怎讲?说到底就是:歌妓所带来的异性的吸引力和那充满着女性气息的恋情氛围,对于本就十分风流多情的男性词人来讲,不啻是一种“挡不住的诱惑”,这就驱使他们纷纷拿起翰墨从事艳词的创作,以此宣泄其心中激涌起的阵阵“春情”。打个不太文雅的比喻,孔雀缘何而开屏?猫儿又为何要“叫春”?它们就都是为求偶而发。词人面对妖娆的歌妓,身处倚红偎翠的环境,当然也会激起“此身甘向情中老”(欧阳修《踏莎行》)的欲望并写出源源不绝的艳词来。就拿晏几道来说,他曾自述其写词的动机,说他的词都是因感怀友人家的莲、鸿、蘋、云四位歌妓而作(见其《小山词自序》),而若以词证之,如其《临江仙》之因小蘋而作(“记得小蘋初见,两重心字罗衣”),其《木兰花》之因小莲而作(“小莲未解论心素,狂似钿筝弦底柱”),其《虞美人》之因小云和小鸿而作(“说与小云新恨,也低眉”,“赚得小鸿眉黛,也低颦”)等,就均可证实其自述之非虚和王铚说他“妙在得于妇人”的可信。所以,如果说白居易那类讽喻诗是“为君、为臣、为民、为物、为事而作”①的话,那么唐宋词中的大量艳词则是“为她而作”——亦即由歌妓以及两性交往的女性化生活环境而感发的。这些艳词中,有些是确有其情事和确有其恋爱对象的,有些则仅是受到两性愉悦的恋情气氛所激起的逢场作戏的游戏文笔,更有些甚至还是词人凭着想象虚构出的“空中语”(黄庭坚语)。但不管怎样,激发广大男性词人创作艳词的强烈欲望和提供他们创作灵感的,则正是那辈“燕燕轻盈,莺莺娇软”的歌妓,以及那莺歌燕舞、佳人劝酒的女性化生活环境。而正像雄鸟在向雌鸟求欢时的鸣叫和歌唱最富激情那样,男性词人在向歌妓“献媚”时所激发的创作灵感也最为充沛。借用杜甫的两句诗来形容:“癫狂柳絮随风舞,轻薄桃花逐水流”(《绝句漫兴》),那辈本就自诩为“多情种子”的男性词人,一旦受到美丽歌妓的青睐与“感召”,则其“花情柳思”就更变得像柳絮随风、桃花逐水那样“癫狂”不堪和“轻薄”不已。再从艳词的创作素材和生活原型来看,则它们也基本来自于词人狎妓冶游的特殊生活环境。即使如苏轼这样一位正统的士大夫文人,他的词中也有许许多多记录为歌妓(如:素娘、寓娘、周豫之舞妓、王都尉侍妾、琵琶女、京口官妓郑容和高莹、田叔通家舞妓、徐君猷家姬妩卿、胜之和庆姬等)而作词的小序。且举他为素娘而作的《鹧鸪天》为例,其小序曰:“陈公密出侍儿素娘,歌紫玉箫曲,劝老人(按:指苏轼本人)酒。老人饮尽,因为赋此词。”据此,即知它之创作于歌姬劝酒的环境。而其词文则曰:“笑捻红梅亸翠翘,扬州十里最妖娆。夜来绮席亲曾

① 白居易:《新乐府序》,《白居易全集》,上海古籍出版社,1999年,第35页。

见,撮得精神滴滴娇。　　娇后眼,舞时腰,刘郎几度魂欲消。明朝酒醒知何处?肠断云间紫玉箫。”词中所描绘的娇滴滴的美女形象,其生活原型分明就是陈公密的家姬素娘;而词中所写的刘郎席间销魂和明朝酒醒肠断的情景,也分明取材和虚构于这种温馨的佳人侑酒场合。举此一例,即见苏轼写作艳词之离不开歌舞酒色的环境。苏轼这样一位正统士大夫文人犹如此,那就遑论其他词人了。词之大多离不开女性化的生活环境,由此就不难推想而知。这里不妨借用一句当代的俗语:“每一个成功的男人背后都有一位出色的女性”,故在那男性词人所写成的每一首成功的艳词背后,往往也隐藏着一位多情歌妓的美丽身影。因而总括以上诸方面的情况,我们就有理由认为:唐宋词苑中的大量艳词作品,大可看成是从“妇人”(歌妓)围集的“众香国”和“绮罗丛”中生长出来的特殊文学花朵,词的产生和发展基本都离不开女性化的生活环境与创作环境。

而正像植物的色、香、味受到土壤与气候的滋养和制约那样,滋生于女性化或女性气息浓郁的生活环境与创作环境中的艳词(扩而言之,也可概指整个婉约词),其形态风貌也势必烙上女性化的印记。缘此,“软美”就成了婉约词的主体风貌和美感特色。对于这一点,前文已有较详的论述,故在此处不再多说。总而言之,婉约词的女性风貌,归根到底与它所赖以产生的深富女性气息的生活环境和创作环境密切相关。这有些类似于《红楼梦》中那位宝二爷的情况:因其自幼生长在女儿群中,长大以后又一直在裙钗群中厮混,故其生活习性乃至举止言行都在所难免会沾染上几分女人气和女人腔。

然而相比之下,诗文的情况就大异于词(婉约词)了。自古以来,写诗作文一直是广大读书人和士大夫阶层的“人生必修课”,又是他们入仕从政的重要手段。故自《左传》以来就有“立德”“立功”和“立言”的“三不朽”说,可见以诗文来“立言”,乃是古代士人心中高悬的人生目标之一。而到汉代以后,人们更把诗文的社会作用和社会地位抬高到了吓人的高度(如《毛诗序》中说:“故正得失,动天地,感鬼神,莫近于诗。先王以是经夫妇,成孝敬,厚人伦,美教化,移风俗。”①又如曹丕《典论 · 论文》中说:“盖文章,经国之大业,不朽之盛事。”②)因此长期以来,士大夫们基本都把诗文创作当作相当严肃和正经的事来看待,有的甚至希冀借此而垂名后世。所以,诗文作品的创作很少是在倚红偎翠的生活环

① 《毛诗序》,郭绍虞主编《中国历代文论选》第 1 册,上海古籍出版社,1979 年,第 30 页。

② 曹丕:《典论 · 论文》,郭绍虞主编《中国历代文论选》第 1 册,上海古籍出版社,1979 年,第 61 页。

境和创作环境之中进行的(像宫体诗和中晚唐艳诗那样的情况毕竟不占主流地位),而大都产生于非女性化的生活环境和创作环境之中。我们试观自先秦至唐宋的散文作品,占据其主流地位的即是那些政论散文、哲理散文、学术散文和史传散文,它们就基本诞生于朝堂、官场和学者的书房之中,而诗歌的创作,且不说先秦时代的“登高能赋,可为大夫”(即写作于外交、政治场合),就拿后代众多的边塞诗、应制诗、谶饮诗、唱酬诗、山水诗、田园诗等来说,也都基本诞生于马背、舟车、公私宴会、田野山林等男性化的环境之中,甚至连士大夫文人的日常吟咏,也通常感发于人与自然“对话”,而非与女性交往的场合。例如苏轼《江行唱和集序》云:“已亥之岁,侍行适楚,舟中无事,博弈饮酒,非所以为闺门之欢。而山川之秀美,风俗之朴陋,贤人君子之遗迹,与凡耳目之所接者,杂然有触于中,而发于咏叹。”又如杨万里《诚斋荆溪集序》云:“……自此每过午,吏散庭空,既携一便面,步后园,登古城,采撷杞菊,攀翻花竹,万象毕来,献予诗材。”这些言论均表明其诗篇之创作,有赖于开阔的生活空间和充实的生活内容,而“非所以为闺门之欢”。故从整体来看,诗文的创作环境与词大不相同,它基本属于士大夫们自身所拥有的那个“男性世界”。在此基础上,便形成了诗文作品整体上的男性风貌。

我们试看,古人之论文常用一个“气”字,而论诗时又特别重视其有无“风骨”,这就明显反映了诗文应以具备男性的阳刚风貌为贵。前者如:“文以气为主。气之清浊有体,不可力强而致。譬诸音乐,曲度虽均,节奏同检,至于引气不齐,巧拙有素,虽在父兄,不能以移子弟。”(曹丕《典论·论文》)“若夫八体屡迁,功以学成,才力居中,肇自血气。气以实志,志以定言。”①后者如:“是以怊怅述情,必始乎风;沉吟铺辞,莫先于骨……若风骨乏采,则鸷集翰林;采乏风骨,则雉窜文囿。”②“文章道弊五百年矣。汉魏风骨,晋宋莫传……”③“自萧氏以还,尤增矫饰。武德初,微波尚在。贞观末,标格渐高。景云中,颇通远调。开元十五年后,声律风骨始备矣。”④虽然这些言论并不足以代表古代文(诗)论的全部看法,但已足够让人看清以下两点:一是古代诗文中确有相当数量的作品具备

① 周振甫:《文心雕龙今译》,中华书局,1995 年,第 257 页。

② 同①,第 262 - 264 页。

③ 陈子昂:《与东方左史虬修竹篇序》,郭绍虞主编《中国历代文论选》第 2 册,上海古籍出版社,1979 年,第 55 页。

④ 殷璠:《河岳英灵集序》,郭绍虞主编《中国历代文论选》第 2 册,上海古籍出版社,1979 年,第 55 页。

鲜明的男性特色(“气”和“风骨”即是其表征);二是古代诗文家又努力企盼和追求着这种刚性的风格与美感。而当我们再将词论家的看法与它们进行比较时,则诗文与词在主体风貌和美感特色方面的“性别差异”就更加凸现出来了。如王炎云:“长短句命名曰‘曲’,取其曲尽人情,惟宛转妩媚为善,豪壮语何贵焉。”①如胡殿成云:“予谓庄雅固诗人首推,轻俊实词家至宝。盖诗不庄雅,必无风格;词不轻俊,必无神韵。”②如田同之云:“诗贵庄而词不嫌佻。”③如严既澄云:“一切文体,胥各自有其特征,岂可比而齐之,乱其畛域?词之气骨,略逊于诗,至其缠绵幽咽,疏状入微,若姚姬传(鼐)所谓得阴柔之美者。”(《驻梦词自序》)……上述这些词论就与诗论和文论明显有所不同,它们所强调和追求的,分明就是那种女性化的风格和美感。而对诗文与词的这种“性别差异”,甚至连一位画论家都看了出来。清人戴熙在其《习苦斋画絮》中说:“画有诗人之笔,有词人之笔。高山大河,长松怪石,诗人之笔也。烟波云岫,路柳垣花,词人之笔也。旖旎风光,正须词人写照耳。”④虽然他仅提到画中的“诗人之笔”而未提到画中有“文人之笔”(因为历来只有“画中有诗”的说法),但从中也不难反推出诗(文)与词的风貌之间,确实存在着“高山大河、长松怪石”与“烟波云岫、路柳垣花”之间的刚、柔之别。而其中“旖旎风光,正须词人写照”一语,又与前引词论中的“宛转妩媚”“纤弱婉媚”“轻俊”“阴柔”等形容词一样,鲜明地揭示了词(婉约词)的女性化特色。

观照过诗文与词这种较大范围里的“性别差异”之后,再来考察“变体”词风与“本色”词风这种较小范围里的“性别差异”,问题就显得越加清晰了——从一定意义上讲,词中的“变体”型作品,正就在相当程度上恢复和变回了诗文作品通常所显现的男性风貌。而对这个问题,我们可从“文如其人”的角度来进行阐发。

“文学是人学”。因此,若从根本上来说,“风格即人”(或曰:风格是人格的显现)这句老话,就是可以成立的。但是,文学现象正像社会生活一样,具有复杂多变的情状,故在某些特殊的情况下,上述论断又会显得并不怎样灵验和并不怎样可信。例如,古往今来,文学创作中的虚情假意之作从未绝迹过——有人明

① 王炎:《双溪诗余自序》,王鹏运辑《四印斋所刻词》附《汇刻宋之三十一家词》,上海古籍出版社,1989 年,第 793 页。

② 冯金伯:《词苑萃编》卷七,唐圭璋编《词话丛编》,中华书局,1986 年,第 1918 页。

③ 田同之:《西圃词说》,唐圭璋编《词话丛编》,中华书局,1986 年,第 1452 页。

④ 戴熙:《习苦斋画絮》卷三,《续修四库全书》第 1084 册,上海古籍出版社,1995 年,第 729 页。

明是心存魏阙却大写其山林隐逸之作，明明是生活中的凡夫俗子却变成了诗文作品中的“高士”，这类情况屡可见得。而除开这类口是心非、言行不一的有意作伪不论，婉约词中的“男子而作闺音”，又可谓其特例。当然，应该首先承认，婉约词之敢于大写特写儿女柔情和敢于向人们剖露其作者感情世界中的“隐私”部分，这从诗歌的抒情功能来看，确实具有朝“真”、朝“深”方向开掘的积极意义。但话又得说回来，这种“狭深”的艺术趋向毕竟又使婉约词中的男主角形象大与现实生活中的作者真人脱节。例如，在词中喜作“妇人语”的晏殊，在史书中却被称为“性刚简”（《宋史》本传），看来他并不像是一位“妇人腔”性格的人。又如我们在秦观词中看熟了他“襟袖上，空惹啼痕”（《满庭芳》）之类的软弱心态和身影，殊不知他在求仕阶段也曾立下过这样的雄心壮志：“功誉可力致而天下无难事，顾今二虏有可胜之势，愿效至计以行天诛，回幽夏之故墟，吊唐晋之遗人，流声无穷，为计不朽。”①再如，在朋友眼中的贺铸是这样一条汉子：“方回少时，侠气盖一座，驰马走狗，饮酒如长鲸”②，“方回豪爽精悍，书无所不读，哆口竦眉目，面铁色，与人语不少降色词，喜面刺人过，遇贵势不肯为从谀”③，但在贺的婉约词中，我们却绝对看不到上述言行和性格的半点影子。因此，可以这样说：婉约词中所表现的词人自我形象，远不是作者真正的“全人”；充其量只表现了作者人格的部分面貌，或者也可视为作者完整人格中的某些侧面经过特殊处理后的凸现。造成这种词不如其“全人”的原因当然是多方面的，而词（婉约词）之与女性化的生活环境和创作环境结缘甚深，则又是其中重要的一条。这是因为：一旦士大夫文人陷于此类莺围燕簇的软红场中，他们往往就会暂时地迷失其士大夫的“本性”，而“柔变”为一位风流才子和多情词客。我们试读下列记载：南宋张镃设家宴请客，“群姬以酒肴丝竹，次第而至……烛光香雾，歌吹杂作，客皆恍然如仙游也”④。这个“恍如仙游”的形容，正就写出了那辈文人墨客处在美女簇拥、耳鬓厮磨的风月场中“忘乎所以”的心理感受。另外，我们再读下列词篇：

雏莺初啭斗尖新，双蕊花娇掌上身。总解满斟偏劝客，多生俱是绮罗人。　　回波偷顾轻招拍，方响低敲更合筝。豆蔻梢头春欲透，情知

① 陈师道：《秦少游字序》，徐培均《淮海集笺注》，上海古籍出版社，1994 年，第 1771 页。
② 程俱：《贺方回诗集序》，贺铸《东山词》，钟振振校注，上海古籍出版社，1989 年，第 533 页。
③ 程俱：《宋故朝奉郎贺公墓志铭》，贺铸《东山词》，钟振振校注，上海古籍出版社，1989 年，第 521 页。
④ 周密撰，朱菊如，等校注：《齐东野语校注》，华东师范大学出版社，1987 年，第 393 - 394 页。

巫峡待为云。(张元幹《瑞鹧鸪》)

小山娇翠低歌扇,雏莺学语春犹浅。无力响方檀,声随玉笋翻。垂鬟云乍染,媚靥香微点。未解作轻颦,凝情已动人。(李弥逊《菩萨蛮》)

歌妓们的歌声和舞姿是那样的美妙动人,歌妓们的眉目传情又是那样的勾人魂魄,这怎能不引得词人为之而忘掉了自己作为士大夫的官宦身份,暂时地“降格”为多情的狎客?所以,说得夸张和严重一点,则婉约词(主要指其中的恋情词和狎妓词)所赖以产生的女性化生活环境和创作环境,对于平素庄重、严肃的士大夫文人来说,简直可称“迷魂阵”和“销魂圈”。一旦踏入此种阵圈之中,他们就会像《西厢记》中描写的张生那样,“只教人眼花缭乱口难言,魂灵儿飞在半天”地迷失了“本性”。

而对诗文作品来讲,则除开那些言行不一的作品之外,就基本称得上是“文(诗)如其人”的。这是因为:虽然士大夫文人经常因为所处场合的不同而不断转换其扮演的“角色”,但从他们所担任的主要“角色”和得以安身立命的“本职”来看,却仍然是一辈活跃于政治场合和社会场合的士大夫文人,而并不是“客串”为风月场中的多情公子和“反串”为“男子而作闺音”的风流词客。因此,在以“载道”和“言志”为主要使命的诗文创作中,作为“政治的人”和“社会的人”的士大夫文人的自我形象与正常面目,一般就能得到“文(诗)如其人”的反映。例如,司马迁读屈原诗赋,就赞之曰“悲其志”,又曰“未尝不垂涕想见其为人”①,这就意味着太史公从屈原的作品“读”出了屈原的政治抱负和人格风貌。又如,杜诗向有“诗史”之称,其诗不但形象地反映了唐王朝在安史之乱前后几十年间的社会变化,而且也是他个人历史的真实记录。前人曾经评曰:“先生以诗鸣于唐,凡出处去就,动息劳逸,悲欢忧乐,忠愤感激,好贤恶恶,一见于诗。”②因此,读杜诗不仅可见作者所身处的时世,同时亦可见作者之为人。至于散文作品能够反映作者的性情和人格,那就更是显而易见的事。韩愈曾说:“根之茂者其实遂,膏之沃者其光晔,仁义之人,其言蔼如也。”③又说先秦诸子中,“臧孙辰、孟轲、荀卿,以道鸣者也。杨朱、墨翟、管夷吾、晏婴、老聃、申不害、韩

① 司马迁:《史记》卷八四《屈原传》,中华书局,1959年,第2503页。

② 胡宗愈:《成都新刻草堂先生诗碑序》,仇兆鳌《杜甫详注》,上海古籍出版社,1992年,第900页。

③ 韩愈:《答李翊书》,马其昶校注《韩昌黎文集校注》卷三,上海古籍出版社,1986年,第169页。

非、眘到、田骈、邹衍、尸佼、孙武、张仪、苏秦之属，皆以其术鸣”①。这些话都说明，散文作品往往能够直接体现作者的人格风貌和直接表达作者的政治见解与学术观点，因而人品和文品、“人风”和文风之间，通常保持着表里相符的一致性。从整体上看，诗文作品基本反映了作者作为一位男性士大夫的精神风貌和襟怀气度，而不像婉约词那样喜欢对男性词人作一番“柔变”或“雌化”。

现在，再让我们把目光转到词中的“变体”型作品上来：从一定意义上讲，“变体”词篇的这个“变”字，就大可理解为“变了回来”的“变”。换句话说，在诗文——“本色”词——“变体”词中间，似乎存在着一种“否定之否定”的关系。婉约词中，部分地“否定”或“迷失”了士大夫文人的男性风貌，而“变体”词则又“物极必反”地重新恢复和迎回了作者作为男性的本来面目，这岂不可以视为螺旋状的“否定之否定”？而经“变体”词的这番再度“肯定”，词中终于像诗文那样重新示现出作者的男性风范和男性风格。对此，陈鬵说得甚好。他在比较苏轼和秦观词风时曾说：“议者曰：‘少游诗似曲，东坡曲似诗。’盖东坡平日耿介直谅，故其为文似其为人。歌‘赤壁’之词，使人抵掌激昂而有击楫中流之心；歌‘哨遍’之词，使人甘心淡泊而有种菊东篱之兴，俗士则酣寐而不闻。少游情意妩媚，见于词则浓艳纤丽，类多脂粉气味，至今脍炙人口，宁不有愧于东坡耶？”②这就揭示了苏轼词富有男性气息（而与秦观词的富有脂粉气味大相径庭）和“词如其人”的特色。而另一位论者谢章铤则进一步指出，苏、辛词在词中可谓“藩篱独辟”，其原因即在于：“读苏、辛词，知词中有人，词中有品，不敢自为菲薄。”③这个“词中有人”和“词中有品”的评语，便高度评价了“变体”词的难能可贵尤在于能够映现词人作为士大夫文人和爱国志士的人品风貌，而不再像“本色”词那样，基本只表现他们风流多情的心理侧面。故自“变体”词篇产生之后，词的文学舞台就不再专让卿卿我我的才子佳人们来表演其儿女恩怨的“感情戏”，而且同时又让出其部分位置供那批男子气概十足的诗人、文人与英雄豪杰来舒展其艺术才华和演出其人生悲喜剧。正如谭献所说，“东坡是衣冠伟人，稼轩则弓刀游侠”，他们的“大踏步出来”（《词辨》卷二），这种情况，就使原先充满着雌声软语的词坛上重又响起了男性的洪亮嗓音。所以，若从整体上作宏观的观照，我们便可把“变体”型词篇的主体风貌和美感特色，评价为诗文作品通

① 韩愈：《送孟东野序》，马其昶校注《韩昌黎文集校注》卷四，上海古籍出版社，1986年，第234页。

② 陈鬵：《燕喜词序》，曹冠《燕喜词》，中华书局，1985年，第2页。

③ 谢章铤：《赌棋山庄词话》卷九，唐圭璋编《词话丛编》，中华书局，1986年，第3444页。

常所呈现的男性风貌重新在词中的恢复与变回。

（二）“变体”词在抒情内容方面的回归“言志”

在对“变体”词风的基本特征作了上述总体评价之后，我们就准备按照前文所提出的判别“变体”词的三个要点，展开对于“变体”词主体风貌和美感特色的具体论析。不过，或许有人会说：这样的论析岂不犯了“循环论证”的毛病？也就是说：先设定了判别“变体”词的三个要点，然后又选择符合于这三个要点的作品来进行分析，以之来证明这三个要点之可以成立，这从逻辑学的角度来看，未免存有问题。对此，我们自有解释：本文在此采用的论述方法，其实是一种先提结论然后展开论析的方法。也就是说：我们先对前人所称的“变体”词（主要是苏、辛词派的作品）进行了考察、研谛，并由此归纳出其不同于“正体”词的几方面特色；同时又将视野拓展开去，转从更加宽广的背景（词与诗文相比较的背景）上来审视“变体”词与“正体”词的差异；然后再将这些特色与差异上升为理性的思考，从而“提炼”出我们区分词中“正”“变”的标准和要点。因此，上述标准和要点，实际不属“假设”而属“结论”，但在具体行文和论证之时，为更加清楚地说明问题起见，所以我们就采用了先提结论，然后展开论析的论述方法。下面，就让我们从三个方面展开对于“变体”词的主体风貌和美感特色的论析。而其首要的问题即是：“变体”词在抒情内容方面，回归了诗的“言志”倾向。

王灼在论苏轼词时，曾经说过这样的话：“东坡先生以文章余事作诗，溢而作词曲。”①而苏轼在论张先词时也曾说过：“子野诗笔老妙，歌词乃其余波耳。”②从这些话中可知，在文（散文）、诗、词三者之间，似乎存在着层层递降的关系；或者用其原话来讲，即是：诗为文之“余”，而词则更为诗之“余”。这种看法，显然带有“文体歧视”的偏见，因此并不公允。但若将这些言论借用来说明散文、诗、词这三者的文体功能之有所宽窄，倒也未必不当。具体来说即是：散文的文体功能最为宽泛，举凡叙事、议论、抒情等功能，它都无所不包、无所不能；诗的文体功能就相对有所变窄，虽则诗也有用来叙事和议论的，但其主要的功能却已偏向于抒写情志；而词的文体功能则更加显得狭窄，它似乎只宜和专长于抒写人们特种类型的感情（亦即私生活环境中的儿女柔情）。因此又可打个比方来说，散文所容纳的题材内容好比壮阔的江湖，而诗所容纳的题材内容则像虽尚宽广但已变窄的河流；至于词所容纳的题材内容，相形之下就只能看成是从诗的河

① 王灼：《碧鸡漫志》卷二，唐圭璋编《词话丛编》，中华书局，1986年，第83页。
② 苏轼：《张子野词跋》，吴讷《百家词》，天津市古籍书店，1992年，第189页。

床中另又分泄出的支流和余波。由此看来，从反映生活和表现情志的“宽度”来讲，词确有越变越窄的趋向。

不过，以上所述却又主要只是就“正体”词的情况而言的。在这类词中，基本只反映着词人感情世界中的部分侧面（亦即焦循《雕菰楼词话》所说的“性情中所寓之柔气”①），而远不能反映出他们感情世界的全貌，特别还远离了他们作为士大夫文人最重要和最突出的那一部分感情生活，因而就显得词不如其“真人”（士大夫文人的真貌）和词不如其“全人”（士大夫文人的全貌）。而事实上，唐宋词的作者绝大多数都担任过高低不等的官职，另有些人虽未做官但也至少算得上是文人或诗人，因此作为“各种社会关系的总和”，他们的基本身份和“本来面目”便应归属于广义的士大夫文人，而“词人”一职就只能视为他们的“业余兼职”或“客串角色”。基于这样的事实，他们的生活舞台就主要在政坛、文坛和各种社交场合，而并不只一味地在风月场与裙钗堆中讨生活。由此而来，他们或为朝廷重臣，或为失意贬客，或为落第举子，或为高人隐士的种种政治抱负、人生感慨、牢骚不平、骚情雅趣，就势必会在其“载道”的文和“言志”的诗中表达出来；旁而及之，也迟早定会溢入（此“溢”字借用王灼“溢而作词曲”之“溢”字）向来用以言情的小词之中。后一种情况，就促生了词中的“变体”。但又因为词与散文的关系较为疏远，而与诗为“姐妹文体”，因此“变体”词在抒情内容方面的显著特色就自然在于它回归了诗的“言志”倾向。

而对这一问题，北宋人虽已有所认识，然却体认不深。例如，陈师道虽曾首先提出苏词“以诗为词，要非本色”，但其着眼点却主要在风格方面（说它如“教坊雷大师舞”②）。而李清照批评苏轼不谙词“别是一家”③之理，也主要着眼于它的不甚合音律。只有等到辛弃疾在其词中反映了重大的社会题材和抒写了英雄豪杰之志之后，人们才看清了苏、辛这类被视为“以诗（文）为词”的“变体”词之所以有异于“正体”词，其本质性的差异即在于其用以“言志”。例如，辛弃疾的门生范开就首次明确用“志”字来揭橥辛词的重大思想内容。他说：“器大者声必闳，志高者意必远。知夫声与意之本原，则知歌词之所自出，是盖不容有意于作为。而其发越著见于声音言意之表者，则亦随其所蓄之浅深，有不能不尔者存焉耳。”④此论即一扫视词为“小道”的陋见，而把歌词成就之大小、高低归结

① 焦循：《雕菰楼词话》，唐圭璋编《词话丛编》，中华书局，1986 年，第 1491 页。
② 陈师道：《后山诗话》，何文焕辑《历代诗话》，中华书局，1986 年，第 309 页。
③ 李清照：《词论》，王仲闻校注《李清照集校注》，人民文学出版社，1979 年，第 195 页。
④ 范开：《稼轩词序》，邓广铭笺注《稼轩词编年笺注》，上海古籍出版社，1993 年，第 596 页。

到作者是否“器大”和“志高”上来，实际就已指出了辛词之所以卓尔不群即与其“言志”有关。他接着又说：“公一世之豪，以气节自负，以功业自诩，方将敛藏其用，以事清旷，果何意于歌词哉？直陶写之具耳。”①此话就更把辛词所“陶写”的内容说得十分明白：一是其平生功业和气节，亦即其政治才干和复国抱负；二是其贬官归隐后的生活情志，这中间自又隐含着他的人生感慨和牢骚不平。所以范开不愧是稼轩所称的“知我者，二三子”（《贺新郎》）中的一位，他十分明白其师辛弃疾的歌词创作实际便是其大志和大志未遂所生之大悲大愤的“发越著见于声音言意之表者”。②

而在范开之后，另一位辛氏的追随者刘克庄就更把范开犹未明言的上述意思全都挑穿。他在《辛稼轩集序》中一上来先颂扬辛氏的才干和人品，称他为“北方骁勇”和“著节本朝”的名将。接着又对辛弃疾的政论文大加赞扬：“辛公文墨议论尤英伟磊落。乾道、绍熙奏篇及所进《美芹十论》、上虞雍公《九议》，笔势浩荡，智略辐凑，有《权书》《衡论》之风”；并又痛惜其政论文中所提复国方略之未被采纳而辛氏已老的悲剧，长叹曰：“余读其书而深悲焉。”在此之后，他更用饱含感慨与激情的语言极高地评价了辛词：“世之知公者诵其诗词，而以前辈谓‘有井水处皆唱柳词’。余谓耆卿直流连光景，歌咏太平尔。公所作，大声鞺鞳，小声铿锵，横绝六合，扫空万古，自有苍生以来所无……”③这样的论述次序（从人品说到政论散文，再说到词），就清楚地显示了如下思路：辛词实乃其政论散文的“延伸”或“余波”，而其政论散文则又是其平生功业和气节的文学表述。这同韩愈所说的“余事作诗人”和王灼所说的“东坡先生以文章余事作诗，溢而作词曲”④，意思就一脉相承。故从南宋人论述辛词的言论中，我们就能看清“变体”词（辛氏的那些“豪气词”即是最为典型的“变体”词）的抒情内容，实已跳出了“花间”词、柳永词那种绸缪宛转、流连光景的儿女柔情的窠臼，而与诗（文）中所言的“志”接轨，并且又与词人作为士大夫文人和英雄豪杰的人品表里相符。但可惜的是，像范开和刘克庄那样比较明晰地揭示辛词之抒情内容实与“言志”有关的词论，在宋代尚嫌少见；而大多数的宋人虽已隐约感到苏、辛词的“要非本色”，然其认识还仅停留在风格、音律等浅表的现象上，因而未能深探

① 范开：《稼轩词序》，邓广铭笺注《稼轩词编年笺注》，上海古籍出版社，1993 年，第 596 页。

② 同①。

③ 刘克庄：《辛稼轩集序》，邓广铭笺注《稼轩词编年笺注》，上海古籍出版社，1993 年，第 597 – 598 页。

④ 王灼：《碧鸡漫志》卷一，唐圭璋编《词话丛编》，中华书局，1986 年，第 83 页。

“以诗为词”的首要问题即在于回归了诗中的“言志”倾向。为此,我们就有必要进一步揭示和阐明这一问题的真实底蕴。

对于“变体”词之回归了诗中的“言志”倾向,不妨先从苏、辛词的某些词序说起。词在初起阶段以及后来很长的一段时间内,通常都没有词序。例如敦煌词和中唐文人词,其调名就大率与词意相符(如《拜新月》之咏拜月祝祷事,《感皇恩》之颂扬皇家恩泽,《定风波》之咏平定边塞风波,以及《杨柳枝》之咏杨柳,《浪淘沙》之咏大浪淘沙等),因此就没有在调名之下另加词序的必要。而到晚唐五代文人词和北宋艳情词中,由于其咏写的内容基本属于个人私生活中的儿女柔情,所以词人一般也不愿意另加小序来言明其“本事”,这和李商隐之用“无题”来为自己的恋情故事“打掩护”实出于同一心理。至于那些为应歌而作的词篇,其本意只用来逢场作戏和即席佐兴,那就更不必郑重其事地加上词序。但这种情况后来就有了变化。大约从张先等人开始,词中渐已出现了简单的词序,如张先《天仙子》词序:“时为嘉禾小倅,以病眠,不赴会”;又如其《山亭宴慢》词序:“有美堂赠彦猷主人”;等等。这些词序的出现,实已隐示着词的抒情内容开始向词人的日常生活和社交活动贴近,不过其时犹未达到像苏、辛词那样用以广泛“言志”的地步。而到苏、辛词中,则出现了大量的词序,有的甚至长到像一篇微型的散文。

我们试观苏词,其短小的词序如:“密州出猎”(《江城子》)、“赤壁怀古”(《念奴娇》)、“有美堂赠述古”(《虞美人》)、“寄鄂州朱使君寿昌”(《满江红》)、“赴密州早行马上寄子由”(《沁园春》)等。长一些的如:“孙巨源以八月十五日离海州,坐别于景疏楼上。既而与余会于润州,至楚州乃别。余以十一月十五日至海州,与太守会于景疏楼上,作此词以寄巨源。”(《永遇乐》)“余去岁在东武,作《水调歌头》以寄子由。今年子由相从彭门百余日,过中秋而去,作此曲以别。余以其语过悲,乃为和之,其意以不早退为戒,以退而相从之乐为慰云耳。”(《水调歌头》)“十二月二日,雨后微雪,太守徐君猷携酒见过,座上作《浣溪沙》三首。明日酒醒,雪大作,又作二首。”(《浣溪沙》)更长一些的则如:“欧阳文忠公尝问余:‘琴诗何者最善?’答以退之《听颖师琴诗》最善。公曰:‘此诗最奇丽,然非听琴,乃听琵琶也。’余深然之。建安章质夫家善琵琶者,乞为歌词。余久不作,特取退之词稍加檃括,使就声律,以遗之云。”(《水调歌头》)“陶渊明赋‘归去来’,有其词而无其声。余既治东坡,筑雪堂于上,人俱笑其陋。独鄱阳董毅夫过而悦之,有卜邻之意。乃取《归去来辞》,稍加檃括,使就声律,以遗毅夫,使家童歌之。时相从于东坡,释耒而和之,扣牛角而为之节,不亦乐乎?”(《哨遍》)“琅琊幽谷,山水奇丽,泉鸣空涧,若中音会。醉翁喜之,把酒临听,辄欣然忘归。既去十余年,而好奇之士沈遵闻之往游,以琴写其声,曰《醉翁操》。节奏疏宕,而音指华畅,知琴者以为绝伦。然有其声而无其辞,翁虽为作歌,而与琴声不合。又依楚词作《醉翁引》,好事者亦倚其辞以制曲。虽粗合韵度,而琴声为词所绳约,非天成也。后三十余年,翁既捐馆舍,遵亦没久矣。有庐山玉涧道人崔闲,特妙于琴。恨此曲之无词,乃谱其声,而请于东坡居士以补之云。"(《醉翁操》)此类长短不一的词序,已经相当近似于苏轼的诗序,这就反映出上述词篇的抒情内容也已趋近于诗的"言志"。而尽管这些词篇的风貌并不篇篇都大异于传统的婉约词,但其中的大多数却分明已具有"以诗(文)为词"的特色。例如"密州出猎"词之近同于苏的《祭常山回小猎》诗,例如"赤壁怀古"词表达了词人缅怀先贤的壮志,例如《哨遍》词之简直形同于陶渊明的《归去来辞》(下文还要论及)。这就说明,苏轼那类被人视为"以诗为词,要非本色"①的"变体"词,之所以接近于诗和有异于词("本色"词)的一个显著特色,即在于其拓宽了题材内容和回归了"言志"的倾向,这从作为"点睛"之笔的词序中就可看得很清。

而这种情况,在辛弃疾词中表现得更为突出。如其《八声甘州》词序曰:"夜读《李将军列传》,不能寐,因念晁楚老、杨民瞻约同居山间,戏用李广事,赋以寄之。"而词中所咏写的,即是词人读《史记·李将军列传》而感发的政治感慨,它就大可称得上是借古人之酒杯浇己胸之块垒的一篇"读史有感"。又如其《贺新郎》词序曰:"陈同父自东阳来过余,留十日,与之同游鹅湖,且会朱晦庵于紫溪,不至,飘然东归。既别之明日,余意中殊恋恋,复欲追路,至鹭鸶林,则雪深泥滑,不得前矣。独饮方村,怅然久之,颇恨挽留之不遂也。夜半投宿吴氏泉湖四望楼,闻邻笛悲甚,为赋《乳燕飞》以见意。又五日,同父书来索词,心所同然者如此,可发千里一笑。"而词中所抒之情又正与其序文互为补充,二者共同抒写了一对爱国志士志趣相投的深挚友情和"同病相怜"的爱国忧愤。再如其《菩萨蛮》词序曰:"为陈同父赋壮词以寄。"虽仅寥寥九字,但足以言明这是一首抒写英雄之志和英雄之悲的"壮词",而非一般的"小词"可比。举出以上几条词序即可知晓,辛弃疾的那些"变体"词中,几乎随处都充溢着豪士之志与英雄感怆。因而我们从词序这个"窗口"就能大体看清"变体"词之抒情内容已向诗的"言志"靠拢和回归。

下面,我们具体考察"变体"词的抒情内容。一般来讲,除开那类儿女柔情,士大夫文人在日常生活中所感发的各种情志(只要与志向、怀抱有关),都可以

① 陈师道:《后山诗话》,何文焕辑《历代诗话》,中华书局,1981年,第309页。

归入广义的“志”中。因此,像欧阳修《采桑子·西湖念语》词序所云:“昔者王子猷之爱竹,造门不问于主人;陶渊明之卧舆,遇酒便留于道上。况西湖之胜概,擅东颍之佳名。虽美景良辰,固多于高会;而清风明月,幸属于闲人。并游或结于良朋,乘兴有时而独往。鸣蛙暂听,安问属官而属私?曲水临流,自可一觞而一咏……”此类泛舟游湖、寄情山水的志趣,当然也属“志”的范围。但是,“变体”词所抒写的“志”,却又与此类日常生活中的闲情逸致或骚情雅趣有所不同。换句话说,“变体”词中所言之志,其重点已偏向于词人有感于政治局势和政治遭遇方面的人生感叹,因此往往带有较强的政治色彩。而对此点,又尤可从前人对辛词的评论中看出。早在宋代,刘辰翁就这样评论辛弃疾词:“斯人北来,喑呜鸷悍,欲何为者?而谗摈销沮,白发横生,亦如刘越石。陷绝失望,花时中酒,托之陶写,淋漓慷慨,此意何可复道!而或者以流连光景、志业之终恨之,岂可向痴人说梦哉!为我楚舞,吾为若楚歌,英雄感怆,有在常情之外,其难言者未必区区妇人孺子间也。”①他就把辛词之抒情内容归结为遭受政治打击之后所生的“英雄感怆”以及其人虽老而心却不平的政治悲慨。而清人对此的评论则更加透彻,如前已引过的黄梨庄语,又如刘熙载云:“辛稼轩风节建竖,卓绝一时,惜每有成功,辄为议者所沮。观其《踏莎行·和赵兴国》有云:‘吾道悠悠,忧心悄悄’。其志与遇概可知矣。《宋史·本传》称其‘雅善长短句,悲壮激烈’,又称‘谢校勘(枋得)过其墓旁,有疾声大呼于堂上,若鸣其不平’。然则其长短句之作,固莫非假之鸣者哉?”②他们也都把辛词视为因政治抱负未得伸展而借文学创作来鸣其不平的产物。由此,我们大可把“变体”词中所言之志归结为与政治遭遇密切相关和政治色彩较浓的各种情志。而此类情志,又比较集中地表现在如下几个方面:

一是思欲建功立业的政治抱负和人生理想。在这方面,首可举出的当然是苏轼的《江城子·密州出猎》。这首词中,最耀人眼目的一个字即是“狂”字。这个“狂”字,已大不同于“花间”、柳永词中的“骚狂”和“狂荡”(如牛希济《临江仙》云:“须知狂客,拼死为红颜。”孙光宪《浣溪沙》云:“一生狂荡恐难休,且陪烟月醉红楼。”柳永《长寿乐》云:“尤红殢翠,近日来,陡把狂心牵系。”),而是其豪情壮志和英雄气概的正话反说。故而全词以此“狂”字笼罩,顿就显得豪气横溢、精光四射。由此而下,它更用极富激情的词笔描绘了出猎习武的雄壮场面,

① 刘辰翁:《辛稼轩词序》,邓广铭笺注《稼轩词编年笺注》,上海古籍出版社,1993年,第600页。

② 刘熙载:《艺概》卷四,上海古籍出版社,1978年,第110页。

表达了建功立业、报效国家的政治愿望,大有当年曹孟德横槊赋诗的英雄气概。而除此词以外,苏词中另外一些作品,也表达了类似的思想。如其《阳关曲》云:“受降城下紫髯郎,戏马台南旧战场。恨君不取契丹首,金甲牙旗归故乡。”虽只四句七言,却也表露了词人思欲跃马挥戈、斩取敌酋的远大抱负。

至若辛弃疾词中所表现的复国宏愿,则更是随处可见。例如他为友人赵德庄(介庵)祝寿所作的《水调歌头》有云:“闻道清都帝所,要挽银河仙浪,西北洗胡沙。回首日边去,云里认飞车。”赵是宋室宗亲,辛词意在勉励他日后一旦飞黄腾达,定该大展宏图,以洗尽西北胡沙(即驱金复国、平定天下之意)作为己任;而这,又岂不同时可以视作稼轩的自勉之语?再如其致建康留守史致道的《满江红》中这样写道:“鹏翼垂空,笑人世、苍然无物。又还向、九重深处,玉阶山立。袖里珍奇光五色,他年要补天西北,且归来,谈笑护长江,波澄碧。”此中也同样表达了他思欲“补天”(恢复失地)的政治理想。而尤为奇特的是,辛弃疾在常人惯用以抒写恋情和亲情的中秋词里,却也翻奇出新地寄寓了自己的宏图大愿:

> 一轮秋影转金波,飞镜又重磨。把酒问姮娥:被白发欺人奈何!乘风好去,长空万里,直下看山河。斫去桂婆娑,人道是、清光更多。(《太常引·建康中秋夜为吕叔潜赋》)

此词与前引完颜亮的《鹊桥仙·待月》词就很有相似之处,也是一首充溢着霸蛮之气的豪放词。词的上片先写中秋月圆、金波泻地的澄澈景象,然后引出把酒问月、深叹“白发欺人”的怅恨。下片则霍然振起,张开想象的翅膀凌空飞翔,俯瞰山河,其结尾“斫去桂婆娑,人道是、清光更多”三句,则更是奇想惊人——他要斫去月中的桂影(有人认为此“桂”字暗指秦桧),使得朗朗乾坤越加清亮明澈!这同他在《满江红·中秋寄远》中所写的“快上西楼,怕天放浮云遮月”和《满江红·中秋》中所写的“着意登楼瞻玉兔,何人张幕遮银阙?倩蜚廉(按:指风神)、得得为吹开,凭谁说”一样,都用比兴的手法(以桂影、浮云之类比喻朝中投降派)表达了自己思欲铲除奸邪、澄清天宇的宏愿。所以,难怪《四库全书提要》曾称辛词“慷慨纵横,有不可一世之概”——这种不可一世的气概,正就源于它寄寓着作者不可一世的雄心壮志。

二是怀才不遇或遭受政治挫折后的苦闷和牢骚。这类失意的情绪在“变体”词中就表现得更为突出和多见。这是因为,封建社会的不公正性早就注定了绝大多数优秀分子必然会产生“才命两相妨”(源自李商隐《有感》诗之“古来才命两相妨”)的悲剧;而北宋中后期的新旧党争和贯穿于南宋的主战与主和的斗争又确实给一大批有才有志的士人以深重的折磨和沉重的拖累。因此,比之上一类思欲建功立业的思想感情来说,这后一类怀才不遇的苦闷和愤懑在“变体”词中就更见弥漫与深浓。苏轼那首声震词坛的《念奴娇·赤壁怀古》从本质上说,就是一首有志报国而壮怀难酬的苦闷之作。尽管词中出现了“大江东去”和“乱石崩云,惊涛裂岸,卷起千堆雪”的雄奇画面,也尽管词中塑造了“雄姿英发”、谈笑间能使“樯橹灰飞烟灭”的周瑜的英雄形象(这都是前此的词中所从未见过的),但是词人的真实用心却在于结尾的“多情应笑我,早生华发”和“人间如梦”几句之中。也就是说,词中所描绘的“江山人物图”主要只是用来铺垫和反衬词人叹息年华虚度、壮怀难伸的苦闷和怅恨而已。因此,正如黄蓼园《蓼园词选》所说:“题是‘怀古’,意是谓自己消磨壮心殆尽也。”“题是‘赤壁’,心实为己而发。周郎是宾,自己是主;借宾定主,寓主于宾;是主是宾,离奇变幻。细思方得其主意处。”①这首人称“千古绝唱”的豪放词,其深裹着的“词心”实乃一股极为深沉的忧患情绪。而在苏轼之后,此类抒写政治失意感和人生忧患感的“变体”词就大有勃兴之势。试举晁补之《迷神引》为例:

黯黯青山红日暮,浩浩大江东注。余霞散绮,向烟波路,使人愁。长安远,在何处?几点渔灯小,迷近坞。一片客帆低,傍前浦。　　暗想平生,自悔儒冠误。觉阮途穷,归心阻。断魂素月,一千里,伤平楚。怪竹枝歌,声声怨,为谁苦?猿鸟一时啼,惊岛屿。烛暗不成眠,听津鼓。

此词前有小序:“贬玉溪,对江山作。”这足以证明它属于中国古典诗词中的特殊系列——“贬官文学”。观其主题,则主要表现在“自悔儒冠误”一句之中,而这又脱胎于杜甫“儒冠多误身”之句,明显是将“诗可以‘怨’”的精神移注到了词中。再如曾经赞扬辛弃疾词为“尤奇特,有稼轩一曲,真野狐精”(《沁园春·浙江观潮》)而自身词风也很奇特的陈人杰,他的31首《沁园春》,也无一不抒写怀才不遇、报国无门的苦闷与牢骚。如其“次韵林南金赋‘愁’”一首:

抚剑悲歌,纵有杜康,可能解忧?为修名不立,此身易老;古心自许,与世多尤。平子诗中,庾生赋里,满目江山无限愁。关情处,是闻鸡半夜,击楫中流。　　淡烟衰草连秋。听鸣鴂声声相应酬。叹霸才重耳,泥涂在楚;雄心玄德,岁月依刘。梦落莼边,神游菊外,已分他年专一丘。长安道,且身如王粲,时复登楼。

① 黄蓼园:《蓼园词评》,唐圭璋编《词话丛编》,中华书局,1986年,第3077页。

全词所写,已非风花雪月的闲愁,而是一种把个人命运和国家前途联系在一起的身世家国之愁——国家前途既是"满目江山无限愁",而个人的遭遇却又是"修名不立"和"与世多尤",这就难怪他只能"抚剑悲歌"和登楼赋愁了。由此数例可知,"变体"词中确实颇多苦闷牢骚之情;而这类失意和忧患之情,实又是词人生平大志得不到伸展的一种变态的表现。

三是忧国忧政、抚时感事的忧愤和悲慨。此类悲愤的感情,尤其多见于南宋爱国词人所作的"变体"词中。由于南宋的爱国词人身处"双向压迫"的政治形势之下(他们的正面,面对着外敌的入侵;他们的背面,却又受到朝中投降派的打击和迫害),因此不由不激发出巨大的愤怒和深浓的悲哀。这样一来,其词中自然就充溢着忧国忧政、抚时感事的忧愤和悲哀。请读张元幹的《贺新郎·送胡邦衡待制赴新州》:"梦绕神州路,怅秋风、连营画角,故宫离黍。底事昆仑倾砥柱,九地黄流乱注?聚万落千村狐兔。天意从来高难问,况人情老易悲难诉。更南浦,送君去。　凉生岸柳催残暑,耿斜河、疏星淡月,断云微度。万里江山知何处?回首对床夜语。雁不到,书成谁与?目尽青天怀今古,肯儿曹恩怨相尔汝!举大白,听金缕。"请读辛弃疾的《贺新郎·用前韵赠金华杜叔高》:"……起望衣冠神州路,白日销残战骨。叹夷甫诸人清绝。夜半狂歌悲风起,听铮铮、阵马檐间铁。南共北、正分裂!"这些词篇,一方面愤怒于金兵在中原地区的横行暴虐,另一方面却又愤慨于投降派(甚至包括皇帝本人)的屈辱媾和。两情交织,就使全词充溢着长歌当哭的巨大悲愤。

因此,唐宋词发展到大量出现"变体"之时,它就局部地跳离了"艳科"的樊篱,而开始走上了"诗词合流"的道路。举凡诗中所言之志,就大率都可在"变体"词中言之。借用刘熙载论苏词的话来说,"变体"词就"颇似老杜诗,以其无意不可入,无事不可言也"①——虽然苏轼的词实际尚未达到如此的境地,但后之辛派爱国词却已基本具备了这样的"言志"功能。我们试举刘克庄词为例,它就竟至出现了下面这类只有在诗文中才可见到的重大题材内容:一是对于即将亡国的极度忧虑和奔走呼号,如其《贺新郎》中"国脉微如缕!问长缨何时入手,缚将戎主","作么一年来一度,欺得南人技短,叹几处城危如卵","时事只今堪痛哭,未可徐徐俟驾"等语句,就简直可以当作南宋亡国前的"救亡诗"来诵读;二是对于农民起义军的同情和怜悯,如其《满江红》曾开导友人宋惠父在参加平定溪峒农民起义军的军事行动时千万要"手下留情":"溪峒事,听侬说:龚遂外,无长策。便献俘非勇,纳降非怯。帐下健儿休尽锐,草间赤子俱求活。"(词中提

① 刘熙载:《艺概》卷四,上海古籍出版社,1978 年,第 109 页。

到的龚遂，是汉代的循吏，他曾采用“化盗为民”的方法来缓解官民之间的矛盾）因而刘克庄在另一首《贺新郎》词中又说过：“不要汉廷夸击断，要史家编入《循良传》。”其意也在于勉励友人张使君不要做一个对人民击骨断肢的酷吏，而要做一位留名青史的良吏贤官。“变体”词中竟至出现了这种表达作者“治安良策”和人道主义精神的作品，这就标志着它的文体功能已经扩展到与诗文相当接近的地步了。

（三）“变体”词在表现手法和表现手段方面的趋近诗文

伴随着其抒情内容方面向诗回归的“言志”倾向，“变体”词在表现手法和表现手段方面也有了相应的变化。我们常说，内容决定形式，形式又反过来为内容服务。这一原理同样也适用于“变体”词的情况。具体来说，“变体”词的表现手法和表现手段，也产生了向诗文作品靠拢和回归的趋向。这方面涉及的内容很多，这里主要挑出其中比较突出的三种情况来谈：一是“变体”词的好发议论；二是“变体”词的语汇、意象发生了较大规模的“换班”；三是“变体”词的句式、句法出现了散文化的倾向。综合以上三点，就足以见出“变体”词在表现手法和表现手段方面的趋近于诗文。

先说“变体”词的好发议论。

如前所说，词是一种擅长于抒情的文体，而“本色”或“正体”的词篇，就更以其抒情的“纯粹”和细腻著称于文坛。但“变体”词却一上来就以其好发议论的特色而自立于“正体”词之外。如范仲淹的这首《剔银灯》：

> 昨夜因看《蜀志》，笑曹操、孙权、刘备，用尽机关，徒劳心力，只得三分天地。屈指细寻思，争如共、刘伶一醉？　　人世都无百岁。少痴呆，老成尪悴。只有中间，些子少年，忍把浮名牵系？一品与千金，问白发，如何回避？

此词通过对三国历史的评判和咏叹，表达了及时行乐和厌弃浮名的人生观，明确寓有“劝世之意”①。又如王安石的《浪淘沙令》：

> 伊、吕两衰翁，历遍穷通。一为钓叟一耕佣。若使当时身不遇，老了英雄。　　汤、武偶相逢，风虎云龙。兴王只在笑谈中。直至如今千载后，谁与争功？

① 龚明之：《中吴纪闻》卷五，中华书局，1985年，第73页。

这也是一篇咏史兼抒怀的词篇。通过伊尹、吕尚得遇商汤、周武王而建奇勋的史实，说明了良相只有得到明君的重用始能大展宏图的道理，并寄寓了词人自身渴望获得风云际会的愿望。而他的这类以词为论的词篇，特别是某些咏发禅理而写得类似于押韵之佛教讲义的作品（如其《南乡子》云："嗟见世间人，但有纤毫即是尘。不住旧时无相貌，沉沦，只为从来认识神。　　作么有疏亲，我自降魔转法轮。不是摄心除妄想，求真，幻化空身即法身。"），当然就会遭到坚持"词'别是一家'"①的李清照的批评（她曾说王安石与曾巩"文章似西汉，若作一小歌词，人必绝倒，不可读也"）。至若后来的苏、辛"变体"词中，好发议论自也是其显著特色之一。例如苏的二首《如梦令》：

> 水垢何曾相受，细看两俱无有。寄语揩背人：尽日劳君挥肘，轻手，轻手，居士本来无垢。
>
> 自净方能净彼，我自汗流呀气。寄语澡浴人：且共肉身游戏。但洗，但洗，俯为人间一切。

这两首词如同前引王安石的那首《南乡子》一样，也是一种佛家偈语式的作品。又如辛弃疾的《哨遍·秋水观》：

> 蜗角斗争，左触右蛮，一战连千里。君试思，方寸此心微。总虚空、并包无际。喻此理，何言泰山毫末，从来天地一稊米。嗟小大相形，鸠鹏自乐，之二虫、又何知？记跖行仁义孔丘非，更殇乐长年老彭悲。火鼠论寒，冰蚕语热，定谁同异。　　噫！贵贱随时，连城才换一羊皮。谁与齐万物？庄周吾梦见之。正商略遗篇，翩然顾笑，空堂梦觉题《秋水》。有客问洪河，百川灌雨，泾流不辨涯涘。于是焉河伯欣喜然，以天下之美尽在己。渺沧溟、望洋东视，逡巡向若惊叹，谓我非逢子，大方达观之家未免，长见悠然笑耳。此堂之水几何其？但清溪、一曲而已。

这就简直是把庄子哲学中的"齐物论"（齐大小、齐冷热、齐夭寿、齐贵贱）观点全部搬进了词中。

当然，以上所举诸例，均属通篇言理的词篇。而在"变体"词中，局部性的发议论情况则更是比比皆是。且以辛词为例，如其《沁园春·将止酒，戒酒杯使勿近》中所说的"况怨无小大，生于所爱；物无美恶，过则为灾"；其《洞仙歌·访泉于奇师村》中所说的"人生行乐耳，身后虚名，何似生前一杯酒"；其《临江仙·再

① 李清照：《词论》，王仲闻校注《李清照集校注》，人民文学出版社，1979年，第195页。

用韵送祐之弟归浮梁》中所说的"钟鼎山林都是梦,人间宠辱休惊";其《临江仙·为苍壁解嘲》中所说的"君看当日仲尼穷,从人贤子贡,自欲学周公";其《满江红·山居即事》中所说的"若要足时今足矣,以为未足何时足";其《西江月·遣兴》中所说的"近来始觉古人书,信着全无是处";等等。词人都不避将议论和看法直接写入词中。而因此种好发议论的做法,"变体"词的风貌自然就会向诗文趋近,观之宋人潘牥曾称苏词为"词诗"(词中之诗或以诗为词),又称辛词为"词论"(词中之"论"或以词为论),这在很大程度上便是基于"变体"词之好发议论而提出的。

次说"变体"词的语汇、意象之"大换班"。

语汇和意象,乃是词人塑造词境的基本"建筑材料"。而在那类"正体"词中,其语汇和意象的选择大体具有这样的倾向:在所使用的"物语"中间,以有关女性的语汇、意象为主;在所使用的"景语"中间,以有关水的语汇、意象为主;在所使用的"情语"中间,又以悲哀色彩的语汇、意象为主。而总括以上三方面的特色,"正体"词中的语汇和意象所体现出的美感就偏向于香艳、纤弱、柔婉与伤感。但是,"变体"词的情况却与此大异其貌。由于其"言志",特别是抒写英雄豪杰之志的需要,因此就造成了它在语汇和意象方面的"吐故纳新",这实际也是由"内容决定形式"和"形式适应内容"的规律所导致的。具体来讲,"变体"词中的语汇和意象大致具有如下一些特色:

第一,在"物语"方面,传统词所常用的那类歌裙舞扇、蝉鬓香衾之类有关女性的语汇、意象于此纷纷"退伍",却另外加入了很多反映男性生活和表现英雄气概的语汇、意象,比如我们在苏、辛词中,就能看到下列极少在"正体"词中出现的字面:羽扇、纶巾、轩冕、鹤氅、组绶、腰刀、锦帽、貂裘、金甲、牙旗、雕弓、舳舻、胡沙、飞车、鹏翼、寒垣、帷幄、金印、玉带、金鱼、吴钩、貔貅、青衫、兜鍪、锋镝、鞍马、宗彝、残碑、胡尘、金阙、唾壶、画戟、飞鞚、银胡簶(箭袋)、金仆姑(箭名)……甚至还出现了髭胡膏血、鸣镝血污等充满血腥气的语词,这就有效地表现了词人作为男子汉大丈夫所怀有的生活志趣和政治抱负。

第二,在"景语"方面,"变体"词虽仍离不开有关水的意象,但在运用时却又注入了遒劲飞动的气势;而与此同时,另还增大了有关"山"的意象所占之比重。例如,苏轼的"赤壁怀古"词之所以能收到高唱入云、惊心动魄的艺术效果,就与它对大江东去的奔马轰雷之势和对乱石崩云、惊涛裂岸的雄奇壮观之描绘有着极为密切的关联,而在另一首雄健之作《归朝欢·和苏坚伯固》词中,他也同样以山、水合写而赋予了奇肆飞动的气势:"我梦扁舟浮震泽,雪浪摇空千顷白。

觉来满眼是庐山,倚天无数开青壁。”其中的“水”是那样的富有动感和伟力,其中的“山”又是那样的峭拔和奇险,这就共同组合成了一幅雄奇宏阔的山水奇景,从而映显出词人所怀的浩逸胸襟。再如辛弃疾,则其词中所写之山水就更加具有灵气,更加具有力度,如其所写之山:“叠嶂西驰,万马回旋,众山欲东”(《沁园春·灵山齐庵赋》),“青山欲共高人语,联翩万马来无数”(《菩萨蛮·金陵赏心亭为叶丞相赋》),“谁信天峰飞堕地,傍湖千丈开青壁”(《满江红·题冷泉亭》),“高人千丈崖,太古储冰雪。六月火云时,一见森毛发”(《生查子·简吴子似县尉》)……如其所写之水:“望飞来、半空鸥鹭,须臾动地鼙鼓。截江组练驱山去,鏖战未收貔虎”(《摸鱼儿·观潮上叶丞相》),“正惊湍直下,跳珠倒溅”(《沁园春·灵山齐庵赋》),“清溪奔快,不管青山碍”(《清平乐·题上卢桥》),“秦望山头,看乱云急雨,倒立江湖”(《汉宫春·会稽蓬莱阁怀古》)……且不说其中所写的奇险山景是往昔的“正体”词中所未见的,即使是它们所描绘的水景,又岂是那类“桃花春水绿,水上鸳鸯浴”(韦庄《菩萨蛮》),“縠皱波纹迎客棹,绿杨烟外晓寒轻”(宋祁《玉楼春》),“半黄梅子,向晚一帘疏雨”(贺铸《感皇恩》)等婉丽水景所能比肩?因此,虽然同是写景,但因所寓之情志有所不同,“变体”词和“正体”词在语汇、意象的选择与使用方面,也就显现了很大的差异。

第三,在“情语”方面,“变体”词所使用的语汇、意象虽也离不开悲哀色彩的词语,但又增入了慷慨愤激的感情成分,因就使其词风透出悲凉和悲愤的阳刚风味。例如,辛弃疾与陈亮唱和的两首《贺新郎》,可谓悲思如潮、腾涌而出,但因此种悲情又与其英雄之志和志士之恨紧连在一起,故就显得悲中有愤和悲中有壮。其词序中先云:“独饮方村,怅然久之,颇恨挽留之不遂也。夜半投宿吴氏泉湖四望楼,闻邻笛悲甚。”这确是一派依依惜别的悲语。但在词中,却又把这番离别之悲转化成壮志未酬的憾恨和愤慨来写,因就显得十分的慷慨悲凉。如其中所云:“路断车轮生四角,此地行人销骨。问谁使、君来愁绝?”“我最怜君中宵舞,道‘男儿到死心如铁’。”这些词句中,最引人注目的字眼仍是“愁”“怜”这样一类具有悲哀色彩的“情语”,但它们所表达的思想感情却绝不是“腰如细柳脸如莲,怜摩怜,怜摩怜”(顾敻《荷叶杯》),“空自叹、当日言约无据,伤心最苦”(柳永《洞仙歌》),“砧杵韵高,唤回残梦;绮罗香减,牵起余悲”(周邦彦《风流子》)之类的儿女柔情,而是一对爱国志士所共有的悲凉激情。而更加惹人注目的还在于:“变体”词中另又增添了很多表现愤怒感情和狂放意态的辞语,这就更使其风格变得遒劲有力和男性气十足。例如:“依旧群龙,怒卷银汉下天涯”(赵鼎《望海潮》),“心折,长庚光怒”(张元幹《石州慢》),“使行人到此,忠愤气填膺”(张孝祥《六州歌头》),“凭栏却怕,风雷怒,鱼龙惨”(辛弃疾《水龙吟》),

"我笑共工缘底怒,触断峨峨天一柱"(辛弃疾《归朝欢》)……这些词中所用的"怒"字、"愤"字,就使词情闪耀出"愤怒"的火焰,从而产生了咄咄逼人的气势。再如:"老夫聊发少年狂,左牵黄,右擎苍"(苏轼《江城子》),"说剑论诗余事,醉舞狂歌欲倒,老子颇堪哀"(辛弃疾《水调歌头》),"我醉狂吟,君作新声,倚歌和之"(辛弃疾《沁园春》),"何人为我楚舞,听我楚狂声"(辛弃疾《玉楼春》),"何处寻取狂徒?可能着意,更问渠侬骨"(陈亮《念奴娇》),"太平胸次,笑他磊魄欲成狂"(陈亮《水调歌头》),"犹记臣之少,兴狂时过陈遵饮,对孙登啸"(刘克庄,《贺新郎》),"有狂谈欲吐且休休,惊邻壁"(刘克庄《满江红》),"旁观拍手笑疏狂,疏又何妨,狂又何妨"(刘克庄《一剪梅》),"镜影霜侵,衣痕尘暗,赢得狂名传世间","如此男儿,可是疏狂,才大兴浓"(陈人杰《沁园春》)……这些词句的精光和神髓,就全在于一个"狂"字。这个"狂"字,或表达了词人思欲建功立业的雄心壮志,或表达了词人对于不合理现实的猛烈抗争,或表达了词人遭受压抑所激起的巨大愤懑,总之都是以狂放、疏狂、清狂、佯狂,以及狂吟、狂饮、狂歌、狂舞的方式来表达他们作为大丈夫的不同流俗和傲睥人世的精神风貌。正是因为敏锐地看出了此点,王国维径直将苏、辛词(扩而言之,也可包括其他很多"变体"词)称之为"词中之狂"①。这也有力地证明了"变体"词中的"情语"已有了新的动向——它从"正体"词的一味采用悲哀凄婉的词语而改为了好用悲愤交加和狂傲不羁的词语。

以上,我们比较了"变体"词与"正体"词在选择和运用"物语""景语""情语"方面的差异。而除此之外,"变体"词在运用语汇方面还另有其十分显著的特色,此即:极喜熔铸历史典故和驱使古书成语。而这种特色,就格外显示了它"以诗(文)为词"、与诗(文)趋近的特殊风貌。

我们知道,"本色"词一般是较少用典的(特别是晚唐五代及北宋词);而即使用典,也基本局限于运用某些有关艳情的典故(如韩寿偷香、安仁掷果、沈郎消瘦、江淹赋别、红叶题诗、汉皋解佩之类)。它们一般也不征引古书中的现成句子;偶有引用,也专挑六朝和唐代的清丽诗句融化入词(如宋祁《鹧鸪天》之引用李商隐"身无彩凤双飞翼,心有灵犀一点通"和"刘郎已恨蓬山远,更隔蓬山一万重"之句,如晏几道《临江仙》之引用五代翁宏"落花人独立,微雨燕双飞"之句,如周邦彦《满庭芳·夏日溧水无想山作》之化用杜甫"风蒲燕雏老"和"红绽雨肥梅"之句等)。但"变体"词却特别喜欢引用历史典故和前代经、史、子、集中的现成句子,有时甚至达到"掉书袋"的地步。这里不妨先看其用典情况。从思

① 王国维著,滕咸惠校注:《人间词话新注》,齐鲁书社,1981 年,第 91 页。

想内容来看,“变体”词所好用的典故大致可以分为三类。

第一类是表达英雄之志的典故,常见的有:班超封侯万里(如李曾伯《水调歌头》:“不为渊明五斗,直为班超万里,雅志未能忘。”),祖逖闻鸡起舞(如刘辰翁《金缕曲》:“越石暮年扶风赋,犹解闻鸡起舞。”),刘琨击楫中流(如曹冠《蓦山溪》:“击楫誓中流,剑冲星,醉酣起舞。”),马援马革裹尸(如辛弃疾《满江红》:“马革裹尸当自誓,蛾眉伐性休重说。”),范滂登车揽辔(如徐鹿卿《水调歌头》:“登车揽辔慷慨,风采肃台纲。”),王敦敲缺唾壶(如张元幹《石州慢》:“塞垣只隔长江,唾壶空击悲歌缺。”),陈登高楼百尺(如刘克庄《贺新郎》:“老眼平生空四海,赖有高楼百尺。”),终军请缨缚敌(如岳飞《满江红》:“何日请缨提锐旅,一鞭直渡清河洛。”),谢安谈笑退敌(如叶梦得《水调歌头》:“谁似东山老,谈笑静胡沙。”),诸葛亮出师平虏(如辛弃疾《满江红》:“东北看惊《出师表》,西南更草相如《檄》。”),孙仲谋年少建功(如辛弃疾《南乡子》:“年少万兜鍪,坐断东南战未休。”),冯唐白首持节(苏轼《江城子》:“持节云中,何日遣冯唐。”),唐太宗建凌烟阁(如韩元吉《水龙吟》:“功画凌烟,万钉宝带,百壶清酒。”),燕昭王筑黄金台(如刘辰翁《洞仙歌》:“看明年今日,人在黄金台上,早整顿,乾坤事了。”)……这些典故的涉及面相当宽泛,它们几乎把前代历史上最为著名的英雄人物和最为激励人心的英雄业绩都举了出来。由此看来,在这些“变体”词(主要是一些抒写爱国激情的豪放词)的作者心目中,实际存有一本“英雄谱”和“豪杰传”,他们即以这些英雄人物作为自己的企羡对象和学习榜样。

第二类是表达英雄之悲和志士之恨的典故,常见的有:李广不侯(如高登《多丽》:“李广不侯,刘蕡未第,千年公论合谁羞。”),阮籍途穷(如邓肃《瑞鹧鸪》:“未学宣尼歌凤德,姑从阮籍哭途穷。”),神州陆沉(如胡世将《酹江月》:“神州陆沉,问谁是,一范一韩人物。”),新亭举目(如曾觌《燕山亭》:“千载云海茫茫,记举目新亭,壮怀难尽。”),铜驼荆棘(如陆游《谢池春》:“铜驼荆棘,洒临风清泪,甚情怀,伴人儿戏。”),廉颇老矣(如辛弃疾《永遇乐》:“凭谁问,廉颇老矣,尚能饭否?”),髀肉复生(如张榘《贺新郎》:“髀肉未消仪舌在,向尊前,莫洒英雄泪。”),悲歌击筑(如陆游《秋波媚》:“悲歌击筑,凭高酹酒,此兴悠哉。”),易水送别(如辛弃疾《贺新郎》:“易水萧萧西风冷,满座衣冠似雪。”),良犬先烹(如刘过《六州歌头》:“北望帝京,狡兔依然在,良犬先烹。”),屈子遗恨(如辛弃疾《喜迁莺》:“休说,搴木末;当日灵均,恨与君王别。”)……这些典故,或用以表达英雄途穷、报国无门之悲,或用以表达国家不幸、南北分裂之恨,总之,都与男儿的事业成败和命运泰否有关,而很少涉及儿女间的柔情。

第三类典故主要用来表达豪杰志士失意后的“看穿”思想和隐逸情趣,常见的有：刘伶醉酒（如辛弃疾《沁园春》："汝说刘伶，古今达者，醉后何妨死便埋。"），渊明把菊（如辛弃疾《鹧鸪天》："万事纷纷一笑中，渊明把菊对秋风。"），谢公雅志（如辛弃疾《贺新郎》："谢公雅志还成趣，记风流、中年怀抱，长携歌舞。"），和靖风流（如刘镇《贺新郎》："似当年，和靖风流，小孤山下。"），沧浪渔父（如韩淲《醉桃源》："多雅尚，少时情，沧浪渔父缨。"），庄生梦蝶（如张孝祥《水调歌头》："蝉蜕尘埃外，蝶梦水云乡。"），枕流漱石（如刘辰翁《水调歌头》："可笑先生无病，病在枕流漱石，福至自然通。"），莼羹鲈脍（如辛弃疾《沁园春》："意倦须还，身闲贵早，岂为莼羹鲈脍哉。"），范蠡扁舟（如辛弃疾《摸鱼儿》："谩教得陶朱，五湖西子，一舸弄烟雨。"），镜湖风月（如陆游《鹊桥仙》："镜湖元自属闲人，又何必官家赐与。"），严光钓台（如陆游《鹊桥仙》："一竿风月，一蓑烟雨，家在钓台西住。"），剡溪风雪（如方岳《汉宫春》："准拟画，剡舟夜雪，与君相对成图。"），炊罢黄粱（如陆游《洞庭春色》："请看邯郸当日梦，待炊罢黄粱徐欠伸。"），长沮桀溺（如辛弃疾《踏莎行》："长沮桀溺耦而耕，丘何为是栖栖者。"），许由巢父（如辛弃疾《贺新郎》："细平章，两翁似与，巢、由同调。"）……这一类典故所蕴含的思想内涵虽然主要偏重于"看穿"人生和归隐山林的骚情雅趣，好像已经销蚀了愤怒和悲愤的"火气"，但其底里却仍运行着愤懑和不平的"暗火"。

归纳以上三种类型的典故，"变体"词之用典，实际是围绕着表达男子汉大丈夫的壮志和悲恨这一中心任务来择用的；而这样的用典，自然会促使其词风趋向于"如诗如文"①的境地。如辛弃疾那首有名的《永遇乐·京口北固亭怀古》：

> 千古江山，英雄无觅，孙仲谋处。舞榭歌台，风流总被，雨打风吹去。斜阳草树，寻常巷陌，人道寄奴曾住。想当年，金戈铁马，气吞万里如虎。　　元嘉草草，封狼居胥，赢得仓皇北顾。四十三年，望中犹记，烽火扬州路。可堪回首，佛狸祠下，一片神鸦社鼓。凭谁问，廉颇老矣，尚能饭否？

此词一口气援用了如下典故：孙权（仲谋）曾徙治京都作为其称霸的基地之一；刘裕（寄奴）曾起兵于京口，后又发兵北伐并登上帝位（"金戈铁马"一语又出五代后唐李袭吉《谕梁书》）；霍去病追击匈奴、封狼居胥的业绩以及王玄谟伐北魏大败而归的史实；北魏拓跋焘追击王玄谟至长江北岸、建佛狸祠的故事；廉颇晚

① 刘辰翁：《辛稼轩词序》，邓广铭笺注《稼轩词编年笺注》，上海古籍出版社，1993 年，第 599 页。

年不肯伏老,“一饭斗米”而仍不受重用的故事;等等。对此,就连激赏它的岳珂都在赞扬辛词“脱去古今轸辙”和“豪视一世”之后,提出了“微觉用事多耳”的批评①。由此可见,此词确有刘克庄所说的“掉书袋”之病。其《跋刘叔安感秋八词》云:“近岁放翁、稼轩,一扫纤绝。不事斧凿,但时时掉书袋,要是一癖。”②但话却又要说回来:若不密集地运用这些有关政治、军事的典故,辛弃疾那十分复杂的情志(既感叹于国势的不振,又感叹于自身的已老;既积极支持韩侂胄的北伐,又担心会重蹈王玄谟匆忙出兵而致大败的覆辙;既包含了“老骥伏枥,志在千里”的壮心,又深恐受人排挤、不被重用;等等),又岂能在一首小词中说得清楚?而一旦援用了这些虽然“微觉多耳”,却又基本妥帖的典故,就收到了“无意不可入、无事不可言”的艺术效果,从而把他意欲表达的政治感慨和政治意见抒写得淋漓尽致。所以诵读此词,就很使我们联想到老杜《秋兴》八首与《诸将》五首之类咏史怀古诗和政治抒情诗的风味。由此可知,“变体”词因大量运用历史典故,确实产生了“如诗如文”的艺术效果。

而在大量运用历史典故的同时,“变体”词又大胆地引用了前代经、史、子、集中的成句和成语来“为我所用”。这一特色,尤在辛词中表现得十分突出。如刘熙载曾评曰:“稼轩词龙腾虎掷,任古书中理语、廋语,一经运用,便得风流,天姿是何夐异!”③又如吴衡照曰:“辛稼轩别开天地,横绝古今,《论(语)》《孟(子)》《诗小序》《左氏春秋》《南华》《离骚》《史(记)》《汉(书)》《世说(新语)》《(文)选》和李(白)杜(甫)诗,拉杂运用,弥见其笔力之峭。”④这些议论便都指明了辛词好用前人成句和成语的显著特色。

这里不妨以吴衡照之论作为大致的依据,各举若干例子。当然,这些例子中有的是全用前代成句,有的则稍加变化。其用《论语》者如:《踏莎行·赋稼轩,集经句》中“长沮、桀溺耦而耕,丘何为是栖栖者”,这两句便集合了《论语》“长沮、桀溺耦而耕,孔子过之,使子路问津焉”和“微生亩谓孔子曰:丘何为是栖栖者与?无乃为佞乎?”中的有关句子;《水龙吟·题瓢泉》二首中的“人不堪忧,一瓢自乐,贤哉回也”和“似风乎舞雩之下”,也基本采自《论语》中“子曰:贤哉回也……在陋巷,人不堪其忧,回也不改其乐,贤哉回也”和“浴乎沂,风乎舞雩,咏而归”中的有关句子。其用《孟子》者如:《卜算子·漫兴》中“万一朝家举力田,

① 岳珂:《桯史》,中华书局,1981 年,第 38 页。
② 刘克庄:《跋刘叔安感秋八词》,《后村题跋》卷二,《丛书集成初编》本。
③ 刘熙载:《艺概》卷四,上海古籍出版社,1978 年,第 110 页。
④ 吴蘅照:《莲子居词话》,唐圭璋编《词话丛编》,中华书局,1986 年,第 2408 页。

舍我其谁也”，其下句全用《孟子》“（当今之世，）舍我其谁也”；又如《西江月》中“天时地利与人和，‘燕可伐与’曰‘可’”二句，也基本采自于《孟子》中的“天时不如地利，地利不如人和”和“问：‘燕可伐与？’曰：‘可’”。其用《毛诗序》者如《水龙吟·爱李延年歌》中“（当此之时，）止乎礼义，不淫其色”，它即集用《关雎》篇序中的“变风发乎情，止乎礼义”和“忧在进贤，不淫其色”的有关句子而成。其用《左氏春秋》（《左传》）者如：《水调歌头·盟鸥》中“凡我同盟鸥鹭，今日既盟之后，来往莫相猜”，大致化用《左传·僖公九年》“齐盟于葵丘曰：凡我同盟之人，既盟之后，言归于好”。其用《庄子》者，则尤为多见如：《兰陵王·赋一丘一壑》之“古来贤者，进亦乐，退亦乐”，基本化用《庄子·让王》中的“古之得道者，穷亦乐，通亦乐”；《兰陵王·己未八月二十日夜》中的“苌弘事，人道后来，其血三年化为碧。郑人缓也泣：‘吾父，攻儒助墨。十年梦，沉痛化余，秋柏之间既为实’”，大致化用《庄子·外物篇》中的“苌弘死于蜀，藏其血，三年化而为碧”和《列御寇篇》中的“郑人缓也……儒墨相与辩，其父助（墨）翟，十年而缓自杀。其父梦之，曰：‘使而子为墨者予也，阖胡尝视其良，既为秋柏之实矣’”；至若《哨遍·秋水观》《哨遍·鱼计亭》和《卜算子·用（庄）语》三篇，则更是连篇累牍地引用《庄子》或檃括《庄子》的有关内容而成。其用《离骚》或《楚辞》者如：《水调歌头·壬子三山被召》中“余既滋兰九畹，又树蕙之百亩，秋菊更餐英”三句，就基本化用《离骚》中的“余既滋兰之九畹兮，又树蕙之百亩”和“（朝饮木兰之堕露兮，）夕餐秋菊之落英”；《水调歌头·将迁新居不成，有感戏作》中“昂昂千里，泛泛不作水中凫”二句，又基本化用《卜居》中的“宁昂昂若千里之驹乎？将泛泛若水中之凫，（与波上下，偷以全吾躯乎）”。其用《史记》《汉书》《后汉书》《三国志》等史书者如：《破阵子·为范伯南寿》中“燕雀岂知鸿鹄，貂蝉元出兜鍪”二句，分别化用了《史记·陈涉世家》中的“（嗟乎！）燕雀安知鸿鹄之志哉”和《南齐书·周盘龙传》中的“此貂蝉从兜鍪中出耳”而成；《行香子》（博山戏呈赵昌甫、韩仲止）中“少日尝闻：‘富不如贫，贵不如贱者长存’”，化用《后汉书·逸民传》中的“吾已知富不如贫，贵不如贱”；《南乡子·登京口北固亭有怀》中的“生子当如孙仲谋”句，全用《三国志》注中的“生子当如孙仲谋，（刘景升儿子若豚犬耳）”。其用《世说新语》者如：《永遇乐》（检校停云新种杉松，戏作）中“梦觉东窗，聊复尔耳，起欲题书简”，其第二句即引用《世说新语·任诞篇》中的“（未能免俗，）聊复尔耳”；《西江月·为范南伯寿》中的“金印明年斗大”句，化用《世说新语·尤悔篇》中的“明年杀诸贼奴，当取金印如斗大系肘后”。其用《文选》者如：《哨遍·秋水观》中“富贵非吾愿，遑遑乎欲何之”二句，化用《文选·归去来辞》中的“胡为乎遑遑欲何之？富贵非吾愿，（帝乡不可期）”；《贺新郎·题傅岩叟悠然阁》中的“鸟倦飞还平林去,云自无心出岫”二句,化用同篇的“云无心以出岫,鸟倦飞而知还”。其用李白诗者如:《新荷叶·再和赵德庄韵》中“停杯对影,待邀明月相依”二句,基本化用李白《月下独酌诗》中的“举杯邀明月,对影成三人”;《水调歌头·九日游云洞》中“为公饮,须一日,三百杯”,其后两句即化用李白《襄阳歌》之“(百年三万六千日,)一日须倾三百杯”。其用杜甫诗者则更为频见,如:《鹧鸪天·博山寺作》中“山鸟山花好弟兄”句,即化用杜甫《岳麓山道林二寺行》中的“山鸟山花共友于”而成(“友于”即“兄弟”之意);《丑奴儿》中的“此生自断天休问”句,即化用杜甫《曲江》诗中的“自断此生休问天”而成;《水龙吟·用瓢泉韵戏陈仁和》中“倒流三峡词源泻”句,即变化杜甫《醉歌行》“词源倒流三峡水”而成;《贺新郎·赋水仙》中“云卧衣裳冷”句,则全用杜甫《游龙门奉先寺诗》之句;等等。

总而言之,辛弃疾喜欢引用前代经、史、子、集中的成句和成语(有时则稍加变化),几已成为一种癖好,故而我们翻检邓广铭先生为辛词所作的笺注本,就仿佛进入了一座中国古籍的“万有文库”,随处都可瞥见琳琅满目的古代语言遗产。前人曾经感叹:“老杜作诗,退之作文,无一字无来处。”①而辛弃疾之作词(主要指其“变体”之词),也几乎接近了此种境地。因此即从这种大量引用前代诗文(特别是古散文)的现象来看,“变体”词之趋近于诗文风貌,也就成了理所当然之事。同时我们又应指出,虽然辛弃疾和其他辛派词人拉杂运用了大量前代诗文中的成句和成语,但这绝不意味着他们的“变体”词已经变成了一个杂乱无章的“旧书摊”或“杂货铺”;而恰恰与此相反,正如辛词“袖里珍奇光五色,他年要补天西北”(《满江红·建康史帅致道席上赋》)所说,那些拉杂运用的前代成句和成语,就像珍奇斑斓的五色石被女娲用来补天那样,足以使这些“变体”词的词境显得坚实丰厚和浑然一体,而并不显得突兀凌乱和支离破碎。于此,就更见辛派词人“笔力之峭”(吴衡照语)。

与上述大量引用前代诗文(特别是古散文)之成句和成语现象相伴相生的另一种现象,则是“变体”词的句式、句法也产生了散文化的趋向。在这方面,我们同样也可举辛词为例。这里容我们先举辛的小令为例。照常理来讲,小令词是最讲求“韵致”的体式,如清人顾璟芳即曰:“词之小令犹诗之绝句,字句虽少,

① 黄庭坚:《答洪驹父书》,郭绍虞主编《中国历代文论选》,上海古籍出版社,1979年,第185页。

音节虽短，而风情神韵正自悠长，作者须有一唱三叹之致。”①因此，令词的语言就尤需追求瑰奇、精致、婉美的艺术效果而切忌使用散文式的“直语”、“粗语”、“铺排语”和“说尽语”（沈祥龙《论词随笔》中说：“小令须突然而来，悠然而去，数语曲折含蓄，有言外不尽之致。着一直语、粗语、铺排语、说尽语，便索然矣”②）。但是，辛弃疾的某些令词，却敢于大胆突破上述范式而引进了散文化的句式、句法，这就使人为之耳目一新。例如下面这两首《西江月》：

醉里且贪欢笑，要愁哪得功夫。近来始觉古人书，信着全无是处。
昨夜松边醉倒，问松“我醉何如”？只疑松动要来扶，以手推松曰“去”！

堂上谋臣帷幄，边头猛将干戈。天时地利与人和，“燕可伐与”曰“可”。　此日楼台鼎鼐，他时剑履山河。都人齐和《大风歌》，管领群臣来和。

第一首词题为“遣兴”，即排遣意兴之作。开头两句便是散文式的大白话；三、四两句，则暗用《孟子・尽心》中“尽信书则不如无书”之意而成，也语近散语和“直语”。而尤为奇妙的则更在下片，它采用拟人化和对话式的诙谐笔调，先写词人醉后问松：“我醉何如？”接写松似要来扶我而我则以手推松，断然辞曰：“去！”这最后一句实际也暗用了一个典故：《汉书・龚胜传》载：汉哀帝时，丞相王嘉被诬有“迷国罔上”之罪，龚胜以为举罪犹轻。夏侯常拟劝说龚胜，“胜以手推常曰：‘去！’”而从其句式来看，也应读成“以手推松曰——去”的散文句，而全不像“正体”词中《西江月》的结句（如晏几道《西江月》的结句分别为“携手佳期又晚”和“试问闲愁有几”）。像这样全篇采用散文笔调和散文句式（结句最为显著）的写法，就活画出了词人醉后的狂态，又极富生气地写出了他的满腔幽愤（对现实境况与圣贤之书相悖的愤慨和不满）和倔强个性，使人读后大有别开生面的全新感受。第二首据传是为韩侂胄祝寿而作（也有人认为是刘过所作），其中三、四两句也是典型的散文句式。“天时地利与人和”一句，化用《孟子》“天时不如地利，地利不如人和”之意，而又把这三者叠加在一起，意指韩侂胄之即将北伐深获天时、地利、人和这三方面的有利条件。“‘燕可伐与’曰‘可’”一句，则全用《孟子》原文（“问：‘燕可伐与？’曰：‘可！’”），应读成为4—1—1的句式，而此种句式在“正体”的《西江月》中就是从未见过的。我们读过这两首《西江

① 田同之：《西圃词说》，唐圭璋编《词话丛编》，中华书局，1986年，第1467页。
② 沈祥龙：《论词随笔》，唐圭璋编《词话丛编》，中华书局，1986年，第4050页。

月》后，请再品味下面这两首《西江月》：

凤额绣帘高卷，兽环朱户频摇。两竿红日上花梢，春睡厌厌难觉。好梦狂随风絮，闲愁浓胜香醪。不成雨暮与云朝，又是韶光过了。

（柳永）

醉透香浓斗帐，灯深月浅回廊。当时背面两依依，何况临风怀想。舞柳经春只瘦，游丝到地能长。鸳鸯半调已无肠，忍把幺弦再上。

（李之仪）

读了这两首词，则“变体”词与“正体”词在句式、句法方面的差异，就不难感知了。

既然在最难“攻破”的小令词中，辛弃疾都能如此大胆地引进散文句式，那么在慢词长调中，他就越发变得挥洒自如和“肆无忌惮”了。对此也举两例。一是其《贺新郎》：

甚矣吾衰矣！怅平生、交游零落，只今余几？白发空垂三千丈，一笑人间万事。问何物、能令公喜？我见青山多妩媚，料青山、见我应如是。情与貌，略相似。　　一尊搔首东窗里。想渊明、停云诗就，此时风味。江左沉酣求名者，岂识浊醪妙理？回首叫、云飞风起。不恨古人吾不见，恨古人、不见吾狂耳！知我者，二三子。

此词开头即是一句感叹句，它全用《论语》成句（《述而篇》记孔子语：“甚矣吾衰矣，久矣吾不复梦见周公。”）。底下则一气贯注，任情挥洒，有时感慨，有时狂放，可谓嬉笑怒骂，皆成文章，尽情发挥了词以长短句式畅快地抒情言志的能事。其中又尤以“我见青山多妩媚，料青山、见我应如是”和“不恨古人吾不见，恨古人、不见吾狂耳”（这两组长句又暗用了《新唐书·魏徵传》中唐太宗赞魏徵语“人言征举动疏慢，我但见其妩媚耳”和《南史·张融传》中张融之语“不恨我不见古人，恨古人不见我”之意）为全词的“警句”，而这两组作者颇感自豪的警句，却全都属于散文式的长句。至若词中的其他句子，也不同程度地带有“直说”和挥洒自如的散文风味。综观全词，之所以能写得颇富豪视古今的狂放气概，即与其大量采用散文化的句子有关。另一首则是其“人杯对话”的《沁园春》：

杯，汝来前！老子今朝，点检形骸。甚长年抱渴，咽如焦釜；于今喜睡，气似奔雷。汝说“刘伶，古今达者，醉后何妨死便埋”。浑如此，叹汝于知己，真少恩哉！　　更凭歌舞为媒，算合作人间鸩毒猜。况怨无小大，生于所爱；物无美恶，过则为灾。与汝成言：“勿留亟退，吾力犹能肆汝杯。”杯再拜,道“麾之即去,招亦须来”。

此词前有小序:“将止酒,戒酒杯使勿近。”明显是用拟人手法写就的戒酒词。上片一开头先以“主唤仆”的口吻吆喝酒杯往前走近身来,然后郑重告知近日身感不适、健康欠佳的情况,言外之意即在数落酒杯之罪责难逃。接着又为酒杯代写开脱的答辩辞,最后以“汝于知己,真少恩哉”两语来表现自己既埋怨酒杯、却又认其为“知己”的矛盾心情和无奈态度。下片则重振其谴责酒杯和“将止酒”的词情。它先用一个“更”字把已经软下来的口气重又变硬起来,批评酒杯凭借歌舞等媒介将人鸩毒,且发了一通凡事“过则为灾”的宏论,并下定决心要把酒杯驱逐出自己的生活。而最为风趣的是这个痛遭斥责的“老奴”,却不再做任何自我辩解,而只是狡黠地拜答:“在下遵命,不敢有违。但只要您老需要,我保证做到‘挥之即去,招之即来’!”这一番“人杯对话”的描写,简直就像一出微型“活报剧”,生动地表现了词人想戒酒而又无法戒酒的矛盾心态,同时又向读者曲折透露了词人借酒驱愁、只能长与酒杯作伴的苦闷心理,叫人读后既感其谐趣横生,又感其抑郁难平。而从全词的句式、句法来看,则通篇都采用近似于散文的句子铺排而成,几近“以文为词”的境地。如其中的四字句,常规都用2—2节奏(例如辛的另一首《沁园春·灵山齐庵作》中的“叠嶂西驰”“万马回旋”“众山欲东”“小桥横截”“缺月初弓”等四字句均为2—2节奏),而本词中的“杯,汝来前”却作1—3节奏,“汝说刘伶”“物无美恶”“过则为灾”等句则又需一气读毕,这就打破了原有陈式而富散文风味。至若其“真少恩哉”与“麾之即去,招亦须来”等语则不独是熔铸前人成句,而且本身也带有明显的散文气质。所以刘体仁评此词曾曰:“稼轩词‘杯,汝来前’,《毛颖传》也。”①这一方面固然是言其文笔的幽默诙谐,另一方面却又是言其语言的近乎散文。因而,通过辛弃疾的两首小令和两首长调,我们即可窥知辛派词人大胆采用散文句式入词的“以文为词”的特色。

谈到这里,我们便想借用夏承焘先生所作的《〈东坡乐府笺〉序》来为本节所讲的内容做一小结。夏序所论,虽为苏词而发,但因苏词堪称“变体”词之代表,故很可以移用来说明整个“变体”词的情况。该文如下:

昔李东阳论坡诗,谓汉、魏以前,诗格简古,不得著细事长语,杜诗稍为开辟,韩一衍之,苏再衍之,于是情与事无不可尽。此说也,予以为

① 刘体仁:《七颂堂词绎》,唐圭璋编《词话丛编》,中华书局,1986年,第619页。

尤合于论坡词。

盖诗至玉川、逋翁，纵横奇诡，已非杜、韩所能牢笼，虽坡无以远过。若其词横放杰出，尽覆《花间》旧轨，以极情文之变，则洵前人所未有。撷其粗迹，凡有数创焉：

杜、韩以议论为诗，宋人推波以及词，若山谷、圣求、坦庵、竹斋诸家之论禅，重阳、丹阳、磻溪、清庵诸羽流之论道，以及稼轩、中庵、方壶、西崖之论文，徐鹿卿、陆墙东之论政，枝歧蜕嬗，溯其源实出于坡之《如梦令》《无愁可解》，仲淹、半山未足比数，此其一也。

曹公、谢客好摭经、子入诗，在词则坡之《醉翁操》、《西江月》、《浣溪沙》为其权舆。后来龙洲、竹斋之用《语》(《论语》)《孟》(《孟子》)，稼轩、方壶之用《诗》(《诗经》)《骚》(《离骚》)，清庵、虚靖之用《易》(《易经》)《老》(《老子》)，以及方壶“衣絮”之取义《淮南》(《淮南子》)，芦川“稷雪”之数典《诗疏》(指《诗经》的注疏)，虽落言筌，无嫌质实。《乐府指迷》以不用经典为“清真冠绝者”，非可持绳诸贤不羁之驾，此其二也。

汤衡序《于湖词》，谓元祐诸公，嬉弄乐府，寓以诗人句法，发自坡公，此殆指《水调歌头》之檃括韩诗，《定风波》之裁定杜句，他如以《归去来辞》谐《哨遍》，以《山海经》协《戚氏》，合文入乐，尤坡之创制。继起如石林、阳春、逐庵、道园、后村、竹山，皆有括渊明、李、杜之诗，马迁、苏、欧之文。吾乡林正大《风雅遗音》，且裒为专集，固近绪余，亦见创格，此其三也。

荆公、子野，始稍稍具词题。然寂寥短语，引意而止。坡之《西江月》《满江红》《定风波》，皆系详序，《水龙吟》一章，尤斐然长言，自成体制。效之者稼轩、明秀、遗山、秋涧、蘋洲，皆二百余字。方是间之《哨遍》，明秀之《雨中花》，皆逾三百字。白石且以四百数十字序《徵招》，诗人制题之风，浸淫及词，撢其朔亦必及坡，此其四也。

要之令词自晏、欧以降，其势渐穷，耆卿阐其变于声情，东坡肆其奇于文字。昔之以莹冰晖露、不著迹象为尚者，至是泮为江河，而沛然莫御。盖自凝而散，合其道于诗、文矣。①

夏先生认为，苏轼词之所以能跳出“《花间》旧轨”(即“正体”的范式)而达

① 夏承焘：《东坡乐府笺序》，龙榆生编选《东坡乐府笺》卷首，商务印书馆，1936年。

到“合其道于诗、文”的境界，即在于其具有如下几方面特色：一是以议论为词；二是摭拾经、子之语入词；三是以诗、文句法入词；四是将小序引入词中。而除开其中第四点（喜为小词作序）可以归结到以词“言志”的题材内容方面的问题外，其余三点都可归结为词的表现手法和表现手段之趋近于诗文。这就为本节所论提供了有力的佐证。

（四）“变体”词在风格和美感方面的由柔变刚

前已谈到，“本色”或“正体”的婉约词篇，其风格和美感一般都偏向于柔美的方向。而相比之下，则“变体”词的风格和美感就产生了由柔变刚的变异。对此，我们主要想抓住一个“气”字来做论析。具体来说，即：由于“变体”词经常“运气入词”，这就促使它的风格和美感朝着阳刚的方向发展。

说起这个“气”字，其含义相当复杂。大致来讲，它一指空气、大气之类气体，二又被古代哲学家用来借指精气、元气之类神秘物质。而从孟子提出“知言养气”和曹丕提出“文以气为主”①之论后，“气”字又变成为古代文学理论中的一个重要概念——有“气”便成了对诗文达到一定境界的赞辞。如《文心雕龙》就屡用“气”字对诗文作品进行评述。其《风骨》篇即云：“故魏文（帝）称‘文以气为主，气之清浊有体，不可力强而致。’故其论孔融，则云‘气体高妙’；论徐干，则云‘时有齐气’；论刘桢，则云‘有逸气’。公干亦云：‘孔氏卓卓，信含异气，笔墨之性，殆不可胜。’并重气之旨也。翚翟备色，而翾翥百步，肌丰而力沉也；鹰隼乏采，而翰飞戾天，骨劲而气猛也。文章才力，有似于此。”②又如其论建安诗文则云：“慷慨以任气，磊落以使才。”③“观其时文，雅好慷慨，良由世积乱离，风衰俗怨，并志深而笔长，故梗概而多气也。”④及至后代，以“气”字来赞美诗、文的诗评和文评更是数不胜数。这里且引几条宋人的评语为例，如《诗人玉屑》卷一四引吕蒙正评李白诗为“气盖一世”，引许彦周评杜甫诗为“词气如百金战马，注坡蓦涧如履平地”，其卷一五引司空图评韩愈诗为“驱驾气势，若掀雷抉电，撑决于天地之垠”⑤等等。又如苏辙论孟子和司马迁之文“颇有奇气，此二子者，

① 曹丕：《典论·论文》，郭绍虞主编《中国历代文论选》第1册，上海古籍出版社，1979年，第60页。

② 周振甫：《文心雕龙今译》，中华书局，1995年，第263、264页。

③ 同②，第60页。

④ 同②，第399页。

⑤ 魏庆之：《诗人玉屑》卷一四，上海古籍出版社，1978年，第290、311、320页。

岂尝执笔学为如此之文哉？其气充乎其中，而溢乎其貌，动乎其言，而见乎其文，而不自知也”①。由此可见，“气”之充盈与否，就成了衡量诗文作品成就高低的一条重要标准，尤其还与它们所具有的男性阳刚风貌和特征紧紧联系在一起。

而对于一向被用来抒写儿女柔情的小词来说，则这个“气”字就未免显得不受欢迎，甚或应该受到排斥。如刘克庄即明确说过：“词当叶律，使雪儿、春莺辈可歌，不可以气为色。”②虽然他主要是从“叶律”的角度来反对“以气为色”，但也可以看出“气”在词中的不招人爱。另一位词论家张炎则说：“簸弄风月，陶写性情，词婉于诗”③；而在主“婉”的同时，他又贬低辛弃疾和刘过的词为“豪气词”而非“雅词”，这就更加可知“运气入词”的做法简直已成为词家之大忌。

但是，以上的情况却仅适用于“本色”或“正体”的词中。而在别立一宗的“变体”词中，“气”字却又重新恢复了其声誉，并成为“变体”词绰具男子汉气概的重要标志。我们且看宋人的如下词评：

胡寅评苏轼词云：“及眉山苏氏，一洗绮罗香泽之态，摆脱绸缪宛转之度，使人登高望远，举首高歌，而逸怀浩气，超然乎尘垢之外。”④他首次提出“浩气”二字来论苏词。

陈应行评张孝祥词云：“予虽不及识荆，然其潇散出尘之姿，自在如神之笔，迈往凌云之气，犹可以想见也。”⑤这里又以“迈往凌云之气”来论张的词风并进而论其为人。另外，魏了翁也说：“张于湖有英姿奇气，著之湖湘间，未为不遇。洞庭所赋（按：指其《念奴娇 · 过洞庭》），在集中最为杰特。”⑥他也同样使用一个“气”字（“奇气”）来论张氏和张词。

汪莘在论词之“三变”时云：“余于词，所爱喜者三人焉。盖至东坡而一变，其豪妙之气隐隐然流出言外，天然绝世，不假振作。二变而为朱敦儒，多尘外之想，虽杂以微尘，而其清气自不可没。三变而为辛弃疾，乃写其胸中事，尤好称渊明。此词之三变也。”⑦观其用“豪妙之气”论苏词，又用“清气”论朱敦儒的某些

① 苏辙：《上枢密韩太尉书》，《苏辙集》，陈宏天、高秀芳校，中华书局，1985 年，第 381 页。
② 刘克庄：《跋刘澜乐府》，《后村先生大全集》卷一〇九，《四部丛刊初编》本。
③ 张炎著、夏承焘校注，沈义父著、蔡嵩云笺释：《词源注　乐府指迷笺释》，人民文学出版社，1963 年，第 23 页。
④ 胡寅：《题酒边词》，毛晋《宋六十名家词》，上海古籍出版社，1989 年，第 220 页。
⑤ 陈应行：《于湖先生雅词序》，徐鹏校点《于湖居士文集》，上海古籍出版社，1980 年，第 424 页。
⑥ 魏了翁：《跋张于湖〈念奴娇〉词真迹》，《鹤山题跋》卷二，《丛书集成初编》本。
⑦ 汪莘：《方壶诗余 · 自序》，《方壶诗余》，朱祖谋《彊村丛书》本。

抒写“看穿”和“出世”之思的隐逸词,也明显可知苏、朱词风之所以有异于“正体”词,即在于它们的有“气”存焉,而对辛词,他虽未曾明确提到“气”字,但从其“写其胸中事”一语来看,却也分明包含着“其郁勃英气更不可没”的意思在内。

至于范开论辛弃疾词,则更在强调“器大者声必闳,志高者意必远”的同时,强调“气”在形成其奇特词风中的重要作用,他说:“故其词之为体,如张乐洞庭之野,无首无尾,不主故常;又如春云浮空,卷舒起灭,随所变态,无非可观。无他,意不在于作词,而其气之所充,蓄之所发,词自不能不尔也。”①(《稼轩词序》)此论就把辛词“不主故常”的“变体”词风,归结为“气”之充溢和发泄的自然结果,由此可知“气”对辛词的重要意义。

应该指出,宋代词论本身并不十分丰富,而对苏、辛“变体”词的赞辞则更不多见。但就在这为数很少的对苏、辛“变体”的词的赞辞中,竟又随处可见这个“气”字,这就说明:“变体”词那富有男性阳刚气概的风格和美感,便在很大程度上与词人平素“养气”、“蓄气”和写词时“运气入词”密切有关。对此,不妨以辛弃疾作为典型试作论析。

辛弃疾其人,绝非一般的诗人词客可以相比,他是一位极有抱负和才干的豪杰志士。而对这一点,宋人就特好以“气”字来形容。如黄榦赞他:“以果毅之资,刚大之气,真一世之雄也。”②陆游也称:“君看幼安气如虎。”(《寄赵昌甫诗》)徐元杰则赞他:“摩空气节,贯日忠诚,绅绶动色,草木知名。”③陈文蔚更盛赞以辛弃疾为代表的铅山乡贤为:“志气之激昂,风烈之峻拔,忠君孝父,舍生取义,有如秋霜烈日。”④而到宋末谢枋得途经辛墓时,据讲犹闻“有疾声大呼于堂上,若鸣其不平,自昏暮至三鼓不绝声”⑤,这个富有传奇色彩的传闻就越加说明了辛弃疾在宋末人心目中虽死犹生和虎虎有生气。因此,谢枋得为之而作的《祭辛稼轩先生墓记》中也特意提出一个“气”字来表彰辛氏:“公有英雄之才,忠义之心,刚大之气……二圣不归,八陵不祀,中原子民不行王化,大仇不复,大耻不雪,平生愿百无一酬,公有鬼神岂能无抑郁哉?六十年(后)呼于祠堂者,其意有所托乎?”他把辛氏死后犹能大呼于祠堂,看成其平生“刚大之气”受到抑郁阻

① 范开:《稼轩词序》,邓广铭笺注《稼轩词编年笺注》,上海古籍出版社,1993年,第596页。

② 黄榦:《与辛稼轩侍郎书》,《勉斋集》卷四,《四部丛刊》本。

③ 徐元杰:《稼轩卒公赞》,《楳埜集》卷一一,《四库全书》本。

④ 陈文蔚:《铅山西湖群贤记》,《陈克斋集》,中华书局,1985年,第64页。

⑤ 脱脱,等:《宋史》卷四一〇,《辛弃疾传》,中华书局,1977年,第12166页。

塞之后的神奇发泄。以上种种,都反映出辛氏平生极有气节和极具刚气。在辛氏自己所写的政论文章中,我们也能看出他对“气”的重视和注重“养气”“蓄气”的主张。如其《美芹十论》中赞扬张浚北伐的符离之战激励了当时萎靡已久的士心,称之为“粗有生气”。在论战备时主张先应审察敌情,做到“神闲而气定”。而在论作战时更说:“盖古之英雄拨乱之君,必先内有以作三军之气,外有以破敌人之心,故曰‘未战先养其气’,又曰‘先人有夺人之心’……”①(分别见其“引言”“察情”“自治”三部分)这种主张,引申到词中,便经常可见他的以气貌、气格来论人,如下列词句:“刘郎才气”、“元龙豪气”、“凛然生气”、“喜气轩眉”、“气吞万里如虎”、“少年横槊,气凭陵、酒圣诗豪余事”、“逸气轩眉宇”、“更觉元龙楼百尺,湖海平生豪气”……更有甚者,就连那本是静物的青山,在辛的笔下,竟都富有了勃勃生气,如下列词句:“青山意气峥嵘,似为我、归来妩媚生。”(《沁园春 · 再到期思卜筑》)“争先见面重重,看爽气朝来三数峰。”(《沁园春 · 灵山齐庵赋》)“万事纷纷一笑中,渊明把菊对秋风。细看爽气今犹在,惟有南山一似翁。”(《鹧鸪天 · 和章泉赵昌武》)……据此可知,辛弃疾对这“气”字确实“情有独钟”。

至于其他辛派词人,同样也对这个“气”字相当看重。例如,陈亮在淳熙五年给孝宗的上书中,就极度张扬着“天地之正气”。他大声疾呼道:“臣惟中国天地之正气也,天命所钟也……天地之正气郁遏而久不得逞,必将有所发泄,而天命人心固非偏方所可久系也……及秦桧倡邪议以沮之,忠臣义士斥死南方,而天下之气惰矣。”②其论即把南宋之偏安江南和秦桧之迫害忠良,视为对“天地之正气”的压抑与摧残。因此他在《贺新郎 · 酬辛幼安,再用韵见寄》中又曾感叹道:“壮气尽消人脆好,冠盖阴山观雪”(上句叹息当时的民心颓惰、壮气消尽,下句讽刺宋朝所派的使臣不敢与金国抗争,只能陪金酋出猎阴山、观赏雪景);而在《渔家傲 · 重阳日作》中则自谓:“座上少年差气岸,题诗落帽从来惯”,即为读者勾画出了一位气概傲岸、卓尔不群的作者“自画像”。又如刘克庄,时人林希逸为其所作的《后村先生刘公行状》中称他“持论尚气节,下笔关伦教,一篇一咏,脱稿争传”③。洪天锡为其所作的《后村先生墓志铭》中也说:“求其文章、气

① 辛弃疾:《美芹十论》,邓广铭校,辛更儒注《辛稼轩诗文笺注》,上海古籍出版社,1995年,第2、1327页。

② 陈亮:《陈亮集》,中华书局,1987年,第1、2页。

③ 林希逸:《后村先生刘公行状》,钱仲联笺注《后村词笺注》,上海古籍出版社,1980年,第372页。

节,上寿、全名,指不多屈。”①而刘氏本人所写的豪气词中,也常以“气”字论人、论物,他曾赞扬友人王实之云:“忆王郎丹墀大对,气为文主”(《贺新郎·四用缕字韵为王实之寿》),“天壤王郎,数人物方今第一。谈笑里、风霆惊座,云烟生笔。落落元龙湖海气,琅琅董相天人策……”(《满江红·送王实之》);他也曾自谦道:“公过矣,赏陈登豪气,杜牧粗才”(沁园春·吴叔永尚书和余旧作再答》),“叹吾衰矣,欲建鼓旗无气力,唤起龙泉改委”(《贺新郎·甲子端午》)……再如短命词人陈人杰,其存的 31 首《沁园春》中,也屡见“气”字:“惟诗也,是乾坤清气,造物须悭”,“曹瞒事业,雀台夜月;建封气概,燕子春风”,“识平生许事,吐气成楼”,“把从前豪举,著些老气;不应造物,到底无情”。虽然仅从他们喜用“气”字尚不足说明其写词之“运气入词”,但若和“正体”词人之好用“情”字(前文已有详细举例)相比,则也可从一个侧面反映出张炎称呼此派词人之词为“豪气词”的评语确有一定道理。

那么,“变体”词中究竟又是如何“运气入词”的呢?对这“气”字的内涵又应作出怎样的解释?我们不妨先罗列一些与此有关的词论作为凭借和参考,然后引出相关的结论来。

除开前面已经引过的词论(如:胡寅论苏词有“逸怀浩气”②;陈应行论张孝祥词有“迈往凌云之气”③;魏了翁论张孝祥词有“英姿奇气”④;汪莘论苏词有“豪妙之气”⑤、论朱敦儒的某些词有“清气”;等等),我们还可寻出不少以“气”字来论词的其他材料,现摘抄如下:

蔡戡评张元幹词为:“文词雄健,气格豪迈。”⑥《四库全书总目》则评张元幹词为:“其词慷慨悲凉,数百年后,尚想其抑塞磊落之气。”⑦

陈廷焯评岳飞《满江红》词云:“何等气概!何等志向!千载下读之,凛凛有生气焉。”⑧

① 洪天锡:《后村先生墓志铭》,钱仲联笺注《后村词笺注》,上海古籍出版社,1980 年,第 372 页。

② 胡寅:《题酒边词》,毛晋《宋六十名家词》,上海古籍出版社,1989 年,第 220 页。

③ 陈应行:《于湖先生雅词序》,《于湖居士文集》,徐鹏校点,上海古籍出版社,1980 年,第 424 页。

④ 魏了翁:《跋于湖〈念奴娇〉词真迹》,《鹤山题跋》卷二,《丛书集成初编》本。

⑤ 汪莘:《方壶诗余自序》,《方壶诗余》,朱祖谋《彊村丛书》本。

⑥ 蔡戡:《芦川居士词序》,《定斋集》卷一三,《四库全书》本。

⑦ 永瑢,等:《四库全书总目》,中华书局,1987 年,第 1814 页。

⑧ 陈廷焯:《云韶集》,唐圭璋编《宋词三百首笺注》引,上海古籍出版社,1979 年,第 138 页。

查礼评张孝祥词云:“声律宏迈,音节振拔,气雄而调雅,意缓而语峭。”①王闿运评张氏《念奴娇·过洞庭》为:“飘飘有凌云之气。”②

陈廷焯评辛弃疾词云:“辛稼轩,词中之龙也,气魄极雄大。”③谢章铤评辛弃疾词云:“稼轩是极有性情人。学稼轩者,胸中须先具一段真气、奇气;否则虽纸上奔腾,其中俄空焉,亦萧萧索索,如牖下风耳。”(《赌棋山庄词话》卷一)谭献评辛弃疾之《水龙吟·登建康赏心亭》为“裂竹之声,何尝不潜气内转”,评辛弃疾之《永遇乐·京口北固亭怀古》为“非稼轩之盛气,勿轻染指也”。④

陈廷焯评陈亮词云:“豪气纵横,稼轩几为所挫。”⑤评无名氏《念奴娇·题项羽庙》云:“魄力雄大,劲气直前,更不作一浑厚语。”⑥

查礼评文天祥《沁园春·题张、许双忠庙》云:“盥漱读之,公之忠义刚正,凛凛之气势,流露于简端者,可耿日月,薄云霄。虽辞藻未免粗豪,然忠臣孝子之作,只可以气概论,未可以字句求也。”⑦

……

归纳以上诸家所论之“气”,大致可将其分成两类(当然其中有些“气”可兼属两类)。第一类是有关于志气的“气”,如:浩气、豪气、迈往凌云之气、忠义刚正之气、抑塞磊落之气等。这些“气”就全都与作者的气节、气性、气魄、气概等有关人品、人格、胸襟、志向的立身行事之根本问题紧密相连。若套用《毛诗序》中“在心为志,发言为诗”来说,就大可换说成为:“在心为志,发而为‘气’”——也就是说,词人平昔所怀之“志”一旦吐露在“变体”词中,就会形成一股与之相符相称的“气”。从这个意义上讲,“气”之本质乃是“志”之引申,也就是作者人格力量的映现。而有“气”当然就会促使“变体”词的风格和美感“词如其人”地趋向于阳刚型的男性风貌。对此,不妨试举数例:

其一,苏轼的“赤壁怀古”词,此词极富“天风海雨逼人”的雄伟气势,此是人所公认的。观其起首三句——“大江东去,浪淘尽、千古风流人物”,便已高唱入云、气魄惊人;而接言“故垒西边,人道是、三国周郎赤壁。乱石崩云,惊涛裂岸,卷起千堆雪。江山如画,一时多少豪杰”诸语,又进而把读者引进了雄奇非凡、

① 查礼:《铜鼓书堂词话》,唐圭璋编《词话丛编》,中华书局,1986 年,第 1482 页。
② 王闿运:《湘绮楼词话》,唐圭璋编《词话丛编》,中华书局,1986 年,第 4294 页。
③ 陈廷焯:《白雨斋词话》,人民文学出版社,1998 年,第 20 页。
④ 谭献:《复堂词话》,唐圭璋编《词话丛编》,中华书局,1986 年,第 3994 页。
⑤ 同③,第 24 页。
⑥ 同③,第 151 页。
⑦ 同①,第 1481 页。

惊心动魄的艺术境界之中。但在此时,词人忽将笔锋一转,又把读者拉回到历史画面中去:"遥想公瑾当年,小乔初嫁了,雄姿英发。羽扇纶巾,谈笑间、樯橹灰飞烟灭。"直到此时,词人方始向读者吐露了他之所以要着意塑造那番雄奇壮阔的赤壁奇景之真实目的,是因为要有效地衬垫和突出这位卓异不凡、年少儒雅的周郎形象,并借此寄寓他自身仰慕先贤、渴望跻身于"风流人物"之列的宏图大愿(当然全词的最终用心,仍在于表达他壮怀莫酬、自伤老大的悲感,对此前文已有论述)。借用其弟苏辙的话来说,从开头到此的词情,正就表现了苏轼"奋厉有当世志"的大志宏愿——词人多么希望自己也能像周瑜一样,建奇功,立奇勋,青史标名、流芳百世!所以,这前面一大堆词章之极富气势和气魄,归根到底,即是从其大志中引申和化生出来的。不然的话,词人所游之地既非真正的赤壁(历史上的赤壁鏖战发生在今湖北蒲圻县,而非苏轼此时所游之黄冈赤鼻矶),而其所亲眼目睹的江山也仅是平缓的江水和不高的小山(据陆游《入蜀记》载,他所见到的赤壁只是"茅冈耳,略无草木";而另一位慕名前来游览的南宋人范成大,在其《吴船录》中也说此地的赤鼻矶仅是小赤土山,"东坡词赋微夸焉"),哪来什么"乱石崩云,惊涛裂岸,卷起千堆雪"的雄奇壮观?因此,说穿了,东坡这首"赤壁怀古"词的雄浑气势,实际就来自于他内心的思潮翻滚——其人也,自幼就怀有奋厉之志;其时也,已年近半百却又遭逢贬谪而早生白发;其地也,则"人道是,三国周郎赤壁"。这三者契合在一起,就促使词人将其平生大志通过虚实结合和夸张虚构的艺术手法,幻化为一幅雄奇开阔、奇情壮采的"江山人物图"。因此,我们将此词中奔马轰雷、排山倒海般的雄伟气势归结为词人大志的奔迸和倾泻,就不是没有道理的。清人徐釚曾说:东坡此词"自有横槊气概,固是英雄本色"①。这种将"气概"与"英雄本色"(主要是英雄之志)紧连在一起的评论,也正同于我们的看法。而更加耐人寻味之处还在于:苏轼素来熟读史书,他未必不知道历史上真实的周郎在大破曹军时年已 34 岁,而小乔嫁周也已近十年之久,可他却大笔一挥,故意说什么"小乔初嫁了,雄姿英发",此种为古人偷改年龄的举动,就越发证明了苏轼此词实际是一篇"借题发挥"的作品。为表达自己惧怕年华虚度的心情(《论语》中早就说过:"四十、五十而无闻焉,斯亦不足畏也已。"苏轼对此就不会没有同感),也为追诉自己自幼就怀有的早建奇勋的宏愿夙志,词人就有意识地做了这一番"手脚"。故而我们在激赏此词的豪雄气魄和奔腾气势的同时,尤应深入一层地理解其"吐志成气"的生成过程。

其二,陈亮的《水调歌头·送章德茂大卿使虏》:

① 徐釚:《词苑丛谈》卷三,上海古籍出版社,1981 年,第 44 页。

不见南师久，漫说北群空。当场只手，毕竟还我万夫雄。自笑堂堂汉使，得似洋洋河水，依旧只流东？且复穹庐拜，会向藁街逢！　　尧之都，舜之壤，禹之封，于中应有，一个半个耻臣戎！万里腥膻如许，千古英灵安在，磅礴几时通？胡运何须问，赫日自当中！

陈廷焯曾评此词曰："精警奇肆，几于握拳透爪，可作中兴露布读，就词论则非高调。"①撇开其"非高调"（意指它为"变体"）的意思不论，此言就极为推崇该词的气魄与力度（指其简直可以当作驱虏复国的檄文和宣言来读）。而此种气魄与力度，就分明来自于作者的豪情壮志。根据《宋史·陈亮传》记载，陈亮"自少有驱驰四方之志"，而在成年之后又"喜谈兵，议论风生，下笔数千言立就"，真是一位气概非凡的爱国志士。而他作词也与常人大不同，简直就是将词当作表达其经邦济世之大志的文学工具来对待。因此，我们读陈亮这首《水调歌头》，就完全可用他议政述志的散文来做印证和注脚。这里且引其《上孝宗皇帝第一书》中的一席话："南师之不出，于今几年矣。河洛腥膻，而天地之正气郁而不得泄。岂以堂堂中国，而五十年之间无一豪杰之能自奋哉！其势必有时而发泄矣。"②这与词中所云"不见南师久"，"万里腥膻如许"，"尧之都，舜之壤，禹之封，于中应有，一个半个耻臣戎"，以及"千古英灵安在，磅礴几时通"等语，不仅在意思上一脉相承，而且在下字用语上也有所近似，这就相当明显地表明陈亮的"以文为词"及其词中之"气"与其文（政论文）中之"志"的相贯相通。

其三是辛弃疾的《破阵子·为陈同甫赋壮词以寄》：

醉里挑灯看剑，梦回吹角连营。八百里分麾下炙，五十弦翻塞外声，沙场秋点兵。　　马作的卢飞快，弓如霹雳弦惊。了却君王天下事，赢得生前身后名——可怜白发生！

这首词的前九句，确确实实称得上是"壮词"。它们以高亢的笔调、雄壮的声势，描绘了一场练兵夜战的军事演习；且又抒写了词人思欲为国效劳、建立奇勋的雄心壮志，真有"奇情壮采，不可一世"的大气魄和大气势。但最后一句"可怜白发生"，却顿使词情发生了 180 度的陡转直下：原来前面所写，只是追忆其青年时代的壮举，或者又是梦想有朝一日之能够重返战场；但这一切，却都随着一句"可怜白发生"而变为子虚乌有！前后对比（所以我们特在此处使用了破折号，意在表明词情至此发生了急剧的转折），就形成了十分强烈的感情反差，而

① 陈廷焯：《白雨斋词话》卷一，上海古籍出版社，1984 年，第 34 页。
② 陈亮：《陈亮集》，中华书局，1987 年，第 3 页。

词情也因此由“壮”转“悲”，并最终“定格”在“悲壮”的基调上。我们知道，词中表现感情之转折和转变，一般通常利用其上下两片的对照来完成。如欧阳修的那首《生查子》元宵词，其上片先写去年元夜虽“花市灯如昼”的繁华，又写与情人约会于柳梢下的温馨情景，而下片则转写今年元夜“月与灯依旧”，但已失去了情侣的悲恸，从而形成强烈的感情落差。又如贺铸的《六州歌头》，上片极写昔年在京师的“少年侠气”及诸如任侠、轰饮、纵马、射猎的种种豪举，而下片则写现今身在外郡（和州）、沉沦下僚的无聊生活；两相对照，便写出了词人壮志难酬的苦闷。当然也另有些词篇，其感情的转折是通过下片结尾时的数句来完成的。如秦观的《鹊桥仙·七夕》，前面大部分篇幅用来悉心描写牛郎织女鹊桥相会，两情缱绻，最后却用“两情若是久长时，又岂在朝朝暮暮”两句来做“翻案”文章。又如李清照《永遇乐》之写元宵，先用主要篇幅详述过节的游赏活动并追写北宋京城盛妆出游的热闹景象，最后却用“如今憔悴，风鬟雾鬓，怕见夜间出去。不如向、帘儿底下，听人笑语”来转变词情，以抒写她国破家亡后的悲苦。但像辛弃疾《破阵子》那样，用一句话对前面九句话作“一两拨千斤”式的急转陡落，却是空前甚或绝后的。这就非要有扛鼎之力不可（陈廷焯《词则》即评曰：“魄力雄大，如惊雷怒涛，骇人耳目，天地巨观也。”）。而此种神奇的大力气，则分明就是黄梨庄所说的“悲歌慷慨、抑郁无聊之气”①。究其“气”之本源，分明出自词人遭受阻挠、不得伸展的平生大志。对此，我们且读谢枋得祭辛墓中的这段话：“公精忠大义，不在张忠献（张浚）、岳武穆（岳飞）下。一少年书生，不忘本朝，痛二圣之不归，闵八陵之不祀，哀中原子民之不行王化，结豪杰，志斩虏馘，挈中原还君父，公之志亦大矣……使公生于献祖（宋太祖）、太宗时，必旬日取宰相。入仕五十年，在朝不过老从官，在外不过江南一连帅。公没，西北忠义始绝望……”这一段极为沉痛的议论，正就点明了辛词中的“悲歌慷慨、抑郁无聊之气”源自作者“平生志愿（之）百无一酬”。

所以我们举出以上三首“变体”词中的名篇，即知其中的“气”实乃词人之“志”的引申；而若词人缺乏高远之志，或者不用词来“言志”，那么词中自就只会有“情”而不会有“气”。

讲到这里，又不由会使我们联想及另一个问题，那就是：尽管唐宋词中的“正体”作品数量十分繁多，但从中却很难见到一点儿英雄主义的气概和豪情。例如柳永的词，就只见其连篇累牍地大写男女恋情和伤感意绪，而究其人生理想，大率只是：“甚时向、幽闺深处，按新词、流霞共酌。”（《尾犯》）“遇良辰，当美

① 徐轨：《词苑丛谈》卷四，上海古籍出版社，1981 年，第 79 页。

景，追欢买笑。剩活取百十年，只恁厮好。”（《传花枝》）这就和他身为“大时代”（北宋盛时）的读书人之身份很不相称。甚至连身为宰辅的晏殊，也只会在其小词中哀婉地诉说或浓或淡的人生伤感：“一向年光有限身，等闲离别易销魂，酒筵歌席莫辞频。”（《浣溪沙》）“争奈世人多聚散，频祝愿：如花似叶长相见。”（《渔家傲》）而若追究造成此种缺乏英雄气概的原因，则一方面固然与作者的气质禀性有关，而另一方面也与这些“正体”词之素被用来言情而不用来“言志”有关——因为言情，词人就会努力追求“宛转回互”①的风格和美感，也因此会排斥“以气为色”的写法。而“变体”词则大不相同，它既被用来广泛“言志”（特别用来抒写英雄豪杰之志），那就必然会“吐志成气”地喷发和流转着英雄豪杰（有时则是失败的英雄豪杰）的志气。由此而来，“变体”词的风格和美感当然就会发生相应的变异，显露出具有阳刚之气的男性风貌。故而“变体”词中，正是因为以英雄豪杰之“志”作为其抒情内容，这才会导致它具有英雄豪杰之“气”的风格和美感。“志”与“气”，就是如此紧密地联结在一起的。

行文至此，我们就不难明白：“变体”词中的“运气入词”，首要一点就在于将作者平昔蓄养的大志与“大气”（吾国古人素就将“养气”“蓄气”作为加强人生修养的必要条件和重要途径来看待）引申和发挥在词中；换句话说，是将作者所具备的人格力量贯穿、映现在词中。这样一来，“变体”词的风格和美感，当然就会“词如其人”地充满着浑灏流转的阳刚之气，从而一改“正体”词的婉约风貌而为或豪放、或慷慨、或愤激、或悲凉的另一类风貌。因此，夸张一点来说，正因为“运气入词”，遂开启了以苏、辛为代表的“变体”词派。对此，不妨参读以下词论。如蒋兆兰说：“宋代词家，源出于唐五代，皆以婉约为宗。自东坡以浩瀚之气行之，遂开豪迈一派。”②如王士禛说：“名家当行，固有二派。苏公自云：‘吾醉后作草书，觉酒气拂拂从十指间出。’黄鲁直亦云：‘东坡书，挟海上风涛之气。’读坡词，当作如是观。琐琐与柳七较锱铢，无乃为髯公所笑。”③如蔡小石说：“词胜于宋，自姜、张以格胜，苏、辛以气胜，秦、柳以情胜，而其派乃分。”④他们之将宋词或分成两派（婉约与豪迈，苏派与柳派），或分成三派（“以格胜”的姜张派、“以气胜”的苏辛派和“以情胜”的秦柳派），以及他们之将苏、辛归为一派，

① 张炎著、夏承焘校注，沈义父著、蔡嵩云笺释：《词源注　乐府指迷笺释》，人民文学出版社，1963 年，第 71 页。

② 蒋兆兰：《词说》，唐圭璋编《词话丛编》，中华书局，1986 年，第 4632 页。

③ 王士禛：《花草蒙拾》，唐圭璋编《词话丛编》，中华书局，1986 年，第 681 页。

④ 江顺诒：《词学集成》卷五，唐圭璋编《词话丛编》，中华书局，1986 年，第 3272 页。

就全都注目于一个“气”字以及由“气”而引发出的豪迈气概。这些评论,就相当有助于我们理解“变体”词风的形成有得于“气”,以及由“运气入词”而开启“豪迈一派”的道理。

以上是我们从前人词论中归纳出来的“变体”词中的第一类“气”,亦即关于志气的“气”。除此以外,我们还可从前人词论中归纳出“变体”词中的第二类“气”,即盛气、劲气、大气、元气、潜气之类关于气势的“气”。而这后一类“气”,就更多地与词人直抒胸臆、任情挥洒的写法密切相关。

“文以气为主。”在诸种文体之中,散文就是最重气势的一种文体。据此,大散文家韩愈曾说过这样一段话:“气,水也;言,浮物也;水大而物之浮者大小毕浮。气之与言犹是也,气盛则言之短长与声之高下者皆宜。”①这既是他长期从事散文创作的心得,也可谓是其散文得以成功的一条秘诀,而后来桐城派散文家刘大櫆之论文,虽然主张“行文之道,神为主,气辅之”,然在实际上却仍相当注重散文的气势问题。如他说“文章最要气盛”,又说“论气不论势,文法总不备”②。所以,大凡优秀的散文作家总能凭借气势来驾驭语言文字,以求得舒心惬意地表达自己的思想感情。而文论家在评论散文作品(乃至诗论家之评论诗歌作品)时,也通常都喜欢拈出一个“气”字。如前引《文心雕龙》之论建安诗文,苏辙之论《孟子》和《史记》等议论均是例证。但在词论中,大凡评论“正体”词者,却多见用风情、韵味、格调、思致、意味、意趣、才情之类词语;而只有在评论“变体”词(特别是辛派爱国词)时,才大量使用了诸如盛气、犷气、奇气、劲气、野气之类的词语。这也有力地说明,“变体”词近乎“以文(赋)为词”以及它“运气入词”、颇富气势。为说清这个问题,我们不妨举出辛弃疾的两首《贺新郎》为例。

其一是“别茂嘉十二弟”:

绿树听鹈鴂。更那堪、鹧鸪声住,杜鹃声切。啼到春归无寻处,苦恨芳菲都歇。算未抵、人间离别。马上琵琶关塞黑,更长门翠辇辞金阙。看燕燕,送归妾。　将军百战身名裂。向河梁万里,故人长绝。易水萧萧西风冷,满座衣冠似雪。正壮士、悲歌未彻。啼鸟还知如许恨,料不啼清泪长啼血。谁共我,醉明月?

① 韩愈:《答李翊书》,马其昶校注《韩昌黎文集校注》卷三,上海古籍出版社,1986 年,第 169 页。

② 刘大櫆、吴德旋、林纾:《论文偶记　初月楼古文绪论　春觉斋论文》,范先渊校点,人民文学出版社,1959 年,第 3 页。

其二是“赋琵琶”：

凤尾龙香拨。自开元、《霓裳曲》罢，几番风月？最苦浔阳江头客，画舸亭亭待发。记出塞、黄云堆雪。马上离愁三万里，望昭阳宫殿孤鸿没。弦解语，恨难说。辽阳驿使音尘绝。琐窗寒、轻拢慢捻，泪珠盈睫。推手含情还却手，一抹《凉州》哀彻。千古事，云飞烟灭。贺老定场无消息，想沉香亭北繁华歇。弹到此，为呜咽。

以上两词具有一个共同的特色，即都运用了大量的历史典故，甚或达到了“时时掉书袋”的境地。如前一首词中运用了如下典故：王昭君辞汉出塞，陈皇后被逐冷宫，庄姜送归妾，李陵别苏武，荆轲易水饯别。后一首词又运用了如下典故：白居易送客浔阳江，王昭君离别昭阳殿，辽阳驿使音尘绝（本事未详），贺怀智一曲琵琶能定场（使全场为之安静无声），唐明皇沉香亭听曲赏花，等等。这么多的典故，密集地挤塞在一首词中，若无浩盛的气势加以包举运化，那就简直会叫人读不下去——李清照词云：“只恐双溪舴艋舟，载不动、许多愁。”（《武陵春》）一般的词人，就决不敢用词这样的“文学小舟”来运载这么多厚重的历史典故！而辛弃疾词则非但敢运敢载，而且还运载得如此“举重若轻”，这就显示了他十分卓越的文学才能和十分充沛的行文气势。其前一首词，实际是用“离别”作为主线贯穿全篇；而它之所以能写得如此跳跃动荡、开合自如，则全靠有一股雄浑的气势在内斡旋。我们试看它一开头先写了三种鸟的哀啼声，似乎有“乱箭齐发”之感。但此种杂乱感却又瞬息即逝，原因即在于作者笔下忽然来了一个急剧的跳跃和转折：“算未抵、人间离别”。原来上文之沓写鹈鴂、鹧鸪和杜鹃，全是为下文之写人间离别预作衬托和渲染。而在这句被梁启超称为“全首筋节”①的转折句后，词人又一口气铺陈了关于离别的五个历史典故，这些典故写得一个比一个悲苦，一个又比一个更富政治内涵，这就将词情开拓张扬到了简直无法收拢的地步。孰料就在此时，词锋忽又一转：“啼鸟还知如许恨，料不啼清泪长啼血”，顿又把读者从历史的沉思中拉回到鸟啼春归、送别亲人的现实中来，并用“谁共我，醉明月”这样声促情激的短句来点破题目和推进词情。因此，综观全词，可谓极尽大开大合、腾挪擒纵之能事；若无一气贯注而又一气旋折的气势在内运转斡旋，就断不能臻于此种“几于神者”②的妙境。特别是它敢于一

① 梁令娴：《艺蘅馆词选》丙卷，中华书局，1935 年，第 91 页。
② 王国维著，滕咸惠校注：《人间词话新注》，齐鲁书社，1981 年，第 55 页。

气铺排五个典故而不显堆垛之病,则益发可见词人的敢于“以赋为词”①以及他善于“运气”所生的神力。后一首《贺新郎》则是一首咏物之作。粗读之下它确如梁启超所说的“琵琶故事,网罗胪列,乱杂无章,殆如一团野草”;但细加品味,却又会觉得“惟(因)其大气足以包举之,故不觉粗率”②。其词旨按前人的说法,乃在于忧伤身世和国运(如周济《宋四家词选》云:“上半阕刺谪逐正人,以致离乱;下半阕刺晏安江沱,不复北望。”)。而在写法上,却几乎全部靠使事用典来写就。它似乎给人以一种收看电视连续剧的感觉:屏幕上接二连三地演出着一个连一个围绕着琵琶的故事,而身兼“编剧”和“导演”的词人本身却始终并不出场。当观众被戏中的悲剧气氛所深深感动而欷歔生哀时,他们就不难进而了解编剧和导演之用心所在了。而相比那一向只擅长抒写儿女柔情的小词,后者若要驱使许许多多的古人来共同演出这一部“连续剧”,那又谈何容易！这不光要有独到的“匠心”,更要有神奇的“魔力”才行。而这种“魔力”之产生,就势必依仗词人的“运气入词”之功。此种情况,便有些儿像大力士之举石担、甩石锁须先运气和发功一样。故而,本词之所以能够做到像韩信用兵那样不嫌其多地派遣这么多的历史人物来“应差”,就非靠词人笔下有一股“呼兵唤将”的浩荡气势不可。

或许有人会问:辛词中具有气势的作品随处可见,却为何专捡这两首“掉书袋”的作品为例？原因即在:在善于使事用典方面,此两词特别能见出“变体”词那“运气入词”、颇富气势的特色。前已指出,“正体”词中相对而言是较少用典的。而即使这样,张炎还特意提出了一个“用事而不为事所使”的论题做专门探讨。其言为:“词用事最难,要体认着题,融化不涩。如东坡《永遇乐》云:‘燕子楼空,佳人何在,空锁楼中燕。’用张建封事。白石《疏影》云:‘犹记深宫旧事,那人正睡里,飞近蛾绿。’用寿阳(公主)事。又云:‘昭君不惯胡沙远,但暗忆江南江北。想珮环月下归来,化作此花幽独。’用少陵诗。此皆用事不为事所使。”③这就意味着,使事用典既被词人和词论家看作词的一个重要表现手段,同时又被他们看作一个颇具难度的技巧问题。如果用典用得好,当然就会有助于词情的恰当表达。而若用典用得不好,那就会“用事反为事所累”,造成堆垛板滞、晦涩不畅的毛病;此时的用典与抒情之间即会形成喧宾夺主甚或反客为主的不良局

① 陈模:《论稼轩词》,邓广铭笺注《稼轩词编年笺注》,上海古籍出版社,1993 年,第 598 页。

② 梁令娴:《艺蘅馆词选》丙卷,中华书局,1935 年,第 91 页。

③ 张炎著、夏承焘校注,沈义父著、蔡嵩云笺释:《词源注　乐府指迷笺释》,人民文学出版社,1963 年,第 19 页。

面。就“变体”词而言,则这种危险性就更增了好多倍。这是因为,“变体”词既多用于抒写词人比较复杂而深沉的政治志向和人生感慨,故就特别有赖于历史典故的引用。而且,在“变体”词的使事用典方面,一般又呈现如下两个特色:一是数量多和频率高,有时甚至会出现典故中套典故、许多典故蜂拥而来的局面,这种情况,源出于非这样做就不足以淋漓尽致地表达其复杂情志的原因;二是其典故所包含的政治历史内涵十分丰厚深沉,远比“正体”词中常用的有关恋情的典故来得“沉甸甸”(以上两点,只消读一读辛弃疾的《永遇乐·京口北固亭怀古》即可感知)。这样一来,“变体”词中就必须鼓荡着一股旺盛、炽烈的气势,这样才能将那些拉杂使用的历史典故和经、史成句熔铸于一炉之中,形成一气贯注的局势。或者换个比喻来说,则正如岑参诗“随风满地石乱走”所描绘的那样,那些饱含政治历史内涵的典故本像一块块石头那样厚实笨重,若无惊飚回旋的飓风,焉能使它们翻滚得如此“驯服”而又具有流转飞动之势?所以,陈廷焯在评论辛弃疾《永遇乐·京口北固亭怀古》时就曾说过这样两段意思差不多的话:“拉杂使事,而以浩气行之,如貔之怒,如龙之飞,不嫌其堆垛。岳倦翁谓此作‘微觉用事多’(按:指岳珂曾批评此词‘微觉用事多耳’,见《桯史》卷三),非也。句句有金石声,吾怖其神力。”(《云韶集》卷五)“稼轩词拉杂使事,而以浩气行之。如五都市中,百宝杂陈;又如淮阴(韩信)将兵,多多益善。风雨纷飞,鱼龙百变,天地奇观也。岳倦翁讥其用事多,谬矣。”(《词则》)它们就全都指出了辛词的“运气入词”和其气势的足以“摆平”那“百宝杂陈”、“鱼龙百变”般的繁多典故。而像上面所举那类既多且“沉”的历史典故,竟都能被辛词举重若轻地一一“载负”、“飞舞”起来,那么辛词所具的浩盛气势和神奇笔力也就不难由此而充分感知。辛词自云:“天与文章,看万斛、龙文笔力”(《满江红·席间和洪景卢舍人》),“被公惊倒瓢泉,倒流三峡词源泻”(《水龙吟·用瓢泉韵戏陈仁和》),“诗坛千丈崔嵬,更有笔如山、墨作溪”(《沁园春·答杨世长》)这些或是自许、或是赞人的词语,就都可表明辛对“倒流三峡”般的气势(语出杜甫《醉歌行》:“词源倒流三峡水,笔阵独扫千人军。”)和“力扛万斛之鼎”的笔力(“看万斛、龙文笔力”语出韩愈《病中赠张籍》:“龙文百斛鼎,笔力可独扛。”)之高度赞许,同时也足以见出其词极富气势的特色。因此归纳前代词论中所说的“变体”词中的第二类“气”,它们主要指的就是有关于气势的“气”。

那么,“变体”词中的气势又是从何而来的呢?除开其抒情内容方面的原因以外,它们与词人直抒胸臆、任情挥洒的写法密切相关。对此,且让我们从“变体”词的主要创始者苏轼谈起。

在苏轼前后的“本色”或“正体”词中,基本都崇尚和采用那种“织绡”型的写法。这一提法最早见之于《花间集序》:“织绡泉底,独殊机杼之功。”①后又见之于张镃所作的《梅溪词序》:“生之作,辞情俱到,织绡泉底,去尘眼中。”②这种写法也可换个通俗的说法,称作“织绣”型的写法,如宋人朱弁在比较苏轼和章楶(质夫)所作的《水龙吟·杨花》词时曾说:“章楶质夫作《水龙吟》,咏杨花,其命意用事,清丽可喜。东坡和之,若豪放不入律吕,徐而视之,声韵谐婉,便觉质夫词有织绣工夫。”③这种“织绡”或“织绣”型的写法,其主要特征就在于精心择辞、细密构思,将那些经过挑选的美丽词藻像绣线一样十分精细地“组织”起来,以构成辞情相符、风貌柔婉的词境。比如上面提及的那首曾被称为有“织绣工夫”的章楶的杨花词,就很能体现此种写法。其全文曰:

> 燕忙莺懒花残,正堤上、柳花飘坠。轻飞乱舞,点画青林,全无才思。闲趁游丝,静临深院,日长门闭。傍珠帘散漫,垂垂欲下,依前被、风扶起。　　兰帐玉人睡觉,怪春衣、雪沾琼缀。绣床旋满,香毬无数,才圆却碎。时见蜂儿,仰粘轻粉,鱼吞池水。望章台路杳,金鞍游荡,有盈盈泪。

此词的主题一方面在于描绘杨花(亦即柳花)的物态,另一方面在于表现思妇暮春的闺怨;而在写法上,就极尽其精心刻画、层层绣织的能事。其开头三句,先在“燕忙莺懒花残”和“堤上”这样的时、空环境中推出全词的“主角”之一:“柳花(飘坠)”。这就既做到了入手擒题,又为下文进一步刻画和抒情布伏了浓厚的伤感气氛。破题之后的“轻飞乱舞,点画青林,全无才思”三句,则紧接“柳花飘坠”一句,对它做出具体而生动的补充性描绘,而此中实又巧妙地化用了唐诗的某些意境(韩愈《晚春》诗云:“草木知春不久归,百般红紫斗芳菲。杨花榆荚无才思,惟解漫天作雪飞。”)。由于杨花具有“飘坠”和“轻飞乱舞”的特点,所以下一层的词境又随之而展开:“闲趁游丝,静临深院,日长门闭。”杨花就被写成一群到处嬉游的孩子,趁着游丝悄悄地溜进了日长门闭的贵家庭院。其构想之细妙,其运笔之自然,着实令人佩服。然而,全词最为精妙之处却还在下面这几句:“傍珠帘散漫,垂垂欲下,依前被、风吹起。”它简直就把杨花紧挨珠帘刚欲散开、缓落闺房,却一次又一次地被风重新吹起的情态写“活”和写“尽”了。为此,

① 欧阳炯:《花间集序》,赵崇祚辑、李一氓校《花间集校》,人民文学出版社,1958年,第1页。

② 张镃:《梅溪词序》,金启华《唐宋词跋序编》,江苏教育出版社,1990年,第238页。

③ 朱弁:《曲洧旧闻》卷五,中华书局,1985年,第40页。

黄昇曾激赏它们为“形容尽矣”①,而另一位宋人魏庆之也说它们“曲尽杨花妙处”②。由此则更可见出词人观察之精细与描绘之传神。下片则改从闺房中的“玉人”方面来写:“兰帐玉人睡觉,怪春衣、雪沾琼缀。绣床旋满,香毬无数,才圆却碎。”一方面是推出词中的第二“主角”,另一方面又通过玉人的眼睛来进一步状写杨花如雪如琼、才圆却碎的物态和其给人的联想(似乎像轻薄子弟那样既喜欢沾染玉人的春衣绣房,却又生性多变、很难持恒),并初步将词人意欲表现的两个主题绾合起来。在此之后,却又“兵分二路”:一是追踪写杨花坠池的情景(“时见蜂儿,仰粘轻粉,鱼吞池水。”),这样就完成了对杨花从离枝飘落到中途被风吹起,再到彻底坠沉池水的全过程的细致描写;二则推出思妇在暮春时分倚楼盼夫、泪盈粉面的“镜头”,由此完成了第二主题(抒写思妇闺怨情绪)的表达任务。而因最后这三句中的“章台路”“金鞍游荡”“盈盈泪”等字面皆从冯延巳(一作欧阳修)的《鹊踏枝》中化出(冯词云:“庭院深深深几许?杨柳堆烟,帘幕无重数。玉勒雕鞍游冶处,楼高不见章台路。　雨横风狂三月暮。门掩黄昏,无计留春住。泪眼问花花不语,乱红飞过秋千去。”),故使人重又回到杨柳堆烟、杨花乱舞的意境中去,达到了首尾照应和余味无穷的艺术效果。因此综观全词,它便称得上是首运思细密、下了一番“织绣工夫”的佳词。这也正合乎张炎对咏物词写作的艺术要求:“要须收纵联密,用事合题,一段意思,全在结句,斯为绝妙。”③

但是,苏轼所作的那些“非本色”或“变体”词篇,其写法却很少采用这种“织绡”或“织绣”型的写法。它们往往是“满心而发,肆口而成”④的产物,一任其感情自由奔驰而臻于“自然而工”的艺术境地。这一方面应该归功于他极高的文学天赋,另一方面又与他的个性和文学理论密切相关。苏轼其人,是一个正直耿介和性格外向的士大夫文人,他曾自言:“嗟我本狂直,早为世所捐。”(《怀西湖寄晁美叔同年》)又言:“平生文字为吾累。”(《十二月二十八日,蒙恩责授检校水部员外郎、黄州团练副使二首》)观其“狂直”,竟到了经常因口舌和文字惹祸,以至于不为世人所容的地步,这就充分可知其个性之直爽简直已成了“江山易改,本性难移”之事。而与其个性甚为一致的又是:他的文学理论则力主“辞达”

① 黄昇:《花庵词选》,《唐宋诸贤绝妙词选》,中华书局,1958年,第92页。

② 魏庆之:《诗人玉屑》卷二〇,上海古籍出版社,1978年,第381页。

③ 张炎著、夏承焘校注,沈义父著、蔡嵩云笺释:《词源注　乐府指迷笺释》,人民文学出版社,1963年,第20页。

④ 张耒:《东山词序》,贺铸《东山词》,钟振振校注,上海古籍出版社,1989年,第549页。

二字。他说:“辞至于能达,则文不可胜用矣。”①而在这种“辞能达意即为‘工’”的思想指导下,他所最为欣赏并引以为豪的文学风格和写作方法便是那种直抒胸臆、任情挥洒的风格与写法。如其论文云:

> 吾文如万斛泉源,不择地皆可出。在平地,滔滔汩汩,虽一日千里无难。及其与山石曲折,随物赋形,而不可知也。所可知,常行于所当行,常止于所不可不止,如是而已矣!②
>
> 某平生无快意事,惟作文章,意之所到,则笔力曲折无不尽意。自谓世间乐事,无逾此者。③

其论诗则云:

> 冲口出常言,法度去前规。人言非妙处,妙处在于是。(《诗颂》)

至于他的论词也崇尚此种“不择地而出”或“冲口而出”的风格与写法,我们虽然找不到直接的证明,但从他本人所述的一段话和后人评论他的一席话中也可寻找到间接的证明。苏轼曾在《东坡志林》卷一中记述他写《浣溪沙》(山下兰芽短浸溪)词的缘起。在黄州谪贬期间,他曾向当地名医庞安常求诊。庞氏耳聋而颖悟过人,只要病人在纸上写出几句症状,他便深了人意。苏轼因戏之曰:“余以手为口,君以眼为耳,皆一时异人也。”病愈之后,苏即邀庞同游清泉寺,并作此首《浣溪沙》词。虽然这首词的风格基本仍属“正格”,但从苏轼在谈此词的写作缘起特意提起,并以之自负的“余以手为口”一语来看,则他之论词分明也持此种主张。而在苏轼身后不久,他的一位追随者和仰慕者元好问又曾发表过这样的评论:“自今观之,东坡圣处,非有意于文字之为工,不得不然之为工也。坡以来,山谷、晁无咎、陈去非、辛幼安诸公,俱以歌词取称,吟咏情性,留连光景,清壮顿挫,能起人妙思。亦有语意拙直,不自缘饰,因病成妍者,皆自坡发之。”④此段评论就不仅指出了苏词唯主“情性”而不求“文字之为工”的艺术趋尚,而且又指出了在其影响之下所导致的他的同派词人们“语意拙直,不自缘饰”⑤的词风特色。这就相当清晰地揭示出以苏、辛词为代表的“变体”词篇,基本都采用着

① 苏轼:《与谢民师推官书》,《苏轼文集》卷四九,孔凡礼点校,中华书局,1986 年,第 1418 页。

② 苏轼:《自评文》,《苏轼文集》卷六六,孔凡礼点校,中华书局,1986 年,第 2069 页。

③ 何远:《春渚纪闻》,中华书局,1983 年,第 84 页。

④ 元好问:《新轩乐府引》,《遗山先生文集》卷三六,《四部丛刊》本。

⑤ 同④。

直抒胸臆、任情挥洒的写法，而大不同于“正体”词那种“宛转回互”和“织绡”型的写法。而这样一来，此类“变体”词中自然就会激涌出一股或惊湍直泻、或曲折回旋的气势。对于此中原委，我们不妨再从苏轼论文的那段比喻说将开去。

苏轼云：“吾文如万斛泉源，不择地皆可出。”①这既讲到了他的创作“泉源”（生活经历、思想感情、创作题材、写作灵感等）之异常丰厚，又讲到了他的创作冲动之异常急切（简直已到急不可耐的地步）。它使我们联想到这样一幅情景：作者心田中满蓄着万斛泉源般的感情洪流，它正时刻等待着奔流而出、一泻千里的时机。果然，机会来了：“在平地，滔滔汩汩，虽一日千里无难”，一旦流经比较平坦的河床（用喻可以直吐心声、直抒其情的时候），它就顿时呈现出滔滔汩汩、浩浩荡荡的洪壮气势；而当它流经崎岖曲折的山隙石缝之间（用喻较难直吐心声、直抒其情的时候），却又可以“随物赋形”地曲折流泻而仍不减其奔泻之势。这些比喻就很生动和形象地告诉我们：由于作者蓄有异常丰厚和亟待倾吐的创作“泉源”，又由于作者喜欢采用“不择地而出”的直抒胸臆、任情挥洒的写作方法，故在其“满心而发，肆口而成”的作品中，就会自然而然地激涌出一股或惊湍直泻、或曲折回旋的气势来。这种状况，在苏轼的诗文作品中屡有反映（如赵翼《瓯北诗话》中曾评苏诗云：“东坡大气旋转，不屑于句法字法中别求新奇，而笔力所到，自成创格。”②又如释德洪《跋东坡玩池录》云：“其文涣然如水之质，漫衍浩荡，则其波亦自然成文。”）③，而尤其在其“变体”词中表现得特别突出。比如他那颇负盛名的《水调歌头》中秋词，千百年来一直传诵不衰，其中的原因固然很多，但其妙处之一却即在于它的不假“织绣功夫”而全凭“大醉”之后所促发的豪情健兴任意挥洒、自然成章。词人先是把酒对月，感发出对于宇宙永恒的深邃感悟；接着又飘然欲仙，几乎想凌风飞腾，升天登月，但因仙境高寒，不免又落回到人间。而尘世总有种种烦恼，于是悲欢离合之感不免缠绕心头；但继而一想此乃天地万物都难逃脱的无情规律，我又何必穷愁独悲？故又水到渠成地顺势推出“但愿人长久，千里共婵娟”的自慰而兼慰人的温馨祝愿。故而综观其全部词情，岂不像“一波才动万波随”的滚滚波涛那样，一会儿是滔滔汩汩、一泻千里，一会儿又几度旋折、层层推进，而这个过程中又自始至终都贯穿着一股浑灏流转的浩荡气势在内？清人李佳曾评此词云：“此老不特兴会高骞，直觉有仙气缥缈于笔端。”（《左庵词话》卷下）这种似有“仙气”之感，一方面固然来自于词

① 苏轼：《自评文》，《苏轼文集》卷六六，孔凡礼点校，中华书局，1986年，第2069页。
② 赵翼：《瓯北诗话》，人民文学出版社，1996年，第60页。
③ 何薳：《春渚纪闻》卷一，中华书局，1997年。

中的“仙心”(如其“明月几时有,把酒问青天”及“我欲乘风归去”等语,就被郑文焯评为“从太白仙心脱化”①),另一方面却又源于笔势的灵动如仙。另外还如他的《念奴娇·赤壁怀古》,其气势之雄壮足配关西大汉执铜琵琶、铁绰板而高歌,则更是尽人皆知的佳话;而其《江城子·密州出猎》之当由东州壮士抵掌顿足以助其歌唱之声势,也见之于东坡的自述。凡此种种,均足以说明苏轼的“变体”词中无不充溢着强壮充足的气势。

至于南宋爱国词人因其直抒胸臆、任情挥洒的写法而造成其强劲气势的事实,则更是比比皆是、不胜枚举。请读下列作品:

怒发冲冠,凭栏处、潇潇雨歇。抬望眼,仰天长啸,壮怀激烈。三十功名尘与土,八千里路云和月。莫等闲白、了少年头,空悲切。　　靖康耻,犹未雪;臣子恨,何时灭?驾长车踏破,贺兰山缺。壮士饥餐胡虏肉,笑谈渴饮匈奴血。待从头、收拾旧山河,朝天阙。(岳飞《满江红》)

……去天尺五君家别。看乘空、鱼龙惨淡,风云开合。起望衣冠神州路,白日消残战骨。叹夷甫诸人清绝!夜半狂歌悲风起,听铮铮、阵马檐间铁。南共北,正分裂。(辛弃疾《贺新郎》)

……因笑王谢诸人,登高怀远,也学英雄涕。凭却江山管不到,河洛腥膻无际。正好长驱,不须反顾,寻取中流誓。小儿破贼,势成宁问强对?(陈亮《念奴娇·登多景楼》)

这些“变体”词中,不仅有或气壮山河、或慷慨悲愤的英雄志气,同时又具有吞虎食牛和握拳透爪的强盛气势,二者结合,就不由读者不生“起懦立顽”之感。

司空图《诗品》在论述其24品中的“雄浑”一品的风格和美感之形成时曾说:“大用外腓,真体内充,返虚入浑,积健为雄。”②由于“变体”词内既因吐发英雄豪杰之志气而充实着坚实丰厚的人格力量,又因较多采用直抒胸臆、任情挥洒的写法而充盈着洪大强盛的气势,故在风格和美感方面,就“弸中彪外”地呈现出雄健、豪迈的阳刚气貌。对此,且让我们重提前文已经举过的一个话题,以有关月亮的词篇为例,来对“变体”和“正体”词之刚柔迥异的风貌作出比较。

钟嵘《诗品序》中早就说过:“若乃春风春鸟,秋月秋蝉,夏云暑雨,冬月祁寒,斯四候之感诸诗者也。”③在这里,他就曾两次提到月亮,这足以证明月亮素

① 郑文焯:《大鹤山人词话》,唐圭璋编《词话丛编》,中华书局,1986年,第4321页。
② 司空图:《二十四诗品》,何文焕辑《历代诗话》,中华书局,1981年,第38页。
③ 钟嵘:《诗品序》,郭绍虞主编《中国历代文论选》,上海古籍出版社,1979年,第107页。

来就是感发诗歌创作的一个重要触媒,且其本身也是诗歌吟咏的常见题材之一。因此,人们常把“风花雪月”并称为某些诗歌的主要抒写内容,就不是没有道理的。而在唐宋词中,咏写月亮的词篇,也可谓比比皆是。我们试举温庭筠词为例,即见月亮出现频率之高。如其14首《菩萨蛮》中,咏写月亮就达九次之多:

江上柳如烟,雁飞残月天。
心事竟谁知,月明花满枝。
灯在月胧明,觉来闻晓莺。
花露月明残,锦衾知晓寒。
玉楼明月长相忆,柳丝袅娜春无力。
牡丹花谢莺声歇,绿杨满院中庭月。
满宫明月梨花白,故人万里关山隔。
夜来皓月才当午,重帘悄悄无人语。
竹风轻动庭除冷,珠帘月上玲珑影。

另在温庭筠的其他词作里,“月”的意象也经常可见。如:“星斗稀,钟鼓歇,帘外晓莺残月”(《更漏子》),“城上月,白如雪,蝉鬓美人愁绝”(《更漏子》),“背江楼,临海月,城上角声呜咽”(《更漏子》),“月孤明,风又起,杏花稀”(《酒泉子》),“山月不知心里事,水风空落眼前花”(《梦江南》)等,真是不胜枚举。而在上述所有的词中,月亮就都被当作美丽而又凄婉的自然背景来写,用以烘托或反衬词中女主角的伤感情绪。到了宋代词坛,由于咏物和咏写节序之风渐趋兴盛,所以咏月词和以月亮为“主角”的元宵词与中秋词也屡见于诸多词人的集中。不过,在此中间,我们就可发现一个泾渭分明的现象,此即:“正体”词中的月亮词,其情思一般都偏属于婉情娈思,其风格和美感则明显归于阴柔范畴;而“变体”词中的月亮词则往往借月来吐露词人的豪情壮志,其风格和美感也因此而改趋阳刚一路。这里先举前一类词中的三首为例:

明月明月明月,争奈乍圆还缺?恰如年少洞房人,暂欢会、依前离别。　　小楼凭槛处,正是去年时节。千里清光又依旧,奈夜永、厌厌人绝。(柳永《望汉月》)

花前月下暂相逢,苦恨阻从容。何况酒醒梦断,花谢月朦胧。　　花不尽,月无穷,两心同。此时愿作,杨柳千丝,绊惹春风。(张先《诉衷情》)

渐新痕悬柳,淡彩穿花,依约破初暝。便有团圆意,深深拜、相逢谁在香径?画眉未稳,料素娥犹带离恨。最堪爱、一曲银钩小,宝帘挂秋冷。　　千古盈亏休问，叹慢磨玉斧，难补金镜。太液池犹在，凄凉处、何人重赋清景？故山夜永，试待他、窥户端正。看云外山河，还老尽、桂花影。（王沂孙《眉妩·新月》）

这些词或是借月亮的乍圆还缺来兴叹男女恋人的暂时欢会而经年隔离，或是以月朦胧和月无穷的景色来映衬恋人的惆怅心态与坚贞情意，或是以新月作为拜祭的对象而抒发词人的离恨别绪与家国之感，全都写得十分哀怨委婉，表现出儿女情长、缠绵悱恻的阴柔型风格和美感。

但若我们改读一下"变体"词中的月亮词，其风味就迥然不同。我们在前已经引过金主完颜亮的《鹊桥仙·待月》和辛弃疾的《太常引·建康中秋为吕叔潜赋》，这里不妨另举几首。

一是苏轼的《念奴娇·中秋》：

凭高眺远，见长空万里，云无留迹。桂魄飞来，光射处、冷浸一天秋碧。玉宇琼楼，飞鸾来去，人在清凉国。江山如画，望中烟树历历。

我醉拍手狂歌，举杯邀月，对影成三客。起舞徘徊风露下，今夕不知何夕！便欲乘风，翻然归去，何用骑鹏翼？水晶宫里，一声吹断横笛。

此词既有"我醉拍手狂歌"的豪放风格，又有"便欲乘风，翻然归去"的狂放风味，若参证以胡寅所谓"一洗绮罗香泽之态，摆脱绸缪宛转之度，使人登高望远，举手高歌，而逸怀浩气，超然乎尘垢之外"①的评语，便是再恰当不过了。

二是朱敦儒的《念奴娇》：

插天翠柳，被何人推上，一轮明月？照我藤床凉似水，飞入瑶台琼阙。雾冷笙箫，风轻环佩，玉锁无人掣。闲云收尽，海光天影相接。

谁信有药长生？素娥新炼就，飞霜凝雪。打碎珊瑚，争似看、仙桂扶疏横绝。洗尽凡心，满身清露，冷浸萧萧发。明朝尘世，记取休向人说。

此词之写中秋之夜词人的神游月宫，虽也出现过"雾冷笙箫，风轻环佩"（想象月中仙女正在伴乐翩舞）等带有女性气味的词句，但从其整体意境来看，却显得那样清冷澄澈和高远脱俗，几乎使人萌生洗尽凡心、飞离尘世之感。而其开头三句"插天翠柳，被何人推上，一轮明月"，又写得何等富有气势和奇趣，难怪张端义

① 胡寅：《题酒边词》，毛晋《宋六十名家词》，上海古籍出版社，1989 年，第 220 页。

要用“自是豪放”①一语对其做出言简意赅的评赞(见《贵耳集》卷上)。

三是张孝祥的《念奴娇·过洞庭》:

> 洞庭青草,近中秋、更无一点风色。玉鉴琼田三万顷,着我扁舟一叶。素月分辉,明河共影,表里俱澄澈。悠然心会,妙处难与君说。
>
> 应念岭表经年,孤光自照,肝胆皆冰雪。短发萧疏襟袖冷,稳泛沧溟空阔。尽吸西江,细斟北斗,万象为宾客。扣舷独啸,不知今夕何夕!

此词描写中秋洞庭湖的浩荡月色,以及词人因月色湖光而感发出的高骞兴会,“读之,泠然,洒然,真非烟火食人辞语”,“其潇洒出尘之姿,自在如神之笔,迈往凌云之气,犹可以想见也”②。词人本因奸人进谗而被落职,心中怀有满腹的愤懑与牢骚,但因洞庭湖的浩渺月色抚慰了他抑塞难平的心灵,并进而激发了他遗世独立的人格力量,因就援笔写下了这首充满“宇宙意识”、高扬主体精神的绝妙好词(周密编选《绝妙好词》一书,就以此篇踞首)。我们读到其中“素月分辉,明河共影,表里俱澄澈”这样的句子,就岂容再存半点儿尘虑俗念在胸?而再读“孤光自照,肝胆皆冰雪”的对月独白,又怎能不对于作者的高风亮节肃然起敬?及至最后读完“尽吸西江,细斟北斗,万象为宾客。扣舷独啸,不知今夕何夕”的豪迈奇语之后,似乎也会与作者一样变高、变大起来,变成与天地万物同作“逍遥游”的奇士豪客……所以,此词之思想蕴含实以词人高洁的人格人品和高昂的生命意志作为基础,而其光风霁月、吸江斟斗的奇特词境中却又贯通着一股浑灏流转的澎湃气势。写月亮(月下风光)而能达到如此境地(扫尽裙钗脂粉气息而勃露英姿奇气),也可谓“叹为观止”了。

四是辛弃疾的《木兰花慢》:

> 可怜今夕月,向何处、去悠悠?是别有人间,那边才见,光影东头?是天外空汗漫,但长风浩浩送中秋?飞镜无根谁系?姮娥不嫁谁留?谓经海底问无由,恍惚使人愁。怕万里长鲸,纵横触破,玉殿琼楼。虾蟆故堪浴水,问云何玉兔解沉浮?若道都齐无恙,云何渐渐如钩?

此词前有小序曰:“中秋饮酒将旦,客谓前人诗词有赋‘待月’无‘送月’者,因用《天问》体赋。”故知这是一首有意仿效屈原《天问》之体而写就的“送月”词。词人向月亮提出了一连串的问题:今夜的月亮是多么可爱啊!你悠悠忽忽,将要行

① 张端义:《贵耳集》,中华书局,1985年,第13页。

② 陈应行:《于湖先生雅词序》,张孝祥《于湖居士文集》,徐鹏校点,上海古籍出版社,1980年,第424页。

向何方？难道西天极处别有人间，月亮从这边落下而又在哪边的人间东升？太空浩渺，你这月亮是否凭借着浩荡秋风在那儿不停地运行？你像一面飞镜悬在空中，是谁用无形的长绳将你系住？月中嫦娥千秋不嫁，又是谁将她殷勤留下？听说你的升降都经由海底，究竟是真是假？我很担心海中长鲸横冲直撞，弄不好会触破你月宫中的玉殿琼楼。倘言月中虾蟆自会游泳，因此我不必为之提心吊胆，那么，玉兔恐怕不懂水性，它又何以能在水中沉浮？如说月亮一切安然无恙，则何以一轮圆月又会渐渐变作一弯银钩？……这种向月亮提问的写法，固然前已有之（最著名的如李白的"青天有月来几时，我今停杯一问之"和苏轼的"明月几时有，把酒问青天"），但像本词那样通篇发出连珠炮似的疑问的写法，却是仅在辛词有中所见的。它不能仅被看作逞才使气的游戏之作，而在一定程度上反映了词人对于宇宙奥秘的若干困惑和勤于探索。特别是"是别有人间，那边才见，光影东头"三句，"直悟月轮绕地之理，与科学家密合，可谓神悟"①，更是显露了作者的聪明睿智，而绝非一般溺于儿女柔情的词人所能写出，故在其匪夷所思的想象中实又反映出词人的襟怀和学养。而从其打破词的分片体式、一问到底的写法来看，则又明显得其"运气入词"和"以文（赋）为词"；不然的话，就不可能如此灵活地驱使一系列有关月亮的神话传说以组成全词瑰奇而又雄放的词境。所以，这首月亮词确实堪称词中的"变体"，具有"正体"词所从未见过的特异风貌。

五是刘克庄的《清平乐·五月十五夜玩月》：

风高浪快，万里骑蟾背。曾识姮娥真体态，素面原无粉黛。　　身游银阙珠宫，俯看积气蒙蒙。醉里偶摇桂树，人间呼作凉风。

这是一首极富浪漫色彩的作品。词人并不像常人那样对月神顶礼膜拜，却反要乘风驾浪、直骑蟾背（蟾蜍为月的代称）；也不像常人那样把嫦娥想象成浓妆艳抹的贵妇人，却把她认作洗尽粉黛而光彩照人的真美女。这样的想象力就足以令人惊叹。而在下片中，他就越发"胆大放肆"起来：在银阙珠宫中任情遨游且不去说它，到最后竟至醉摇桂树（古代文人向来对桂花怀有敬仰之心，如以"折桂"当作中举之代称），弄得人世间阵阵凉风吹拂！这样的构思和写法，又使我们联想到北宋王令的《暑旱苦热》诗："清风无力屠得热，落日着翅飞上山。人固已惧江海竭，天岂不惜河汉干？昆仑之高有积雪，蓬莱之远常遗寒。不能手提天下往，何忍身去游其间！"——虽然刘词中未必就有王诗那种关心民瘼、兼济天

① 王国维著，滕咸惠校注：《人间词话新注》，齐鲁书社，1982年，第58页。

下的大志在内,但它们在具有男子汉伟丈夫的气魄方面却是有所相似的。而像这样壮浪恣肆、充满“霸气”的月亮词,在“正体”词中也绝难找到。

所以,我们通过对“正体”和“变体”词中同是咏写月亮的两组作品进行比较就不难发现,它们在总体风格和美感方面确实存在着阴柔与阳刚的差异:前者婉约,后者豪放;前者柔弱,后者雄刚;前者“宛转回互”,后者豪健爽直;前者以风韵情致见长,后者以气魄气势取胜;前者是“本色”的词,后者是近似于诗和近似于文的词;前者呢喃似小儿女口吻,后者则是骚人豪客甚或奇男子的手笔……而在这里,我们还应指出:月亮本是一个典型的阴柔型意象(前人即以“太阳”称日而以“太阴”称月),千百年来它那或圆或弯的优美形象和那柔和皎洁的光影不知诱发过人们多少悲欢离合的婉情娈思,又因此产生了多少美丽而伤感的神话传说和丰富联想。诸如“花好月圆”“月老系绳”“新月如眉”“花前月下”“月缺花残”“月里嫦娥”等词语,就全都与婚姻、恋爱、女性之美等偏于男女情爱的生活内容和思想感情有关。故而对于“正体”词中的月亮词之大写特写世间儿女的柔情并展现出柔婉型的风格和美感,人们并不感到奇怪;倒是“变体”词中的咏月之作竟翻透出如此刚健豪迈的风格和美感来,这才令人深感惊叹。而后一种现象,则正就印证了范开论辛词的那句话:“无他,意不在于作词,而其气之所充,蓄之所发,词自不能不尔也。”①——正是由于“变体”词的“运气入词”,这才使得素以表现婉情娈思为主的咏月词发生了这样的“刚变”。所以,举出咏写月亮的词篇作为例证,就能尤具信服力地说明“变体”词喜欢“运气入词”及其风格和美感改趋阳刚型。

以上,我们对唐宋词坛上别立一宗的“变体”词做了比较详细的论析。我们发现,若与“正体”词相比,则“变体”词无论从其抒情内容、表现手法和表现手段以及风格和美感等诸方面来看,均已发生了相当明显的变异。这种变异,若从词体本身而言,可以看作其内部的文学体性得到尽情“开发”和张扬的结果。也就是说,词的本体既不是刻板单一的,也不是凝固、僵化的,而是富有弹性张力和处在“活性状态”之中的。词人既可据此写出“本色”风格的“正体”词,却也可以据此写出突破“本色”风格范式的“变体”词。再就词的“对外关系”而言,则上述变异又可看成诗对词的“渗透”或词对诗的回归的结果。换句话说,词的发展并不是孤立地进行的,它必然或多或少地接受着其他文体(主要是诗)的影响,并且或是自发或是自觉地发生着某种程度的“诗化”。当然,这种“诗化”必须适度;一旦超过了“度”,那就势必会损害甚或破坏了词之所以成为“词”的基本特

① 范开:《稼轩词序》,邓广铭笺注《稼轩词编年笺注》,上海古籍出版社,1993 年,第 596 页。

性。所以我们在唐宋词坛上就大致可以读到如下三类作品:第一类是最能体现词之“本色”风貌的婉约词。此类词在常人心目中就称得上是“标准”的词。第二类是基本符合于词之艺术范式,但又经过适当“诗化”的词。此类词虽被某些论者称为“变体”,但因其“通变”有方和“通变”适度,所以反倒显示出“本色”词所缺乏的别一种新鲜感,因此仍然获得了很多读者的喜爱。第三类则是“变”得过分厉害以致丢弃了词之基本特性的作品。这类词篇就只能被称作“变体”词中的失败之作(缪钺先生在《论词》一文中曾举苏轼和辛弃疾的某些说理词为例,批评它们为“读之索然无味,适足以证明其试验之失败”①)。

故而我们在结束本章对于“变体”词的研究时还应指出:“本色”风貌的“正体”词固然有其题材内容和艺术风格方面过于狭窄的局限与缺点,而某些“变体”词则也有它因过分“诗化”而带来的弊病。故对“变体”词来说,它的比较理想的境界应是:“变”而不失其“正”,“虽豪壮激昂之情,亦宜出之以沉绵深挚”②,这样就能达到质与文、刚与柔的完美结合。而值得庆幸的是,“变体”词中,确曾产生过一批符合上述要求的作品,因此就连坚持“本色”论的词论家们都不得不承认这一类词篇“寻源溯流,不能不谓之别格,然谓之不工则不可。故至今日,尚与‘花间’一派并行而不能偏废”③。缘此,当人们迈进唐宋词苑之时,举目眺望所见就并非全是“采采流水,蓬蓬远春,窈窕深谷,时见美人。碧桃满树,风日水滨,柳阴路曲,流莺比邻”的柔美景观,而是还见到了“大风卷水,林木为摧”和“海之波澜,山之嶙峋”④的刚美奇观。这样,怀有不同心境和不同审美渴求的读者们,就都可在此间得以尽情地观赏和游览。而唐宋词作为一部特殊的“心灵文献”和“美文”史册的文学使命,也就得到了比较全面和十分出色的完成。

① 缪钺:《诗词散论·词论》,《诗词散论》,开明书店,1948 年,第 8 页。
② 同①。
③ 永瑢,等:《四库全书总目》,中华书局,1987 年,第 1808 页。
④ 司空图:《二十四诗品》,何文焕辑《历代诗话》,中华书局,1981 年,第 38 页。

参考文献

[1] 张璋,黄畬.全唐五代词[M].上海:上海古籍出版社,1986.
[2] 唐圭璋.全宋词[M].北京:中华书局,1980.
[3] 唐圭璋.词话丛编[M].北京:中华书局,1986.
[4] 唐圭璋.词学论丛[M].上海:上海古籍出版社,1986.
[5] 唐圭璋.唐宋词简释[M].上海:上海古籍出版社,1981.
[6] 夏承焘.唐宋词论丛[M].上海:古典文学出版社,1956.
[7] 夏承焘.月轮山词论集[M].北京:中华书局,1979.
[8] 夏承焘.瞿髯论词绝句[M].北京:中华书局,1983.
[9] 龙榆生.唐宋名家词选[M].上海:上海古籍出版社,1978.
[10] 龙榆生.词曲概论[M].上海:上海古籍出版社,1980.
[11] 龙榆生.唐宋词格律[M].上海:上海古籍出版社,1978.
[12] 俞平伯.唐宋词选释[M].北京:人民文学出版社,1978.
[13] 吴熊和.唐宋词通论[M].杭州:浙江古籍出版社,1985.
[14] 缪钺.诗词散论[M].上海:上海古籍出版社,1982.
[15] 邓广铭.稼轩词编年笺注[M].上海:中华书局上海编辑所,1962.
[16] 姜书阁.陈亮龙川词笺注[M].北京:人民文学出版社,1980.
[17] 王仲闻.李清照集校注[M].北京:人民文学出版社,1979.
[18] 钱仲联.后村词笺注[M].上海:上海古籍出版社,1980.
[19] 丁传靖.宋人佚事汇编[M].北京:中华书局,1981.
[20] 胡仔.苕溪渔隐丛话[M].北京:人民文学出版社,1962.
[21] 范文澜.文心雕龙注[M].北京:人民文学出版社,1958.
[22] 叶燮.原诗[M].北京:人民文学出版社,1979.
[22] 郭绍虞.中国历代文论选[M].北京:人民文学出版社,1959.
[23] 杨海明.唐宋词风格论[M].上海:上海社科院出版社,1986.
[24] 杨海明.唐宋词论稿[M].杭州:浙江古籍出版社,1988.
[25] 杨海明.唐宋词史[M].南京:江苏古籍出版社,1987.
[26] 杨海明.张炎词研究[M].济南:齐鲁书社,1989.
[27] 杨海明.唐宋词纵横谈[M].苏州:苏州大学出版社,1994.

后 记

900多年前的一个夏日,宋代大文豪苏轼在游览黄岗赤壁矶时写下了如下的千古名篇:“大江东去,浪淘尽,千古风流人物。故垒西边,人道是,三国周郎赤壁……”(《念奴娇》)其中流泻着何等悠深的历史感慨和思古幽情!而当我们今天翻阅《全唐五代词》和《全宋词》时,心中不免也会升腾起与此相仿佛的感叹:遥想千百年前的唐宋词坛,“新声巧笑于柳陌花衢,按管调弦于茶坊酒肆”,显得何等的热闹与兴旺!多少风流词人和红粉歌妓,曾经活跃在当时的舞榭歌坛上;多少艳歌柔曲和慷慨悲歌,曾经配着筝琶笛箫飞扬在当时的水云之间。然而,迭经人世的沧桑、岁月的剥蚀,唐宋时代那经由无数才子佳人所合作创作的词篇,于今却所剩无多了(共21 000余首)。念此,怎不令人怃然、怅然?不过,这实际仅是全部唐宋词作的若干分之一的文学遗产,却仍然让我们深切感知了唐宋词人的感情世界——他们的心灵震颤,他们的思潮滚翻,他们的喜怒哀乐,他们的百感交集;同时又让我们颇为满足地获得了美的享受——优美的语言、优美的韵律、优美的意境、优美的风格。从这个意义上讲,把唐宋词称作记录唐宋文人之心声的“心灵文献”和唐宋文人所集体创作的“美文”史册,就一点也不过分。鉴于以上认识,本书的写作就沿着这样一条思路进行:首先,揭示唐宋词所提供的审美新感受,以阐明它在中国美学史上的重要贡献和特殊地位;其次,揭示唐宋词之所以感人至深的内在因素在于它擅长表现“人情”之美,因而能在素以“言志”为传统的古代诗国中勇敢地创建出言情文学的“特区”;再次,具体论析词的新颖艺术包装和主体美感特色,展示它所特具的文体特性和文学景观;最后,则兼顾词中的“变体”,对它别立一宗的风貌作出描述,以使读者对唐宋词的认识更趋全面和丰满。

应该指出,唐宋词这部“心灵文献”和“美文”史册,其内蕴是十分丰厚的。而本人的理论水平和美学素养又自知甚差,因此,面对“唐宋词美学”这一重大课题就颇有力不从心之感。故而本书之撰写,只是写出了自己读词的一些体会与感悟而已。错误和疏漏之处,肯定难免,因此还祈读者不吝指教。相信随着岁月的推移,定会有新眼光和高水平的“词美学”著作不断问世。这样,人们对于唐宋词所以能具有千古不衰之迷人魅力的奥妙定会有更加深入的理解，也更加能从老祖宗留传给我们的这一份文学遗产中发掘出闪闪发光的瑰宝来。

本书写作过程中，引用了不少前贤时彦的研究成果，在此特地再次致谢。也曾采用过本人其他著述中的某些内容，读者如有兴趣，亦可参读。最后，还应对江苏教育出版社的领导与本书的责编徐宗文和章俊弟先生表示衷心的感谢，如若没有他们的大力支持和热情关怀，这本小书就不能如此顺利地得以出版。

一九九五年农历十月十六日
于苏州大学

再版后记

本卷原由江苏教育出版社于 1998 年 6 月出版,以后未曾再版过。该书的责任编辑为徐宗文先生,特约编辑为章俊弟先生,谨向他们表示感谢。

本次编入“词学文集”由苏州大学副教授薛玉坤博士校订。江苏大学出版社责任编辑林卉女士为本卷的出版付出了辛勤劳动,在此一并表示感谢。

杨海明

2020 年 3 月